FOLIO SCIENCE-FICTION

Michael Moorcock

Gloriana
ou
La reine inassouvie

Traduit de l'anglais
par Patrick Couton

Gallimard

Titre original :

GLORIANA OR THE UNFULFILL'D QUEEN

Auteur d'une œuvre considérable, Michael Moorcock, né en 1939, a construit un univers littéraire articulé autour de plusieurs cycles interdépendants, mélangeant différents aspects de la science-fiction et de la *fantasy*, genre dont il a écrit l'une des œuvres les plus célèbres, *La saga d'Elric le nécromancien*.

Moorcock a joué en tant qu'éditeur un rôle primordial dans l'évolution de la science-fiction. Devenu en 1964 rédacteur en chef de la revue britannique *New Worlds*, alors en difficulté, il entreprend une véritable révolution littéraire, publiant des textes exigeants, expérimentaux sur la forme comme dans les thématiques abordées, qui rénoveront profondément et durablement le genre.

À la mémoire de Mervyn Peake

Ni « fantaisie élisabéthaine », ni roman historique, ce récit d'aventures romanesques n'est pas sans rapport avec la Reine des Fées.

Chapitre premier

Où le lecteur découvre le palais royal ainsi que certains de ses occupants ; où on lui donne un bref aperçu des activités dont la ville de Londres est le théâtre en cette nuit du trente et un décembre qui termine la douzième année du règne de Gloriana

Le palais est aussi grand qu'une ville moyenne, car au cours des siècles les communs, les pavillons, les hôtelleries, les manoirs des seigneurs et dames d'honneur ont été reliés par des ambulatoires, ambulatoires recouverts les uns après les autres d'un toit ; ainsi çà et là trouve-t-on des corridors à l'intérieur d'autres corridors, tels des conduits dans un tunnel, des maisons dans des salles, ces salles dans des châteaux, ces châteaux dans des cavernes artificielles, le tout à nouveau coiffé de toits de tuiles d'or, de platine, d'argent, de marbre et de nacre ; si bien que le palais s'embrase de mille couleurs à la lumière du soleil tandis qu'il chatoie sous la lune. La masse ondoyante des murs et des toits semble portée par des flots majestueux d'où émergent tours et minarets, pareils aux mâts et aux coques de navires en perdition.

Le calme ne règne guère au palais ; de grands aristocrates vont et viennent, vêtus de brocart, de soie et de velours, arborant chaînes d'or et d'argent, poignards filigranés, vertugadins en ivoire ; capes et traînes ondulent dans leur sillage, portées parfois par des petits garçons et des petites filles peinant sous le poids du tissu. Une musique délicate et déliée rythme en tous lieux les pas des nobles et des serviteurs. Des salles sont consacrées aux répétitions de pièces de théâtre et de mascarades, dans d'autres on donne des concerts, on peint des portraits, on esquisse des fresques murales, on fait de la tapisserie, on sculpte, on récite des vers ; et l'on fait sa cour, on va au déduit, on se querelle avec cette intensité indissociable d'un tel univers. Dans les espaces oubliés, entre les murs, vivent les rebuts de l'humanité, les habitants de l'obscurité, vagabonds, serviteurs renvoyés, maîtresses répudiées, espions, hobereaux exilés, enfants de l'amour, êtres difformes, prostituées rejetées, parents idiots, ermites, fous, exaltés prêts à souffrir le martyre pour rester à proximité du pouvoir ; prisonniers en fuite, nobles déchus trop honteux pour se montrer en public, soupirants éconduits, maris infidèles, amants apeurés, individus ruinés, malades ou envieux ; tous vivent et rêvent seuls ou dans des clans aux territoires et coutumes clairement définis, loin de l'univers du palais, de ses salons et de ses corridors fastueusement éclairés, et pourtant proches de ses habitants qui, eux, ne soupçonnent guère leur existence.

Au pied du palais s'étend la grande cité, capitale d'un empire riche d'or et de gloire, foyer d'aventuriers, de marchands, poètes, auteurs dramatiques, magiciens, alchimistes, ingénieurs, scientifiques et philosophes, artisans de toutes sortes, sénateurs, érudits — son université est réputée —, théologiens, peintres, acteurs, flibustiers, usuriers, voleurs de grand chemin, danseurs, musiciens, astrologues, architectes, maîtres des forges, patrons des grosses fabriques qui fument aux abords de la capitale d'Albion, prophètes, réfugiés étrangers, dresseurs d'animaux, gens d'armes, juges, médecins, galants, coquettes, grandes dames et nobles seigneurs ; tous s'agitent dans les cabarets, les tavernes, les théâtres, les opéras, les auberges, les salles de concerts, les forums, les caves à vin et les lieux de méditation ; on s'y pavane dans des costumes extravagants, refusant à tout prix le conformisme, au point que même l'esprit du gamin de la rue a autant de finesse que la meilleure conversation du seigneur de province. Le parler trivial des garnements est si riche en métaphores et en ellipses que les poètes d'autrefois auraient vendu leur âme pour posséder la verve d'un apprenti londonien. Il s'agit pourtant d'un langage pratiquement intraduisible, plus obscur que le sanscrit, et qui se modifie d'un jour sur l'autre. Les moralistes réprouvent ces habitudes, ce désir perpétuel et vain de l'originalité, et ils prédisent la décadence pour bientôt, issue inévitable à cette quête du sensationnel. Pourtant, l'exigence de nouveauté, si elle entraîne les mauvais auteurs à n'exprimer dans leurs pièces que des émotions provocantes et futiles, pousse les meilleurs à enrichir les leurs d'une langue stimulante et complexe (ils savent qu'ils seront compris), de situations mélodramatiques ou merveilleuses (ils savent qu'ils seront crus) et d'avis sur toute chose (beaucoup les suivront). Il en est de même pour les meilleurs musiciens, poètes et philosophes, sans oublier les modestes prosateurs qui réclament la reconnaissance de leur art que tout un chacun tient pour bâtard. Bref notre cité de Londres vit et palpite par tous ses pores, jusqu'à la vermine qu'on imaginerait douée de raison. Les puces débattent entre elles de l'infinité ou non du nombre des chiens dans l'univers, et les rats se chamaillent sur des questions essentielles : du boulanger ou du pain, lequel est apparu le premier.

Lorsque le langage s'enflamme, les comportements se mettent à l'unisson, et les comportements, à leur tour, apportent de la couleur au langage. De grands projets voient le jour, au nom de la reine, dans cette ville que surplombe son palais. On entreprend des expéditions et l'on fait des découvertes. Inventeurs et explorateurs enrichissent le royaume ; deux rivières, le Savoir et l'Or, arrosent la cité, et le lac que forment leurs eaux mêlées constitue la substance même de Londres.

Il existe des conflits bien sûr, les passions y sont intenses et violentes et les crimes qu'elles engendrent sauvages et horribles, car les enjeux sont énormes ; l'avidité est insatiable, et pour plus d'un l'ambition tient lieu de religion, c'est une drogue, une maladie, un tonneau des Danaïdes. Mais il en est aussi un grand nombre qui ont appris les vertus des riches ; éclairés, humains, charitables, généreux, ils vivent selon la plus pure tradition stoïcienne, affichant leur noblesse et s'offrant en exemple à leur prochain, le pauvre comme le fortuné. On se moque de leur sérieux, on déteste leur humilité, on envie leur esprit d'indépendance. Certains qualifieraient leur attitude de piété ostentatoire, et c'est le cas pour ceux à qui l'humour et l'ironie font défaut. Ces fiers principicules, ces capitaines d'industrie, aventuriers marchands, érudits et prêtres, respectent un code de conduite mais n'en sont pas moins des individualistes, voire des excentriques. Pourtant, tous serviraient la

Nation et l'Empire (en la personne de leur reine) quel qu'en soit le prix, quitte, s'il le fallait, à le payer de leur vie ; car l'État est Tout et la Reine Juste. Quelle que soit la décision à prendre, hommes et femmes subordonnent le jugement de leur conscience aux intérêts de l'État.

Il n'en a pas toujours été ainsi en Albion, cette situation ne vaut que depuis le règne de Gloriana. En effet, tous ceux qui, par leurs efforts, maintiennent l'équilibre de ce vaste Commonwealth en font une entité cohérente et lui assurent sa stabilité, voient en la personne de la reine l'unique inspiratrice de l'harmonie générale.

La roue du Temps a tourné, l'âge d'or a cédé la place à l'âge d'argent, puis celui du cuivre à celui du fer ; avec Gloriana, l'âge d'or est revenu.

Gloriana Première, reine d'Albion, impératrice d'Asie et de Virginie, est une souveraine aimée et vénérée à l'instar d'une déesse par des millions de sujets, admirée et respectée par un plus grand nombre encore de par le monde entier. Pour les théologiens, à l'exception des plus extrémistes, elle est l'unique représentante des dieux sur Terre. Pour les politiciens, elle est l'incarnation de l'État, pour les poètes, elle est Junon et, pour le peuple, la Mère. Le saint et le bandit se confondent dans un même amour pour elle. Qu'elle rie et le royaume se réjouit. Qu'elle pleure et la nation se lamente. Qu'elle exprime un désir et mille volontaires se présentent pour le satisfaire. Qu'elle se mette en colère et une foule se lève pour exercer sa vindicte sur l'objet de son courroux. Aussi est-elle investie d'une responsabilité écrasante : il lui faut à tout instant user de diplomatie, ne laisser percer aucune émotion, n'exprimer aucune exigence, traiter équitablement chaque pétitionnaire. Durant son règne il n'y a jamais eu ni exécution ni emprisonnement arbitraire ; les fonctionnaires corrompus ont été promptement dépistés et renvoyés, cours et tribunaux rendent une justice égale aux pauvres comme aux puissants ; beaucoup de contrevenants à la loi sont acquittés si les circonstances du crime attestent leur innocence ; la « loi du Précédent », source d'injustice, s'en trouve de fait abolie. À la ville et à la campagne, dans les villages et les manufactures, dans la capitale et les colonies, l'équilibre est maintenu à travers la personne de cette noble et bienveillante souveraine.

Unique enfant du roi Hern VI — despote dégénéré, traître à l'État et à son devoir, responsable de la chute de milliers de têtes, suicidé indigne —, la reine Gloriana, descendante d'Elficleos et de Brutus, les vainqueurs de Gogmagog, est à jamais consciente de l'amour que lui portent ses sujets et elle le leur rend bien. Pourtant, cet amour réciproque est un fardeau sur ses épaules, si lourd qu'elle a du mal à le supporter, un fardeau auquel on pourrait attribuer sa profonde détresse intime. Or le royaume n'ignore pas son tourment ; on en parle à mots couverts dans les grandes maisons comme dans les tavernes, les châteaux comme les collèges religieux ; les poètes s'y réfèrent obscurément et sans mauvaise intention, et les ennemis de l'étranger se demandent comment ils pourraient en tirer parti. Certains vieux ragots l'appellent « la Malédiction de Sa Majesté », et quelques métaphysiciens prétendent qu'elle est à l'image de la malédiction qui pèse sur l'humanité tout entière (ou plus particulièrement sur le peuple d'Albion, s'ils espèrent flatter l'esprit de clocher). Beaucoup se sont évertués à faire disparaître la Malédiction, encouragés par la reine qui jamais ne perd espoir. Des remèdes extraordinaires, incroyables, ont été essayés, en vain. La reine, murmure-t-on, brûle toujours de désir ; la reine ne cesse de gémir ; la reine ne cesse de pleurer, car elle n'est pas assouvie. Même les railleurs dans les estaminets évitent d'en faire des gorges chaudes ; même les évangélistes les plus puritains, les plus rigoristes, ne tirent aucune morale de cette douloureuse situation. Des hommes et des femmes sont morts bêtement (même si jamais la reine n'en eut connaissance) pour avoir traité cette affliction avec légèreté.

Jour après jour, la reine Gloriana, belle et digne, sage et toute-puissante, conduit les affaires de l'État selon les nobles idéaux de la Chevalerie. Nuit après nuit, elle recherche cette satisfaction, cet abandon ultime, cette libération auprès desquels elle est parfois passée pour retomber, au bord de l'extase, dans le supplice de la frustration, de la détresse, du dégoût de soi, du cas de conscience, de la honte. Un matin après l'autre, elle se lève, réprimant sa souffrance pour remplir ses devoirs, lire, signer, conférer, discourir, recevoir des émissaires, des pétitionnaires, baptiser des navires, inaugurer des monuments, consacrer des édifices, assister à des spectacles et des cérémonies, se montrer à son peuple comme le symbole vivant de la sécurité du royaume. Le soir, elle remplira ses devoirs d'hôtesse auprès de ses invités, devisera avec ses courtisans, ses amis et parents les plus proches (y compris ses neuf enfants). Puis elle regagnera son lit pour reprendre sa quête, ses tentatives qui, comme toujours, échoueront ; alors, elle restera allongée, éveillée, extériorisant parfois sa douleur sans savoir que les pièces et passages secrets de son vaste palais captent et amplifient sa voix de telle façon qu'on peut l'entendre dans le moindre recoin ou presque. Ainsi la Cour de la reine partage-t-elle son supplice et son insomnie.

« Oh, ardent désir ! Je voudrais accueillir des mondes célestes en mon sein afin qu'ils comblent ce vide en moi ! Torture insupportable ! Toute autre serait préférable. N'existe-t-il rien ni personne pour satisfaire mon désir ? Si par la mort je pouvais atteindre l'extase, une fois seulement, je me soumettrais de plein gré à l'horreur... Mais ce serait trahison. Nous sommes l'État. Nous servons, nous servons... Ah ! que n'existe-t-il un seul être humain dans notre royaume pour nous servir à notre tour... »

Dans son grand lit de zibeline et de castor, une épouse nue au creux de chaque bras, Lord Montfallcon repose, tout de soie vêtu. Il écoute ces mots qui lui parviennent, tantôt chuchotés, tantôt criés, et il sait qu'ils sortent des lèvres de sa reine, dans ses appartements distants de quelques centaines de yards. Elle est l'enfant, l'espoir qu'il a protégé avec un idéalisme forcené durant les années de tyrannie terrible et débridée du règne monstrueux de son père. Il se rappelle ses tentatives loyales pour lui trouver un amant, son échec, son immense désespoir. « Oh, Madame, soupire-t-il afin de n'être pas surpris par ses aimées, si vous n'étiez que femme et non

Albion ! Si votre sang était autre ! » Et il attire ses épouses à lui afin que leurs cheveux lui couvrent les oreilles et l'empêchent d'en entendre davantage. Il ne pleurera pas ce soir, ce courageux vieillard, chancelier de la reine.

« ... Rien ne peut me détruire. Rien ne peut m'amener à la vie. Depuis combien de temps, mille ans ? Trois cent soixante-cinq mille journées de souffrance, autant de vaines nuits... »

*

Rôdant le long d'un des tunnels qu'il a découverts pour aller chaparder de la nourriture dans le garde-manger du palais, Jephraim Tallow, cynique et paria, un petit chat noir et blanc sur l'épaule — c'est son seul ami — s'arrête ; les mots résonnent sur ses tympans, dans ses os, dans son ventre.

« Chienne ! Toujours en chaleur, jamais en ébullition ! Une nuit, je le jure, je me glisserai dans sa chambre et je me chargerai d'elle, pour ma satisfaction sinon la sienne. Je sens sa vulve d'ici. Elle me conduira vers elle. »

Le chat émet un couinement pour lui rappeler sa tâche, il enfonce ses griffes dans le coton abîmé et rapiécé. Tallow tourne vers son compagnon des yeux doux, fuyants, et hausse les épaules.

« Et pourtant, plus d'un s'y est essayé, et de plus d'une façon ! Elle est un labyrinthe maintes fois exploré, mais dépourvu de centre. »

Il se faufile derrière une corniche métallique, atteint une bouche d'aération en pierre qui mène à un égout désaffecté et se retrouve au milieu des poutres grinçantes et des conduits suintants d'une galerie ; il la traverse précipitamment dans un nuage de poussière, sans lâcher sa bougie qui commence à couler ; il arrive devant un encadrement pourri semblable à l'entrée d'une tanière. Son nez frémit : il flaire une odeur de viande fraîchement rôtie. Il se passe la langue sur ses lèvres gourmandes. Le chat se met à ronronner.

« Nous ne sommes pourtant pas si près des cuisines, Tom ! »

Il fronce les sourcils et laisse l'animal sauter à terre et passer par l'étroite ouverture ; il le suit en se contorsionnant jusqu'à ce qu'un treillis de bois les arrête tous deux ; au-delà, on aperçoit la lueur dansante d'un feu. Tallow jette un coup d'œil par la lucarne : c'est une des grandes salles de réception du palais. Juste en face de lui, le feu se meurt dans un âtre ; une longue table supporte les restes d'un festin — et quelques convives affalés ici et là. Il y a du bœuf, du mouton, de la volaille, du pain et du vin. Tallow éprouve le panneau, qui grince. Il cherche des loqueteaux et ne trouve que des clous. Il prend son canif, pendu par un lien à son cou, l'ouvre et force sur un côté qu'il écarte du clou jusqu'à ce que le bois menace de se fendre. Il fait jouer le couteau tout autour du châssis pour l'ébranler. Puis, agrippant le treillis avec les doigts, il pousse de sa main libre et détache l'ensemble du mur. Il ramène le panneau à l'intérieur du conduit, le dépose doucement derrière lui et regarde en dessous. La distance jusqu'au sol dallé n'est pas négligeable et, apparemment, il ne sera pas facile de repartir, à moins de déplacer un meuble et donc de révéler sa voie d'accès. Sans s'embarrasser de la prudence de son maître, le chat bondit longuement de l'orifice à la table avec un ronronnement qui tient du grognement. Son compagnon ayant décidé pour lui, Tallow se suspend à l'extérieur, retenu par les doigts; puis il se laisse tomber et s'érafle la jambe au passage sur un petit banc invisible d'en haut. Il jure, il sautille, il remet le couteau dans sa chemise et se retourne pour se hâter en boitillant vers la table où le chat s'affaire déjà sur une dinde. Il faisait froid dans les tunnels et Tallow prend conscience de l'étendue de son inconfort au fur et à mesure que le feu le réchauffe. Il fait main basse sur un beau morceau de baron de bœuf, va s'asseoir au coin du feu et commence à mastiquer, tout en gardant l'œil sur les convives qui ronflent — des amuseurs, à en juger par le costume, qui se sont un peu trop amusés. Soudain, de la lumière éclaire la scène; Jephraim, mis en alerte, lève les yeux et aperçoit des fenêtres aménagées au ras du toit; il n'a pas l'habitude des fenêtres, là où il vit. Elles laissent passer la lune qui fait apparaître des clowns blancs et des arlequins bigarrés gisant sur un drap d'argent, comme des oies mortes sur la neige; le vin qui macule leurs déguisements vire du noir au rouge sous l'intensité croissante de la clarté lunaire. Leurs têtes fardées, masquées, reposent de guingois sur des bras en croix, leurs bouches écarlates bâillent, leurs sourcils peints frémissent. Tallow se dit qu'ils ont tous été assassinés; il cherche des armes mais ne trouve que des battes d'arlequins et un concombre de bois. Il reprend son calme et reporte son attention sur son morceau de viande : il sent son estomac qui commence à se remplir. Il soupire, offrant au feu mourant un visage rougi et barbouillé de graisse ; il lèche le savoureux jus de bœuf resté sur ses lèvres dont le sourire permanent l'a sauvé d'autant de désastres qu'il a failli en provoquer.

C'est le chat qui, le premier, lève la tête, une aile rôtie entière dans la gueule, et Jephraim n'est pas long à entendre les pas, lui aussi. Il se précipite sur les bouteilles de vin, en attrape une — trop légère — puis une autre, presque pleine, jette un regard vers son conduit secret, constate qu'il ne peut sauter sans abandonner son butin et plonge sous la table en bousculant un zani ronchon dont le costume-sac est souillé de vomissure et la main gauche enfouie sous les vêtements d'une Isabelle ambiguë qui empeste la violette. Assis en tailleur derrière le couple, Jephraim fixe la porte du fond par où surgit, le pas lourd et la mine sombre, quelqu'un qu'il reconnaît : personne ne porterait en pleine nuit une armure aussi pompeuse et inutile à moins d'y être obligé pour une cérémonie, personne sinon Sir Tancred Belforest, le Champion de la reine, pitoyable comme de coutume et, à sa manière, aussi peu satisfait que celle qu'il sert, car Gloriana lui a fait promettre de ne pas user de violence, ni en son nom, ni au nom de la Chevalerie.

Sir Tancred s'arrête et regarde autour de lui avant de se diriger vers un miroir où le feu se reflète. Il tente de friser ses longues moustaches tombantes en les enroulant autour de ses doigts nus qui sortent bizarrement de son enveloppe de métal. Il y parvient presque, mais pas tout à fait. Il soupire, s'approche de la table en ferraillant et — Jephraim le devine — se verse une coupe de vin. Tout en étudiant les genoux cloutés d'or du noble, Jephraim lève sa bouteille pour accompagner Sir Tancred d'une ou deux rasades.

La porte grince; Tallow tend le cou. Il aperçoit d'abord trois bougies qui brûlent allègrement, puis la silhouette de la jeune femme qui tient le candélabre. Elle a passé une robe imposante par-dessus sa chemise de nuit à peine moins volumineuse. Son visage est dans l'ombre mais il paraît doux et jeune, surmonté par une masse imposante, elle aussi, de cheveux acajou. Sa bouche laisse échapper un profond soupir d'impatience :

« Vous êtes trop facilement sujet à des bouderies ridicules, Sir Tancred. »

Le chevalier se retourne en grinçant légèrement. « Vous me blâmez et pourtant c'est vous, Lady Mary, qui repoussez mes avances.

— J'ai seulement craint de me blesser sur vos emblèmes, et je vous ai suggéré de retirer votre armure avant de me prendre dans vos bras. Ce n'est pas vous que je rejette, mon cher Tancred, mais votre tenue.

— Cette armure est l'attribut de ma fonction; elle fait partie de moi, au même titre que mon âme car elle en révèle la nature. »

Lady Mary (d'après Tallow il s'agit de la plus jeune des filles Perrott) s'approche tout près de Sir Tancred. Tallow sent sa chaleur; le désir monte en lui et il cherche, sans grand espoir, un moyen pour la posséder.

« Revenez, Tancred. L'ancienne année s'est écoulée, et j'avais pourtant juré que nous nous serions aimés avant. Pour la nouvelle, je vous en prie, partons du bon pied. »

Le zani grogne et s'agite. Un peu de vomi lui gargouille dans la gorge. Il tousse et souille à nouveau son costume. Il affermit sa prise sur la partie interne ou externe de son Isabelle qu'il a déjà en main, et se met à ronfler bruyamment, béatement, au grand dam des deux amants.

« Mon amour, murmure la jeune Mary Perrott.

— Oh oui ! mon amour », répond Tancred tout bas.

Mary tiraille Tancred par la main. Cédant à une impulsion irrésistible, Tallow attrape le bras du zani et le met en travers du chemin du champion dont il retient lui-même la cheville. Tancred marque un temps d'arrêt et, aussitôt, se dégage d'un coup de pied ; puis, voyant les doigts innocents du dormeur, il les repousse délicatement sous la table du bout de son soleret. Tallow a fait tout ce qu'il pouvait ; tristement, il regarde le couple mi-froufroutant mi-ferraillant partir pour les appartements de Lady Mary.

Heureux de fausser compagnie au zani, Tallow émerge de sous la table, trouve un bouchon, bouche la bouteille qu'il passe dans sa ceinture, siffle doucement Tom, son chat, et le propulse avec précision dans l'ouverture ; dressé sur la pointe des pieds, sur le banc qui lui a éraflé la jambe, il agrippe de ses longs doigts le rebord du trou et se hisse à l'intérieur. Puis il replace le panneau du mieux qu'il peut. Il sent le froid des tunnels et déjà il regrette d'avoir quitté si vite la chaleur du feu. Il soupire et se met à ramper.

« Eh bien, Tom, nous avons célébré la nouvelle année. » Mais Tom s'est lancé à la poursuite d'un rat et n'entend pas son maître. Alors qu'il se traîne derrière l'animal pressé, Tallow entend une longue plainte aiguë monter de l'autre côté du panneau.

Maître Ernest Wheldrake, pendant tout ce temps, se trouvait dans un coin de la salle. Il a vu Tallow aller et venir, il a entendu la conversation des amants, mais il était trop ivre pour bouger. Maintenant le poète se lève. Il retrouve sa plume là où il l'a laissée tomber une heure plus tôt et ramasse le cahier sur lequel il avait ébauché quelques vers ; il écrase par mégarde les doigts du zani et, croyant qu'il s'agit d'un petit rongeur, empoigne ses cheveux presque rouges et gémit une fois encore :

« Oh ! pourquoi suis-je voué à toujours détruire ? »

Il quitte la salle, en quête d'encre. C'est d'ailleurs le manque d'encre qui l'avait fait sortir de ses appartements distants de plus d'un mille, où il écrivait un sonnet vengeur contre la jeune femme qui avait brisé son cœur le matin même et dont il était incapable maintenant de se rappeler le nom.

D'un pas digne, il traverse les corridors éclairés, telle une grue malingre à l'aigrette flamboyante pataugeant dans une eau peu profonde à la recherche de poisson ; ses bras collés au corps ont l'air de deux ailes empesées ; la plume à l'oreille, le cahier à la ceinture, les yeux rivés au sol, il marmonne quelques bouts d'allitérations :

« Sarah la sage se rassied sur son siège céleste...
La pulpeuse Pamela n'a pas palpité pour le pauvre paysan...
La divine Daphné défiera demain son destin... »

Il s'efforce de se souvenir du nom de la jeune fille qui l'a offensé. Après deux ou trois détours, il se retrouve devant une porte donnant sur l'extérieur.

Un homme d'armes, fatigué, le salue. Le poète lui fait signe d'ouvrir.

« Il neige, Monsieur », signale obligeamment le garde en se pelotonnant dans sa fourrure pour illustrer ses dires. « Peut-être la nuit la plus froide de l'hiver, et le fleuve menace de geler... »

Gravement, Maître Wheldrake lui refait signe et gazouille : « La température est une question d'état d'esprit. La colère et autres transports me réchaufferont ; je descends à la ville. »

Le garde ôte la cape de ses épaules. Le maigre poète disparaît dessous. « Mettez ceci, Monsieur, je vous en prie, ou les jardins compteront une statue de plus avant demain. »

Wheldrake devient lyrique : « Vous êtes un noble serviteur, le gardien, le glaive, le garant de la gloire d'Albion, un gaillard de la grandeur des guerriers de Boudicca, le guide dont les exploits auront plus d'éclat que tous les vers boiteux nés de la plume de Wheldrake. Je vous remercie, mon ami, et vous salue bien bas. »

Là-dessus, il passe la porte pour se précipiter dans la nuit noire et glacée, et s'enfoncer dans un chemin enneigé qui serpente jusqu'aux rares lumières encore allumées dans un Londres en grande partie endormi.

Le garde se pelotonne un instant entre ses bras croisés et regarde s'éloigner le poète ; puis il claque la porte. Il regrette sa générosité qui — il le sait parfaitement — sera oubliée au matin, mais il éprouve une satisfaction superstitieuse d'avoir accompli une action charitable à peine la nouvelle année commencée : il met ainsi des chances de son côté pour que la bonne fortune lui sourie en retour.

Quant à la bonne fortune de l'oublieux Maître Wheldrake, elle le mène, par-delà deux congères, un étang gelé et une porte d'enceinte, jusqu'aux ruelles extérieures de la cité, où la couche de neige est moins épaisse. Par instinct plutôt que par jugement, il emprunte une route familière qui l'amène enfin à une grande bâtisse délabrée aux volets clos. Elle a pour enseigne un bouchon au bout d'une hampe, au-dessus de l'arcade principale, et un écriteau à l'entrée annonce : *Taverne de l'Hippocampe.* Des lumières derrière les volets, du bruit à travers les portes lui indiquent que cet antre notoirement malsain, l'une de ses auberges d'élection, va lui offrir l'accueil qu'il cherche et le réconfort que son organisme réclame.

Il frappe, on l'introduit et il traverse la cour ceinte de plusieurs galeries superposées, perdues dans l'obscurité ; il arrive à la salle commune et plonge dans le vacarme des rires gras, des plaisanteries vulgaires, et dans la puanteur de la vinasse. C'est parmi les ruffians, les prostituées, les hommes et femmes qui vivent dans ce trou à rats en bordure du fleuve, les aigris, les cyniques, les corrompus et les désespérés, que le poète blessé est sûr de trouver un exutoire aux misères qui l'accablent. Il laisse choir la pelisse du garde, réclame à grands cris du vin qu'on lui apporte à la vue de son or. Les ribaudes habituelles l'entreprennent, lui griffent le cou, le menacent de tous les plaisirs dont il rêve. Il sourit, s'incline et boit. Il salue celles qu'il connaît et les autres avec une égale bonne humeur, encourageant leurs moqueries, leur mépris, gloussant à chaque insulte, poussant de petits cris ravis à chaque pinçon, à chaque bourrade.

Un homme l'observe tranquillement d'un œil

froid ; attablé dans la galerie au-dessus, il partage une bouteille avec un Sarrasin en burnous, barbu et des bagues plein les doigts, qui paraît gêné du traitement infligé à Wheldrake. L'Arabe se penche vers son compagnon :

« Elles en veulent à ce gentilhomme, n'est-ce pas ? » L'autre secoue la tête ; son visage se dissimule derrière de lourdes boucles noires et sous le bord d'un sombrero incongru piqué de plumes de corbeau défraîchies ; une grande cape de marin, noire et maculée, l'enveloppe entièrement.

« Elles lui font leur numéro, Monsieur, je vous l'assure. Pour mériter son or. C'est Wheldrake, du palais. Un protégé de la reine, fils d'une noble famille du Sunderland, l'amant de Lady Lyst. Il passe la plupart de son temps dans les tavernes, et ce depuis son entrée à l'université de Cambridge.

— Vous le connaissez depuis si longtemps ?

— Oui. Mais lui ne me connaît pas.

— Oh ! Capitaine Quire ! » Le Sarrasin éclate de rire. Il est ivre, car il n'a pas l'habitude du vin. C'est un jeune et séduisant négociant, petit seigneur en Arabie, le plus ambitieux des protectorats de la reine. Il se sent assurément flatté de l'amitié que lui témoigne le capitaine Arturus Quire, qui connaît parfaitement Londres et les lieux où l'on s'amuse. Le Maure se demande si le capitaine n'a pas des vues sur sa bourse, mais il n'a sur lui que très peu d'argent dont il est d'ailleurs prêt à le faire profiter pour le plaisir qu'il lui a procuré. Le Sarrasin fronce les sourcils :

« Cherchez-vous à me voler, Quire ?

— Vous voler quoi, votre Honneur ?

— Mon or, bien sûr.

— Je ne suis pas un voleur. » La voix de Quire est froide, plus ennuyée qu'offensée.

Le Sarrasin s'empare de sa coupe de vin tout en observant avec curiosité deux des prostituées qui entraînent Wheldrake dans l'escalier, puis autour de la galerie, et enfin dans un couloir.

« La puissance de l'Arabie s'accroît de jour en jour, dit le jeune homme d'un air entendu. Il serait judicieux de ménager ses marchands ; d'envisager des alliances commerciales avantageuses : notre flotte domine l'Asie, seule la flotte d'Albion la surpasse. »

Quire lui jette un regard bref, cherchant une ironie dans le propos. Le Maure lève une main endiamantée et se fend d'un sourire aurifié. « Je parle de gain mutuel, rien d'autre. Chacun sait combien notre jeune calife aime la reine Gloriana. Son père nous avait asservis, mais elle nous a libérés. Elle nous a rendu notre fierté. Nous lui en restons reconnaissants. Il est dans notre intérêt politique de garder sa protection. »

Un cri s'élève soudain d'en dessous et le feu se met à crépiter : on a jeté une lampe dans la cheminée. Deux malandrins se battent, coutelas contre poignard, au milieu des bancs. L'un, vêtu de velours râpé, est grand et mince ; l'autre est de taille moyenne, habillé de cuir et bien meilleur combattant : sûrement un soldat de métier.

Le Maure se penche vers la rambarde mais Quire, lui, se met en retrait ; perdu dans ses pensées, ses épais sourcils noirs froncés, il se passe la main sur sa mâchoire allongée.

Pendant ce temps, Maître Uttley, l'aubergiste,

réagit avec sa célérité coutumière et se dandine sur le sol immonde jusqu'à la porte. C'est un mastroquet au visage rond, à la mine terreuse ; des points noirs affleurent sous sa peau comme les raisins d'un pudding, on dirait la robe d'un cheval pie. Il ouvre la porte et un froid glacial pénètre dans la pièce. Puis il repousse la foule de part et d'autre, à la façon d'un chien de berger, ménage un passage pour les duellistes qui reculent peu à peu vers la sortie et se fondent dans la nuit en ferraillant.

L'aubergiste barricade la porte et la verrouille. Il jette un coup d'œil furieux vers le feu qui crépite. Il se penche pour ramasser les chopes et les assiettes tombées dans la sciure et la jonchée. L'une des ribaudes qui veut l'aider vient à heurter son épaule ; il lui assène un coup de cruchon et regagne sa tanière, juste sous la galerie où sont assis le capitaine Quire et le Sarrasin.

Le feu allonge les ombres et la taverne devient soudain silencieuse.

« Nous devrions peut-être chercher un endroit plus chaleureux ? » suggère le Maure.

Quire s'enfonce plus profondément dans son siège. « C'est bien assez chaleureux pour moi. Vous parliez d'avantages mutuels ?

— J'imagine que vous possédez des parts sur des bateaux ou qu'au moins vous en commandez un, capitaine Quire. Londres regorge d'informations que l'on refuserait de me donner mais que vous, vous pourriez facilement obtenir...

— Ah-ah ! Vous voulez faire de moi votre espion. Que je vous renseigne sur les expéditions à l'avance, afin que vous puissiez envoyer vos navires en premier et coiffer au poteau les marchands rivaux !

— Je ne vous proposais pas d'espionner, capitaine Quire !

— Il s'agit pourtant bien d'espionnage. »

L'instant est critique. Quire se sentirait-il offensé ?

« Aucunement. Ce que je vous suggère est monnaie courante : vos compatriotes ne s'en privent pas dans nos ports. » Le Sarrasin se veut conciliant.

— Vous me croyez homme à espionner mes concitoyens ? »

L'Arabe hausse les épaules, esquivant la provocation. « Vous êtes trop intelligent pour cela, Capitaine. Vous cherchez délibérément à m'appâter. »

Les fines lèvres de Quire sourient. « Certes, Monsieur, mais vous-même ne jouez pas franc-jeu !

— Si c'est ce que vous pensez, brisons là cette conversation. »

Le capitaine Quire secoue la tête. De longues mèches bouclées dansent sous le sombrero. « Sachez que je ne possède aucun intérêt dans un bateau. Je n'en commande aucun non plus. Je ne suis même pas officier de marine. Je ne suis pas marin du tout. Je ne sers aucune compagnie, ni à terre, ni en mer. Je suis Quire, rien d'autre que Quire. En conséquence, je ne vous suis d'aucune aide.

— Peut-être plus que vous ne le croyez. » Quoique hésitant, le ton est lourd de sens.

Quire rentre le menton dans les épaules et se tourne vers le Sarrasin.

« Vous êtes décidé à jouer cartes sur table, hein ?

— Nous sommes prêts à payer pour toute information sur les mouvements de la flotte d'Albion, militaire ou civile. Prêts à payer pour toute rumeur qui circule à la cour sur les projets officiels. Prêts à payer, très cher, tout compte rendu détaillé des entretiens privés de la reine Gloriana. D'après ce que je sais, il y a moyen de les entendre discrètement.

— Vraiment, Monseigneur ? De qui le tenez-vous ?

— D'un courtisan de passage à Bagdad, l'an dernier. »

Quire pince les lèvres, il semble réfléchir. « Je ne suis pas riche, vous pouvez le constater. »

Le Maure fait comme s'il venait de s'en apercevoir. « Vous auriez grand besoin d'un nouveau costume, en effet.

— Vous n'êtes pas bête, Monseigneur.

— Je ne crois pas.

— Et vous avez su dès le début que je n'étais ni capitaine, ni marchand.

— Il est des hommes, en Albion, qui s'ingénient à feindre la pauvreté ; on ne peut juger... »

Quire acquiesce et s'éclaircit la gorge. Le long de la galerie arrive alors un ruffian efflanqué à la bouche déformée par une dent saillante. Il porte des culottes de peau de lapin, un pourpoint matelassé tout déchiré et un chapeau en cuir de cheval enfoncé jusqu'aux oreilles. Une épée lui bat le côté, dont la garde présente des traces de rouille grossièrement grattées. Sa démarche chancelante n'est pas tant due à la boisson qu'à, semble-t-il, une infirmité naturelle. Sa peau est bleue de froid, car il vient du dehors, mais ses yeux brûlent d'impatience.

« Capitaine Quire ? »

On dirait qu'il vient sur ordre, pour un mauvais coup dont il se délecte d'avance.

« Tinkler ! Vous arrivez à point nommé pour me servir de témoin. Voici le seigneur Ibram, de Bagdad. »

Tinkler s'incline et pose une main crasseuse sur la table. Déconcerté, le regard de Lord Ibram passe du ruffian au capitaine. « Sachez, Maître Tinkler, que le seigneur Ibram vient de m'insulter. »

Le Maure est enfin sur ses gardes. « C'est faux, capitaine Quire. »

La table l'empêche de se lever et il ne peut sortir sans bousculer Quire ou Tinkler qui est, de toute évidence, le compère du capitaine. « Vous me cherchez querelle, dit-il, remontant sa manche droite. C'était prémédité ? »

La voix du capitaine se fait plus froide. « Il m'a proposé d'espionner la reine en personne. Il m'a dit que le jeune Sir Lancelot Teale lui avait révélé le moyen d'y parvenir.

— Ah ! s'écrie Lord Ibram, vous savez tout ! Je suis pris au piège ! Très bien. » Il veut repousser la table mais Quire la retient. « Je l'admets, j'ai essayé de faire de vous un espion, Capitaine, et c'était une idée saugrenue : il est clair que vous en êtes déjà un. Mais j'imagine que vous êtes aussi fin diplomate ; vous comprendrez donc que, si je suis capturé, torturé ou tué, il y aura des retombées. Mon oncle est le beau-frère de l'émir du Maroc. Je suis également apparenté à Lord Shahryar, notre ambassadeur en Albion dont l'arrivée est imminente. Je reconnais ma méprise, et maintenant je prends congé. »

Il parvient quand même à se lever et écarte les

pans de son vêtement pour bien montrer qu'il est armé. Il vient de commettre une nouvelle erreur, car aussitôt Quire lui sourit de toutes ses dents, la mine triomphante. « Mais enfin, Lord Ibram, vous m'avez insulté. »

Le Maure s'incline. « En ce cas, acceptez mes excuses.

— Que nenni ! Je suis un loyal sujet de la reine. Elle n'a probablement pas meilleur serviteur que le capitaine Quire. Vous n'êtes pas un lâche, j'espère, Monseigneur ?

— Lâche ? Oh ! non.

— Alors vous m'accorderez...

— Quoi ? Réparation ? Ici ? Vous voulez vous battre, n'est-ce pas, capitaine Quire ? »

L'œil noir et torve, le Maure enfile un gant chargé de bijoux et pose la main sur la poignée ciselée de son cimeterre. « Votre acolyte et vous espérez me tuer ?

— Maître Tinkler sera mon témoin ; je vous laisse tout loisir de chercher le vôtre. Nous trouverons un endroit tranquille pour nous battre, si vous préférez.

— Vous avez l'intention de vous battre loyalement, capitaine Quire ?

— Je vous l'ai dit, Lord Ibram. Vous m'avez insulté. Vous avez insulté ma reine.

— Non.

— Vous avez fait des insinuations.

— Je me suis contenté de répéter ce qui se raconte. » Le Sarrasin s'aperçoit qu'il est en train d'abdiquer sa fierté et se mord la lèvre devant Quire qui lui sourit à nouveau sous le nez.

« Il est indigne d'un grand seigneur d'accorder le

moindre crédit à de tels racontars. Quant à rapporter les ragots du ruisseau, voilà qui est déshonorant.

— J'en conviens. » Le Maure hausse les épaules. « Très bien, je me battrai ! Dois-je trouver un témoin parmi cette racaille ? Se trouve-t-il un seul gentilhomme ici, auquel je puisse faire appel ?

— Uniquement Maître Wheldrake. Allons voir dans quel état la boisson l'a mis. »

Quire contourne la table. Tinkler recule pour laisser passer Lord Ibram. Le capitaine emprunte à son tour la galerie par où Wheldrake a disparu. Mais le Maure l'arrête. « Le malheureux ne sera pas en état ! »

Quire du geste désigne la cohue en contrebas : « Alors, prenez-en un dans le tas. N'importe lequel fera l'affaire, si vous payez. »

Le Sarrasin se penche au-dessus de la rampe : « J'ai besoin d'un témoin pour un duel. Il y a une couronne pour celui qui m'accompagnera ! » Il exhibe une pièce d'argent. L'homme vêtu de cuir, qui tout à l'heure était sorti se battre dans la rue, est entre-temps revenu dans la taverne, probablement par une autre entrée. Il a le visage tout rouge et deux longues éraflures lui zèbrent le front ; une ecchymose orne son crâne chauve et l'une de ses oreilles a été entaillée ; il presse une éponge contre la blessure.

« Moi ! J'aime mieux être témoin que participant ! »

Quire sourit. « Qu'est devenu ton adversaire ?

— Il s'est enfui, Monsieur ! Mais il a oublié ceci derrière lui. »

Il tend la main vers la table la plus proche et brandit un nez humain. « Je le lui ai arraché d'un coup de dents. Il voulait le récupérer pour se le faire recoudre par un barbier. Je l'ai gagné à la loyale et j'ai refusé de le rendre. » En riant, il lance l'appendice en direction de la cheminée, mais trop court ; le nez commence à griller sur le carreau.

Lord Ibram se tourne vers le capitaine Quire : « Que savez-vous de moi ? Sir Lancelot a dû vous dire...

— Que vous êtes une fine lame ?

— Vous vous estimez donc supérieur ? »

Quire ne répond pas.

Le petit groupe quitte alors la taverne par la porte de derrière et longe le fleuve pour gagner le lieu où attend toujours l'attelage qui a conduit Quire et Ibram à *l'Hippocampe*. Les quatre hommes grimpent dans la voiture en frissonnant et Quire indique au cocher la direction du champ de White Hall. Il contemple le fleuve large et sombre : sous la neige qui tombe, son cours paraît plus paresseux qu'à l'ordinaire. À travers les flocons il distingue la forme vague et les lumières d'un bateau de fort tonnage ; il entend les rames des remorqueurs qui l'amènent vers les docks, à Charing Cross. Il jette un regard au Maure qui fulmine, principalement contre sa propre bêtise ; il adresse un clin d'œil à Tinkler qui lui renvoie un sourire déchiqueté ; mais il ne regarde pas le soudard à l'éponge ensanglantée qui tente d'engager une conversation amicale avec Lord Ibram, histoire de mériter son salaire.

L'attelage, brinquebalant sur les ornières glacées, s'enfonce dans la nuit...

*

À bord du bateau qui remonte si tard et si péniblement la Tamise, Sir Thomasin Ffynne tape des pieds sur le pont ; l'un est un pied de chair, l'autre d'ivoire taillé. Il s'attend à voir son souffle geler devant ses yeux. Il espère que le jour se lèvera avant que le bateau n'atteigne les docks : il n'a pas confiance dans les hommes qui le remorquent. Les lumières sont peu nombreuses et voilées par le mauvais temps. Une épaisse couche de neige recouvre tout le bâtiment, vergues, gréement, bastingage et ponts. Elle s'est accumulée sur le chapeau de Tom Ffynne, sur ses épaules ; elle menace de glisser entre sa botte et son bas et de geler le pied qui lui reste ; il faudrait alors l'amputer comme l'autre, perdu lors de son fameux voyage dans le cercle arctique.

Tom Ffynne revient d'une expédition pirate en mer du Mexique, ce qu'il appelle « percevoir l'impôt ». Il avait espéré assister aux fêtes de Noël, puis à la mascarade du Nouvel An, mais il a manqué les deux et son humeur s'en ressent. C'est avec plaisir, pourtant, qu'il retrouve sa ville de Londres et le grand palais scintillant au loin ; il remercie même le mousse qui lui rapporte de la cambuse un quart de rhum chaud. Il boit à petites gorgées : le métal de la tasse lui brûle les lèvres sous la barbe ; il grogne, tape du pied et interpelle les remorqueurs de sa voix de fausset chaque fois que le bateau lui semble se rapprocher trop dangereusement des hautes berges.

Petit et grassouillet, le teint rubicond, l'œil pétillant, Sir Thomasin Ffynne dissimule sous cette apparence l'un des cerveaux les plus brillants d'Albion. Amiral à vingt-six ans, il a navigué dans la flotte de guerre du roi Hern, à l'époque des conquêtes et des pillages ; il en a ramené le surnom de Ffynne le Démon, en un temps où les démons étaient légion. Mais son amour pour la reine rivalise aujourd'hui avec celui de Lord Montfallcon ; tous deux font partie des rares survivants à avoir traversé le règne de Hern avec honneur, pour ensuite se mettre au service de Gloriana. Si son oncle a soumis les califes maures au nom de Hern, c'est lui, Tom Ffynne, qui les a maintenus sous la coupe d'Albion dont ils dépendent presque entièrement pour leur survie et leur défense. Par ailleurs, il a réprimé deux révoltes sur le grand continent de Virginie, il y a fait prévaloir la puissance de sa patrie. Il s'est battu avec une extrême férocité pour maintenir la domination d'Albion sur Cathay, l'Inde, tous les royaumes d'Asie, et sur les côtes d'Afrique, désormais protectorat de la reine. Gloriana veille consciencieusement sur ces territoires où elle interdit la violence et impose une justice équitable pour tous les sujets dont elle a la charge.

L'époque actuelle convient mal à Ffynne pour qui la terreur constituait le meilleur moyen de maintenir l'ordre dans l'univers ; il a vu dans l'émergence de la nouvelle Loi une dépense inutile, une manœuvre injustifiée dont les bénéficiaires, qui plus est, abusaient honteusement. Cependant, il en est venu à respecter les désirs de sa souveraine qui lui a formellement interdit ses expéditions corsaires. Depuis lors, il se résigne à l'inaction et se contente de voyages d'exploration à peine entachés de quelques pirateries dirigées contre des bateaux échappant à la protection d'un monarque bien trop généreux.

Pour l'heure, les cales du *Tristan et Yseult* sont pleines, chargées pour moitié du trésor d'un empereur antillais dont Tom Ffynne a visité les cités en remontant un large fleuve qui l'a mené à des centaines de milles à l'intérieur des terres. L'autre moitié comprend des étoffes et des lingots confisqués à deux caravelles ibériques au bout de cinq heures de combat près des côtes de la Californie, la plus occidentale des provinces de Virginie. Ffynne a l'intention de remettre la totalité du butin à la reine mais son expérience lui fait espérer qu'elle en laissera une bonne part aux officiers et à l'équipage du *Tristan et Yseult.* Son impatience à obtenir audience recouvre cependant une autre raison : les nouvelles qu'il rapporte, il le sait, intéresseront Lord Montfallcon et inquiéteront probablement Gloriana.

Ffynne s'aperçoit soudain que le jour s'est levé. Peu à peu l'horizon pâlit, révélant un palais aux proportions d'un sommet alpin, un Londres à demi enseveli et une Tamise où la glace se reforme à mesure qu'avance le bateau.

Tout est blanc et silencieux. Tom Ffynne cesse de battre la semelle, émerveillé à la vue de la capitale d'Albion en ce premier jour de l'année, la treizième d'un règne placé sous le signe de la paix — aux dires du vieux docteur Dee, l'astrologue —, la plus importante à la fois pour elle-même et pour l'histoire du royaume. Tom Ffynne exhale un profond soupir qui forme un nuage devant sa bouche. Il frappe dans ses mains gantées et d'une secousse chasse les petits glaçons qui encombrent sa barbe noire, grognant de plaisir à la vue de son port d'attache figé dans sa majesté et sa gloire, dans son éphémère sérénité.

Chapitre II

Où la reine Gloriana entame son premier jour de l'année nouvelle, reçoit des courtisans et obtient des informations alarmantes

Dans son imposante chemise de nuit ivoire bordée de dentelle argentée, les cheveux retenus par un bonnet de lin uni, ses mains diaphanes parées simplement d'une paire de bagues assorties de perles et de platine, la reine Gloriana, repoussant ses draps blancs, écarta les rideaux de soie décolorée de son lit, se leva et traversa la chambre pour s'approcher de la fenêtre. Sur les pelouses enneigées, des paons albinos paradaient entre les haies d'ifs qu'on aurait dits, ce matin-là, taillés dans du marbre. Quelques flocons tombaient encore et recouvraient les traces brunes des oiseaux, mais Gloriana voyait s'éclaircir le ciel laiteux et même poindre une légère trace de bleu. Elle se tourna vers sa jeune dame d'atour, Mary Perrott, qui attendait près du plateau du petit déjeuner chargé de vaisselle d'argent.

« Vous êtes bien jolie ce matin, Mary. Teint clair. Très féminine. Mais fatiguée, il me semble. »

Mary confirma par un bâillement. « La fête...

— Je crains d'avoir quitté la mascarade un peu tôt. Était-ce au goût de votre père ? Et de vos frères et sœurs ? Se sont-ils amusés ? Et les artistes ? Étaient-ils bons ? » Elle posait force questions pour ne pas obtenir de réponses.

« La soirée fut parfaite, Votre Majesté. »

Gloriana s'assit à une table finement ouvragée ; elle souleva les couvercles et se servit des rognons et des ris de veau.

« Il fait froid. Mangez-vous suffisamment, Mary ? »

Alors que sa maîtresse attaquait son repas à belles dents, Mary Perrott frissonna légèrement ; Gloriana agita alors sa fourchette. « Recouchez-vous une heure ou deux. Je n'ai pas besoin de vous. Mais avant de partir, mettez une autre bûche dans le feu et apportez-moi le peignoir d'hermine. Cette robe est nouvelle, non ? Le velours rouge vous va à ravir. Mais le corsage me paraît trop juste. »

Le rouge aux joues, Lady Mary se pencha au-dessus du feu. « J'avais l'intention de le retoucher, Madame. »

Elle quitta la chambre et revint peu après avec le peignoir qu'elle posa sur les larges épaules de sa maîtresse.

« Merci, Madame. Deux heures ? »

Gloriana sourit, finit ses rognons et passa vite aux harengs avant qu'ils n'aient refroidi. « Pas de visite à un galant, et pas de galant non plus dans votre chambre, Mary. Il vous faut dormir... si vous voulez rester en état d'accomplir vos devoirs.

— Oui, Madame. » Une révérence et Lady Mary s'esquiva de l'austère chambre royale.

Gloriana ne trouvait pas les harengs à son goût. Elle se leva de table et, heureuse de ce moment d'intimité imprévu, s'approcha du miroir scellé dans le mur près de la porte. Elle examina son visage à l'ovale parfait, à l'ossature délicate. Ses grands yeux bleu-vert exprimaient une vague curiosité sans complaisance. Le bonnet conférait une certaine raideur à sa physionomie. Elle le retira, libérant sa chevelure qui se déversa en boucles auburn sur ses joues et ses épaules; elle rejeta le peignoir, délaça sa chemise et se retrouva nue, lisse et rayonnante. Malgré sa taille, six pieds et six pouces, son corps était magnifiquement proportionné et sa peau sans défaut; pourtant, tel le chêne où les amants gravent leurs initiales, sa chair avait été marquée à de nombreuses reprises; meurtrie dès l'enfance par toutes sortes d'armes et de fouets, brûlée, entaillée, griffée, bourrée de coups, d'abord par son propre père ou par ceux qui, au service du roi, s'étaient mis en devoir de l'éduquer ou de la punir; ensuite par des amants dont elle avait espéré qu'ils lui feraient connaître l'ultime sensation, encore inconnue d'elle.

Elle se caressa les flancs, distraitement et non par narcissisme; elle se demandait comment un corps aussi sensuel pouvait vibrer aussi pleinement et pourtant lui refuser la jouissance dont il gratifiait la plupart de ceux à qui elle en faisait don. Un léger soupir, elle renfila sa chemise de nuit, s'enroula dans sa fourrure et cria : « Entrez ! » car on frappait à la porte.

Sa meilleure amie, à la fois secrétaire privée et confidente, Una, comtesse de Scaith, pénétra dans la pièce. Elle portait un casaquin de brocart gris à courtes manches ballon dont le col montant lui dissimulait entièrement le cou, accentuant l'ovale de son visage, et dont le bas s'évasait pour laisser voir une jupe à panier or et cramoisi. Les yeux vifs et chaleureux de la comtesse sondèrent ceux de Gloriana et trouvèrent une réponse à la question qu'elle n'avait pas formulée. Puis elles s'étreignirent.

« Par Hermès, qu'on m'épargne d'autres médecins comme ceux qui m'ont été envoyés, dit la reine en riant. Toute la nuit, ils ont essayé sur moi leurs lancettes et ils m'ont tellement ennuyée, Una, que je me suis endormie comme une souche. Ils étaient partis quand je me suis éveillée. Voudriez-vous leur faire parvenir un présent de ma part ? Pour le dérangement. »

La comtesse de Scaith acquiesça, soucieuse de partager l'humeur décidée de la reine. Elle passa dans la pièce attenante ; elle ouvrit un petit secrétaire d'où elle sortit un carnet. « Les Italiens ? Combien ?

— Trois garçons et deux filles.

— Des présents de valeur égale ?

— Cela me paraît équitable. »

Una revint auprès de la reine. « Tom Ffynne est de retour. Le *Tristan et Yseult* vient d'accoster à Charing Cross voici à peine trois heures, et l'amiral est impatient de vous voir.

— Seule ?

— Ou avec Lord Montfallcon. Peut-être à onze heures, au moment de votre Conseil privé ?

— Tâchez de découvrir la raison de son agitation. Je n'aimerais pas l'offenser, ce fidèle amiral.

— Il n'a de fidélité que pour vous, reconnut Una. Les anciens serviteurs de votre père vous tiennent en plus haute estime que les jeunes, à mon avis, car ils se souviennent...

— Oui. » Gloriana devint distante. Elle n'aimait pas les allusions à son père, ni les comparaisons, car son amour pour le monstre avait grandi à mesure qu'il vieillissait et que sa santé déclinait ; et elle avait appris à le comprendre, sachant qu'il s'était usé sous le fardeau qu'elle-même avait à peine la force de supporter.

« Des rendez-vous aujourd'hui ?

— Vous souhaitiez accorder une audience au docteur Dee. Elle est fixée à la suite de la réunion du Conseil. Puis vous n'avez plus rien jusqu'à votre dîner, entre douze et quatorze heures, avec l'ambassadeur de Cathay et l'ambassadeur du Bengale.

— Un litige à propos de frontières ?

— Lord Montfallcon a déjà préparé document et résolution à ce sujet. Il vous en parlera dans la matinée.

— Et après le dîner ?

— Vos enfants et leurs gouvernantes. Jusqu'à seize heures. À dix-sept heures, une cérémonie dans la Chambre des Audiences.

— Les dignitaires étrangers, non ?

— Les traditionnels vœux et cadeaux du nouvel an. À dix-huit heures, le Maire et les échevins — vœux et cadeaux. À dix-neuf heures, vous avez prévu d'examiner le projet des nouveaux bâtiments de Greyfriars. À vingt heures, souper avec Lord Kansas et Lord Washington.

— Ah, mes Virginiens romanesques ! J'ai hâte d'être à ce soir.

— Après souper, un seul rendez-vous. Sir Tancred Belforest a demandé audience.

— Une nouvelle entreprise chevaleresque ?

— Je pense qu'il s'agit d'une affaire personnelle.

— Excellent. » C'est en riant que Gloriana entra dans son cabinet de toilette où elle sonna ses suivantes. « Je serai ravie d'accéder à la requête du malheureux Champion ; il cherche toujours à me faire plaisir, mais il ne connaît que les combats et l'exercice physique. Avez-vous une idée de ce qu'il désire ?

— Je dirais qu'il veut vous demander la permission d'épouser Mary Perrott.

— Oh, avec joie, avec joie. Je les aime tous deux et je lui accorderais n'importe quelle faveur pour le distraire de ses nobles préoccupations. »

Les dames d'atour entrèrent. De jolies filles ; chacune avait été l'amante de la reine et elle les avait gardées à son service, car elle ne pouvait se résoudre à congédier quiconque avait essayé de lui donner du plaisir et refusait de reprendre sa liberté.

« J'ai donc une journée relativement peu chargée.

— Tout dépend des nouvelles qu'apporte Tom Ffynne. S'il venait annoncer des rumeurs de guerre... dans les Indes occidentales ?

— Nous ne serions pas concernés. En dehors de Panama, les Indes occidentales ne sont pas sous notre protection, dieux merci. À moins qu'elles n'attaquent la Virginie... Mais laquelle de leurs nations serait assez puissante ?

— Avec l'aide ibérique...

— Oh, avec l'aide ibérique, oui. Mais je pense que les Antillais se méfient de l'Ibérie depuis que nombre d'entre eux ont été envoyés au massacre. Non. S'il y a danger, c'est plus près de nous qu'il se trouve, chère Una. » Elle se pencha pour embrasser sa secrétaire alors que ses dames resserraient son corset, lui donnant ainsi cette silhouette de sablier que le décorum imposait. L'air lui manqua et elle gémit. « Ah !

— Je vais dire à Sir Tancred qu'il sera le bienvenu. » Una laissa Gloriana en proie aux souffrances somme toute réconfortantes que lui causait la constriction de son costume, alors qu'on l'équipait, qu'on la gréait, qu'on la carénait, tel un vaisseau de guerre, pour l'accomplissement de ses devoirs du jour : corsage et vertugadin, collerette à armature amidonnée, bas de soie et chaussures à hauts talons, jupon brodé, robe de velours or piquée de gemmes diverses et de petites fleurs, cape de velours cramoisi bordée d'hermine, les cheveux maintenus par des rangs de perles, coiffés d'un diadème, le visage poudré, les mains gantées et baguées, la masse dans la main gauche et le sceptre dans la droite.

Enfin elle fut parée à faire route vers la Chambre Privée où l'attendaient ses conseillers ; entourée ainsi qu'une frégate au milieu des mouettes de ses pages et dames d'honneur, dont plusieurs portaient sa traîne, elle glissa le long des corridors pavoisés de soieries, de tapisseries et de peintures, décorés de fresques flamboyantes où se mêlaient des scènes du passé glorieux ou malheureux d'Albion, des scènes champêtres, bêtes, héros, paysages exotiques d'Orient, d'Afrique ou de Virginie.

Elle croisa des courtisans qui la saluèrent, lui firent la révérence, la complimentèrent ; à certains elle dut donner le bonjour ou des nouvelles de sa santé.

Elle croisa des seigneurs, des dames d'honneur, des écuyers, des intendants, des majordomes, des valets de toute sorte. Ses pieds foulèrent tapis et mosaïques, carrelage et parquet ciré, un peu d'argent, un peu d'or, marbre et plomb. Elle vira gracieusement de bord et traversa, en roulant du vertugadin, la première, la deuxième puis la troisième salle des audiences où courtisans et pétitionnaires attendaient son bon vouloir.

Les gentilshommes pensionnés qui formaient sa garde personnelle sous le commandement de Lord Rhoone, dans leur tenue écarlate et vert sombre, dressèrent leurs piques en guise de salut ; des valets de pied ouvrirent d'une poussée les portes de la Salle d'Audience qu'elle franchit d'une traite pour pénétrer dans la Chambre du Petit Conseil.

Ses conseillers se levèrent, saluèrent et attendirent pour se rasseoir qu'elle se fût installée dans son fauteuil au bout de la longue table. Ils étaient au nombre de douze, vêtus de riches étoffes, une chaîne d'or au cou. Derrière Gloriana, une lumière irisée filtrait au travers d'un immense et splendide vitrail, *Tribut à l'Empereur* : dans Londres, la Nouvelle Troie (citadelle légendaire de Britannia aux temps de l'Âge d'Or, fondée sept mille ans plus tôt par l'ancêtre de la reine, le prince Brutus), le père de Gloriana représenté sous les traits du roi Arthur reçoit les présents que les ambassadeurs de toutes les nations du monde déposent sur les quatre-vingt-dix-neuf marches du trône de l'Empire où quatre jeunes filles — Sagesse, Vérité, Beauté, Miséricorde — se tiennent de part et d'autre d'une couronne rayonnante.

Gloriana, personnellement, trouvait ce vitrail de mauvais goût. Mais le respect des traditions et la mémoire de son père l'obligeaient à le conserver.

Ses conseillers privés, douze visages familiers répartis par six de chaque côté de la table de bois sombre, siégeaient à la place que leur conférait leur rang, chacun pourvu de papier, d'une corne à encre enchâssée d'argent, d'une plume d'oie et d'un sablier pour sécher ses écrits. À la droite de Gloriana, sa tête léonine poivre et sel inclinée comme s'il sommeillait, se tenait Lord Perion Montfallcon, Grand Chancelier et Premier Ministre, habillé de noir et de gris.

À la gauche de la reine, songeur, siégeait le docteur John Dee, Alchimiste et Sage de la Couronne, au profil aquilin, à la longue barbe taillée au carré, portant cape et bonnet bruns, pourpoint à ceinture et chaîne d'or composée d'étoiles à six branches.

À côté de Lord Montfallcon, Sir Orlando Hawes, le ministre du Trésor à la peau d'ébène, aux traits tirés, mince, vêtu de bleu foncé uni et d'une collerette de dentelle étriquée d'un bleu plus pâle, une chaîne d'argent en sautoir, fixait de ses petits yeux noirs les documents posés devant lui. En face, un vieil homme perclus de goutte gardait une rigidité minérale, la mine rougeaude et austère, les yeux bleus de la limpidité des océans nordiques, en costume de velours pourpre et de dentelle blanche, le cou pris dans une chaîne capable de supporter une ancre : le plus célèbre navigateur du pays, Lisuarte Armstrong, quatrième baron d'Ingleborough, Lord Amiral d'Albion.

Suivait à sa droite Gorius, Lord Ransley, ministre de l'Intendance, en fraise et manchettes d'or pâle, en pourpoint matelassé couleur de feuille morte, à la chaîne sertie de rubis. Puis venait Sir Amadis Cornfield, gardien du Trésor Royal. La soie à rayures bleues et blanches de son habit était retroussée au cou et aux poignets sur une doublure cramoisie ; pardessus s'étalaient une ample collerette et de larges manchettes en lingerie fine ; avec sa chaîne d'argent, menue et délicate, assortie aux boutons de son manteau, il était un fort bel homme doté d'une grande bouche ironique et de cheveux bruns, qui prenait sa fonction au sérieux. Il semblait contempler un détail du vitrail qui lui avait échappé jusque-là.

En face de lui, Sir Vivien Rich, dodu et chevelu, dans ses vêtements tissés à la mode campagnarde, ressemblait à un fermier, mais il était le vice-chambellan de la reine. Au côté de Sir Amadis était assis, l'air collet monté, Maître Florestan Wallis, l'illustre érudit, tout de noir vêtu ; il ne portait pas de chaîne mais un petit insigne sur la poitrine ; ses cheveux raides lui couvraient les épaules et ses lèvres épaisses faisaient la moue. Il était le ministre de la Haute Langue d'Albion — langue des cérémonies et proclamations officielles — et l'auteur de saynètes jouées à la cour. Suivaient Perigot Fowler, le Grand Écuyer, en costume brun, et Isador Palfreyman, le ministre de la Guerre, en rouge sang, l'un et l'autre barbus, presque jumeaux. Le dernier à droite, Auberon Orme, maître de la Grande Garde-robe, surprenait par sa mise lilas et vert Lincoln qui n'était pas de saison. Son imposante fraise, dans les mêmes tons, accentuait la longueur de son nez, la petitesse de sa bouche, et elle faisait ressortir les veinules rouges de ses yeux. Enfin, à gauche, Marcilius Gallimari, un Napolitain basané, à l'air amusé, complétait le Conseil ; son pourpoint galonné à taillades et bouillons rivalisait de couleurs avec le vitrail ; ses cheveux ondulaient et ses oreilles s'ornaient l'une d'un diamant, l'autre d'une émeraude ; il portait une fine barbe en pointe et une ombre de moustache. C'était le talentueux intendant des Menus Plaisirs royaux.

La reine sourit. « L'atmosphère de la Chambre me

paraît insouciante et joyeuse, ce matin. Dois-je comprendre que c'est encore jour férié ? »

Montfallcon se leva, solennel. « En quelque sorte, Votre Majesté. Le monde connaît le calme. Le calme du tombeau. Mais Sir Thomasin Ffynne apporte des nouvelles...

— Je sais. J'ai prévu de le recevoir à l'issue du Conseil.

— Votre Majesté est donc avertie des informations qu'il nous amène ? » Il eut un grognement entendu.

« Pas encore, Lord Montfallcon.

— Allons, allons, mon cher Chancelier ! » Le docteur Dee était son vieux rival. « Avec vos sous-entendus sinistres, on se croirait à la veille de la fin du monde. Êtes-vous mécontent parce qu'aucune menace ne pèse actuellement sur Albion ? Aimeriez-vous que j'interroge les oracles ? Voulez-vous que je consulte le Talmud ? Voulez-vous que je prédise une catastrophe ? que je libère quelques diables de leurs bouteilles ? que je lise un sombre avenir dans les étoiles ? que je sème la panique en évoquant des fléaux qui s'abattront sur nous si tel avertissement n'est pas pris en compte et si tel autre est ignoré ? » À entendre sa voix sans timbre, certains avaient toujours l'impression, comme maintenant, qu'il ne parlait pas sérieusement ; mais d'autres prenaient ses paroles au pied de la lettre. Il s'entourait de tant d'ambiguïté qu'elle échappait à son contrôle et il se retrouvait souvent surpris par la réaction de ses proches qu'il avait bêtement, involontairement désorientés (il n'était pas maître de sa voix).

Ce n'était pas le cas de Perion Montfallcon, habitué aux sarcasmes du mage. Ils ne se portaient guère dans le cœur. Le chancelier fit montre de patience mais son attention restait tournée vers la reine. « Votre Majesté, il s'agit d'une affaire anodine mais qui risque d'être le point de départ d'une situation inextricable. »

Désireuse d'éviter un face à face théâtral entre les deux cabotins chevronnés, la reine Gloriana leva les deux mains. « Alors, voulez-vous entendre Thomasin Ffynne tout de suite, pour qu'il nous fasse son rapport ?

— Eh bien... » Lord Montfallcon haussa les épaules. « Je n'y vois aucun inconvénient. Il attend dans la première salle d'Audience.

— Faites-le donc chercher, Monseigneur. »

Le chancelier quitta son siège et se dirigea lentement vers la petite porte derrière sa place, qui donnait dans l'antichambre située entre la salle du Petit Conseil et ses propres bureaux. Il l'ouvrit, donna un ordre à un valet ; peu après, Ffynne entra en clopinant. Il avait taillé sa barbe pour la circonstance, cinq plumes d'autruche violettes ornaient son chapeau et une courte cape plissée vert bouteille lui recouvrait l'épaule gauche. Il portait une fraise blanche amidonnée, un pourpoint vert émeraude corseté avec ceinture, de larges chausses de marin nouées sous le genou par des rubans, des bas blancs et des souliers noirs à boucles dorées. Il avait passé ses plus beaux habits. Ses petits yeux pétillants s'agrandirent légèrement en voyant la reine ; il ôta son chapeau, fit un grand salut, puis s'avança clopin-clopant sur son pied artificiel qu'on avait taillé de telle sorte que le moignon de sa cheville s'y ajustât parfaitement.

« Votre Majesté.

— Le bonjour, Sir Thomasin. Nous vous espérions plus tôt. Avez-vous essuyé des tempêtes ?

— Beaucoup, Votre Majesté ! Tout au long du voyage ! Nous avons subi des dommages importants. Tous les gréements ont été emportés à l'exception de deux ou trois haubans, et la plupart des vergues abattues avant que nous arrivions en vue des côtes d'Ibérie. Nous sommes entrés vaille que vaille en Manche et avons fait escale au Havre pour effectuer des réparations mineures avant de reprendre la mer. C'était il y a quatre jours.

— Les nouvelles que vous nous apportez viennent donc de France ?

— Non, Votre Majesté. Mais je les ai apprises en France. Pendant que nous étions à quai, retardés par l'incompétence de soi-disant menuisiers et voiliers qu'on nous avait affectés, est arrivé un grand galion construit à l'ancienne, de quelque quarante rames. Il battait pavillon polonais, et ma curiosité fut éveillée car il s'agissait de toute évidence d'un navire de cérémonie : les cordages et le bastingage disparaissaient sous la dorure et les galons d'or. Il a manœuvré lourdement et jeté l'ancre tout près de nous. Intrigué, j'ai transmis mes salutations au capitaine qui m'a alors invité à son bord. C'était un vieux gentilhomme très aimable. Un noble. Il était ravi de me rencontrer, car il manifestait une admiration sans bornes pour Albion comme pour sa reine Gloriana et brûlait d'envie d'avoir des informations sur l'une et l'autre. Il n'a pas tari d'éloges sur notre pays ni sur sa souveraine et, quand il a su qui j'étais, il n'a cessé de me complimenter en évoquant mes propres aventures.

— Voilà donc vos nouvelles, Sir Thomasin ! fit le Dr Dee dans le seul but de contrarier Lord Montfallcon. Nous sommes aimés de la Pologne.

— Docteur Dee ! » La reine lui jeta un regard impérieux et le docteur se tut.

« Certainement, poursuivit Ffynne. Ce navire attend en ce moment même de prendre à son bord le roi de Pologne, qui doit arriver par voie de terre en carrosse, afin de l'amener jusqu'à Londres.

— Dans quel but ? » Sir Amadis Cornfield détacha à regret ses yeux du vitrail. « Le roi lui-même ? Sans flotte ? Sans suite ?

— Il vient en tant que prétendant, répondit doucement Tom Ffynne. Ou plutôt non, en tant que prétendu. D'après mon gentilhomme polonais, il serait persuadé que Votre Majesté lui accordera sa main.

— Ah ! » Le regard en coin que Gloriana adressa à Lord Montfallcon traduisait son embarras.

« Madame ? » Le Chancelier leva la tête.

« Un oubli, Monseigneur. J'avais l'intention de vous en informer. J'ai écrit au roi de Pologne.

— Vous avez consenti à ce mariage ?

— Bien sûr que non. C'était en novembre dernier, vous étiez pris de fièvre. Un message est arrivé de Pologne, plus ou moins officiel, proposant une visite — une visite privée du roi, peut-être même secrète, maintenant que j'y pense, mais incognito de toute façon. J'ai donné mon accord par deux lettres brèves, l'une l'assurant de notre amitié pour sa nation, l'autre suggérant une date en début d'année. Aucune réponse. Elle s'est peut-être égarée. Pologne est connu pour son extrême amabilité et j'étais curieuse de le rencontrer.

— Et il en a déduit, interprétant sans doute votre geste en fonction d'une coutume de son pays, que vous étiez disposée à entendre sa demande en mariage. » Lord Montfallcon éclaircit sa vieille gorge et se plaqua la main sur la poitrine. « Et si vous repoussez sa demande, Madame ?

— Il faut l'informer qu'il a mal interprété nos lettres.

— Et il redoutera un complot. La Pologne est une nation amie. Son empire est puissant, il s'étend de la mer Baltique à la Méditerranée et compte quarante États vassaux. Nous tenons grâce à elle la Tatarie à distance...

— Nous sommes au fait de la géographie politique de l'Europe, Lord Montfallcon. » Le Dr Dee promena un ongle long sur sa mâchoire. « D'après vous, si le roi se considère comme un prétendant éconduit, voire un amoureux délaissé, il se vengera en déclarant la guerre ?

— Il n'y aura pas la guerre. » Lord Montfallcon parlait comme s'il se répondait à lui-même. « Probablement pas. Mais nos relations vont se tendre, ce que nous ne pouvons nous permettre. La Tatarie est toujours à l'affût. Quant à l'Arabie, elle nourrit, elle aussi, des ambitions.

— Je devrais peut-être épouser Pologne. » Un instant, la reine eut l'air d'une fillette apeurée. « Dites ? nous serions sauvés, Monseigneur ?

— Le Grand Calife d'Arabie va bientôt arriver en visite officielle. » Lord Montfallcon réfléchissait. « Tout laisse supposer que lui aussi veut vous faire sa demande. Puis, le mois prochain, ce sera le tour du Théocrate d'Ibérie... mais lui sait que sa cause est sans espoir, puisqu'il ne peut y avoir de descendance... Cependant Arabie, Arabie... » Il se décida : « C'est la seule solution. Il faut qu'ils se présentent en même temps.

— Mais Pologne sera bientôt chez nous, fit remarquer Tom Ffynne. D'un jour à l'autre il doit arriver au Havre. Et vingt-quatre heures plus tard il mouillera dans Londres.

— Pour quand l'attendait-on ? » Montfallcon faisait les cent pas le long de la table, pendant que ses confrères essayaient de suivre à la fois son raisonnement et ses déplacements.

« Deux jours après mon départ, je crois. Et j'ai pris la mer hier avec la marée du matin.

— Ce qui nous laisse peut-être trois jours.

— Tout au plus.

— Je suis profondément désolée, Lord Montfallcon, d'avoir oublié de vous avertir... » La voix de Gloriana était toute menue.

Soudain, Lord Montfallcon se redressa ; interrompant le fil de ses pensées, il haussa les épaules. « Aucune importance, Madame. Ce n'est qu'un embarras passager, rien de plus. Prions pour qu'il prenne un peu de retard et que son arrivée coïncide avec celle d'Arabie.

— Mais pourquoi la situation s'en trouverait-elle arrangée, Monseigneur ?

— C'est une affaire de fierté, Madame. Si vous deviez blesser leur orgueil, à l'un ou aux deux, nos relations ne manqueraient pas de se détériorer. Mais que Pologne blesse la fierté d'Arabie, ou vice-versa, et nous en sortons fortifiés. Aucun n'a mauvaise opinion de la reine, mais ils pensent pis que pendre l'un de l'autre. Je prends en compte non les problèmes immédiats, Madame, vous le savez, mais les problèmes potentiels. Une alliance entre l'Arabie et la Pologne reste improbable, mais pas impossible. Elles ont un littoral commun, celui de la mer du Milieu ; mais la voie d'accès à cette mer est sous la surveillance étroite de l'Ibérie qui, à son tour, s'allierait à l'Arabie contre nous.

— Ah ! les méandres de votre pensée, Monsieur ! » Sa main noire levée comme pour parer un assaut, Sir Orlando Hawes s'exprimait pour la première fois. « Ne déroutent-elles que moi ? » Il parlait avec courtoisie : il admirait Montfallcon.

« Elles nous déroutent tous, sauf le chancelier, j'imagine. » Gloriana fit froufrouter une manchette. « Mais je respecte ses préoccupations car, plus d'une fois, il a su prévoir de lourdes menaces qui pesaient sur le royaume. Faisons confiance à votre diplomatie, Monseigneur. J'honorerai toutes les décisions que vous prendrez. »

Une profonde révérence. « Merci, Madame. Je suis presque certain que le problème va se résoudre de lui-même.

— Ce qui arrive est entièrement de ma faute, Monsieur. Cet échange de lettres s'est tenu à un moment... J'avais tant d'autres soucis en tête... Je crois... »

Lord Montfallcon fut catégorique : « La reine n'a pas à se justifier.

— À ce que j'ai cru comprendre, ce Pologne passe pour un bouffon, fit Lisuarte Ingleborough, l'œil interrogateur. Ou du moins pour un excentrique. Étrange qu'il n'ait envoyé aucun émissaire. S'il s'était conformé aux usages, nous ne serions pas si surpris aujourd'hui.

— Lord Ingleborough est dans le vrai, à mon avis. » Tom Ffynne tripotait les plumes de son chapeau. « Le comte Korniovsky — si je me rappelle bien son nom barbare — m'a dit à peu près la même chose, sans être aussi direct néanmoins. Son maître n'a que peu de sens politique, il se passionne surtout pour la musique et autres activités du même genre. Il ne fait pas de doute que la Pologne est une nation décadente. Elle a un parlement qui représente à la fois les intérêts du peuple et ceux des nobles, et c'est ce parlement qui prend toutes les décisions à la place du roi, à ce qu'on raconte, Votre Majesté. » Le petit amiral laissa échapper un ricanement grinçant. « Quel drôle de pays ! Ils ont un roi mais n'en font pas usage ! »

Gloriana esquissa un sourire, l'air mélancolique. « Bien. Nous vous savons extrêmement gré de votre obligeance, Tom Ffynne. Apportez-vous d'autres nouvelles ? Et votre expédition dans les Indes occidentales ?

— Nous avons bravé les tempêtes pour ramener une cargaison d'or, Votre Majesté, et elle est toujours à bord, à Charing Cross, attendant votre bon plaisir, dans les cales du *Tristan et Yseult*.

— Vous en avez l'inventaire, monsieur Thomasin ? » Orlando Hawes témoignait d'une certaine chaleur envers le marin.

« Oui, Monsieur. » Tom Ffynne s'avança en boitillant. Il retira de sa ceinture un rouleau de papier et le tendit à la reine en exécutant un salut cérémonieux. Elle déroula le document, mais il était évident pour la plupart des membres présents qui l'observaient qu'elle ne le lisait pas. « De quoi construire et armer toute une escadre ! »

Gloriana réenroula le document et le transmit à Lord Montfallcon qui le donna à Sir Orlando. « Que diriez-vous d'en partager le dixième entre vous et votre équipage, Sir Tom ?

— Vous êtes généreuse, Madame.

— Le dixième ! » Les narines du Grand Trésorier frémirent comme les naseaux d'un étalon affolé. « C'est trop ! Le douzième, votre Majesté.

— Pour toutes ces vies risquées ? »

Sir Orlando renifla. « Très bien, Madame. »

Le regard appuyé de Gloriana fit le tour de la table. « Maître Gallimari, les distractions sont-elles prêtes pour toutes les cérémonies de la journée ?

Oui, Votre Majesté. Au cours du dîner, la musique de Maître Pavealli...

— Excellent. Je suis sûre que vos choix sont judicieux. Et ma robe pour ce soir, est-elle prête, Maître Orme ?

— Jusqu'au dernier bouton, Madame !

— Quant à vous, Maître Wallis, avez-vous préparé le discours de cet après-midi ?

— J'en ai préparé deux, Votre Majesté : l'un pour les ambassadeurs étrangers, l'autre pour le Maire de Londres.

— Et je n'ai pas besoin de prendre de décisions en ce qui concerne le dîner et le souper, je suppose. Sir Vivien, je ne suis malheureusement pas en mesure d'aller à la chasse avant la semaine prochaine, mais je vous en prie, chassez sans nous ! »

La reine avait détendu l'atmosphère. Ils éclatèrent

tous de rire ; la passion de Sir Vivien était un traditionnel sujet de plaisanterie. Lentement elle se mit debout et sourit à ses conseillers, d'humeur soudainement joviale. Ils se levèrent comme le voulait l'étiquette.

« Donc, il n'y a pas d'autres affaires pressantes ? C'était la seule urgence, Lord Montfallcon ?

— En effet, Madame. » Le vieux chancelier s'inclina et lui tendit un rouleau. « Voici la décision que je suggère au sujet de Cathay et du Bengale. »

Elle s'en saisit. « Au revoir, Messieurs. »

Treize jambes se fléchirent. Elle quitta cette assemblée d'admirateurs pour être à nouveau entourée de ses pages et dames d'honneur qui l'escortèrent jusqu'à ses appartements. Elle disposait, avec un peu de chance, d'une demi-heure pour mener son enquête sur Pologne, aidée par la complice de ses conspirations innocentes, la comtesse de Scaith.

Perion Montfallcon, les sourcils froncés, fit signe à Lisuarte Ingleborough puis à Sir Tom ; tous trois étaient de vieux compagnons, survivants d'une tyrannie qu'ils s'étaient juré de ne jamais revoir. Montfallcon salua les autres conseillers rapidement et guida ses deux amis, par la petite porte, à travers l'antichambre, jusqu'à ses bureaux, d'immenses pièces encombrées de traités de droit et de livres d'histoire. Certains des volumes étaient aussi épais que le chancelier lui-même. Les locaux étaient éclairés par de hautes fenêtres dont la disposition empêchait les occupants d'être observés du dehors. Une lumière diffuse y pénétrait, qui semblait se cantonner aux plafonds pour n'éclairer que chichement le plancher où se tenaient les trois hommes, près du bureau en ordre de Montfallcon.

Le Lord Chancelier soupira, frotta son nez volumineux et secoua la tête. « C'est la première fois qu'elle agit de façon aussi fantasque. S'est-elle sentie abandonnée parce que j'étais malade et alité ? Elle a eu une réaction d'enfant stupide, ce qui ne lui est jamais arrivé auparavant. »

Le Lord Amiral s'appuya sur le bureau. « Peut-être aspire-t-elle à se décharger du fardeau du pouvoir ? »

Tom Ffynne refusa pareille idée. « Elle est trop consciente de ses responsabilités. Peut-être était-elle malade ?

— Ce serait plus vraisemblable. » Montfallcon se frottait un bras qui semblait soudain le tourmenter, comme à l'issue d'une bataille. « Mais... n'avez-vous pas remarqué si elle souffrait ? Peut-être, à l'heure où elle écrivait et envoyait ces lettres, souhaitait-elle davantage de liberté ?

— Ce serait bien la seule fois où elle aurait témoigné d'un égarement de ce genre. » Lord Ingleborough soupira et se pressa la main sur sa cuisse gauche. Son corps était sur le point de se tordre sous la torture qu'il endurait.

Lord Montfallcon ajouta : « Il est de notre devoir de faire en sorte que cela ne se reproduise plus, et de lui épargner tout chagrin, si possible.

— Vous devenez sentimental, Perion ! s'exclama Ffynne avec ce rire étouffé qui avait glacé le sang d'un grand nombre de ses ennemis. Mais comment résoudre le cas qui nous occupe ?

— Il se résoudra de lui-même, dit Ingleborough, non ? »

— Montfallcon fit un signe de dénégation sans réplique. « Il existe un autre moyen ; et même plusieurs, mais j'essaierai le plus discret d'abord. J'ai l'habitude de telles manipulations. Si la reine savait ce que son honneur et celui de ses sujets me font commettre ! Dans ce cas précis, il convient de ruser et de faire lanterner les prétendants, de les laisser espérer sans leur donner de réelles assurances, de n'en offenser aucun, de lasser les obstinés et de stimuler les défaitistes. Tenez, je vais vous imiter un prétendant de la reine. » Il exécuta quelques pas de danse parfaitement quelconques, qu'il devait juger hautement galants, avant de se rasseoir. « Notre Polonais décadent s'en vient de ce côté, notre Arabe belliqueux de celui-là. L'astuce consiste à les faire arriver au même moment, dans l'espoir qu'ils se rencontreront — vous comprenez, comme dans un miroir dont le reflet leur déplairait — et qu'ils repartiront furieux.

— Mais le Polonais arrive trop tôt pour cela, fit remarquer Thomasin Ffynne.

— Alors, je l'en empêcherai.

— Comment ?

— Sabotage. On peut retarder son bateau quelque temps au Havre.

— Il en trouvera un autre.

— C'est vrai. Alors près d'ici. » On frappa à la porte. « Entrez ! » Lord Montfallcon fronça les sourcils.

Un jeune page apparut. Il tenait une enveloppe scellée dans sa main droite tendue. Il salua l'assistance. « Monseigneur, un message de Sir Christopher, à remettre d'urgence. »

Lord Montfallcon prit l'enveloppe, brisa les sceaux

et lut rapidement ; son regard fulmina. « L'homme précisément auquel je pensais. Le voilà accusé de meurtre et recherché. Par Zeus, je serais heureux de voir ce crapaud se balancer au bout d'une corde.

— Un de vos auxiliaires ? » Tom Ffynne grimaça. « Un mauvais serviteur, à vous entendre.

— Non, non. Le meilleur. Il n'en est pas de plus intelligent. Ni de plus malfaisant... Mais il est allé trop loin, semble-t-il. Et un petit prince arabe, qui plus est. Mais bien sûr ! L'Arabe de Sir Lancelot !

— Nous aimerions des éclaircissements, Lisuarte et moi », dit Tom Ffynne dont les yeux papillotaient gaiement. Il était clair pour ses deux amis que le contenu du message excitait sa curiosité.

Mais Lord Montfallcon chiffonna la lettre et la brûla dans une cheminée déjà noire de papiers calcinés. « Il n'y a rien à savoir d'autre. » Le chancelier prit un air rusé. « Maintenant, il me faut manœuvrer pour éviter à mon crapaud, mon démon familier, de finir dans les flammes. Comment puis-je déjouer la Loi dont nous sommes, l'un et l'autre, les défenseurs ?

— Tout ceci me paraît bien secret et bigrement important. » Sir Thomasin Ffynne boitilla vers la porte. « Dînerez-vous avec moi, mon Lord Amiral ? Mieux encore, m'inviterez-vous ?

— Avec joie, Tom. » Lord Ingleborough, le plus noble de ces survivants d'un passé détestable, semblait troublé par les paroles autant que par les agissements du chancelier. « Par tous les dieux, Perion, j'espère que vous ne nous ramènerez pas les mauvais jours avec vos manigances ?

— Je ne manigance que pour empêcher une telle

éventualité, Lord Ingleborough. » Gravement, le chancelier salua ses amis et leur souhaita bon appétit. Puis il tira sur un cordon, déclenchant une clochette qui ferait sortir Tinkler de l'ombre, pour qu'il porte un message à son maître, Quire.

Chapitre III

Où le capitaine Quire se ménage un avenir plaisant et reçoit un message fâcheux

Le capitaine Quire s'assit sur les draps grisâtres et graisseux de son lit et dégagea d'un coup sec sa cheville qui restait collée à la couverture comme à une raie crevée. Il considéra la jeune fille embarrassée qui venait d'entrer dans la chambre sordide, un panier à la main. « La couture ?

— Oui, Monsieur. On m'a envoyé chercher vos affaires. » Elle portait un corsage, des jupons et une jupe brodée qu'elle s'était manifestement confectionnés elle-même, car trop somptueux pour sa condition. Elle avait les hanches arrondies et sa physionomie sensuelle cachait mal sa timidité.

Quire grogna. En chemise, il allongea le bras vers un tabouret où s'entassaient ses vêtements déchirés et ensanglantés, noirs, humides et boueux. Même la chemise était maculée. Il gratta quelques-unes des taches les plus visibles ; il repoussa son épaisse chevelure en arrière, découvrant son large front et regarda la jeune fille s'avancer vers le tabouret.

« Je suis attaché à mes habits. Ces habits-là, c'est moi. Et mes victimes. Voilà pourquoi tu auras soin de les laver et les raccommoder de ton mieux, ma fille. Ton nom ?

— Alys Finch, Monsieur.

— Je suis le capitaine Quire, l'assassin. La compagnie du guet me recherche. J'ai tué un Sarrasin la nuit dernière, un jeune noble au corps parfait. Il l'est moins, à présent : par vingt fois mon épée l'a transpercé.

— Un duel, Monsieur, n'est-ce pas ? » Sa voix tremblait. Elle s'empara de ses hardes.

Il tira sa lame de sous les couvertures, une épée finement travaillée, une arme idéale, la meilleure du genre. « Regarde ! Non, c'était un meurtre habilement maquillé en duel. Nous sommes allés dans les champs, derrière White Hall et c'est là que je l'ai tué. Tu es un beau brin de fille, dis donc ! Des cheveux soyeux, bruns et bouclés, comme je les aime. De grands yeux, des lèvres pleines. Encore pucelle, jeune Alys ? »

Elle ramassa et déposa dans le panier les chausses de Quire dont le regard tranquille et terrible à la fois ne quittait pas son corsage.

« Oui, Monsieur. J'espère me marier. »

Son sourire se fit presque tendre quand il lui toucha l'épaule du bout de sa lame souillée, comme s'il l'adoubait. « Délace ton corsage, Alys, et laisse-moi voir tes tétons. Cette épée... — il lui caressa la gorge de sa pointe — a pris tant de vies. Certaines en combat loyal. Le Sarrasin d'hier soir se penchait pour nouer les bords de sa robe, comme je le lui avais suggéré, quand je lui ai porté mon attaque surprise. Je lui ai glissé mon arme sous les côtes et je l'ai éventré. La lame n'a fait qu'entrer et sortir. Il y avait des témoins que je ne me serais jamais attendu à trouver par une nuit aussi glaciale.» Sa voix se teinta d'une amertume passagère. «Les arbres étaient gelés. Nous avions des lanternes sourdes. Mais deux soldats, c'est bien regrettable, passaient par là, et l'un d'eux m'a reconnu.» Il guida la main de la jeune fille vers les lacets qu'elle desserra avec force maladresse, tant sa peur était grande, et le chemisier lentement s'entrebâilla. La voix du capitaine devenait lointaine.

«Ils m'ont assailli avant que j'aie pu achever mon Maure. C'est à eux que je dois ces entailles à mon manteau et mon pourpoint, et cette estafilade à la cuisse.» Il tapota sa chemise à l'endroit de la blessure. «Le trou dans mes chausses, je le dois au Sarrasin qui m'a donné un coup de couteau alors qu'il était au sol, le traître — je le croyais mort —, et que Tinkler avait posé sa lanterne pour lui prendre ses bottes; des bottes superbes, de bonne qualité. Mais Tinkler n'osera plus les porter, maintenant. Tu vois le sang, là ? Et là, près de la pointe ? C'est celui d'un des soldats que j'ai tué avant que son compagnon ne prenne la fuite.»

Il mit la lame sous le nez d'Alys qui n'osait plus faire un geste; la pointe toucha ses lèvres. «Goûte.»

Le corsage était délacé; il en écarta les pans. Elle avait une poitrine menue, pas encore formée. Il titilla le bout d'un sein de la lame. «Tu es une bonne fille, Alys. Tu reviendras me voir bientôt, n'est-ce pas ? Tu rapporteras ton ouvrage ?

— Oui, Monsieur.» Elle respirait avec peine, d'un souffle prudent, le visage empourpré.

«Et tu te montreras bien obéissante, n'est-ce pas ? Tu laisseras le capitaine Quire découvrir tes trésors le premier ? » La pointe de l'épée descendit d'un trésor à l'autre. « N'est-ce pas, Alys ? »

Elle avait fermé ses yeux de biche, ses lèvres de rose s'entrouvrirent. « Oui.

— Bien ! Embrasse l'épée, Alys, pour sceller notre pacte. Embrasse le sang, embrasse la vie éphémère du soldat. » Au moment où elle s'exécutait, on frappa violemment à la porte. Quire lui prit les mains et les posa sur les lacets du corsage ; il jeta un coup d'œil indolent vers l'entrée. « Oui ? » fit-il. Puis, réflexion faite, il piqua l'épaule d'Alys, où perla une goutte écarlate. « Tu es une bonne fille, murmura-t-il. Tu appartiens à Quire, désormais. » Il se redressa sur son lit pour l'attirer à lui et sucer la blessure, avant de se laisser retomber sur le drap poisseux. « Qui est là ?

— La femme de l'aubergiste, Marjorie, Monsieur. J'apporte le repas que vous avez commandé, et aussi le costume. »

Quire réfléchit un instant puis haussa les épaules, sa lame de Tolède bien en main. « Entrez. »

La femme, une grosse vache marine, vulgaire, franchit le seuil d'un dandinement mollasse et fronça les sourcils à la vue d'Alys Finch qui, dans un souffle, esquissa une révérence et fila vers la porte.

« À bientôt, Alys. » Le ton de Quire était affectueux.

« Oui, Monsieur. »

Quire extirpa son costume sombre de sous le bras adipeux de la matrone et commença de s'habiller, l'air contrarié, pendant qu'elle posait sur le coffre, au pied du lit, un plateau de ragoût de mouton, de pain et de vin. « Tu n'as rien trouvé de mieux, comme vêtements, Marjorie ?

— Et j'ai eu de la chance, Capitaine.

— Tiens, voilà pour toi. » Et il lui tendit un angelot, une pièce d'or.

« Vraiment, c'est trop.

— Je sais.

— Vous êtes le diable incarné, Capitaine, mais un diable généreux, ma foi.

— Comme beaucoup de diables. » Il approcha le tabouret du coffre, empoigna la grosse cuiller et s'attaqua au ragoût. « C'est dans leur intérêt. » Sec, nerveux et musclé, même en mangeant il paraissait dangereux.

Marjorie s'attardait. « Alors, il y a eu une bagarre à *l'Hippocampe* ? Un bouge mal famé.

— Pas plus qu'ici, et le vin y est meilleur. Et puis c'était dans les champs de White Hall. Un duel, interrompu par les hommes du guet. Ils sont à présent à mes trousses.

— Quelle idiotie, cette loi qui interdit aux hommes de se battre en duel ! Pourquoi ne pas les laisser s'entretuer, ces bons à rien de porteurs de chausses ? La reine est trop bonne. »

« Ah, bah ! mieux vaut trop bonne que trop dure. » Habitué à déjouer les pièges, Quire, instinctivement, optait pour la neutralité. « Le but de la loi est d'empêcher que l'on commette des meurtres sous couvert de duels et d'arrêter l'hémorragie de gentilshommes à marier. Ils se trucidaient à une telle cadence que la reine a craint pour l'avenir de l'aristocratie. La disparition de la noblesse nous mènerait au chaos.

— Oh, Capitaine !

— Aussi vrai que ce ragoût est succulent. » Ce n'était pas flatterie de sa part.

Maîtresse Marjorie croisa les bras. « Que faisiez-vous avec cette fille de chez Crown, tout à l'heure ? »

Il eut un sourire mauvais et sauça le ragoût avec son pain. Il reconnaissait en elle une consœur dans le vice. « J'excitais son intérêt, j'éveillais ses sens, je la mettais en condition pour le jour où j'aurais besoin d'un peu de réconfort.

— Vous avez dû la terrifier. Elle a un petit ami, le fils Starling.

— Je lui ai fait peur, bien sûr. C'est le meilleur moyen d'enflammer son imagination et de piquer sa curiosité. Elle voudra se frotter à moi — et à chaque instant désirera devenir mon esclave. Je ne vous fais pas peur, à vous, Marjorie ?

— Je pense que je saurais me défendre. » Mais elle manquait d'assurance. Elle serrait très fort son or dans son poing et se mordillait le coin des lèvres.

« Je suis heureux de vous l'entendre dire, répliqua-t-il sans ironie.

— Mais Alys Finch n'est pas une catin, elle n'est pas faite pour vous. » Puis, faiblement : « C'est une bonne fille.

— Assurément ! Et le guet ? » Il avait attaché la ceinture de son pourpoint. Il se tortilla, mal à l'aise. Il noua une écharpe de coton décolorée autour de son long cou et s'assit pour enfiler ses bottes à l'écuyère, qu'il laça au-dessus des genoux.

« Ils ne sont pas encore là, mais ça ne tardera guère. Beaucoup de gens savent que vous logez ici.

— Oui », dit-il en vidant un fond de verre. Il trouva son chapeau et en lissa les plumes. « Finch et Starling ? Il en sortira un drôle d'œuf, si on laisse ces deux tourtereaux s'accoupler, hein ?

— Laissez-la-lui. Il a le sang chaud.

— Oh, Marjorie ! Elle m'intéresse déjà moins. Laissons-les bâtir leur nid. » Il tripota son chapeau sur sa tête et l'inclina. Il sourit sans desserrer les lèvres. « Je jouerai peut-être les coucous plus tard, au printemps.

— Vous serez pendu d'ici là.

— On ne pend pas Quire. Et puis Gloriana ne fait pendre personne. Et même si la loi venait à changer, je m'en sortirais. Car je suis Quire le Filou, Quire le Voleur. Il me reste trop de tâches à accomplir et je n'ai pas encore produit le chef-d'œuvre qu'attend un public ébloui par mon art. » Il rengaina la longue épée, glissa un couteau dans sa botte et un poignard sous sa ceinture, dans son dos.

« Et je suis Quire l'Homme de l'Ombre. Il me faut une cape. »

Elle haussa les épaules ; elle avait le sourire d'une mère en adoration devant un fils espiègle et charmeur. « En bas. Vous n'aurez qu'à courir et en prendre une au passage ; son propriétaire ne s'en rendra peut-être pas compte.

— Merci. » Il lui serra le bras en signe de gratitude. Elle le regarda sortir de la chambre et s'éloigner dans l'ombre du couloir ; elle vit luire un instant ses yeux à la lumière de la lucarne du palier, puis il dévala l'escalier ; il suivait son conseil. Elle entendit une bousculade, un banc qui se renversait, puis un cri. Elle se prépara à descendre calmer le dîneur qu'on venait de dépouiller.

*

Quire, emmitouflé dans sa fourrure volée, s'élança dans la neige sale des ruelles londoniennes. Des hommes et des femmes dérapaient en jurant ; des enfants faisaient des glissades en riant et disparaissaient dans la brume avant de réapparaître dans l'autre sens. Des étals proposaient, au prix fort, des pâtés, des fruits secs et de la soupe dont la vapeur se mêlait à l'haleine des passants, misérables et transis. Son poursuivant devait avoir trop froid, il abandonnerait sa chasse avant longtemps ; Quire s'engagea dans Leering Street, bordée de chaque côté de remblais de neige durcie mêlée à l'urine et au fumier des étables riveraines. Il tourna dans le passage couvert de Rilke, parcourut Craving Lane, le long des murs gothiques du Collège Platonicien, et déboucha sur une place où une fontaine gelée (Hercule et l'Hydre) scintillait des reflets roses et verts des lanternes d'une taverne élégante. Il emprunta deux autres passages sous arcades, dépassa un groupe d'enfants qui livraient une bataille de boules de neige, traversa une brume grisâtre, mi-brouillard, mi-fumée, d'un brasero à maroufle, et reconnut enfin des ruelles familières. Il ralentit le pas en approchant de la porte écaillée d'un cabaret que la plupart des gens préféraient éviter, *Chez Bale*. Il sentit l'odeur douceâtre, tiédasse du lieu avant d'exercer une poussée sur la porte ; elle était ouverte. Il laissa derrière lui le froid et l'humidité pour plonger dans une chaleur suffocante. Des visages mal rasés tournèrent vers lui des regards méfiants par-dessus des épaules voûtées. Chez Bale, pas un client ne gagnait sa vie autrement qu'en volant ou en mendiant. Les aigrefins et autres brigands de plus haute volée fuyaient un pareil bouge, ce qui convenait tout à fait à Quire ; il était sûr de n'y trouver aucun ennemi, seulement des admirateurs, voire quelques jaloux sans envergure, pour lui quantités négligeables. À l'autre bout de la salle longue et étroite, l'immonde Bale se vautrait sur son comptoir, parmi les cruchons de bière et de cidre, accroché à son escarcelle de menue monnaie. Sur sa gauche, accoudé à l'angle du bar et d'une poutre noircie prise dans le mur de lattes et de plâtre, attendait Tinkler, dont l'épée dépassait d'un manteau de cuir récupéré sur le cadavre d'un homme du guet.

Quire parut surpris. Il s'approcha du comptoir et repoussa la chope de bière que Tinkler lui offrait.

« Déjà là ? Es-tu allé voir notre ami, comme je te l'avais demandé ?

— Oui. J'en arrive à l'instant. »

Quire tendit la main. « Tu as les documents qui vont nous tirer d'affaire ? »

Tinkler gratta sa dent saillante et secoua la tête, l'air piteux.

« Comment ? Alors nous voilà sans protecteur, subitement ? » Quire laissa percer une pointe d'agacement, sinon de consternation. Il passa le bras autour des épaules osseuses de Tinkler.

« Il nous refuse le blanc-seing, cette fois-ci. L'affaire est trop grave, Capitaine. » Tinkler chuchotait, bien que Bale, discret par expérience, eût émigré à l'autre bout du bar où il comptait ses sous.

« Je croyais qu'il voulait voir disparaître cet Oriental ?

— Pour lui, nous avons fait du travail d'amateurs. Il nous désavoue. »

Quire comprenait. Il soupira. « Il a raison. Mais le guet n'était pas prévu. As-tu payé le témoin ? King ?

— Un demi-angelot, comme convenu. » Hilare, Tinkler montra la demi-pièce dans sa paume. « Le voici.

— Tu l'as tué ?

— Non, je le lui ai repris aux dés avant d'aller voir notre ami. Il était tellement terrifié à l'idée des gardes lancés à notre recherche qu'il était incapable de réfléchir. J'ai été très correct avec lui, comme vous m'aviez dit. Il a hérité des effets du Sarrasin, et sûrement qu'il a déjà essayé de mettre une des bagues en gage, ou le coutelas incrusté de pierres précieuses.

— Il nous trahira dès qu'il sera arrêté, c'est évident. » Quire se caressa la mâchoire. « Je n'en attendais pas davantage. Mais sans les papiers que j'escomptais, nous n'avons pas d'alibi.

— Bale pourrait témoigner en notre faveur ; ou Uttley, à *l'Hippocampe.*

— Mauvaise idée. Qui les croirait ? Il nous faut la signature toute-puissante de notre protecteur. Pas même un petit billet, Tinkler ?

— Il est en colère. Il dit qu'il faut vous livrer au guet. Sir Christopher Martin instruira l'enquête. Vous plaiderez un complot dirigé contre vous, vous parlerez d'une rivalité avec King — un vulgaire provocateur —, on vous aura volé votre cape, votre chapeau. Et ainsi de suite.

— Et ce sera la déportation.

— Non. Si vous ne traînez pas, notre ami fournira à Sir Christopher la preuve que vous vous trouviez ailleurs — en mission pour la reine — et vous serez libéré. Mais il insiste : il faut faire vite, car il a besoin de vous pour une tâche urgente. Mais avant, vous devez être lavé de tout soupçon pour ne pas compromettre ses plans. Vous saisissez ?

— Oui, mais il cherche peut-être à me compromettre, moi.

— Pourquoi toutes ces complications ?

— Parce qu'il sait qu'on ne se débarrasse pas de moi aussi facilement. Il en profiterait donc pour m'expédier à coup sûr en exil. Mais je ne flaire pas de machination de ce genre. Avec l'habitude, on reconnaît l'araignée à la toile qu'elle tisse.

— Alors vous allez vous livrer à Sir Christopher ?

— Je n'ai pas le choix, Tinkler. Ce qui m'embête, c'est le temps perdu, surtout si un travail urgent m'attend. Et je vais dormir quand ? »

Tinkler, qui portait à sa bouche tordue un gobelet de cuir, eut un mouvement de surprise, comme s'il n'avait jamais imaginé que son maître pût avoir besoin de sommeil.

Chapitre IV

Où le mage John Dee se penche sur la nature du cosmos

Une lumière froide, tombant des hautes fenêtres du plafond voûté, éclairait brillamment la salle des Audiences. Chaque vitrail était un arc-en-ciel de couleurs, aux motifs aussi géométriques et complexes que des cristaux de neige. Nul coin d'ombre dans cette vaste pièce circulaire, sauf derrière le trône où des rideaux dissimulaient la porte qu'empruntait Gloriana lors des cérémonies officielles. La porte menait également à son boudoir privé. Les murs blancs et argentés étaient revêtus de boiseries peintes, principalement de scènes pastorales aux couleurs claires (des verts, des bleus, des bruns), et s'incurvaient au niveau du dôme du toit. Six portes, elles aussi recouvertes de tentures unies ou de tapisseries, donnaient à la salle du Trône une forme faussement hexagonale. Des valets de pied flanquaient l'entrée principale, immense et à double battant, décorée des mêmes motifs que les boiseries.

C'est par là qu'arriva le vénérable Dee à la barbe blanche, en robe et chapeau de mage, des cartes sous le bras, des besicles, comme un attribut de sa fonction, sur le nez. Malgré ses épaules voûtées comme sous le poids du savoir, il était presque aussi grand que la reine qui le précédait. Il s'aperçut en entrant que le comité était restreint ; outre Gloriana et lui, n'étaient présents que la comtesse de Scaith, souriante dans sa robe bleue, et Lord Montfallcon, massif et hautain, qui semblait d'humeur agitée, contrairement à son habitude, et mécontent d'assister à cette réunion.

La reine Gloriana s'installa sur son trône d'or et de marbre capitonné, silhouette diaphane sous la lumière vive des fenêtres, le visage encadré d'une haute collerette de gaze à armature, en jupe de velours or piquetée de minuscules gemmes.

« Vous avez apporté vos plans, docteur Dee ? »

Il les agita. Lord Montfallcon se frotta rapidement le nez et regarda alternativement la reine et le mage. À l'instar de la majorité de ses contemporains, il prenait Dee pour un charlatan et voyait dans son titre de Conseiller en Philosophie un caprice de femme. Montfallcon affichait un scepticisme agressif à l'égard du docteur qui, en retour, s'amusait beaucoup de l'incrédulité du chancelier.

« Vous avez promis de nous exposer en détail vos théories cosmologiques, lui rappela la reine, et la comtesse de Scaith aimerait les entendre. Nous avons invité Lord Montfallcon, dans notre désir de lui ouvrir l'esprit. »

Le chancelier grogna et soupira. « Je rappelle à Votre Majesté que des affaires urgentes m'attendent. La Pologne...

— Bien sûr. Nous ne vous retiendrons qu'un petit moment. » Elle regarda la grande horloge filigranée d'argent sur le mur, face au trône, et parut osciller au rythme du balancier, comme hypnotisée. D'un geste précis elle remit de l'ordre dans ses jupons, puis elle fit signe à Una de prendre place dans un fauteuil d'un côté de l'estrade et demanda d'un mouvement de sourcil à Montfallcon s'il voulait faire de même de l'autre côté. Elle haussa les épaules devant son refus et elle sourit à son mage. « Avez-vous besoin d'aide pour vos cartes ? »

Dee épongea la sueur de son front. La pièce était chauffée par des conduites qui passaient sous les dalles à la manière romaine.

« Le page de Lord Ingleborough est ici, il attend le retour de son maître. » Elle désigna un rideau écarlate qui dissimulait en partie une porte polie. « Là, derrière. »

La comtesse de Scaith se leva. « Je vais le chercher. » Elle se dirigea vers le rideau et ouvrit la porte. « Ah, c'est Patch !

— Bonjour, Votre Seigneurie, fit le page d'une voix douce.

— Joins-toi à nous, Patch. » Le ton d'Una était chaleureux. Peu de courtisans résistaient au charme du serviteur de Lord Ingleborough.

Patch entra, mince et élégant, vêtu d'un costume vert foncé, d'une fraise et d'une cape vertes, elles aussi, de même que le chapeau qu'il tenait à la main. Ses cheveux bouclés, presque blancs, étaient coupés courts. Il salua avec grâce et il posa sur le docteur Dee de grands yeux bruns, courtois et intelligents.

« Maître Patch, s'il vous plaît, veuillez assister le docteur.

— Monsieur ? » Il se présenta au docteur et ne parut pas se formaliser quand le mage lui flatta la tête d'une main aux doigts exceptionnellement longs. « Tu es un brave garçon. » Puis le docteur regarda autour de lui et avisa une crédence sur laquelle il alla mettre ses cartes. Il en choisit une et revint vers l'estrade.

« Prends-en un bout, mon garçon, là. » Sans se faire prier, Patch obéit. « Écarte-toi un peu... Parfait ! » Ils déroulèrent la carte devant la reine qui se pencha en même temps que la comtesse, tandis que Lord Montfallcon, avec un air d'envie, ne quittait pas des yeux la porte de la Chambre du Petit Conseil.

Le parfum de la reine caressa les narines du docteur Dee, et ses vieux genoux se mirent à trembler. Depuis douze années il l'aimait et la désirait. Il n'y avait pas un instant, même durant ses plus profondes méditations, où il ne la désirait pas ; mais il n'avait aucun moyen de le lui faire savoir. On le considérait depuis si longtemps comme un sage, un mentor, un métaphysicien, qu'il était prisonnier de son rôle, qu'il n'osait pas s'en écarter de peur de la décevoir. Il l'aimait trop pour prendre un tel risque. *Oh, Madame*, pensait-il, *si je pouvais me transformer une nuit en démon ou en brigand et me glisser dans votre chambre pour vous procurer ce dont vous vous languissez. Ce dont nous nous languissons tous deux, par les dieux...* Il s'aperçut qu'elle l'interrogeait. « Madame ?

— Ces sphères ? disait-elle. Tous ces cercles qui se croisent. Il existe d'autres mondes, c'est cela ? »

Il jeta un coup d'œil sur la carte. « Oui, Madame. *(Pourquoi faut-il que le bruissement de sa robe soit si affriolant ?)* C'est un schéma sommaire, simplifié pour illustrer ma théorie. Cette sphère, au centre, représente notre monde, bien qu'il ne se situe aucunement au centre de notre univers. Les autres *(Ces sourcils !)* représentent des mondes parallèles *(Ah ! et dans l'un d'eux Dee est sûrement le maître et vous l'esclave !)* qui réfléchissent le nôtre, peut-être fidèlement, peut-être avec quelques différences, certains avec leurs continents à l'emplacement de nos mers, ou peuplés d'êtres supérieurs issus — pourquoi pas ? — du singe... On peut tout envisager.

— Mais comment peut-on atteindre ces mondes ? le chicana Lord Montfallcon. Et où les avez-vous vus ?

— Je ne les ai pas vus, Monseigneur.

— Vous connaissez peut-être des voyageurs qui, eux, les ont vus ? Des marins ?

— Non, pas des marins, mais peut-être, oui, des voyageurs...

— Arrivés par la mer ?

— Non, pour la plupart, Monseigneur.

— Par voie de terre ? » Montfallcon rejeta les épaules en arrière pour porter sa prochaine attaque.

La reine éclata de rire. « Chut, Monseigneur ! » L'inhabituelle mesquinerie de son ministre la ravissait. « Vous êtes un mauvais élève, Monsieur.

— Je ne demande qu'à apprendre, Madame, se força-t-il à dire. J'ai pour tâche de protéger votre royaume. Je dois donc m'informer de toutes les possibilités d'agression. »

John Dee sourit. « Je pense qu'il y a peu de chances que ces mondes menacent notre sécurité, Monseigneur.

— Peu de chances, vraiment, docteur Dee ? » Il jeta au mage un regard lourd de sens.

« Je n'en vois aucune, répondit le mage en toute innocence.

— Vous perdez votre temps et le nôtre, Monseigneur. » La reine s'impatientait un peu. « Ce ne sont que les théories du docteur.

— Fondées quand même sur certaines preuves, Majesté, grommela Dee.

— Naturellement... » Elle saisit son sceptre.

« Et comment ces voyageurs débarquent-ils sur nos côtes ? » Lord Montfallcon s'entêtait à mesure que les sourires s'élargissaient autour de lui.

« Il arrive, je crois, que ces sphères s'interpénètrent ; quand le cas se produit, ils se retrouvent chez nous bon gré mal gré, sans l'avoir voulu. Du moins la majorité d'entre eux. Certains, par des pratiques que nous ignorons, viennent peut-être de leur propre volonté. Mais, Monsieur, nous nous éloignons de mon propos ; je ne soumets qu'une idée, rien de plus. Platon lui-même suggère... »

Lord Montfallcon laissa échapper un soupir entre ses dents. Il mit la main à sa ceinture. « Je ne me crois pas obtus. J'ai étudié les classiques. De plus, on me reconnaît une certaine perspicacité. Pourtant, je ne comprends toujours pas.

— Parce que vous ne le voulez pas, c'est tout. *(Oh ! cet âne bâté n'ignore rien de mes sentiments ! Il sait que tout ce que j'aspire à connaître, c'est cette chair frémissante...)* Je suggère, Votre Majesté, que nous remettions cette discussion à plus tard.

— Non, non, non. Poursuivez, docteur Dee. » Gloriana donna des petits coups de son sceptre sur le trône.

« Bien, Votre Majesté. *(Poursuivons, oui ; votre chair brûlante au contact de la mienne...)* J'ai un autre plan, plus détaillé, d'une section de notre cosmos. » Il enroula la carte en se rapprochant de Patch, la prit des mains douces du page et se rendit à la crédence où il en choisit une autre avant de revenir. L'homme et le jeune garçon réitérèrent leur ballet pour exposer le nouveau document. « Voici, en rouge, les constellations qui nous sont familières. Derrière elles, en bleu, les mêmes constellations, mais sous un angle différent. Puis d'autres, en noir, et d'autres encore en jaune et en vert. Celles en rouge, nous les observons à l'œil nu ; les autres, nous supposons qu'elles existent, mais elles nous restent invisibles pour différentes raisons — des couches d'éther, peut-être, qui les dissimulent les unes aux autres. *(Oh, ces doigts; ses mains. Que n'étreignent-ils mon propre sceptre...)* Je n'ai pas observé ces constellations au télescope, Lord Montfallcon. Elles sont purement théoriques. Je possède, bien entendu, de sérieux indices fondés sur des rapports. En ce moment même, je cherche, par l'alchimie, un moyen pour passer d'un monde à l'autre ; mais jusqu'à présent je n'ai guère eu de succès.

— Vous n'avez pas à vous disculper devant l'ignorance de Lord Montfallcon, docteur Dee. » Gloriana tendit la main vers son chancelier pour le calmer d'un geste, comme elle avait calmé son philosophe d'un mot. « Vous me semblez bien fébrile, Docteur. »

Il leva la tête, étouffant les flammes qui dansaient dans ses yeux. Il ignora la remarque. « Au fil des ans, on m'a amené des personnes apparemment folles, gracieuse Majesté. Des hommes et des femmes qui se prétendaient tous originaires d'autres mondes. Je les ai trouvés logiques et cohérents — sains d'esprit, si l'on excepte leur idée fixe d'appartenir à des mondes différents. Je leur ai fait dessiner leurs sphères. Fondamentalement, elles se révèlent toutes semblables à la nôtre. Les noms des pays et des continents s'en écartent parfois. Les sociétés qu'ils décrivent nous sont souvent étrangères et barbares. »

Il roula la deuxième carte, alla jusqu'à la crédence et en rapporta une troisième. « Celle-ci, par exemple. Semblable à la nôtre, mais pas entièrement. » Patch saisit le bord gauche, Dee le droit, et ils déployèrent une carte détaillée du globe. « Voyez, les noms ne ressemblent pas du tout aux nôtres, malgré quelques correspondances. J'ai obtenu cette représentation d'un pauvre fou qui soutenait avoir régné sur tous les États germaniques, un certain empereur Charlemagne, et doué de pouvoirs magiques considérables...

— Avec des vues sur Albion ? » Voix du rabat-joie.

On ignora Lord Montfallcon et sa sottise. Una, la comtesse de Scaith, examinait la carte avec un grand intérêt, comme si elle lui semblait familière. « C'est très bien.

— Bien imaginé, vous voulez dire, Madame ? demanda Dee.

— Si vous voulez.

— Je crois qu'il s'agit là d'une image fidèle, la seule que j'ai réalisée qui soit complète. Il se trouve que mon informateur était obsédé par les cartes. Il me reste, Votre Majesté, à établir les planisphères des autres mondes. » Il laissa à Patch le soin de rouler le document et d'aller la replacer avec les autres. « Cependant, à partir des indications que l'on m'a apportées, je peux produire un plan général des positions de ces sphères et clarifier leurs liens éventuels avec notre propre monde. Il faut nous imaginer — pour les besoins du commentaire — au centre d'une masse liquide. Nos actions y font naître des rides et des tourbillons dont nous n'avons pratiquement pas conscience sauf quand, par un hasard extraordinaire, un remous, un courant passager, nous en donne la preuve. Ces signes tangibles terrifiaient nos ancêtres. Les diables, anges, esprits frappeurs, lutins, elfes et dieux étaient tenus pour responsables de ces perturbations dans notre monde ordonné. Ma foi, certains traitent encore de démon le noble musicien Lord Caudolon, parce qu'il est apparu brusquement dans notre sphère, la bouche pleine de pays et d'événements étranges, et s'étonnant de tout ce qu'il voyait. *(Madame, je voudrais que vos lèvres se referment sur ce braquemart palpitant.)* Mais il s'est vite calmé et s'est déclaré guéri de notre enchantement, ou d'un rêve. Comme je l'ai dit, certaines sphères sont similaires. Même leurs histoires respectives présentent des ressemblances : il existe sans aucun doute d'autres Gloriana, d'autres Dee, d'autres chanceliers Montfallcon : des ombres parfois indistinctes, parfois déformées de nos propres personnes. »

Gloriana mesura la distance du regard. « Docteur Dee, pensez-vous qu'un jour nous voyagerons entre ces sphères ?

— Je travaille par intermittences sur ce problème précis, Madame *(Vos lèvres et enfin vos jambes s'ouvriront à moi)*, et j'espère un jour mettre en œuvre les moyens qui nous permettront de nous déplacer librement d'une sphère à l'autre, comme un brochet qui file sous la surface de l'étang.

— Sorcellerie ! grogna Lord Montfallcon. N'est-ce

pas toujours là que vous mènent vos mathématiques ? Maintenant vous comprenez, Majesté, pourquoi je voudrais abolir ce genre d'études — bien que je n'en blâme pas l'étudiant abusé. » Il jeta au mage un regard torve. Un haussement d'épaules lui répondit.

« C'est notre désir, murmura la reine, que tous les arts soient étudiés à notre Cour.

— Alors, que la reine veille à la sécurité de son royaume, de peur qu'elle ne le trouve un jour déchiré en deux par des démons belliqueux que les expériences du docteur Dee auront attirés sur notre sphère. » Lord Montfallcon parlait sans grande conviction.

Dee tressaillit et s'inclina. « Ma souveraine ; la science de la Cabale... »

Elle bougea un pied impatient. « D'après vous, le cas peut-il se produire, docteur Dee ? »

Il fit une nouvelle révérence. *(Par le sang de Zeus, ces pantalons vont bientôt faire de moi un eunuque.)* « Je n'ai pas de crainte, ma reine. "Démons" est le nom que nous donnons à des êtres dont l'origine nous est mystérieuse. Les quelques voyageurs qui sont passés entre les sphères sont des hommes et des femmes semblables à nous. Ils se croient parfois réincarnés dans le passé, ou le futur ; ils considèrent quelquefois notre monde comme le Paradis, d'autres fois comme l'Enfer. Sans aucun doute, si pareille aventure nous arrivait sans que nous l'ayons voulu, nous penserions la même chose de leur monde. *(Je le jure, vos seins s'épanouiront sous l'ardeur de ma langue.)*

— Prenez garde à votre âme, Madame. » Les mots du chancelier s'adressaient en fait à son rival, comme un avertissement. « L'Enfer se trouve inéluctablement au bout de la route obscure du docteur Dee. »

Dee ne cacha pas son étonnement devant cette manifestation d'une superstition d'un autre siècle : on aurait cru entendre le grand-père de Montfallcon, célèbre chasseur de sorcières. Il opta pour la diplomatie : « L'univers, Madame, n'est peut-être pas de notre ressort. *(Jouir et souffrir par son cul !)* Notre planète, avec ses facettes et ses ombres, se révèle assez complexe comme cela, nul n'est besoin de discourir sur l'éventualité de sphères rivales. *(Oh, elle est l'Univers, mère des galaxies ! Je m'accrocherai à ses tétons jusqu'à ce qu'elle fasse sonner les trompettes du Jugement dernier !)* Si monseigneur le Chancelier préconise la prudence...

— Il est de mon devoir de protéger tout le royaume — vous y compris, docteur Dee — du mieux que je peux. » La mine renfrognée, Montfallcon remit de l'ordre dans les plis de son lourd vêtement.

« Je respecte vos scrupules, Monseigneur. » Le ton de Dee était intrigué. « Vous paraissez néanmoins troublé, ce qui n'est pas dans vos habitudes ; après tout, nous n'émettons que des suppositions. »

Montfallcon grogna. « Mon travail est d'envisager toutes les possibilités. Et pour l'heure elles ne manquent pas.

— Vous êtes nerveux, Monseigneur, parce que nous vous éloignons de vos tâches. » Gloriana, ébranlée finalement par l'attitude de son ministre, cherchait à l'apaiser. « Vous pouvez aller.

— Je vous en sais gré, Madame. » Une courbette, un bref regard réprobateur vers Dee, et Montfallcon s'en fut vers ses mystérieux appartements.

« Je n'avais pas l'intention... commença Dee, se mordillant la lèvre, la barbe blanche plaquée sur sa poitrine.

— Lord Montfallcon se fait du souci. Les affaires de l'État, vous le savez bien... C'est moi qui suis à blâmer. Pour mon comportement capricieux. Vous aurez besoin de fonds pour continuer vos recherches, j'imagine, docteur Dee ?

— Madame, je ne suis pas venu...

— Moi non plus. Mais il vous faudra de l'or. Nous devrons puiser dans la caisse privée, je pense, car le Conseil ne consentira jamais à soutenir vos travaux. Pourquoi s'y croirait-il obligé ? J'en parlerai à Sir Amadis, vous lui direz ce dont vous avez envie.

— Je vous en remercie, Madame. *(Envie ! Envie ! Ah, si elle savait !)* Si je pouvais trouver... disons deux aliénés qui, séparément, délirent selon la même logique, alors je pourrais faire des expériences sur eux. Le thane d'Hermiston m'a offert son concours.

— Mais tout le monde le tient pour un vantard grotesque ! » La comtesse de Scaith caressait le velours du bras de son fauteuil. « Ces prétendus voyages dans des royaumes de contes de fées ! N'est-il pas, tout au mieux, un poète médiocre doublé d'un piètre menteur ?

— Je ne le pense pas, Madame. Il y a ses prisonniers. Ses trophées.

— Nous les avons vus à la Cour. Des sauvages sans cervelle. Des fous. Rien de plus. » Elle sourit. « Ce ne sont vraiment pas des prises de choix. Quelle inconvenance de la part du thane pour s'imaginer que pareilles victimes amuseraient la reine ! »

Le docteur crut discerner dans la voix de la comtesse autre chose que le simple scepticisme. Comme si elle le mettait à l'épreuve. « Il y a eu ce mage du nom de Cagliostro, avança-t-il timidement. Il a disparu aussi subitement qu'il était apparu. Il était de ceux capables de voyager à volonté entre les sphères. Je me suis entretenu avec lui, et non sans profit. Il y a eu cette femme, Montez...

— Ses propos étaient incohérents, Docteur, dit la reine. Nous l'avons questionnée. La pauvre créature était complètement folle. Et ses vêtements ! L'œuvre d'un costumier détraqué, échappé du même hospice qu'elle.

— Je n'ai pas refusé de la croire, Votre Majesté, quoique, je vous l'accorde, elle avait tout à fait l'air d'une folle. Son discours et ses opinions relevaient de l'hallucination classique.

— Où se trouve-t-elle à présent ? demanda Una.

— Elle s'était jointe à une troupe itinérante de mimes, je crois, mais elle est morte près de Lincoln. »

La comtesse appuya sa tête dans le creux de sa main.

« Et votre empereur germain ? » Gloriana fit signe à Patch de s'asseoir sur les marches de l'estrade. « Est-il toujours parmi nous ?

— Adophus Hiddler, votre Majesté ? Il s'est suicidé. C'est celui que je préférais. Un splendide barbare, passionné d'alchimie et de géographie. Apparemment, ce sont ses expériences alchimiques qui l'ont transporté ici. Un savant, à sa façon ; il prétendait avoir conquis le monde. »

Gloriana sourit et se posa un doigt sur la bouche. « Chut, docteur Dee, sinon Lord Montfallcon va vous entendre ! Vous nous tiendrez informée de vos expériences ?

— Certainement, Madame. *(Ah, je ne tiens plus ! Il n'y a qu'une expérience que je veux faire avant de mourir ! Un seul instrument dont je veux jouer. Je vous ferai chanter comme la harpe d'Orphée...)* Et je vous remercie de l'intérêt que vous portez à mes travaux.

— Nous sommes toujours intéressée par les recherches susceptibles d'enrichir notre connaissance de la nature. Mais soyez prudent, docteur Dee : les préventions de Lord Montfallcon peuvent se révéler justifiées. Nous pourrions faire apparaître d'un de ces mondes un démon que nous ne saurions maîtriser.

— Ne vous aventurez pas trop loin dans le royaume des fées sans nous faire connaître votre destination, Monsieur, ajouta la comtesse de Scaith avec un sourire amical. Et ne vous fiez pas à la légère aux inventions douteuses du thane d'Hermiston.

— Ni aux dragons mécaniques de son ami, maître Tolcharde ! » Gloriana riait. « Pauvre Tolcharde ! Il travaille si durement à ses jouets. J'ai dû lui sacrifier plusieurs salles pour les entreposer. Et il ne cesse d'en fabriquer ! Vous avez vu le télescope qu'il a conçu pour observer les habitants de la Lune, n'est-ce pas, docteur Dee ? Leurs mœurs étaient étonnantes et, je dois l'admettre, ils nous ont distraite un moment. Mais on finit toujours par se lasser. Depuis, j'ai entendu dire qu'il avait en tête de construire un vaisseau qui l'emmènerait là-bas.

— Pour être juste avec Maître Tolcharde, dit le docteur Dee, il m'a été d'une aide précieuse sur certains points. C'est un ouvrier d'une adresse exceptionnelle, capable de confectionner presque tout ce dont j'ai besoin.

— Il ne vit que pour créer des appareils toujours plus extravagants. » Una riait à son tour. « Peu lui importe qu'on s'en serve ou non. La reine accepte ses cadeaux, les admire, puis les remise avec les autres. Il est heureux de continuer de lui en fabriquer. Elle doit avoir une bonne vingtaine au moins d'animaux et d'oiseaux mécaniques, chacun plus alambiqué que le précédent. »

Le docteur Dee ramassait ses cartes. Son visage était écarlate et la sueur lui entachait la barbe.

« Je ne voulais pas tant me moquer de Maître Tolcharde, dit Una. En fait, je respecte ses talents.

— Vous sentez-vous bien, Docteur ? demanda la reine avec sollicitude.

— Bien ? Oui, Madame. *(Oh, dieux ! que n'ai-je le courage de vous arracher à votre trône et de vous coucher à même le sol pour plonger ma chair dans la vôtre...)*

— Vous avez de la fièvre ?

— Non, Madame. La chaleur peut-être... Mes appartements sont plus frais. *(Il vaut mieux, sinon je vais me mettre à flamber !)*

— Serez-vous des nôtres plus tard, au dîner ?

— Avec votre permission, Madame. » *(Je préférerais mordre dans votre tendre épaule.)* Il salua, le souffle court. « Ah !

— Docteur Dee ?

— Au dîner, Madame ! » fit-il d'une voix de fausset. Il décampa de la salle du Trône en faisant voler les pans de sa cape, et se précipita dans le couloir de gauche, tête baissée, comme s'il combattait un vent puissant. Aussi, quand Lady Lyst, la jeune, jolie et très docte pocharde, surgit à un détour et lui tomba dans les bras en hoquetant, il ne la reconnut pas et voulut la repousser de son chemin. « Bonjour, docteur Dee !

— Dégagez, jeune fille, dégagez ! »

Mais elle s'accrochait à son justaucorps. Enfin, il la reconnut.

« Un conseil, grand sage, je vous en prie.

— Un conseil ?

— Sur un point de philosophie. » Ses yeux vitreux mais folâtres croisèrent les siens. Elle lui enserra la taille de sa main chaude pour reprendre son équilibre.

« Aha ! » Il ne pouvait rêver plus charmant succédané. Il se sentit une âme d'oncle affectueux. À son tour, il lui entoura les épaules. « Dans mes appartements ! Venez vite, Lady Lyst, et je vous jure que je vais vous inonder de ma philosophie ! »

Plein d'attentions, il l'aida à gravir les marches qui conduisaient à l'aile orientale, vers sa tour où, traditionaliste en toutes choses, il avait installé ses ateliers et ses laboratoires.

Chapitre V

Où le capitaine Quire est amené en secret au palais,
et où Lord Montfallcon lui confie
une mission désespérée

Lord Bramandil Rhoone, le jovial et colossal capitaine de la Garde royale (des gentilshommes pensionnés) prit livraison auprès des hommes de Sir Christopher d'un Quire chaperonné comme un faucon rageur ; il entreprit aussitôt de brosser et de pomponner l'espion inquiet dont les habits — empruntés — gardaient les traces de son séjour à la prison de Marshalsea : excréments, paille, moisissure, dont l'odeur rappelait la cour de ferme depuis longtemps abandonnée.

« Tu n'es guère présentable, coquin, si tu dois avoir audience avec le grand Lord Montfallcon. Et je me demande bien pour quelle raison il faut tenir secrète l'identité d'un individu de ton espèce ! »

Sa face ronde et rubiconde rayonnait au-dessus de la fraise écarlate, pendant que ses mains rougeaudes rectifiaient le col du prisonnier. Quire, de son côté, se promettait que s'il arrivait un jour à Lord Rhoone de se brouiller avec Montfallcon ou de s'égarer dans les repaires de voleurs de la ville, il prendrait exactement quarante-huit heures pour le tuer et attendrait la soixantième minute de la dernière heure pour lui donner le coup de grâce. À cette pensée, il sourit sous son capuchon et faillit faire la révérence, sous les grosses mains de l'homme qui le malmenaient. « Merci, Monseigneur. Je vous suis très obligé, Monseigneur. » Et il dut supporter que Rhoone retire sa bonne épée du fourreau.

« Je la confisque. Personne ne porte l'épée à la Cour, en dehors des gentilshommes de la reine et de son champion. » Il tapotait la sienne. « Viens ! » Il s'engagea à grands pas dans un corridor, une main sur le bras de Quire. Le capitaine dut trottiner, à demi aveugle, encore endolori par les coups de ses geôliers et par le banc et la pierre de la prison où il avait passé toute la nuit...

« Moins vite, Monseigneur. Je ne me sens pas très bien.

— Lord Montfallcon est pressé de te voir. Il a peut-être d'autres questions à te poser à propos du Sarrasin. Tu as de la chance qu'il ait parlé en ta faveur, en affirmant que tu effectuais une mission pour lui cette nuit-là au village de Notting, et que l'on t'a confondu avec un malandrin vêtu comme toi. »

Lord Rhoone coula un regard vers l'accoutrement rapiécé ; il buvait du petit lait, sentant que ce récit n'était qu'un tissu de mensonges. « Ceci dit, je n'éprouve aucune sympathie pour les Sarrasins. Ni pour les meurtriers, d'ailleurs, ajouta-t-il pieusement, quels que soient leurs motifs. La reine a été très claire à ce sujet.

— Je suis entièrement d'accord, Monseigneur. » Quire chercha sa respiration et porta la main à son flanc. « Un point de côté, je crois. »

Les lèvres épaisses de Lord Rhoone émirent un

petit bruit pareil à celui de l'étalon en plein effort. « Nous y sommes presque, mon vieux. »

Ils atteignirent une grande salle, la troisième Chambre des Audiences, assez vaste pour abriter un marché de bonne taille, où par petits groupes conversaient des courtisans qui regardèrent passer les deux hommes pressés avec un intérêt fugace. Lord Rhoone en salua certains en chemin.

« Sir Amadis. Bonjour, Maître Wheldrake. Bonjour, Lady Lyst. »

Le capitaine Quire, pour sa part, prenait soin de ne pas se manifester auprès des rares personnes de sa connaissance, bien qu'avec son capuchon il attirât davantage l'attention que Lord Rhoone. Ils empruntèrent le couloir central, bifurquèrent avant d'atteindre l'entrée de la salle du Trône et s'arrêtèrent devant une porte dont on ne voyait que la poignée dépassant de sous une tapisserie. Lord Rhoone frappa un coup sec. Ils furent introduits.

Lord Montfallcon, debout près du feu, leur tournait le dos, ses puissantes épaules voûtées. « Rhoone ?

— Monseigneur Chancelier. Je vous l'amène.

— Je vous remercie. »

Lord Rhoone poussa une fois encore Quire du bout des doigts, après quoi, le sourire aux lèvres, il sortit en emportant l'épée de Tolède. Quire regarda partir son arme, furieux, mais reprit très vite son calme. Il n'avait pas l'intention, toutefois, de perdre son temps à feindre l'humilité. Il examina la pièce : rien qui sortît de l'ordinaire. Il se gratta l'oreille et retira son sombrero de sous son manteau d'emprunt. Il ôta le capuchon, découvrant son visage chafouin à la peau sombre. « Capitaine Quire, Monseigneur ! J'ai obéi à vos ordres et me voici. »

Lord Montfallcon acquiesça. Il se retourna en rajustant son manteau de soie et de castor sur sa poitrine. « Vous avez de la chance, Quire, vous ne trouvez pas ?

— Comme toujours, Monseigneur.

— Mais pas en cette nuit du nouvel an. Vous avez été maladroit, vous avez voulu trop en faire, et l'on vous a vu.

— Je n'ai pas été maladroit, Monseigneur. » Quire était sur le point d'éclater.

Lord Montfallcon soupira. Son regard glacial exprimait une fureur contenue. « Tinkler m'a transmis votre message. Les informations concernant l'Arabie se sont avérées utiles, certes, mais Lord Ibram était de bonne famille. En vérité, nous avions assuré à son oncle qu'il serait en sécurité à Londres. Sans sa réputation d'impétuosité, nous aurions eu du mal à expliquer ce qui s'est passé, et nous aurions été plongés dans l'embarras, Quire. J'aurais peut-être dû vous laisser en subir les conséquences. Un Quire malchanceux ne m'est d'aucune utilité. »

Le capitaine se chauffa les mains à la cheminée. Sans arrogance, il répondit d'un ton assuré : « Vous débarrasser de moi ? Oui, dans l'intérêt de la Vérité, peut-être. Car si je meurs, mon pied qui tient fermé le couvercle de la boîte de Pandore se retirera et libérera tous ces secrets qu'il vaudrait mieux garder sous clé. Mais peut-être ne partagez-vous pas cette philosophie trop circonspecte, Monseigneur, et préférez-vous jouer les docteur Faust avec les plus noirs secrets de la reine ? »

Montfallcon écoutait, non par intérêt pour le propos lui-même, mais parce qu'il avait le sentiment de pénétrer l'âme de Quire.

Le capitaine poursuivait : « Mais je sais, Monseigneur, que vous ne pouvez avoir l'intention de me tuer. Vous avez déjà compris la nécessité de garder en vie le capitaine Quire. Coûte que coûte, Monseigneur, n'est-ce pas ? À n'importe quel prix, pas vrai ? Parce que je suis Cerbère, le gardien chargé d'empêcher les démons et les damnés d'échapper à Hadès. Je suis le garant de votre sécurité, Lord Montfallcon. Vous ne me faites pas assez d'honneur. »

Lord Montfallcon se détendit. Emporté par ses pensées, Quire était allé trop loin et il s'était trahi. « Ah ! vous êtes donc un chien de garde incompris ?

— Un chien bien mal traité, Monseigneur. Les hommes de Sir Christopher m'ont malmené et l'on m'a jeté dans la pire cellule de Marshalsea. J'attendais mieux pour m'être soumis à vos manœuvres. Et mon anonymat en a souffert.

— Votre récompense, Quire, c'est votre liberté. Vous me la devez.

— Ma liberté, je l'ai risquée, Monseigneur, et je n'ai pas fui. Je suis votre meilleur élément à Londres, dans tout Albion, voire dans l'Empire. Car je suis un artiste, vous ne l'ignorez pas. Et je ne suis pas vulnérable.

— Ce qui fait de vous un serviteur peu sûr, d'une certaine manière, capitaine Quire. Vous êtes trop intelligent pour ce travail. Vous venez d'une excellente famille de chevaliers, vous avez suivi des études au St John's College, à Cambridge, où vous auriez pu devenir un théologien de premier plan. Mais vous avez refusé toutes les carrières respectables.

— Un penchant créateur irrépressible m'a donné le goût de l'expérience personnelle et de l'exploration du monde, Monseigneur. Je n'ai aucun talent, sauf pour ce qu'on appelle le Mal et, grâce à vous, il m'est donné de pousser plus avant mes recherches. J'ai envisagé de nombreuses professions, mais toutes sans intérêt. Celles que j'ai vues autour de moi ne m'ont pas plu, et j'estime que l'emploi que j'occupe à votre service, Monseigneur, et donc au service de la reine, en vaut bien un autre ; il vaut peut-être même mieux que les autres. Reconnaissez au moins que je suis en mesure d'apprécier très exactement le mal que je cause — si mal il y a. Les autres, ces savants, hommes de loi, courtisans, marchands, soldats et hommes d'État qui sont les piliers du royaume, quand ils lancent des pierres, c'est par-dessus leurs épaules, afin de ne pas voir sur quoi ou sur qui elles tombent. Moi, je regarde ceux que je frappe dans les yeux, Monseigneur. Je leur fais part de ce que je fais, avec la même franchise qu'à moi-même. »

Lord Montfallcon s'était calmé. Un tel discours ne l'offensait pas, Quire n'en avait jamais douté. Le capitaine était sujet à ces exposés où il parlait de son travail comme un poète de sa vocation. S'il avait cherché des excuses ou des compromis, Montfallcon se serait méfié. Il employait Quire pour son insolente imagination autant que pour son courage et sa ruse. Le vieux chancelier s'assit derrière son bureau. Quire demeura près du feu.

« Vous m'avez causé du tracas, Quire. À un moment où je m'en serais bien passé. Enfin ! tout est réglé.

— Oui, Monseigneur. King est sur le point de quitter le pays pour un meurtre auquel, tout compte fait, il a prêté main forte même s'il n'en est pas à l'origine.

— Bien peu le croient. En tout cas pas Sir Christopher. Et je doute que nous abusions encore longtemps les Sarrasins, une fois qu'ils auront reçu leur propre rapport sur l'affaire. Vous feriez bien d'être prudent. C'est un peuple vindicatif.

— Je suis toujours prudent, Monseigneur. Quelle est ma nouvelle mission ?

— Vous vous rendrez sur la côte. Vous provoquerez le naufrage d'un galion attendu demain, à la première marée. Je ne veux aucune victime, si possible, mais il devra s'échouer sur les bancs de sable à l'embouchure du fleuve, à Rye. J'ai déjà envoyé une yole pour intercepter le pilote et le remplacer à bord par un de nos agents. Notre homme dirigera le bateau vers Rye en prétextant que la Tamise est prise dans les glaces.

— Un bon prétexte. Aucun navire ne pourrait entrer ou sortir de Londres en ce moment sans craindre pour son bordé. Mais en quoi consiste mon rôle ? Ce pilote pourra accomplir sa tâche sans moi.

— Erreur. Vous interviendrez pour modifier le plan et vous assurer que tout se passe sans anicroche. La suite vous regarde. Je laisse les détails à votre imagination.

— Je suis heureux d'avoir gardé votre confiance, Monseigneur.

— Dans de telles affaires, Quire, vous vous êtes toujours montré le plus inventif. Le bateau du roi de Pologne, le *Mikolaj Kopernik*, doit s'échouer ; le roi doit être capturé, comme par de vulgaires naufrageurs qui exigeront une rançon. Voilà, je vous ai tracé les grandes lignes. S'il parle notre langue, il faudra lui faire croire qu'on le prend pour un simple dignitaire étranger. N'utilisez la Haute Langue qu'en cas d'absolue nécessité. Retenez-le prisonnier quelque temps ; je vous ferai savoir quand et comment le relâcher. »

Quire était amusé. « Un roi ? Dites donc, Monseigneur, vous m'offrez une proie de choix ! Mais, pour une telle chasse, j'aurai besoin de toute une meute.

— Qui vous voudrez.

— Tinkler, Hogge, O'Bryan...

— Vous voulez encore employer ce fier-à-bras ?

— Il sera à la hauteur. De plus, il a passé deux ans en Pologne comme soldat et il pourrait nous être utile pour sa connaissance de la langue. Je pense aussi à Webster...

— Non ! le coquin a été en rapport avec certains jeunes gens de la Cour. On pourrait le reconnaître ultérieurement.

— Kinsayder ?

— Il appartient à cette bande de soi-disant gentilshommes scribouillards. Je n'en veux aucun. Il y a déjà des imbéciles pour croire qu'ils représentent la reine. Des imbéciles qui ne connaissent rien de la Cour, sinon ses rebuts. » Montfallcon fronça les sourcils. « Et puis ce sont de vraies commères. Vous traîneriez toute une basse-cour pendue à vos basques.

— De bons coqs de combat, Monseigneur, et plus braves que vos hommes de main du tout-venant.

— Oui, mais plus ambitieux. Et plus inventifs aussi. J'ai utilisé cette sorte d'individus sous le règne du vieux roi Hern, mais vous êtes le seul demi-sang que j'emploierais aujourd'hui, car vous n'êtes pas de ces buveurs de grogs qui parlent à tort et à travers, qui se lient au petit bonheur... et qui ne peuvent payer qu'avec la seule monnaie qu'ils possèdent en quantité : ragots, scandales et autres anecdotes enjolivées. »

Les lèvres minces de Quire remuèrent. « Je me rends à vos raisons, Monseigneur. J'établirai ma liste plus tard en suivant vos conseils.

— Faites-moi savoir quand tout sera réglé.

— Oui, Monseigneur.

— Et tâchez de ne rien révéler de tout ceci à vos sous-fifres, si vous le pouvez.

— Oui ; mais le plan ne brille pas par sa finesse.

— Le temps manque pour trouver mieux. Nous devons préserver l'amitié de la Pologne. Si nous utilisions des voies plus diplomatiques, nous serions tout de suite percés à jour. Ce plan est si désespéré que personne n'y suspectera la main du tortueux Montfallcon.

— Mais les conséquences...?

— Il n'y en aura aucune de fâcheuse, si vous jouez votre rôle correctement, avec votre talent habituel. »

Quire renifla. « Mon épée... ce tatillon de Rhoone me l'a prise. Je vais sortir par la porte des Araignées. » Il rabattit sa capuche.

Montfallcon agita une clochette de cuivre pour appeler un laquais. « Clampe ! Demandez à Lord Rhoone de vous remettre l'arme de cet homme ! » Il s'approcha de la cheminée.

« C'est un complot digne du règne du roi Hern, continua Quire. Espérons que personne ne se rappellera que vous l'avez servi. Je me souviens...

— Vous n'étiez qu'un enfant quand Hern s'est donné la mort.

— Je n'ai pas la nostalgie de ce temps-là. Ai-je dit autre chose ? »

Montfallcon se frotta les paupières. « Malgré les quarante ans qui nous séparent, nous sommes, vous et moi, d'un autre âge. L'ironie du sort veut que nous travaillions ensemble pour empêcher le retour de ce sinistre passé. »

Quire se moqua de lui. « Et elle veut que moi, le plus infâme de tous les infâmes, passionné de cet art si ancien qu'est le Mal, je tire bénéfice à vivre dans un monde où la Justice l'emporte. Où règne la Vertu. »

Montfallcon leva le bras droit pour l'étirer et répondit d'un ton aigre : « Je suis nécessaire tant que des hommes de votre espèce existent sur terre. »

Quire réfléchit, puis secoua la tête. « Au contraire, on pourrait vous opposer que c'est moi qui reste nécessaire, tant que des âmes nobles de votre sorte continuent à se donner du mal. Après tout, Platon nous enseigne combien est vulnérable l'âge de la Parfaite Monarchie... »

Montfallcon n'avait pas eu le dernier mot. Furieux, il changea de sujet. « Certaines routes sont impraticables à cause de la neige. Vous avez de bons chevaux, j'espère.

— Il faudra les louer.

— De l'or ?

— Oui. »

Au moment où le chancelier sortait sa clé, le laquais revint avec l'épée. Quire s'avança pour la retirer des mains de l'homme. « Merci. » Il la rengaina.

Montfallcon attendit que le serviteur leur ait tourné le dos pour déverrouiller un coffret, puis attendit encore qu'il ait quitté la pièce pour soulever le couvercle. Il compta des pièces. « Cinq nobles ?

— Oui... Cela paiera les hommes et les chevaux. »

Il déposa l'or dans la paume indifférente de Quire. « Vous partirez cet après-midi, avant la tombée de la nuit ?

— Dès que ma troupe sera au complet, que j'aurai dîné et fait une toilette. »

Les deux hommes passèrent dans une petite pièce, puis dans une autre, plus petite encore. Là, une porte cachée dans une boiserie derrière un siège s'ouvrait dans le mur : un passage pour sortir du palais, que Quire, Tinkler et leur employeur croyaient être les seuls à connaître.

Quire repoussa délicatement des toiles d'araignées fraîchement tissées, comme s'il manipulait de la dentelle ancienne, et s'introduisit dans l'ouverture. Il salua le ministre d'une voix sourde, et le panneau se referma sur lui. Il retira alors sa capuche qu'il laissa tomber par terre, retourna sa cape et se recoiffa de son sombrero : il n'était plus qu'une ombre toute de noir vêtue.

L'endroit baignait dans une lumière grisâtre venant d'on ne savait où ; des milliers d'araignées grouillaient sur le sol, les murs et les soieries nacrées. Bien droit, le capitaine avançait avec précaution afin d'écraser le moins possible de ces arachnides. Le tunnel était de verre, peut-être une ancienne orangerie car il en restait des bacs, des pots et des branches pourries. Maintenant la poussière recouvrait les vitres et on avait posé un toit un peu plus haut. En fait, la lumière pénétrait par des fenêtres au fond de ce qui ressemblait à une gigantesque remise. Le tunnel s'incurvait petit à petit, à la manière d'un fer à cheval. L'air se fit plus froid, les araignées moins nombreuses. Enfin Quire parvint à une porte restaurée qu'il franchit ; ses pieds foulèrent un sol dur, jonché de débris, jusqu'à un mur qui autrefois avait dû clore un jardin. Il se glissa par une brèche, dans une demi-obscurité, descendit des marches et traversa une parcelle de terre nue. Il grelottait à présent et il resserra sa cape autour de lui avant de s'approcher d'un autre mur, haut et large. Sous la poussée de son épaule, un pan de briques pivota, qui le propulsa, chancelant, dans une neige profonde, à la lumière du jour. Il referma l'entrée du passage d'un autre coup d'épaule. Il se trouvait au pied d'une haute muraille de briques patinées, et devant lui un jardin d'agrément s'étendait tout en longueur ; la neige et la glace soulignaient les contours de ce jardin oublié, abandonné, envahi par les mauvaises herbes. Des branches noires s'élançaient vers le ciel et des statues brisées, sous leur chape blanche, fixaient le capitaine — demi-dieux d'un royaume plus ensoleillé, gelés dans leurs manteaux d'hermine. Le souffle de Quire paraissait gris sur ce paysage immaculé. Levant haut les genoux, il enfonça ses bottes dans la neige et suivit une allée familière quoique invisible, qui serpentait entre les carrés, les cercles et les rectangles des parterres stériles et des fontaines silencieuses. Il prit à gauche, vers un autre mur tapissé de feuillage persistant, sauta par-dessus une petite grille de fer et pénétra dans une grotte dont le sol pierreux n'était pas recouvert de neige. Au fond de la grotte, il trouva une autre grille, plus lourde, qu'il ouvrit avec un rossignol pour se retrouver au flanc d'un coteau ; la route s'arrêtait là. Il avait faim. Il entreprit de dévaler la colline en direction d'un épais bosquet de peupliers qui bordait un sentier noir d'ornières qu'on entrevoyait au loin.

Le vent soulevait la neige poudreuse en surface et donnait à la sente l'apparence d'une large rivière peu profonde et ondoyante. Quire tomba, roula, jura puis se mit à rire tout bas ; il se releva en trébuchant et atteignit l'abri des arbres où il fit une pause ; son dos douloureux appuyé contre un tronc, les poumons en feu, il reprit sa respiration tout en contemplant les fumées de la ville, assez proche maintenant. Une barrière constituait le dernier obstacle ; il l'escalada prudemment, peu désireux de se faire repérer. Il retomba dans le chemin défoncé et glissa sur une flaque gelée avant de reprendre sa course.

Quire galopait dans les ornières et la neige ; les plumes de corbeau de son chapeau ballottaient au vent, sa cape crépitait comme les flammes d'un feu tout noir. Il accéléra l'allure le long du chemin tortueux, jusqu'à parvenir enfin devant les murs de Londres. Il pénétra dans la ville par une porte non gardée qui le mena, via les quartiers salubres du nord de la cité, vers une auberge respectable où on le connaissait comme un gentilhomme érudit de passage, que les études amenaient fréquemment à la Bibliothèque des Antiquités classiques voisine.

Le savant authentique, il l'avait tué au cours d'une dispute sur l'identité probable du poète Justus Lipsius ; il avait ensuite pris le personnage à son compte. Quire s'accorda un bain, puis un excellent repas qui le changeait des auberges habituelles, et loua un bel étalon noir. Le froid s'était accru, clouant les habitants chez eux ; les rues étaient quasi désertes quand il s'élança vers l'est, vers le fleuve et *l'Hippocampe*, où il donna à Tinkler la liste des hommes à recruter avant de l'expédier là où il trouverait les meilleurs coursiers.

Gagné par la fièvre de Quire, Tinkler, dans un manteau neuf au cuir craquant, fila vers la porte et disparut. Quire terminait son quart de rhum chaud ; il était sur le point de l'imiter quand la trogne malsaine de Maître Uttley s'interposa. Ses petits yeux se perdaient au milieu des pustules et des scrofules. Il posa une main complaisante sur le bras du capitaine.

« Un ennemi vous attend, Monsieur, dehors. Là où vous avez laissé votre cheval. »

Quire leva les yeux vers la pendule (la fierté d'Uttley) ; il lui restait deux heures avant de retrouver ses hommes sur la route de Rye. « Un parent du Sarrasin ?

— Un jeune homme à qui vous avez fait du tort, à ce qu'il dit.

— Quel nom ?

— Il ne me l'a pas donné. Si vous voulez, Capitaine, je peux demander au palefrenier de vous amener votre monture par-derrière. »

Quire secoua la tête. « Tâchons de régler cette affaire, si c'est possible. Pourtant, je n'ai pas souvenir d'un jeune homme... »

Poussé par la curiosité, il gagna la porte, sortit et s'appuya au chambranle pour étudier le jouvenceau mince au regard hésitant mais brûlant qui l'attendait auprès d'un valet d'écurie emmailloté de laine dont la main tenait la bride du cheval. Le garçon portait un pourpoint à capuchon, des jambières en peau de lapin et des chaussures rapiécées; il serrait un bâton dans ses poings protégés par des mitaines. Des cheveux noirs et luisants s'échappaient de la capuche. Il avait le teint foncé, des traits de gitan, mais ce fut sa bouche qui fournit à Quire la clé de son caractère : large, la lèvre inférieure charnue et boudeuse.

Quire lui sourit. « Tu voulais me voir ? dit-il.

— Vous êtes le capitaine... Quire ? » Le garçon rougissait, déconcerté par la tournure de cette rencontre qu'il s'était représentée autrement en imagination.

« C'est moi, mon joli. Tu as des griefs contre moi ?

— Je suis Phil Starling.

— Ah-ah ! le fils de l'accastilleur. Ton père est un marin en retraite. Un brave homme. C'est de l'argent que tu veux ? Je t'assure que ce n'est pas mon genre de rester en dette, surtout envers un honnête loup de mer. Mais, si une visite peut lui faire plaisir, alors je ne demande pas mieux que de te suivre...

— Vous en savez plus long sur mon compte que moi sur le vôtre, capitaine Quire. Je suis ici à cause d'une jeune fille qui vient à peine d'avoir quatorze ans; vous avez posé vos mains obscènes sur elle, et attenté à sa virginité. »

Quire releva un sourcil. « Tiens donc.

— Alys Finch, servante chez Dame Crown, la couturière. Une orpheline. Un ange de douceur. Un modèle de bonté que je vais épouser et dont je me suis fait le protecteur. » Starling agita son bâton sans but précis.

Quire feignit la colère contenue. « Et comment

aurais-je offensé cette vierge ? Des mains obscènes ? Sur la fille qui vient chercher mon raccommodage, que je ne reconnaîtrais même pas pour l'avoir vue à trois ou quatre reprises ? Qui t'a raconté ça ?

— Elle-même. Elle était désespérée. Elle ne ment jamais, ajouta le jeune homme d'une voix mal assurée.

— Les jeunes filles s'imaginent beaucoup de choses et les tiennent pour vérité, et elles y croient d'autant plus que leur imagination est fertile. » Quire se caressa la mâchoire. « Des visions, des visitations, tu vois, et j'en passe. Elles connaissent si peu de la vie que, pour elles, une innocente remarque prend les couleurs du vice alors qu'une proposition malhonnête se pare de vertu. » Quire devint amical. « Que t'a-t-elle dit, mon garçon ?

— Qu'elle était désespérée. Des mains obscènes. Rien d'autre. »

Quire tendit ses mains gantées devant lui, comme pour les examiner. « Je doute que ces mains l'aient touchée. Elle a pris mes vêtements pour les repriser. Se trouvait-il un autre client dans la même auberge, dont elle aurait emporté les habits ?

— C'était vous. On vous qualifie de prince du Vice.

— Ah oui ? » Quire partit d'un rire léger. « Vraiment ? Qui cela, "on" ?

— Tout le monde le dit, à l'auberge de *la Barbe du roi*.

— Et toi, tu leur prêtes foi, à ces clabaudeurs ? Parce que je ne me mêle pas à la populace, on m'envie ; je suis un mystère, je deviens un objet de scandale. As-tu entendu parler de ces gens qui accusent les honnêtes hommes de vices auxquels ils n'osent ou ne peuvent se livrer eux-mêmes ?

— Quoi ?

— Même toi, mon garçon, il a dû t'arriver de céder à de telles élucubrations. Tu entends dire qu'un homme est perverti... et tu t'imagines ce que tu ferais à sa place. Non ? »

Un attelage passa en brinquebalant, dans un grincement de métal et de cuir, tiré par deux paires de chevaux gris. Les fenêtres étaient masquées et il s'en dégageait des relents de canard rôti et de musc capiteux, comme si une riche prostituée déjeunait en roulant. L'étalon noir fit un mouvement de la croupe et poussa doucement le garçon vers Quire.

« C'est un solide gourdin, dit le capitaine. Il m'est destiné ?

— Vous jurez que vous n'avez pas touché Alys ? » Starling avait perdu tous ses moyens.

« Qu'a-t-elle dit que j'avais fait ?

— Que vous l'avez fait se... que vous l'avez forcée à se découvrir... »

Quire prit une mine austère. « Je ne me rappelle pas avoir jamais posé la main sur elle. » Ses doigts se refermèrent sur le bâton du jeune homme. « Mais je veux autant que possible connaître le fin fond de cette histoire. Repassons ensemble toute l'affaire en revue, d'accord ? Devant un canon ? Il se peut, tu vois, que par mégarde j'aie fait un geste qu'elle a mal interprété. »

Starling acquiesça, impressionné par la gravité de son vis-à-vis. « C'est possible. Je ne voudrais pas accuser un gentilhomme à tort.

— Je lis bien des choses dans tes grands yeux. Tu

es un brave et honnête garçon. Sensible au malheur des autres. Mais un peu trop prompt à prendre la défense de ceux qui ne le méritent pas toujours, pas vrai ? Je peux le lire aussi sur ton visage. Pas étonnant que tu saches te faire aimer, car tu possèdes une beauté que l'on rencontre rarement chez un jeune homme. »

Quire lui retira le bâton qu'il déposa contre le mur. Dans un geste amical il passa le bras autour de la taille du jouvenceau. « Je serais comblé si j'engendrais un fils aussi viril que toi, mon doux Phil. »

Soudain heureux, attendri par les flatteries de Quire, Starling se détendit et courut à sa perte.

Chapitre VI

Où la reine Gloriana poursuit sa quête nocturne, vaine mais obstinée

La lumière écarlate qui baignait la petite chambre tombait d'un lustre de vingt bougies sous leurs abat-jour parcheminés, selon la mode de la Cour de Cathay. Parmi les ombres d'un rouge plus foncé, la reine allait et venait au pas cadencé ; ses mains se portaient à sa taille, à ses cuisses, à ses seins, se fermaient, se rouvraient, se plaquaient sur son visage et ses épaules, comme si elle avait peur que son corps frissonnant ne se disloque d'un instant à l'autre. Elle se versa du vin d'un flacon couleur de rubis dans une coupe assortie, but et repoussa son peignoir en loup brodé de soie ; en dehors d'une culotte en lin qui la couvrait de la taille aux genoux, elle ne portait rien.

Elle passa ses longs doigts dans sa chevelure auburn où brillait de l'or rouge ; elle marcha vers la cheminée et se tint immobile, jambes écartées, comme pour supplier le brasier de consumer le désir exacerbé qui la rongeait. « Lucinda ! » C'était presque un cri.

D'un amas de coussins incarnats, dans un coin, une enfant à la peau brune leva sur elle un regard endormi.

« Non. » D'un geste elle la renvoya à son sommeil. Sa conscience la retenait de fatiguer encore la fille. D'un autre côté, son besoin de tendresse lui était passé bien plus tôt au cours de la nuit, et maintenant elle avait soif de sensations pour suppléer à son insatisfaction. Elle se pressa l'aine du poing. Elle prit une clé sur le manteau de la cheminée, souleva une lourde draperie et ouvrit une porte donnant sur des appartements encore plus secrets que ceux qu'elle occupait présentement.

Une brève volée de marches la fit déboucher dans la lumière éclatante des torches grossières qui éclairaient une salle d'une asymétrique splendeur, au plafond onduleux, aux parois incrustées d'énormes pierres précieuses, dignes d'une caverne féerique ; les tapis s'enfonçaient profondément sous ses pieds nus et les tapisseries et peintures murales mettaient en scène des foules s'adonnant à d'obscures bacchanales antiques. Tout au bout de cette salle, deux géants attiraient l'attention. L'un était un albinos aux yeux rouges, nu et musclé, l'autre un nègre aux yeux et aux cheveux de jais, exacte réplique inversée du premier. L'entreprenant négociant qui les avait trouvés, l'albinos à Moscou et le nègre en Nubie, les avait assortis pour habilement les offrir à la reine, espérant bien, en retour, acquérir le droit de commercer en Albion. Ils saluèrent, attendant son bon plaisir, dans l'attitude d'adoration qui leur était coutumière. Mais elle les dépassa en leur adressant un mot affectueux, pour pousser ensuite les portes d'une autre caverne plus sombre où flottait une odeur de chair échauffée, de sang, de sueur. C'est là que se réunissaient ses flagellants, hommes et femmes, passifs et dominants, qui ne vivaient que pour manier le fouet ou jouir de ses morsures. À son passage certains levèrent la tête, haletants, se souvenant de l'extase qu'ils avaient éprouvée — qu'ils ne pouvaient qu'éprouver — sous ses doigts empressés et experts. D'autres s'interrompirent dans leur activité pour la suivre des yeux et se rappeler ses flancs meurtris et son corps inviolable ruisselant de leur urine. Ils la convièrent à grands cris mais, ce soir-là, elle n'obéit pas.

Un autre petit passage, une autre clé, et elle fut parmi ses filles et garçons, souriants mais contrariés de la voir poursuivre un chemin qui la mena par de multiples chambres, où ses geishas des deux sexes l'accueillaient dans un murmure. Et dans son sillage, moitié hymne, moitié louange, retentissait l'écho de son nom : « *Gloriana ! Gloriana ! Gloriana !* de plus en plus fort dans ses oreilles : *Gloriana ! Gloriana !*

— Ah ! »

Elle passa devant les brutes et leurs partenaires, les beautés frigides et les laideurs sensuelles ; devant des vieillards et des jouvenceaux, devant des corps nus ou grotesquement habillés. Elle passa devant des bains de lait, de vin, de sang, devant des billots, des lits, des potences. Là vivaient ceux qui avaient choisi, qui avaient supplié de rester — Gloriana n'en aurait gardé aucun contre son gré. Elle passa devant ses jeunes filles, ses matrones, les crèches et les nourriceries, les écoles et les palestres, les bibliothèques et les théâtres ; devant les aveugles, les fous et les trop sains d'esprit, les estropiés, les muets et les sourds ; devant les visages innocents comme les lubriques, les généreux et les avides ; devant les corps adipeux et les mieux proportionnés, les minces, les gros, les ravissants et les plus ordinaires; devant les nobles et les roturiers...

« Gloriana ! Gloriana ! Gloriana ! »

Elle passa devant des orgies, des banquets, des jeux et des danses, devant des groupes de musiciens, d'acteurs, de gladiateurs et d'athlètes; elle traversa des chambres ternes et sans caractère, puis des pièces aux formes étranges, obscures et peuplées, meublées de trésors du monde entier, et encore des salles, des galeries, des péristyles, des dortoirs, passa devant des statues et des peintures rapportées de terres étrangères...

« Gloriana ! Gloriana ! Gloriana !

— Oh ! » Elle sanglotait; elle courait presque, maintenant.

« Ah ! »

Elle atteignit une salle où le calme régnait. Des hommes velus, à demi singes, lourds et indolents, levèrent les yeux sur elle depuis les abords d'un bassin chauffé aux carreaux bleus et or où ils paressaient en groupe. Elle flaira leur odeur simiesque et alla s'asseoir parmi eux.

D'abord, ils remarquèrent à peine sa présence; puis, petit à petit, leur curiosité s'éveilla. Ils se mirent à l'examiner, à tirailler sur son manteau de loup, à lui caresser les cheveux et le corps, à lui renifler les mains et les seins.

« Je suis Albion, leur dit-elle dans un sourire. Je suis Gloriana. »

Les hominiens grognèrent, surpris par les mots dont ils ignoraient le sens, elle le savait, et qu'ils ne pouvaient pas reproduire.

« Je suis la Mère, la Protectrice, la Déesse, le

Monarque Parfait. » Elle s'allongea ; leur fourrure était rêche contre sa peau. Elle rit quand ils la caressèrent. « Je suis la plus noble reine de l'Histoire. La plus puissante impératrice que le monde ait connu. »

Elle soupira quand leurs langues chaudes la léchèrent, quand leurs doigts attouchèrent ses endroits sensibles. Elle les embrassa. Elle pleura. À son tour, sa main descendit pour s'affairer au bas de leur ventre velu. Ils grognèrent, froncèrent les sourcils puis se déridèrent. Elle s'étira ; elle se tortilla. « Ah ! » Puis elle sourit et gémit.

Ils commencèrent à se pousser doucement, afin de se rapprocher. Elle en prit un dans ses bras et l'attira sur elle. Pendant qu'il reniflait et geignait, elle lui caressa le museau, la tête et le dos hirsute. Elle le sentit à peine quand il la pénétra. Elle poussa, elle lui empoigna les fesses, elle le ramena, elle se souleva. Il frissonna et elle ouvrit des yeux malheureux pour voir son air béat, sa bouche rassasiée, son regard de bonne bête qui la couvait avec douceur.

Quelques instants plus tard, lui et ses compagnons perdaient tout intérêt pour Gloriana, et ils se dirigèrent nonchalamment vers le pourtour de la salle, en quête de nourriture, délaissant la reine d'Albion assise en tailleur auprès du bassin, en contemplation devant l'eau calme et croupie.

Chapitre VII

Où le capitaine Quire provoque le naufrage du Mikolaj Kopernik *et capture un passager de marque*

Le capitaine Quire regarda avec grande satisfaction l'amas de nuages voiler progressivement la lune. Devant lui l'horizon disparut et la mer perdit son éclat. O'Bryan, le renégat irlandais, avait déjà repéré les feux du galion polonais, le *Mikolaj Kopernik* ; confortablement installé sur le corps moribond du gardien du phare, il tirait sur sa pipe, le nez au vent.

« Il devrait se mettre à la côte d'ici une demi-heure, Capitaine. »

Le gardien de phare geignit. Une dague au pommeau arrondi saillait de son dos : la dague d'O'Bryan.

« Par Jupiter, O'Bryan, fit Tinkler tout en soufflant dans ses mains gantées, achève-le, ce pauvre diable.

— Pourquoi ? raisonna l'autre. Tant qu'il est en vie, il reste chaud. Par ce temps, tous les moyens sont bons pour s'éviter de geler. C'est la recette de la survie, Tink, vois-tu. »

Quire porta la longue-vue à son œil. Comme il levait les bras, le vent s'engouffra sous sa cape et la rejeta en arrière. Il coinça l'instrument dans sa ceinture, le temps de ramener le vêtement et de le fixer au niveau du cou à l'aide d'un fermoir en argent qu'il portait quelquefois. Il réajusta sa lunette d'approche et crut repérer le galion. Le bord de son chapeau était rabattu vers la calotte, ses cheveux flottaient comme des mauvaises herbes prises dans un tourbillon et les embruns de l'océan, serpentin d'écume en dessous, fouettaient la partie de son visage que ne protégeait pas son col.

« Une nuit idéale pour un naufrage. » O'Bryan ralluma sa longue pipe en terre et déplaça son postérieur pour permettre au gardien de respirer un peu. L'Irlandais portait un immense chapeau fourré, à la mode ukrainienne, et un manteau taillé dans une peau d'ours complète dont les griffes lui recouvraient les mains et la tête lui tenait lieu de col montant. Son visage carré et rougeaud dénonçait son penchant pour la boisson, et ses yeux trahissaient son véritable caractère, à l'opposé de son sourire et de son air dégagé. Il regarda la tour, un échafaudage installé par-dessus les deux pièces de la petite habitation du gardien, où une lumière rouge brillait pour avertir les bateaux de patienter jusqu'au matin avant de s'approcher du chenal. De chaque côté, deux lanternes éteintes — une jaune et une bleue — indiquaient aux bateaux, par beau temps, le cap à prendre : le phare, sur l'îlot, se dressait au centre de la barre. Les eaux, dans ces parages, étaient extrêmement capricieuses, parfois profondes, parfois non, selon les déplacements des bancs de sable instables.

Tinkler contempla la plage en contrebas, où le reste des hommes attendaient près des chevaux sur lesquels ils étaient arrivés à marée basse. « Dans une demi-heure, ces ruffians seront trop engourdis pour agir et notre plan tombera à l'eau ; nous aurons travaillé pour rien.

— Il n'en est pas question, fit Quire. Nous n'avons pas de plan de rechange.

— Quelle entreprise insensée ! renchérit O'Bryan. Enfin, un aristocrate polonais nous rapportera gros. C'est qu'ils sont riches, ces Polonais. Probablement plus riches qu'Albion. J'ai séjourné à Goddansjik pendant quelques mois et j'y ai vu plus d'or que je n'en verrai jamais à Londres. Mais ils ont des lois bizarres, votées par des bourgeois, et c'est dur, pour un franc-tireur, d'y gagner sa vie, sinon comme soldat dans l'Est, la province la plus pauvre du pays. »

Quire avait résolu de ne pas révéler le fin mot de l'affaire à l'Irlandais dont il entendait se débarrasser dès qu'il cesserait d'en avoir besoin. C'était un fou, il le savait, plus cupide qu'intelligent, impossible à contenir comme les autres. « Nous serons tous riches avant la fin du mois, O'Bryan. Ta mission sera de porter notre message en Pologne. »

Ayant déjà bénéficié de la générosité de Quire, O'Bryan avait accepté sans méfiance. Il réchauffait ses mains au fourneau de sa pipe et, du talon, il asticotait les côtes de sa victime comme on attise les braises d'un feu.

Maintenant, Quire distinguait le bateau. Il lui sembla entendre le son de la corne signalant son approche. Le bâtiment avançait à vive allure, porté par un flux réputé rapide et fantasque. Quire reconnaissait des silhouettes ; le pilote, en discussion avec, peut-être, le capitaine, le doigt pointé dans leur direction. Et, sur le pont supérieur, sur le château de poupe, l'allure débraillée, tel qu'on le lui avait décrit, le roi de Pologne en personne.

Pendant que Tinkler embouchait la trompe et, d'une note grave et prolongée, répondait au bateau, Quire grimpa à l'échelle de la tour. Et alors, tandis que le monarque hirsute regardait vers la rive depuis sa dunette, il approcha les lèvres de la lampe rouge et la souffla avant d'allumer d'une main désinvolte le signal vert. Ensuite il se pencha et alluma le bleu à sa gauche pour guider le navire droit sur le banc de sable où ses hommes attendaient. À présent il pouvait voir le *Mikolaj Kopernik* à l'œil nu ; le navire avait pris des ris dans la plupart de ses voiles et les rameurs nageaient à culer. Après quelque instant, le temps d'interpréter le signal, le galion reprit de la vitesse et mit le cap, au grand soulagement de Quire, exactement dans la direction prévue. En toute hâte le naufrageur dégringola de la tour, tapa sur l'épaule de l'Irlandais, fit un clin d'œil à Tinkler et descendit au pas de course vers la plage en faisant cliqueter ses éperons argentés, pour accueillir son encombrante prise. « Il arrive, les gars ! »

Il se courba pour remonter les revers de ses bottes et les lacer solidement sur ses cuisses. Le vent donnait à ses hommes, silhouettes voûtées et dépenaillées, des allures d'épouvantails, et il soulevait les crinières des chevaux qui prenaient la forme de halos. Un peu plus loin, la mer glissait sur le sable ou s'abattait sur les galets. Quire en sentait l'odeur ; il en goûtait le sel sur ses lèvres. Il n'aimait pas la mer, trop vaste à son gré.

« Les fusils, Capitaine ? demanda l'un des soudards, emmitouflé dans sa cape.

— Ils vont servir, Hogge, mais davantage pour faire du bruit que pour autre chose. L'ennui, dans ce genre de travail, c'est que, à moins de battre le rappel comme le font les mimes dans les foires, personne ne nous remarquera. Et si personne ne nous remarque, personne n'a peur. Et si personne n'a peur, tout le monde peut s'en aller sans même avoir soupçonné notre présence ! » Quire était satisfait de sa démonstration qui laissa, en revanche, ses hommes pantois. « Les fusils, oui. Tirez tant que vous voudrez, mais en l'air, du moins jusqu'à ce que nous nous soyons emparés de notre homme. Il n'est pas question de lui brûler la cervelle : la rançon nous échapperait. Je vous ai indiqué qui nous cherchions. »

O'Bryan arriva, les jambes raides. Il se frotta le derrière et péta. Des poches de son manteau d'ours il sortit deux pistolets d'arçon et les approcha tout près de son visage dans le noir pour en vérifier les crans de sûreté.

« Attention, avec ces pistolets, O'Bryan ! » Quire tapota le bras de l'Irlandais. « Si tu fais feu trop tôt, ils vont se croire attaqués par un autre navire et ils nous lâcheront une bordée qui anéantira toute l'île. »

O'Bryan apprécia le compliment sur ses armes et se mit à rire bruyamment.

Quire décela un changement dans la rumeur de la marée et il se retourna, pris au dépourvu ; il vit danser les lumières du *Mikolaj Kopernik* quand la quille s'enfonça en vibrant dans le sable et que les rames se brisèrent les unes après les autres dans un claquement sec, comme autant de coups de fouet. Le vent bourdonnait tel un orgue autour de l'immense vaisseau, et les cris et les hurlements, sur les ponts, évoquaient le piaillement des mouettes. Quire et Tinkler se précipitèrent.

Quand Quire en distingua la masse, le bateau embardait fortement sur tribord; on aurait dit qu'il s'appuyait sur ses rames cassées, telle une monstrueuse langouste blessée. Le vent se prenait dans les voiles d'étai, imprimant au bateau un mouvement intermittent de va-et-vient qui accentuait l'impression de se trouver devant un animal marin désespérément échoué. D'en haut leur parvinrent les accents d'une humaine détresse. Les rameurs avaient sans nul doute été les plus touchés, et par les sabords de nage s'échappaient des hurlements de douleur qui ajoutaient une note surnaturelle à la mélopée du vent.

Alors qu'ils approchaient, Tinkler frissonna. « Brrr ! On dirait des *banshees*, les fées de la mort. Êtes-vous sûr que nous n'avons pas capturé un vaisseau fantôme, Capitaine ? Avec tous ceux qui ont disparu dans ces eaux... »

Quire l'ignora et indiqua l'escalier d'apparat aménagé dans le flanc du navire. « Nous allons grimper de ce côté. Vite, Tink, pendant qu'ils sont affolés. »

Dans le ressac jusqu'aux genoux, ils se glissèrent sous les hampes éclatées des avirons démesurés et atteignirent leur but, pour s'apercevoir qu'ils ne pouvaient accéder aux premières marches, plus hautes au-dessus de l'eau que Quire ne l'avait d'abord cru. Les algues s'emmêlaient autour de ses bottes et s'accrochaient dans ses éperons. Le bateau craqua, gémit et s'enfonça un peu plus profondément sur le flanc. Un instant, Quire craignit qu'ils se fassent écraser, mais l'affaissement de la coque, au contraire, les rapprocha de l'escalier doré.

« Sur mes épaules, Tink. » Quire se pencha et souleva son complice, avec force roulis. Tinkler voulut attraper la rampe, la manqua, changea de position, essaya une fois encore ; il parvint à la saisir et, dans un mouvement de balancier, se propulsa sur la première marche. Puis il se pencha, tendit une main que Quire saisit d'un bond, et le hissa.

Le grand bateau se tassa de nouveau. En haut, on donnait des ordres dans une langue inconnue de Quire : la discipline menaçait de reprendre ses droits. Heureusement, Hogge et O'Bryan choisirent ce moment pour déclencher la fusillade et lancer la presque totalité des hommes à l'attaque. Quire et Tinkler montèrent tout en haut de l'escalier incliné, le corps collé au flanc du bateau. Ils atteignirent le pont principal et pointèrent le bout de leur nez pour observer la scène.

Des corps jonchaient le pont, des hommes étaient tombés des vergues et des marins estropiés, aux membres et aux côtes brisés, recevaient les premiers soins de leurs compagnons. Des lanternes se balançaient deçà, delà, et Quire aperçut le capitaine en grande discussion avec le pilote. Celui-ci secouait la tête, jouant l'innocent, à moins qu'il ne fût d'une parfaite bonne foi (Quire ignorait jusqu'à quel point Montfallcon avait impliqué l'homme). Il essaya de voir si le roi de Pologne se tenait toujours sur la dunette, mais il faisait trop sombre.

Tinkler dans son sillage, il gravit hardiment les dernières marches et prit pied sur le pont. Le duo marcha rapidement vers la poupe, deux ombres noires projetées par les voiles claquant au vent, à la lueur indécise d'une lune encore masquée d'un léger nuage. Des marins les croisèrent et leur jetèrent des regards curieux, mais ils parvinrent sans encombre à l'escalier qui menait au château avant qu'on leur lançât une sommation. Quire leva sa lanterne et éclaira le visage d'un mousquetaire en cuirasse.

« Nous venons du rivage pour vous porter secours. Nous avons vu le naufrage. »

Le mousquetaire secoua la tête. Quire rit, plein d'assurance ; il leva encore une fois sa lanterne. Il se comprima, imité par Tinkler, pour passer auprès du garde auquel il donna une tape sur l'épaule ; ils trouvèrent plus loin le roi de Pologne, assis contre le bastingage, les yeux plissés, l'air perplexe, en compagnie d'un noble vieillard qui se penchait sur lui avec inquiétude.

« On m'envoie prêter assistance à un gentilhomme, dit Quire d'un ton péremptoire. Est-ce que l'un de vous parle notre langue ?

Le vieux gentilhomme, entièrement couvert de zibeline, leva la tête. « Moi, Monsieur. Vous venez de la côte ? Que s'est-il passé ? Les coups de feu ? » Son parler était hésitant, son accent guttural. Il cligna des yeux de myope.

« Vous êtes échoués, Messieurs. Les dégâts sont importants. La coque va se disloquer d'ici peu, vous feriez bien d'abandonner le navire. » Cette dernière affirmation relevait du mensonge.

« Qu'allons-nous faire ? et, le regard inquisiteur : Qui êtes-vous ?

— Capitaine Fletcher. Garde-côte, Monsieur. Les coups de feu que vous avez entendus étaient les nôtres ; nous mettions en fuite des pillards qui s'abattent sur les naufrages comme les corbeaux sur un cadavre. Vous avez eu de la chance, nous n'étions pas loin. Venez, maintenant. Où sont vos femmes et vos enfants ?

— Il n'y en pas pas.

— Ce passager m'a l'air d'une personne de qualité.

— C'est vrai, Monsieur.

— Alors, nous allons lui faire quitter le bord, et vous aussi. Qui d'autre ?

— Lui le premier ; je ne suis pas important. Et il y a des objets de valeur. Dans la cabine. Il faut les sauver. Ce sont des présents...

— Il sera toujours temps de sauver vos biens, Monsieur, mais les vies n'attendent pas, le corrigea Quire.

— C'est qu'ils sont de grande valeur. Aidez Sa... ce gentilhomme à gagner le rivage. Je vais chercher le trésor. » Il s'adressa au roi en polonais, lequel lui retourna un vague sourire.

Quire semblait peser le pour et le contre. Puis il donna son accord. « Très bien, si vous pensez que cela vaut mieux. Mon lieutenant va vous accompagner. » Il offrit sa main gantée au roi qui, d'abord, la regarda sans comprendre, puis accepta l'aide offerte. « Levez-vous, Votre Honneur. »

Chancelant, le roi se dressa sur ses pieds et Quire, en le soutenant, le mena jusqu'à l'escalier et l'aida à descendre. « Doucement maintenant, Monsieur.

— Je vous suis très obligé, Monsieur », prononça Pologne dans la Haute Langue utilisée par tous les diplomates du monde.

Mais Quire devait feindre une totale ignorance.

« Excusez-moi, Monsieur, je ne comprends pas un traître mot de votre jargon. »

Une fois sur le pont, ils se dirigèrent vers l'endroit où Quire et Tinkler avaient abordé. Une forte secousse ébranla encore le bâtiment et Quire se sentit précipité violemment contre la lisse. Le vent changea de ton, il se fit cinglant. La lune disparut. Des courants erratiques filaient tout autour du navire blessé. Quire recula en titubant mais continua de soutenir Pologne qui murmurait de vagues remerciements et se laissait guider vers l'escalier incliné puis jusqu'au bas des marches. Dans son dos, Tinkler cria : « Ici ! » et agita un paquet. Le vieil homme, qui fermait la marche, enjoignit à l'équipage de les suivre, précisément ce que redoutait Quire. « Doucement, Monsieur. Doucement. »

Il entraîna le Polonais indécis dans l'eau peu profonde. « Par ici. » Il lui prit le bras et le remorqua. Tinkler les avait rejoints, mais le vieux noble était resté sur les marches et battait toujours le rappel de ses hommes.

Quire et son fardeau sortirent de l'eau ; ils commençaient à remonter la plage en traînant les pieds quand O'Bryan et les autres arrivèrent. « Allons-y, O'Bryan ! cria-t-il. Retiens-les, Tink ! Rendez-vous au moulin. »

O'Bryan empoigna le bras du roi et le guida vers leur cheval de réserve. « En selle, Monseigneur. » Le roi gloussa et secoua la tête.

O'Bryan ajouta quelque chose en polonais qui le fit rire encore et il se hissa de bonne grâce sur l'alezan.

Quire récupéra sa monture noire qu'il enfourcha,

puis il prit la bride de l'alezan pendant qu'O'Bryan se mettait en selle à son tour. Il entendit Tinkler crier un ordre alors que les marins se rapprochaient de la rive en pataugeant, à la recherche de leur souverain. Les mousquets et les pistolets grondèrent entre les mains de la dizaine de coquins que commandait Tinkler, fauchant le premier rang de marins.

Le roi hurla une question à O'Bryan qui lui répondit à nouveau, comme convenu avec Quire, que des brigands surveillaient sans cesse le littoral dans l'espoir de surprendre un bateau naufragé, mais que leurs garde-côte les tenaient à distance.

Ils galopaient rapidement sur les hauts-fonds qui séparaient l'île du continent lorsque le roi poussa un cri et entreprit de retenir sa monture. « Que veut-il, O'Bryan ? vociféra Quire par-dessus la clameur du vent.

— Il dit qu'il s'inquiète de ses gens et qu'il devrait rester.

— Très louable de sa part. Dis-lui que la marée va remonter, que nous devons nous dépêcher de gagner la terre ferme, et que nos hommes s'occupent de tout. »

O'Bryan parla lentement en polonais. Le roi lui répondit, toujours indécis.

« Qu'est-ce qu'il y a, maintenant ?

— Il dit que la marée paraît descendre, au contraire.

— Eh oui ! » Quire eut un large sourire : s'il en avait été autrement, ils n'auraient jamais pu traverser cette large bande de sable. « Plutôt observateur, hein ? Dis-lui que c'est une illusion. Tâche d'être convaincant, O'Bryan ! »

Le vent glacial les saisit, les percuta avec une telle

furie que les chevaux chancelèrent. « Avancez, par Mithras ! » hurla Quire.

D'autres coups de feu claquèrent derrière eux. Le roi tenta de faire demi-tour. « Oh, douée Ariadne ! » Quire se rapprocha, lui retira son chapeau, sortit un pistolet de sa fonte de selle et frappa violemment le Polonais à la base de son crâne échevelé au moment même où il tendait le cou pour voir ce qui se passait. Il le retint de tomber, l'allongea par-dessus le pommeau et l'entortilla dans les rênes pour le maintenir en équilibre. Puis il attrapa la bride pour diriger l'alezan. O'Bryan fit feu de l'un de ses pistolets, apparemment pour le seul plaisir, et il agita l'autre. Tous trois avaient presque atteint les dunes herbeuses où le scintillement de la neige leur apportait la preuve qu'ils quittaient les sèches et qu'ils seraient bientôt sur la terre ferme.

Ils s'enfoncèrent au galop à l'intérieur des terres, vers l'est, s'éloignant de la cité portuaire de Rye. Quire avait calculé qu'il leur fallait mettre au moins cinquante milles entre eux et le bateau s'ils ne voulaient pas courir le risque d'être découverts par hasard.

Il se retourna et surprit des éclairs ; il entendit des coups de feu et des cris. Sauf erreur, Tinkler et ses hommes avaient rencontré moins de difficultés qu'il ne l'avait craint, et ils étaient déjà en selle, abandonnant le *Mikolaj Kopernik* et son équipage à leur triste sort en attendant que Rye apprenne le naufrage et leur envoie de l'aide. D'ici là, le jour serait levé et les naufrageurs se seraient rapprochés de Londres ; Tinkler l'aurait rejoint au lieu de rendez-vous convenu et lui ramènerait, avec un peu de chance, le trésor du roi de Pologne.

Tout en galopant, Quire lançait des petits jappements aigus, entre le cri du loup et celui du corbeau ; O'Bryan eut beau se dire que le capitaine riait, il ne put se départir d'une certaine nervosité.

*

Quelques heures plus tard, un Tinkler débraillé et grelottant arrivait en vue du moulin où ils avaient décidé de se retrouver. Sa canine saillante sautillait en cadence avec le reste de sa dentition, moins en évidence. Il portait un paquet coincé entre les jambes et la selle, son visage était bleu et ses yeux vitreux, comme recouverts d'une pellicule de glace. Le moulin dressait sa masse sombre dans la lumière du petit jour ; ses ailes vieillies grinçaient sous le vent. Le cheval pataugea dans l'eau peu profonde du marécage ; ses sabots, à chaque pas, brisaient une mince couche de glace ; l'herbe gelée craquait. La scène était à peine colorée et il semblait à Tinkler que tout ce qui n'était pas blanc était noir. Même la silhouette voûtée de Quire, assis dehors, à côté d'un petit feu, lui paraissait parfaitement noire. Il appela et l'angoisse l'étreignit quand sa voix franchit ses lèvres dans un braillement d'une force étonnante qui fit s'envoler des oies blanches dans le ciel blafard.

« Quire ! »

Le capitaine redressa la tête et agita joyeusement la main. Une oie plumée gisait en travers de ses genoux.

Tinkler mena son cheval au pas sur un petit pont délabré qui enjambait le ruisseau engorgé.

« Où est notre client ?

— À l'intérieur, ficelé et endormi.

— O'Bryan ? »

Quire fit un geste avec le couteau qui lui avait servi à vider l'oie. Le monticule sur lequel il était assis remua et gémit. Des yeux terrorisés, injectés de sang, fixaient Tinkler de sous une peau d'ours. « Il s'est acquitté de sa première tâche : communiquer avec notre client. Maintenant il s'acquitte d'une seconde qu'il avait lui-même suggérée. Il m'a fort obligeamment tenu chaud ces deux dernières heures, pendant que le feu prenait. »

O'Bryan ouvrit la bouche et gémit à nouveau. Du sang coula entre ses dents serrées et sur ses lèvres. Prévenant, Quire ramassa quelques plumes d'oie dont il colmata la bouche de l'agonisant afin d'empêcher le sang de se répandre et de souiller la fourrure. O'Bryan geignit faiblement, implorant l'aide de Tinkler qui regarda ailleurs et pénétra dans le moulin, remarquant au passage les trois poignards soigneusement plantés dans le dos convulsif de l'Irlandais.

« Quelle est la suite du programme ? » cria-t-il en jetant un coup d'œil au roi de Pologne qui ronflait sur un tas de paille moisie. Il s'assit sur un morceau de meule brisée et commença de défaire le paquet.

« Montfallcon va prétendre qu'il envoie ses hommes enquêter. Hogge portera la demande de rançon à un des marchands polonais de Londres, en s'arrangeant pour faire bien comprendre que nous ignorons l'identité de notre otage. Et finalement, après toutes sortes de simagrées, on retrouvera notre victime en parfaite condition, simplement allégée de quelques objets de valeur. » Quire parlait à son second par-dessus son épaule ; Tinkler leva une figurine en or vers le rai de lumière qui tombait par une fissure dans le toit. « Contentons-nous de quelques babioles, Tink ! Si nous avons la main trop lourde et si nous sommes capturés, cette fois-ci, ce sera la corde pour de bon, même au prix d'une réforme de la Loi. Montfallcon ne pourrait risquer de nous sauver. La Pologne exigerait nos vies. Tout le trésor — à peu de chose près — sera restitué en même temps que son propriétaire. »

Tinkler remit les objets à leur place. Il prit le paquet et le posa négligemment dans un coin. « Et quand cela doit-il avoir lieu, Capitaine ? » Il se mit à se gratter sa dent proéminente, un tic familier.

« Un peu avant la Nuit des Rois, Tink. À temps pour la Mascarade de la Cour. Tellement de dignitaires et de souverains y assisteront que notre pauvre Polonais sera perdu parmi eux, et que ses gestes, ses paroles et ses protestations tomberont à plat. Il ne pourra s'en prendre qu'à lui-même et aux brigands de sa déconvenue, mais il n'incriminera ni Albion ni Gloriana. Et c'est le but recherché. »

Tinkler n'avait pas écouté la majeure partie de ces explications. Il enjamba de nouveau la tête d'O'Bryan et suivit des yeux les mains adroites de Quire. « Va falloir combien de temps pour la cuire, hein, Capitaine ? »

Et il se pencha pour palper l'oie.

Chapitre VIII

Où la Folle d'entre les murs observe maintes allées et venues dans le palais extérieur

À plat ventre sur le sol, les yeux collés à la grille qui se trouvait incidemment juste en face de celle qu'avait utilisée Jephraim Tallow le soir du nouvel an, la folle fixait la pièce de son regard avide, les oreilles emplies de la beauté du chœur qui, d'une même voix, distrayait les nobles attablés en contrebas.

Elle n'avait rien mangé, comme de coutume, mais elle n'avait pas faim. Ses doigts maigres s'accrochaient au grillage ; de temps en temps elle les passait dans la masse emmêlée de sa chevelure roux sombre, ou grattait la chair grise de son corps décharné ; ses haillons grouillaient de parasites auxquels elle ne prêtait pas attention. Un sourire séraphique illuminait son visage crasseux : la musique et la beauté des convives lui procuraient tant de joie que les larmes lui venaient aux yeux.

On avait déjà servi douceurs et entremets ; le vin avait été remporté, annonçant la fin du repas. Comme un spectateur qui assiste à sa pièce favorite, elle souhaitait de toutes ses forces que les invités demeurent. Mais, un à un, ils se levaient, prenaient congé du seigneur vêtu de gris qui présidait la table, pour s'en aller vaquer à leurs occupations.

La folle concentra son attention sur les deux personnages qui restaient : l'ambassadeur d'Arabie et le seigneur dont elle avait fait son grand héros et dont elle connaissait le nom, comme elle connaissait presque tout le monde à la Cour. « Montfallcon, murmura-t-elle, le conseiller en qui la reine place toute sa confiance ; son bras droit. L'intelligent, l'incorruptible Montfallcon ! »

Le silence se fit et les choristes quittèrent un à un la salle du banquet ; elle pouvait maintenant surprendre des bribes de la conversation entre Montfallcon et l'homme au teint bistre, au port altier, vêtu de soie blanche galonnée, dont la tête, les poignets, la taille et le cou s'ornaient de liens d'or tressés.

« ... mon maître épousait la reine ? Ce serait la sécurité à jamais garantie pour nos deux nations. Une telle alliance !... » entendit-elle dire le Maure.

« Nous sommes déjà alliés, il me semble. » Montfallcon eut un fin sourire. « L'Arabie et Albion.

— À ceci près que l'Arabie se trouve gênée dans son expansion par le protectorat d'Albion. Nous nous sentons brimés dans nos ambitions... comme des enfants dont les parents refusent d'admettre qu'ils ont grandi. »

Montfallcon éclata d'un rire sonore. « Allons, Seigneur Shahryar, vous ne sauriez sous-estimer mon intelligence, pas plus que moi la vôtre. L'Arabie profite de la protection d'Albion car elle n'a pas les moyens de se défendre contre l'Empire tatare. Elle n'a pas conclu d'alliance avec la Pologne car la Pologne espère, malgré ses craintes, que les Tatares la laisseront en paix et porteront leur attention sur une Arabie affaiblie. Par ailleurs...

— Je vous ferais observer, Monseigneur, que l'Arabie n'est plus en position de faiblesse.

— Évidemment non, puisqu'elle bénéficie du soutien d'Albion.

— Et l'Empire tatare n'est pas invincible.

— Gloriana ne fera la guerre que si la sécurité du royaume est ouvertement menacée. Nous ne nous battrons qu'en cas d'invasion. La Tatarie le sait, c'est pourquoi elle ne nous envahit pas. En définitive, la reine espère, à la faveur de cette politique, instaurer de nouvelles mœurs entre les nations afin que la guerre cesse d'être perçue comme l'unique recours. Elle envisage la création d'un grand Conseil, d'une Ligue.

— Le ton de Lord Montfallcon le trahit, remarqua Lord Shahryar en souriant. Pas plus que moi il ne croit à cet élémentaire pacifisme bien féminin. Certes, de telles aspirations chez une femme méritent qu'on les admire ; mais il faut savoir mieux équilibrer les tendances virile et féminine. Ce n'est pas le cas ici. La présence d'un homme, à sa façon aussi solide que la reine, me paraît nécessaire. Le Grand Calife, mon maître, possède les qualités requises...

— Mais la reine ne souhaite pas se marier. Le mariage n'est à ses yeux qu'un fardeau de plus, et ses responsabilités sont déjà fort nombreuses.

— Peut-être ses faveurs vont-elles à d'autres prétendants ?

— Nullement ! Elle se sent flattée, bien sûr, des attentions du Grand Calife... »

Lord Shahryar se caressa la barbe. « C'est à mon

tour, maintenant, de vous rappeler mon intelligence, Lord Montfallcon. Ce que j'ai dit concernant la reine et ce dont elle aurait besoin partait d'une bonne intention. Nous nous inquiétons à son sujet.

— Voilà un sentiment que nous partageons, dit Lord Montfallcon. Et si vous la respectez autant que moi, alors comme moi vous respecterez ses désirs et ses décisions.

— Vous ne faites jamais rien sans son accord ?

— Elle est ma reine. Elle est Albion. Elle est le Royaume. » Montfallcon redressa le menton. « Elle est la Loi.

— Pas toujours efficace.

— Vous dites ?

— Votre Loi. Il semble que, dans certains cas, elle permette aux criminels d'échapper à la justice.

— Je ne vous comprends pas.

— Mon neveu, Ibram, s'est fait tuer à Londres au moment où je m'embarquais à Ben Gahshi. À mon arrivée, j'ai été instruit de sa mort — que dis-je, de son assassinat ! — et de la relaxe de son meurtrier.

— King ? Il part en déportation la semaine prochaine.

— Il n'est pas le seul impliqué dans l'affaire. C'est un autre qui s'est rendu coupable du forfait, un autre en faveur de qui vous vous êtes prononcé, m'a-t-on dit, Monseigneur.

— Il y avait un autre accusé, oui, dont j'ai pris la défense car, au moment du crime, il était en mission sur mes ordres et donc dans l'impossibilité de participer à la rixe, même s'il s'agit du genre de coquin à chercher querelle plus souvent qu'à son tour.

— Ainsi vous êtes absolument certain de l'innocence de votre homme ? » Le regard de Lord Shahryar était dur. « Ce bretteur vêtu de noir, cet espion que vous employez...

— Quire, un espion ? Un messager de la reine, rien de plus.

— Il s'appelle Quire. » Lord Shahryar hocha la tête. « Je l'avais oublié. Ce Quire a la réputation d'une fine lame. À votre avis, il a attiré mon neveu dans une bagarre pour le voler ?

— Je connais bien Quire. Il ne perdrait jamais son temps à de telles manœuvres. Il est trop fier pour cela.

— Vous me donnez donc votre parole, Monseigneur, que ce capitaine Quire n'a pu tuer mon neveu ?

— Je vous en donne ma parole, Lord Shahryar. » Montfallcon soutint sans ciller le regard de l'Arabe.

« Je pourrais peut-être lui poser quelques questions ? Simplement pour m'assurer qu'il ne vous a pas abusé, suggéra doucement l'Oriental.

— Il n'est plus à Londres. Je lui ai confié une nouvelle mission.

— Où ?

— Il nous apporte son concours dans l'affaire du roi de Pologne. Si vous prêtez l'oreille aux rumeurs, vous en aurez sûrement entendu parler...

— Ah oui, ce Casimir que des brigands ont enlevé contre rançon ? Le croyez-vous toujours en vie ?

— Des marchands polonais ont reçu la demande de rançon. Les bandits s'imaginent détenir un banal gentilhomme.

— Eh bien, j'espère que votre justice lui sera plus favorable qu'à mon neveu. » Le Sarrasin se leva.

« Albion sombre dans l'anarchie, dirait-on, avec des brigands et des assassins qui se permettent de tuer des nobles et de capturer des rois en toute impunité.

— Vous n'avez jamais de meurtres dans votre pays, Monseigneur ?

— Quelques-uns, bien sûr...

— Ils étaient monnaie courante avant qu'Albion ne vous fasse bénéficier de sa protection et de sa Loi.

— C'était vrai, sans aucun doute, du temps où le roi Hern occupait le trône, dit Lord Shahryar d'un ton riche de sous-entendus. Pour bien gouverner un pays, il faut un homme...

— La reine est le meilleur souverain qu'Albion ait jamais connu. Le monde entier nous envie notre monarque.

— Telle une mère, elle donne parfois trop d'amour à ses enfants et reste aveugle à leurs fautes, comme aux fautes de ceux qui la menacent sous couvert d'amitié. Avec un bon mari à ses côtés, un homme de rigueur...

— Des hommes l'assistent, dont je fais partie. » Lord Montfallcon examina un plat de figues sèches et en choisit une qu'il mit dans son assiette. « N'avons-nous pas l'expérience et la rigueur ?

— Mais vous n'êtes pas son égal, Monseigneur.

— Monseigneur, son égal n'existe pas.

— J'aurais souhaité vous convaincre de notre sincérité, de l'admiration de mon maître pour votre reine, de la nécessité d'unir totalement nos deux pays dans la tradition des rois. Le Grand Calife est jeune, viril et séduisant. Si certaines rumeurs ont couru à son sujet, je vous assure qu'elles sont sans fondement.

— La reine n'agrée aucun soupirant. De cette

façon, elle ne privilégie personne. Votre maître pourrait être vieux, malade et se livrer aux pratiques de Sodome, ses chances n'en seraient pas moindres.

— Ainsi vous n'intercéderez pas en notre faveur comme je l'avais espéré ? Je croyais pourtant que le roi de Pologne ne venait incognito que pour une seule raison.

— Si c'est le cas, il se sera trompé. On ne l'y a aucunement encouragé.

— Il n'a jamais reçu de lettre d'amour de la reine ?

— Jamais, Monseigneur.

— Voilà donc la raison de son rapt ? » Lord Shahryar se sourit à lui-même.

« Vous avez l'esprit trop tortueux, Monseigneur. Je ne vous suis plus.

— J'imagine que mon neveu a été assassiné parce qu'il tentait d'espionner Sa Majesté. J'imagine que le roi de Pologne a été enlevé parce qu'il espérait faire sa cour à la reine en secret. »

Lord Montfallcon éclata de rire. « Nous ne sommes pas des sauvages, en Albion, Lord Shahryar ! Nous savons manœuvrer plus habilement ! »

Le noble Maure repoussa son siège. Il essaya de contenir sa fureur ou, pour le moins, de la dissimuler. « Je vous dois des excuses, Lord Chancelier.

— Je les accepte, mon bon Seigneur. Vos suggestions nous divertissent plus qu'elles ne nous offensent. »

Lord Montfallcon se leva pour donner l'accolade au Sarrasin qui s'efforça de sourire. « Recevez l'assurance de notre très grande amitié. Nous admirons l'Arabie plus que toute autre nation...

— Tout comme nous admirons Albion. Lorsque le Grand Calife arrivera, demain...

— Notre alliance est assurée de survivre mille ans sans qu'il soit besoin de la sceller par les moyens traditionnels.

— Notre inquiétude concerne aussi bien la reine qu'Albion.

— Les deux ne font qu'une. »

Au-dessus d'eux, la folle s'éloigna sans un bruit, se traînant à quatre pattes dans la poussière jusqu'à un autre poste stratégique : à travers un soupirail que l'on distinguait à peine du sol, elle se mit à observer Maître Ernest Wheldrake.

Nu, entravé de chaînes d'or, il se tenait à genoux devant sa maîtresse, l'aimable Lady Lyst. Elle buvait à petites gorgées le contenu d'une coupe, une fausse couronne de guingois sur l'œil, et elle le fouettait d'une main languissante, tandis que lui se prosternait, au comble de l'extase, et, dans un gémissement, laissait échapper un nom que la folle ne put saisir.

La scène lui était par trop familière et elle reprit sa reptation, à la recherche de quelque distraction plus neuve. Il ne lui fallut qu'une dizaine de minutes pour retrouver son traditionnel poste d'observation : un trou de souris qui donnait sur la chambre de Lord Ingleborough ; mais il n'y avait pas trace du vieil homme. Elle entr'aperçut Patch, son jeune partenaire, qui jouait avec des soldats de bois. Comme Lord Ingleborough ne s'en revenait pas, elle avança en se tortillant pour aller voir quel tour prenaient les relations entre Sir Tancred et Lady Mary Perrott. Elle était jalouse de leurs rapports qui lui semblaient si parfaits. Elle les enviait d'autant plus qu'elle avait faim de romance et d'intrigue et non de sensations qui, la plupart du temps, lui avaient été source d'amertume. Si elle n'avait jamais connu l'amour que Sir Tancred vouait à Lady Mary, elle rêvait de le vivre un jour...

Mais il était dit qu'elle s'était déplacée pour rien. Ni Sir Tancred, ni Lady Mary n'étaient présents. Lord Rhoone ronflait à son bureau, dans son uniforme d'apparat, la barbe noire remontée contre les lèvres par sa fraise verte, toute souillée de crème. Sir Amadis Cornfield était également à son bureau, penché sur ses comptes et ses reçus, les doigts maculés d'encre. Una, la comtesse de Scaith, se déshabillait ; elle ôtait la robe insensée qu'elle avait dû porter pour distraire l'ambassadeur sarrasin au nom de la reine.

Lord Montfallcon ne serait pas dans son cabinet à cette heure, inutile donc d'y descendre au prix de la glissade habituelle. Elle envisagea une visite au sérail, mais lui aussi la plongerait dans la mélancolie. Elle passa un moment à regarder les mimes répéter leur numéro pour la Nuit des Rois, le lendemain, mais les drames symboliques l'intéressaient peu. Elle s'en retournait vers sa crypte en traversant la verrière poussiéreuse et tissée de toiles d'araignées de l'orangerie abandonnée, quand elle aperçut une ombre qui se dirigeait vers l'entrée secrète de Lord Montfallcon. Elle s'arrêta, cachée dans l'obscurité, pour voir qui rendait ainsi visite au chancelier.

C'était Tinkler. Il marchait d'un pas alerte. La folle recula son grand corps décharné pour ne pas se faire remarquer. Aucun doute, ce valet était aux ordres de Montfallcon et il venait de recevoir des instructions.

Le roi de Pologne serait délivré d'ici au matin. Elle avait assisté à l'élaboration de la machination. Elle gloussa intérieurement et secoua la tête, remplie d'admiration pour ses deux héros : Montfallcon, le père dont elle rêvait, et Quire, l'amant qu'elle désirait. Leur plan semblait fonctionner exactement comme prévu.

Chapitre IX

Où la reine et ses courtisans célèbrent la Fête des Rois, dernière nuit du Festival de Noël

Una de Scaith aspira une bouffée profonde de sa pipe et s'étira tout à son aise sur sa couche brodée de scènes sylvestres : la Chasse, les Nymphes et les Faunes, Diane et ses suivantes. Elle se prélassait devant un feu allègre, le vertugadin de travers, comme une cloche mal accrochée, le corsage desserré ; sa collerette à armature avait glissé d'un côté de sa tête couronnée de perles. Elle appréciait le calme de ces dernières minutes avant les festivités et les cérémonies auxquelles, en tant qu'amie de la reine, elle était tenue d'assister. Elle caressa le dos orangé d'un gros chat endormi contre la couche, puis se consacra tout entière au tabac, pendant que dans la pièce voisine ses femmes de chambre s'occupaient des derniers préparatifs vestimentaires.

La comtesse détestait presque toutes les manifestations publiques, particulièrement celles où elle avait une fonction à assumer. Ce soir, la reine lui avait demandé d'annoncer le programme au fur et à mesure de son déroulement ; il lui faudrait par conséquent être présente du début à la fin de la cérémonie, c'est-à-dire de la Remise des Dons à la Fête finale qui se prolongerait certainement tard dans la nuit. Pire encore, la première moitié de la soirée devait se dérouler sur le fleuve gelé, à West Minster, là où la glace était si épaisse qu'il avait été possible d'y allumer des feux de joie et d'y rôtir un cochon (la nuit précédente, un entreprenant aubergiste vénitien s'y était risqué pour son plus grand profit) ; et elle se retrouverait transie jusqu'aux os, comme tout un chacun, bien sûr ; comme tout un chacun encore, elle abuserait du vin chaud, la boisson de rigueur et la principale source de chaleur. Plus tard dans la soirée, en grand apparat et dans un confort plus relatif encore, viendrait la Mascarade qui se tiendrait sous le couvert de la Grande Salle ; elle était vouée à y rôtir dans le rôle d'Urd la Norne. D'autres y souffriraient avec elle, en tant que Thor, Odin, Hela... Gloriana incarnerait Freyja, reine des dieux, dans une création de Maître Wheldrake intitulée *la Veille de Ragnarok*, tirée de la mythologie nordique en l'honneur de la Grande Pologne qui dominait les deux rives de la mer Baltique. Una, dont les possessions se trouvaient sur la grande île d'Ynis Scaith, bien au nord d'Albion, n'était que trop familière de ce panthéon qu'elle estimait parfaitement ennuyeux : d'ailleurs, elle détestait la mode en vogue à la Cour, qui favorisait les nouveautés et dédaignait ses classiques favoris.

Sa pipe s'était consumée ; dans un soupir elle se leva, mit de l'ordre dans ses vêtements et laissa ses servantes la vêtir et la couvrir d'une cape de velours rouge ornée de fourrure moirée vert d'eau, dont la large capuche cachait son visage. Les femmes de chambre l'escortèrent jusqu'à la porte de ses appartements ; il s'agissait en réalité d'une maison entière, construite comme beaucoup d'autres à l'intérieur de la structure principale du palais, et qui donnait sur un vaste parc, avec en son centre un lac d'agrément entourant une île artificielle de dimensions respectables.

Le traîneau couvert de la reine l'attendait et des valets de pied en bonnets aux rubans extravagants, vêtus de courts tabards de brocart et de canons à taillades jaunes et bleus, l'aidèrent à y prendre place. Elle s'installa dans l'obscurité sur des coussins moelleux. Un cri, un claquement, le véhicule dansa sur ses ressorts et effectua le court trajet jusqu'à la façade ouvragée de l'entrée privée des jardins de la reine. Une compagnie de gardes y était alignée, sous les ordres de Lord Rhoone qui laissait échapper des chapelets de nuages de vapeur dès qu'il ouvrait la bouche, ce qui remit en mémoire à Una combien la nuit était froide. Elle garda ses mains dans son manchon, sous sa cape, et jeta un pauvre regard par la fenêtre opposée vers le jardin qui s'assombrissait et sur lequel la neige recommençait à tomber. Il semblait que l'hiver s'installait à demeure et qu'il ne disparaîtrait qu'avec la fin du monde. Elle se souvint alors, dans un frisson, de l'hiver Fimbul, et se demanda non sans un soupçon de morbidité si l'on n'était pas effectivement à la veille de Ragnarok, si ce n'était pas un signe avant-coureur du Chaos et de la Nuit Ancestrale en voie de les engloutir une fois pour toutes. Elle bâilla. Si les dieux du Chaos devaient se manifester à nouveau sur Terre comme ils l'avaient fait dans un passé légendaire, elle sentait qu'elle leur ferait bon accueil, au moins comme remède à son ennui. Non pas qu'elle crût à ces épouvantables mythes antédiluviens, bien sûr, mais quelquefois elle ne pouvait s'empêcher de rêver qu'ils reposaient sur une réalité historique et qu'elle les avait vécus ; quelle époque enivrante et haute en couleurs, auprès des temps modernes où la terne Raison l'emportait sur la Romance comme le granit disperse le mercure !

C'est en caressant ces pensées qu'elle accueillit la reine, couronnée de platine, qui montait à bord du traîneau. « Par Arioch ! vous êtes resplendissante, ce soir », s'exclama-t-elle en souriant.

Gloriana lui rendit son sourire, égayée par la grossièreté délibérée d'Una (il était de mauvais goût d'invoquer le nom des anciens dieux). Elle était vêtue d'hermine, de soie blanche, de perles et d'argent, car ce soir elle devait incarner la souveraine polaire, la reine des Neiges ; et la Cour tout entière avait obligation de se plier à ce thème. La robe que portait Una sous sa cape était bleu pâle, sa collerette d'un bleu légèrement plus soutenu, ses jupons blancs ornés de petits nœuds azur ; il s'agissait en fait de sa robe de bergère du dernier printemps, modifiée pour la circonstance.

Pendant ce temps, autour d'elles, les gardes enfourchaient des chevaux blancs, recouvraient leurs uniformes traditionnels de capes argentées, se coiffaient de bonnets de castor blanc agrémentés de plumes de chouette de même couleur, et se tenaient prêts. Lord Rhoone s'approcha — sa barbe noire tranchait dans toute cette pâleur — et du haut de son cheval il se pencha vers l'intérieur du traîneau d'un air interrogateur.

Gloriana agita son gant de dentelle. Lord Rhoone lança un puissant : « Au trot, Messieurs ! » Le traîneau et son escorte s'ébranlèrent dans un crissement de patins et un martèlement étouffé de sabots pour se diriger vers West Minster et le fleuve.

« Vous êtes au courant des bonnes nouvelles ? dit la reine à sa dame de compagnie. Pologne a été délivré.

— Il va bien ?

— Un rien gelé, j'imagine, mais indemne. Montfallcon me l'a appris cet après-midi. On l'a retrouvé ce matin, dans un moulin. Les brigands qui l'avaient capturé se sont querellés et se sont enfuis, l'abandonnant dans ses liens après avoir tué l'un des leurs pendant la dispute. Ils avaient peut-être l'intention de revenir, mais les hommes de Montfallcon ont mis la main sur le roi les premiers et l'ont ramené à Londres. Ainsi tout est pour le mieux et le comte Korzeniowski cessera de nous tourmenter à propos de son maître.

— Quand allez-vous recevoir cet infortuné monarque ?

— Ce soir même. Dans une heure ou deux. En même temps que tous les autres invités.

— Mais le Grand Calife ? La situation va exiger des trésors de diplomatie. »

Gloriana ouvrit les rideaux pour contempler les lumières de la ville. « Montfallcon a résolu le problème. Ils me seront présentés ensemble ; on annoncera Pologne le premier puisqu'il est empereur. »

Una se mordit la lèvre, amusée. « Je pense qu'ils espéraient mieux que présenter des respects protocolaires à Votre Majesté. Ne viennent-ils pas ici pour... — elle se sentait presque gênée — pour faire leur cour ?

— Apparemment Pologne jure de n'épouser nulle autre que moi. Les déclarations d'Arabie sont un peu moins excessives mais, compte tenu de sa réputation, sa passion ne doit en rien céder à celle du Polonais. » Gloriana était d'humeur moqueuse. « Lequel préféreriez-vous, Una ?

— Pologne en tant que compagnon, Arabie pour le plaisir, répondit aussitôt la comtesse.

— Arabie apprécierait votre physique, je pense. Votre tournure de jeune garçon serait dans ses goûts.

— Alors prions qu'il m'accepte pour substitut et me fasse reine de toute l'Arabie. » Una pencha la tête de côté. « L'idée est excellente, mais je soupçonne ses ardeurs davantage motivées par des intérêts politiques, et Ynis Scaith ne constitue pas une dot d'assez grande valeur. »

Gloriana approuva. « C'est vrai ! Il veut Albion et tout son empire, rien de moins. Peut-être les obtiendra-t-il, s'il me donne ce qui me manque. » Le traîneau fit une légère embardée dans un tournant et Gloriana se mit à fredonner le refrain de sa chanson favorite :

« Oh, si j'étais ce que je ne suis pas,
Alors j'aurais ce que je n'ai pas ;
Si je l'avais, je ne... »

Una, à l'écoute de l'aimable cantilène, garda un instant le silence. Gloriana regretta de s'être laissée aller ; elle se pencha pour embrasser son amie.

« Maître Gallimari nous promet de bien belles distractions ce soir. »

La comtesse se ressaisit. « Oui... des distractions ! C'est ce dont nous avons besoin, non ? Est-ce que toutes les ambassades sont invitées ?

— Bien sûr. Et les dignitaires de Londres. Et tous les gentilshommes du pays qui auront fait le déplacement. Et tous les courtisans. Par Mithras ! » Malicieuse, elle mit la main devant sa bouche. « Est-ce que la glace va supporter tout le monde ? À votre avis, Una ? Allons-nous tous terminer nos danses au fond du fleuve, ce soir ? Et les grands de la moitié du globe s'en iront-ils au fil de l'eau comme autant d'icebergs, à la marée du matin ? »

Una secoua la tête. « Tel que je connais mon Lord Montfallcon, il aura sûrement veillé à faire étayer la glace d'une rive à l'autre. Tenez, je le soupçonne même d'avoir remplacé la glace par de l'obsidienne qu'il aura fait peindre. Il craint tellement pour votre sécurité.

— De ce point de vue, il est avec moi comme la tigresse avec son petit, reconnut Gloriana. Mais regardez, la glace est bien réelle. »

Elles se trouvaient sur une colline d'où l'on pouvait observer un méandre de la Tamise, scintillante de gel et de neige. Le fleuve luisait d'un éclat sombre entre les masses noires des bâtiments édifiés sur l'une et l'autre rive, forêt imposante constellée d'une multitude de lanternes jaunes. Sous leurs yeux d'autres lumières s'allumèrent. Lentement la scène passa du noir à une combinaison de gris chaud, de blanc et d'ambre vaporeux. Et le fleuve prit des allures de verre laiteux sur lequel de minuscules silhouettes évoluaient, comme des reflets dont on chercherait en vain la source. Puis la route descendit si abruptement qu'il ne fut plus possible de distinguer autre chose que les collines enneigées et, droit devant, les deux tours crénelées de la porte Nord de Londres, dite porte du Taureau, où l'on devait saluer l'attelage royal avant d'en accueillir la glorieuse passagère, puis où Lord Rhoone, au nom de la reine, devait échanger des politesses avec le Lord Maire, rougeaud et à demi ivre.

Ces formalités accomplies, le traîneau poursuivit son chemin et les cahots s'accentuèrent maintenant que la couche de neige sur les cailloux était moins épaisse. Il passa entre des rangées de citoyens qui l'acclamèrent, brandirent des torches, agitèrent les bras ou leurs chapeaux. La reine leur sourit, les salua et les bénit des mains jusqu'à ce qu'elle eût franchi les portes de la petite Cité de West Minster, qui se refermèrent derrière elle ; pendant quelques instants le traîneau glissa dans un silence relatif, suivit la large avenue, dépassa les grands Collèges et Temples de la Contemplation, les ministères, les casernes, pour déboucher sur l'immense quai où, par beau temps, les bateaux des monarques en visite accostaient. Des auvents étaient déjà installés, et Una voyait des carrosses disparaître une fois déchargées leurs illustres cargaisons. Aux abords des hautes colonnes grecques qui flanquaient l'escalier d'accès au débarcadère, des pages et des laquais galopaient d'une place à l'autre, des palefreniers se tenaient à leurs postes, et un ensemble de trompettes attendait. Un tapis recouvrait les marches de l'escalier, protégé lui aussi par des auvents.

Des braseros flamboyaient, tels des signaux de danger, tout le long des murs du quai, pour offrir à la fois lumière et chaleur ; au-dessus flottaient des rangées d'étendards dont la soie multicolore éblouissante captait les flammes et la neige alentour. Plus haut encore s'étalait un ciel d'ébène qu'aucune étoile n'éclairait. C'était comme un immense dais couvrant la ville entière : un dais d'où quelques flocons s'échappaient pour venir s'amonceler là où ils le pouvaient ou mourir en crachotant dans les flammes.

Gloriana tapa dans ses mains et envoya un léger coup de coude dans les côtes d'Una, avant de se rappeler le rang illustre qu'elle occupait et de redevenir le symbole de beauté, de perfection, qu'exigeaient les circonstances. Una se composa une gravité similaire.

Lord Rhoone ouvrit la porte du traîneau. Gloriana descendit la première, suivie de la comtesse.

Elles s'avancèrent entre les colonnes, pendant qu'une fanfare de cuivres annonçait l'arrivée de la reine ; puis elles descendirent l'escalier au bas duquel deux grandes torches brûlaient entre les mains de pages vêtus de la tête aux pieds de peaux d'ours polaires. Derrière les pages, seigneurs et dames courbèrent la tête. Également habillés de blanc, de bleu et d'argent, le visage poudré, les courtisans, dans les ombres projetées par les torches, évoquaient à Una une assemblée de fantômes, comme si les morts s'étaient levés pour rendre hommage à l'impératrice d'Albion en cette brumeuse Nuit des Rois.

L'auvent s'étendait du quai à des marches de bois. Elles les empruntèrent d'un pas digne et mesuré, pour ensuite fouler un tapis posé sur la glace qui les mena, toujours sous auvent, jusqu'à leur pavillon de soie ondulante et argentée, dressé tout en hauteur et fermé sur trois de ses côtés. Un trône délicatement filigrané d'argent attendait Gloriana, ainsi qu'un fauteuil aux coussins blancs pour Una, première dame de la reine des Neiges.

Alors qu'elle attendait que la reine prît place, Una vit sur le quai une procession de bœufs meuglants qui renâclaient à avancer ; elle entendit cacarder des oies promises au même sort, et aperçut les fagots de petit bois et les bûches qui serviraient à cuire les bêtes. Bientôt le feu ferait craquer leur peau, suinter leur jus, gonfler leur chair savoureuse et appétissante. Elle se passa la langue sur les lèvres et, voyant la reine assise, elle prit place à son tour en frissonnant, car son vertugadin de travers avait laissé s'infiltrer un petit vent frisquet qui lui était remonté aux genoux.

Au centre de la glace, on avait échafaudé une estrade où les musiciens, assis, accordaient de leur mieux leurs instruments. Les auvents et les tapis au-delà du pavillon de la reine étaient, pour faire contraste, vert et or, et vert foncé les vêtements de laine des musiciens. Du quai retentit une nouvelle sonnerie de trompettes, ajoutant encore à la difficulté de l'accordage ; la reine eut un regard interrogateur vers Una qui hésita. Puis elle se leva, alors que lentement se rassemblaient les courtisans, descendus un à un du quai.

Une silhouette en costume ivoire à larges plis suivit le tapis et s'avança jusqu'au trône ; elle retira son chapeau d'hermine et mit un genou en terre. C'était Marcilius Gallimari, l'intendant des Menus Plaisirs royaux. « Votre Majesté.

— Tout est en place, Maître Gallimari ?

— Oui, Votre Majesté. Ils sont prêts. » Il parlait avec un enthousiasme aussi passionné que sincère.

« Alors nous commençons, Comtesse ! »

Una toussa discrètement dans ses mains. Maître Gallimari s'enfonça dans l'ombre de l'auvent, passa les gardes et disparut. Una déclara d'une voix forte : « La reine accorde ses bienfaits aux veuves de Noël et aux orphelins de la saison. Qu'ils s'avancent et reçoivent ce qui leur revient ! »

Les courtisans ménagèrent un passage et se rangèrent de chaque côté. Un jeune valet de pied tendit à Una un coussin sur lequel reposaient une vingtaine de bourses en chevreau. Elle en prit une qu'elle remit dans la main de la reine, alors que la première veuve, une femme du peuple en tablier et châle de lin, matrone boulotte et nerveuse, s'avançait humblement, les yeux baissés, un sourire timide aux lèvres, pour faire une révérence.

« Majesté. Les gens de Southcheap présentent leurs hommages à Votre Majesté et prient que la peste jamais ne les frappe.

— Nous vous remercions, vous et les gens de Southcheap. Votre nom ?

— Dame Starling, Votre Majesté, veuve de Starling, l'accastilleur.

— Faites bon usage de ceci, Dame Starling, et nous vous prions d'accomplir votre devoir. Nous compatissons à votre douleur.

— Je remercie Votre Majesté. » D'une main tremblante elle se saisit de la bourse.

Puis vinrent deux enfants basanés, un garçon et une fille, main dans la main, saluant presque à chaque pas.

« Vos père et mère sont morts ? Comment est-ce arrivé ? » Gloriana prit une deuxième bourse que lui présentait Una.

« Perdus dans le fleuve, Votre Majesté, dit le garçon. Ils travaillaient sur le bac, en amont de l'escalier de Wapping.

— Nous compatissons à votre douleur. » Les mots étaient rituels mais non les sentiments que ressentait Gloriana. Elle prit une autre bourse afin que les enfants reçoivent chacun la leur.

Pendant que se déroulait la cérémonie, Una regardait au-delà de la foule l'autre quai, au loin, semblable à son frère du nord avec ses colonnes et ses torches, son extravagante maçonnerie et ses céramiques peintes. À sa droite, là où tournait l'embarcadère, elle pouvait voir une rangée de gargouilles sur les piles, un anneau d'amarrage scellé dans leurs gueules grimaçantes. Au-dessus, les arbres dépassaient les murs pourtant élevés et, à la lueur des flambeaux, leurs branches sombres semblaient des bandes rigides de velours gris. Et puis, un peu plus loin, il y avait la porte d'Écluse, la *Water Gate* de West Minster et sa grille forgée de diables de fer.

Une fois les dons distribués, Montfallcon vint se placer près du trône et murmura quelques mots à la reine, pendant que les trompettes annonçaient les deux invités d'honneur et que le Tribun royal clamait leur nom. Côte à côte ils apparurent alors en robes et bas d'apparat, magnifiques, couverts de jade, de diamants, d'aigues marines, de turquoises et toutes sortes de gemmes pâles.

« Sa Royale Majesté le roi Casimir XIV, empereur élu de la Grande Pologne ! Sa Royale Majesté le

Grand Calife Hassan al-Giafar, seigneur de toute l'Arabie ! »

Deux têtes couronnées s'inclinèrent devant la troisième. La couronne du roi Casimir était d'or blanc, à pointes gothiques, agrémentée d'émeraudes claires, alors qu'Hassan al-Giafar portait un turban ceint d'un diadème mauresque d'argent et de nacre, à motifs floraux, et bien que leurs costumes fussent restés simples, selon la tradition, ils étaient cousus des fils les plus précieux autorisés.

La cérémonie se déroulait en Haute Langue. La barbe taillée à deux pointes, Arabie parla le premier :

« Gloriana, représentante d'Ishtar sur la Terre, notre Déesse à tous, dont le Nom est glorifié aux quatre points cardinaux et dont la Renommée inspire le respect, Soleil illuminant nos jours, Lune baignant nos nuits, dont la splendeur ternit les étoiles, nous, Calife Hassan al-Giafar, descendant des premiers Calligraphes de Sheena, Protecteur de Rashid, Père des Nomades, Souverain des déserts, des rivières et des mers, Rempart contre les Tatares, Chef suprême de Bagdad et des Cinquante Cités, te prions d'accepter les salutations et les hommages que t'adresse notre peuple. »

La reine se leva, prit le sceptre que lui tendait Una et l'éleva comme si, obscurément, elle bénissait le calife.

« Albion te souhaite la bienvenue, grand Roi. Nous sommes honorée de ta présence à nos cérémonies. » Elle s'assit alors que le roi de Pologne, emmêlé dans sa cape, la couronne inclinée sur un sourcil broussailleux et les nœuds de sa barbe à demi défaits, clignait faiblement des yeux et remuait les lèvres sans émettre le moindre son.

« Euh... commença-t-il. Votre Majesté. »

Derrière ses paupières entrouvertes, les beaux yeux d'Hassan al-Giafar trahirent une pointe de mépris amusé au vu de l'embarras de son rival.

« D'abord... merci... et merci à vos gens... d'être venus à mon secours. Je vous en sais infiniment gré. Quelle folie de ma part d'avoir fait confiance à ces brigands ! Je regrette les ennuis que j'ai pu causer...

— Peu de chose, murmura la reine. Mais n'oubliez-vous pas les salutations d'usage, Votre Majesté ? »

Il lui fut reconnaissant de ce rappel discret. « Votre Majesté. Reine Gloriana. Salutations de la Pologne. » Il fronça les sourcils. « Je suis... nous sommes Casimir... empereur élu de la Grande Pologne... ça, vous le savez, eh ? On vient de m'annoncer. Il existe une formule consacrée, mais j'ai bien peur de l'avoir oubliée... Roi de Scandinavie, hein ? Et de tous les pays de la Baltique à la mer Noire. Par Jupiter, voilà ce que je suis ! Euh... nous sommes une république, bien entendu. Pour l'essentiel une union de républiques autonomes. Mais j'y tiens mon rôle. En tant que symbole, j'imagine. Oh, mon Dieu !... j'avais une bague pour vous. J'ai d'autres présents... » Il regarda derrière lui. « Les présents !... C'était une jolie bague... J'espérais ne pas apparaître en public comme ceci. Les cérémonies ont tendance à m'intimider. Les cadeaux... »

Le calife claquait des doigts pour faire apporter ses propres cadeaux par de jeunes garçons enturbannés. Gloriana examina les offrandes habituelles (y compris un collier de cornaline et d'or) et les accepta avec les remerciements de rigueur; pendant ce temps, Pologne, anxieux, discutait avec le vieux comte Korzeniowski qu'il finit par envoyer en course.

« Il y avait aussi quelques éléphants, Votre Majesté, dit sérieusement le calife. Mais il ne m'a pas semblé judicieux de les amener sur la glace. »

Una sourit derrière sa main à l'idée de tous ces éléphants perdant l'équilibre et s'enfonçant dans les eaux de la Tamise.

Un silence se fit après que le cortège du calife se fut éloigné. Casimir de Pologne leva les yeux « Ah-ah ! » Il fit un signe. Un autre cortège, composé de valets habillés de fourrure, s'avança. Ils portaient de précieuses icônes et des bijoux richement travaillés; bien que loin d'égaler la magnificence de ceux du calife, ces présents portaient le sceau de la perfection artistique.

« Il en manque quelques-uns, vous voyez. Pas beaucoup, nous avons eu de la chance. Mais... — Casimir fouilla dans ses vêtements — il y avait une bague. Avec un rubis. Vous trouverez peut-être que c'est vulgaire, ma foi. J'avais espéré... Cependant, oui, je sais, ce n'est ni le lieu ni l'heure... Ces temps-ci, les occasions de cérémonies sont rares en Pologne... Pardonnez-moi si je vous offense...

— Ces cadeaux sont d'une exquise beauté, Roi Casimir.

— N'est-ce pas ? Mais la bague... Il y avait aussi de la belle étoffe de Vienne. Est-ce que c'est arrivé ? Mais la bague, grands dieux ! Elle est perdue !

— Les brigands... ? murmura Gloriana.

— Les scélérats ! Le plus noble de tous mes présents !

— Nous attraperons leur chef, ne vous inquiétez pas », promit-elle.

Lord Montfallcon s'éclaircit la gorge pour intervenir. « La reine remercie Vos deux Majestés... »

Gloriana se ressaisit et approuva. « Albion est heureuse de vous accueillir, grands Rois. Nous sommes honorée de votre présence à cette cérémonie. »

On apporta des sièges, presque des trônes, pour les deux souverains. On les plaça tous deux à la droite de la reine, à une distance égale afin qu'aucun ne parût avoir la préséance sur l'autre, et la comtesse de Scaith dut jouer l'hôtesse auprès des deux monarques, leur sourire et leur faire la conversation à voix basse, pendant que la reine recevait les autres invités :

Rudolf de Bohème, le roi savant, vassal de Casimir ; le prince Alençon de Médicis, de Florence, jeune homme qui vouait à la reine un amour chevaleresque notoire ; l'ambassadeur aztèque, le prince Comius Sha-t'iee de Chlaksahloo (qui se prenait pour un demi-dieu et voyait en Gloriana une déesse), en manteau et parure de plumes dorées ; le chevalier Perceval-le-Gallois de Bretagne ; Oubacha Khan, à l'armure peinte, habillé de fer et de fourrure, représentant l'Empire tatare ; le prince Lobkowitz, aux couleurs noir et argent de la cité franche de Prague ; le prince Hira d'Hindoustan, protectorat d'Albion ; le seigneur Li Pao, ambassadeur de la Cour de Cathay, un autre État vassal ; le seigneur Tatanka Iyotakay, ambassadeur de la grande Nation sioux, couvert de plumes d'aigle et de peau de daim blanc ; Dame Yashi Akuya, ambassadrice des Iles nippones ; le prince Karloman, le fils du vieux roi, représentant l'Alliance du Bas-Pays ; le comte Rotomondo, suzerain de Paris ; Maître Ernst Schelyeanek, astronome et physicien viennois ; des envoyés de Virginie parmi lesquels Lord Kansas au profil d'aigle, et le baron d'Ohio, aussi petit que querelleur ; Maître Ishan, le mathématicien du protectorat tatare d'Anatolie : Caspar, le grand ingénieur de Jawa ; l'intellectuel palestinien Micah, de Jérusalem ; l'explorateur Murdoch, thane d'Hermiston, une cape blanche jetée négligemment sur ses épaules par-dessus son plaid et le bronze de son plastron, un bonnet orné de plumes de faucon blanc malicieusement posé sur ses boucles rousses ; et encore bien d'autres dignitaires, érudits, scientifiques, mages, alchimistes, ingénieurs, aventuriers et soldats. Ils se succédèrent ainsi durant une heure et demie devant le trône.

Puis, à la lueur des torches, commença le premier spectacle. Le Chevalier des Glaces, Lord Gorius Ransley, et le Chevalier du Feu, Sir Tancred Belforest, joutèrent à cheval et en armure au milieu du fleuve gelé. Des éclats de glace voltigeaient et le souffle des chevaux ressemblait à celui de dragons ; le métal tinta quand les lances percutèrent les boucliers. Les deux hommes tout de suite furent désarçonnés.

Sur le quai, les coudes appuyés contre la pierre pour ne rien perdre du spectacle, une silhouette se cachait sous une immense peau d'ours qui la couvrait entièrement, le visage en grande partie dissimulé sous le chapeau formé par la gueule de l'animal. Quelquefois, dans la lumière plus vive des flammes bondissantes sur lesquelles rôtissaient maintenant les bœufs et les oies, ses yeux noirs luisaient, sardoniques. Le feu vainquit la glace, ainsi que prévu.

À présent, l'homme regardait les acrobates patiner dans leurs costumes de la commedia dell'arte. Arlequin et Pantalon, Cornetto et Isabelle, ainsi que tous les autres, commencèrent à tournoyer et à sauter au rythme de la musique entraînante et quelque peu discordante de l'orchestre qui grelottait sur l'estrade. Sous sa tente, la reine penchait la tête pour converser avec les deux souverains. Des pages, chaussés de crampons, évoluaient lentement parmi l'assemblée, portant des plateaux de vin bouillant ; des cuisiniers et leurs marmitons arrosaient les viandes embrochées ; et au bout du quai on dressait un gigantesque échafaudage.

La silhouette au manteau d'ours quitta le muret, descendit petit à petit un premier escalier, puis un second, pour venir se mêler à la foule, sur la glace ; l'homme but à petites gorgées du vin clairet dans une coupe d'argent, tout en admirant les enfants de la noblesse, tous déguisés en fées du Gel, qui apportaient sur une litière le monstrueux gâteau des Rois afin d'aller le présenter à Gloriana. Il prit la viande et le pain qu'on lui offrait et les fourra dans sa bouche avec délice sans cesser de déambuler mais en restant toujours dans l'ombre en bordure de l'attroupement, un choix dicté plus par l'instinct que la raison.

Une détonation claqua sur l'autre berge, suivie d'un souffle d'air qui passa comme un vent mystérieux, faisant sursauter les spectateurs : les premières fusées d'un feu d'artifice sifflèrent et tournoyèrent pour former une figure où se dessinait un énorme *G* ; d'autres suivirent, stridulantes, qui répandirent des étincelles de diamants et illuminèrent le fleuve gelé d'un éclat soudain, repoussant l'homme en peau d'ours à l'angle du débarcadère et du mur. Des cartouches enflammées tombèrent sur la glace en sifflant et provoquèrent chez les artificiers une vive inquiétude, à moins que ce ne fût une feinte consternation. Une fusée rouge et verte mugit ; l'échafaudage bougea une fois encore et la glace parut craquer.

Dès qu'il entendit le bruit, Lord Montfallcon appela Lord Rhoone qui, près de Lady Rhoone et de leurs deux enfants, conversait avec le chétif Maître Wheldrake et l'insouciante Lady Lyst, passablement chancelant.

« Rhoone ! Vous entendez ?

— Quoi ? » Lord Rhoone tendit sa coupe à son fils aîné qui se mit à boire, ravi de cette opportunité qu'on lui avait jusqu'à présent refusée.

« La glace, Rhoone, la glace est en train de céder. Là-bas.

— Elle est assez solide par ici, Montfallcon. On a vérifié. On vérifie encore.

— Quand même... »

Rhoone se frotta la barbe et regarda autour de lui, atterré. « Eh bien...

— Il faut nous replier sur le quai. » Lord Montfallcon aperçut l'homme au manteau d'ours qui remontait les marches et s'éloignait nonchalamment dans l'obscurité. D'autres fusées hurlèrent et éclatèrent. Le chancelier lança un regard furieux à la silhouette ; il leva la main, puis l'abaissa avant d'achever son geste. « Vos Majestés, Messeigneurs et Dames, cria-t-il, nous devons regagner la berge ! La glace menace de céder ! » Mais il ne parvenait pas à faire entendre sa voix au milieu des rugissements et des détonations du feu d'artifice, des rires et des cris d'une population enivrée. En toute hâte le chancelier fendit la foule pour rejoindre Gloriana. Elle riait d'une remarque du roi de Pologne, ce qui chagrinait fortement Hassan al-Giafar. Son visage s'éclairait aux explosions de plus en plus rapprochées, de plus en plus puissantes et lumineuses.

« La glace, Madame. Il y a danger qu'elle cède. »

Une explosion aveuglante de lumière et de chaleur ; les lèvres de la reine s'ouvrirent. « Ah !

— La glace est en train de se fissurer ! hurla Montfallcon. Votre Majesté, la glace cède ! »

La silhouette en peau d'ours se déplaça le long du mur du quai, à travers les arbres, se retourna pour regarder la foule et entendit la voix de Montfallcon qui criait maintenant dans le silence. L'homme s'arrêta pour suivre des yeux l'assemblée qui s'ébranlait lentement à la suite de la reine. Gloriana quittait le fleuve et retournait à son attelage. Alors, sur un haussement d'épaules amusé, il se baissa prestement derrière un arbuste, passa par un trou dans le mur de West Minster et ressortit dans une allée étroite qui devait le mener vers l'est, vers une maison où d'autres distractions l'attendaient.

*

Dans le traîneau royal, Pologne et Arabie, côte à côte, faisaient face à la reine et sa dame de compagnie, la comtesse de Scaith.

Casimir XIV, ébouriffé comme toujours, se montrait plein d'entrain. « Je vis une belle aventure depuis que je suis arrivé en Albion ! Par les dieux, Votre Majesté, je suis heureux d'avoir pris cette décision. Si j'étais venu en grande pompe, avec ma flotte et mes gentilshommes, le voyage aurait été bien ennuyeux et sans surprise. »

Hassan al-Giafar passa l'ongle du petit doigt de sa main droite entre deux incisives et en retira un bout de viande, tout en regardant par la fenêtre s'éloigner le fleuve. « Il n'y avait vraiment aucun danger, dit-il. La glace est toujours solide.

— Lord Montfallcon ne vit que pour la sauvegarde de la reine, répondit Una avec un sourire ironique. Jour et nuit. »

Le jeune calife se renfrogna. « Permettez-vous à cet homme d'avoir droit de regard sur chacune de vos décisions, Madame ? »

Gloriana éluda la question. « Il me protège depuis ma naissance. J'ai bien peur de m'y être tellement habituée, Votre Majesté, que je me sentirais mal à l'aise si je n'entendais plus son caquet quelque part en coulisse. »

Le roi Casimir en fut choqué. « Par Hermès, Madame ! n'êtes-vous donc jamais libre ? » Dans un geste de sympathie il posa une main innocente sur le genou de la reine.

Gloriana se trouvait devant un problème diplomatique supplémentaire. Par bonheur, le traîneau heurta un obstacle qui renvoya brusquement Pologne sur ses coussins, où il glissa en riant contre Hassan al-Giafar. « Si Montfallcon avait été mon vizir, fit l'Arabe en reniflant, je l'aurais fait fouetter pour avoir gâché ma fête. » Gloriana sourit.

« Mais, il est vrai, je suis un homme, ajouta le Grand Calife.

— Et il est vrai que les femmes ont tendance à pardonner davantage, observa le roi Casimir. Le choix d'abolir la pendaison dans votre pays et de la remplacer par l'exil me semble la solution idéale, quand on est sujet aux cas de conscience. Pour ma part, bien entendu, le dilemme ne se pose pas, puisque mon pouvoir me vient du parlement.

— Ce qui, à mon avis, équivaut à une absence de pouvoir. » Hassan avait décidé de se montrer déplaisant.

« En vérité, cela revient au même, si l'on accepte que le pouvoir en tant que responsabilité vous soit accordé par le peuple que vous servez ; vous ne croyez pas ?

— Je pense que nous sommes tous d'accord là-dessus. » Fidèle à son habitude, Gloriana s'efforçait de faire régner un équilibre strict.

Ils atteignirent le palais et, après saluts et courbettes, prirent la direction de leurs appartements pour enfiler leurs costumes et s'imprégner de leur rôle pour la Mascarade. En chemin, Gloriana rencontra Lord Montfallcon.

« Je vous prie de m'excuser, Votre Majesté, pour avoir interrompu le divertissement. Il me semblait... »

La reine acquiesça sans un mot. L'effort fourni pour maintenir une certaine pondération entre l'arrogant Hassan et le maladroit Casimir lui avait plus coûté que prévu, et elle se réjouissait de l'heure de tranquillité qu'elle avait devant elle. « Faites votre devoir, Monseigneur, comme je fais le mien », murmura-t-elle. Elle eut un mince sourire. « Maintenant, vous allez endosser votre déguisement et vous joindre au plaisir de la Mascarade. Connaissez-vous votre texte ?

— J'ai l'intention de le lire, Madame. Je n'ai pas trouvé le temps...

— Bien sûr. À dans une heure alors, Monseigneur. » Sur un signe coupable de la main, elle pénétra dans ses appartements et, pour une fois, fit fermer les portes au nez de son garde du corps.

Lady Mary Perrott s'avança, l'air un peu las comme à l'ordinaire. Gloriana leva les bras. « Déshabillez-moi, Mary. » Dans un soupir, elle retira sa couronne. « Ensuite, je vous en conjure, massez-moi pour calmer mes douleurs. »

Lady Mary prit la couronne et fit signe aux femmes de chambre d'aider la reine à se dévêtir. Son propre costume était prêt, à côté de celui de Gloriana. Elle devait jouer le rôle d'une Walkyrie, pendant que son exigeant amant, Sir Tancred, interpréterait celui de Baldur.

*

Dans ses appartements, la comtesse de Scaith examinait le coffret serti de gemmes qu'on lui avait envoyé. Elle lut le billet, écrit de la main même d'Hassan. Il la remerciait de sa courtoisie et de sa gentillesse (elle ne se rappelait pas lui en avoir témoigné) et la suppliait de rappeler son bon souvenir à la reine, avec toute son affection. Una secoua la tête, pendant que ses servantes la délaçaient. Elle se demandait s'il fallait informer Gloriana de ce fait nouveau ou le garder par-devers elle en attendant d'en discuter à tête reposée. Elle opta pour la dernière solution.

En chemise, elle s'allongea sur sa couche, alluma

une autre pipe de tabac et jeta un coup d'œil sur le texte de Maître Wheldrake qui ouvrirait la Mascarade :

En hiver, quand l'année se consume lentement,
Quand ses brandons s'éteignent comme dans un feu mourant,
Quand soufflent en rafales les vents ébouriffants,
Qu'en ailes neigeuses s'envolent des tourbillons charmants,
Alors le cœur des Nordiques s'embrase
D'une joie qui surpasse la seule joie du Printemps ;
Retentissent les trompettes, dans un ciel claironnant,
Dont la musique stridente invite l'esprit au chant,
Et à la nuit le jour rend grâces, reconnaissant.

Les vers manquaient ici, pensa-t-elle, de leur intensité coutumière, mais le poète n'aimait pas écrire pour les divertissements de la Cour et il semblait que, depuis quelque temps, il se faisait particulièrement distrait, passant le plus clair de ses heures en compagnie de cette fragile beauté, de cette intelligence galvaudée, Lady Lyst l'égarée.

Sa pipe fumée, Una reporta ses pensées sur son costume ; elle se leva avec effort et se dirigea vers l'armoire où il était rangé. Lady Rhoone et Lady Cornfield, les autres Nornes, n'aimeraient pas qu'elle fût en retard.

Elle s'arrêta, regarda autour d'elle. Elle avait la certitude que quelqu'un l'observait, mais la pièce était déserte en dehors d'elle-même et du chat de sa chambrière. Elle leva les yeux vers les ombres du plafond où une petite grille assurait l'aération, puis elle haussa les épaules et prit son corselet.

*

Dans la Grand-Salle du palais aux décors symboliques de montagnes gelées et de cieux menaçants, les comédiens s'installèrent, couverts de fourrure, de cuivre et d'argent, avec la magnificence barbare des habitants d'un château de l'Arctique. Le public, composé pour l'essentiel de ceux qui avaient été présentés un peu plus tôt à la reine, prit place sur des rangées de chaises, et les musiciens, à la galerie, attaquèrent une musique écrite pour l'occasion par Maître Harvey, où dominaient les cors et les violes de gambe.

La comtesse de Scaith, en fourrure noire et capuche, avait déjà récité sa mélancolique introduction et s'était reculée pour laisser place à Odin et Freyja. Lord Montfallcon jouait sans grand enthousiasme le rôle d'Odin, un bandeau sur l'œil, un chapeau à bords mous sur la tête, un corbeau empaillé à l'épaule et une tête de plâtre dans la main. La reine incarnait Freyja.

Lady Rhoone — ou plutôt Skaal, la Norne du Futur — déclama d'une voix qui rivalisait avec celle de son imposant mari (Lord Rhoone personnifiait Thor) :

L'hiver Fimbul s'abat sur les champs, c'est le temps
Du couteau, de la hache, de l'écu qui se fend.
Sur les hommes de paix déferle la terreur;
Odin, tenant la tête de Mimer dans ses bras,
Contre morts et vivants prépare l'ultime combat,
Et les loups de Fenris répandent le malheur.

Maladroitement, Lord Montfallcon éleva la tête de plâtre et lut le papier qu'il essayait de dissimuler, tandis qu'au dernier rang le pauvre Wheldrake grimaçait et se tordait les mains, livré à un supplice pire que tout ce que Lady Lyst pourrait lui infliger.

Harken ! La corne d'Heimdal a retenti,
Et neuf mondes de l'entendre !
Notre antique pont les Géants ont franchi,
Et Bifrost de se fendre !
Quand Skoll le soleil aura englouti,
Tremble la Terre en cendres !

C'était maintenant au tour de Gloriana. Elle avait remarqué Maître Wheldrake et s'était demandé si sa douleur n'était pas en partie la manifestation d'un sentiment de culpabilité. Elle prit une forte inspiration et, dans le rôle de Freyja, lança :

Du Mont Ironwood l'Aigle de Tempête fait naître
Par son vol une tourmente qui sur la Terre s'abat,
Tandis qu'à Midgard le peuple ainsi que les maîtres,
Tous, sont précipités dans la terrible Hela.
Et Fjular-Suttung s'en va, déguisé,
Pour le glaive de la Victoire dérober.

Puis, la carrure massive et tenant un marteau de belle taille, Lord Rhoone — ou plutôt Thor — se mit à déclamer :

Les dieux d'Asgard n'éprouvent nulle crainte d'obscurité,
Et tous d'un cœur joyeux à l'assaut ils s'élancent.
Du serpent de Midgard je braverai la défense,
Je tuerai l'ennemi mortel de l'humanité,
Avant de succomber dans la neige et le feu !

Et les récitants défilèrent ainsi, dans la même veine, jusqu'à ce qu'Una s'avance pour conclure :

Ragnarok est venu, et puis les dieux sont morts !
Dans de nobles combats, un à un sont tombés,
Le rusé Loke, la blonde Frey, l'impétueux Thor,
À l'ultime bataille ne se sont dérobés.
À une ère nouvelle la Terre naît alors,
Dont la radieuse Albion le fardeau portera,
Et le monde à sa gloire enfin s'associera.

Una remarqua que Maître Wheldrake, sans attendre les applaudissements, s'était éclipsé avec un regard désespéré vers Lady Lyst. Elle se dit que, si la qualité de ses œuvres ne s'améliorait pas, la reine devrait alors admettre la nécessité d'un nouveau poète à la Cour. Mais, enthousiaste, le public n'en finissait pas d'applaudir ; Casimir et Hassan s'étaient précipités, se bousculant à moitié, pour féliciter Gloriana sur la perfection de son interprétation, la noblesse de la pièce, la profondeur des sentiments, la sonorité adéquate de la musique. Una se glissa derrière l'un des panneaux peints et arracha son inconfortable capuche. Elle trouva Lady Lyst qui riait nerveusement, incapable de se maîtriser. De peur d'être contaminée par le fou rire si elle la regardait, la comtesse s'en revint sur la scène où Lord Montfallcon la happa aussitôt. Il était presque gai. Il affichait à son égard une attitude nettement plus cordiale que d'ordinaire. Car il ne l'aimait pas; il voyait en elle une rivale dont la voix contestataire éloignait la reine de son devoir. « Des vers remarquables, non ? dit-il. Wheldrake s'est surpassé, cette fois-ci. Il faudra l'élever à la chevalerie au printemps. J'en parlerai à Sa Majesté. "... Dont la radieuse Albion le fardeau portera, Et le monde à sa gloire enfin s'associera." Très juste, pas vrai ? »

Ravie de voir leurs rôles habituels inversés, Una sourit. « Oh oui, Monseigneur ! Très juste, Monseigneur ! » Elle entendit un nouvel éclat de rire derrière le panneau. Elle s'avança au bras de Montfallcon jusqu'au centre de la salle où la reine se délectait des flatteries des rois et des princes; son humeur était telle qu'elle se sentait prête à accorder le titre de comte au poète, alors que quelques minutes auparavant elle avait eu envie de le rouer de coups — ce que lui, d'ailleurs, désirait secrètement. Une manière pour Maître Wheldrake, avec des vers médiocres, de gagner les honneurs et de perdre la seule récompense à laquelle il aspirait.

Le docteur Dee s'approchait, attentif aux propos de son vieil ami, le roi de Bohème, qui lui expliquait les résultats de ses dernières expériences. « Et avez-vous réussi la transmutation ? » interrogeait Dee. Una le vit lever les yeux et jeter un regard furtif sur la nuque de la reine.

« Malheureusement, le succès est demeuré incomplet. Le thème de votre mascarade me rappelle une lecture à propos de la véritable nature des nains dont parlaient les vieilles épopées. Il s'agissait en fait de puissants sorciers venus d'une autre planète et qui avaient apporté avec eux tous leurs secrets alchimiques. C'est la base de notre connaissance fragmentaire des sciences, voyez-vous. Si nous pouvions retrouver leurs écrits, peut-être quelque part au pôle Nord, nous atteindrions incontestablement un nouvel âge dans l'histoire de l'humanité. J'ai déjà envoyé trois ou quatre expéditions, mais hélas, jusqu'à présent aucune n'en est revenue... »

La musique avait repris, délicate et vive maintenant ; elle entraînait les masques parmi la foule dans une trippe, version compliquée de la gallimarde, une danse actuellement à la mode, mais impraticable en costume de Norne du Présent. Una de Scaith attendit la Fête avec impatience.

*

Dans la grande cour de l'auberge *Gryffyn*, un feu de joie brûlait en l'honneur de l'Épiphanie ; il réchauffait non seulement ceux qui se tenaient autour mais également ceux qui, dans les galeries supérieures, versaient de la bière sur la tête de leurs amis comme de leurs ennemis. Chacun s'amusait des pitreries d'une troupe de nains violoneux qui se pavanaient en cercle autour du feu, glapissaient et grattaient leurs instruments en une bruyante parodie musicale. On buvait à la santé de ceux qui, pour une raison ou pour une autre, étaient absents depuis les premiers jours du Festival, à belles dents on mordait dans la viande, le pain et le fromage ; on dansait, on sautait ou, plus simplement, on se dandinait d'un pied sur l'autre ; on pissait, on pétait et on vomissait en public dans tous les coins de la cour de l'auberge ; on jurait une affection éternelle aux nouvelles connaissances de la soirée, et une haine non moins durable aux vieux compagnons. C'était une véritable cohue. L'air glacial paraissait à tous brûlant et suffisamment riche des fumets de bœuf bouilli et de volaille rôtie, des relents de vin et de rhum, pour nourrir ceux qui le respiraient. Il s'y mêlait une odeur de sueur, d'amadou, de bois enflammé, de neige fondue. Des éclats de rire fusaient de tous les recoins, et parfois — au moment, par exemple, où Tinkler se fit culbuter dans le feu par une catin à qui il déplaisait — ils retentissaient avec tant de puissance que les poutres en tremblaient. Dans cette auberge également, s'amusaient des clowns professionnels — dont certains avaient distrait la reine quelques heures auparavant —, les zanis, l'arlequin, le galant matamore plastronneur, le vieux gâteux, les belles dames, vêtus à l'italienne bien que natifs de Londres pour la plupart. Tous étaient ivres, ils buvaient l'or qu'ils avaient reçu de la reine et rejouaient, gratuitement, le spectacle pour lequel elle avait payé.

Un bras autour de la taille de sa maîtresse, le capitaine Quire se fendit un chemin dans la foule bruyante, l'air digne et suffisant, l'épée dépassant derrière lui comme la queue frétillante d'un corniaud qui s'est infiltré, triomphant, dans la boutique du boucher. Dans son costume extravagant blanc et argenté, une petite couronne de pacotille sur ses cheveux coiffés, le visage poudré de blanc, les yeux exagérément faits et les lèvres trop rouges, sa compagne produisait une évidente parodie de la reine telle qu'elle était apparue durant les festivités sur la glace.

Tinkler, tapotant le dos de son manteau légèrement roussi, s'avança en titubant pour accueillir son maître et eut un choc : « Par Hermès, Capitaine, qu'est-ce que c'est que ça ?

— Notre reine à nous, Tink, venue rendre visite à son peuple. Allons, Sir Tinkler, présentez-lui vos hommages. Voyons un peu comment vous saluez ! »

Et Tinkler, contaminé comme toujours par l'assurance de Quire, entra tout de suite dans le jeu. Il salua bien bas, ôta vivement son chapeau en lambeaux et fit saillir sa dent en un sourire grimaçant. « Bienvenue, Votre Majesté, à la... la cour du roi Pochard ! » Il ricana et tituba en agrippant Hogge qui passait avec deux chopes de bière dans chaque main. « Puis-je présenter à Votre Majesté Sire Grognon de Hogge ? » Il tira par le poignet la fille qui l'avaït poussé dans le feu « Dame Truie, sa charmante épouse. » Elle le repoussa de nouveau ; il s'affala, le derrière dans la gadoue de la cour, sans cesser de sourire. « Mais quelle reine honorons-nous ? Quel est son nom ?

— Eh bien quoi, c'est Philomène ! » fit Quire qui se dépêtrait de son manteau de peau d'ours pour apparaître en cape noire. Il tira, plié dans sa ceinture, son sombrero qu'il défroissa, puis il lissa les plumes de corbeau. « La reine Philomène, reine de l'Amour. » Il pinça une joue peinte et un postérieur gainé de soie. Elle minauda, malgré un léger voile de défiance et d'inquiétude dans ses grands yeux passionnés. Le couple se rapprocha du feu et Quire s'empara d'une des chopes de Hogge pour lui-même, d'une autre pour la reine. « Mesdames et Messieurs du *Gryffyn*.

Un ban, s'il vous plaît, pour votre souveraine, la reine Philomène, qui déclare cette nuit Nuit d'Amour et vous prie de la célébrer en son nom. »

La foule applaudit et des braillards lancèrent des propositions paillardes à la reine de Quire. Le capitaine parcourut l'assistance du regard et feignit l'étonnement.

« Je ne vois aucun trône ! Qu'est-il devenu ? Où est le grand Fauteuil d'État de la reine ? Où va-t-elle s'asseoir ? »

La réponse fusa, classique. Quire leva les mains et poursuivit la farce. « Vous êtes de bien mauvais hôtes. Sir Arlequin, ici présent, vous dira que les invités de la reine étaient mieux traités. » Il passa le bras autour des épaules bigarrées du comédien qui eut un hoquet théâtral et se gratta l'œil sous le masque. « Tout le monde avait des chaises, n'est-ce pas ?

— C'est exact, Monsieur.

— De bonnes et solides chaises ?

— D'excellentes chaises, Monsieur. Votre reine est une vraie beauté, et je jurerais qu'elle... »

Mais déjà une grande chaise à haut dossier passait par-dessus les têtes ; on la plaça de telle sorte que la lumière du feu l'éclairât par-derrière. Encore une fois, Quire salua. « Asseyez-vous, Madame, je vous prie. »

Avec une révérence manquant d'élégance, la reine s'installa et contempla, autour d'elle, sa nouvelle Cour qui, mâchoires pendantes, lui rendit son regard. Elle semblait ivre ou droguée, car ses yeux étaient vitreux et sa bouche remuait bizarrement. Cependant elle répondait lascivement à Quire chaque fois qu'il la chatouillait et lui murmurait des mots en lui léchant l'oreille.

« Oh, Phil, avec toi le calife serait comblé en ce moment... bien plus qu'avec la vraie reine. » Il sourit et resserra son étreinte.

Et Phil Starling, à qui Éros faisait perdre la tête, répondait par des grâces à son amant, son maître ; il admirait la superbe bague de rubis à son doigt et doutait encore que de telles richesses puissent être siennes.

Chapitre X

Où certains sujets de la reine abordent divers problèmes d'alchimie, de philosophie et de politique

« Je croyais ne jamais en voir la fin. » Lady Lyst, agenouillée sur un banc dans l'embrasure de la fenêtre, regardait au-dehors, en ce matin de février. « Je pensais la neige installée à jamais. Regardez, Wheldrake, c'est le dégel. Voyez les crocus et les perce-neige ! »

Elle tourna la tête vers sa chambre où s'amoncelaient papiers, livres, encriers, instruments et robes, qui voisinaient avec des bouteilles, des animaux empaillés et des oiseaux vivants. Au milieu de tout ce désordre, son chétif amant aux mèches écarlates faisait l'important dans une robe de chambre noire, un papier dans une main, un crayon dans l'autre.

« Hum, fit-il. Eh bien, le printemps ne doit pas être loin. Écoutez... » Il lut ce qu'il avait écrit :

« Et l'ardeur faiblissait en Ada
Sous les coups du marteau de plomb
Des écrits slavons.
Grattant de son nez cuistre les démangeaisons,
Pour bel esprit aux yeux du monde passera,
Et travaillant le fer, de l'or en obtiendra. »

« Alors, qu'est-ce que vous en dites ? J' l'ai bien eu, hein ?

— Mais j'ignore de qui vous parlez, dit-elle. Un poète rival ? Vraiment, Wheldrake, vous vous faites plus obscur et moins inventif à mesure que le temps passe.

— Non, c'est *lui* qui devient obscur. » Maître Wheldrake agitait les bras comme un ptérosaure préhistorique qui aurait désespérément tenté de prendre son premier envol. « Pas *moi.*

— Vous aussi. Et lui, je ne le connais pas. » Elle le contemplait d'un regard un peu triste et lointain qui faisait paraître ses charmants yeux bleus encore plus grands ; sa chevelure dorée tombait en mèches somptueuses et indisciplinées sur son visage lumineux. « Et d'après votre ton, Wheldrake chéri, je me demande s'il vous connaît.

— Le diable l'emporte ! » fit-il d'un air digne et compassé ; il allait et venait en s'évertuant de contourner le désordre. Des perroquets et des aras s'envolaient en criaillant et se réfugiaient sur les plus grosses pousses de lierre, près du plafond. « Il est riche parce qu'il se plie aux exigences du public qu'il abuse en lui faisant croire à son intelligence. Et moi qui suis ici à demeure, dépendant de la protection de la reine, alors que je n'aspire qu'à son respect !

— Elle a fait savoir combien elle avait apprécié la récente mascarade, et Montfallcon a parlé d'un titre de chevalier pour bientôt.

— Je perds mon temps, Lucinda, à écrire de médiocres pamphlets contre des poètes rivaux, à versifier sur les femmes qui m'ont éconduit en m'apitoyant sur mon sort, et à produire, pour ma subsistance, des farces grandiloquentes, des pets d'éléphants, que joueront les philistins de la Cour. Ma poésie, ma vieille poésie me glisse entre les doigts. Je manque de stimulant.

— Par Arioch, Wheldrake ! J'aurais pensé que vous en aviez reçu suffisamment pour venir à bout d'une centaine de sonnets au moins. »

Il retraversa la pièce, le sourcil froncé, la plume batailleuse, éclaboussant d'encre les coffres retournés et les draperies, les ouvrages de métaphysique à moitié lus. Il fit une boule du papier. « Je vous l'ai dit : plus de flagellation. »

Elle reporta son attention vers la fenêtre, indifférente. « Peut-être devriez-vous retourner dans votre pays, à la frontière du nord ?

— Où je suis encore moins compris... J'avais envisagé un voyage en Arabie. J'ai des affinités, je crois, avec ce pays. Votre impression du Grand Calife ?

— Eh bien... il est très arabe. Il a une haute opinion de lui-même, je pense. » Distraitement, elle se gratta les côtes.

« C'est un homme sûr de lui.

— Oui, c'est cela. » Elle bâilla.

« Vous pouvez ajouter qu'il a impressionné la reine par sa sensualité exotique, bien plus que ce pauvre roi de Pologne, si emprunté.

— Elle s'est montrée aimable avec lui, remarqua Lady Lyst.

— Pourtant tous deux sont repartis frustrés dans leurs ambitions, sans avoir conquis Albion. Ils ont commis l'erreur d'en faire le siège alors qu'ils auraient dû se prosterner à ses pieds, comme des captifs. »

Lucinda Lyst répondit d'un ton sec. « Vous êtes en train d'affabuler sur Gloriana, me semble-t-il. Rien ne prouve... »

Il s'empourpra et, l'espace d'un flamboyant instant, sa peau fut à l'image de ses cheveux. Il défroissa le libelle. Une servante se présenta « Un visiteur, Madame : le Thane.

— Bien. C'est le Thane, Wheldrake ; un compatriote.

— Pas vraiment. » Wheldrake renifla et vint la rejoindre sur son siège, près de la fenêtre ; il s'y vautra, dans une pose un peu théâtrale, sans s'apercevoir qu'il découvrait un genou décharné.

Maigre mais bien découplé, le thane d'Hermiston entra d'un pas décidé, en philibeg à rabat, coiffé d'un monstrueux bonnet, faisant claquer son sporran ; les mains sur les hanches, barbe rousse en avant, il eut un large sourire en découvrant le tandem. « Le joli couple ! On sort à peine du lit, hein ? On a paressé comme des chatons ? Bien, bien, bien ! »

Wheldrake brandit son œuvre. « J'écrivais, Monsieur, un poème ! s'écriat-il d'une voix suraiguë que l'indignation faisait vibrer. Cela m'a pris la matinée !

— Oh, vraiment ? À moi, cela m'a pris la matinée, Maître Wheldrake, pour traverser cinq mondes à seule fin de rendre visite à de vieux amis. »

Lady Lyst battit des mains et s'interrompit aussitôt, surprise par le son qu'elle avait produit. « Et qu'avez-vous rapporté de ces provinces métaphysiques ?

— Vos habituelles romances triviales ? fit Wheldrake, dubitatif. Des histoires de dieux et de démons, de donjons et de dragons ? »

Le thane d'Hermiston ignora le sarcasme. « Je pensais avoir capturé une bête, mais en arrivant ici, elle avait disparu. J'ai l'intention de m'entretenir avec Maître Tolcharde, l'inventeur de l'engin qui m'a conduit dans ces sphères.

— Un engin tiré par des esprits, non ? fit Wheldrake. Des esprits qui vous ont drogué, qui vous ont envoyé des songes. »

Le thane rit de bon cœur. « Je vous aime bien, Maître Wheldrake, car vous êtes un sceptique, comme moi. J'avais ramené cette bête, je vous dis. Un reptile... gigantesque. Un véritable dragon. On l'appelle *aligarta*.

— On en trouve en Virginie, dans les comtés du Sud, dit Maître Wheldrake. Ils pullulent dans les marais et les rivières. D'énormes bêtes. J'en ai vu un, empaillé. Comme les *crockodyls* du Tigre.

— Mais le mien est bien plus gros, affirma le thane. Ou plutôt il l'était, ajouta-t-il d'un air maussade. L'engin de Maître Tolcharde ballottait en tous sens, et il faisait un bruit infernal. D'ailleurs, je soupçonne son équipage invisible d'avoir joué des tours au pauvre mortel qu'il escortait. J'ai pris un terrible coup sur la tête alors que je venais de sortir indemne d'un combat avec deux demi-dieux.

— Par Hermès, Monsieur, je ne saurai jamais si vous croyez à ce que vous dites sous l'inspiration de ces infects grains distillés que vous buvez, ou si vous mentez pour amuser la galerie. »

Le thane ne se formalisait pas. « Ni l'un ni l'autre,

Maître poète, c'est plus simple : je dis la vérité. J'avais une licorne aussi, mais l'aligarta l'a mangée.

— Vous voyagez dans des pays qui ne sont autres que des métaphores ! Comme nous, les poètes, en créons chaque jour.

— Mais je ne suis pas un poète qui aurait conçu des lieux imaginaires. Moi, je les ai visités. Lady Lyst, m'accompagnerez-vous à l'atelier de Maître Tolcharde ?

— Je m'habille.

— Je viens aussi. »

Wheldrake était jaloux du thane, bien qu'il sût leur amitié innocente. « À moins que des secrets soient en jeu, réservés aux oreilles initiées.

— Il n'y a pas de secret, Maître Wheldrake, seulement le savoir. Ce savoir accessible à l'homme qui le rejette pour se mettre à la recherche de secrets. »

Pendant qu'ils s'habillaient, le thane furetait dans la pièce, ramassant des thèses à moitié écrites puis abandonnées par Lady Lyst, ouvrant des livres de philosophie, de mathématiques, d'histoire, des traités d'alchimie et d'astronomie ; mais aucun ne l'intéressait. Il était homme d'action. Il préférait, dans la mesure du possible, mettre les théories à l'épreuve de son épée. Le couple réapparut enfin, Lady Lyst vêtue de soie bleue froissée, Maître Wheldrake de velours noir ; les plis de sa fraise non amidonnée pendaient mollement autour de son cou.

Ils quittèrent les appartements et suivirent l'éclatant thane d'Hermiston le long des corridors, des galeries, des escaliers royaux ; ils arrivèrent dans l'aile orientale du palais, de construction plus ancienne. Des odeurs acres en émanaient, celles du fer en fusion et des produits chimiques. Ils empruntèrent un large escalier de marbre laissé, pour ainsi dire, à l'abandon, puis montèrent deux volées de marches taillées dans le granit pour accéder à une galerie tendue de dentelle défraîchie ; une grande imposte poussiéreuse laissait entrer les pâles rayons du matin. Une haute porte se dressait devant eux, contrastant avec le toit et les colonnes de la galerie par son style antique et quasi primitif, de forme ogivale, aux panneaux vermoulus, bardée de cuivre et de fer bruni.

La porte trembla sous le poing résolu du thane d'Hermiston. Un jeune garçon l'ouvrit presque aussitôt, qui clignait des yeux derrière ses lunettes. C'était l'un des nombreux apprentis de Maître Tolcharde, en tablier de cuir et en bras de chemise. Son visage renfrogné s'éclaira quand il reconnut le thane. « Bonjour, Monsieur.

— Bonjour à toi, Colvin. Ton maître est-il occupé ou pouvons-nous entrer ?

— Je pense que vous êtes attendu, Monsieur. » Le jeune Colvin s'effaça et ils s'avancèrent vers une zone d'ombre poudreuse tandis qu'il refermait soigneusement la porte derrière eux et donnait un tour de clé. Des vapeurs se glissaient dans l'antichambre, comme si la curiosité les poussait à espionner les visiteurs. Des tables astrologiques jaunies pendaient des murs au pied desquels s'entassaient, sous une couche de poussière, boîtes et livres mis au rebut.

L'odeur devint plus âcre et Wheldrake, qui fermait la marche, se mit à tousser. Il plaça un mouchoir devant sa bouche de crainte de suffoquer sous l'effet des fumées. Ils traversèrent d'autres pièces semblables et finirent par déboucher dans une cave encombrée d'un tel entrelacs de tubes en cuivre qu'ils se crurent dans le ventre de quelque léviathan, survivant d'une espèce aujourd'hui disparue. Au travers de ce labyrinthe abracadabrant, ils distinguèrent une table sur laquelle était disposée une rangée de cornues vomissantes. À l'extrémité de la table, un petit homme aux traits anguleux surveillait les cornues sans mot dire, la bouche figée en une sorte de rictus.

Maître Tolcharde surgit de derrière une sphère de cuivre massive qu'il frappait à coups de marteau. « Grâce à cette machine, Hermiston, j'ai l'intention de vous faire voyager dans le temps !

— Pas aujourd'hui, je l'espère, Maître Tolcharde.

— Pas avant des mois. Il reste beaucoup à faire, sur le plan de la théorie comme de la mécanique. Le docteur Dee m'assiste dans mes travaux. Il n'est pas avec vous ? » demanda-t-il en roulant des yeux hallucinés mais amicaux. Il accompagna sa question d'un sourire qui découvrit ses dents cassées, avant d'éponger son crâne chauve ruisselant de sueur.

Le thane secoua ses cheveux bouclés dépassant de son bonnet, dans un signe de dénégation. Puis il désigna le petit homme de l'autre côté de la table : « Qui c'est, celui-là ?

— Un voyageur. Il est arrivé il n'y a pas très longtemps, au moyen d'une pyramide étincelante qui s'est désagrégée, l'abandonnant sur place. »

Maître Wheidrake se détourna pour étudier le reflet de sa physionomie sur le cuivre du globe. « Il existerait donc des échanges entre les mondes ?

— Oui, répondit innocemment Maître Tolcharde. Le thane nous ramène de nombreux habitants des autres sphères ; nous en attrapons beaucoup également. Et certains vont et viennent sans mon aide ni celle du thane. Si vous voyiez certaines de ces créatures... »

Maître Wheldrake leva la main. « Un autre jour, Monsieur. Je ne voudrais pas vous faire perdre votre temps.

— Mais je suis toujours disposé à instruire ceux qui se mettent sincèrement en quête de la Vérité.

— Vous m'instruirez plus tard, Maître Tolcharde. Vous nous parliez de votre visiteur.

— Son nom est Calhoun et il se dit baron de White Hall. Son intelligence de ma philosophie est grande, mais il entend bien peu au reste. Pourtant, il se sent solidaire de mes recherches. Nous sommes de la même race. Mais il est fou, vous voyez ? Ah-ah ! Voici le docteur Dee. »

Dans un habit marron rehaussé d'une fraise à pointes blanches d'où émergeaient son cou et son menton, l'éminent sage arrivait à grandes enjambées. Il salua tout le monde avec entrain, puis il reconnut Lady Lyst et parut embarrassé. « Très heureux... Je regrette de ne pas avoir... »

Lady Lyst fronça les sourcils devant cette attitude inexplicable.

« Vous m'aviez promis quelque chose, Docteur Dee ?

— Oh, Madame, je vous en prie... » Il eut un mouvement de recul. « Je vous en prie... »

Les grands yeux de la jeune femme s'arrondirent encore. « Je ne sais pas pourquoi, Monsieur, mais si ma présence vous importune, je peux me retirer.

— Non, non ! c'est un honneur de recevoir un esprit si brillant parmi nous. En fait, il y a quelqu'un...

— il regarda derrière lui à travers les tubulures enchevêtrées — Le voici... Il faut que vous fassiez connaissance, si ce n'est déjà fait. »

Le visage du docteur Dee s'empourpra un instant ; il passa son index entre sa gorge et sa fraise. « Hmphff... Votre Majesté ! »

Dans l'obscurité, une voix s'écria, avec un fort accent : « Ici, Dee !

— Roi Rudolf, nous sommes auprès de la sphère. »

Le jeune roi de Bohème, un passionné de sciences, s'approcha de la table avec enthousiasme et, les mains dans le dos, se pencha pour examiner les cornues. Il était vêtu d'un costume de chasse vert, d'un pourpoint, de chausses et d'un chapeau pointu. « Qu'est ceci ?

— Permettez-moi de vous présenter Lady Lyst. »

Le roi Rudolf releva la tête en souriant. « Nous sommes de vieux amis. Nous avons correspondu voici quelques années, à l'époque où l'on a publié le premier traité de Lady Lyst à Prague. Et depuis mon arrivée à la Cour, nous avons eu l'occasion de discuter une ou deux fois. Je suis flatté de me trouver en si belle compagnie. Nous nous sommes déjà rencontrés, je crois, Maître Wheldrake. J'admire votre poésie, bien que ces derniers temps je n'aie vu que peu...

— Je suis mort ! prononça le poète miniature. Voilà pourquoi. Je suis mort depuis longtemps.

— Alors vous êtes venu voir le docteur Dee dans le but de ressusciter ? »

Le docteur sourit. « Ma réputation m'est un vrai fardeau, Votre Majesté. Beaucoup de gens viennent me consulter avec une semblable requête, pour un membre de leur famille ou une personne chère, bien entendu. Mais si vous avez raison, Maître Wheldrake sera bien le premier à me le demander en personne. »

Wheldrake se raidit et s'appuya contre le globe.

« Vous devriez peut-être suggérer à Maître Wheldrake de fréquenter la cour de Bohème, suggéra Lady Lyst. Il nous traite de philistins. Et il est bien connu que les Elfberg sont eux-mêmes de grands artistes... et de grands scientifiques. »

Le docteur Dee donna une tape dans le dos du roi. « Et voici le meilleur Elfberg de tous, soldat, poète, homme de science.

— Et un insupportable dilettante, je le crains. » Le roi de Bohème était un homme charmant (il avait publié trois excellents recueils de poésie, deux traités scientifiques et une étude d'histoire naturelle ; et sa campagne macédonienne s'était soldée par une victoire sur l'Empire tatare, cinq ans auparavant). Wheldrake le haïssait cordialement et il se consola en ruminant quelques vers :

Bien condescendant est ce roi
Qui dans toute chose veut mettre le doigt.
Laissons la populace le chanter avec joie !

« Pas comme scientifique », dit-il tout haut.

Lady Lyst parcourut le laboratoire du regard. « Peut-être devrions-nous jouer les hôtes auprès du roi. Maître Tolcharde ?

— Hein ?

— Du vin, peut-être ? fit-elle. En avez-vous ? Ou autre chose ? » Elle se saisit d'une grande fiole. « Ceci ?

— C'est de l'urine de crapaud fécondé, dit Maître Tolcharde. Je ne pense pas que ce soit alcoolisé.

— Pas l'urine, non. Peu d'urines le sont. » Les connaissances de Dee étaient toujours les bienvenues.

Lady Lyst s'était éloignée de la table et fouillait du regard les niches dans l'obscurité. « De quoi s'agit-il ?

— Ce sont certains de mes pantins mécaniques. J'ai l'intention d'en fabriquer une série, puis d'en faire présent à la reine. »

Les formes métalliques, de taille humaine, se balançaient, tels des cadavres à un gibet, et cliquetaient doucement : Colombine, Pierrot, le capitaine Fracasse, Scaramouche — figures à la mode de la Comédie parisienne, en cuivre brillant, émaux et argent, revêtus des derniers costumes en vogue.

« Excellent », murmura Lady Lyst. Elle se pencha et ramassa par terre une fiole poussiéreuse. « Comment leur donnez-vous la vie ?

— Des engrenages et des ressorts, Lady Lyst, de ma conception. » Il tapota une des jambes pendantes qui parut s'animer. Il leva la main pour retourner la marionnette perfectionnée : elle regardait le plafond de ses yeux fixes, l'air digne. « Il me reste à mettre en place quelques tiges et le ressort principal, sans quoi je vous aurais fait une démonstration. »

Le thane d'Hermiston entourait de son bras les épaules du roi Rudolf et lui indiquait les caractéristiques d'un attelage insolite en fer, au fond de la cave. Pendant ce temps, Colvin aidait aimablement le sénile baron Calhoun à se lever de son siège pour gagner l'antichambre. Le docteur Dee rejoignit Lady Lyst et Maître Tolcharde pour examiner une colombine en jupe argentée, à laquelle il manquait encore les cheveux et qui pirouettait comme sur un support invisible.

« Et qui pourra dire, Maître Tolcharde, quand vous en aurez fini, que ces créatures sont moins vivantes que nous, qui sommes de chair et de sang ? »

Le docteur Dee resta un moment plongé dans ses pensées. « De chair et de sang, répéta-t-il.

— Ah ! fit l'inventeur. En effet. » Il frotta d'un air perplexe son crâne luisant.

Le docteur Dee lui adressa un coup d'œil entendu. « Et comment avancent vos *autres* travaux, Maître Tolcharde ?

— La sphère ?

— Non, non. Le travail que vous effectuez pour mon compte.

— Ah oui, bien sûr. » Maître Tolcharde découvrit des dents jaunies par les potions. « C'est presque terminé, Docteur. Les dernières étapes, cependant, vous reviennent.

— J'entends bien. » Il s'anima. « Ainsi, c'est en bonne voie ?

— Je dois dire, en toute modestie, que ce sera probablement ma plus belle réalisation. Mon savoir-faire et mes capacités créatrices me semblent à leur apogée. Mon inspiration est toujours aussi fertile et frénétique, mais je la concrétise de plus en plus aisément en une invention pratique et rationnelle. Et puis les compliments de la reine ne cessent de m'aiguillonner. Elle était tout à fait ravie du petit faucon, d'après ce que j'ai entendu dire, n'est-ce pas, Lady Lyst ?

— J'ai entendu dire la même chose. Il est dommage que vous ne l'ayez pas doté de l'instinct du retour au nid : il s'est envolé au-dessus des bois de Norbury, à la poursuite d'un pluvier, et il n'est jamais revenu.

— Ce n'est pas difficile à fabriquer. Bientôt j'en fabriquerai un autre. » Satisfait, Maître Tolcharde s'en retourna vers ses établis.

Maître Wheldrake avait en main un miroir de quartz poli à cadre d'argent, qui lui renvoyait l'image déformée de son physique d'oiseau. « Un miroir magique, Maître Tolcharde ?

— En provenance des Indes occidentales. » Le docteur Dee s'en saisit. « Rapporté par Sir Thomasin Ffynne. Je suppose qu'il faisait partie d'un butin ibérique et qu'il était utilisé, à l'origine, par les prêtres de l'Empire aztèque pour matérialiser les images des dieux ou des démons. Jusqu'à maintenant, nos tentatives n'ont pas été couronnées de succès. Il est toujours délicat et parfois dangereux d'essayer des incantations et des potions au petit bonheur. Mais nous persévérons, Maître Wheldrake, au nom de la Science. » Il rangea le miroir dans un simple coffret de bois poli qu'il mit sous son bras. « Le roi me paraît disposé à rester un moment. Je vais le laisser aux mains du thane et m'en aller à mes rendez-vous. Je vous remercie, Maître Tolcharde, pour vos bonnes nouvelles. Lady Lyst — il s'inclina —, Maître Wheldrake. »

Il se fraya un chemin à travers l'enchevêtrement des tubes. Il marchait si vite que sa robe marron se soulevait, donnant l'impression d'une lévitation.

Il refit en sens inverse le long trajet tortueux jusqu'à la partie moderne du château, et rejoignit la Galerie Longue, claire et aérée, où il tomba sur deux de ses collègues ministres en grande conversation avec Sir Thomasin Ffynne. L'amiral, en noir et blanc, plus habillé pour le grand large que pour la Cour, contrastait avec les brocarts somptueux, les fraises amidonnées, les velours bouffants, les pièces d'estomac et les chaînes de ses compagnons, Lord Ingleborough et Lord Montfallcon.

Le chancelier adressa un salut bref et sec à Dee, mais Ffynne l'accueillit avec la bonne humeur condescendante qu'il lui réservait d'ordinaire. Il le tenait pour un vieil excentrique agréable et inoffensif, servant la reine plutôt à la manière d'un bouffon.

« Bien le bonjour, Docteur Dee. Comment se portent les formules magiques et les cartes ? » Il avait utilisé plus d'une fois les remarquables connaissances du mage en géographie et, en échange, lui avait communiqué bien des renseignements.

« Vous voici revenu d'un nouveau voyage. Sir Thomasin ?

— Votre notion des dates laisse à désirer, Dee », repartit Ffynne en riant. Les yeux perçants du marin se plissaient et il frappait le marbre de son pied d'ivoire. « Il y a déjà plus d'un mois que je suis rentré des Indes. Non, je lève l'ancre ce matin pour faire du commerce avec la Tatarie et prélever des péages sur tous les bateaux ibères qui croiseront dans les eaux sous notre protection. Je viens de voir la reine. » Il montra un paquet. « Et j'ai là tous mes documents. Maintenant, je fais mes adieux à mes vieux amis. Le *Tristan et Yseult* m'attend à Charing Cross et le fleuve est suffisamment dégelé pour me permettre de gagner la mer. C'est pourquoi je repars, tant que cela m'est possible. Un mois à terre, c'est trop pour moi.

Je penserai à vous, docteur Dee, si je trouve des babioles comme celles que vous cherchez.

— Je vous suis toujours obligé, Sir Thomasin. » Après avoir salué Ingleborough et Montfallcon, il reprit son chemin. « Et faites bon voyage, Monsieur. Adieu ! Oh ! excuse-moi, mon garçon. » Il venait de heurter Patch, le page. « Ah, c'est toi ! Tu es un brave garçon. Charmant. Adieu ! »

Patch se rapprocha de son maître. Ingleborough sourit affectueusement. « Pas de mal, Patch ? Quel maladroit, ce Dee !

— En toute chose, renchérit Lord Montfallcon en jetant un regard torve à la silhouette brune qui disparut bientôt au détour d'un couloir. Sauf en matière de fourberie. Cela m'ennuie, qu'il garde tant d'influence sur la reine.

— Elle ne s'exerce pas dans des domaines importants, dit Tom Ffynne. Et, d'un autre côté, ses connaissances m'ont grandement éclairé dans la science de la navigation. Ce n'est pas un imbécile. Il a beaucoup fait pour les marins, Perion. »

Lord Montfallcon ignora cet éloge qu'il jugeait inopportun. Il croisa les bras sur son large torse, celui d'un homme qui n'était plus tout jeune, et baissa le regard sur son ami. « Soyez prudent, Tom, et renoncez à la piraterie. Particulièrement dans la mer du Milieu où les témoins ne manquent pas. Et pas de bateaux maures ni polonais, ni, bien sûr, de vaisseaux tatares en ce moment.

— Ce qui nous laisse l'Ibérie, les Bas-Pays et quelques indépendants...

— Un gibier de choix, assurément », fit sans réfléchir le Lord Amiral pour atténuer la déception de

Ffynne. D'une main noueuse il caressa distraitement la tête de Patch. « Pas vrai ?

— Vous connaissez la règle, Tom. Ne faites rien qui puisse mettre la reine dans l'embarras. Ne faites rien dont Albion puisse rougir. Ne faites rien qui complique ma tâche. »

Thomasin Ffynne laissa échapper un rire haut perché. « C'est ça : ne rien faire du tout, en somme. Je pourrais aussi bien rester dans la Manche et m'essayer à la pêche ; à moins que la nation des harengs ne soit désormais impliquée dans vos intrigues, Perion. »

Montfallcon demeura inflexible. « Je sais que vous respecterez l'honneur de la reine, Tom. »

Ingleborough hocha la tête, soudain solennel. « Albion est un exemple pour le monde.

— Je veillerai à ne pas l'oublier. Bien... » Il serra les bras de ses deux amis dans ses petites mains robustes, couvertes de cicatrices. « Ne vous laissez pas bercer par l'atmosphère de cette cour paisible, ou vous allez si bien vous endormir que jamais vous ne vous réveillerez. Et attention à votre santé, Lisuarte. »

Ingleborough passa la main sur ses joues pâles. « Ce sont mes douleurs habituelles de l'hiver, rien de plus. Quand vous reviendrez, Tom, vous me trouverez le teint vif et plus actif que jamais. »

Sur quoi Sir Thomasin Ffynne pivota sur son talon d'ivoire et s'éloigna en claudiquant : « Clip, clop, clip, clop. »

Montfallcon et Ingleborough, suivis à quelque distance par le joli page, reprirent la marche qu'ils effectuaient en guise de promenade quand le temps ne leur permettait pas de sortir. Depuis les corridors où se pressait tout un peuple affairé, leurs pas les conduisirent vers l'aile orientale que John Dee venait de quitter ; mais ils s'enfoncèrent plus profondément, à travers des salles plus vastes, garnies d'objets d'apparat aujourd'hui en piteux état — étendards, armes et armures —, ternes et poussiéreux, dans cette obscurité où chaque bruit faisait écho, dans cette cathédrale de la tyrannie, la salle du Trône du père de Gloriana, le roi Hern.

C'était désormais le royaume des rats, et les araignées exécutaient en cadence leurs figures maintes fois répétées là où des ombres s'étaient agitées, battues, avant de s'évanouir. Il n'y avait ici qu'une source de lumière directe qui éclairait un sol en mosaïque, strié par les traînées argentées des limaces et des escargots. Dans cette flaque lumineuse, on exhibait les captifs du roi, prisonniers ou courtisans tombés en disgrâce, devant ceux qui, avec Hern, se dissimulaient dans l'ombre. Le trône subsistait ; de forme asymétrique, le dos en demi-sphère gauchie, il reposait sur une estrade aux treize marches noires.

Ingleborough et Montfallcon venaient là pour se remémorer cet âge de fer dont, après avoir comploté l'anéantissement, ils travaillaient encore à empêcher le retour. Il faisait froid mais les deux hommes se rappelaient le temps des brasiers sanglants qui sifflaient dans les ténèbres en dégageant une odeur effrayante. Ils se rappelaient les chuchotements, les vengeances préméditées et accomplies, le poison, la corruption des esprits innocents qui s'aventuraient dans cette arène.

Les silhouettes des deux visiteurs étaient écrasées

par les imposantes statues d'obsidienne à l'apparence humaine et grotesque, statues qui peut-être rêvaient encore de ce passé de fantasmagorie, quand s'échauffaient les passions morbides, quand la salle du Trône résonnait des gémissements des malheureuses victimes et du rire gras des ivrognes, des dégénérés et des désespérés, trop fascinés ou bien trop terrifiés pour se soustraire à cette ambiance dont ils subissaient l'emprise et dont se nourrissaient les horribles appétits masochistes du roi Hern.

L'endroit troublait Patch qui se rapprocha de son maître et lui saisit la main pour se rassurer. « Le roi Hern était-il fou ? murmura-t-il. Dites, Monsieur ?

— Sa folie est à l'origine de la prospérité d'Albion, répondit Montfallcon. Elle lui a valu des richesses de toutes sortes. Il était dénué d'ambition politique, au sens propre du terme, mais il encourageait de telles rivalités parmi ses courtisans qu'ils ne cessaient d'accroître leur propre fortune comme celle d'Albion. Pourtant, vers la fin, on a bien cru que tout allait être perdu. Nos ennemis étaient prêts à nous déposséder, car ils pensaient qu'une fois le roi mort, la guerre civile éclaterait. Au lieu de cela, la jeune reine Gloriana est montée sur le trône, grâce aux efforts d'hommes tels que ton maître et moi-même, et depuis treize ans qu'elle règne, notre pays s'est métamorphosé ; d'un monde de ténèbres épouvantables est né un royaume lumineux comme l'or.

— Le malheur, fit tristement Ingleborough, c'est que nous avons été en contact avec la démence de Hern. Pas un de nous qui n'ait été corrompu d'une manière ou d'une autre, dépravé ou souillé.

— Sauf la reine », insista Montfallcon.

Lord Ingleborough haussa les épaules.

« Vous non plus. Monseigneur ! se récria Patch, fidèle à son maître.

— Lord Montfallcon et moi avons servi le roi Hern, et avec zèle, ne te méprends pas. Mais nous portions en nous le rêve d'un avenir plus noble pour Albion, l'équivalent du siècle de Périclès, si tu préfères. En Gloriana nous avons protégé le symbole de notre espoir. Nous avons dressé le roi contre ses plus ardents partisans, nous l'avons persuadé, dans sa folie, qu'ils complotaient contre lui. Ainsi, petit à petit, il a lui-même éliminé les pires de ses satellites pour ne garder que les meilleurs, des hommes comme nous, des hommes qui ne trouvaient aucun attrait aux spectacles donnés quotidiennement dans cette salle. » Ingleborough soupira et serra le jeune garçon contre lui. « Et la reine a neuf enfants, tous illégitimes. Cela me terrifie. Elle ne les renie pas, mais elle ne peut en nommer les pères... Si elle mourait... oh ! ce serait le retour au chaos. Alors que si elle se mariait...

— Une situation conflictuelle est inévitable, dit Montfallcon. Tôt ou tard. Il est vrai qu'un mariage avec un homme d'Albion, comme nous le souhaitons, ferait taire certaines langues. Mais elle n'épousera que celui qui l'amènera à... qui lui apportera la paix... Et aucun, jusqu'à présent, n'a réussi. » Il leva les yeux vers les statues grimaçantes. « Que Gloriana tombe... et Albion redeviendra ce qu'elle était alors — ou pire encore —, repliée sur elle-même, cynique, avide, injuste et fragile ; le pays s'avilira de nouveau et pourrira. L'Arabie souhaite sans aucun doute préserver notre acquis, mais si l'Arabie domine Albion, alors le désastre est inévitable. Nous savons le calife trop intraitable, trop fier, trop mâle... C'est à travers la reine que nous survivons, son caractère, sa féminité même. Elle nourrit notre peuple de son propre idéalisme, elle lui insuffle le sens des plus nobles valeurs d'Albion. En vérité, elle contamine le monde entier. Mais il est des hommes qui arracheraient le soleil des cieux pour se l'approprier ; ainsi certains des adorateurs de Gloriana ne voient en elle que l'accomplissement de leurs désirs secrets, incapables de comprendre qu'Albion l'a créée autant qu'elle a créé cette nouvelle Albion et que, s'ils détruisent la racine, ils détruisent du même coup la fleur.

— Je me demande, fit Ingleborough ; n'y a-t-il aucun prince de par le monde qui se donnerait à Albion pour ensuite parvenir à gagner les faveurs de Gloriana ?

— Aucun parmi ceux de notre connaissance. » Montfallcon se retourna brusquement, croyant avoir vu bouger une haute silhouette derrière les statues. Il eut un sourire entendu. « Aucun qui allie la noblesse d'esprit et le pouvoir d'apaiser la reine. Par Xiombarg ! ils sont suffisamment nombreux à avoir essayé, Lisuarte. Je crois que bientôt il lui faudra se résigner.

— Je crains qu'une reine résignée ne devienne une reine à l'humeur changeante et négligente de ses devoirs, car je suis convaincu que l'avenir d'Albion et celui de sa reine sont liés, que si elle venait à perdre espoir, l'espoir d'Albion s'évanouirait de même. »

Ingleborough, tenant Patch par la main, sortit de l'ancienne salle du Trône. Montfallcon hésita un moment avant de les rejoindre.

Aussitôt, un bruissement se fit entendre derrière le siège royal et, prudemment, la silhouette loqueteuse et hirsute de la Folle se redressa, une main sur le bras noir du fauteuil, en équilibre sur la pointe des pieds, sur le qui-vive au cas où quelqu'un reviendrait. Elle descendit les marches en sautillant gracieusement, fit une révérence devant le trône vide et s'enfonça dans les ténèbres, telle une fumée se fondant dans la brume.

Jephraim Tallow, qui la suivait, apparut à son tour, les mains sur les hanches, son chat sur l'épaule, et regarda autour de lui. Il avait perdu la trace de la Folle.

« Eh bien, Tom, elle ne nous a menés nulle part. Je comptais au moins sur un garde-manger. Je crois que nous avons épuisé toutes les possibilités de ce guide ; il va nous falloir trouver quelque autre vieil autochtone qui nous révélera ses secrets. »

Il avança d'un pas décidé vers un petit escalier qui grimpait le long de la muraille jusqu'à une galerie, gravit les marches, passa sous une arche en forme de cloche, franchit un pont étroit dont le parapet était plus haut que sa tête. Au-dessus, l'obscurité. Au-dessous, des échos, peut-être le clapotis de l'eau. Il pressa le pas, se retrouva devant d'autres marches, puis en face d'une porte qu'il ouvrit. Elle donnait sur un petit balcon, dans une tour. Il faisait grand jour. Il frissonna et, avant de faire demi-tour, jeta un coup d'œil aux deux silhouettes loin en dessous, dans le jardin.

*

Oubacha Khan, fils du seigneur de la Horde de l'Ouest et ambassadeur de Tatarie à la cour de Gloriana Ire, se promenait dans le jardin morne en compagnie de Dame Yashi Akuya. Dans son kimono, il fallait à la Nippone plusieurs petits pas pour égaler chaque enjambée de son compagnon ; mais, secrètement amoureuse de lui, elle était prête à supporter les pires désagréments, même le froid, et garder un sourire radieux. Le mince Tatare était revêtu d'un long manteau en peau de poney qui lui descendait jusqu'aux chevilles ; des bottes de même cuir lui montaient aux genoux et un bonnet de mailles métalliques bordé de laine lui enserrait la tête. La Tatarie et la Nipponie étaient longtemps restées ennemies héréditaires ; peut-être fallait-il y voir la raison pour laquelle chacun trouvait la compagnie de l'autre si réconfortante en cette cour étrangère.

Sûrs de n'être pas observés dans ce jardin retiré, ils parlaient librement des sujets qui leur tenaient à cœur.

« La nuit dernière, lui faisait-elle savoir, c'était encore le tour des nains et de la piscine. C'est ma jeune suivante qui me l'a appris. »

Elle avait introduit dans le sérail de Gloriana une geisha qui lui transmettait des rapports réguliers.

« Suivi de quelque mystérieuse activité avec des moutons miniatures, si j'ai bien compris », reprit le jeune Khan en lissant ses longues moustaches, ce qui fit rougir Dame Yashi Akuya. Il disposait de son propre espion, un Mauritanien qui le tenait informé, non pas des distractions particulières de la reine — si distraction il y avait — mais de son humeur et de son état de santé. Plusieurs nations fondaient leur diplomatie sur leur interprétation de la détresse personnelle de Gloriana.

« Mais sans résultat, comme d'habitude », ajouta Dame Yashi, compatissante. Elle souffrait du même mal que Gloriana mais de manière moins intense. Elle était également convaincue de connaître bientôt les joies de l'orgasme, quand Oubacha Khan se déciderait enfin à en user avec elle selon son plaisir.

« Elle demeure frustrée. »

Les lèvres arrondies de l'ambassadrice nippone émirent un petit bruit.

« Et rien qui donne à penser qu'Arabie ou Pologne lui ait rendu visite dans ses appartements secrets ?

— Rien. Ce n'était pourtant pas l'envie qui leur en manquait. Ils ont bien essayé, ils ont envoyé des billets et tout ce qui s'ensuit. Mais au bout du compte, le Polonais s'en est allé ; il n'a trouvé qu'une sœur en Gloriana ; quant à l'Arabe, il s'est consolé avec un page par-ci par-là et — mais ce n'est qu'une rumeur — avec la comtesse de Scaith.

— Il espérait que la comtesse lui ouvrirait la porte de Gloriana. Il est facile de deviner que c'est pour cette unique raison qu'il a enfreint des habitudes consacrées. » Le diplomate tatare eut un ricanement glacial pour cacher sa jalousie. Il n'avait absolument aucune ambition à l'égard de la reine mais, depuis deux ans, il éprouvait une tendre passion pour sa plus proche amie ; il l'aurait depuis longtemps courtisée si, en quittant son pays, il n'avait fait vœu de célibat, comme on l'exigeait de tout noble tatare en ambassade à l'étranger.

« Les deux souverains, poursuivit Dame Yashi Akuya avec enthousiasme, semblent avoir consolidé leur alliance avec Albion. »

Le Tatare acquiesça. « C'est un hommage à l'innocence de Gloriana comme à l'habileté de Montfallcon. En m'arrangeant pour que Lord Shahryar découvre la part que Montfallcon avait prise au meurtre de son neveu, je pensais lui avoir fourni une sérieuse occasion de conflit ; mais à l'évidence l'ambition des Arabes est si démesurée qu'ils abandonneraient tout honneur si cela leur donnait la moindre chance de conquérir la reine. » Il marquait sa désapprobation. « Si pareille offense avait été faite à un Tatare, notre vengeance aurait été immédiate, quels que soient les enjeux politiques.

— L'honneur n'est pas mort, dit-elle dans un battement de ses longs cils. En Nipponie non plus. »

Il mit de côté ses préjugés. « L'altruisme est une vertu nippone, lui dit-il généreusement. Nos deux nations demeurent les seules à sauvegarder les valeurs de la tradition dans un monde où le pacifisme est devenu l'unique credo. Je suis, naturellement, un partisan résolu de la paix, mais une paix authentique, gagnée par les armes, comme un repos mérité à l'issue d'un combat viril. La bataille éclaircit le ciel et décide des questions graves. Et toute cette diplomatie ne fait que compliquer, ne fait qu'embrouiller et écarter les problèmes qu'une bonne guerre met tout de suite au grand jour. Les vainqueurs sauraient ce qu'ils ont gagné, les vaincus ce qu'ils ont perdu, et chacun connaîtrait précisément sa position, jusqu'à ce que les relations s'obscurcissent de nouveau. Ainsi, nous savons que l'Arabie meurt d'envie d'entrer en guerre avec la Tatarie, mais Albion la frustre dans ses intentions : voilà pourquoi ce pays périclite, parce que son énergie ne trouve pas d'exutoire naturel. »

Ils avaient atteint la porte qui menait aux quartiers

de Dame Yashi Akuya. « Que c'est revigorant, fit-elle, d'entendre un discours si direct et si sain. Penserez-vous que j'abuse si je vous invite à prendre le thé afin de pouvoir profiter encore un peu de vos réflexions ?

— Pas du tout, répondit le Khan. Vous me voyez flatté de votre intérêt. »

Elle s'effaça pour le laisser pénétrer dans une pièce noire et blanche à l'extrême, comme le reste de ses appartements. « Et il faudra m'en dire davantage à propos du meurtre de l'Arabe. »

Elle frappa dans ses mains pour appeler ses domestiques, qui prirent le manteau fauve d'Oubacha Khan.

« Montfallcon en est l'auteur, me dites-vous ?

— Son âme damnée. »

Chapitre XI

Où le capitaine Quire conduit une nouvelle élève à Josias Priest, le maître à danser

Dans l'habitacle exigu d'une chaise à porteurs véhiculée par quatre laquais anémiques jurant et trébuchant sur les pavés glissants de la dernière pluie, Quire couvait d'un regard presque tendre Alys Finch. Elle se tenait raide, assise les mains jointes et les genoux serrés, vêtue de jupons, d'une robe et d'un gilet des plus sages ; une collerette amidonnée dessinait une aurore à son cou et mettait en valeur son teint artificiellement coloré. On l'avait habillée avec le même soin que son ancien amoureux, et elle avait reçu la même formation attentive de la part du démon qui les tenait tous deux. Quire la félicita : « Tu fais de rapides progrès en société, Alys. Je serai bientôt fier de toi.

— Merci, Monsieur, fit-elle d'une voix faible et mécanique.

— Tu avais déjà une distinction naturelle et je n'ai pas eu beaucoup à te reprendre en ce domaine. J'ai affiné tes goûts vestimentaires, t'ai appris à te tenir à table, à parler correctement et ainsi de suite, mais je n'ai pas le temps de t'enseigner le plus important, c'est-à-dire rire, sourire, faire preuve d'esprit à volonté, sans jamais te laisser aller au danger de l'euphorie sincère. Je me sens responsable de toi, Alys, à la façon d'un père, car tu es ma créature et j'ai même apporté plus d'attention et de diligence à ta formation qu'un père naturel ne l'aurait fait. Je ne peux te permettre d'avoir des points faibles. J'ai promis de te rendre forte, de ne te rendre confiante qu'en toi seule et ton maître. Et c'est dans ce but que nous allons en visite chez Josias Priest.

— Oui, Monsieur.

— Tu te croyais si faible et Phil si fort ! Je t'ai prouvé le contraire. C'est toi qui es forte et qui le seras davantage bientôt. Une auxiliaire précieuse pour le capitaine Quire, dans son éternel combat contre les faibles du monde. Car Quire est le moissonneur de Mère Nature. » Dans ses yeux brûlait une lueur de dérision que la jeune fille, envoûtée depuis bientôt deux mois, ne pouvait ni comprendre ni reconnaître. « Et voilà pourquoi je n'ai jamais insulté ta force ni ton intelligence en recherchant ton amour. J'ai préféré exiger de toi l'obéissance absolue ; en retour, je t'ai donné le pouvoir et la sécurité. Car peu d'hommes comprennent ce que Quire comprend : l'ampleur de la peur physique chez la femme. C'est ce que j'ai exploité en toi, d'abord. Et maintenant je t'offre de te libérer de cette peur. Je t'ai formée à la manière d'un sergent instructeur. Je t'ai dit : confie-moi ta vie, ton âme, ta liberté, et je te protégerai, je t'enseignerai à te protéger toi-même. » Il avança vers elle une main cruelle et musclée et lui souleva le menton. « Te sens-tu en sécurité, Alys, et forte ?

— Oui, Monsieur. » Le regard de ses yeux gris était fixe, plutôt éteint.

La chaise oscilla et, dans une secousse, elle prit contact avec les pavés. Quire ouvrit la portière et sauta au-dehors. Ils se trouvaient devant les grilles d'une cour ceinte de hauts murs. Au-delà de la cour, entourée de grands arbustes et d'arbres ornementaux, se devinait la façade blanche d'une demeure à deux étages, de celles que possédaient les commerçants fortunés.

Laissant Alys Finch dans la chaise, Quire secoua les grilles en appelant à tue-tête : « Priest ! Êtes-vous là, mon vieux ? » Des chiens aboyèrent. À gauche de la maison, deux lanternes apparurent, tenues par des valets de pied d'un certain âge, en blouse courte et en chausses. « Priest ! C'est Quire ! »

Les valets n'avaient pas atteint les grilles qu'une porte de la façade s'ouvrait, éclairant la cour. Une silhouette gringalette s'y découpa, qui leva la main : « Fais entrer le gentilhomme, Franklin. »

Quire s'en revint à la chaise à porteurs et aida Alys Finch à en descendre. Il trouva que sa grâce naturelle s'était affinée et que son attitude réservée tenait maintenant davantage du calcul que de l'instinct. Il donna aux fripons deux fois la somme qu'ils demandaient, ignora leurs démonstrations de gratitude et conduisit la jeune fille vers la demeure. Les grilles, derrière eux, furent refermées à clé. Il interpella : « Maître Priest ! Je vous amène une jeune dame pour des leçons de maintien et de danse, et pour que vous lui expliquiez le fonctionnement de la Cour. »

Josias Priest, maître à danser, attendait sur le seuil. Il portait un bonnet de velours sur ses cheveux plats gris souris. Il avait les yeux fuyants et la mâchoire pendante comme la bouche molle d'un poney choyé et ombrageux. D'une tête plus grand que Quire, il portait sur son corps décharné une longue robe du même velours sombre que le couvre-chef. Il tenait à la main droite un couteau de table, mais son attitude n'avait rien d'agressif.

« Il est tard. Capitaine Quire, dit-il quand entrèrent ses visiteurs.

— Je ne vous force pas à commencer ce soir », dit Quire sans ambages. Les yeux larmoyants de Josias Priest se teintèrent d'inquiétude. « Elle restera chez vous, afin de parfaire au plus vite son éducation.

— Je ne loge pas mes élèves, Capitaine ! »

Quire pénétra le premier dans la salle à manger de Priest. Une grande table avait été dressée, où attendait un si maigre souper qu'un charognard aurait eu honte de s'y arrêter. Il eut un regard apitoyé pour les croûtes de fromage, le gras de jambon et le quignon de pain. « Il faudra la nourrir mieux que ça, Priest. Elle est sous ma responsabilité ; c'est ma pupille et je veux pour elle des repas riches et variés. » Il tira une chaise pour la jeune fille ; elle s'assit, les yeux posés sur la table. « Si vous réussissez avec elle, je vous en trouverai une autre pour votre troupe.

— Ce n'est pas un bon principe, Capitaine, que de garder de jeunes élèves ici. D'abord à cause des commérages. Ensuite, c'est une source de désordre au sein de l'école. Et puis il y a toujours le danger que la jeune personne... euh... s'entiche de...

— À ton avis. Alys, risques-tu de tomber amoureuse de Maître Priest ?

— Non. Monsieur.

— Vous voyez, Priest, vous n'avez rien à craindre. Avec de telles garanties, comment pouvez-vous refuser ? Je veux qu'elle ait tout, et vous ferez de votre mieux. Vous excellez dans votre profession. Vous lui apprendrez à marcher, à danser et à charmer par sa conversation. Mais surtout, vous lui apprendrez à flatter. Vous savez flatter, n'est-ce pas, Priest ? Bien sûr, c'est votre spécialité, c'est même votre philosophie. Bien ! Donc : maintien, danse et flatterie. Je passerai de temps en temps constater les progrès. J'espère pour vous qu'ils seront notables, Priest.

— Capitaine Quire ! Je n'ai pas de place !

— Vous avez une grande maison et plusieurs serviteurs. Renvoyez-en un, s'il le faut. Ce serait un acte charitable, en y réfléchissant bien. » Quire ajusta le sombrero sur ses épais cheveux noirs et s'admira dans l'un des nombreux miroirs de Maître Priest. « Sois sage, Alys, je t'ai à l'œil.

— Oui, Monsieur.

— Je ferai apporter sa garde-robe », ajouta Quire à l'attention de Priest.

Le maître à danser posa bruyamment son couteau et tenta d'élever d'autres objections. « Les leçons ? Le logement ? Comment paiera-t-elle ?

— Je paierai, Maître Priest.

— Combien ?

— Dans la monnaie qui a cours entre nous, comme d'habitude. C'est-à-dire six mois de silence. »

Priest s'assit devant sa pitance et repoussa l'assiette. « Très bien ; mais pour quelle raison tenez-vous à l'éduquer ainsi ? »

Quire s'arrêta à la porte et se gratta le menton. Il secoua la tête en grimaçant un sourire. « Aucune pour l'instant. Aucune peut-être jamais. Comme vous devez le savoir maintenant, Maître Priest, mes actes n'ont souvent d'autre valeur qu'en eux-mêmes.

— Je ne vous comprends pas, Quire.

— C'est que je suis un artiste et vous, Maître Priest, un commerçant. Pour vous, chaque entreprise doit amener un profit, même mince, même indirect. Vous tenez des comptes. Moi, je crée des événements. Il y a place pour nous deux en ce monde. Faites comme je vous dis. N'essayez pas de me comprendre. Rappelez-vous ces deux règles, et vous ferez le bonheur de Priest, Maître Josias. » Un regard grave, appuyé, droit dans les yeux d'Alys, et Quire avait disparu.

Chapitre XII

Où Gloriana reçoit des invités à souper;
elle examine sa situation
qu'elle rapproche de celle d'Albion

Gloriana imaginait la longue table comme une blanche allée où elle devait courir et d'où surgissaient des deux côtés, comme dans un cauchemar, à intervalles réguliers, des pièges ainsi qu'un enchevêtrement d'obstacles — un filet d'argent pour les épices, des salières aux formes étranges d'animaux fabuleux — qui obstruaient sa progression vers le centre. Chaque couvert renfermait un esprit malveillant. Elle reprit du vin, contrevenant pour une fois à sa prudence coutumière, et fit semblant d'écouter ses invités les plus proches et de leur témoigner des marques distraites d'intérêt, d'étonnement ou de compassion. Elle refusait de se réfugier dans l'apathie ou le cynisme et se devait donc de supporter le poids de sa douleur, de son désir ardent, sans secours d'aucune sorte : le vin ne lui procurait qu'un allégement passager de la tension qui lui tenait en permanence compagnie.

En effet, Monseigneur. Comme vous avez raison, Monseigneur. Quel dommage, Madame. Voilà qui est adroit... C'est le bon sens même...

Lord Montfallcon, le teint plus gris que le granit,

s'adressait d'un air solennel à Sir Amadis Cornfield, son vis-à-vis, qui s'efforçait d'ignorer les murmures de son petit bout de femme pour mieux écouter Son Excellence. Le chancelier portait un habit de peluche noire, une fraise grise amidonnée et une chaîne d'ébène et d'or sur la poitrine.

« Certains, Sir Amadis, aimeraient suivre l'exemple de la Pologne et faire d'Albion une démocratie. J'ai entendu ce point de vue s'exprimer jusqu'ici, dans le palais. On en trouverait même pour jeter par-dessus bord la monarchie tout entière ! Comme l'a dit Platon, l'avant-dernière marche vers la totale décadence, c'est l'avènement de la démocratie dans un pays. »

Oh, si seulement ce fardeau s'allégeait ! Mais non, il y a le devoir... le devoir...

Sir Amadis, dont l'élégance classique contrastait avec la robe plutôt voyante de sa femme, dans les tons parme et vert, glissa un morceau de perdreau entre sa moustache et sa barbe et le mastiqua lentement pour bien montrer qu'il écoutait avec la gravité nécessaire. « Et l'Arabie ? N'y en a-t-il pas qui regardent du côté de cette Arabie tyrannique... et qui voudraient faire d'Albion une nation guerrière, un dragon dévastateur ?

— Pour qu'elle s'affaiblisse définitivement dans un affreux carnage. » Sir Orlando Hawes agitait une fourchette à cornichons de sa main noire aux doigts courts. « Les guerres sont un gâchis d'argent et de vies. Elles déciment la jeunesse d'un pays. Tous les investissements sont sacrifiés à la conquête de la gloire, ce dont nous n'avons nul besoin, et de territoires qui réclament qu'on s'en occupe. » Les théories économiques de Sir Orlando étaient suffisamment hardies pour que la majorité ne le comprenne pas.

« La guerre ! s'écria l'ambassadeur tatare à l'autre bout de la table, comme si le fait de prononcer le mot suffisait à créer la situation qu'il désirait le plus. La guerre fortifie la nation forte ! Albion ne devrait pas craindre la guerre. »

Mais je la crains, comme tout ce qui l'accompagne... La violence appauvrit et déforme la Vérité, elle glorifie la Brute...

Gloriana avait en tête une image précise de la Brute. Elle offrait des similitudes avec le père qu'elle avait connu dans son enfance. La créature malveillante, menaçante et larmoyante, à la puissance effrénée, qui classait en un tournemain les affaires difficiles à coups de hache et de chevalet, qui justifiait ses décisions par un mélange d'apitoiement sur soi-même et de soupçon, proclamant que sa sécurité et donc celle de son pays étaient menacées. Elle se rappelait la démence et le malheur...

« Certains gentilshommes de Virginie s'affirment républicains. » Lord Kansas avait pris la parole, resplendissant dans son habit de rouges sombres et jaunes foncés, surmonté de la large et haute collerette en vogue dans son pays. Il sourit à ses auditeurs, satisfait de l'effet produit par sa déclaration, et but une gorgée de vin.

« Je croyais pourtant la Virginie la plus loyaliste des nations envers Albion. » La femme de Sir Amadis (l'aînée des sœurs Perrott) tournait vers lui ses jolis yeux écarquillés.

« Vous avez raison, Madame. On y vénère la reine presque autant qu'une déesse. Incontestablement.

— Et pourtant... ?

— Je parle de républicains, pas d'anti-monarchistes. Ils regardent la Pologne comme un exemple. Il y a une centaine d'années, Casimir XII (dit le Sage) a remis tout le pouvoir au parlement ; il est devenu le représentant de l'État plutôt que son souverain.

— Et si jamais la Pologne était menacée par la guerre, une guerre sérieuse, c'en serait fini d'elle, s'exclama Oubacha Khan. Mille décisions seraient prises là où il n'en faut qu'une seule ! » Il tourna un regard enflammé vers Lady Yashi Akuya dont il était toujours assuré de l'approbation. « Pendant que les députés bavardent... un roi agit ! Voyez l'exemple de l'Athènes antique. »

L'intervention fit l'unanimité. Même le comte Korzemowski, légèrement sourd et myope, la soutint.

« Un républicain est un traître à l'État », déclara Lord Ingleborough, calé dans son fauteuil et qui avait passé une robe de fourrure par-dessus son costume de cérémonie. Il était arrivé en retard, retenu par une attaque cardiaque sans gravité. Il toussa. « C'est logique. Les traîtres, il faudrait les... euh... » — il se sentit embarrassé, jeta un bref regard à la reine — « les exiler », acheva-t-il.

Il veut dire les tuer, les exécuter. Les étrangler, décapiter, écarteler, écorcher... Il ne faut plus verser le sang. Il y a eu trop de morts... beaucoup trop... Je ne tuerai pas au nom d'Albion...

« Un traître, Lord Ingleborough... grogna l'impartial Rhoone tout en grignotant consciencieusement les os de sa volaille dont le jus dégouttait dans sa barbe noire, c'est quelqu'un qui complote activement contre la reine ou la sécurité de l'État. On ne peut qualifier de traîtres les partisans des idées républicaines, stoïciennes, religieuses ou autres, si elles ne nous menacent pas directement. Une cour bien ordonnée déploie un éventail d'opinions comme de convictions, car elle se doit d'être un échantillon de la nation, si possible du monde. Un monarque est nécessaire à la tête de cette cour, conseillé par un entourage de personnes avisées et informées telles que vous, Messeigneurs les Conseillers, et par tous ceux dont le bon sens peut se révéler utile pour comprendre et apprécier les événements. Dans ces conditions, le monarque est à même de prendre une décision mûrement réfléchie. »

Oh confiant et fidèle Rhoone ! Comme votre univers est parfait, bien ordonné et si rigide ! Comme votre foi m'enchaîne irrésistiblement ! Ce sentiment de liberté que nous partageons... fait de nous des esclaves...

Lord Shahryar, l'envoyé du calife, repoussa son assiette presque intacte. « D'accord avec vous, Lord Rhoone ! Tomberez-vous aussi d'accord avec moi que la stabilité d'une nation repose sur une lignée royale, instruite dès la naissance des responsabilités du gouvernement ? » Mine de rien, il soulevait un lièvre ; il s'empressa d'ajouter : « Je parle dans l'abstrait, Votre Majesté. »

Gloriana opina ; elle n'avait qu'à moitié entendu mais elle avait compris au ton le sens général de ses paroles. Elle reprit du vin.

Lord Gorius Ransley, son Haut Intendant, assis à côté du Sarrasin, tourna vers l'orateur une tête artificiellement bouclée. Il écarta la dentelle qui lui encombrait les poignets et piqua son couteau dans un morceau de volaille. « En Pologne, souvenez-vous, le roi est élu.

— Parmi les membres de la dynastie royale », fit remarquer Lord Shahryar. Il refusa de prêter attention aux regards furieux que lui adressaient des convives, et pas uniquement les conseillers de la reine. « Mais le vieux roi Hern, poursuivit-il, a si bien réduit au silence ses rivaux qu'il ne reste personne en Albion pour prétendre...

— Monsieur ! » Le doux Sir Vivien Rich en aspirait ses joues rebondies. « Vos propos sont discourtois !

— Je suis persuadé de ne rien avancer qui n'ait été déjà sérieusement discuté parmi ceux que le sort d'Albion préoccupe, dit Lord Shahryar avec une feinte humilité. Pardonnez-moi si j'ai fait preuve d'ingénuité. »

Le docteur John Dee n'était pas le seul gentilhomme à compatir pour la reine qui, de son côté, semblait considérer l'incident avec une superbe insouciance. « Oui, pour le moins, Monsieur ! » Il essaya de détendre l'atmosphère alourdie. « D'autre part, ce n'est que pure spéculation. Vous sous entendez que notre reine pourrait mourir. Tout le monde sait qu'elle est immortelle ! » Il leva son verre. Gloriana lui sourit aimablement, ce qu'il interpréta comme une approbation. « Le royaume d'Albion a l'assurance de ne jamais connaître la peste !

— La peste ? fit Oubacha Khan nerveusement. Il y aurait la peste en Albion ?

— La peste n'est pas sur Albion, expliqua Sir Vivien, parce que la reine est en vie. N'avez-vous jamais entendu le peuple saluer ainsi : “Prions que la peste jamais ne nous frappe" ? Vous l'avez entendu, non ? La légende dit qu'à la mort de Périclès la peste a ravagé Athènes.

— Mais tout le monde craint la peste. Cela signifie quoi, Sir Vivien ? »

Sir Amadis Cornfield eut un large sourire, dans sa volonté de changer l'ambiance dangereuse qui régnait à table. « Ils ne la craignent pas, justement. » Sa femme allongea la main sous le buste incliné de son mari pour attraper un morceau de fromage. « La formule de salut se réfère allusivement à la santé de la reine.

— Ma santé ? fit Gloriana comme au sortir du sommeil. Ma santé ?

— La peste, votre Majesté, lui dit Lord Montfallcon. Vous savez... cette croyance populaire... que si vous veniez à mourir une grande peste s'abattrait aussitôt sur Albion. »

Gloriana redressa les épaules et fit face crânement. « Ah ! Alors, que tous partagent cette croyance et je n'aurai pas un ennemi en Albion ! Je serai assurée de la vie éternelle. » Elle vida sa coupe. Quelques rires s'élevèrent.

Mais ces paroles qui sonnaient faux dans une bouche si triste édifièrent les convives les plus proches sur son état d'âme.

« Oui, Madame, répondit bravement le vieux Lord Ingleborough. Prions pour que ces républicains désireux de détruire la Tradition, et par conséquent la pierre angulaire de notre État, tiennent toujours bien compte de la prophétie. » Il ne faisait qu'ajouter sa note discordante à la cacophonie d'une musique impitoyable.

De nouveau Sir Amadis rassembla ses forces. Il se mit debout et brandit sa coupe d'or. « Buvons au prochain demi-siècle du règne de notre Gloriana. » Tous se levèrent et burent, à l'exception de Gloriana.

Dieux ! que ne suis-je vieille, mon corps ne souffrirait que des maux de la sénilité... Pourquoi ne puis-je me résigner ? Parce que la résignation, c'est la mort de l'esprit. Pourtant, c'est la chair qui parle en moi, qui m'asservit et me tourmente... La chair et non l'esprit. Oh ! les deux ne font qu'un, tout comme Gloriana et Albion... Suis-je vouée à ma quête comme la Chevalerie était vouée à quérir le Calice de Bran sans jamais le trouver, parce que la pureté lui faisait défaut ? Me suis-je détruite dans la débauche ? Ai-je perdu le secret que j'aurais pu découvrir dans l'innocence virginale ? Oh, Père ! cette connaissance que vous exigiez et que je n'ai pas refusée parce que j'avais si peur de vous, que je vous honorais tant et que je vous aimais aussi, Père... si seulement vous m'aviez accordé, ainsi qu'à vous-même, de rester un peu dans l'ignorance...

« Gloriana ! Gloriana ! » Ils trinquaient.

Alors, consciencieusement, elle se mit debout et leva son verre. « À tous mes dignes gentilshommes, leurs dames, et aux ambassadeurs des cours étrangères ! Je fais des vœux pour votre santé ! »

Et cette formule, par référence à la peste antérieurement évoquée, leur parut une boutade de la reine à ses propres dépens. Leur enthousiasme résonna dans ses oreilles et elle écouta leurs compliments en souriant, comme si l'humour du propos avait été délibéré. Elle remarqua notamment le regard aigu d'Oubacha Khan et de Lord Shahryar. Ils prenaient l'imprécision pour de l'ironie et croyaient avoir pénétré plus avant dans la connaissance de son caractère. Aucun des deux n'avait jamais identifié comme telles les remarques volontairement ironiques qu'elle avait faites au cours de leurs rencontres officielles. Cette constatation amusa Gloriana, et elle dut prêter une attention excessive au serviteur qui lui remplissait de nouveau son verre pour n'en rien laisser paraître.

Que je regrette l'absence de ma chère Una, partie pour Scaith ! Le voilà, le consort de la reine ! Devrais-je changer la loi pour épouser la comtesse ? Toutes les deux, nous gouvernerions tellement mieux. J'aimerais qu'elle prenne plus de pouvoir. Tu me manques, Una...

Elle releva la tête. Presque à l'autre bout de la table, Sir Tancred Belforest, revêtu de son armure, se mettait debout en grinçant, avec l'aide de Lady Mary Perrott dont Gloriana commençait à regretter l'absence dans son lit. Il n'y avait pas si longtemps, Lady Mary jouait avec enthousiasmc lc rôle du garçon auprès de la reine. Maintenant elle jouait la demoiselle auprès de Tancred, ce chevalier si sérieux ; elle se délectait apparemment de sa maladroite innocence. Elle en était amoureuse. Gloriana sentit une pointe de jalousie transpercer son cœur pourtant à moitié engourdi par l'alcool. Puis, dégoûtée de ses ignobles pensées, elle les repoussa. Ce n'était pas Sir Tancred qu'elle enviait, mais Mary qui avait trouvé en un seul être une réponse à toutes ses espérances.

« Votre Majcsté... » commença Sir Tancred, le visage rouge et luisant dans sa cage d'acier, la moustache en bataille, ses grandes plumes dansant sur sa tête, « en tant que champion de Votre Majesté, champion d'Albion et protecteur de l'honneur de la reine, je vous offre mon glaive. » Le seul autorisé à porter en ces lieux une arme véritable, il tira sa lourde épée de cérémonie d'un fourreau serti d'émaux ibériques et la brandit à la verticale en la tenant par la lame. « Et je vous demande de jeter le gant à quiconque ici présent se permettrait d'insulter aussi bien votre Majesté que le nom d'Albion. » Il se tut un instant, dans un état d'ébriété avancé. Gloriana se sentit un élan de tendresse pour lui. « En franc tournoi, à l'épée, la masse d'armes, la lance ou toute autre arme honorable, jusqu'à ce que de graves blessures s'ensuivent, ou la mort. »

Gloriana, dans toute sa majesté, déclara d'une voix claire et bienveillante : « Nous vous savons gré pour cette démonstration de loyauté, Sir Tancred, digne de la Cour de l'Ours et de l'Âge d'or de la Nouvelle Troie, quand la Chevalerie était à son apogée. Et si jamais il nous arrivait d'être insultée, alors nous vous ordonnerions de laver cette insulte par les armes. En attendant, nous vous prions de garder vos forces pour la Joute de Mai. »

Sir Tancred battit des paupières. « Mais, Votre Majesté, vous avez été insultée à plusieurs reprises, ce soir.

— Nous n'avons entendu aucune insulte, Sir Tancred, seulement d'innocentes plaisanteries. Nous nous amusons et nous soucions peu de l'étiquette car, à cette table, nous sommes entre bons amis. »

Oubacha Khan se tourna vivement pour considérer le visage renfrogné de Sir Tancred et murmura :

« L'honneur. Oui, l'honneur. » Et il caressa le pommeau de sa petite dague de cérémonie.

Sir Tancred ouvrit encore la bouche, mais sa maîtresse le tira en arrière par une des courroies de son armure et il s'assit dans un grand fracas.

« Voilà comment, même du brave et de l'homme d'honneur, une mère poule fait des chiffes molles », chuchota Oubacha Khan très bas à Lady Yashi Akuya qui s'empressa d'acquiescer, bien qu'elle n'eût pas saisi la moitié de sa phrase. Il échangea avec Lord Shahryar, assis en face de lui, un regard entendu.

L'incident rappela Gloriana à ses devoirs diplomatiques. Elle s'adressa à Lord Kansas. « Vous vous êtes aventuré loin de la Virginie, ai-je entendu dire, Monseigneur ?

— Jusqu'aux Indes orientales, Madame, et dans l'intérieur de l'Afrique, où j'ai découvert de nouvelles nations gouvernées par de puissants souverains qui m'ont témoigné une grande hospitalité et qui transmettent leurs compliments à Votre Majesté. » Il parlait avec modestie, affabilité et bonne humeur, conscient du rôle qu'on lui demandait de tenir.

« Vous les saluerez de notre part, si jamais vous retournez dans ces contrées, Monseigneur. Vous avez aussi vu des sauvages, n'est-ce pas ?

— De nombreuses tribus, Madame. Mais, là encore, nous avons reçu un accueil courtois. La compagnie de leurs chefs m'a été aussi agréable que celle de n'importe quel être civilisé !

— Peut-être se montrent-ils moins soucieux que nous de protocole et de rituel ? suggéra-t-elle.

— Au contraire, Madame. Ils semblent se plier à

plus de cérémonies et de rites que nous, mais ce genre de pratiques n'est pas toujours reconnu comme tel par ceux qui s'y conforment.

— C'est vrai, Lord Kansas. Avez-vous appris leurs langues ?

— Une ou deux, Madame. Je me suis entretenu avec leurs prêtres et leurs sages. Pour tout dire, Madame, l'intelligence de l'homme n'augmente pas avec ses connaissances ; ce qui fait du sauvage l'égal du docte civilisé.

— Bien dit, Lord Kansas. » Elle aimait cet homme et son visage allongé, son expression désabusée, sa peau tannée comme le cuir, son costume virginien à l'austère simplicité (à l'origine, c'étaient des stoïciens qui avaient fondé la Virginie), son regard tolérant. Elle se l'imagina en amant. Elle alla même plus loin et se l'imagina en époux. Car il lui faudrait bientôt prendre époux. Les remarques de Lord Shahryar avaient certes froissé l'assistance, mais elles reflétaient la pensée de tous ceux qui s'attachaient à la sécurité future d'Albion. Mais hériter d'un mari qui ne pourrait la satisfaire et pour qui elle devrait en plus abandonner sa quête serait pure folie. Abandonner cette quête, elle le sentait bien, équivaudrait à perdre sa foi ; Albion ne s'incarnerait plus qu'en un symbole creux qui s'effriterait, avant que s'effrite à son tour la structure même de l'État. Elle eut une vision d'Albion en flammes ; une fumée noire et épaisse dérivant d'une côte à l'autre, d'un océan à l'autre de l'Empire ; la vision d'une guerre cruelle, d'un carnage, d'une terre dévastée. C'était une vision que lui avait inculquée dès l'enfance son mentor, Lord Montfallcon. Une vision qui prendrait corps si, une seule fois, elle oubliait son Devoir. Et voici que tous aujourd'hui en convenaient, son devoir était de se marier...

Mais ils ne savent pas ma faiblesse. Je ne puis assumer cette responsabilité pour toujours. Si je me marie, je partagerai mon fardeau mais cesserai d'être Gloriana. Or, si je cesse d'être Gloriana, je compromets Albion. Mais peut-être fais-je erreur ? Peut-être devrais-je constituer Albion en république ? Non ! pareille mesure découragerait les nobles aussi bien que le peuple et elle nous affaiblirait, nous rendrait vulnérables à nos ennemis. Les républiques naissent de la nécessité, non de principes moraux... Je dois rester loyale envers mes instincts comme envers mon Devoir. Devrais-je alors m'engager publiquement, comme une princesse de conte de fées, à épouser le premier prince qui comblera mes désirs ? ou bien accorderai-je ma main à l'Arabie — et consacrerai-je alors mon énergie à faire la guerre aux Tatares, à la Pologne et au reste du monde ? Me faut-il dévoyer cette énergie, comme Père l'a fait, m'adonner aux arts effroyables de la Terreur, répercuter le tumulte de mon cœur, de mon foie, de mes reins, de ma tête sur tout le royaume pour qu'Albion tout entière ressente l'angoisse dont j'ai hérité ? Non. J'ai juré que cela ne serait jamais. Cette soif qui est la mienne doit rester du domaine privé et ne trouver son assouvissement qu'en privé... Par deux fois seulement Père s'est assouvi dans le privé : la première en me créant, la deuxième en déposant son fardeau en mon sein avec la même détermination que Montfallcon qui, quatre ans plus tard, déposait l'autre fardeau sur ma tête en organisant mon sacre...

La table était redevenue une route et les têtes qui

la bordaient autant de charognards prêts à déchirer son cadavre de leurs becs. Elle repoussa résolument ces images; des images qui avaient hanté son père, au fur et à mesure que la folie l'envahissait, quand dans chaque regard il avait lu une accusation, dans chaque voix une invitation à livrer une part de sa délicate substance; pour effacer les regards et faire taire les voix, il avait alors, sous couleur de justice, pris le chemin d'un holocauste désespéré.

Ainsi avait péri la famille de Lord Montfallcon, ainsi les frères et le père de Lord Ingleborough, ainsi la maîtresse et le fils de Sir Thomasin Ffynne; des maisonnées entières, des villages entiers avaient été anéantis. S'il avait vécu, le roi Hern aurait exécuté la population d'Albion jusqu'au dernier nourrisson, dans son effort insensé pour abolir le sentiment de culpabilité qu'il ressentait d'abandonner son Devoir.

Et alors Montfallcon, qui avait traversé les années de terreur et de péril en s'accrochant à cette unique ambition, qui avait préservé la santé de son esprit en mettant toute sa foi dans la personne de Gloriana, avait fini par couronner sa reine, avait annoncé un nouvel Âge d'or, l'avait proclamée le nouveau Périclès, féminin et pacifique, et l'avait nommée Justice, Miséricorde, Amour, Pitié, Espoir. Il avait banni le chaos d'Albion, du jour au lendemain, pour y apporter la lumière, la confiance, la vérité, la dignité, comme dans tous les pays de l'Empire. Et la reine Gloriana première, après cinq ans de règne, en recevait tout le crédit, tandis que Montfallcon, timide et réservé par habitude et par nature, faisait encore figure, lorsque les circonstances l'exigeaient, de Démon du Passé.

Elle fit un effort pour revenir à la réalité, secouant son long corps harmonieux comme un setter s'ébroue au sortir de l'eau.

Elle entendit Lord Kansas retracer, avec tout le talent d'un conteur enthousiaste, ses aventures aux Indes orientales :

« Et ainsi, nobles seigneurs, divers chevaliers se sont affrontés à grand fracas dans une vaste salle de bambous entrelacés, toute en hauteur, où il faisait frais et sombre puisque la lumière ne pénétrait que par les interstices étroits des parois. Il s'agissait de la volière du roi du Bengale. La hache et le bouclier, la lance et l'épée s'entrechoquaient et faisaient jaillir des étincelles blanches dans la pénombre, tandis que voletaient et piaillaient tout autour de nous perroquets, aras, perruches, choucas et oiseaux de paradis, canaris et cacatoès aux cris stridents. Ma foi, à l'issue du combat, nous avions répandu plus de sang d'oiseaux que de sang humain. À bout de forces, nous avons fini par régler l'affaire à l'amiable, et Sir Colum Feveril s'est engagé à payer au juste prix la fille qu'il avait épousée par amour. C'était le point en litige. Mais on avait oublié de nous le préciser ! »

Gloriana prit une profonde inspiration et joignit sa voix à l'hilarité générale.

Chapitre XIII

Où Lord Montfallcon n'apprécie pas à sa juste valeur le travail d'un artiste : où l'artiste rencontre la mort et la supplie de lui confier une mission

Les vents de mars s'engouffraient sous le lierre épais bordant les hautes fenêtres de Lord Montfallcon et le soulevaient comme les lourdes jupes des paysannes ; le capitaine Quire retrouvait une sensation qu'il ne pouvait identifier, un souvenir d'enfance lorsque, de temps en temps, les éléments l'inspiraient et lui apportaient une délicieuse quiétude qu'il n'avait jamais ressentie depuis. La main sur la garde de son épée, le sombrero sous le bras, il regardait le vieil et adroit ministre lire un pamphlet qu'il venait à l'instant de lui remettre.

« Aucune autre copie n'a échappé au feu ? demanda Montfallcon avec insistance.

— Aucune. Et j'ai aussi brûlé le manuscrit.

— Ces stoïciens ! Je les respecte, Quire, et je souscris même à leurs idées dans une large mesure. Mais quand leurs convictions tournent au zélotisme... Ah ! quel tort ils peuvent causer. Faire de la reine une hétaïre, elle si honnête ! Sang impur, disent-ils. Le meilleur sang qui puisse exister... c'est son père qui l'a corrompu. Elle prend du plaisir tandis que l'ennemi rassemble ses forces... Dieux ! s'ils savaient le travail que lui donne Albion. J'ai lu ces stupidités plus d'une fois. L'auteur ?

— Il s'en est allé commencer une nouvelle vie, Monseigneur, qui manquera sûrement de confort. En Afrique. Enchaîné. Chez le Shaleef de Bantoustan. »

Lord Montfallcon se permit un petit rire étouffé. « Vous l'avez vendu, Quire ? Comme esclave ?

— Non, comme scribe. Il sera bien traité, selon les normes du cru. Dans un paragraphe, il prétendait ne pas valoir plus qu'un esclave. Il m'a semblé approprié de lui donner un aperçu de la réalité.

— Et l'imprimeur ? » Il agita le pamphlet tout en se dirigeant vers la cheminée.

« Un imbécile. Lui faire peur a suffi. Il est retourné à ses bulletins et ses affiches.

— Vous en êtes certain ?

— Il a affirmé qu'il savait à peine lire et qu'il n'avait pas compris la portée du pamphlet. Alors, j'ai proposé de lui ôter toute possibilité de lire à nouveau, afin d'être sûr qu'il ne commettra pas d'autres erreurs du même genre.

— Ah, Quire, dit Montfallcon, soudain grave, je me demande si vous en viendrez un jour à me faire peur, à moi aussi.

— Ce n'est pas mon travail, Monseigneur. »

Montfallcon était inquiet. Il étudia Quire et ne trouva pas la réponse à la question que posait son regard. « Si seulement je connaissais vos desseins, Quire. Vous ne travaillez pas pour l'or, je le sais, bien que vous soyez grassement rétribué. Comment faites-vous pour dépenser autant et toujours porter le même costume, la même cape rapiécée ? Vous n'êtes ni buveur, ni joueur. » Les sourcils froncés, il contemplait les flammes vives. « Vous ne dépensez pas d'argent auprès des femmes. Le mettez-vous de côté, Quire ? » Il jeta le pamphlet dans le feu qu'il attisa d'une longue baguette.

« Je le dépense avec libéralité, Monseigneur, dans de bonnes mais aussi de mauvaises actions. » Quire était intrigué, voire dépité, de ne pas comprendre. « Une veuve par ici, un estropié par là.

— Vous, Quire ! » Un grognement. « Charitable ?

— Je suis un ami dévoué, mais seulement pour les faibles. Je ne supporte ni le fou ni le puissant, ceux-là, je les combats ou je les évite. Mes bonnes actions, Lord Montfallcon, sont comme toutes celles que j'entreprends : intéressées. Votre travail et le mien sont grandement facilités par ma réputation d'homme généreux. Nous employons une puissante armée d'innocents loyaux, d'hommes et de femmes honnêtes, à l'esprit simple et fidèle et au cœur généreux, des gens auxquels l'ennemi ne prête jamais attention. On les ignore toujours, on les rabaisse même. Aussi me sont-ils extrêmement reconnaissants de mes bonnes actions et m'apporteront-ils toujours toutes sortes d'informations, non par cupidité mais par pure loyauté. Je suis leur héros. Ils vénèrent le capitaine Quire. Ils lui pardonnent tous ses crimes (“Il a ses raisons”, disent-ils) et le protègent du mieux qu'ils peuvent des éventuelles conséquences. Ils sont l'épine dorsale de toute machination.

— Je suis presque flatté, Quire, de vos confidences. Ne craignez-vous pas de me dévoiler les rouages de votre commerce ?

— Commerce ? » Surpris par le mot, Quire hésita puis secoua la tête pour répondre : « Non, Monseigneur, car il est peu d'hommes de mon acabit de par le monde. La plupart des voleurs sont des fous, la plupart des meurtriers des exaltés, la plupart des espions des outres gonflées de leur importance. Je suis fier de défendre les théories de cette profession, comme n'importe quel artiste qui apprécie de pouvoir expliquer sa démarche. Parce qu'il sait que très peu de gens peuvent le comprendre... et qu'il est heureux de les éclairer.

— Comment ? Vous me prenez pour un élève ?

— Bien sûr que non, Monseigneur. Un pair. »

Lord Montfallcon agita le doigt. « C'est de l'outrecuidance, Quire ! Je me demande si l'enlèvement d'un roi n'a pas enfiévré votre imagination au-delà de ce que vous pouvez supporter. Vous avez goûté au bon vin, et maintenant vous n'en voulez plus d'autre. Vous mordrez la poussière... vous avez trop de toupet. »

Quire se renfrogna. « Et cela me plaît d'être ainsi. Si une sensation me plaît, j'en profite autant que je peux et je ne la réprime pas. Je ne crois pas beaucoup en un futur déterminé.

— Vous vous attendez à mourir ? »

Sa surprise augmenta. « Non, Monseigneur. C'est simplement qu'il existe tellement de futurs possibles ! Je me prépare à chacun d'eux jusqu'à un certain point. Et d'un autre côté je ne m'y prépare pas.

— Vous n'êtes pas insouciant, Quire. N'allez pas me faire croire cela. »

Quire pointa le doigt vers le feu où le pamphlet maintenant carbonisé tombait en cendres. « Ma vie est aussi disciplinée qu'était la sienne... en fait, qu'elle le sera. Mais je joue de mes émotions avec la dextérité et l'application d'un musicien, tout comme je joue avec les émotions de ceux que je suis enclin à utiliser.

— Mais vous avez bien une ambition ?

— Je vous l'ai dit, Monseigneur. Amplifier et définir mes sens. »

Lord Montfallcon se troubla. « Vous employez des mots savants pour justifier des actions viles, voilà tout. » Il semblait sur le point de congédier Quire. Il retourna à son bureau, le front plus soucieux que jamais.

« Monseigneur ? » Quire prit son sombrero à la main, fit un pas vers la porte puis se retourna. « Vous me reconnaissez en tant qu'artiste, certainement ? J'ai parlé en toute franchise. Je ne peux faire mieux. De tels mots ne devraient pas vous affecter, Monseigneur, ils sont objectifs. »

Lord Montfallcon fit la moue. « Vous prenez plaisir à votre besogne ! » C'était une accusation, inattendue.

Les yeux noirs de Quire eurent une expression à demi amusée. « Oui.

— Par Zeus ! J'espérais ne pas avoir à en arriver là... Mais c'est nécessaire, il faut s'y résoudre. » Sa voix était amère. « Je dois jouer les Socrate face à un nouveau Calliclès ! »

Quire se passa la main gauche dans ses lourdes boucles, observant son maître. Il lança d'une voix glaciale : « Vous souffrez, Monseigneur ? »

Montfallcon fourragea dans un tiroir. « Je dois vous payer.

— Vous êtes malade, Monseigneur ?

— Allez au diable, Quire, vous savez que je ne souffre pas physiquement. Quelquefois, je me demande ce que je fais et pourquoi je me donne la peine d'employer un individu de votre sorte.

— Parce que je suis le meilleur. Pour le travail que vous me confiez, Monsieur. Mais je ne veux pas justifier mes activités. Je me suis simplement expliqué. À vous les justifications !

— Hein ?»

Montfallcon ramena une boîte dorée. Ses mains tremblaient.

«On prend forcément goût à la douleur et à l'humiliation d'autrui, Monseigneur. C'est dans la nature de mon travail. Mais, comme le soldat qui, lorsqu'il a gagné la bataille, devient sentimental à la pensée de toute cette comédie, de tout ce gâchis et de tout ce malheur, je pourrais me lamenter et m'écrier : *Quelle horreur ! Mais il doit en être ainsi !* et me consoler (en même temps que vous, Monseigneur, car c'est ce que vous semblez attendre de moi aujourd'hui). Je refuse ce genre de sophisme. Je préfère m'écrier : *Quelle horreur ! Mais que c'est agréable !* Même si j'étais la victime, je crois que je devrais encore apprendre à jouir de ma propre souffrance, car c'est aussi un moyen d'amplifier et de définir les sens. Mais je cherche la liberté qu'offre le pouvoir. Il élargit mon champ d'action. Je profite donc des privilèges — que votre patronage me procure —, les privilèges du pouvoir. Je préfère jouir de la douleur des autres que de la mienne.

— La douleur est faite pour être endurée, c'est tout. Vous êtes une créature perverse, Quire, à l'âme ratatinée. » Il mettait des pièces dans une bourse en les comptant soigneusement.

«Non, Monsieur, mon âme est aussi noble que la

vôtre, Monsieur. J'interprète seulement ses exigences différemment de vous. » Quire n'était pas tant offensé par les insultes de Lord Montfallcon que par son interprétation erronée de la vérité.

Les mains du chancelier tremblaient quand il tendit la bourse. « Prenez, vous travaillez pour de l'argent !

— Je ne suis pas un menteur, Monsieur, vous le savez. Pourquoi voulez-vous que je vous rassure dans le sens que vous souhaitez ? Nous avons travaillé ensemble en bonne intelligence jusqu'à présent.

— Je ne supporte plus les secrets !

— Vous ne m'employez pas, Monseigneur, pour que je vous console.

— Sortez ! Votre ironie vulgaire m'ennuie ! »

Le capitaine Quire bâcla une révérence mais ne sembla pas disposé à partir. Tout n'avait pas été dit. Il ne voulait pas lâcher pied. Il avait l'air furieux. « Pour mon parler, Monseigneur, je vous présente volontiers des excuses. Je n'ai pas l'habitude. Je n'aspire pas à l'éloquence châtiée des seigneurs de la cour ; mon métier appelle un langage brutal.

— Vous m'asticotez, Quire ! Je ne suis pas un ours à qui vous ferez faire des tours. Sortez. »

Le capitaine Quire prit l'argent et le passa dans sa ceinture, mais il ne bougea pas. « Je m'adresse d'ordinaire à des interlocuteurs que la terreur rend pratiquement sourds ou qui agonisent sous la douleur. Ceux qui enseignent à la jeunesse ou qui soignent les fous et les malades sont dans le même cas, Monseigneur. Leur vocabulaire s'appauvrit, leur style se fait rudimentaire, leur art relève du mime de campagne, leur humour du péquenaud de foire.

— Et vos excuses me fatiguent, Maître Quire. Vous êtes congédié. » Montfallcon s'assit.

Quire fit un pas en avant. « Je vous offre la pure vérité et vous la rejetez. Vous m'avez interrogé, Monseigneur, et j'ai répondu. Je pensais que nous étions francs l'un envers l'autre. Je pensais qu'il n'existait pas d'ambiguïté entre nous. Dois-je mentir pour conserver votre appui ?

— Peut-être. » Lord Montfallcon verrouilla son tiroir. Il prit une profonde inspiration et reprit : « Voulez-vous dire que je ne suis pas un bon employeur ?

— Bon jusqu'à présent, Monseigneur. N'y a-t-il pas accord entre nous, comme entre hommes de même sensibilité ?

— En effet ! Nous avons un accord. Je paie. Vous tuez, vous enlevez, vous conspirez.

— Une convergence d'opinion sur les compétences mises en œuvre, Monseigneur.

— Vous êtes habile, mais oui. » Montfallcon était déconcerté. « Que dois-je dire de plus pour vous obliger à partir ? Prononcer une formule magique ? Recherchez-vous les honneurs publics ? Voulez-vous que je vous fasse prince du royaume ?

— Non, Monseigneur. Je ne parlais que d'art. Je croyais que vous estimiez mon art pour lui-même.

— Si vous voulez. » Montfallcon le congédia d'un geste.

« Quoi ? » Quire était choqué.

« Allez, Quire. Je vous ferai appeler.

— Vous m'offensez gravement, Monseigneur. »

La voix de Montfallcon monta, chevrotante. « Je vous protège, Quire. Souvenez-vous-en. Je vous permets de mener en toute liberté votre existence malfaisante, faite de corruptions, de chantages, de meurtres pour votre propre compte... » Les doigts fins de Montfallcon caressèrent un sourcil gris. « Je ne répondrai pas à vos questions ambiguës ! Ce n'est pas le moment... J'ai d'importantes affaires à étudier. Des affaires plus importantes, Quire, que flatter la fierté d'un bandit. Allez, allez, allez, capitaine Quire. »

Un froissement d'oripeaux noirs, et Quire avait disparu.

*

Quand le capitaine Quire quitta l'ombre du palais pour pénétrer dans le jardin ornemental, désormais un enchevêtrement de ronces en bourgeons et de plantes rampantes envahissantes, il s'arrêta pour jeter un regard sur le mur immense, derrière lui, puis froncer les sourcils et secouer la tête. Sa fierté avait, en fait, été fortement atteinte. Il reprit sa marche et analysa cette sensation ; il passa les portes et descendit la colline jusqu'à la ligne d'arbres où Tinkler, adossé à la barrière, sifflait et contemplait un ciel parcouru de nuages de traîne. « Tink. » Quire escalada la barrière. Le dos tourné à Tinkler, il suivit des yeux la route qui se perdait dans les fumées de Londres.

« Qu'est-ce qui se mijote, Capitaine ? » Tinkler était sensible aux humeurs de son maître comme seul peut l'être quelqu'un qui craint pour sa vie. Il fit un pas en avant dans son manteau raide et délabré, les pouces passés dans la ceinture de son pourpoint.

« Je suis hors de moi. » La voix du capitaine Quire n'était qu'un murmure ; il roulait un caillou de la pointe de sa botte à genouillère. « Je me croyais respecté. Oui, c'est là que j'ai mal, à ma dignité. On ne me reconnaît pas en tant qu'artiste. Personne n'a donc idée de l'habileté, du génie nécessaires à mon travail ? N'en ai-je pas constamment fourni la preuve ? Et de quelle autre manière pourrais-je le prouver ? Qui d'autre serait capable de faire ce que je fais ?

— Moi, je vous admire, Capitaine. Énormément. »

Tinkler se voulait apaisant mais il ne compatissait pas vraiment ; il ne pouvait pas comprendre de quoi il retournait. « Tous, nous vous admirons... à *l'Hippocampe*, au *Gryffyn*, partout...

— Je parlais de mes pairs. Je m'imaginais Montfallcon réaliste, capable d'apprécier un artiste. Je suis stupéfait, Tink. Ce n'est rien d'autre qu'un cynique plein de vent. »

Tinkler crut deviner la cause d'une pareille humeur. « Il n'a pas payé, c'est ça, Capitaine ? Toujours, il... » Quire l'interrompit en lui fourrant la bourse dans la main. « Ah, merci.

— Et moi qui pensais qu'il comprenait la nature de mon jeu. Non seulement il n'en apprécie pas la finesse, le comique, l'ironie, mais surtout il ne comprend ni le système, ni l'imagination, ni le talent mis en œuvre, pas plus que l'œil implacable et impassible qui regarde la réalité et la transforme en drame. Oh, Tink ! »

Peu habitué à de telles confidences émues, à de telles révélations sur la vie intérieure de son maître, Tinkler était à la fois fasciné et à court de mots. « Eh bien, dit-il, emboîtant le pas à son maître qui se mettait en route, encore tout retourné, cape claquant dans son sillage, pour descendre vers la ville. Eh bien, Capitaine... »

— Tout artiste a besoin d'un mécène. » Quire regarda autour de lui les noirs peupliers qui se balançaient dans le vent. Il rajusta sa cape indocile et enfonça son chapeau plus profondément sur sa tête. Les plumes de corbeau s'agitaient comme autant de petits doigts qui tambourinaient sur le sommet de son crâne. « Et à moins d'avoir un protecteur qui sache l'apprécier, il risque bientôt de dénaturer, de détourner son talent à des fins mercenaires pour plaire à la majorité. Je n'ai jamais plu à la majorité, Tink.

— C'est vrai, Capitaine.

— Ma fortune est passée, jusqu'au dernier penny, dans les outils dont tout artiste a besoin. J'ai tout consacré à mon art.

— Vous avez toujours été généreux, Capitaine.

— C'est ce qu'il n'a pas compris, ça et ma fierté. J'ai accepté ses insultes, son apparent mépris, car je me disais que c'était le rôle qu'il avait choisi de tenir.

— Nous devons tous parfois tenir un rôle, Capitaine.

— Et ce faisant, il dévoilait son vrai caractère, la véritable opinion qu'il a de moi ! Oh, le vieux fou ! » Quire s'arrêta au milieu du chemin.

Londres était en vue, rouge, grise et blanche. Sur les murs de la ville tremblotaient les cabanes branlantes et les tentes de ceux qui vivaient là, sur les lieux de leur travail. Au-delà, apparaissaient des toits d'ardoises vertes ou argentées, des toits de chaume, de cuivre et, très rarement, de feuilles d'or ; puis des flèches délicates et fines, de lourdes coupoles, des tours à créneaux ; puis les grands temples de la connaissance — collèges, bibliothèques dans le dernier style grec ou aux formes gothiques anguleuses, en briques, granit et marbre ; puis les théâtres en bois peint aux couleurs vives, tapissés de milliers d'affiches ; puis un enchevêtrement de rues où se succédaient maisons d'habitation, auberges, tavernes, gargotes, commerces d'étoffes, bouchers, poissonniers, épiciers, peintres d'enseignes, orfèvres, bijoutiers, écrivains publics, facteurs d'instruments de musique, drapiers, bourreliers, marchands de tabac, négociants en vin, vitriers, barbiers, apothicaires, carrossiers, forgerons, ferronniers, imprimeurs, fabricants de jouets, bottiers, ferblantiers, accastilleurs ; puis le grand Marché aux grains, les Abattoirs, les Bourses de commerce, les galeries d'art où peintres et sculpteurs exposaient leurs créations.

Quire hésitait à aller plus loin. Il s'arrêta et s'assit brusquement sur une grosse pierre lisse. « Et où pourrais-je présenter au monde mes œuvres ?

— Allons boire ! suggéra Tinkler. À *l'Hippocampe* ? »

Quire voyait un escadron de cavalerie descendre la large rue Clerkenwell bordée par les splendides bâtiments des grandes corporations. Les bannières flottaient et les hommes arboraient des cuirasses et des casques étincelants, des plumes et des capes brodées. Il regarda en direction du fleuve, loin de l'autre côté de la ville, vers la Tour de Bran, un édifice très ancien au-delà duquel passaient les péniches, les bachots et les galions. « J'aurais pu être général ou encore un célèbre navigateur, et employer mes dons à me forger une bonne image publique pour être respecté du peuple et honoré par la reine. Grâce à mon talent, j'aurais pu devenir le plus puissant marchand d'Albion, m'enrichir et enrichir la nation, et devenir au moins Lord Maire. Mais j'ai fui comme la peste ces carrières indignes de moi. Je n'ai vécu que pour mon art, que pour chercher à le perfectionner... »

Tinkler devenait nerveux. « Capitaine ?

— Va en ville, Tink, et dépense cet or. C'est peut-être la dernière fois que tu en vois.

— Vous avez été renvoyé ? » Tinkler était horrifié.

« Non.

— C'est vous qui avez quitté notre ami ? » Sa dent tressauta sur sa lèvre.

« Je n'ai rien dit de tel. »

Tinkler, soulagé, tapa dans le dos de son maître qui tressaillit. Le changement de ton de Quire avait dissipé ses craintes. « Venez avec moi à *l'Hippocampe*, Capitaine. Un temps et un vent pareils ne sont bons qu'à vous donner le bourdon. »

Quire se leva de sa pierre, la tête basse, son visage émacié dissimulé sous le bord agité du sombrero. Il se montra d'une docilité aussi anormale qu'alarmante. « Oui. »

Tinkler était à nouveau inquiet. « Une fille ou deux, voilà ce qu'il nous faut, Capitaine. Pour nous réchauffer, pour chasser les mauvaises humeurs.

— Une fille ? » Les yeux du filou étaient interrogateurs, comme s'il ne comprenait pas le sens du mot.

Tinkler frémit. « Si vous le vouliez, toutes les putains de *l'Hippocampe* seraient à vous. Toutes les filles. Vous avez besoin d'amour, Maître. »

Quire détourna ses yeux tristes de son lieutenant et gonfla son torse vigoureux. « J'aime mon art.

— Vous êtes le meilleur. » Les mots sortaient difficilement de la bouche sèche de Tinkler. « Demandez à tout le monde. »

Ils reprirent leur marche en direction de la ville qui n'était plus qu'à un demi-mille, en bas du chemin escarpé.

« C'est vrai, approuva son maître.

— Et vous êtes fort, Capitaine. Vous aimez votre travail — votre art, je veux dire — et rien d'autre. Mais laissez-vous aimer. Vous avez droit à une gratification. »

Quire sourit, les yeux baissés. « Je croyais que Montfallcon comprenait. Les autres, je n'en attends rien. Toi et tes semblables, Tink, ne serez jamais que les apprentis qui mettent une touche de couleur dans le décor, qui peignent un arrière-plan ou deux. De bons, de solides artisans, et vous ne vous en portez pas plus mal. Ce sont les hommes comme O'Bryan que je méprise, les larbins de son acabit, des arrivistes qui se donnent de grands airs et qui n'ont aucun réel talent, tout au plus un instinct qui les pousse au meurtre et à la trahison. J'ai dû entretenir ces instincts, les discipliner, les stimuler, les harmoniser... Oui ! et pour finalement découvrir que l'on me met sur le même pied qu'O'Bryan, ce boucher vantard, pompeux, avide et inhumain. L'engeance que je méprise le plus !

— Vous l'avez traité comme il le méritait. » L'enthousiasme de Tinkler déclinait.

« Et ils me croient incapable d'aimer, Tink. Tu penses aussi...

— Non, non, Capitaine. Jc veux seulement dire que vous vous êtes consacré à une tâche, que vous ne gaspillez pas votre temps... ne vous laissez pas aller au sentimentalisme. » Tinkler fit rentrer sa dent rebelle dans sa bouche comme s'il souhaitait pouvoir suivre le même chemin.

« Mais j'ai beaucoup aimé, et de nombreuses fois, car j'ai beaucoup vaincu. Et je suis un vainqueur ordinaire. Je me prends d'amour pour mes victimes. Pourquoi pas ? Certains réservent leur affection aux enfants, à condition que les enfants ne soient pas une menace pour eux. Moi, j'éprouve de la tendresse pour ceux qui ont représenté une menace et que j'ai rendus inoffensifs. Mon amour n'est-il pas des plus raisonnables, Tink ?

— Sans aucun doute. Monsieur. » Tinkler maîtrisait son envie de presser l'allure et de dépasser son maître. « Je vous l'ai dit, Capitaine, nombreux sont ceux qui vous aiment. »

Quire fit une moue dégoûtée. « J'espère que non. Je n'y tiens pas. Ce n'est pas ce que je demande.

— Je voulais dire, haleta le flagorneur décontenancé, qu'on vous admire, Capitaine.

— On m'admire ? Qui, la populace ? C'est facile à susciter, ce genre d'admiration. Quelques actions théâtrales, une ou deux plaisanteries faciles, un geste audacieux... et voilà la populace prête à t'acclamer et à te suivre jusqu'à Tilbury et aux bagnes flottants. Je méprise ceux qui se font les auxiliaires de la foule. Mon art mérite d'être reconnu par d'autres artistes, par des personnalités dans d'autres domaines, comme Lord Montfallcon. Toutes ces années passées à côté du trône de Hern, à calculer, comploter et préparer l'accession de Gloriana... Il était mon héros, Tink, quand j'étais plus jeune. J'ai su reconnaître sa valeur. Je l'admire encore. Il doit sûrement sentir que j'apprécie son œuvre en connaisseur. Mais la mienne, à sa façon, est tout aussi grande.

— Plus grande, Capitaine, tout bien considéré.

— J'ai accepté son soutien afin d'enrichir mon expérience, d'améliorer mes compétences — accroître, définir... Il était mon seul maître. Et il me méprise.

— Méprisez-le aussi, Capitaine. C'est lui qui y perd. »

Les yeux de Quire s'illuminèrent. « Mais oui. Tu as raison, Tinkler. » Avec un effort, il allongea le pas. Ils étaient presque arrivés aux murs de la ville. « Va à *l'Hippocampe*, je t'y rejoindrai. Je regagne le monde respectable pour voir comment Maîtresse Philomène, la femme de l'érudit, se porte sans son amant. » Il inclina son chapeau sur l'oreille et le froissa. « À plus tard, à *l'Hippocampe*, Tink. »

Ravi d'être libéré, Maître Tinkler courut vers les portes en faisant un geste de la main. « Bientôt vous serez à nouveau vous-même, Capitaine ! »

Le moral de Quire remonta sur-le-champ. « Oui. Le mépriser. J'ai appris de lui tout ce que je pouvais. Je suis meilleur que notre ami Montfallcon. Je le laisse choir. »

C'est dans cet état d'esprit allègre mais artificiel qu'il entra en ville, pour être aussitôt attaqué par une bande de malandrins munis de filets, de couvertures, de cordes et de couteaux.

« Le voilà ! »

Vivement, Quire porta la main à la garde de son épée, mais déjà un nœud coulant lui emprisonnait les épaules. Il se tortilla pour se dégager. Le nœud se resserra.

Les six ruffians, camouflés sous leurs capes et leurs capuches, se jetèrent sur lui.

« Imbéciles ! Je suis Quire. J'ai des amis. Tous les hommes de main de la ville. »

Ils l'ignorèrent ; ils le ligotèrent et le balancèrent dans une charrette sans lui laisser le temps de réfléchir. Il commença à douter de son jugement sur le monde et sur lui-même. Ses yeux étaient bandés et son corps engourdi sous la pression des cordes. C'était le deuxième choc de la journée. S'il n'avait pas été bâillonné et encapuchonné, il aurait juré tout haut.

Par Arioch ! Je suis capturé. C'est trop d'injustice ! En un jour ! Je me suis laissé aller à perdre confiance, donc l'espoir... et maintenant je perds la vie. À moins que je puisse les convaincre de me libérer. Mais qui sont-ils ? Quels ennemis oseraient... ?

Il lui vint alors à l'esprit que la discussion avec Montfallcon et la tournure qu'elle avait prise devaient avoir un rapport avec son enlèvement.

Il m'a livré. Il m'a trahi. Il espère m'éliminer avant que je puisse révéler ses secrets. Il ne veut pas croire en la vérité. Eh bien, il la connaîtra si je meurs. Chacune de mes actions sera publiée dans les Confessions du capitaine Quire. Dieux ! Albion ne s'en relèvera pas. Oh, mon ami Montfallcon, si je survis, ma vengeance sera encore plus terrible ! Alors, vous reconnaîtrez la vérité : que l'élève est devenu maître. Je vous forcerai à admettre l'évidence, pour commencer...

Son petit doigt cherchait à atteindre son poignard mais en vain. Il mordit consciencieusement le bâillon pour essayer de le distendre. Il éprouva les cordes et les filets qui l'emprisonnaient. Il écouta attentivement les voix de ses ravisseurs : il n'en restait que trois, deux assis sur le siège à l'avant et un dans la charrette, derrière lui, tous trois taciturnes.

Comme ils ne l'avaient pas tué (il leur aurait été facile de le faire sur place avant de jeter son corps dans le fleuve), il en déduisit qu'on lui réservait un autre sort. Avant de le mettre à mort, Montfallcon espérait peut-être apprendre par la torture où il cachait ses confessions. Il était résolu à goûter son agonie du mieux qu'il pourrait, et à savourer leur frustration quand il mourrait. Il en conclut aussi qu'il lui restait une chance de s'en sortir, d'échapper à ces hommes à l'esprit épais. Ce n'étaient que de simples coupeurs de bourses de Kent Street, de l'espèce la plus vile; il pourrait les corrompre, les menacer ou les berner, une fois en mesure de parler. Il se demanda quel lieutenant Montfallcon avait désigné pour le soumettre à la question. Le chancelier n'avait jamais fait longtemps confiance à quiconque pour ce genre de travail, excepté Quire. Le capitaine en vint à penser que Montfallcon serait sûrement présent pour conduire l'interrogatoire et assister à sa mort; l'idée le combla d'aise : il s'installa aussi confortablement que possible et, à la stupéfaction de ses ravisseurs, il se mit à chantonner à travers son bâillon.

La charrette finit par s'arrêter; on l'en tira pour le hisser le long d'un escalier de bois grinçant et le déposer dans une pièce. Il y régnait une forte odeur de café, et il crut identifier l'un des nombreux entrepôts des négociants en café de Flax Hill. Deux des malandrins partirent; un seul resta pour le garder. Quire commença à se tortiller sur le plancher pour voir ce qui allait se passer. Il reçut un coup de pied dans le dos. Il se calma. La porte s'ouvrit à nouveau et il entendit un pas martial, un tintement d'éperons. Un homme important, pensa-t-il. On lui retira capuche et bandeau et Quire sourit derrière son bâillon, s'attendant à voir Montfallcon ; son sourire s'élargit encore, malgré la douleur qui lui en coûtait, quand, à la place, il reconnut l'envoyé du calife. Lord Shahryar de Bagdad, qui lui rendit un sourire affable au milieu d'une barbe noire soigneusement entretenue, sans cesser de tripoter le long poignard courbe suspendu par des cordelettes d'or à la ceinture de sa robe. L'Arabe regarda le ruffian qui se tenait, invisible, derrière le corps étendu de Quire. « C'est Quire ?

— C'est lui. Monsieur. »

Des pièces changèrent de mains et le ruffian passa la porte et dévala l'escalier comme s'il craignait d'assister à ce qui allait suivre.

L'Arabe tira son poignard du fourreau dans un geste menaçant que Quire jugea excessif, l'appuya sur la gorge du prisonnier et trancha prestement le bâillon, permettant ainsi à Quire de laisser s'épanouir son sourire. « Je sers de monnaie d'échange, non ? » Contrairement à son habitude, il oubliait toute prudence. « Contre une faveur accordée à Montfallcon ? »

Lord Shahryar parut légèrement surpris.

« Je veux dire... continua Quire, qu'il m'a livré à vous. Si c'est le cas, il devient sénile, ainsi que je le soupçonnais, car je pourrais vous révéler beaucoup de secrets, vous le savez sûrement. »

Lord Shahryar rengaina son poignard et se redressa. Avec mille manières il remit de l'ordre dans sa robe, ne touchant son burnous que du bout d'un doigt rendu pratiquement rigide par l'or qui le recouvrait.

« Je proteste, dit Quire, décidé à ne pas en supporter davantage. Pourquoi ce traitement ? »

Lord Shahryar se frotta derrière l'oreille gauche, à la jonction de la mâchoire et du crâne.

« Vous êtes à l'évidence un gentilhomme et non un brigand à l'affût d'une rançon. Pourquoi m'avoir enlevé, Monsieur ?

— Pour plusieurs raisons, capitaine Quire. Vous pensez que Montfallcon vous a trahi ? Ma foi, peut-être. Et vous savez qui je suis : l'oncle de Lord Ibram, auquel vous avez fait croire qu'il allait se battre en duel et que vous avez lâchement assassiné.

— Vous m'accusez de meurtre ! Monseigneur ! » Quire assura son regard. « Alors, je vous en prie, Monsieur, remettez-moi entre les mains des hommes de Sir Christopher Martin, afin que je sois jugé avec honneur ! Je suis un érudit, Monsieur. Je rentrais à l'auberge où je loge quand je viens à Londres. Ma femme s'y trouve. Envoyez un messager. Vous aurez la preuve que je dis la vérité. Le nom est Partridge.

Lord Shahryar sourit encore. « Avez-vous peur, capitaine Quire ? Comprenez-vous que vous allez mourir lentement, dans d'atroces souffrances...

— Votre esprit frise la trivialité, Monsieur. Je suis victime d'une farce, pas vrai ? »

Lord Shahryar montra quelque impatience. « Je vous tenais au moins pour un escarpe professionnel, et je ne pensais pas que vous essayeriez de m'abuser de façon aussi naïve, capitaine Quire. Je sais que vous avez tué mon neveu.

— Lord Montfallcon me hait. Il est jaloux de moi. Il vous l'a dit, hein ?

— Vous semblez fort désireux de croire que Montfallcon vous a trahi. Pourquoi ? »

Quire cligna des yeux et serra ses lèvres minces. « Montfallcon ne vous protégera pas, poursuivit Lord Shahryar, pensif, si c'est ce que vous voulez dire. Et il ne regrettera pas beaucoup votre mort, capitaine Quire. Maintenant, quel motif pourrait avoir Montfallcon de vous trahir, à votre avis ? » Le Sarrasin était malin, mais Quire ne vit aucun mal à dire la vérité :

« Parce que je représente une menace, peut-être.

— Pourquoi donc ?

— Parce que je suis un plus grand artiste que lui.

— L'espionnage, le meurtre et la trahison considérés comme beaux arts. » Lord Shahryar trouvait l'idée plaisante. « Pourquoi pas ? On parle bien de l'art de la guerre. Je vous comprends, capitaine Quire. Vous semblez ne pas avoir de concurrence dans la profession que vous vous êtes choisie. »

De nouvelles données l'avaient rendu presque amical. Quire résolut de mourir le plus vite possible, sans torture, et de révéler au Maure tous les secrets qu'il détenait. Il savait se montrer généreux — comme tout artiste qui reçoit des éloges d'un admirateur inattendu.

« Vous jouissez d'une réputation d'honnêteté dans votre domaine, capitaine Quire.

— Oui. Vous ne m'entendrez jamais mentir, sauf pour des raisons bien précises.

— On dit que vous tenez votre parole.

— Je la donne rarement, et jamais sans avoir

attentivement examiné ce qui est en jeu. Je crois en la vérité, voyez-vous. » Quire se traîna sur le sol et se redressa lentement pour appuyer son dos contre le plâtre effrité du mur. « La vie d'un artiste, par nécessité, est pleine d'ambiguïté. Il n'est pas bon de laisser régner l'ambiguïté là où elle n'a pas de raison d'être. Par conséquent, il faut cultiver la vérité et la sincérité.

— Vous êtes un curieux personnage, Maître Assassin. Je vous crois. Êtes-vous fou ?

— Ceux qui ne comprennent pas les artistes pensent que la plupart le sont.

— Vous êtes un rêveur, alors ?

— Peut-être. Cela dépend du sens que vous donnez à ce mot. S'il vous plaît, Monsieur, j'aimerais être débarrassé de mes liens. Seriez-vous assez aimable pour les trancher ? Les mailles du filet, en particulier, ont une fâcheuse tendance à me mordre profondément les chairs.

— Vous me donnez votre parole que vous ne tenterez pas de vous échapper ?

— Non, Monsieur. Mais vos coupe-jarrets doivent attendre en bas. Je promets de ne pas m'en prendre à votre personne, ce qui, en réalité, est un serment plus honnête.

— En effet. » Les yeux plissés, le Sarrasin coupa ses liens à petits gestes prudents.

Quire prit une profonde inspiration et resta assis, à se masser les bras et les jambes. « Merci, Monsieur. Eh bien, Lord Shahryar, que Lord Montfallcon m'ait ou non livré à vous, je sais que dans l'immédiat vous n'avez pas l'intention de me tuer. Vous avez donc un marché à me proposer, non ?

— Je devrais vous tuer. Pour venger mon neveu.

— Qui vous volait, vous étiez au courant.

— Le sang est le sang. Comment savez-vous que je ne vais pas encore vous tuer ?

— Une telle décision s'accompagne de rituels, parfois inconscients, comme pour tout — des préliminaires, une mise en condition, un ton de voix. J'ai entendu beaucoup de chants de mort, au cours de ma vie, Monseigneur, et j'en ai chanté un certain nombre. Je crois que je connais tous les airs que l'on entonne avant de tuer. De la même manière, il y a les chansons — les mots, expressions, rythmes et même mélodies — de ceux qui vont être tués. Avez-vous jamais perçu ce genre de chanson, Monseigneur ?

— Je ne vous entends pas chanter, capitaine Quire.

— Je n'y tiens pas. » Il se leva et se dirigea vers une table à moitié recouverte de vieux grains de café. Il les balaya d'un revers de manche. Leur crépitement sur le plancher nu se répercuta dans la pièce vide. Quire les regarda rebondir. Il aperçut son chapeau tout près et s'arrêta pour le ramasser et l'épousseter. « J'aime la vie !

— Et la mort ?

— Pas la mienne. » Maintenant qu'il se savait hors de danger, du moins pour un temps, Quire avait retrouvé toute sa superbe, provisoirement perdue durant son entrevue avec Montfallcon.

« Vous avez tué combien de fois, Capitaine, pour le compte de Montfallcon ? »

Quire resta dans le vague. « Vous me posez une question politique, et non personnelle.

— Combien de fois avez-vous tué ? Combien de vies avez-vous prises dans votre carrière ?

— Une centaine au moins. Probablement davantage. J'entends, à moi seul. Des dizaines au cours de duels ou de bagarres. Mais je ne me souviens que de quelques-unes.

— Mon neveu ? »

Quire mit sa main en coupe autour de son oreille. « Ah-ah ! Je vous sens prêt à chanter l'air dont j'ai parlé. »

Lord Shahryar secoua la tête. « Je suppose que vous vous souvenez de sa mort, si récente.

— Je ne me souviens que du bel ouvrage, pas du tout-venant. Comme cette petite fille que j'embrochais pendant que j'enjôlais la mère pour lui soutirer des informations. Mais, racontée ainsi, l'histoire perd tout son sel et je n'ai pas le talent poétique pour vous la faire apprécier.

— Quels principes moraux justifient ces assassinats ? » La question de Lord Shahryar était franche, mais le ton restait neutre. « J'aimerais bien le savoir.

— Des principes moraux ? Aucun ! La morale ne joue aucun rôle dans l'affaire. Ce serait choquant, Monseigneur. J'ai tué pour toutes les raisons imaginables — le plaisir, l'or, pour connaître des sensations indéfinissables, et j'en passe —, j'ai tué pour toutes les raisons sauf une : la morale.

— Montfallcon doit grassement vous payer. Où passe votre or ? »

La question en rappela une autre à Quire qui se mit à rire. « C'est la deuxième fois qu'on me le demande aujourd'hui. C'est le jour des interrogatoires. Mon dénuement n'a rien de spartiate. Si je ne possède rien, je ne peux rien perdre. Je loue et j'emprunte selon les besoins du moment. Je distribue mon argent généreusement mais en y mettant une certaine fantaisie — je m'assure d'éventuelles retraites ; je me pave un chemin doré vers la sécurité, si vous me comprenez. L'argent donne un atout majeur : la puissance. Je prête donc mon argent, non pas pour être remboursé, mais pour avoir des débiteurs.

— Je vois. » Lord Shahryar était amusé. « Je me demandais quelles étaient vos faiblesses, capitaine Quire, et maintenant j'en connais une. Vous avez tendance à la prolixité, non ? »

Quire ouvrit la bouche pour répondre, mais Lord Shahryar revint au sujet initial. « Vous avez une bonne épée, m'a-t-on dit.

— Le meilleur acier du monde. De l'acier d'Ibérie, trempé dans le sang. Mon épée et mes poignards sont mes seuls biens. Ce sont mes outils — avec mon intelligence.

— Ainsi, vous n'avez pas d'autres faiblesses, capitaine Quire ? » Lord Shahryar, les sourcils froncés, se retourna, le doigt toujours appuyé sur sa mâchoire.

« Je suis, comme vous le dites, enclin à discourir sur la nature et la pratique de mon art. Je suis plutôt orgueilleux. » Il ajouta, afin d'aider le Maure : « J'ai une propension à terminer ce que j'ai entrepris, même si je sais que c'est en pure perte. Je veux toujours décider. Je ne supporte pas les critiques, même quand elles sont méritées. Oh, je suis certain d'avoir d'autres faiblesses.

— Mais aucune d'ordinaire. Les femmes ?

— Mes besoins sexuels sont satisfaits.

— Votre condition ? » Quire éclata de rire.

Lord Shahryar essaya autre chose. « Jusqu'où iriez-vous pour sauver votre vie ?

— Très loin, Monseigneur, je le crois.

— Jusqu'à renoncer à votre honneur ?

— Nous n'avons peut-être pas la même idée de l'honneur, Monseigneur. Je suis fidèle à moi-même, fidèle à mon art. »

Comme sous l'effet d'une inspiration, le regard de Lord Shahryar s'anima. « Je commence à saisir. Montfallcon vous emploie pour vos dons particuliers. Vous n'êtes pas un assassin ordinaire. »

Quire changea de position sur la table. « Lord Montfallcon ne m'emploie plus.

— Quoi ? Je comprends enfin ce que vous vouliez dire tout à l'heure. Il vous a renvoyé !

— Non, Monseigneur. Je me passe de sa protection. » Lord Shahryar hocha la tête. « Voilà pourquoi vous avez cru qu'il vous avait trahi.

— Maintenant, je sais qu'il ne m'a pas véritablement trahi — ou alors sans y prendre garde. Je m'attendais à une plus grande loyauté.

— De sa part ? » Le Maure eut un geste désinvolte de la main. « Pas Montfallcon. Il ne respecte personne. Il a depuis longtemps remplacé l'humanité par l'idéalisme.

— Je l'ai appris aujourd'hui.

— Vous avez donc besoin d'un nouveau protecteur ?

— Je n'ai rien affirmé de tel, Monseigneur. Mais je vous promets, si vous acceptez d'épargner ma vie et de me laisser partir d'ici sain et sauf, de vous rendre le service que vous me demanderez, en dehors du régicide.

— N'importe quel service, Quire ?

— Un seul, Monsieur. Pas un de plus. Contre ma vie. C'est honnête.

— Vous êtes déjà mon débiteur. Pour la vie de mon neveu.

— Je n'ai pas dit que je l'avais tué.

— Mais vous l'avez fait. J'ai dépensé beaucoup d'argent pour mon enquête à partir du premier indice que l'on m'a fourni.

— King est à Newgate pour ce crime... ou déjà déporté.

— Et vous et votre sous-fifre êtes libres. »

Quire haussa les épaules. « Disons que j'accepte le marché. Un service pour sa vie et un autre pour la mienne. Vous venez de réaliser cent pour cent de bénéfice. Quelles sont les deux tâches que je dois accomplir, Lord Shahryar ?

— Aucune. Rien de ce que vous proposez ne m'intéresse. Mais je pourrais être disposé à oublier tout ce qui s'est passé avant aujourd'hui. Et à la place vous proposer ma protection. » Lord Shahryar riait, ravi ; il se retourna, bras ouverts, comme s'il offrait sa poitrine au couteau de Quire. « Un protecteur pour vous rendre honneur, capitaine Quire ! Pour vous fournir le plus d'occasions possibles de pratiquer et d'enrichir votre art. Monfallcon ne vous rendait pas honneur. Moi si.

— Mais quelle est ma mission, Lord Shahryar ? »

Le Maure s'extasia. Des larmes de joie embuèrent ses yeux quand il les posa sur son futur protégé. « Albion », dit-il.

Le capitaine Quire repoussa son chapeau en arrière pour se gratter la tête. Sa chance et son humeur avaient tourné de manière radicale au cours des dernières heures. C'était comme s'il avait prié pour cet instant et qu'il se voyait exaucé. Il comprenait, en gros, ce que le Maure demandait, mais la mission n'était pas loin de le rebuter.

« Gloriana ?

— Elle serait plus heureuse si elle épousait notre Grand Calife. Le poids de l'État est trop lourd pour une femme.

— Montfallcon ?

— Disgracié. » Un haussement d'épaules. « Comme bon vous semble.

— Plus précisément, qu'aurai-je à faire ?

— Votre tâche sera de corrompre la Cour. Les détails, bien sûr, vous regardent — chantage, séduction, duperie, meurtre, comme vous l'entendrez, du moment que vous encouragerez le cynisme et le désespoir, la suspicion et le vice parmi les proches de Gloriana. » La voix de Lord Shahryar s'enfla comme s'il chantait un hymne, à mesure qu'il décrivait son projet avec ardeur, une ardeur qu'il communiquait à Quire. Il n'était pas gêné par la conscience et les doutes d'un Montfallcon et proposait la seule chose que Quire désirait : une admiration respectueuse pour la grandeur de son œuvre. « Nous vous offrons cette chance, capitaine Quire, en plus de votre vie. Et de notre or. »

Quire était à la fois tenté, amusé, mais indécis. « Vous flattez pour mieux convaincre, n'est-ce pas, Monseigneur ? »

Lord Shahryar répondit : « J'ai déjà vanté vos talents. L'or est utile, même à vous. » Il n'avait pas saisi ce que Quire avait voulu dire.

Le capitaine retira un de ses gants noirs et, du

geste, fit prendre un tour nouveau à la conversation. «Je vous ai demandé des précisions sur ma mission.

— Si je vous le dis, vous pourriez le répéter à Montfallcon.

— Montfallcon n'est plus mon maître.

— Et moi ?

— J'attends toujours une explication claire.

— Vous jurez le silence ?

— Je ne dirai rien à Montfallcon, si c'est ce que vous entendez.

— Le Grand Calife désire épouser Gloriana, afin que l'Arabie et Albion soient sur un pied d'égalité. Sa puissance lui permettrait alors d'entrer en guerre avec la Tatarie et d'écraser définitivement notre ennemi héréditaire. Mais, au préalable, les courtisans doivent être convaincus de la faiblesse de Gloriana ; les nobles et le peuple aussi doivent perdre leur confiance en son omnipotence. La Cour doit apparaître faible et corrompue. Montfallcon doit être disgracié ou passer pour un imbécile aux yeux de la reine — elle n'écoute que lui et le Conseil. La comtesse de Scaith doit disparaître de la Cour. Le Conseil tout entier doit être circonvenu, d'une manière ou d'une autre. Des meurtres seront commis dont on accusera les innocents. Dissensions, soupçons, obstructions. Vous me suivez ?

— Naturellement. Mais je ne suis pas sûr qu'on y parvienne.

— Vous, vous pourriez. Personne d'autre, Quire. »

Quire hocha la tête. « Il est vrai que si je refuse, vous aurez du mal à trouver quelqu'un disposant de mon talent et de mes moyens. Il y a Maître Van Haag, des Bas-Pays, et un ou deux Florentins ; je pense aussi à un Vénitien, mais ils ne connaissent pas la Cour aussi bien que moi. Ma foi, le travail sera dur et il va exiger beaucoup de préparation.

— Nous sommes patients. Notre Grand Calife souhaite donner l'impression d'arriver en Albion en sauveur, et se faire accepter à la fois par la reine et le peuple. » Le Maure avait quasiment envoûté Quire. « Pourriez-vous arranger cela ?

— Je crois.

— Nous, les Arabes, offrons à Albion la sécurité, la pureté et la moralité, vertus qui nous sont traditionnellement reconnues. Vous devrez créer un climat tel que le peuple d'Albion réclamera nos vertus. Nous viendrons vous sauver — reine et royaume.

— Et j'aurai ma revanche, se dit Quire. On me rendra justice. »

Lord Shahryar poursuivait : « Vous serez récompensé, bien évidemment. Vous deviendrez quelqu'un d'important. Croyez-vous que Montfallcon vous aurait élevé à un haut rang ?

— Non, Monseigneur. Je lui faisais confiance là-dessus.

— Ne me laissez pas entendre que vous n'aimez pas le pouvoir, capitaine Quire. » Lord Shahryar passa son bras dans celui du meurtrier de son neveu. « J'ai beaucoup de pouvoir.

— Mais pas de rang.

— Et donc pas de responsabilité. Si j'étais le baron Quire, je devrais donner l'exemple. Du coup, je ne serais guère plus librc que la reine.

— Une principauté ? Un pays ? Pour satisfaire vos goûts en déployant encore plus d'imagination ? »

Quire secoua la tête. « Vous vous méprenez sur moi, comme Montfallcon. Et de plus, je sais que vous essayerez de me tuer, une fois le travail achevé. Cette offre d'un pays est une absurdité. Vous ne toléreriez pas le plus petit monde de ma création. Non, je choisirai ma récompense quand ma tâche sera terminée. Je l'accomplirai, ainsi que vous l'avez deviné, pour l'amour de l'art. Si je décide de vous aider, vous m'aurez enlevé à Montfallcon pour une seule raison : vous reconnaissez en moi un esthète. Vous avez usé de flatterie et de différents procédés pour éveiller mon intérêt. Eh bien, je suis flatté. Mon intérêt est éveillé. Mais ce n'est que la mission en elle-même qui m'attire. Si je fais tomber Albion, la reine et le reste, et si vous réussissez à me tuer pour la peine, je mourrai sachant que j'aurai réalisé ma plus grande œuvre, et la plus durable. »

Lord Shahryar dégagea son bras et plongea les yeux dans le regard luisant du capitaine. « Est-ce que Montfallcon a peur de vous, Quire ? »

Quire se redressa et respira profondément l'air embaumant le café. « Je crois qu'il aura peur de moi. »

Il imaginait un futur sanglant et plein de pro messes, et il bâilla comme le léopard qui, au matin, ouvre des yeux encore ensommeillés pour se découvrir soudain entouré d'un troupeau de gazelles dodues. Il sourit.

Chapitre XIV

Où Gloriana, reine d'Albion, et Una, comtesse de Scaith, s'aventurent dans le monde souterrain

La comtesse de Scaith ouvrit les volets de la chambre et sentit la chaleur du soleil sur son visage. Elle huma l'odeur des violettes. Depuis cette fenêtre, elle avait vue sur les pelouses, les parterres bourgeonnants et le lac d'agrément qui, ce matin-là, commençait à perdre le lustre rugueux de l'hiver. Toute une main d'œuvre de jardiniers s'affairaient à tailler, arracher. L'arrivée du printemps ne sera pas la bienvenue, se dit Una, gagnée d'une soudaine tristesse. Derrière elle, masquée par les rideaux du lit, Gloriana dormait toujours. Elle était venue en pleine nuit, en larmes, chercher du réconfort. Dans son peignoir de soie noire damassée, Una se dirigea vers le cordon de la sonnette ; la reine devrait bientôt se réveiller. Mais elle hésita, croisa les bras et contempla son amie qui semblait en paix avec elle-même. La prodigieuse beauté de Gloriana illuminait le lit de son éclat. Sa magnifique chevelure auburn auréolait sa tête et ses épaules en lourds écheveaux ; son beau visage innocent aux pommettes hautes, à demi éclairé par la lumière qui passait entre les draperies, affichait une telle mélancolie enfantine qu'Una se sentit venir les larmes aux yeux et qu'elle referma les rideaux, cherchant un moyen de distraire la reine de sa charge, ne serait-ce que quelques heures, et de lui faire retrouver les joies de l'enfance.

Depuis quelque temps, Una voulait (égoïstement, se disait-elle) montrer à Gloriana ce qu'elle avait découvert de la nature du palais. Elle avait toujours hésité pour plusieurs raisons : la reine disposait de peu de temps libre ; elle préférait le consacrer autant que possible en tête à tête avec son amie ; et le palais, la ville et le royaume lui causaient déjà tant de soucis qu'en apprendre davantage n'aurait abouti qu'à aggraver ses angoisses. Et pourtant, se disait la comtesse, elle pouvait en compensation lui offrir un secret à partager ensemble, sans rapport avec l'État ni la politique — une information d'ordre privé —, une possibilité, même temporaire, d'échappatoire. Bien qu'elle ne se souvînt d'aucune obligation d'audience pour la journée, Una hésitait encore, agacée de sentir planer au-dessus d'elle le poids de la Responsabilité ; mais elle était prise au piège, il n'était pas question de s'y soustraire et, en cela, son devoir lui pesait presque autant que le fardeau de la reine. Elle savait aussi que les idées lumineuses qui jaillissaient au matin, quand on pouvait encore rêver sans contrainte, risquaient vite de s'embrouiller au rappel des innombrables obligations issues de promesses négligentes, d'engagements irréfléchis ; sans parler du rituel établi et du travail courant qu'il fallait respecter, même les jours de bousculade comme ceux qui avaient précédé. Réveiller Gloriana maintenant, lui faire miroiter l'aventure et la liberté n'aboutirait qu'à lui procurer un surcroît de mélancolie quand il lui faudrait revenir à la réalité d'une journée au programme organisé. Una décida d'attendre et de sonder le cœur de son amie, pour y découvrir ses désirs, à la fois ceux qu'elle exprimerait et ceux qu'elle trahirait. Aussi quitta-t-elle la pièce au lit tendu de velours pour passer dans la suivante. Elle se dirigea ensuite — moitié ombre, moitié feu d'argent — tel un fantôme de soie noire miroitante, vers la chambrette de sa servante et entra sans s'annoncer, comme à son habitude. Elle trouva Elizabeth Moffett déjà habillée d'une bonne robe toute simple, qui se brossait les cheveux.

« Bonjour, Madame. » Elizabeth ne se sentait aucunement gênée par la présence de sa maîtresse. Le brossage, laborieux, lui faisait monter le rose aux joues. Son visage carré, débordant de santé, trahissait ses origines nordiques. Toutes les servantes d'Una venaient du Nord, car la comtesse avait tendance à juger brouillonnes et peu soigneuses les filles du Sud ; préjugé atavique tout à fait injuste, elle ne l'ignorait pas, mais dont elle tenait néanmoins compte pour choisir les gens attachés à sa personne. Una aimait Elizabeth pour son goût prosaïque d'une vie banale.

« Bonjour, Elizabeth. J'ai de la visite. Voulez-vous, s'il vous plaît, préparer un petit déjeuner pour deux et veiller à ce que personne ne nous dérange ?

— Oh, oh, oh ! » Elizabeth fit un clin d'œil à la comtesse. Elle donnait toujours des faits et gestes d'Una une interprétation directe, sans subtilité.

Una sourit et, dans un bruissement soyeux, regagna sa chambre où elle entendit que Gloriana s'éveillait. Les rideaux du lit s'écartèrent pour laisser passer les cheveux emmêlés et la mine piteuse de l'Idéal du Monde. « Oh, Una ! »

La comtesse, de nouveau à sa fenêtre, observait un cheval qui tirait un chargement de semis et qui, à l'insu du jardinier, broutait les feuilles d'un troène fraîchement planté.

« Votre Majesté ? » Una avait pris un ton légèrement moqueur. Comme elle s'y attendait, Gloriana éclata de rire.

« Una ! Quelle heure est-il ?

— Assez tôt. Vous avez le temps de prendre votre petit déjeuner. Qu'avez-vous à faire aujourd'hui ?

— Aujourd'hui ? Mais vous le savez mieux que moi ! Dites-le-moi.

— Vous n'avez aucun engagement avant midi, heure à laquelle nous dînons avec l'ambassadeur de Lyonne et son espèce d'épouse.

— Pauvre de moi ! » Sa tête disparut. Elle enchaîna d'une voix étouffée : « Mais nous sommes libres jusque-là, non ?

— Libres, confirma Una qui se permit d'ajouter : « Pour entreprendre une exploration. Seulement nous deux. Si Votre Majesté est d'humeur...

— Quoi ? » La tête réapparut, les yeux écarquillés. « Quoi ?

— J'ai fait une découverte que j'aimerais partager avec vous. Le palais est ancien, vous ne l'ignorez pas.

— Aussi ancien qu'Albion, prétendent certains. Bâti en même temps que la Nouvelle Troie.

— Oui. On raconte que les toitures d'autrefois sont maintenant sous terre.

— C'est ce que supposent les érudits. De quoi

s'agit-il, Una ? Vous avez découvert un vieux souterrain ?

— Mieux. Les passages secrets...

— Ils n'ont rien de secret. Je me suis risquée à tous les visiter, lorsque j'étais enfant. La plupart ne mènent nulle part, qu'à des murs aveugles.

— Et qu'y a-t-il au-delà de ces murs ?

— Hein ? S'il y a quelque chose, Montfallcon doit le savoir. C'est de son ressort.

— S'il le sait, il refuse d'en parler. Je l'ai questionné. Il reste dans le vague, peut-être délibérément. Il parle sans se faire prier de la surface, admet la possibilité de certaines cavités, mais rien de plus.

— C'est son tempérament, je pense.

— Oui. Eh bien, alors nous détenons un secret que Montfallcon ne partagera pas... il aura beau faire.

— Oh ! j'aimerais connaître un tel secret ! » Gloriana repoussa les rideaux et se leva, pieds nus, dans une chemise froissée sentant le moisi, pour serrer avec ferveur son amie dans ses bras robustes et quasiment la soulever du sol. « Una ! S'échapper !

— Si l'on veut. Sans personne pour savoir où nous allons. J'ai découvert l'entrée peu après mon retour de Scaith. Elle conduit à des souterrains remplis de vieilles reliques qui suggèrent un passé dont notre histoire ne parle guère.

— Nous pouvons visiter ces tunnels ? Vous m'y conduirez ?

— Si vous le désirez. Nous devrions essayer de nous travestir, à mon avis. L'aventure serait plus passionnante.

— Oui. Nous nous déguiserons en jeunes damoiseaux. Nous utiliserons les costumes que nous possédons déjà.

— C'est ce que je pensais. Avec épées, poignards et chapeaux à plumes.

— Bottes et pourpoints de cuir. Oui ! Tout de suite ?

— C'est l'occasion ou jamais.

— Profitons-en, alors ! » Gloriana embrassa son amie sur les lèvres. « Et puis, après avoir exploré, nous pourrions en faire profiter quelques amis. John Dee ? Qu'en pensez-vous ?

— Il serait préférable de garder le secret. Je vous montrerai pourquoi.

— Vous avez nos vêtements, Una ?

— Dans le coffre, comme d'habitude.

— Et des lanternes ? En aurons-nous besoin ?

— Oui. »

Gloriana fronça les sourcils. « Et s'il y avait danger ? Des marches branlantes, des crevasses invisibles, des plafonds effondrés ?

— Nous les éviterons. Je connais le chemin, je vous guiderai. » Una savait qu'en évoquant le danger, la reine ne pensait pas à sa propre personne mais à ses responsabilités en tant que pierre angulaire du royaume.

— Croiserons-nous des démons, Una ? »

Ravie de voir Gloriana aussi enthousiaste et désireuse de la maintenir coûte que coûte dans de telles dispositions, elle s'écria : « Uniquement ceux que nous pouvons vaincre par le glaive et la vaillance, car nos cœurs sont purs !

— Où se trouve l'entrée ? » Gloriana ouvrait le coffre pour en sortir les déguisements dont elles s'étaient affublées quelque temps auparavant, quand elles s'étaient mis en tête de courtiser des jouvencelles.

« Ici. » Una désigna le mur opposé. « Dans la pièce voisine. Un cabinet profond dont je me sers rarement. Il mène à un passage dont je connaissais déjà l'existence. Quelques marches descendent jusqu'à une porte obstruée qui, autrefois, donnait sur l'extérieur. Il y en a beaucoup de ce genre.

— Oui. La cour de Hern en a lancé la mode. Mais ce n'est pas tout, bien sûr. Continuez.

— J'ai trouvé le mur derrière les marches. Les briques bougeaient. J'ai fait un trou. Et voilà ! » Una se glissa dans des hauts-de-chausses amples qu'elle fixa à la taille. Elle enfila à même la peau une chemise de lin qu'elle noua et dont elle fit bouffer la dentelle du col et des poignets, avant de se couvrir d'un pourpoint cintré qu'elle boutonna du cou au nombril. Des bas, des chaussures, un chapeau écarlate à larges bords orné d'une plume d'autruche bleue, et elle fut prête à boucler à sa taille le ceinturon où pendaient dague et épée. Sous un chapeau plus étroit, lui aussi piqué d'une plume, Gloriana roula ses cheveux, beaucoup plus longs que ceux d'Una. Elle portait une courte cape sur une épaule et son pourpoint était de velours brun matelassé, mais dans l'ensemble elle ressemblait à son amie. Toutes deux rirent en se regardant, main droite à la hanche, l'autre sur la garde de l'épée — deux galants de la ville, deux jeunes freluquets en quête de fredaines.

« D'abord le petit déjeuner, dit Una qui prenait toujours la tête des opérations quand elles se travestissaient ainsi. Et nous devons emmener l'une des pendules portables de Maître Tolcharde afin de savoir quand revenir. La montre de poche ? » Elle la trouva, la remonta et la mit dans sa bourse. Son tic-tac sonore retentissait contre sa cuisse. Elle se dirigea en se pavanant vers la porte et l'entrouvrit.

Elizabeth Moffett avait fait comme on lui avait demandé ; le porridge, les harengs et le pain attendaient sur une table de cristal rapportée en butin de quelque campagne aux Indes occidentales, campagne oubliée depuis longtemps.

Le petit déjeuner avalé, Una entra, suivie de Gloriana, dans le cabinet où, avec un grincement, elle fit coulisser un panneau. Elle leva sa lanterne pour éclairer les marches et un trou récent dans le mur, immédiatement à sa gauche. « Voilà, dit-elle. L'idée m'est venue quand j'ai senti de l'air froid s'infiltrer par une fente dans une de mes pièces du bas — j'avais toujours cru mes murs en solide pierre de taille. J'ai découvert qu'il existe tout un passage — trop petit pour s'y tenir debout — qui longe la pièce en question et d'où l'on peut observer à la ronde. Si je le voulais, je pourrais m'espionner ! Mais ce n'est pas d'un grand intérêt. Par ici. » Elle aida Gloriana, gênée par sa taille, à franchir l'ouverture. D'autres marches, identiques aux premières, s'enfonçaient dans les profondeurs. La lanterne éclairait presque trop, dans l'étroit corridor glacial. Elles chuchotaient mais, vu l'exiguïté des lieux, leurs voix étaient amplifiées et la lumière paraissait plus vive ; curieusement, elles s'en sentaient rassurées. La poussière qui pénétrait dans leurs narines avait des relents de nostalgie. Elles n'étaient plus que deux enfants, doigts enlacés, pressant le pas. Un rat passa. Elles portèrent la main à leur chapeau pour le saluer quand il détala. Elles examinèrent les araignées et des plaques de mousse qui leur rappelaient la physionomie de certains courtisans. Leur bonheur grandit jusqu'à friser l'extase à mesure que le tunnel tournait, s'enfonçait, remontait et les éloignait de la Dignité, de la Charité, de la Grâce et autres austères obligations de leurs charges ; enfin, elles pénétrèrent dans une haute galerie, toute sculptée de motifs barbares et intriqués, dont les vieilles poutres soutenaient un plafond lambrissé. Les lanternes projetaient des ombres, créaient des faciès inhumains ou des silhouettes d'animaux fabuleux, mais elles continuaient de glousser, quoique moins bruyamment comme si elles craignaient d'offenser ces lieux ancestraux. Même lorsqu'elles virent bouger une ombre plus grande, qui n'était pas de leur fait, elles ne manifestèrent aucune inquiétude, malgré le mystère du phénomène.

Elles trouvèrent des peintures noires de crasse, qu'elles nettoyèrent avant de s'extasier sur le tour de main insoupçonné des artisans d'antan. Elles s'assirent dans des fauteuils poussiéreux et se demandèrent combien de siècles ils avaient attendu là qu'on les utilisât de nouveau. Elles firent semblant de découvrir des restes humains — bâtons, boiseries écroulées et pourries, armes rouillées, os de chat ou de rat — qui suggéraient quelque meurtre mythique tiré des légendes d'Albion. Elles visitèrent de petites pièces encore meublées de lits étroits et d'établis, de chaînes et de menottes, comme si des prisonniers avaient dormi et travaillé ici — peut-être ceux-là même qui avaient sculpté la galerie précédemment traversée. Elles descendirent des marches de pierre corrodées et entendirent couler de l'eau, sans jamais l'apercevoir. Elles trouvèrent des gouttes de cire, apparemment fraîches, comme si une bougie les y avait laissées moins d'une heure ou deux plus tôt. Elles trouvèrent des traces de nourriture, sûrement apportées par les rats omniprésents. Elles entendirent qu'on se déplaçait tout autour d'elles, et supposèrent qu'il s'agissait des habitants du palais que plusieurs épaisseurs de murs cachaient à leurs yeux. Il leur était étrange de sentir une activité si proche sans être en mesure d'en identifier la source. Elles entendirent des voix, des rires, des cris, des chocs d'ustensiles, des bruits de pas — des bribes de sons parfois fortes, parfois très faibles, comme si l'espace compris entre les murs possédait différentes qualités acoustiques. Ces lieux étaient hantés par les vivants.

Una fit gravir à la reine un autre escalier en colimaçon puis se mit à ramper, après avoir conseillé le silence, le long d'un petit tunnel, jusqu'à déboucher brusquement dans une tache de lumière dont la source sortait du mur, à leur droite. Una effectua un demi-tour avec difficulté et rampa à reculons afin qu'elles puissent, l'une et l'autre, tête contre tête, observer la pièce en contrebas à travers le treillis.

L'étonnement de Gloriana remplit Una d'aise.

Elles voyaient le docteur Dee arpenter une pièce meublée simplement, à demi envahie de rouleaux de parchemin, d'instruments scientifiques en verre, en cuivre et en bois, d'armoires et d'étagères en désordre, de cristaux, de miroirs, de globes terrestres, de planétaires, de fioles emplies de liquides et de poudres aux couleurs vives, bref de tout l'attirail et de toutes les stimulations nécessaires à ses innombrables recherches dans le domaine de l'esprit.

Il ne portait rien d'autre qu'une robe débraillée ; elle s'ouvrait dans son va-et-vient pour dévoiler un corps musclé, des poils grisonnants et, à la stupeur des deux femmes, des parties génitales disproportionnées qu'il ne cessait de triturer d'un air absent, peut-être pour faciliter sa concentration. La reine Gloriana se mordit la lèvre et hocha la tête, amusée ; puis, honteuse, elle tira Una pour partir.

Mais la comtesse rampa plus loin, toujours à reculons, vers un autre rectangle de lumière, et Gloriana fut tentée de la suivre. Cette fois, elles avaient vue sur la chambre de John Dee. Elle était aussi encombrée de cartes, de livres et d'appareils d'alchimie que l'autre pièce. N'était dégagé de paperasses que le lit drapé de rideaux noirs frappés des divers symboles mystiques et astrologiques de rigueur pour la couche d'un disciple de Prométhée. Gloriana interrogea son amie d'un froncement de sourcils, mais de la main Una la pria de se montrer patiente et de regarder. Bientôt, le docteur Dee entra, sa robe flottant derrière son corps nu — sa virilité était à présent beaucoup plus grosse sous la caresse de ses doigts diligents. Gloriana sursauta.

« Oh, l'entendirent-elles gémir, que n'existe-t-il un antidote à l'amour ! Ce poison délicieux ! Il emplit mon être. Un philtre qui extirperait la lubricité de mon corps mais épargnerait ma lucidité. Il n'en existe pas. Étouffer de tels désirs, c'est annihiler les appétits plus nobles de l'esprit. J'ai besoin des deux ! J'ai besoin des deux ! Ah, Madame ! Madame ! »

Gloriana arqua un sourcil incrédule.

Il tira doucement les rideaux du lit où, dans l'ombre, semblait reposer une forme légèrement lustrée comme peut l'être un corps en putréfaction. Elles virent John Dee commencer à caresser l'objet. Il murmurait. Il s'allongea auprès, le prit dans les bras et l'entoura d'une jambe. « Oh, ma beauté ! Oh, mon amour ! Bientôt tes reins vivront... et palpiteront sous les assauts de mon boutejoie ! Ah ! Ah ! »

Gloriana tira Una, et elles rebroussèrent chemin.

Peu après, elles se redressaient en haut de l'escalier, tenant leurs lanternes d'une main molle. Gloriana s'appuya lourdement contre le mur, la bouche ouverte. « Una !

— Nous avons vu un sage mortel, non ?

— Nous n'aurions pas dû regarder ! Cette chose sur son lit... c'est quoi ? Est-il amoureux d'une créature morte ? Est-ce humain ou animal ? Ou un démon, même ? Peut-être est-ce un démon, Una. Ou un cadavre qui attend qu'un démon l'habite ? »

Les bruissements et les murmures qui traversaient les murs commençaient à la déranger, maintenant. « Mon Dee se mêlerait-il de nécromancie ?

— Pas du tout. » Una prit la tête pour descendre l'escalier. « Cette chose n'est probablement rien de plus que l'effigie de cire de quelqu'un. Il vous aime, Votre Majesté, ne le voyez-vous pas ?

— Je le pensais. Mais ensuite j'ai refusé d'y croire.

— Je l'ai déjà espionné. Il parle constamment de vous. Il brûle de vous posséder.

— Mais il n'a jamais laissé entendre...

— Il ne peut pas. Il vous aime. Il a peur... pour différentes raisons. Peur de passer pour ridicule. De vous choquer. De vous effrayer. Il vit dans un perpétuel dilemme. Et, paraît-il, il ne peut trouver sa satisfaction auprès d'aucune autre femme.

— Apparemment, il faisait preuve d'une certaine assurance avec... cette...

— Il imagine que c'est vous. »

Gloriana eut un large sourire. « Oh, pauvre Dee ! Devrais-je... ?

— Ce serait un mauvais calcul, Votre Majesté.

— Mais un agréable passe-temps. Et qui le rendrait heureux. Après tout, il m'a tant donné, il a tant fait pour le royaume. Il devrait être récompensé. Peu de gens peuvent comprendre sa détresse aussi bien que moi.

— Il n'endure pas vos souffrances.

— Il souffre énormément, Una.

— Mais moins que vous. Soyez prudente, Votre Majesté. Montfallcon...

— D'après vous, les conséquences seraient déplorables. Et vous n'avez pas tort. Je n'ai pas entretenu de favori depuis quatre ans. Ils finissent tous par devenir ambitieux, ou mélancoliques, ou indisciplinés, et de drôles d'idées circulent alors dans le palais. Les jalousies se multiplient.

— Et aussi les dépenses, ajouta la comtesse. Pour vous en débarrasser, vous avez dû en marier plus d'un, et lui octroyer des domaines. Vos bontés envers ceux qui vous ont aimée...

— C'est ma faute. » Gloriana hocha la tête, d'accord avec Una. « Mais vous avez raison, mon cœur. Dee doit continuer à brûler d'amour et je dois faire mon possible pour continuer à le traiter comme je l'ai toujours fait.

— Vous lui gardez votre estime, tout de même.

— Bien sûr. Mais il sera plus délicat, sachant son tourment, de le pousser à bout en dressant Montfallcon contre lui, comme j'aime à le faire. Ce n'est guère amusant pour moi et pas du tout pour lui. »

Elles traversèrent une pièce basse de plafond et trouvèrent une porte disloquée qui donnait sur le tunnel qu'elles avaient emprunté ; mais, alors qu'elles se baissaient, la lueur vacillante d'une torche surgit d'une autre porte, à leur droite. Elles se retournèrent, tendues, apeurées.

Un petit homme les observait par-dessous la torche brandie au-dessus de sa tête. Il semblait avoir une bosse ou une excroissance sur l'épaule. Il portait un pourpoint de cuir, des hauts-de-chausses et une chemise sombre au col replié. Ses grands yeux et sa large bouche lui conféraient un air de grenouille intelligente. Les deux amies levèrent leurs lanternes, se donnant l'allure virile en rapport avec leur déguisement.

« Qu'est-ce là ? » Una, appuyée contre le mur, avait pris un ton arrogant. « Le gardien des oubliettes, laissé à la traîne ? » Elle découvrait à présent que l'épaule de l'homme s'encombrait d'un petit chat noir et blanc, assis bien droit et immobile, qui la fixait de son regard jaune et candide.

« Qu'est-ce là ? se moqua Jephraim Tallow, faisant écho. Deux comédiens égarés ?

— Nous sommes des gentilshommes, Monsieur, fit Gloriana avec hauteur. Et nous pourrions mal prendre votre insulte. »

Tallow ouvrit sa large bouche pour éclater de rire. Una ressentit l'intime conviction qu'elles avaient été toutes deux reconnues, mais semblable idée paraissait bien improbable, ici. Elle s'avança. « Nous explorons ces tunnels pour le compte de Lord Montfallcon. Pour rechercher des traîtres, des renégats, des vagabonds.

— Aha ! Eh bien, vous en avez attrapé un, gentilshommes ! » Le sourire de Tallow était insinuant. « Ou deux, si vous préférez. Tom et moi, l'un et l'autre vagabonds. De fieffés coquins. Des charognards. Mais pas des traîtres ni des renégats, car nous ne servons personne et ne pouvons donc nous retourner contre nos maîtres. Nous vivons pour notre propre compte, Tom et moi. » Il fit une courbette. Le chat ne lâcha pas prise. « Vous noterez que je ne porte pas l'épée, Monsieur ; je ne peux donc vous offrir le duel que vous attendez.

— J'ai parlé sans réfléchir. » En retour, Una lui adressa un bref salut. « Votre brusque apparition nous a surpris.

— La vôtre m'a fait le même effet. » Tallow trouva un banc de pierre dans l'obscurité et s'assit. Il croisa bras et jambes, et considéra les deux explorateurs. « Eh bien ?

— Vous connaissez donc ces passages ?

— J'y ai pour l'instant élu domicile. Jusqu'à ce que je m'en lasse et que je m'en aille. Mais j'ai du mal à comprendre le monde réel, raison pour laquelle je préfère m'en exclure ; ici, on en est nécessairement exclu. En même temps, l'expérience me fascine. Un individu dans mon genre ne peut rêver meilleure demeure qu'en ces lieux. Ainsi, vous êtes des hommes de Montfallcon, hein ? Vous travaillez pour la reine, alors ?

— En effet, dit Gloriana avec une ironie qu'Una jugea dangereusement flagrante.

— Au début, je vous ai pris pour deux de ces gros animaux du palais», dit Tallow. À cette remarque, Una comprit qu'il n'avait pas relevé le sous-entendu de Gloriana.

— Des animaux ? s'enquit la reine.

— Ils hibernent en hiver. Certains commencent déjà à s'éveiller. Toutes sortes de créatures. Elles sont un danger pour nos vies. Maintenant, dites-moi la vérité, Messieurs. Montfallcon n'envoie personne dans les murs. Il n'a rien à y gagner. Vous êtes des évadés de prison, ou en passe d'y être expédiés, et vous cherchez un endroit où vous cacher.

— Montfallcon connaît... ? » Gloriana hésita.

« Les secrets du palais ? Oh, oui. Quelques-uns, du moins. Mais Tallow, lui, les connaît tous. M'acceptez-vous pour ami ? Je vous servirai de guide.

— Oui, dit Gloriana, un peu trop vite au goût d'Una. Ami et guide, Maître Tallow.

— Ces pièces vont de plus en plus profondément, leur dit-il. Jusqu'à des cavernes naturelles où des bêtes blanches et aveugles rôdent au petit bonheur et s'entre-dévorent. Jusqu'à des salles très anciennes, creusées à même le roc avant le premier Âge d'or. Jusqu'à d'étranges cloîtres habités par des hommes nains qui vivaient déjà ici avant que l'homme ne marche sur la Terre. Tout ça se trouve sous l'ancien palais, lui-même sous le palais actuel. Ces parties-ci sont récentes en comparaison, quelques centaines d'années. Les lieux véritablement anciens nous sont si étrangers que le simple fait de les contempler nous dérangerait l'esprit. Et cependant, je le sais, des êtres y vivent, fous à nos yeux mais parfaitement normaux aux leurs — c'étaient des hommes et des femmes, autrefois... Certains se reproduisent, je crois. »

Una redressa les épaules. « Vous cherchez à nous faire peur, Maître Tallow ?

— Non, Messieurs. Je n'éprouve aucun plaisir à inquiéter mon prochain. J'en parle comme d'une curiosité, c'est tout. » Il leva la main et caressa son chat. « Il fait froid ici.

— Oui, fit Gloriana d'une petite voix.

— Je vais vous conduire vers des endroits plus chauds, dit Tallow. Venez ! Vous pourrez y rencontrer quelques autres bannis comme vous — ceux qui acceptent d'être vus, j'entends. La plupart de nos résidents ont un penchant pour la solitude. Voilà pourquoi ils ont choisi de vivre entre ces murs.

— Combien sont-ils ? murmura Gloriana.

— Je ne les ai jamais dénombrés, Monsieur. Cent ou deux cents, peut-être. Pour la plupart, nous vivons de restes. Et nous comptons aussi sur les serviteurs superstitieux. Ceux qui nous prennent pour des démons ou des fées et qui nous mettent de côté de bons morceaux. Mais ils nous imaginent plus petits que nous ne sommes. Un gars costaud comme vous, Monsieur, a besoin de viande tous les jours pour sustenter un tel gabarit ! Vous avez une taille peu courante. » Il parlait d'un air détaché en montrant la voie. « Une seule autre personne, à ma connaissance, mesure...

— Nous ferions mieux de nous en retourner », s'empressa de dire Una. Elle marqua le pas et prit Gloriana par le bras. « Nous n'avons plus le temps d'explorer, maintenant. »

Mais Gloriana s'était dégagée d'une secousse et continuait d'avancer. Una fut obligée de suivre.

Le passage s'élargit pour s'ouvrir sur une très grande salle, de la dimension d'un marché couvert. Des torches tremblotantes l'illuminaient et, à l'une de ses extrémités, un feu vif brûlait dans une cheminée ; tout le long des murs, dans la lumière dansante des flammes, se dressaient, tel un camp de nomades, de petites tentes isolées ou en groupes : minuscules territoires délimités au moyen de cordes, de gravats, de débris de meubles à demi pourris ou de blocs de pierre arrachés au bâtiment lui-même. Des visages blêmes les regardaient fixement par-dessous des châles, des capuches, depuis des renfoncements ; des visages émaciés pour la plupart, aux yeux élargis, comme si ces yeux s'adaptaient déjà aux ténèbres : une autre race.

Gloriana s'arrêta net devant ce spectacle et se fit bousculer par Una qui, perdue dans le flot de ses pensées, mit quelques secondes à réagir. « Qui sont-ils ? » murmura la reine.

Une grande silhouette s'était levée, non loin du feu devant lequel elle se découpait ; elle marqua un temps d'arrêt, comme pour tenir tête aux nouveaux venus. L'instant suivant, elle avait plongé dans une zone d'ombre pour disparaître.

Una, épouvantée, agrippa le bras de la reine. « Non, implora-t-elle, faisons demi-tour ! »

Tallow était amusé. « Elle est sauvage, la Folle. Nous l'effarouchons tous. Mais vous n'avez rien à craindre d'elle. »

Aucune curiosité ne se lisait sur les visages de cette tribu perdue, et Tallow n'en salua aucun. Apparemment, il ne s'en considérait pas membre. Il l'exhibait, avec un air important de propriétaire, jouant le rôle de guide qu'il s'était lui-même choisi. « Il y a des gentilshommes ici, tout comme vous. Et des dames de qualité. Bien sûr, ils se prétendent en général un peu plus nobles qu'ils ne l'étaient en réalité. Mais pourquoi pas ? Ici, ils se refont une nouvelle vie et un nouvel environnement. C'est tout ce qu'ils possèdent. »

Mais Gloriana s'était enfin dégagée de la fascination qui s'exerçait sur elle et, gagnée par la terreur d'Una, elle battit en retraite.

Derrière elles, Tallow les appela. Elles l'ignorèrent. Elles parcoururent les boyaux à toutes jambes, pour revenir au lieu de leur rencontre avec le petit homme. Elles gravirent des escaliers et franchirent des goulets à quatre pattes, inquiètes à l'idée de s'être perdues, bien que le chemin leur fût familier ; elles traversèrent la galerie sculptée qui, maintenant, semblait les menacer, enfilèrent les étroits couloirs menant aux appartements d'Una, et enfin se glissèrent par le panneau qu'elles refermèrent à la volée.

Gloriana était plus pâle que les nomades souterrains. Elle s'appuya contre le mur, dans son déguisement masculin couvert de poussière. Elle voulut parler mais n'y parvint pas. Una lui dit : « Il faut oublier. Oh, Votre Majesté, c'était folie de ma part. Il faut oublier. »

La reine Gloriana se redressa. Elle se rappela la haute silhouette de la salle et son esprit connut à nouveau la terreur. Son visage resta inexpressif. Des larmes roulèrent sur ses joues. « Oui, dit-elle. Il faut oublier. »

Chapitre XV

Où Lord Montfallcon reçoit des nouvelles désolantes et se reproche son manque de tact

Lord Montfallcon était seul étendu sur sa couche monumentale ; dans la chambre attenante, ses épouses se passaient mutuellement des onguents sur leurs plaies et parlaient à voix basse, encore pantelantes. Ce matin, il se sentait malheureux, révolté, rempli de haine pour lui-même. La voix de Gloriana avait retenti tout au long de la nuit, pathétique et douloureuse, et il avait réveillé ses femmes pour que leurs cris couvrent ceux de la reine. Montfallcon se retourna et maudit son vieux corps, encore robuste pourtant. Il s'admonesta pour son manque d'énergie et se demanda si, en cette période délicate de crise, son cerveau, si organisé et si puissant, n'était pas sur le point de lui faire défaut. Ces derniers temps, la reine avait été plus mélancolique que jamais et il n'avait pu en définir la cause. Elle avait adroitement éludé la question du mariage, à chaque fois qu'il l'avait abordée. Il avait également appris la capture de Tom Ffynne dans la mer du Milieu. Le vieux pirate, dont la vue faiblissait, avait pris une goélette arabe pour un trois-mâts, barque ibérique ; l'Arabie avait protesté vigoureusement et continuait pour le principe, bien que la méprise fût évidente. Puis, pour couronner le tout, Sir Christopher Martin était mort empoisonné : un suicide, semblait-il, pour une question d'honneur. Pour les nobles et le peuple, c'était mauvais signe. Des rumeurs circulaient à propos d'une querelle entre le roi Casimir et le Grand Calife ; et d'autres à propos d'un pacte qu'ils auraient conclu entre eux. Des rumeurs parvenaient en Albion depuis la Tatarie, les États germains et flamands, l'Ibérie et les Hauts-Pays, l'Afrique et l'Asie. Enfin Quire, les yeux, les mains et l'arme de Montfallcon, manquait à l'appel.

Jouait-il les coquettes et poursuivait-il des buts personnels, vexé par le manque de doigté du chancelier lors de leur dernière entrevue ? Ou bien avait-il été vraiment blessé dans son amour-propre ? À moins qu'il ne se fût mis en tête d'explorer les contrées étrangères, voire d'y proposer ses services ? Ou alors, avait-il fini par payer le prix de ses crimes ? Montfallcon n'en savait rien. Et ne pas savoir, voilà ce qu'il détestait par-dessus tout. Il se devait d'être omniscient, tel était son instinct, telle était sa fonction. Maintenant, non seulement sa principale source d'information s'était tarie, mais il ignorait jusqu'à son emplacement. Frustré, sans aucune indication pour guider ses pas, Montfallcon éprouvait une terreur semblable à celle du guerrier qui, au cœur de la bataille, sent venir la paralysie et la cécité. Il lui semblait que rampaient vers lui des ennemis invisibles dont il percevait seule l'obscure malveillance.

Il n'avait pas su comprendre la complexité de cet instrument qu'était Quire ; il avait nié la vérité de l'homme pour lui substituer une vision personnelle de son étrange caractère ; il avait transgressé la règle par laquelle il s'imposait de ne jamais présumer mais de toujours interpréter. Et, parce qu'il avait négligé de le comprendre, Quire était peut-être en train de lui échapper. Le capitaine travaillait pour l'amour de son art, tout comme lui-même travaillait pour l'amour de son idéal incarné en Gloriana. Montfallcon s'apercevait maintenant que leur association avait reposé sur une compréhension mutuelle de leurs motivations respectives. Mais il n'avait pu accepter que Quire se prétende son égal et compare leur collaboration à celle de deux auteurs écrivant une même pièce. Par le passé, Montfallcon avait appris à ne pas se laisser aller à la moindre manifestation de fierté susceptible de le trahir ou de représenter une menace pour ses projets. Mais, au cours de cette dernière entrevue avec Quire, sa colère et son arrogance avaient repris le dessus, pour se heurter à la fierté du capitaine lui-même. Il comprenait maintenant que, si Quire l'avait pris à partie pour des raisons identiques — en l'accusant, disons, de ne servir Albion que pour répondre à de viles motivations —, il aurait cédé à la même fureur. Et pourtant, Montfallcon respectait l'intelligence de Quire. Il n'était pas dans ses habitudes de bouder si longtemps. Un jour ou deux, d'accord. Voire une semaine. Mais un mois ! Il lui vint à l'esprit que Quire ruminait peut-être sa vengeance, vengeance qui, vu la nature particulière de l'homme, n'aurait rien d'anodin. Mais il était plus vraisemblable de penser qu'il faisait ses preuves en se livrant à quelques manœuvres compliquées d'espionnage, dont il rapporterait les résultats en manière de défi.

Cependant Montfallcon ne pouvait être sûr de rien.

Parce que, en une occasion, il s'était mépris, il n'accordait plus autant de crédit à son propre jugement ; il risquait de se méprendre encore.

Avec un gémissement, il se dépêtra de ses draps empestant la sueur et la lavande. Il lui fallait se préparer pour la journée.

*

Le ruffian à la dent proéminente, le lieutenant de Quire, affublé de son chapeau en peau de lapin, de son manteau de cuir trop grand, de son pourpoint galonné, de ses chausses bouffantes et de ses bottes à genouillères aux revers rabattus, attendait dans le cabinet de Lord Montfallcon. Sa vue, ce matin-là, redonna courage au ministre qui salua Tinkler presque gaiement et s'informa de sa santé et de ses affaires. Vêtu de sa sempiternelle tenue grise et noire, il gagna d'un pas vif sa table de travail où, semblait-il, s'amoncelaient plus de papiers qu'à l'ordinaire. Il fronça les sourcils.

« Eh bien, Maître Tinkler ?

— Monseigneur ?

— Des nouvelles du capitaine Quire ?

— Non, Monseigneur. Rien de sûr. Je suis venu parce que je me suis dit que vous pourriez me tranquilliser. Et puis mes dettes se multiplient, vous savez, et le capitaine Quire ne m'a pas payé depuis un mois. Je travaille toujours pour lui... »

Montfallcon examinait une lettre du Bantoustan. « Hein ? Alors quoi, Maître Tinkler ? Vous êtes venu chercher de l'or ?

— Ou de l'argent, Monseigneur. De quoi tenir jusqu'au retour du capitaine Quire, ou...

— Avez-vous appris quelque chose sur Quire ?

— Des ragots, Monseigneur, c'est tout. Quand nous vous avons quitté, la dernière fois, nous sommes allés ensemble jusqu'à la porte d'Arès où nous nous sommes séparés après avoir convenu de nous retrouver quelques heures plus tard. Il n'est jamais venu au rendez-vous à l'auberge et, à ma connaissance, il n'y a jamais remis les pieds. Les ragots parlaient d'une échauffourée près de la porte d'Arès. Le capitaine, ou quelqu'un qui lui ressemble, a été attaqué et enlevé, mort ou blessé.

— Par qui ?

— Aucun témoin, Monsieur. L'information n'est pas de première main, voyez-vous. Peut-être qu'un enfant les a vus. Ou une ménagère derrière son rideau. D'autres rumeurs ont suivi, mais le capitaine Quire m'a bien fait la leçon, j'irai au fond des choses et je n'en démordrai pas tant que je n'aurai rien découvert.

— Vous avez enquêté sur cette rumeur ?

— Bien sûr, Monsieur, le capitaine Quire est mon ami. Mon bienfaiteur. Et même plus. J'ai fait du porte à porte. Je me suis renseigné sur la direction prise par toutes les charrettes venant de la porte d'Arès. J'ai interrogé tous les coupe-jarrets et tire-laine que j'ai pu dénicher. Apparemment, quelqu'un a recruté une bande et le capitaine Quire a bien pu leur servir de gibier. Mais je ne sais pas qui étaient les membres de la bande, ni qui les a engagés, ni pourquoi.

— Voici un angelot pour vous, Tinkler. » Montfallcon tendit la pièce au malandrin famélique. « Et il y en aura d'autres si vous découvrez où se trouve le capitaine Quire, ou ce qu'il est advenu de lui. Vous croyez qu'il est mort ?

— On dit que les Sarrasins l'ont recherché.

— Ce n'est pas dans leurs habitudes de cacher le cadavre d'un homme dont ils se sont vengés. Ils l'exposeraient plutôt.

— C'est vrai. J'en ai vu plus d'un quand j'étais en mission avec le capitaine dans la mer du Milieu, Monseigneur. »

Lord Montfallcon se demanda si les paroles de Tinkler n'avaient pas pour but de lui rappeler les services rendus à Albion. Il étudia l'épouvantail à la face allongée et à la dent saillante, craignant de commettre une nouvelle erreur de jugement et, pourquoi pas ? de renvoyer un autre Quire.

Mais Tinkler, tout content de son or, soucieux de se concilier ses bonnes grâces, malheureux comme un chien abandonné de son maître, ne pouvait remplacer l'intelligent petit Quire.

Lord Montfallcon était amer. Il n'avait jamais connu d'auxiliaire aussi brillant, aussi vif. Il avait perdu une perle.

« Si vous le voyez, Maître Tinkler — s'il vit encore —, vous lui transmettrez mes plus sincères compliments.

— Oui, Monsieur, sans faute. Nous sommes tous deux vos loyaux serviteurs, Monsieur.

— Oui. » Montfallcon prit une lettre codée, arrivée de Bohème. « Vous lui ferez bien comprendre à quel point il me manque, à quel point l'Empire a besoin de lui, et en quelle haute estime on tient ici sa compétence et son art.

— C'est ce qu'il se demandait, Monseigneur. Tout à fait ça.

— Quoi donc ?

— Si vous faisiez cas du soin qu'il apportait à exécuter vos ordres. Du talent qu'il déployait pour ourdir un complot, détourner des soupçons et rapporter des informations précieuses. De son habileté à mettre un terme aux méchants ragots et aux calomnies. Il se considérait comme un poète, Monseigneur.

— Et moi ?

— Son public le plus éclairé. »

Lord Montfallcon soupira et laissa échapper le billet chiffré qui tomba en voltigeant.

Tinkler, dans un élan d'honnêteté desservant manifestement ses propres intérêts, s'écria : « Il a été assassiné, Monseigneur. Je le sais. Il est mort. Tant de talent et de courage à jamais gâchés.

— Apportez-moi la preuve de sa mort, Tinkler, je vous récompenserai largement. Ou la preuve du contraire, je vous paierai autant, sinon plus. Amenez-moi le capitaine Quire vivant dans cette pièce et je vous garantis une riche pension jusqu'à la fin de vos jours. »

Tinkler baissa la tête, puis la releva brusquement, comme sous le coup d'une autre idée.

Le sourire de Montfallcon était lugubre. « Et en attendant, Tinkler, apportez-moi toutes les nouvelles que vous pourrez obtenir de sources étrangères. Votre emploi est assuré. »

Tinkler s'inclina et se retira par la porte des Araignées pour emprunter le chemin des catacombes et des cryptes oubliées, à l'insu de tout le palais, tel un Hadès rôdant, invisible, au sein du Paradis.

Tandis que le ruffian émergeait avec soulagement dans l'air humide mais lumineux d'avril, Lord Montfallcon contraignait son cerveau en effervescence à se concentrer sur la prochaine Fête du Printemps, où la reine devait rendre honneur à divers notables et amadouer une myriade de dignitaires de second ordre. Il était bien content de laisser la grosse part du travail à Gallimari, l'intendant des Menus Plaisirs royaux, pour ne s'occuper que des questions diplomatiques ; elles lui feraient perdre du temps, mais au moins elles ne tiraient guère à conséquence. Des manifestations publiques comme la Fête du Printemps étaient importantes ; elles donnaient l'occasion à la reine d'apparaître aux yeux de ses sujets, elles les rassuraient sur la grandeur royale et sur la sécurité, la richesse et la puissance d'Albion.

Il trouva les vers de Maître Wheldrake, qu'on lui avait remis la veille, comme il l'avait demandé, et les lut avec attention. Il s'était toujours un peu méfié du poète, en particulier quand il s'était présenté au palais précédé d'une réputation de sybarite et d'incroyant, mais, incontestablement, ses œuvres s'étaient beaucoup améliorées sous l'influence et les contraintes de la Cour. Montfallcon regretta d'avoir déjà établi la liste des distinctions du Printemps, mais il se promit de demander à la reine, à la prochaine saison, d'élever au moins à la baronnie celui qui semblait si bien comprendre les Mystères et les Responsabilités d'Albion.

Chapitre XVI

Où la reine Gloriana célèbre l'avènement du printemps et assiste au prélude d'un drame prochain

Vêtue d'une robe blanche et verte piquée de minuscules boutons d'or, de pâquerettes et de jonquilles, la reine Gloriana franchit l'enceinte de l'immense parc derrière le palais, portée par de sémillants gentilshommes dans sa litière découverte dont l'armature était tressée de guirlandes de lierre, de giroflées, de jacinthes des bois et de soucis. Des daims pointaient leurs museaux dans l'ombre tachetée des chênes et des peupliers dont l'épaisseur cachait le grand mur aux regards, tandis qu'au-dessus, sur l'instable promenade suspendue, les trompettes embouchaient leurs instruments d'airain et exécutaient *Gloriana*, en manière de salut et de triomphe.

Aujourd'hui elle apparaissait en reine de Mai, dans le jardin où le Mai avait été planté et où les courtisans avaient déjà pris place, travestis, qui en berger, bergère, laitière ou soupirant, qui en Cupidon, un Pan et quelques faunes, cinq dryades et un gigantesque agneau. Nombre de nobles visiteurs suivaient la cérémonie depuis la promenade suspendue et les galeries du palais.

La litière prit contact avec le sol et les gentilshommes (dont la comtesse de Scaith en costume de chasseur, avec arc et carquois) se postèrent de part et d'autre, pendant que l'assemblée faisait la révérence et que les trompettes retentissaient à nouveau.

Gloriana.

Du haut d'un balcon dominant le parc, Lord Montfallcon suivait tantôt le charmant tableau en contrebas, tantôt le nuage gris qui arrivait rapidement de l'ouest et grossissait pour venir obscurcir le soleil. Il avait toujours regretté de ne pas avoir autorité sur le temps et que le docteur Dee — qui, de cette façon, aurait été intelligemment utilisé — n'ait découvert aucun procédé magique pour imposer le pouvoir de l'homme sur les éléments. En cas de pluie, Dee serait mouillé comme les autres, car il était du nombre, déguisé en satyre laineux, en compagnie de Lady Lyst (naïade en soie bleue), de Sir Amadis Cornfield (élégant vacher), de Lady Pamela Cornfield (bergère nantie d'une houlette et d'une brebis empaillée), de Sir Vivien et Lady Cynthia Rich (chasseur et chasseresse) et de Maître Ernest Wheldrake déguisé en une espèce d'oiseau invraisemblable au bec doré (peut-être un rossignol), dont le plumage ballottait au vent. Le poète s'apprêtait à lire son compliment à la reine de Mai. Lord Montfallcon tendit le cou, alors que les premières gouttes de pluie se mettaient à tomber, pour entendre le lointain gazouillis...

Le vert s'étend sur terre et l'azur dans les cieux.
L'amour convie ensemble le sage et le furieux.
Son pouvoir sur toutes choses exerce Dame Nature
Qui nous libère enfin du linceul de froidure,

Invite à déclarer leur flamme les soupirants
Et les pensées des filles à s'envoler gaiement.
Nul visage assombri sous l'éclat du soleil.
S'élèvent les louanges. De la Terre voici le réveil.

Maître Wheldrake chassa de ses yeux une ou deux plumes détrempées et lut un peu plus vite, alors que l'encre commençait à couler le long du parchemin et à tacher les vers qu'il ne s'était pas donné la peine d'apprendre par cœur...

Le cœur bat plus vite et dans les veines le sang court,
Tous les symptômes confirment de Mithras *le retour.*
De guirlandes se pavoisent tombeaux et charmilles d'ombre.
Le Grand Pan apparaît pour bannir les heures sombres.
Toutes les cloches du pays carillonnent joyeusement :
L'impératrice d'Albion en appelle au Printemps.

« Joliment tourné, comme toujours, Maître Wheldrake. » La reine de Mai agita son sceptre d'argent tressé de myrte, pendant que des laquais jetaient en hâte une toile verte par-dessus la litière pour éviter à Gloriana la saucée que les autres participants n'allaient pas manquer de prendre avant qu'on leur ait installé des abris.

La pluie battait, comme une galopade sur la toile qui la protégeait, quand la reine saisit l'épée que le boitillant Lord Ingleborough lui présentait sur un coussin, pour adouber de braves marins avant, comme elle le souligna, qu'ils ne se noient en attendant leur récompense. On nomma un lord ou deux et des domaines furent alloués en Virginie, Cathay et Hibernie à des hommes sérieux que Lord Montfallcon jugeait capables d'assumer les responsabilités de la richesse et qui, en bénéficiant grassement de la générosité de l'État, défendraient avec d'autant plus d'ardeur les intérêts du royaume. On dépêcha des ambassadeurs au-delà des frontières, porteurs de certificats et de lettres de créance ; en retour, on reçut des représentants étrangers et on lut leurs missives. Neuf petites filles (chacune un peu plus jeune que les dernières filles naturelles de Gloriana) s'approchèrent en guidant des agneaux sur les pelouses inondées et, entre deux éternuements, zézayèrent leurs poésies pastorales, jusqu'à ce que la reine prie leurs nourrices de les reconduire et de les sécher avant qu'elles ne meurent d'un refroidissement.

La Quintaine fut remise au lendemain (ou jusqu'au retour du beau temps). Le char du Soleil — où un Lord Ransley déconfit, à demi nu, trempé dans ses chausses et fraise jaunes avachies, personnifiait Mithras, le dieu de la Lumière — ne fit qu'un aller et retour, laissant dans l'herbe imbibée des marques sombres, tiré par des jeunes gens et des jeunes filles également vêtus de jaune qui symbolisaient les rayons du soleil. Les musiciens, en satyres et nymphes, reçurent l'ordre de se replier dans le Grand Salon où se tiendrait le bal, et la procession sur la promenade suspendue fut annulée. Il fut décidé, à moins que l'averse ne redouble, de conserver la partie de la cérémonie au cours de laquelle Gloriana se ferait attacher au Mai par ses courtisans pour être délivrée par Sir Tancred, incarnant la Chevalerie d'Albion, car le mât était à présent protégé par un grand carré de toile gréé au-dessus, à la façon d'une voile. On invita Maître Wheldrake à revenir lire un autre poème.

Les plumes luisantes de pluie dont il aspergeait l'entourage dans ses gesticulations, Ernest Wheldrake annonça son intention de lire quelques nouvelles stances de la longue épopée qu'il écrivait depuis ces six dernières années et qui s'intitulait *Atargatis ou la Vierge céleste*. « Vous vous rappellerez, Votre Majesté, que Sir Felicites, le Chevalier Berger, a tout dernièrement quitté la compagnie de Sir Hemetes, le Roi Ermite qui l'a remis sur la bonne voie dans sa quête de la Cour de la Reine Atargatis. Mais avant d'atteindre son but, il doit vivre beaucoup d'autres aventures ; à chaque fois il en tire une nouvelle leçon et se prépare ainsi à son futur rôle de Protecteur de la Reine, fonction qui nécessite sagesse, tempérance et justice, ainsi que courage, vertu et charité. » Une goutte d'eau roula le long de son bec et éclaboussa sa patte d'oiseau.

« Nous nous rappelons votre histoire. Maître Wheldrake, et attendons avec délectation d'en connaître la suite », répondit gracieusement la reine de Mai alors que le poète ramenait de sous son plumage un volume taché de pluie et s'éclaircissait la voix.

À travers la forêt notre chevalier preux
Que la peur alanguit chevauche lentement.
Et bientôt une scène se présente à ses yeux :
Un bûcheron colossal d'une grande hache fend
Le frêne plein de noblesse et le vigoureux chêne,
L'orme et le sorbier.

Branches et tronc éclatent, et la lame se déchaîne;
Felicites *l'implore à grands cris d'arrêter*
Et il baisse sa lance en signe d'amitié.

Il demande : « Bûcheron, à quel nom réponds-tu ?
Oh ! si puissant dans tes muscles et tes reins,
Apprends-moi, je te prie, ton redoutable but.
Pourquoi abats-tu tous ces ifs et ces pins,
Et menaces-tu de mort la forêt tout entière,
Ôtant la vie aux racines saines,
Transformant tout ce vert en noir et gris poussière,
Ne laissant derrière toi aucun arbre dressé ?
Alors, quel est ton nom ? Je te l'ai demandé. »
Les cheveux du bûcheron ont l'éclat de l'argent,
Un éclat qui maintient son visage à couvert,
Sa barbe est semblable à l'or poli ; elle descend
Sur son puissant torse bardé de fer, noir et vert.
Dans son regard fixe flamboient deux étoiles ardentes,
Tandis que mains et bras sont d'un rose miroitant.
Le chevalier recule, pris d'une terreur démente.
« Je suis Chronos, *dit le géant, du Temps le Maître,*
À Leveller, *ma hache, chacun doit se soumettre. »*

« Car, en vérité, dit-il, modérant sa voix,
C'est entre vie et mort qu'Harmonie doit régner,
Et comme l'esprit humain ne peut faire le choix,
La giration du globe les dieux m'ont donc confiée.
Les jours succèdent aux jours, heures après heures
  défilent,
Une autre année relaie chaque année écoulée.
— Tyrannie ! dit Felicites, *inique et vile*
Qui fait gémir les hommes et les fait s'étonner :
Puisqu'ils doivent mourir, pourquoi donc sont-ils nés ?

— Le temps tourne comme les sphères, le géant lui répond.
Le séjour terrestre en quatre âges est divisé
Comme sont les années fractionnées en saisons.
Ainsi les Dieux d'un message l'Homme ont avisé.
Quand son dernier âge viendra, il dépérira
Et une autre naissance sûrement il connaîtra,
La main de la Mort *dans l'au-delà l'invitera,*
Mais de ses lèvres douces la Vie *le ranimera*
Et l'Hiver de l'Homme en Printemps se changera.

— Certes, dit Felicites, *prenant les rênes en main,*
S'il est vrai qu'il faut mourir pour bientôt renaître,
Et si tes actions, Chronos, *font souffrir l'humain,*
Grande est aussi la joie qu'elles apportent en chaque être.
Et dussé-je chevaucher encore pendant une heure,
Dans cette forêt, je ne trouverai plus de ruines
Mais des arbres épanouis et des plantes en fleurs ;
*L'*Espoir *alors, joyeux, aura pris son essor*
Et la Gloire *régnera sur ton doux Printemps d'or.* »

Malgré la pluie, Wheldrake vivait son heure de gloire. Pas un esprit dans l'assemblée ne manqua d'être enflammé par les idéaux et la sagesse de ses vers épiques, sauf peut-être Una, comtesse de Scaith qui, prenant l'ovation en cours, n'applaudit pas tout à fait en mesure avec les autres. Wheldrake lui-même reçut les félicitations avec meilleure grâce qu'à l'ordinaire, ce qui amena Una à penser qu'il avait enfin cédé aux exigences de ses auditeurs et décidé de satisfaire les goûts du public plutôt que les siens propres.

La pluie avait cessé. Un soleil timide brillait à travers les nuages. On retira les auvents qu'on roula pour les mettre à l'écart. Les daims curieux continuaient de ruminer et de suivre la cérémonie depuis le couvert scintillant des chênes odorants. « Voyez, Maître Wheldrake, vos vers chassent le gris du ciel et tirent le soleil de sa cachette », le flatta la reine de Mai qui s'avança vers le mât entortillé de laurier pour s'y plaquer en riant. Les musiciens réapparurent, avec tambourin, cor et flûte, et se mêlèrent aux courtisans qui prenaient des lanières de tissu et se mettaient à danser pour, au gré de leurs déplacements, immobiliser une Gloriana joyeuse et juvénile au puissant poteau du Printemps, pour ligoter cette géante innocente aux cheveux flamboyants aussi étroitement que Lord Montfallcon l'avait liée à son Devoir.

Montfallcon avait repris sa place au balcon. Il était revenu écouter les vers d'Ernest Wheldrake, mais il éprouvait à présent un sentiment d'inquiétude à la vue de la Cour joyeuse qui entourait et attachait son Idéal (les chaînes n'étaient pourtant que des pâquerettes et de la soie). Il frissonna longuement et réprima son envie de se précipiter dans le parc et de leur crier de la relâcher. Il se ressaisit, prit une profonde inspiration et sourit de sa stupidité. D'un instant à l'autre, Sir Tancred allait surgir du palais pour délivrer la reine, dès qu'elle aurait prononcé la phrase prévue. Cette fois-ci, le texte était de Maître Wallis, le ministre de la Haute Langue (Montfallcon le trouvait sec et stérile, comparé à celui de Maître Wheldrake).

N'existe-t-il au monde aucun preux Chevalier
Pour secourir la Reine de Mai et enfin la délier ?

lança Gloriana, les yeux fixés sur la porte par où devait sortir le Champion attendu.

Sir Tancred ne se montra pas.

La comtesse de Scaith se sentit prise d'une soudaine angoisse et elle se demanda pourquoi. Peut-être parce que Sir Tancred, toujours impatient de jouer les champions de la reine dans ces divertissements habituels, avait tendance à entrer en scène trop tôt plutôt que trop tard.

Gloriana secoua la tête et déclama ses vers pour la seconde fois.

Maintenant, tout le monde se taisait. On entendait l'eau goutter des arbres alentour et des planches de la promenade suspendue. Les daims se déplacèrent et le bruissement des feuilles accentua encore le silence ambiant. Le soleil disparut.

C'est devant une assemblée muette, pétrifiée, que surgit, titubant, Sir Tancred. Il ne portait pas son casque doré et son armure extravagante n'était qu'à moitié endossée. Des plaques mal fixées brinquebalaient autour de lui et s'entrechoquaient à chacun de ses pas.

Lady Lyst poussa un cri strident et convulsif, auquel d'autres firent écho dans l'assistance.

« Sir Tancred ! » La reine tenta de se dégager de ses liens, mais ils étaient parfaitement serrés.

Du sang maculait l'armure dorée de Tancred. Ainsi que son visage, ses moustaches et ses mains. Des larmes jaillissaient de ses yeux fixes et sa bouche écarlate béait, comme rendue muette par la douleur.

La comtesse arriva la première auprès de lui. Elle lui prit le bras. « Sir Tancred, qu'est-il arrivé ? »

Le champion de la reine gémit et parvint à articuler quelques mots. « Elle est morte, dit-il. Lady Mary. Je suis... je suis venu... Oh, on l'a tuée !

— Détachez-moi ! cria Gloriana qui se débattait derrière eux et faisait osciller le grand mât. Que quelqu'un me détache ! »

Chapitre XVII

Où Lord Montfallcon commence à redouter un retour de la terreur et la reine à contester la valeur du mythe de la vertu

« Cela fait treize ans que je n'ai pas vu autant de sang », dit Lord Montfallcon avec froideur.

Il abaissa les yeux sur la tête de Lady Mary Perrott, à demi détachée du tronc, et sur l'épée de Sir Tancred, l'arme du crime. Il était triste, non pour la jeune femme qui avait trouvé une mort horrible ni pour l'infâme Sir Tancred, mais pour l'avenir de son grand rêve. On découvrait le vice sous le heaume de la chevalerie. Il en voulait à la fois au meurtrier et à la victime qui mettaient si dangereusement en péril l'harmonie qu'il avait maintenue avec tant de constance depuis l'accession de Gloriana sur le trône.

Lord Ingleborough suffoquait dans sa tenue d'apparat ; son casque et son plastron lui comprimaient la gorge et la poitrine, et le menaçaient d'une nouvelle attaque cardiaque ; il se demandait encore ce qui s'était passé et il s'étonna : « Pourquoi Tancred l'a-t-il tuée ? La jalousie, bien sûr, fait souvent perdre la tête... »

Montfallcon avait du mal à supporter les platitudes et les mots malheureux de son vieil ami. « Je dois en informer la reine. S'est-on assuré de Sir Tancred ?

— Lord Rhoone s'en est chargé.
— Il faut l'interroger.
— Il est fou. » Ingleborough s'assit lourdement sur l'une des chaises encore sur pied, car la chambre de Lady Mary était sens dessus dessous. « Oh, la pauvre enfant ! Elle, si gaie ! Une favorite de la reine. La reine... ?
— Dans ses appartements, soupira Lord Montfallcon. La comtesse de Scaith la réconforte sûrement. Les Perrott sont l'une des plus puissantes familles du pays. Il leur faudra davantage qu'une simple explication pour leur faire accepter la mort de Lady Mary.
— Il passera en jugement, non ? Devant l'ancienne chambre secrète ? » Ingleborough s'épongea le front. Il transpirait, peut-être de fièvre.
« Si la reine le permet. Mais je ne vois rien de bon à attendre d'une punition trop lourde. Il peut être relégué dans des appartements à la tour de Bran. Là où se trouve le prince Lamartis... et ces deux nobles que nous a amenés le thane d'Hermiston.
— Mais Tancred n'est pas fou à lier.
— La tour de Bran. C'est préférable, dit Montfallcon d'un ton sans réplique.
— S'il est coupable. » Ingleborough se pencha péniblement en grognant ; il essaya de ramasser l'épée mais il ne put la soulever. Elle retomba sur la robe damassée, imbibée de sang, de Mary.
« Qui voyez-vous d'autre ? demanda Montfallcon. Du temps de Hern, nous aurions eu une centaine de suspects. Aujourd'hui, pas un seul ! J'ai des craintes, Lisuarte. » Après un dernier regard désapprobateur jeté au cadavre de la jeune femme, il entreprit de tra-

verser l'appartement, tel un navire rescapé louvoyant au milieu du carnage à l'issue d'une bataille navale. Ingleborough se traînait à sa suite, l'air d'un animal battu et fourbu.

« Vous êtes souffrant. » Lord Montfallcon offrit le bras à son ami. Ils s'arrêtèrent dans le corridor où Patch, en petit faune tout vêtu de vert, les attendait. « Patch, reconduis ton maître chez lui. Dormez, Lisuarte. Veilles-y, Patch. » Il sourit au charmant garçon.

« Oui, Monsieur.

— Vous m'accompagnez ? demanda Lisuarte Ingleborough, s'agrippant aux frêles épaules de Patch pour se retourner vers son ami.

— Je dois me rendre auprès de la reine, lui faire mon rapport.

— La Quintaine est annulée, alors ?

— Oui ; le principal participant, le champion, est indisposé », fit Montfallcon, caustique.

Lord Ingleborough haussa les épaules. « Il n'y a que la Quintaine qui m'intéresse dans tous ces jeux. Et encore, ce n'est que de la broutille auprès des joutes de ma jeunesse.

— Sur ordre de Sa Majesté, nous devons tous prendre le deuil de Lady Mary.

— Ah-ah ! » Et Ingleborough se retira.

Lord Montfallcon se demanda si lui aussi ne commençait pas à radoter. Il regarda tristement son ami s'éloigner clopin-clopant.

« Monseigneur ? » C'était Wheldrake, en partie débarrassé de ses plumes, son masque d'oiseau sous le bras. « Lady Mary a-t-elle vraiment été assassinée ?

— Oui.

— Par qui ? » La voix du poète était si haut perchée qu'elle en devenait presque inaudible. « Tancred ?

— Il semblerait. Son épée. À la gorge.

— Par Hermès ! »

Lord Montfallcon posa une main ferme sur l'épaule tremblotante du minuscule poète. « Une ode funèbre, peut-être, hein, Wheldrake ? La Cour porte dès à présent le deuil, ordre de la reine.

— C'était une enfant. Seize printemps, chevrota Wheldrake. Pleine de joie. Et elle aimait tant Sir Tancred, avec une telle innocence. Des amants modèles, pensions-nous, d'excellents amis. Elle lui a tout donné...

— Mais pas assez, peut-être, pour un esprit romanesque. Un Sir Tancred attend d'autrui une même passion que celle qui l'anime. Rappelez-vous son ardeur à servir la reine. Sa foi en la chevalerie est absolue. C'est pourquoi des hommes tels que lui sont si souvent rejetés, si souvent contrariés ou blessés dans leurs amours. Trop passionnés, trop impétueux dans leur loyalisme...

— Non, dit Wheldrake. C'est un autre qui l'a tuée, j'en mettrais ma main au feu.

— Quel autre ? » Ils traversaient à pas lents, côte à côte, les salles dorées et silencieuses.

« Un serviteur ? Qui aurait tenté de la séduire, en vain, et se serait vengé ?

— Peu probable, Maître Poète.

— Un autre soupirant ?

— Elle n'en avait aucun. » Lord Montfallcon se passa la langue sur les lèvres. « Il faut annoncer la nouvelle à son père. Je vais envoyer un messager à Hever. Je suis en plein désarroi, Maître Wheldrake.

J'ai l'impression d'un mauvais présage. Autrefois, ce palais a connu un bain de sang innocent. Il empestait le sang, vous savez. Le sang fleurissait les tapisseries, souillait les murs et encroûtait les lames des épées coupables. Des jeunes filles comme Lady Mary mouraient tous les jours — poignardées, empoisonnées, étranglées. C'était un temps de pure démence et la Peur avait réduit la Vertu au silence. C'était l'Âge de Fer d'Albion. Je ne voudrais pas ne serait-ce qu'entrevoir son retour.

— Il faut plus qu'un meurtre pour ramener la tyrannie. » Maître Wheldrake se voulait réconfortant, mais lui aussi se sentait pris de frissons, comme sous le souffle d'un vent de mauvais augure. « Si Sir Tancred a commis le crime, alors il sera jugé, déclaré coupable, et nous serons tous tristes pendant un mois ou deux, pas plus.

— Si ?

— Oui. Si. » Wheldrake parlait avec assurance. « Mais le véritable meurtrier sera découvert, si ce n'est pas Tancred. Lord Rhoone et le successeur de Sir Christopher mèneront ensemble l'enquête et interrogeront le moindre suspect. Sont déjà hors de cause tous ceux qui assistaient à la cérémonie du Mai.

— Alors vous pensez à un serviteur ?

— Un serviteur fou, oui — car c'est l'œuvre d'un dément, c'est certain. S'il avait été prémédité, le crime aurait été plus discret. Poison, asphyxie ou suicide maquillé. Un fou, sans aucun doute.

— Mais Sir Tancred semble fou. » Montfallcon haussa les épaules.

« De douleur.

— Uniquement ? »

Ils se trouvaient maintenant devant les appartements de la reine.

« Mon instinct me le dit, fit Wheldrake, et je ne peux vous donner d'explication rationnelle. » Il salua, dans ses plumes dégoulinantes d'eau, et prit congé.

Lord Montfallcon frappa à la porte de Sa Majesté. Il était perdu dans ses réflexions. Il ne pouvait que tomber d'accord avec Wheldrake et il n'en avait pas envie. Sir Tancred, au moins, faisait un coupable commode, sans danger, et il n'avait plus de famille. Mais ses soupçons allaient en réalité vers certains ambassadeurs étrangers domiciliés à la Cour. Oubacha Khan, par exemple, était froid, implacable, et il ne supportait pas l'échec. De plus, son vœu de célibat ne devait rien arranger à ses tourments. Un seul coup avait été donné, avec adresse, par quelqu'un habitué à manier une forte lame. Il y avait aussi le belliqueux ambassadeur du Bengale qui — Montfallcon le savait — avait déjà tué deux jeunes filles de l'âge de Lady Mary, qu'il avait surprises ensemble dans sa chambre du palais. Ou le secret Li Pao, dont les maîtresses ne se comptaient plus et qui s'était vengé de Maeve de Rhys en lui imprimant le sceau de sa famille au fer rouge sur les fesses. Ou bien l'envoyé d'Islande, qui avait été l'amant de la sœur de Lady Mary avant qu'on la marie à Sir Amadis Cornfield. Ou encore l'envoyé du Pérou, pays réputé pour sa désinvolture à faire couler le sang et pour ses sacrifices humains. Montfallcon enquêterait sur chacun d'eux. Une fois encore, il regretta l'absence de Quire, tout comme il regrettait la mort de Sir Christopher. Mais surtout, ce qui le tracassait, c'étaient les ténèbres et la confusion dont son esprit était la proie, ce Chaos familier qu'il avait combattu chaque jour du règne de Hern.

D'une main lasse, il frappa à nouveau à la porte de la reine. Il espérait que Tancred n'était pas innocent. Il valait mieux disposer d'un coupable tout prêt plutôt que laisser une cour se perdre en conjectures. Rumeurs, racontars, soupçons, peurs. Déjà, il les sentait venir et il craignait pour son Âge d'Or, son Règne de Piété, son Ère de Vertu.

Pour la troisième fois il frappa, et les portes s'ouvrirent enfin sur une demoiselle d'honneur, le visage blafard, encore vêtue de son costume de dryade arachnéen.

« Monseigneur ? »

Il força le passage. « La reine ? Comment va la reine ?

— Elle pleure, Monseigneur. Elle aimait beaucoup Mary Perrott.

— Oui. » Désemparé, Montfallcon marcha d'un pas raide vers la fenêtre et contempla d'un œil maussade les pelouses, les fontaines et les arbustes aux formes tarabiscotées. Il pleuvait dru à présent. D'un ciel incertain qu'un rayon de soleil parvenait de temps à autre à traverser tombaient de grosses gouttes qui éclaboussaient le sol. Montfallcon se renfrogna et s'appuya le dos à la fenêtre. La chambre aux rideaux épais, où planait un parfum de fleurs, baignait dans la pénombre et n'avait que la nerveuse dryade pour unique occupante.

« Annoncez-moi, dit-il.

— Monseigneur, j'ai reçu pour instruction de ne la déranger sous aucun prétexte avant une heure. » Une révérence.

Montfallcon, le visage pétrifié de fureur, sortit en grommelant. « Vous lui direz que je suis passé, ma fille.

— Sans faute, Monseigneur. »

Elle referma la porte sur le terrifiant chancelier et frissonna. De la pièce voisine lui parvenaient des sanglots et des gémissements. Gloriana pleurait sa protégée, sa tendre et chère amante, son enfant...

Car Gloriana se rappelait la jalousie qu'elle avait éprouvée devant le bonheur de Lady Mary et, l'esprit troublé par cette journée consacrée à la chevalerie et à l'imaginaire, elle s'était mis en tête qu'elle avait par quelque maléfice causé la mort de la jeune femme, qu'elle avait secrètement souhaitée et, d'une certaine manière, conçue en frustrant Sir Tancred dans son engouement pour les armes. Faute d'assouvir sa passion, peut-être avait-il retourné la monstrueuse lame, qu'il brûlait d'utiliser, contre l'objet même de son amour...

L'éducation qu'avait reçue la reine venait encore renforcer son raisonnement ridicule. Elle savait qu'elle représentait le royaume tout entier, qu'elle était responsable de tout ce qui s'y produisait ; si ce terrible crime avait été commis, c'était parce qu'elle n'avait rien fait pour le prévoir et donc le prévenir. Et si une telle horreur pouvait survenir dans son propre palais, alors combien d'autres dans tout l'empire, combien d'injustices ignorées, de cruautés cachées... ?

Tout cet Âge d'Or n'est-il qu'un mythe destiné à camoufler une sinistre vérité ? Rien d'autre qu'un habile déguisement qui masque une réalité aussi cruelle que l'épouvantable Âge de Fer de mon père ?

Pire encore, car il s'y mêle l'hypocrisie. Depuis mon enfance, Montfallcon m'a persuadée qu'un rêve que l'on poursuit et auquel on croit ne tarde pas à devenir réalité. Pourtant, Tancred plus que tout autre croyait en ce rêve et plus que tout autre il en a été la victime ; peut-être même y a-t-il trouvé une justification à son acte. J'ai laissé Montfallcon faire de moi son Symbole suprême. J'ai accepté cette nécessité. Et Albion a prospéré, est devenue plus heureuse, a suscité l'envie de tous les autres pays, a attiré les érudits et leur savoir, les marchands et leur commerce.

Ou n'est-ce qu'un vernis doré qui va bientôt se craqueler pour mettre à jour le bois pourri en dessous ? Sommes-nous tous pris sous le charme des délires de Montfallcon et de ses commis ? Le point de vue de mon père défendait le Mythe du Cynisme, il niait la piété et la vertu. Le mien défend-il un Mythe du Bonheur et nie-t-il le crime ? Les étapes successives de l'Homme ne sont-elles rien de plus qu'un joli conte destiné à nous encourager, à nous offrir un espoir vain, qu'une tentative de démenti à une réalité plus menaçante que nous ne voudrions l'admettre ? Est-ce là une forme que nous imposons au Chaos, à la façon d'un enfant qui fait des dessins à la surface herbeuse d'une mare ? À son retour, il est surpris de trouver l'herbe et l'eau réunies en une masse inconsistante et toujours en mouvement. Ou bien croyons-nous avoir capturé et retenu les éléments d'un ciel tourmenté parce qu'en l'enfermant dans le cercle de nos doigts nous avons réduit notre champ de vision à une sphère minuscule ? Ou est-ce la faute de Gloriana, indigne de représenter l'Âge... ?

« Oh, Mary ! Mary ! Mary ! »

Aussitôt, la comtesse de Scaith fut sur elle pour la plaquer contre son corps vigoureux aux formes masculines, pour l'étreindre et la couvrir de baisers.

« Chut !

— Oh, Mary !

— Chut, ma chérie.

— J'étais comme sa mère. Sir Thomas Perrott me l'avait confiée. J'avais juré de la protéger. Je lui ai pris sa vertu, sa virginité, son innocence. J'ai permis ce rendez-vous. Je l'ai favorisé, même. Je m'en réjouissais. Et, en même temps, je le maudissais, mais je ne pouvais pas lui refuser l'affectueux Sir Tancred car elle avait l'air si heureuse, et moi, je lui ai pris...

— Vous n'avez rien pris du tout. Vous avez donné. Vous vous êtes montrée généreuse et elle vous aimait pour cela. Comme nous tous, elle aurait fait n'importe quoi pour vous, non parce que vous êtes la reine, mais parce que vous êtes Gloriana.

— Tancred sera pendu.

— Non.

— Pendu !

— Il ne le sera pas !

— Il devrait.

— Existe-t-il une preuve qu'il ait assassiné Mary ? Aucune.

— Son épée. » Gloriana leva des yeux rougis.

« Il est le seul à porter ce type d'arme, à part Lord Rhoone et ses hommes. Mais n'importe qui décidé à la tuer aurait pu l'utiliser. Qu'a dit Tancred ?

— Lady Mary a été tuée. C'est à peu près tout.

— A-t-il reconnu son crime ?

— Il pleurait trop.

— Tancred est innocent. » Una n'en démordrait

pas. « Autant accuser Montfallcon. Tancred n'est pas coutumier de la violence. Le fait qu'il la réclame, en votre nom, en constitue la preuve. Sa seule expérience en ce domaine, c'est le tournoi, le simulacre de combat. Il est incapable de tuer qui que ce soit. Nous l'avons toujours su, toutes les deux. C'est pour cette raison que vous en avez fait votre Champion, rappelez-vous. »

Gloriana en convint. « C'est vrai.

— Le meurtrier est un garde de Rhoone, amoureux de Lady Mary. Vous verrez qu'il était sur les lieux. On interrogera les domestiques. Un garde. C'est sûr !

— Mais il ne devrait pas se commettre de meurtre à ma cour, Una !

— Et si, pourtant. Le premier en treize ans. Et au grand jour. Mais je doute qu'il y ait une cour de par le monde qui puisse se vanter d'avoir connu une période aussi peu troublée.

— Au prix de quel effort et de combien d'hypocrisies cette paix est-elle maintenue ?

— Grâce à la Volonté, la Foi et la croyance en la Justice, Votre Majesté. » La comtesse était fatiguée. « L'Honneur n'est qu'une invention de l'Homme, et c'est par l'Homme qu'il se perpétue. Ne doutez pas de la Vertu de la Cour de Gloriana...

— Je consacre trop de temps à mes affaires personnelles, à mes futilités et à mes plaisirs.

— Non, pas assez, ma chérie. » La comtesse caressa la tête secouée de sanglots de son amie. Au fond d'elle-même, Una pensait que les derniers événements résultaient de leur expédition inconsidérée dans les murs. Depuis le jour où elles avaient ensemble découvert les nomades clandestins des profondeurs, elle avait fait murer l'entrée du passage. Mais elle gardait de cette incursion le sentiment d'avoir lâché un esprit malfaisant au milieu des fastes du palais — un esprit qui avait pris possession d'un familier de la Cour (peut-être Sir Tancred) et qui avait tué Lady Mary. En tout cas, même si l'esprit était parti, il avait laissé des cicatrices. La Cour ne retrouverait pas son optimisme d'antan avant de nombreux mois.

On frappa discrètement à la porte.

La comtesse de Scaith se détacha de Gloriana et alla s'enquérir de ce que désirait la dame d'atour.

« Lord Montfallcon est passé, Madame, et il a laissé un message. Et puis le docteur Dee attend d'être reçu. »

Una sortit de la chambre de la reine et referma la porte derrière elle. « Je vais lui parler. »

La dryade ouvrit à Dee qui entra d'un pas digne, magnifique dans son costume de deuil dont la noire solennité était encore rehaussée par la blancheur de sa barbe.

« La reine se repose, dit la comtesse de Scaith.

— J'ai des nouvelles réconfortantes, annonça le docteur. Je suis convaincu de l'innocence de Sir Tancred.

— Un témoin ? » Una se dirigea vers la porte de la chambre pour en informer la reine.

« Non. »

Elle se figea.

« Pas exactement, poursuivit Dee. Je crois qu'un visiteur de Maître Tolcharde a pu commettre le crime. Il est arrivé tout récemment avec le thane d'Hermiston qui revenait d'un de ses voyages vers quelque plan astral. Une créature féroce, un barbare armé d'une épée, d'une hache, d'une masse d'armes et de poignards, accoutré de fer et de cuivre poli, de fourrures et de cornes, et doté d'un nom abracadabrant que j'ai oublié. Bon, en bref il a échappé au thane et nous pensions que des démons l'avaient remmené chez lui, dans les régions infernales. À présent, je crois qu'il se trouve quelque part dans le palais.

— Mais quelle preuve en avez-vous, docteur Dee ?

— Je tiens Sir Tancred pour un être doux et chevaleresque, dont l'amour pour Lady Mary n'avait d'égal que son amour pour Albion.

— Son épée, rappela-t-elle au sage. Le sang sur son armure.

— Dû au fait qu'il a pris la malheureuse dans ses bras. Je lui ai rendu visite. Lord Rhoone le détient dans l'une des anciennes cellules, avec barreaux, verrous et le reste.

— Est-il bien traité ?

— On pourvoit à ses besoins vitaux. Mais il crie sans arrêt. Il délire. Il est comme possédé.

— Possédé par votre démon ?

— Mon démon ? Mes visiteurs démons sont apprivoisés, je vous le certifie, et ils sont bénéfiques.

— Je dis ce que d'autres pourraient penser.

— Oui. Vous êtes une sceptique, Madame. Je le sais.

— Pas tout à fait une sceptique, docteur Dee. C'est sur les interprétations que nous divergeons. Mais nous parlions de Sir Tancred.

— Je le crois sain d'esprit. Du moins, je crois qu'il l'était jusqu'à sa découverte du corps. Il refuse maintenant d'admettre les faits. Sa raison cherche à nier la vérité. Tour à tour, il pleure puis son visage s'éclaire et il semble tenir un discours cohérent, sauf qu'il parle de Lady Mary et de leur prochain mariage, qu'il demande à ce qu'elle puisse lui rendre visite et ainsi de suite. C'est d'une bien triste folie qu'il est atteint. Une folie née, non pas de la culpabilité, mais de la douleur.

— Ce barbare en fuite serait donc le coupable ?

— Je ne vois personne d'autre capable de commettre un acte aussi bestial, aussi insensé. Car ce n'est pas une malveillance ordinaire qui a inspiré pareil crime.

— Je pense de même. Quant à votre barbare...

— J'ai lancé le thane sur sa piste. Les hommes de Lord Rhoone se sont aussi joints aux recherches car, tout comme moi, il croit à l'innocence de Tancred.

— Je ne pense pas que vous le retrouverez, dit Una, à peine consciente de ses paroles.

— Hein ?

— Mais j'espère que vous y parviendrez, docteur Dee. Quelqu'un d'autre l'a-t-il vu, votre suspect ?

— Pas au palais. En dehors du thane, bien sûr, et de Maître Tolcharde.

— Un pareil barbare se remarque.

— Oui — sauf qu'aujourd'hui nous étions tous déguisés. Mais nous aurons sûrement des témoins.

— S'il existe.

— Vous doutez... ?

— Je ne doute de rien, sauf que ce soit lui, le meurtrier. Je crois qu'il est reparti dans son monde, comme vous l'avez d'abord pensé. Mon instinct me dit de chercher un ennemi au sein même de la Cour.

— Il vaudrait mieux condamner quelqu'un de l'extérieur, non ? » Le Dr Dee mit un accent particulier dans ses paroles.

— Afin de calmer la Cour ?

— Oui. »

La comtesse de Scaith se posa la main sur la hanche et hocha lentement la tête.

« Et nous devons sauver Sir Tancred, ajouta l'alchimiste. Il est certainement innocent.

— Le sauver par un mensonge, pour arranger tout le monde ?

— Ce n'est pas un mensonge mais une hypothèse. »

Una eut un pâle sourire. « La différence est subtile, docteur Dee.

— Qui évite à l'innocent d'en pâtir.

— Raisonnement discutable et qui peut mener au pire. »

Le docteur Dee haussa les épaules. « Je ne suis pas un politicien. Vous avez peut-être raison. Et puis il est encore possible de mettre la main sur le barbare.

— C'est à souhaiter.

— Vous le direz à la reine ? Vous lui redonnerez espoir ?

— Pour vous faire plaisir, docteur Dee.

— Vous me prenez pour un fou, n'est-ce pas ?

— Je vous respecte, docteur Dee. Plus que vous ne l'imaginez, je pense.

— Quoi ? » Le docteur Dee se frotta le menton à travers la barbe. « Vous m'êtes une énigme, Madame. Vos doutes sur mes recherches m'ont étonné, vous qui avez l'esprit si vif et si ouvert.

— Peut-être que je conteste simplement vos méthodes, grand sage.

— Alors, il nous faut en discuter. Je suis toujours prêt...

— Le moment est mal choisi.

— C'est vrai. Mais vous rassurerez la reine. Je ne voudrais pas qu'elle se désole plus que de raison. Je sais que Lady Mary était très proche de Sa Majesté.

— Je comprends vos motifs, Monsieur.

— Alors merci, Comtesse de Scaith. »

Le docteur Dee sortit dans le couloir et regarda de droite et de gauche, comme incertain de la direction à prendre. En définitive, il reprit le chemin de ses appartements dans l'aile orientale, en passant par la salle du Trône de Hern. Il était vrai, comme l'avait deviné la comtesse de Scaith, qu'il ne croyait qu'à moitié à l'histoire du mystérieux barbare défendue par le thane ; en revanche, il croyait dur comme fer à l'innocence de Tancred et il avait voulu s'assurer que la reine serait mise au courant. À présent tranquillisé, il pouvait retourner à ses expériences ; il se demandait si l'art ancien de la nécromancie avait des chances de ramener Lady Mary du royaume des morts, ne fût-ce qu'un court instant, pour qu'elle lui apprenne de sa bouche le nom de son meurtrier. Cependant, il ne faisait guère confiance à de telles pratiques. Il était convaincu qu'il existait de meilleurs moyens, alchimiques ceux-là, pour obtenir les effets dont s'étaient prévalus les anciens sorciers de Hern, sorciers qui avaient par la suite été discrédités, en partie grâce à lui, Dee.

Et pourtant, se disait-il, si l'on pouvait faire revivre les morts par un moyen ou par un autre, quel apport de connaissances ! Tout le savoir perdu des anciens, de ces lointaines ères préclassiques, des précédents Âges d'Or et d'Argent des premiers temps du monde. Les secrets des étoiles, de la transmutation, de la navigation...

Ces rêveries optimistes firent ainsi oublier au Dr Dee ses idées noires, jusqu'à ce qu'il fût parvenu à ses appartements. Il se fraya un chemin à travers ses papiers et hésita à entrer dans sa chambre à coucher.

Il s'y était décidé quand il s'aperçut, légèrement surpris, qu'il avait de la visite.

L'inconnu était assis à son bureau et il examinait une lunette astronomique à demi montée, sur laquelle il essayait d'adapter la lentille que le Dr Dee n'avait pas encore terminé de meuler à sa convenance.

Dee fronça les sourcils. « Monsieur ?

— Monsieur », répondit en un écho assourdi le visiteur. Un *Doppelgänger* ?

« Est-ce que je vous connais ? demanda Dee. Êtes-vous une relation de Murdoch ? » Il éprouvait une vive émotion, comme si, enfin, il se trouvait en présence d'un véritable démon.

« Moi, je vous connais, Monsieur, et je connais vos désirs les plus secrets.

— Vraiment ? » Dee était amusé.

« Vraiment. » Nouvel écho.

L'inconnu se leva ; il longea le mur en restant dans l'ombre pour se rapprocher de Dee qui avait gardé la main sur la poignée de la porte de sa chambre. « Nous entrons, docteur Dee ?

— Pourquoi cela ? » Dee avait trop souvent eu

affaire à la fois aux bizarreries de la Nature et aux diverses manifestations du Surnaturel pour se sentir véritablement inquiet, mais sa chambre recelait le seul secret qu'il refusait de partager.

« Parce que, dit lentement l'inconnu, j'ai un marché à vous proposer. Je sais ce que vous avez là-dedans. Je suis au courant de vos difficultés. Je peux les résoudre. »

Dee hésita. Il entendait son cœur commencer à battre la chamade. « Vous savez, dites-vous ?

— Et je peux vous procurer ce que vous cherchez depuis si longtemps.

— Le prix ? »

Un haussement d'épaules.

En riant, le Dr Dee tourna la poignée et ouvrit la porte en grand pour laisser passer son invité.

« Vous êtes venu pour acheter mon âme, n'est-ce pas ? » Ses yeux flamboyaient.

« Non, Monsieur. Je suis venu vous en vendre une — ou du moins vous fournir les moyens d'en obtenir une. »

La porte se referma sur eux. Les papiers s'agitèrent un instant sous le courant d'air, puis s'immobilisèrent. Un rat noir, qui s'était dissimulé à l'arrivée du Dr Dee, ressortit de sa cachette et traversa la pièce jusqu'à un établi qu'il entreprit d'escalader. Sur l'établi se trouvait une cage. Dans la cage se tenait assis un autre rat, une femelle blanche qui suivait des yeux avec une fascination teintée de méfiance son visiteur sauvage, moustaches frémissantes, cœur battant.

Le rat noir atteignit les barreaux et flaira la captive qui alla se tapir dans un coin de la cage. Le rat noir couina un ordre. Lentement, comme contrainte, la femelle s'approcha de lui et ils finirent par se retrouver museau contre museau.

De la chambre jaillit un cri ; le rat noir redressa la tête, prêt à prendre la fuite.

« Ce n'est pas possible !

— Oh si, Monsieur, je vous l'assure.

— Auquel cas, mon ami, je serais disposé à vous donner tout ce que vous me demanderez ! »

Le rat noir se remit à flairer la femelle.

Chapitre XVIII

Où Lord et Lady Rhoone ont une conversation sur l'apparition des phénomènes mystérieux qui troublent l'ordre de la Cour

« Il aurait dû passer en jugement, ma chère », dit Lord Rhoone en s'octroyant le dernier morceau de bœuf du plateau que lui présentait le serviteur.

Ils prenaient leur petit déjeuner dans leurs appartements, meublés à l'excès, que le soleil réchauffait en ce début de juin. Lady Rhoone, à l'autre bout de la table, appuya son gros menton rougeaud sur sa main, reposa son couteau et prit un morceau de pain qu'elle contempla d'un air morne. « Tancred ?

— Il est innocent, j'en jurerais.

— Il a l'air heureux, à la tour de Bran. Il se prend pour un preux chevalier prisonnier d'un ogre. Il attend qu'une guerrière, une certaine Clorinda, vienne le délivrer. Innocent ou coupable, mon ami, il est fou et il faut le garder enfermé quelque part. La reine lui rend visite. D'autres aussi. » Elle mordit dans le pain.

« Mais il aurait fallu prouver son innocence et se donner plus de mal pour découvrir le véritable assassin. » Lord Rhoone essuya sa barbe noire à petits coups de serviette et renifla. « Dans l'état actuel des choses, il demeure toujours le doute que le meurtrier circule en liberté et puisse tuer encore. Pas de procès, pas de cérémonie, et toujours pas de solution. Voilà pourquoi Sir Thomas Perrott s'est mis en chasse...

— Lord Montfallcon a fait tout son possible, Bramandil. Personne d'autre que Tancred n'a été vu dans les appartements de Lady Mary. Montfallcon a fouillé et enquêté un mois durant. Et il continue encore de chercher, du mieux qu'il peut.

— Oui... et il ne satisfait personne. Voyez le comportement bizarre du docteur Dee... A-t-il quelque chose sur la conscience ? Ou Sir Orlando Hawes, comme il devient dur et violent. Ou Sir Amadis Cornfield, qui s'est pris de haine pour Lord Gorius Ransley, ou encore Maître Florestan Wallis, qui invente excuse sur excuse pour échapper à ses devoirs, lui qui, il n'y a pas si longtemps, était le plus consciencieux de tous les serviteurs de la reine. Tout cela depuis la mort de Lady Mary. Sir Thomas Perrott, quant à lui, arrive à la Cour avec tous ses fils, jure de mettre Tancred en pièces puis, après un entretien avec lui, le déclare à son tour innocent et se met à hanter le palais jour et nuit pour chercher le véritable assassin. » Lord Rhoone baissa la voix. « Ensuite, il disparaît. Oui, ma chère, il disparaît pendant la nuit. Et personne ne peut le trouver. Qui l'a vu en dernier ? Ce ne peut être que le meurtrier lui-même. Il aura tué le père comme il a tué la fille mais, cette fois, il a dissimulé le cadavre. Ses fils poursuivent les recherches, puis s'en vont tous, d'un bloc, en accusant les Sarrasins mais en refusant de donner le nom de leur informateur.

— Pourquoi l'Arabie ? mâchonna-t-elle.

— Pour venger le meurtre d'un certain Lord Ibram... vous vous rappelez ?

— Lady Mary était la meurtrière d'Ibram, alors ? chevrota-t-elle. Oh, mon ami !

— Le bruit court qu'Ibram l'aimait et l'aurait offensée, qu'elle aurait obtenu vengeance, peut-être grâce à l'espion secret de Montfallcon, et qu'à son tour elle aurait été assassinée.

— Mais où est cet espion ?

— Il est mort. Tué par les Sarrasins.

— Vous en êtes sûr ?

— C'est de notoriété publique.

— Ainsi les frères Perron cherchent maintenant le Maure qui a commis le crime ?

— Le bruit court qu'il s'agit de Lord Shahryar, l'ambassadeur, qui a regagné provisoirement son pays.

— Les Perrott vont le poursuivre jusqu'en Arabie ?

— Ils n'ont rien dit là-dessus. Mais ils forment l'une des plus grosses familles d'armateurs du pays. Ils ont beaucoup de parents dans la noblesse. Ils possèdent une flotte assez importante pour lancer des menaces de guerre et être pris au sérieux.

— Ils n'agiront pas contre les intérêts de la reine, tout de même ? » Lady Rhoone s'aperçut qu'elle avait encore faim et elle fit signe à un serviteur de ramener un plateau de viande frite. Elle regarda les morceaux s'empiler dans son assiette d'étain. « Les Perrott sont connus pour leur loyauté.

— On murmure qu'ils s'estiment trahis par la reine.

— Et la reine ?

— Elle pense aussi les avoir trahis, car Lady Mary était sous sa responsabilité. Elle est persuadée d'avoir trompé leur confiance. Quand les Perrott l'ont accusée de protéger le meurtrier pour des raisons politiques, elle a bien juré le contraire, mais d'un ton qui les a convaincus qu'elle mentait. Sa voix tremblait, vous comprenez, mon amour ?

— Ils ont pris cela pour un aveu ?

— Oui.

— Ah, la pauvre reine ! Comme si son tourment ne lui suffisait pas ! » Lady Rhoone mâchait tristement un morceau de viande. « Et elle qui n'use d'aucun artifice pour masquer ses véritables sentiments, en dehors de sa dignité qu'elle a naturellement ! Montfallcon n'a-t-il pas parlé aux Perrott ?

— Ils se méfient de lui. Et ce depuis toujours, car sous le règne de Hern, Montfallcon a trahi leur oncle et causé sa mort.

— Ils ont donc des précédents.

— Exactement. De vieux comptes auxquels leur père a renoncé lors de l'accession au trône de Gloriana. Il était loyal et avait de l'ambition pour ses filles. L'une a fait un bon mariage avec Sir Amadis Cornfield, et une autre un assez bon avec Sir Lepsius Lee (un ancien amant de la reine) ; les trois filles étaient très en vue à la Cour. Ce qui a permis à Sir Thomas Perrott d'accroître ses domaines et sa flotte, et de rendre, en échange, de signalés services à Albion, nous pouvons tous en témoigner. Mais aujourd'hui les fils en sont presque à traiter leurs sœurs de renégates et, à ce que j'ai entendu dire, au moins cinq de leurs navires ont été convertis en vaisseaux de guerre. Montfallcon, bien sûr, est aux abois.

— Par le grand Mithras, Bramandil, mon seigneur ! Vous vous attendez à la guerre civile ? En Albion ? Sous le règne de Gloriana ?

— Pas la guerre civile, car personne ne soutiendrait les Perrott. Pas encore, en tout cas. Mais un soulèvement sanglant qui porterait atteinte au royaume et ébranlerait la confiance du menu peuple. À moins qu'on laisse les Perrott attaquer l'Arabie, c'est-à-dire livrer une guerre à l'un de nos protectorats, en l'occurrence le plus puissant. Il y a donc risque, effectivement, d'une sorte de guerre civile à l'étranger, si l'on n'arrête pas les Perrott.

— Et Sir Thomasin Ffynne ?

— La reine a payé ce qui est en fait une rançon pour le récupérer. Elle a accepté de dédommager le navire qu'il a coulé au cours de la bataille navale. À son retour, Sa Majesté bénéficiera au moins de ses sages conseils. Il ne sera pas touché par le vent de folie qui a gagné le reste de la Cour depuis le meurtre de Lady Mary. Il ramènera également des informations sur l'Arabie.

— Vous pensez, mon ami, que l'Arabie est responsable de l'assassinat ?

— Peu probable, à mon avis. Lord Shahryar m'a toujours semblé homme sensé.

— Alors, quelqu'un œuvre pour les dresser les uns contre les autres ? » Lady Rhoone fronça les sourcils, étonnée de sa perspicacité. « Je ne vois pas d'autre possibilité.

— À qui profite une telle zizanie ? » Lord Rhoone leva sa masse et s'étira, pieds écartés, dans son uniforme rouge et vert dont le plastron de cuivre semblait se gonfler en mesure avec sa poitrine. « La Cour est tributaire de la stabilité. Nous ne sommes plus au temps de Hern, où le meurtre et la trahison étaient rentables. Maintenant, ce sont les services rendus, la charité et la loyauté qui comptent.

— Un complot de l'étranger ?

— Nous montrons tous trop d'empressement, dit Lord Rhoone avec sagesse, à vouloir situer la source de notre inquiétude hors de nos frontières. Je répugne à accuser des étrangers avant d'être assuré que le mal ne vient pas de chez nous. »

Sa femme vint l'enlacer et ensevelir sous sa poitrine opulente l'armure de son époux. « Vous êtes trop bon, mon ami. Trop prudent. Trop indulgent, compte tenu du rang que vous occupez.

— Je protège la reine.

— Et sans faillir.

— Pour la protéger, je ne dois pas lâcher la bride aux chevaux de la nuit de mon imagination, ce qui distrairait mes pensées, que je le veuille ou non, de mon devoir le plus élémentaire. Donc je refuse de me perdre en conjectures. Comme Lord Montfallcon, quoique sa tâche soit plus difficile. Si la Cour souffre d'une folie estivale plus grave que ce qu'elle a déjà connu par le passé, alors ma tâche est d'y remédier par le bon sens. »

Elle lui donna un baiser. « Mais vous ne verriez pas d'objection à ce que je me rende sur nos terres et que j'emmène les enfants ?

— J'y songeais. Partez vite. »

Lord Rhoone releva sa grosse tête et s'absorba dans la contemplation d'une assiettée de pommes.

Chapitre XIX

*Où des questions diplomatiques
font l'objet de débats et où l'humeur
de Lord Montfallcon s'assombrit encore*

Des iguanes et des paons déambulaient majestueusement sur le gazon, les parterres de fleurs et les terrasses des jardins royaux, donnant aux pelouses de l'été des allures insolites et tropicales. Les gros reptiles irisés avaient été offerts par Tom Ffynne et ils avaient passé une grande partie de l'année à dormir auprès des chaudières du palais. Leur singulière odeur, rappelant le cuir, montait par les fenêtres ouvertes jusqu'aux narines de Gloriana tandis qu'elle étudiait les projets que lui soumettait Maître Marcilius Gallimari, l'intendant des Menus Plaisirs royaux...

« Comme à l'accoutumée, l'événement sera grandiose et réglé dans ses moindres détails, Votre Majesté, lui disait-il passionnément, avec tout l'arroi de la chevalerie traditionnelle. Dans la grande cour, pour rappeler au peuple sa prospérité. Et vous, en reine Urganda, vous assisterez au tournoi... »

Elle soupira. « Ces projets me semblent fort ingénieusement conçus, Maître Gallimari. » Elle se renversa sur sa couche et agita un éventail indolent devant son visage. Elle était toute vêtue de lingeries aux teintes pastel, de mousseline, de guipure et de soie, et une petite coiffe de dentelle couvrait ses cheveux flamboyants. « Vous avez mon agrément.

— Je demanderai quelques poèmes à Maître Wheldrake, le sujet est si cher à son cœur.

— Des poèmes ? Bien sûr. Et vous devriez passer commande d'au moins quelques vers à Maître Wallis, pour ne pas l'offenser.

— Peut-être un prélude et un chant ?

— Parfait...

— Maître Tolcharde se chargera de la partie illusion. Quant aux rôles... les chevaliers, dieux, déesses, monstres et autres ?

— Faites à votre idée.

— Certains ont déjà choisi leur personnage. Il faut votre accord. Votre Majesté... »Son visage sombre quêta un sourire.

— Je le leur donne. »

Maître Gallimari se sentait plutôt déçu, rebuté par le manque d'intérêt manifeste de la reine pour ces festivités si soigneusement organisées en l'honneur du Jour de l'Avènement. Il s'était pourtant habitué à son apparente indifférence depuis le festival de Printemps. Il avait parfois la certitude qu'elle lui en voulait de la mort de Lady Mary. Hésitant, espérant déceler un démenti ou une confirmation à ses inquiétudes, il ajouta : « Et la musique, Votre Majesté ?

— Passez une commande.

— Il faudra rétribuer le compositeur et l'orchestre.

— Nous les rétribuerons.

— Et les danseurs ?

— Maître Priest nous en procurera, comme d'habitude.

— Oui, Votre Majesté. »

Maître Gallimari baissa les yeux sur le visage accablé, tragique, de la reine d'Albion. « Votre Majesté n'est pas mécontente ?

— Du festival d'Été ? Vos idées, Maître Gallimari, sont excellentes, comme toujours. Les réjouissances promettent d'être fort gaies. »

Il était sûr de sentir de l'ironie derrière ses paroles. « Il semble, Votre Majesté, que vous ne vous intéressez plus à mon travail. S'il manque... »

Elle sourit et fit montre d'amabilité. « Maître Gallimari, votre seule erreur est de voir de la désapprobation là où il n'y a que tristesse. » Elle se sentait l'âme généreuse. « Je compte sur vous, Maître Gallimari, pour me rendre de meilleure humeur. Faites votre possible. Nous saurons apprécier. »

Soulagé, le séduisant Napolitain se retira vivement de sa présence, courbé et à reculons. La reine aperçut Una, en tenue de soie légère et vertugadin brimbalant, qui traversait la pelouse en compagnie d'une Lady Lyst donnant de la bande, dont les yeux bleus s'écarquillèrent à la vue des lourds reptiles et qui s'agrippa comiquement au bras de la comtesse. « Des dragons, par ma foi !

— Ils gardent la reine, disait Una d'un ton léger, comme les dragons de jadis gardaient la reine Guenièvre.

— Elle en a bien besoin. » Lady Lyst se redressa. « Nous sommes tous en danger. Les femmes, surtout. D'autres meurtres de femmes vont être commis. Wheldrake le pense aussi. » Elle croisa le regard froid d'un lézard.

« Vous avez entendu parler de quelque chose ?

— Une impression, c'est tout.

— Cela ne vous ressemble pas, Lady Lyst, de vous fier à une simple impression.

— Le temps n'est plus à se fier à la logique. Plus on est intelligent, moins on comprend. Et pour ma part, dans le meilleur des cas, j'ai ma pauvre tête qui s'embrouille.» Lady Lyst sourit, l'air de se moquer d'elle-même, puis fit une révérence en voyant la reine sortir dans le jardin. «Votre Majesté.

— Lady Lyst... Una... Belle journée.

— Trop chaude pour moi, je le crains, fit Lady Lyst qui arrangea ses manchettes et sa collerette, puis remit en place quelques boucles blondes égarées. On a tellement soif.»

Toutes trois se dirigèrent vers une fontaine de marbre qui représentait le roi Alexandre le Grand à la cour de la reine Hécate d'Ibérie, au milieu de naïades et de dauphins. Elles offrirent leurs visages aux embruns.

«Nous n'avons jamais connu d'été aussi chaud.» La reine essuya les gouttes d'eau du devant de son corsage et de sa jupe. «La chaleur semble avoir gagné tout le palais pour y susciter d'étranges passions, des passions insoupçonnées chez les gens les plus inattendus.

— Votre Majesté pense que c'est uniquement à cause du temps?» Lady Lyst parlait comme quelqu'un qui espère qu'on lui redonnera espoir.

«L'influence du temps s'exerce sur tout.» Gloriana leva les yeux vers le ciel bleu, masquant le soleil d'une main gainée de dentelle. «Je me suis toujours accrochée à cette idée, Lady Lyst. Vous verrez, dès que le temps s'adoucira, les esprits s'apaiseront.»

Lady Lyst trébucha sur une petite marche et courut sur quelques pas en battant l'air des bras, avant de retrouver son équilibre. « Vous me réconfortez, Madame. » Elle regarda autour d'elle, à la recherche d'un siège, ou peut-être d'une bouteille.

Un cri s'éleva de derrière un gros buisson taillé en dodo, et une créature aux longues jambes surgit, dans une armure à plates, semblait-il, qui traversa l'allée au pas de course puis franchit une haie avant de détaler sur une pelouse. La reine et ses dames de compagnie, de surprise, s'arrêtèrent net, car apparaissait à présent un trio de gardes, fraises et tabards au vent, le chapeau de guingois, l'épée au clair, qui donnèrent la chasse à la silhouette en armure miroitante. À leur suite, hors d'haleine, implorant, en blouse tachée et chapeau de velours, Maître Tolcharde s'écriait : « Attendez ! Attendez ! Ne l'abîmez pas !

— Maître Tolcharde ! » La voix de la reine lui imposa un arrêt en catastrophe qu'il convertit en révérence désordonnée, mais ses yeux suivaient toujours les soldats et le fugitif. « Qu'est-ce donc, Monsieur ? » Le ton de la reine était impérieux, par habitude et, peut-être aussi, pour amuser ses deux amies. « Qui pourchassent-ils, Maître Tolcharde ? »

Il essaya de parler. Il battit des mains. Il était au supplice, il ne savait comment s'en sortir. « Madame. Il n'y a besoin que d'une petite mise au point. Pardonnez-moi.

— Un de vos serviteurs ? Un des captifs du thane ?

— Non, Votre Majesté. Pas exactement un serviteur. Oh, là, là ! » Il lui tardait de reprendre sa poursuite. Il jetait des regards anxieux vers la silhouette étincelante, écaillée de métal, qui maintenant ne cessait de courir autour d'un grand bosquet d'ifs taillé en forme de château, écrasant au passage un parterre de pensées et bousculant un des soldats.

« J'ai d'abord cru, dit Lady Lyst, qu'il s'agissait de Sir Tancred échappé de la tour. » Elle s'en voulut de son manque de tact et referma sa superbe bouche.

« Qui est-ce, Monsieur ? demanda la reine.

— Un Arlequin, Madame.

— Un comédien ? Qu'a-t-il à voir avec vous ?

— Il est à moi, Madame. Je l'ai conçu, Madame. Une créature mécanique, Madame. Je voulais vous le présenter dans un... je vous le présenterai plus tard. Seulement, je vous en conjure, Madame, dites à vos gardes de ne pas l'abîmer. La mécanique en est fragile.

— Et facilement détraquée ? » La reine était amusée.

« Pour le moment. J'arrangerai tout cela. Si vous me permettez de repartir à sa poursuite, Madame.

— Essayez de ne pas saccager tout notre jardin, Maître Tolcharde. »

L'inventeur fit un rapide salut, reconnaissant, et reprit sa course en s'égosillant après les gardes. « Attendez ! Vous allez l'esquinter encore davantage. Laissez-moi seulement attraper le levier et il s'arrêtera ! »

Les trois femmes s'assirent sur un banc de pierre et se mirent à rire de bon cœur, ce qui ne leur était pas arrivé depuis bien des semaines.

Ce fut pourtant ce rire qui rappela une fois de plus son devoir à la pauvre Gloriana, car elle espérait ramener à la Cour cette assurance, cette joyeuse confiance désormais menacées. Montfallcon, perdu dans de sombres pensées, n'employait plus son énergie à défendre le retour au calme, bien qu'il jurât n'avoir rien changé à sa ligne de conduite. Lord Ingleborough, qui s'affaiblissait de plus en plus, ne pouvait lui être d'aucun secours et la moitié des membres du Conseil semblaient ailleurs, repliés sur eux-mêmes. Même le Dr Dee ne débordait plus du même enthousiasme pour ses recherches, bien qu'il passât le plus clair de son temps dans ses appartements. Convaincue d'avoir trahi Lady Mary, Gloriana s'estimait à son tour trahie par son Conseil, mais peut-être attendait-elle trop de lui. Elle en concluait que l'optimisme et la bonne volonté ne renaîtraient à la Cour que grâce à ses seuls efforts. Il lui fallait ranimer l'ardeur de ses gens. Il lui fallait les purger de leurs humeurs malignes. Il lui fallait être Albion et jouer pour eux un rôle impérial. Elle n'avait personne, à présent, sur qui compter, en dehors d'Una — et Una était avant tout une amie intime dont le principal souci était de satisfaire les besoins privés de la reine. Gloriana refoula son rire, se leva du banc et salua ses deux amies. « J'ai convoqué mon Conseil privé ; il m'attend », dit-elle.

La comtesse de Scaith reprit son sérieux et ébaucha une question, mais déjà Gloriana repartait, au milieu des sifflements des iguanes et des sons de trompette des paons, pour gagner la porte de ses appartements.

*

Magnifiques dans leurs atours d'été chamarrés, dont la splendeur rivalisait avec le somptueux vitrail qui mouchetait les visages en sueur de couleurs vives, les membres du Conseil s'assemblaient avec quelque retard dans la Chambre royale.

Dans un fauteuil converti en litière à l'aide de bâtons entra Lord Ingleborough, porté par des laquais. Son cœur était toujours défaillant ; il souffrait de goutte à présent, dans tous ses membres, et il parvenait à peine à signer son nom au bas des documents. Il endurait une véritable torture ; il disposait bien de tout un assortiment de potions qui le soulageaient un peu, mais aucune n'était vraiment efficace. Il portait encore son costume d'apparat au grand complet, ses robes et la chaîne, emblème de sa charge ; il avait gardé son air d'autorité, mais la douleur voilait régulièrement son regard intelligent. La goutte s'était si rapidement étendue, comme portée par le même courant qui avait introduit le meurtre à la Cour, que Sir Amadis Cornfield, parfois enclin à la superstition, se demandait si Lady Mary n'avait pas été offerte en sacrifice à un démon invoqué par l'un des confrères du Dr Dee ; un démon qui circulerait en toute liberté, semant la folie, la maladie et le désespoir. Sir Amadis porta son regard sur le mage qui semblait plus vieux, plus frêle, presque aussi faible qu'Ingleborough, et cependant curieusement agité. Il rejeta cette idée pour en revenir à de plus agréables : sa jeune maîtresse, arrivée juste à point pour le soulager de toutes ses misères. L'évocation fut de courte durée, car il se souvint aussi des tentatives acharnées de Lord Gorius Ransley pour lui ravir la fille, allant jusqu'à laisser entendre, tout dernièrement, que Lady Amadis serait informée de la liaison. Lord Gorius, veuf et courtisé par plus d'une dame en quête de mari, cherchait, de l'avis de Sir Amadis, à séduire sa maîtresse par pur dépit. Autrefois, il aurait été tenté de régler le différend par un duel. Il regrettait la disparition de certaines coutumes de l'époque de Hern. Il jeta un coup d'œil mauvais à son soi-disant rival, de l'autre côté de la table. Lord Gorius fit mine de l'ignorer.

Assis plus loin, Maître Florestan Wallis alignait des vers sur un papier, son visage fin d'érudit affectant une sérénité frisant le ridicule, tandis qu'auprès de lui Maître Orme fredonnait un air et humait un petit bouquet de fleurs, l'air à sa manière aussi satisfait que son collègue. Maître Gallimari était absorbé dans ses préparatifs. Sir Vivien Rich ronchonnait timidement contre la chaleur ; il laissa échapper des gouttes de sueur qui s'écrasèrent sur la table et sur ses accessoires de travail, et il se confondit en excuses. Maîtres Palfreyman et Fowler bâillaient et discutaient, par-dessus la tête de Sir Vivien, des effets abrutissants de la température qui leur donnaient envie de dormir toute la journée.

Lord Montfallcon, tassé dans son fauteuil, la mine soucieuse, parcourut du regard la longue table du Conseil privé et se demanda comment il en était venu à réunir une bande aussi mollassonne de bellâtres et de phraseurs. Il décida de tous les remplacer petit à petit, même Lisuarte Ingleborough qui devenait trop faible pour s'acquitter de ses fonctions. Il se rappelait avec quel soin il avait choisi ces hommes, pour leur force de caractère et leur intelligence. Une fois de plus, il se remit à douter de son jugement, mais il fut interrompu dans ses réflexions par Sir Orlando Hawes, essoufflé, vêtu de blanc, qui s'excusait de son retard en finissant de boutonner son pourpoint. Sa peau d'ébène avait l'air malsain ; lui aussi transpirait et il répandait une forte odeur d'eau de lavande et d'alcôve de femme, alors que la plupart de ses collègues empestaient la rose et le coquelicot. Une belle collection de fleurs défraîchies, se dit Montfallcon. À la première crise un peu sérieuse en près de treize ans, ils s'effondraient. Et cependant, se demandait-il, était-ce uniquement le meurtre qui les avait à ce point changés ? La chose paraissait peu probable. Il évoqua avec nostalgie ses anciens et sinistres confrères, à présent morts, exilés ou retraités, dont le sens pratique aurait rétabli la situation. Un ou deux serviteurs passés au chevalet, un ou deux nobles menacés d'une accusation de trahison, et la vérité aurait éclaté au grand jour.

Les portes s'ouvrirent. Ils se levèrent tous, même Ingleborough, lorsque la reine fit son entrée. Dans ses lourds atours, elle s'avança lentement vers sa place ; ils s'inclinèrent et se sentirent aveuglés par la lumière éclatante qui entrait par la fenêtre derrière elle. Elle resta un instant debout contre la table, à les considérer, la mine pensive, puis elle s'assit, ce qui leur permit de réintégrer leurs fauteuils.

« Bonjour, Messieurs. »

Montfallcon fut surpris par sa voix énergique. « Quel est l'ordre du jour ? » demanda-t-elle quand ils eurent répondu à son salut.

Lord Ingleborough, oublieux du protocole, annonça : « La rançon de Tom Ffynne est acceptée. Il nous reviendra bientôt, avec son navire.

— Excellente nouvelle. Mais il mérite un châtiment, Lord Amiral. Tout son butin — s'il en ramène un — sera confisqué. Et il devra financer une partie de sa rançon. »

Lord Ingleborough hocha la tête, d'accord avec cette juste décision.

Montfallcon se sentit reprendre courage. Ces derniers temps, la reine s'était désintéressée des affaires du Conseil, ne lui donnant que des instructions sommaires. Elle était à nouveau vaillante. Une chaleur rayonna en lui, dont le soleil n'était pas la cause. Sa Gloriana avait retrouvé la force de son père. Le Conseil s'animait, des regards pleins d'espoir se tournaient vers l'autre bout de la table, là où siégeait la reine, le buste droit, le sourire aux lèvres.

« Votre Majesté... commença-t-il, au sujet de l'assassinat de Lady Mary, je regrette... »

Elle agita une main royale.« Mieux vaut oublier cette affaire, Monseigneur. Malgré toute la compassion que nous éprouvons envers ce pauvre Sir Tancred et son cerveau malade, il ne subsiste guère de doute qu'il soit bien le meurtrier, tout compte fait. »

Elle les soulageait. Apparemment, ils n'attendaient que cela : qu'elle tranche. Les ténèbres se dissipaient dans les esprits.

« Il demeure la question des fils Perrott, dit Lord Montfallcon. Nous avons appris qu'ils arment des navires à une cadence accélérée.

— Pour attaquer l'Arabie ?

— À ce qu'il semble, Votre Majesté.

— Alors, il faut y mettre un terme.

— C'est entendu, Votre Majesté. Cependant, l'affaire est délicate car ils agissent en secret.

— Convoquez-les à la Cour. Il n'y a pas place pour

les secrets dans cet État. Nous l'avons toujours affirmé.

— Ils ne viendront pas, Votre Majesté. » Sir Amadis, apparenté aux Perrott, parlait avec embarras.

Sir Orlando proposa : « Ne peut-on leur damer le pion, saborder leurs bateaux ? » Il regarda en direction de Lord Ingleborough.

« C'est possible. » Le vieillard prit une profonde inspiration. « Mais nous n'y gagnerions qu'un sursis et une aggravation de la situation.

— Avez-vous les hommes pour une telle mission ? » demanda Sir Orlando à Montfallcon.

Une fois de plus, Montfallcon regretta la mort de Quire. S'il acceptait la mission, il devrait envoyer Tinkler et Hogge, avec d'autres de leur acabit. Et ils saboteraient le travail. Il serait peut-être même obligé de recruter Webster et ses faux gentilshommes verbeux.

« Vous hésitez, Monseigneur. » Sir Orlando avait retrouvé son assurance.

La reine suivait les débats, sourcils froncés, l'air malheureux.

« C'est vrai, Sir Orlando. Je ne suis pas sûr que ce soit la meilleure tactique. Elle est sournoise...

— Alors, soyons sournois, si les Perrott le sont. »

Tout en prenant conscience de la singulière violence des propos de Hawes, qui croyait mettre ainsi plus de poids dans ses paroles, Montfallcon, pris d'un doute, regarda la reine toujours silencieuse. « Votre Majesté n'a jamais permis de telles méthodes par le passé. Elle a toujours attaché une extrême importance à ce que la Couronne apparaisse sans tache. » Maintenant qu'elle semblait approuver le genre de procédés qui ne lui étaient que trop familiers, il se sentait pris de crainte. Toute sa vie, il s'était arrangé pour qu'elle ignore de quelle manière il assurait la sécurité et menait la diplomatie du royaume. Il était choqué d'entendre s'ourdir publiquement une machination sans qu'elle s'y oppose sur-le-champ. « Je ne crois pas que ce soit la solution.

— Alors nous courons le risque d'une guerre contre l'Arabie, non ? dit Maître Orme.

— Parfaitement, mais...

— Eh bien, livrons-la, cette guerre ! » Maître Palfreyman s'était levé. Le ministre aux Armées était agressif, contrairement à son habitude. « Punissons-les. Remettons-les à leur place. On les a laissés trop longtemps conspirer, assassiner les nôtres, défier notre pouvoir, et ils ont l'audace de demander notre reine en mariage. Rasons Bagdad, Votre Majesté ! »

La reine était pâle, comme si le fait de suivre l'exemple de son père lui faisait prendre conscience pour la première fois de ce qu'on pouvait commettre en son nom ; mais elle sourit. « Il ne peut y avoir de guerre, dit-elle. Nous avons toujours été d'avis, avec Sir Orlando, que la guerre n'est que gâchis d'argent et de vies humaines ; elle installe un faux sentiment d'unité le temps qu'elle dure, et amène des dissensions imprévues une fois terminée, car dès que les hommes prennent l'habitude de guerroyer, ils ont du mal à s'en défaire et ils se mettent alors en quête d'autres conflits, d'autres ennemis.

— Alors, nous préférons nous en prendre aux braves Perrott. Nous trahissons leur cause qui est juste, fit Maître Fowler, sardonique. Je vous demande pardon, Votre Majesté. » Il se rassit.

« Les Perrott ont été sommés de venir et ils ont refusé, leur dit-elle. Une telle désobéissance nous contrarie fort, mais nous compatissons. Nous leur pardonnons leur courroux. Ils ont d'abord perdu une sœur, puis un père. Mais quelle preuve a-t-on que l'Arabie soit coupable ?

— C'est notoire, Votre Majesté, dit Sir Amadis. Quelque vengeance qu'aurait exercée Lord Shahryar avant de repartir pour Bagdad. Vous admettrez qu'il a quitté le pays en toute hâte, aussitôt le crime perpétré.

— Rappelé par son calife. Cette rumeur est sans fondement. Sir Tancred, j'insiste, a commis le meurtre. » Une fureur toute royale semblait l'animer. « Je ne permettrai pas la guerre. Jamais, à moins d'être agressée.

— L'Arabie se montre belliqueuse, ces temps-ci. Elle ne tardera pas à lancer son attaque, intervint encore une fois le taciturne Maître Palfreyman.

— Si elle attaque, dit Gloriana, nous répliquerons. Nous sommes Albion. Il est de notre devoir de renoncer aux anciennes pratiques de l'Âge de Fer. Vous tous ici, comme chacun de nos sujets sur trois continents, n'en êtes-vous pas convaincus ? Souhaitez-vous que survive ce délicat Âge d'Or ? Qu'il devienne fort ? Résolu, obstiné, inviolable ? Bien sûr que oui, Messieurs, je le sais. C'est le rêve que nous partageons tous. Le rêve que Lord Montfallcon caressait alors que, jour d'horreur après jour d'horreur, les marches de l'échafaud résonnaient sous les pieds des condamnés et que la hache du bourreau ne prenait jamais le temps de sécher. Nous montrons au monde entier la voie qui ramène à la vraie Chevalerie. Nous combattons l'injustice, l'immoralité, la cruauté et la tyrannie. Et c'est pourquoi nous sommes en sûreté. Une action vile de la part d'Albion, et la structure s'effrite, le rêve s'écroule. Je suis votre Gloriana, votre Reine, votre Conscience et votre Foi. Je vous rappelle un Devoir que je n'ai pas oublié et que vous devez garder à l'esprit. »

La physionomie de Montfallcon s'éclairait à mesure qu'il écoutait. Il voyait s'effacer sur chaque visage les expressions d'égoïsme, de rage, de déception, de cynisme, de désespoir et de malveillance. Lord Ingleborough agitait ses poings goutteux et s'écriait « Oyez ! Oyez ! » en contrepoint, tout en regardant autour de lui comme pour défier le premier qui récuserait la sanction royale.

La reine Gloriana éclata de rire et se redressa de toute sa taille. Sa collerette blanche empesée formait une auréole lumineuse derrière ses cheveux auburn flamboyants ; ses yeux bleu vert, fiers et inflexibles, étaient les yeux du roi Hern, en qui certains avaient cru reconnaître le Prince des Démons en personne, le meneur de la Horde sauvage, dont la grande couronne de fer cachait des andouillers ; et ses fortes mains posées sur ses hanches étaient les mains solides de ses ancêtres guerriers, tandis que le sourire qui succédait au rire était celui, désenchanté, de sa mère, Flana, qui, à l'âge de treize ans, avait donné sa vie pour mettre Gloriana au monde. Ainsi, moitié spontanément, moitié délibérément, elle rappelait aux membres de son Conseil quels étaient sa légende et son pouvoir ; et aussi ses origines, que son attitude présente pouvait les pousser à croire quasi surnaturelles.

Montfallcon s'inclina devant elle. « Vous faites bien, Madame, de nous le rappeler. Nous ferons notre devoir, chacun de nous.

— Le moindre faux-pas de notre part, dit-elle, et nous trahissons tout le reste. »

Puis, dissimulant son épuisement et ses peurs intimes, elle leur souhaita le bonjour et les laissa poursuivre leurs débats en termes d'honneur, de vertu et d'idéalisme.

Seul Lord Ingleborough, somnolent dans son fauteuil, la regarda partir et comprit de quelle générosité et de quel courage elle avait fait preuve en ce jour.

Chapitre XX

Où la reine poursuit sa quête de réconfort et où la comtesse de Scaith fait une macabre découverte

Et ce soir-là, l'humeur de la Cour fut plus joyeuse qu'elle ne l'avait été depuis bien des semaines. Il y eut un bal au cours duquel la reine entraîna ses courtisans d'Escalade en Vatori, et les musiciens jouèrent avec entrain leurs plus belles et plus savantes compositions. Des heures durant, les rires retentirent dans les couloirs et les salons, même après la fin des réjouissances officielles ; puis Gloriana, lasse et solitaire, prit le chemin de ses appartements secrets afin de recevoir la récompense du rôle qu'elle avait brillamment tenu pour égayer la Cour et dissiper l'atmosphère de soupçon qui y régnait. Elle se mit en quête des attentions expertes de ses nains et enfants travestis en créatures imaginaires de la mythologie, des caresses de ses geishas et de leurs mots doux et enivrants, des corps parfumés et soumis de ses adolescents, des mains rudes des femmes impitoyables qui l'initiaient à tous les outrages, des hommes de la jungle, bestiaux et stupides, des froids courtisans des deux sexes et de leurs peaux blanches et soyeuses, des filles frémissantes qui gémissaient sous ses coups de fouet. Elle passa d'une pièce surchauffée à une autre, dans l'espoir que, s'étant si admirablement acquittée de son devoir, elle pourrait maintenant trouver un dérivatif dans l'assouvissement de ses désirs physiques. Mais il n'en fut rien. Recrue de fatigue, elle finit par regagner son lit. Seule dans sa chambre, elle tira les lourds rideaux et, dans l'obscurité, elle se lamenta sur l'injustice de son sort.

Plus optimiste et plus détendu depuis que Gloriana s'était montrée à la hauteur de ses ambitions et l'avait ainsi assuré que le Rêve se poursuivrait, Lord Montfallcon se réveilla et l'entendit sangloter au loin. Auprès de lui, ses femmes s'agitèrent, effarouchées, mais sans se réveiller. Il s'étonnait que la reine n'éprouvât pas les mêmes sentiments que lui. Le nouvel état d'esprit qu'il connaissait ne pouvait pas disparaître tout de suite. Il pensa, sans grande ferveur :

Ah, Albion, toujours insatisfaite, tout comme le grand dessein que je poursuis ; les deux sont-ils si étroitement liés ? Ces créatures qu'elle collectionne et entretient ne sont que des distractions et ajoutent encore à ses tourments. Pourtant, son devoir envers elles lui dicte de les garder, même si elles ne répondent pas à son attente. Ces monstres lubriques, dépravés, dénaturés, vivent dans l'impunité parce qu'elle est trop généreuse. Bien mieux, elle les récompense en les comblant de tous les luxes. Elle serait plus heureuse sans eux, sans toutes ces responsabilités d'ordre privé — serviteurs, artistes, enfants — mais elle continue à les accumuler. Ce n'est pas ce genre de valeurs morales que je lui ai inculquées dans son enfance. C'est du sentimentalisme pur et simple. Tout cela l'épuise. Et qui en bénéficie ? Pas Albion. Le mariage est sûrement la solution... mais avec qui ?

Hern avait éliminé tant de ses proches parents qu'il ne s'en trouvait guère dans le royaume à pouvoir se prétendre, ne serait-ce qu'un peu, de sang royal. Montfallcon passa en revue les comtes et les ducs d'Hibernie, d'Irlande, de Valentie ou de Virginie. Si seulement Scaith avait eu un garçon et non cette fille qui jouait si bien les maris que la reine n'en recherchait pas d'autre ! Le Grand Calife était trop avide de pouvoir et, en roi consort, il aurait la bride sur le cou ; de plus, il avait peu de chances d'engendrer un héritier et c'était d'un héritier qu'Albion avait le plus besoin. Casimir de Pologne ne pouvait épouser la reine sans offenser le calife. Ailleurs, on trouvait des princes trop vieux ou trop jeunes, fous ou malades. La reine de Corinthe avait assassiné tous ses frères le mois précédent. À Venise comme à Gênes, Athènes ou Vienne, une sorte de république avait été instaurée, qui avait exilé des rois désormais impropres au mariage. Les Æthiopes étaient tous atteints de démence. Le prince Henri de Paris était en ce moment même à l'agonie. Non, il faudrait que ce soit un noble d'Albion, quitte à l'anoblir d'abord. La voix de Gloriana se fit à nouveau entendre et, comme à l'accoutumée, il attira ses femmes à lui en guise de sourdines.

Ce sang — le désordre, la cacophonie — et jamais de solution !

La comtesse de Scaith entendit les plaintes et émergea d'un sommeil profond et agréable ; elle rêvait qu'elle explorait un monde plus simple, plus innocent — l'une des autres sphères de John Dee...

Quant à John Dee, dans son lit tendu de noir, il entendit lui aussi la reine, mais il lui répondit à grand coups de reins en pénétrant la créature qu'il chevauchait. « Là ! Viens ! Gémis ! Plus fort, vas-y, jouis ! » Et son étrange maîtresse l'accompagna dans un délicieux orgasme tandis qu'il criait : « Gloriana ! » et se séparait brusquement d'elle, le corps frémissant. « Gloriana... » Il caressa les cheveux auburn, son visage énergique et ravissant, ses épaules, ses seins, ses cuisses et son ventre. « Oh, Gloriana, tu es mienne et nous sommes l'un et l'autre comblés. »

Sir Amadis Cornfield, qui se hâtait vers l'ancienne salle du Trône pour un rendez-vous illégitime avec sa propre nymphe de la nuit, belle, tendre et accorte, s'arrêta dans le couloir en entendant les lointains geignements de Gloriana et fronça les sourcils.

Je suis trahie par les exigences de mon corps, et mon corps ne me laisse aucun répit... Oh, ce fardeau, ce fardeau honteux qui me ronge...

La voix s'éteignit, Gloriana avait fini par trouver le sommeil. Sir Amadis reprit sa route à pas feutrés, laissant derrière lui épouse et devoir ; des idées lubriques lui mettaient le cerveau en ébullition, car ce soir, sûrement, l'ingrate consentirait à lui accorder davantage que des baisers...

*

Dans la chambre obscure de Maître Wheldrake, Lady Lyst se saisit d'une lourde coupe en verre remplie de vin dans une main et d'une fine cravache dans l'autre ; elle remonta légèrement sa chemise de nuit afin que son pauvre poète, nu et haletant, pût lui baiser le pied et lui susurrer des « Votre Majesté » : elle devait toujours tenir le rôle de la reine quand ses lubies le prenaient. « Le châtiment de Votre Majesté est juste, car je suis malfaisant et indigne. Que votre fouet me montre le chemin de la vertu et de la muse afin que mes vers retrouvent l'exaltation qui était la leur lorsque j'ai contemplé votre image pour la première fois et que j'ai décidé de me présenter à votre cour pour me jeter à vos pieds... Votre Majesté.

— Maintenant, Wheldrake ? » Lady Lyst levait la cravache. Elle éprouvait des difficultés à articuler.

« Oui. Maintenant ! Maintenant ! »

La cravache s'abattit.

Lady Lyst grimaça de douleur. Elle venait de se fouetter la jambe gauche.

*

La voix de la reine s'était enfin tue ; la comtesse de Scaith commençait enfin à se rendormir, quand un autre bruit la mit une fois encore en alerte, un bruit qui venait d'au-dessus, comme si un rat passait par un trou dans le plafond. Un gémissement, beaucoup plus proche que les précédentes plaintes de Gloriana, la fit s'asseoir et chercher la dague avec laquelle elle avait pris l'habitude de dormir depuis le meurtre de Lady Mary. Elle mit la main dessus, l'empoigna, ouvrit son rideau et trouva une bougie sur la petite table sculptée, à côté de son lit. Une étincelle jaillit de la pierre à briquet, la mèche prit et la bougie s'alluma, dessinant des ombres qui rendirent la chambre encore plus sinistre. Dans sa chemise de toile épaisse, la comtesse sauta de sa couche, la dague à la main, le bougeoir bien haut, et elle regarda autour d'elle.

Le gémissement se répéta, toujours au-dessus. Elle

se rappela la grille, leva la tête. L'ouverture menait-elle aussi dans les murs ? Avait-elle surpris un mouvement ? Un éclat, comme des yeux ?

« Qui est là ? »

À nouveau le gémissement, faible mais distinct.

« Que voulez-vous ? »

Le gémissement.

Elle prit un fauteuil, voulant en avoir le cœur net. Puis elle s'arrêta. « Allez-vous-en ! »

Un miaulement.

Elle adossa le fauteuil au mur, contre la tapisserie bleue et verte représentant Tristan et Yseult, le château et la mer ; elle monta dessus et se risqua à regarder par la grille à la lueur de la bougie. Le même éclat, la même plainte ténue. Et puis deux mots : « Au secours...

— Qui êtes-vous ?

— S'il vous plaît, je vous en supplie... »

Elle enfonça la pointe de la dague dans le châssis du panneau grillagé et fit levier. Il céda brusquement, comme s'il avait toujours été mal fixé. Il dégringola avec fracas, d'abord sur le fauteuil, puis sur le tapis.

Un faible cri, pitoyable. Elle introduisit la bougie dans l'ouverture, et la première chose qu'elle vit fut un petit chat noir et blanc dont les yeux jaunes trahissaient la douleur. Il sauta dans sa direction, non pas pour l'attaquer mais pour se mettre en sécurité, et elle faillit tomber de son siège. Il s'agriffa à son épaule et elle s'aperçut qu'il était blessé : une vilaine estafilade au flanc, le sang collait à son pelage. Délicatement, elle le descendit et le posa sur une commode, auprès d'un broc d'eau et d'une cuvette. Elle avait commencé à nettoyer le sang lorsqu'il lui vint à l'esprit que ce ne pouvait être le chat qui avait parlé.

Elle se retourna et, levant la tête, aperçut un visage livide aux traits figés qui la fixait du regard. La bouche tordue n'était qu'une blessure d'où le sang s'échappait en gargouillant. Elle fut incapable de bouger. Mais elle vit l'être s'extirper en partie de l'ouverture, puis basculer en avant et pendouiller, à demi dégagé du trou, le long de la tapisserie, comme une grenouille hors de l'eau, le souffle court, sans la quitter des yeux. Un poignard au pommeau arrondi lui sortait du dos.

« Tallow ! » s'écria la comtesse. Elle reconnaissait l'homme qui s'était proposé de les guider, la reine et elle, dans les profondeurs du palais.

Puis le corps tomba, les bras flasques, sur le fauteuil qui glissa à travers la chambre en bouchonnant le tapis, et il atterrit sur le dos ; la pointe du couteau dépassait du pourpoint matelassé par où sourdait du sang. Tallow essaya de se cambrer, de rouler sur le côté, mais il n'en avait plus pour longtemps. Elle courut à lui et l'aida à s'asseoir ; sa bouche vomit un flot de sang.

« Il m'a tué. Je lui résistais.

— Qui vous a tué, Tallow ? »

Mais la tête de Tallow s'était affaissée et il ne respirait plus. L'écoulement du sang se ralentit peu à peu pour s'arrêter tout à fait. Una, comtesse de Scaith, se releva, regardant avec horreur le corps de Jephraim Tallow, pendant que le chat blessé miaulait dans la cuvette où elle l'avait déposé.

Elle caressa l'animal et le lava du mieux qu'elle put. Elle tira un drap de son lit et le jeta sur Tallow.

Elle ramassa le panneau grillagé et adossa à nouveau le fauteuil contre le mur pour remettre le treillis en place, comme si elle craignait que d'autres cadavres ne se faufilent chez elle. Elle prit un autre drap pour y envelopper le chat qu'elle installa sur son oreiller. Elle enfilait un peignoir quand Elizabeth Moffett frappa à la porte. « Madame ! Madame ?

— Retournez vous coucher, Elizabeth ! » La comtesse ne voulait pas mêler la pauvre fille à cette histoire. « Ce n'est rien.

— Tout va bien, Madame ?

— Très bien. »

Una s'absorba dans des réflexions d'ordre tactique. L'annonce d'une nouvelle mort, et cette fois plus mystérieuse encore car la victime était inconnue, mettrait en effervescence une cour déjà mal en point. Sir Tancred avait été condamné et dormait en prison. L'affaire était classée, au soulagement général. Il lui vint à l'idée que, pour une quelconque raison, Tallow lui avait été envoyé en avertissement. Elle ne pouvait pas s'en remettre à la reine. Elle ne pouvait pas lui rappeler ce qui se trouvait de l'autre côté des murs, pas déjà. Et cependant, il lui fallait de l'aide.

Sa robe boutonnée, elle quitta sa chambre et ferma à clé derrière elle. Elizabeth n'était plus dans l'antichambre. Elle déverrouilla la porte qui donnait sur le corridor. Des lanternes tarabiscotées l'illuminaient. Des gardes allaient et venaient dans les couloirs, mais aucun ne l'interpella alors qu'elle se dépêchait vers les appartements de Maître Wheldrake. Elle frappa à la porte de chêne. Elle entendit un murmure et un cri à l'intérieur. Elle attendit.

« Qui est là ?

— Scaith.

— C'est vous, Una ? » Lady Lyst était ivre. « Laissez-moi entrer. »

On hésitait. Una s'impatientait. Enfin les clés tournèrent et deux silhouettes, cheveux en bataille, apparurent à la porte : Wheldrake, la mine honteuse, et Lyst, éméchée, dissimulant quelque chose dans son dos. Tous deux étaient en chemise de nuit.

« Wheldrake et moi... » commença Lady Lyst. Ce qu'elle tenait atterrit en ferraillant derrière une table. « Nous... »

Maître Wheldrake aida sa maîtresse à gagner un fauteuil et fit signe à la comtesse de s'asseoir à son tour, mais elle préféra rester debout. « Il y a eu un meurtre, murmura-t-elle.

— Un autre ? » Lady Lyst se rembrunit et but à petits coups à même une carafe à sa portée. « Par Mithras !

— Ici, au palais ? couina Wheldrake, devenu sérieux. Oh, Comtesse ! Qui est mort ?

— Un étranger. Heureusement, j'imagine. Je le connaissais vaguement. » Elle remarqua l'expression de Lady Lyst. « Ce n'est pas moi qui l'ai fait entrer. Il... a rampé jusqu'ici. Il aura sans doute été attaqué dans les jardins. En tout cas, il m'a semblé que si nous voulons éviter la panique au palais, il faut faire disparaître le cadavre.

— Ce n'est pas vous qui... vous ne... cherchiez pas à vous défendre ? demanda Wheldrake.

— S'il était mort de ma main, Monsieur, je vous l'aurais dit, fit sèchement la comtesse.

— Je vous prie de m'excuser.

— De toutes façons, j'ai besoin d'aide pour l'enterrer. Je pensais aux jardins abandonnés. Vous voyez lesquels ? À côté des ambassades étrangères.

— Maintenant ? » Maître Wheldrake jeta un regard indécis vers Lady Lyst, prise de hoquet.

« Il le faut. Vous avez constaté l'effet déplorable que la mort de Lady Mary a produit sur la Cour. Les soupçons, les propos vengeurs... Il faut éviter que cela se reproduise. Tallow, le mort, peut être enterré sans crainte, il ne manquera à personne. Et la Cour n'a aucune chance de découvrir le meurtrier, je vous l'assure.

— C'était une espèce de voleur, non ? dit Wheldrake. Un pilier de ces tavernes... »

La comtesse savait que Wheldrake était un habitué des bouges du bord du fleuve. « Oui, dit-elle. Une espèce de voleur. Un messager. Il m'apportait quelquefois des nouvelles. Vous me pardonnerez si je n'en dis pas plus.

— Bien sûr. » Wheldrake la prit pour une autre amatrice de ribote et se fit une joie d'être discret. « Venez, Lady Lyst, allons chez la comtesse. »

Bravement, Lady Lyst se leva, mal assurée sur ses jambes. « En avant. »

Elle n'eut recours à leur aide que pour effectuer les premiers pas dans le couloir, puis elle retrouva son assurance, presque dégrisée, égale à elle-même. Ils se glissèrent dans les appartements de la comtesse qui leur montra le drap gorgé de sang enveloppant Tallow. « Il nous faut le porter. Vous et moi, Maître Wheldrake. Lady Lyst, la lanterne. »

Sur l'oreiller, le chat miaula. Elle le regarda et examina sa blessure. Elle n'était pas vilaine et ne tarderait pas à guérir. L'animal ne semblait se préoccuper que de son propre sort. Il ne fit aucun effort pour s'approcher du corps de son maître.

« Il est léger. » Le petit poète souleva le cadavre par les pieds et Una par les épaules. Ils sortirent de l'appartement par la porte donnant à l'extérieur et acheminèrent leur fardeau au clair de lune, précédés de Lady Lyst qui leur montrait le chemin vers les anciens jardins où, quelques mois plus tôt, le même Tallow, du haut d'un balcon, avait observé Oubacha Khan et Lady Yashi Akuya en grande conversation.

Una s'aperçut alors qu'elle n'avait pas apporté de pelle. Mais Wheldrake lui désigna un puits à la margelle cassée, et le pauvre petit Tallow y fut précipité. Les trois complices s'accotèrent à l'ouvrage en pierre, essoufflés et inquiets à l'idée d'avoir été vus. Mais aucune lumière n'apparaissait aux fenêtres les plus proches et ils purent refaire le trajet inverse en chuchotant et en trébuchant quand, par deux fois, Lady Lyst se perdit et les emmena à travers des bosquets. Enfin, ils se retrouvèrent dans la chambre de la comtesse. « Je vous suis reconnaissante à tous deux, dit Una. Vous comprenez la nécessité de garder le silence ?

— Comment est-il arrivé ici ? demanda Lady Lyst qui s'assit sur le lit et caressa le chat. On dirait qu'il y a du sang partout. Sur vous. Par terre. Sur le lit.

— Tué en apportant un message. » Una était ravie de leur faire croire qu'elle avait un amant en ville. « Un voleur qui en voulait à sa bourse.

— Et qui l'a prise, dit Wheldrake. Je n'en ai senti aucune sur lui. » Il ajouta : « Aucune arme non plus, à part le poignard dans son dos. Pauvre diable. » Il était pensif. « Vous êtes sûre que le meurtre n'a pas été commis dans le palais lui-même ? On a prétendu que l'assassin de Lady Mary circulait toujours librement parmi nous. À moins que... Sir Thomas Perrott ? Votre messager pourrait-il être le meurtrier de sa fille ? Et Sir Thomas l'aurait retrouvé ?

— C'est pour éviter ce genre d'élucubrations que j'ai fait appel à vous, Maître Wheldrake », dit la comtesse de Scaith.

Il sourit. « Pardonnez-moi. »

Lady Lyst respirait avec difficulté, comme si elle venait seulement de comprendre. « Un meurtre ! » Sa voix était exceptionnellement forte et Una tiqua.

« Je vous en prie, Lady Lyst... »

Lady Lyst baissa la tête. Elle paraissait dormir. « Elle est fatiguée, dit Wheldrake.

— Vous êtes les seuls qui me semblaient dignes de confiance. » La comtesse parlait en s'aidant du geste. « Il était important pour moi de faire disparaître le cadavre. Je ne me suis pas posé de questions. J'ai peut-être fait preuve de légèreté... ?

— De sagesse, rectifia Wheldrake. La Cour se remet à peine de ses émotions. Elle serait devenue invivable. Tant que vous êtes certaine que le meurtrier de Lady Mary et celui de cet homme ne sont pas une seule et même personne...

— Je n'ai aucune certitude. » La comtesse de Scaith regarda le petit chat noir et blanc qui léchait sa blessure. « Mais je vous assure, Maître Wheldrake, je vais m'efforcer de découvrir la vérité et j'agirai en conséquence.

— Quand même, dit Lady Lyst, il faudrait au moins en informer Lord Rhoone. Ou Montfallcon, non ?

— Peut-être. Je dois penser aux retombées possibles.

— Vous gardez le silence pour protéger la reine ? » Lady Lyst se leva. « C'est cela, Una ?

— J'imagine que c'est ma raison essentielle.

— Une noble raison, dit Wheldrake.

— Oui, fit Lady Lyst avec une pointe de scepticisme.

— Vous pensez qu'en me taisant je favorise le climat de méfiance ? Que je pourrais aggraver la situation ? demanda la comtesse de Scaith à son amie.

— Je suis trop saoule pour penser.

— Je respecte votre logique.

— Je n'ai pas de logique. Ma logique s'en va un peu plus chaque jour. Elle ne m'a jamais été d'aucune aide... » Elle s'apprêta à sortir. « Wheldrake.

— J'arrive. » Un salut amical de la tête à la comtesse de Scaith et le poète se retira à reculons, par petits bonds, dans le sillage de sa maîtresse.

Après leur départ, Una se surprit à regarder encore vers la grille. Il lui semblait que du sang en suintait toujours et coulait le long du mur comme si une centaine de cadavres gisaient derrière. Jusqu'à présent, elle n'avait jamais envisagé la possibilité que le meurtrier de Lady Mary pût venir des profondeurs du palais — peut-être s'agissait-il de Tallow ? D'ailleurs, c'était l'explication la plus probable, évidemment. Elle décida d'effectuer des recherches — peut-être en compagnie d'un détachement de gardes solides si elle mettait Lord Rhoone dans la confidence. Il se pouvait même que les anciens tunnels et appartements soient le théâtre d'une guerre entre des bandes rivales qui se disputeraient la suprématie de ces obscurs et affreux corridors souterrains, de ces pièces moisies, de ces salons délabrés et de ces grottes abandonnées. L'idée lui parut plausible.

Elle passa le reste de la nuit à soigner le chat ; elle jetait fréquemment des regards vers la grille, mais tout était redevenu silencieux de l'autre côté. Quand le jour vint, elle nettoya autant qu'elle put de taches sur le tapis et fit un paquet des draps. Il y avait aussi beaucoup de sang sur la tapisserie contre laquelle Tallow avait glissé. Avec de l'eau elle en enleva le plus gros. Si Elizabeth Moffett le remarquait, Una devrait lui faire jurer le silence et imaginer une histoire de duel entre gentilshommes. Le genre de roman qu'Elizabeth ne demanderait qu'à croire.

Puis elle s'habilla et sortit une fois de plus pour se rendre chez Lord Rhoone qu'elle avait décidé de s'adjoindre.

Les portes de l'appartement des Rhoone n'étaient pas fermées quand elle y frappa. À sa surprise, elle reconnut la voix blanche de Dee et celle tonitruante et tendue de Rhoone.

Une femme de chambre survint. « Madame ? » Elle pleurait

« Que se passe-t-il ? J'ai besoin de voir Lord Rhoone.

— Lady Rhoone. Et les enfants ! »

La comtesse se sentit défaillir d'horreur. « Quoi ? Morts ? »

La soubrette la mena dans la salle à manger. Là, sur le sol, gisait la grosse et rougeaude Lady Rhoone auprès de leurs enfants dodus, un garçon et une fille de treize et quatorze ans, leur joie sur terre.

Le docteur Dee était agenouillé à côté de la fillette,

l'oreille sur son cœur, pendant que Rhoone, éperdu, terrifié, allait et venait.

« Les rognons, disait-il. Ce ne peut être que les rognons.

— Ils étaient sûrement empoisonnés, fit Dee tout en saluant de la tête Una qui entrait. Et vous n'en avez pas mangé ?

— Pas vraiment. Presque rien.

— Qui ? » dit Una. Elle était sans forces. Y avait-il eu un massacre pendant la nuit ? Tallow et les trois Rhoone ne représentaient-ils qu'une partie des victimes ?

« Viande toxique, fit Dee. Il faut leur laver l'estomac.

— Ils vivront ? gémit Rhoone.

— Que vos domestiques les amènent chez moi. Non — le Dr Dee eut une expression ambiguë —, chez Maître Tolcharde. Il y a là-bas un médecin qui pourra m'aider. Des antidotes que je pourrai essayer. Les civières, vite ! »

Personne ne prêta attention à Una tandis que Lord Rhoone et le Dr Dee dirigeaient la manœuvre des domestiques qui sortaient la femme et les deux enfants de la pièce. Elle se mit à les suivre, sans trop savoir pourquoi.

Une véritable procession s'était formée derrière les brancards. Elle traversa les parties anciennes du palais et la salle du Trône, elle gravit des escaliers branlants, suivit des galeries et parvint au laboratoire nauséabond de Maître Tolcharde. Dee cogna énergiquement à la porte. Il fallut un certain temps avant qu'un apprenti vienne leur ouvrir. Dee se retourna.

« Personne n'entre, fit-il. Sauf Rhoone. Recherches secrètes. »

Una hésita. John Dee la regarda bizarrement puis la tira à l'intérieur de l'appartement où flottait une odeur de moisi, avant de refermer la porte et de la verrouiller. « Comtesse ? Vous avez su ? Vous êtes arrivée bien vite. »

Elle secoua la tête. Rhoone et les civières s'enfonçaient dans le mystère de l'antre de Maître Tolcharde. Avant de leur emboîter le pas, Dee retint Una par le bras pour la prendre à part. « Vous pensez à un acte criminel, n'est-ce pas ?

— Que dit votre examen, Docteur ? »

Il soupira. Il parlait à contrecœur : « Acte criminel. »

Chapitre XXI

Où des courtisans ressuscitent,
tandis qu'une grande dame est ensevelie

Lord Rhoone arriva tout en sueur dans le Salon Royal, confus mais le sourire aux lèvres, pour se laisser tomber sur un marchepied et baiser de ses lèvres reconnaissantes la main réconfortante de Gloriana.

« Sauvés, dit-il. Grâce à un voyant, un apothicaire de Dee.

— Pas grâce à Dee lui-même, cher Lord Bramandil ? » Elle l'appelait par son prénom pour l'assurer de la profondeur de son affection dans les circonstances présentes.

« Il était impuissant. Il l'a reconnu, alors qu'ils se mouraient. Puis Tolcharde a amené l'autre. Après votre départ, Comtesse. Vous vous souvenez ? Pour aller avertir la reine. »

Il s'adressait au dos fourbu d'Una. Elle acquiesça d'un mouvement de tête.

« Le temps de sentir leur souffle, et il a préparé un antidote pour les ranimer. Ils se rétablissent maintenant chez nous.

— Un voyant ? demanda Gloriana. Qui est-ce ?

— Peut-être un voyageur. Selon Dee il vient d'un autre monde.

— Ah. Un pensionnaire du thane. » Elle refoula son scepticisme.

« C'est possible. »

Una cessa de contempler la grand-cour et le lac azuré par la haute fenêtre à demi ouverte. Elle était très pâle et respirait avec peine. Elle portait une robe bleu foncé rehaussée de perles et de dentelle bleu clair par-dessus des jupons brodés de bleuets. « Ils vivront ? » Elle avait une petite voix.

Lord Rhoone se leva pour lui prendre les mains. « Comtesse. Vous aussi, vous êtes souffrante, je le crains. Il faut me pardonner. » Il lui pressa les doigts. « Les soucis m'ont rendu aveugle à tout ce qui m'entoure... »

Elle sourit mais elle se sentait à cet instant proche de la folie. « Je pensais à cette vague de meurtres. Le docteur Dee était si sûr...

— Nous sommes tous contaminés par la soudaineté de ce fléau et par la méfiance qui nous reste des précédents événements.

— Nous devons oublier Mary, dit la reine d'un ton d'importance.

— Nous devons oublier tant de choses, ces temps-ci. » Una jeta un regard défiant autour d'elle, comme dans la crainte d'une agression, les mains toujours dans celles de Rhoone. « Sommes-nous forcés d'oublier ?

— Forcés ou non, nous n'avons guère le choix. » Gloriana se leva, splendide dans sa tenue toute simple d'un mordoré tendre, coiffée d'une petite couronne d'or rouge. « Il n'y a plus de meurtres. Des rognons avariés sont cause de ce drame familial, n'est-ce pas, Monseigneur ?

— Cette chaleur, Madame, gâte les abats plus vite que toute autre viande. Nous n'aurions pas dû les manger, mais je croyais qu'on venait de les prélever sur un animal fraîchement abattu.

— Nous avons déjà prévenu notre boucherie. Ainsi que notre garde-manger.

— Ils n'ont donc pas été volontairement empoisonnés ? » La comtesse retira ses mains et feignit de contempler des panneaux peints, au-dessus de sa tête : Cupidon et Psyché, Jupiter et Sémélé, Titane et le Tisserand, Léda et le Cygne, tous de style et d'esprit différents, et d'un piètre secours pour une âme agitée.

« Tout porte à croire que non. » Lord Rhoone, pris entre une reine rassurante et une comtesse accablée, cherchait à la fois à réconforter et à être réconforté. La cause de l'accident était naturelle et il reprenait courage. « Je dois retourner auprès d'eux.

— Pourrons-nous rencontrer ce voyant pour le récompenser ? » La reine sourit à Rhoone qui ployait le genou afin de se retirer.

Il se gratta la tête. « Il est reparti. Peut-être dans son propre monde. Il ne s'est pas attardé dans l'attente de remerciements. Un brave homme. Un vrai disciple d'Asclépios. »

La reine fronça les sourcils. « Espérons qu'il reviendra. Je parlerai au docteur Dee. Invitez-le, Una.

— Je m'en occupe, promit la secrétaire particulière, heureuse d'avoir à s'acquitter d'une tâche. Je parlerai au docteur Dee dès aujourd'hui, Votre Majesté. »

Lord Rhoone s'inclina deux fois pendant que,

derrière lui, un valet de pied ouvrait la porte pour ensuite la refermer doucement sur les deux femmes.

« La mésaventure de Lady Castora et de ses enfants vous a retourné les sangs et mis martel en tête. » Gloriana s'approcha de son amie. La reine était manifestement fatiguée, elle aussi.

Trop de noblesse en toutes circonstances, pensa Una, exacerbent les sens, comme les cordes trop tendues d'un instrument, proches de la rupture. Mais elle ne pouvait faire part de ses craintes à la reine. Et pourtant, en se taisant elle laissait s'installer dans la conversation des silences sans objet mais lourds de sens, qui instillaient le doute dans l'esprit de Gloriana et la livraient aux excès de son imagination. Elle répondit donc : « Oui, Madame.

— Vous devriez retourner vous coucher pour vous reposer. J'entends bien faire de même. Ma nuit... Enfin ! » Elle se raidit : un nouveau recours au Léthé. Una n'avait plus de compassion en elle. Son inquiétude pour les Rhoone l'avait momentanément épuisée, mais elle se sentait coupable de ne pouvoir consoler l'être qu'elle aimait le plus au monde. Il valait mieux qu'elle parte, elle avait dans l'idée que son humeur présente déprimait la reine. « Très bien. Madame. Je vous remercie et je forme des vœux pour que nous nous rétablissions toutes deux d'ici cet après-midi. Je me mettrai en quête du docteur Dee et je trouverai ce philosophe étranger. Je vous l'amènerai si je peux. Le plus tôt possible.

— Peut-être le déciderons-nous à expliquer certains de nos mystères. » Gloriana parlait sérieusement. Elle embrassa la comtesse. Elles se séparèrent.

*

Una de Scaith reprit le chemin de ses appartements, notant au passage combien l'humeur était plus joyeuse dans la chambre des Présences, une humeur qu'elle n'aurait pas demandé mieux que de partager ; elle résista à l'envie de les prévenir du danger qu'elle sentait peser sur toute la Cour mais qu'elle ne pouvait définir. Elle compara le palais extérieur à la surface d'un bel étang ensoleillé où de petits poissons rouges s'ébattaient sans se douter de la présence d'un carnassier aux aguets, invisible dans les profondeurs herbeuses.

Maintenant que la simple charité lui interdisait de recruter Lord Rhoone pour chasser le monstre, elle avait peur de chercher ailleurs de nouveaux alliés ; pour l'instant, elle ne pouvait compter sur le silence de personne. Par nature elle détestait la discrétion, à cause de ses effets plus destructeurs que protecteurs, mais la discrétion s'avérait ici impérative jusqu'à ce que fût identifié le meurtrier de Tallow et de Lady Mary, puisqu'elle était sûre qu'il s'agissait du même. Il lui fallait obtenir des preuves irréfutables et savoir où frapper, sinon il s'échapperait une fois encore dans ces tunnels secrets et méphitiques ; perdu à jamais. Elle descendit la large courbe de l'Escalier Royal où des courtisans — parmi lesquels Sir Amadis Cornfield et Maître Auberon Orme — échangeaient dans la bonne humeur quelques mots d'esprit, et elle arriva à ses appartements au rez-de-chaussée. Elle congédia Elizabeth Moffett et ses autres femmes de chambre, et enfila la tenue qu'elle avait fini par associer à ses mauvais présages et à sa toute récente mélancolie : ses chausses et son pourpoint, ses bottes et son épée. Les armes n'étaient pas superflues (elle rajouta deux dagues à sa ceinture) car, dans sa jeunesse, à Scaith, elle en avait appris le maniement et, plus d'une fois, telle une Amazone en armure, elle avait distrait la reine au cours du tournoi du Jour de l'Avènement. Cette année, elle devait d'ailleurs jouer le rôle du Chevalier Paysan, en remplacement de Sir Tancred. Elle revint à des pensées plus graves et s'approcha de son secrétaire avec l'idée d'écrire un billet ; mais elle laissa la plume sur la feuille blanche et poussa le fauteuil jusqu'à l'emplacement qu'il occupait lorsque Tallow était sorti du mur. Des taches étaient encore visibles sur la tapisserie ; cependant, il fallait un œil averti pour les remarquer. Elle retira la grille en pensant la poser sur le lit, mais elle se rappela qu'elle devait faire preuve de discrétion.

Depuis son panier (apporté par la maternelle Elizabeth Moffett), le petit chat miaula comme pour l'avertir. Elle lui caressa la tête tout en réfléchissant à la question des traces qu'elle ne voulait pas laisser derrière elle. Elle prit un long cordon à l'un des rideaux du lit et l'attacha à la grille ; à l'autre extrémité, celle avec les glands, elle fit une boucle qu'elle se passa autour du poignet. Puis, une bougie, une pierre et de l'amadou dans son aumônière, elle retourna au fauteuil, monta dessus, s'agrippa des mains au bord de l'ouverture et se hissa en gigotant tant et si bien des pieds qu'ils se prirent dans la tapisserie et qu'ils la dégagèrent, devant ses yeux horrifiés, de ses fixations. Mais elle était au niveau du trou et elle devait courir le risque de laisser cet indice. Elle se faufila dans l'orifice ; la grille suivit en rebondissant au bout du cordon et remonta vers l'ouverture dans un bruit de ferraille quand elle s'engagea dans le tunnel. Elle progressa en se tortillant au milieu de la poussière et de la blocaille, jusqu'à ce que le passage s'élargisse et qu'elle puisse se retourner ; elle tira le cordon afin de refermer le panneau, et le noua à un bout de poutre qui sortait d'entre les pierres. Sa voie d'accès dissimulée et sa porte de sortie assurée, elle continua un moment dans l'obscurité, refaisant de mémoire le chemin qu'avait emprunté Tallow la nuit précédente pour venir mourir chez elle.

Elle alluma une bougie prudente et reconnut l'étroit passage où elle pouvait se tenir debout. Elle regretta de ne pas avoir pensé à apporter une lanterne sourde, car la bougie pouvait la trahir. Elle avança à pas de loup sur une courte distance, puis tira son épée. Ce geste la rassura. Le poids de l'acier dans sa main lui donnait une illusion d'invulnérabilité, aussi poursuivit-elle sa route d'un pied plus léger, jusqu'à la galerie flanquée d'alcôves sur un côté, dont les sculptures ne lui semblaient plus pittoresques mais menaçantes. D'autres tunnels, une autre galerie puis, dans cette galerie, un escalier conduisant à une vaste salle vide et obscure qui, deux ou trois cents ans plus tôt, avait sûrement dû donner sur l'extérieur. La prenant pour la pièce où Tallow les avait menées, elle et la reine, elle descendit l'escalier jusqu'à un palier à mi-hauteur et regarda en bas. La salle était plus petite qu'elle ne l'avait imaginée, et inutilisée. Des rats albinos se dressèrent sur leur arrière-train pour l'observer de leurs yeux roses, nullement apeurés.

Elle commença à remonter les marches branlantes pour retrouver son chemin. Elle entendit alors des raclements qu'elle attribua aux rats et qu'elle ignora. Elle perçut ensuite un chuchotement qui pouvait être d'origine humaine ou animale, mais elle en avait déjà entendu de semblables lors de ses précédentes explorations, aussi ne se découragea-t-elle pas. Malgré tout, elle s'arrangea pour faire tomber la lumière de la bougie sur son épée, au cas où des regards malveillants l'épieraient et songeraient à l'attaquer. Elle entrevit une lueur en haut de l'escalier et elle sentit son pouls s'accélérer.

« Holà ? »

Elle leva sa bougie. Un éclair d'argent. D'en bas, sa voix lui revenait en écho, comme si des doubles d'elle-même se payaient sa tête et s'apprêtaient à prendre sa place. Puis l'obscurité fut à nouveau complète.

Elle fit halte, comprenant la témérité de son expédition dans les murs. Elle aurait dû dormir d'abord. Elle aurait dû prendre conseil, ne fût-ce que de Wheldrake et de Lady Lyst. Seulement, ils l'auraient accompagnée. Et elle ne pouvait espérer qu'aucun eût suffisamment la tête sur les épaules : le premier était trop imaginatif, la seconde trop ivrogne. Son besoin de savoir ce qui avait tué Tallow pouvait lui jouer un tour mortel. Cependant, elle n'avait rien à redouter des pauvres diables qu'elle avait précédemment rencontrés. Et si l'un d'eux avait tué Tallow ? Et si un autre, ou le même, avait tué Lady Mary qui venait de le surprendre à commettre un larcin, comme le pensait Una ? Ses idées, à la façon d'une rivière de mine, ne cessaient de fluctuer, alternativement limpides puis troubles. Elle se mit à trembler. Elle songea au danger qu'elle courait : Tallow n'avait pas été aussi bien armé qu'elle l'était à présent. Lady Mary, pas du tout. Les nomades des murs auraient grande crainte d'un gentilhomme muni d'une épée. Le courage leur faisait défaut, assurément. Sinon, pourquoi se cacheraient-ils dans ces profondeurs ?

« Quoi ? »

L'écho paraissait se multiplier. Des ombres de plus en plus nombreuses s'assemblaient dans son dos. Enfin, elle reprit pied sur le plancher de la galerie et put repartir. Elle sentit les présences s'estomper et elle se retrouva de nouveau seule. Elle se traita de folle qu'une imagination puérile paniquait.

Une silhouette fluette, en loques, apparut alors dans la lumière de sa bougie. Elle se protégea les yeux, avant de battre en retraite en marmonnant. « Non ! »

L'être avait disparu. Quelque part, des gonds grincèrent.

Si c'était là tout ce que l'ennemi était capable de lui infliger, elle avait de quoi s'enhardir. Elle parcourut plus rapidement les passages, ignorant les portes de chaque côté : elle cherchait la grande salle.

Le passage s'ouvrit et elle vit qu'elle se trouvait dans une cage d'escalier. Les marches s'élevaient en zigzaguant, étage après étage et, à travers les claires-voies rococo, à la manière de prisonniers derrière leurs grilles, des visages l'épiaient avec une curiosité manifeste mais sans animosité. Les têtes étaient étrangement déformées, non pas à cause du filigrane de la rampe mais par rapport aux corps qui les soutenaient. Elle comprit qu'elle avait affaire à une tribu de nains, hommes, femmes et enfants, dérangés dans leurs déplacements entre les niveaux car ils portaient baluchons et paquets. Elle se détendit et leur sourit.

« Bonjour à vous ! »

L'écho de sa voix était grêle maintenant, comme des trémolos de viole, et agréable à ses oreilles. Plusieurs nains lui rendirent son sourire, découvrant ainsi leurs dents. Elle vit qu'elles étaient limées et son sourire s'évanouit. Elle les salua et s'en alla aussi vite que la prudence le lui conseillait. Mais il était dit qu'elle ne serait pas inquiétée car, tandis qu'elle s'éloignait de son côté, eux reprirent leur ascension de l'escalier interminable en marmonnant et en traînant les pieds.

Alors qu'elle traversait une nouvelle galerie, il vint à l'esprit d'Una que les nains avaient des allures de peuple en exode, et elle se remémora l'idée qu'elle avait eue : celle d'une lutte pour la suprématie, à la fois territoriale et idéologique, entre les murs. Elle se rappela l'unique phrase de Tallow : *Il m'a tué. Je lui résistais.*

La pièce où elle pénétra avait un plafond peint : les aventures d'Ulysse, exécutées avec un tel sens artistique qu'elle fut forcée de s'arrêter pour l'examiner, du moins autant que le lui permettaient la poussière et la lumière de la bougie. Elle était impressionnée. Elle n'avait jamais vu de peinture de cette qualité. Et pourtant, l'œuvre était passée de mode et tombée dans l'oubli au fur et à mesure que l'on avait ajouté une autre aile au palais, puis construit autour et par-dessus ; elle avait été atterrée par le changement dans les goûts et le mépris dans lequel on tenait l'art d'un âge révolu malgré sa perfection et la permanence de sa modernité. Una se dit que bien peu de monarques possédaient la sensibilité artistique que l'on se serait attendu à trouver chez eux. Leur espèce était vulgaire ; leur apparat et leurs fastes, même leurs activités les plus simples (telles que la chasse à courre et le jeu) s'accordaient si parfaitement avec l'ensemble des goûts de leurs sujets qu'ils symbolisaient et représentaient beaucoup mieux la majorité de leur peuple que n'importe quels républicains élus. Il lui en coûtait de quitter ces peintures, mais il le fallait.

Elle franchit une large porte et traversa sans bruit plusieurs pièces — salons, chambres à coucher et autres — contenant des soieries et des lingeries pourrissantes, manifestement encore utilisées. Elle passa auprès d'un lit où dormaient un homme et une femme décharnés et crasseux, l'un et l'autre coiffés d'une calotte dorée rembourrée de peluche. Elle s'effaça devant une procession empestant le moisi, de seigneurs et de dames dont les traînes en lambeaux étaient tenues par des enfants aveugles, et elle les suivit des yeux sans même essayer de les arrêter ou de leur demander son chemin, jusqu'à ce qu'ils aient disparu. D'après l'odeur qu'ils dégageaient, ils étaient faits de chair et de sang, mais, pour elle, ce n'étaient que des fantômes ; comme si les premiers souverains d'Albion continuaient d'entretenir leur Cour, par strates successives.

La comtesse de Scaith savait qu'elle devrait tôt ou tard se renseigner auprès d'un autochtone, si elle ne voulait pas errer dans ces murs pour le restant de ses jours et partager le sort de ces créatures démentes. Elle se retrouva devant un escalier de service, étroit et en colimaçon, aux proportions rassurantes. Elle le descendit sans s'attarder aux portes qui s'ouvraient sur les paliers, et atteignit la dernière marche. Elle fit un pas en avant, mais son pied buta sur une masse de chair. Elle abaissa sa bougie, s'attendant à trouver un autre cadavre. En fait de cadavre, un énorme reptile la fixait de ses yeux doux, inhumains, qui cillaient lentement à la lumière. Un sifflement, la large gueule rouge qui s'ouvre et se referme, une seule fois, et l'animal céda le passage, pesant, sûr de lui et, pensa Una, débonnaire. Elle envisagea de le suivre comme un voyageur perdu suit un chien amical, mais il s'était engagé dans un tunnel trop bas et trop exigu pour qu'elle pût y avancer à l'aise, et elle estima téméraire de risquer de déranger toute une couvée de ces créatures. Comme elle faisait demi-tour, à la recherche d'une autre porte, elle tomba nez à nez avec une jeune fille vêtue d'une tenue simple et proprette de paysanne, qui la regardait d'un œil étonné.

Elle était si banale, comparée à tous les individus qu'Una avait rencontrés en ces lieux, qu'elle en paraissait anormale. « Monsieur ? Venez-vous pour me secourir ?

— Te secourir ? » Una hésita. « Tu as besoin d'être secourue ?

— Oui. » La jeune fille baissa les yeux. « J'espérais... Mais personne dans cet horrible palais souterrain n'a le courage...

— Je t'aiderai, si je le puis. » Una s'approcha d'elle pour examiner ses traits de plus près, et vit qu'ils étaient bien réels. « Mais il faut m'aider aussi. Comment se fait-il que tu te trouves ici ?

— C'est mon père qui m'a amenée, Monsieur. Pour échapper à ses créanciers. Il pensait que nous serions en sécurité. Son grand-père lui avait parlé de l'entrée. » Elle se mit à pleurer sans bruit. « Oh, Monsieur, je suis ici depuis un an, au moins !

— Où est ton père ?

— Il est mort, Monsieur. Assassiné par les infâmes Lords Evius et Picus d'Amville.

— Les hommes de main de Hern ? Ils sont vivants ?

— Ils sont vieux, Monsieur, mais ils ont survécu et conservé leurs habitudes prises à la Cour.

— Montfallcon les avait envoyés guerroyer en Lydie. Des brigands les ont tués.

— Ils sont revenus en secret, après la mort du roi Hern, et ils n'ont pas bougé d'ici depuis. » Elle baissa la voix. « Ils ont des troupes sous leurs ordres — peu nombreuses, mais assoiffées de sang — et ils imposent leur loi sur un vaste territoire.

— Cet endroit où nous sommes en fait partie ?

— Non, Monsieur. Avant, c'était le royaume d'un autre chevalier déchu qui a été tué récemment.

— Tu es très au courant de ce qui se passe dans les murs. Si je t'aide à t'enfuir, tu donneras des renseignements ?

— Volontiers, Monsieur.

— Il existe une salle quelque part — pas loin, je crois, mais je suis perdu — où campent des familles. Tu la connais ?

— Je crois, Monsieur.

— As-tu entendu parler de Jephraim Tallow ?

— Oui, Monsieur. Il ne rend de comptes à personne. Il a été gentil avec moi.

— Eh bien, Tallow logeait dans la salle en question. Enfin, à ce qu'il me semble.

— Alors, je la connais, Monsieur. » La jeune fille prit la main d'Una. « Venez. Il n'y a rien à craindre de ce côté.

— De la salle, je saurai retrouver le chemin du retour. » Una se dit qu'il serait peut-être suffisant d'arracher cette jeune fille à la mort et de la ramener saine et sauve dans le palais extérieur. Elle aurait ainsi à sa disposition un témoin sur ce que recelaient les murs — suffisamment de preuves pour convaincre Gloriana d'envoyer des expéditions, de mettre les tyrans aux arrêts et de libérer les persécutés. Mais, en même temps que cette idée lui venait, elle en saisissait toute l'absurdité. Gloriana accepterait-elle d'assainir les tunnels ? Depuis des générations peut-être, sa famille avait permis à ce microcosme d'exister ; les habitants des murs avaient en quelque sorte été donnés en offrande aux ancêtres défunts, aux constructeurs des bâtiments originels ; des courtisans au service d'une multitude de fantômes royaux.

Sûre d'elle, la jeune fille entraîna rapidement Una par des corridors tortueux. Elle s'arrêta devant une porte, se mordit la lèvre et leva des yeux interrogateurs sur sa bienfaitrice. « C'est ici, Monsieur, je crois. »

Prudemment, Una exerça une traction sur le battant de la porte. Il grinça ; la lueur familière d'un feu éclairait l'intérieur. Elle entrouvrit davantage et reconnut l'immense salle. Mais quelque chose avait changé, car son centre était maintenant occupé par une estrade constituée de blocs de granit et de marbre hétéroclites, certains bruts, d'autres sculptés de bas-reliefs raffinés. Au sommet de cet édifice insensé dont les éléments formaient des marches irrégulières, trônait un fauteuil d'ivoire de facture barbare, manifestement ramené des Indes orientales, ciselé d'un fouillis de scènes commémorant exploits guerriers et conquêtes amoureuses.

Une silhouette occupait le fauteuil, le visage dissimulé sous une capuche, les mains rentrées dans de longues manches noires, les pieds recouverts par les plis de la robe. Une grande couronne à pointes ceignait la capuche — une couronne d'acier, de diamants et d'émeraudes ; une couronne de guerre, de celles qu'un des lointains ancêtres de Gloriana aurait pu porter pour aller livrer bataille. Et, à la place des nomades qu'Una avait vus lors de sa première visite, se pressait à présent une foule bruyante de va-nu-pieds aux allures bravaches et excentriques, et de femmes peintes comme des catins. Porteurs de plateaux d'or et d'argent, ils présentaient leurs respects à ce roi des gueux encapuchonné, véritable Mort personnifiée, dont il possédait certainement le pouvoir sur cette populace aux grands airs. Dans leurs costumes démodés et moisis et leur lingerie d'emprunt, ils ressemblaient aux cadavres qu'ils avaient dû dépouiller, des cadavres ramenés à la vie par le seigneur du trône d'ivoire.

Était-ce de la sorcellerie ?

« S'agit-il de la salle que vous cherchiez, Monsieur ? Sommes-nous en sécurité ici ? » La jeune fille avait parlé d'un ton innocent mais beaucoup trop fort au goût d'Una.

« Elle a changé. » Una se plaça entre la fille et la foule qui avait fait silence pour les regarder.

L'être encapuchonné leva un bras invisible, leur faisant apparemment signe d'approcher. « À qui ai-je l'honneur ? » demanda Una sans bouger. Elle était terrifiée, à présent.

Et alors, la fille s'élança ; elle courut vers le trône, fendant l'assemblée qui s'écartait, gravit les marches et s'agenouilla aux pieds de la silhouette anonyme pour s'y blottir comme en lieu sûr. Una voulut pousser la porte par où elle était entrée. La porte ne bougea pas d'un pouce.

« J'ai été attirée dans un piège. Par une sorcière, hein ? » L'ironie était forcée. « Qui êtes-vous, tous ? »

Le spectre sur son trône fit un nouveau geste et la foule convergea lentement sur elle. Elle la menaça de son épée. Des lames rouillées surgirent. Des mains maladives se tendirent vers elle. Des visages scrofuleux posèrent sur elle des regards mauvais. Elle feinta une fois encore. Elle entailla le dessus d'un poignet ; une créature hurla et laissa tomber son coutelas. Elle porta une attaque. Mais une douzaine d'épées l'arrêtèrent net et des doigts crasseux s'accrochèrent à elle par toutes les parties de son corps. Elle battit l'air des bras. Elle cria. Elle tenta de se dégager. Derrière ses agresseurs elle voyait la silhouette anonyme caresser la tête de la traîtresse recroquevillée qui suivait la scène des yeux, terrifiée et triomphante à la fois. La foule jeta au loin l'épée d'Una qui fût ligotée avec des bandes de tissu, puis hissée à dos d'homme. Frissonnante, malgré ses protestations bredouillées, elle passa d'une épaule à l'autre pour être déposée presque délicatement sur la première marche du trône. Elle se tut mais ses yeux lançaient des éclairs.

L'être mystérieux se leva, le visage et les membres toujours dissimulés, et abaissa son regard sur la captive. Il s'adressa à la jeune fille : « Bien joué. C'est elle, il n'y a pas de doute. »

Una le regarda à son tour, reprenant courage à

mesure qu'elle contrôlait les battements désordonnés de son cœur. « Vous m'attendiez ?

— Nous vous espérions, Madame, sans plus. Vous êtes la comtesse de Scaith, l'amie intime de la reine. La brune Una... l'illusoire Vérité...

— La vérité, Monsieur, est un miroir. Regardez ailleurs. » Una dédaignait de lutter avec ses liens répugnants. Elle s'était calmée.

Son ravisseur parut amusé de sa réponse. « La meilleure de tous. Meilleure même que Montfallcon. Une ennemie redoutable. Eh bien, Madame, nous avons un emploi pour vous. Peu de chose, en vérité. Vous pourriez faire tenir le vieux tranquille. La folie vous incommode-t-elle ?

— Comment ? »

La question du spectre n'avait été que de pure forme. Il fit signe de l'emmener et, à nouveau, on la souleva pour la porter parmi les ombres mouvantes de la salle, puis le long d'un bref couloir. On déverrouilla une porte. Elle sentit une odeur d'immondices, la puanteur d'un être humain enfermé depuis un certain temps. Elle entendit un cri aigu, animal, un rugissement, un cliquetis métallique. Les rires fusèrent quand Una fut jetée dans la pièce pour atterrir sur de l'étoffe en décomposition, et quand quelqu'un dans la foule cria avec une joie intense : « Tiens, le vieux, voilà de quoi te calmer ! Une femme. Pour toi tout seul. »

La porte se referma, une clé tourna et, dans l'obscurité, Una écouta les sons inhumains de la créature qui, lentement, sur la paille pestilentielle, s'avançait maintenant vers elle.

Chapitre XXII

Où rivalités et mystères se multiplient et se propagent, et où Lord Montfallcon voit la fin de tous ses succès

Néanmoins, le tournoi du Jour de l'Avènement devra avoir lieu et, ensuite, la reine devra entreprendre son Circuit annuel. » Lord Montfallcon restait sur ses positions. « Jamais ces cérémonies n'ont été plus nécessaires. Ce ne sont pas de vains rituels, Sir Amadis. Elles ont pour but de convaincre le peuple de la majesté de la reine, de sa réalité et de son dévouement. Les rumeurs prolifèrent dans la capitale, et elles doivent déjà se répandre dans toute la nation, voire dans le monde. Si la reine n'apparaît pas, les rumeurs vont s'enfler comme des mouches sur du fumier et contaminer le moral du royaume d'une centaine de maladies qui nous affaibliront sur tous les fronts. Nous avons aboli le règne de la Force pour y substituer celui de la Justice. Cette Justice s'incarne dans la reine. Nous maintenons notre autorité sur nos provinces et sur notre empire mondial non pas par la force militaire, mais par le biais d'une philosophie dont Gloriana est la représentante. Par Mithras ! Notre foi est indissociable de sa personne et de sa conduite. »

Sir Amadis Cornfield se sentait mal à l'aise dans le

cadre oppressant des appartements de Lord Montfallcon, comme toujours mal aérés et surchauffés. Il se disait qu'il serait bien capable d'y contracter une affection tout ce qu'il y avait de vulgaire. Il hésitait pourtant à s'en aller sans avoir convaincu son confrère. « La reine endure le tourment, lui dit-il. Tant d'événements tragiques l'ont abattue. Et sa meilleure amie suspectée d'un crime...

— La voilà débarrassée d'une ennemie, le coupa Montfallcon, l'air satisfait et sinistre à la fois. L'influence de la comtesse de Scaith menaçait la sécurité de la Cour et du royaume. Il est évident qu'elle a comploté avec Sir Tancred le meurtre de Lady Mary, qu'elle a tué Sir Thomas Perrott chez elle — on y a trouvé du sang par terre, sur le lit, sur la tapisserie, du sang partout. Nous découvrirons bientôt le corps de Sir Thomas, la chose est certaine.

— Ce ne sont là que ragots vipérins, Monseigneur. » Sir Amadis était indigné.

« Alors pourquoi la comtesse s'est-elle enfuie du palais ?

— Ne pouvons-nous la tenir pour une victime, elle aussi ?

— Ce n'est pas son genre, Sir Amadis.

— Je ne savais pas, Monseigneur, que les victimes étaient choisies en fonction de leur caractère.

— Votre savoir, Monsieur, ne bénéficie pas de mon expérience.

— Il n'empêche que la reine se désespère et qu'elle se ronge d'inquiétude.

— Les affaires publiques lui rendront ses esprits.

— Et qui remplacera la comtesse au tournoi ? D'abord Tancred qui fait faux bond, maintenant elle.

Comme si la fatalité éliminait les prétendants au titre de Champion de la reine.

— Lord Rhoone a accepté de tenir le rôle du Chevalier Paysan.

— Alors espérons qu'il restera en vie jusqu'au Jour de l'Avènement.» Sir Amadis regarda la pendule, toute de cuivre et de chêne poli, au-dessus de la cheminée. L'aiguille approchait de la demi-heure. Il n'avait plus le temps de plaider sa cause davantage. «Je vous ai dit ce que j'en pensais.

— En effet, Monsieur.

— Nous pourrions annoncer que la reine est souffrante.

— Et aggraver la situation? Je suis à la barre de ce navire depuis bien des années. Je sais ce qui convient à Albion. Je connais les marées, les redoutables marées des exigences populaires. Je connais les hauts-fonds et les écueils. Je sais quelle cargaison transporter, quand la garder en réserve et quand l'écouler. Voilà pourquoi la reine se fie à mon jugement. Pourquoi elle fera ce que je lui conseillerai. Pourquoi elle ne doit pas être faible ou le paraître en ce moment. Au tournoi, toute la grande noblesse aura les yeux fixés sur elle pour ensuite diffuser les nouvelles de son humeur de par le monde.»

Sir Amadis haussa les épaules et, sur un signe de tête extrêmement bref, il sortit.

Rapidement il se dirigea vers la suite de pièces abandonnées derrière l'ancienne salle du Trône, où sa petite maîtresse — cette vierge innocente, friponne, garce — avait accepté de le retrouver et, enfin, de se donner à lui. Elle s'y était décidée à l'instigation d'un gentilhomme, son protecteur, qui avait eu pitié de l'inconfort, de la fébrilité et de la souffrance de Sir Amadis, et qui avait expliqué à la donzelle qu'elle aurait tout à gagner à se montrer gentille avec un conseiller de la reine.

Sir Amadis ressentait une profonde gratitude envers le gentilhomme courtois qui s'était soucié de soulager une peine de cœur et la douleur d'un corps délicat. Il éprouvait également un agréable sentiment de victoire sur Lord Gorius, son rival, désormais évincé.

Alors qu'il atteignait l'aile orientale quasi déserte, il tomba sur Maître Florestan Wallis, bizarrement accoutré de motifs floraux rouges et jaunes, en grande conversation avec quelqu'un que Sir Amadis prit pour une souillon de cuisine. Maître Wallis regarda alentour d'un œil coupable, puis adopta une attitude digne et provocante, le dos tourné vers la fille. « Sir Amadis.

— Bonjour, Maître Wallis. » Cornfield prit soin de ne pas s'intéresser à la catin, mais il était amusé car il n'avait jamais imaginé le ministre autrement qu'en célibataire asexué. Le voir ainsi, dans sa tenue tapageuse, l'air gêné, le réjouissait encore davantage, sans qu'il n'y entrât aucune méchanceté. Il se sentait plutôt lié par une sorte de complicité avec son collègue.

Il poursuivit son chemin, les laissant à leurs chuchotements. Il chassa un soupçon fugitif qui lui traversait l'esprit et qui associait cuisines et rognons.

*

Lord Montfallcon leva un regard noir de sous ses épais sourcils, et Maître Tinkler, qui se grattait la tête, champ de bataille d'élection de tribus de vermines en guerre, remua des pieds, s'éclaircit la gorge, se frotta le nez, avant de retrouver son calme.

Le chancelier relut sa liste. Il savait que plus il le ferait attendre, plus Tinkler répondrait rapidement à ses questions et, partant, risquerait moins d'agrémenter ses informations d'interprétations superflues.

« Pas de Quire ? » C'était son habituelle entrée en matière.

« Il est mort. Monsieur, c'est sûr. » Tinkler avouait son impuissance. « Et je n'étais pas tout seul sur sa piste. Il a disparu depuis six mois, Monsieur. Il faut faire une croix sur lui.

— Qui d'autre le recherchait ?

— Des pères de filles et de gars auxquels il aura fait du tort. Enlevé ou tué. Qui sait, désormais ?

— Que raconte-t-on en ville ?

— La plupart ont oublié Quire.

— Imbécile ! Je voulais dire : à propos de la reine.

— On l'aime, comme toujours, Monseigneur. On la vénère.

— Des ragots ?

— Sans importance.

— Ah oui ? » Contraction sceptique des sourcils.

« Ils ne... commença Tinkler, embarrassé... ne valent pas la peine...

— De quoi parlent les ragots, Tinkler ?

— De plusieurs meurtres, d'un retour au temps du règne abominable de Hern, de la reine rendue folle par...

— Par son désir inassouvi ?

— Comme qui dirait...

— Quoi d'autre ?

— De Sir Thomas Perrott que vous auriez emprisonné, Monseigneur, et torturé. Des fils Perrott, bannis, et qui prépareraient une rébellion. Et des favoris de la reine, qui abuseraient de toutes les jeunes filles vertueuses qui leur tombent entre les mains.

— Dignes de Quire, ces ragots. » Le rire bref de Montfallcon était horrible. « L'ancien temps, en vérité... Quel remède préconise-t-on dans les tavernes ?

— Chacun en a un différent, Monsieur. » Tinkler commençait à se laisser entraîner par son sujet, maintenant qu'il savait ce que l'on attendait de lui.

— Mais en général ?

— L'opinion la plus répandue est que Sa Majesté devrait se marier, Monseigneur. Avec un homme fort, qu'ils disent. Comme vous.

— Ils voudraient que je l'épouse ?

— Non, Monsieur. Enfin, il n'y en a pas beaucoup...

— Parce qu'on ne me fait pas confiance, n'est-ce pas ? »

Tinkler rougit. « Ils pensent que vous êtes trop austère, Monsieur, et trop vieux.

— Alors qui ?

— Comme prétendant, vous voulez dire, Monseigneur ?

— À qui le peuple voudrait-il voir mariée la reine ?

— À un roi, Monsieur.

— À Pologne ?

— Non, Monsieur, on estime le roi de Pologne trop faible pour une femme aussi volontaire. Comme époux, beaucoup pensent que le roi sarrasin, dont on a admiré la prestance, la virilité et l'allure martiale à l'occasion de sa visite cet hiver, serait le candidat idéal.

— Pourquoi ? Nous ne sommes pas en guerre.

— Les gazettes. Les chansons de rue. Je vous en ai apporté, Monseigneur. Toutes en parlent. Vous voyez ? Guerre civile. Guerre avec l'Arabie. Ou guerre avec les Tatares.

— Là où il y a volonté guerrière, une guerre suit toujours, marmonna Montfallcon, l'air songeur. Il faut y remédier.

— Je ne vous ai pas entendu, Monseigneur, je regrette... »

Montfallcon étudia Tinkler. « Donc la reine épouse le Grand Calife qui prend l'ascendant sur elle et mène Albion à la victoire...

— Beaucoup de gens plaignent les Perrott, Monsieur. Le meurtre de Lady Mary a enflammé les esprits.

— De tels crimes le font toujours. Et celui-ci réunissait toutes les conditions requises. L'innocence assassinée !

— Ils pensent que les Perrott se soulèveront, Monseigneur, et que beaucoup les rejoindront. Ils pensent qu'ils soutiendront la reine et qu'ils débarrasseront le palais de... » Là encore, Tinkler marqua un temps.

« Des anciens compagnons de Hern ?

— Oui, Monseigneur.

— La reine est vertueuse. Mais pas ses ministres ?

— Oui, Monseigneur.

— Elle est trop faible pour régner seule ?

— C'est à peu près ce qui se dit, Monseigneur. »

Montfallcon baissa la tête, se palpa la lèvre et

acquiesça lentement. « Et ils craignent qu'une reine faible n'implique une Albion vulnérable.

— Il serait plus juste de dire une femme de tête mal conseillée. » Tinkler déplaça son couvre-chef de velours cabossé. « Tout le monde n'est pas de cet avis. Il y en a qui ne sont pas d'accord.

— Mais la Foi s'affaiblit, non ?

— Pas trop. Les meurtres mis à part, tout serait oublié en l'espace d'un jour. Même les meurtres finiront par être oubliés. S'il n'y en avait pas eu d'autres... mais j'ai entendu dire...

— Il n'y a pas eu d'autres meurtres.

— À ce qu'on raconte, la comtesse de Scaith s'est enfuie après avoir tenté d'empoisonner Lord Rhoone et tué ses enfants. »

Lord Montfallcon eut un geste de la main. « Absurde. Elle s'est enfuie pour d'autres raisons.

— Certains prétendent que vous l'avez jetée en prison, Monseigneur. À la tour de Bran. Avec Sir Tancred. Sir Tancred était populaire, lui aussi.

— Et moi, je ne l'ai jamais été, dit Montfallcon qui sourit. Comme il est simple de fournir au peuple des Bons et des Méchants ! Et je ne m'en suis jamais plaint, jusqu'à ce meurtre. Si seulement j'avais Quire sous la main ! Un véritable furet, sa langue enjôleuse en a fait courir, des bruits ! Eh bien, à vous de jouer, Tinkler. Vous devez dire à tous combien la reine est forte, qu'elle songe à me démettre, que j'approche de la fin, que ma santé décline comme celle de Lord Ingleborough... »

Les yeux de Tinkler s'agrandirent. « Je ne peux croire, Monseigneur... »

Montfallcon lui lança de l'or. « Votre salaire est

assuré, Maître Tinkler. Dites à tous que, comme d'habitude, le peuple pourra assister au tournoi depuis les murs et les toits, que la reine sera présente et que, peu après, elle effectuera son Circuit annuel du royaume. Dites à tous que Sir Thomas Perrott a très certainement été assassiné par la comtesse de Scaith qui s'est enfuie d'Albion — c'est la vérité — et que, lorsque les Perrott auront compris cela, ils redeviendront loyaux et soumis. Nous ne dirons rien encore sur les éventuels projets de mariage de la reine, car c'est notre meilleur atout et ce serait idiot de le jouer trop tôt, avant que les prétendants ne soient sélectionnés...

— La reine reçoit des prétendants, Monseigneur ?

— Vous pouvez diffuser l'information, si vous voulez.

— Je pense que le peuple se réjouira de ces nouvelles, fit sérieusement Tinkler.

— Oui, c'est bien possible. » Lord Montfallcon se curait les dents avec une plume d'oie. « Vous pouvez disposer, Tinkler. »

Obséquieusement, le Quire au petit pied se retira sans bruit. Lord Montfallcon agita sa sonnette et Patch, le jeune page, entra, dans son habit de velours vert. Il ôta son chapeau et exécuta un profond salut. « Mon maître attend que vous le receviez, Monseigneur. En compagnie de Sir Thomasin Ffynne.

— Introduis-les. »

Patch fit un signe et se rangea de côté. Des laquais entrèrent lentement, les brancards de la litière de Lord Ingleborough sur les épaules. Quand ils le déposèrent à terre, Ingleborough, tout à sa douleur, vacilla dans son fauteuil, la main gauche sur son cœur défaillant. Il tendit une main noueuse vers Patch qui se précipita. Un amour les unissait — père et fils — mari et femme — et même Montfallcon était ému par tant d'affection réciproque. Le vieux lord était si perclus par la goutte qu'il ne lui restait guère de muscles qui n'endurassent le martyre, mais il gardait sa lucidité d'esprit, du moins quand il ne cherchait pas l'oubli dans la boisson ou les opiats. Derrière lui clopinait Sir Thomasin Ffynne, le visage grave, vêtu de velours sombre et de lingerie noire. Patch ferma les portes une fois les laquais sortis et, à la demande de Lord Montfallcon, les verrouilla.

Le chancelier soupira. Il offrit un siège à Sir Tom qui l'accepta, délestant son pied d'ivoire du poids de son corps. « Il fait chaud. » Il se massa l'articulation au-dessus du pied. « On se croirait aux Indes.

— Si seulement vous y étiez allé, Tom ! grommela Ingleborough. Il a fallu déployer des trésors de diplomatie pour vous libérer. Les Maures ont montré peu d'empressement, politiquement parlant. Neptune sait pourquoi ! Ils nourrissent des ambitions...

— Nous pouvons en être sûrs, dit Lord Montfallcon.

— Tout cela sent la guerre. » Ingleborough grimaça ; il avait serré le poing trop fort. Patch caressa les nodosités douloureuses. « Je ne l'ai jamais sentie aussi imminente depuis le règne de Hern. Quelle est la solution, Perion ?

— Il faut marier la reine.

— Mais elle refusera.

— Il le faut.

— Mais elle refusera. » Lord Ingleborough se mit à rire. « Dieux ! Elle est pire que Hern car elle, on ne peut ni la tromper ni la flatter. Elle nous connaît trop bien, nous trois en particulier. Elle est au courant de nos conversations à bâtons rompus depuis toute petite. Elle connaît toutes nos ficelles.

— Mais elle nous aime aussi, et elle suivra nos conseils, dit Montfallcon d'un ton lourd de sens. Maintenant, Tom, qu'avez-vous à dire sur la rivalité entre Arabie et Pologne ?

— Elle couvait depuis le nouvel an. » Les joues rougeaudes de Tom Ffynne semblaient encore davantage rutiler à mesure que, le sourire aux lèvres, il faisait part de ses inquiétantes nouvelles. « Casimir et Hassan sont partis d'Albion en ennemis jurés, chacun pensant qu'une fois l'autre mort, la reine serait sienne. L'histoire classique — on ne demande jamais l'avis de l'homme ou de la femme en cause —, la discorde s'accroît en fonction du silence des protagonistes. Plus ils restent sur leur réserve, plus la discorde prend de l'ampleur. Moins l'élue de leur cœur montre d'intérêt, plus les rivaux sont sûrs qu'elle soupire après l'un d'eux et qu'elle appartiendra à celui qui restera seul en lice.

— Nous connaissons ce travers, Tom. » Montfallcon était impatient de nature et, ces derniers temps, il commençait à perdre la maîtrise de soi dont il avait toujours fait preuve jusque-là. « Mais pour ce qui est de la rivalité... ?

— Un duel est prévu entre Pologne et Arabie.

— Non ? » Montfallcon, amusé, n'en croyait pas ses oreilles.

« Je tiens le renseignement de l'émir de Babylone, un proche du calife.

— Où vont-ils se battre ?

— Sur un navire. Un bâtiment turc. Au beau milieu de la mer du Milieu.

— À l'épée ?

— Avec toutes les armes de la Chevalerie.

— À cheval ? C'est impossible.

— C'est ce que j'ai compris. Le navire est grand. Le pont entier sera réservé au tournoi. Lance, épée, masse d'armes... tout l'attirail, quoi.

— Jusqu'à ce que mort s'ensuive ?

— Ou une blessure.

— Mais une mort est envisageable. N'est-ce pas, Tom ?

— Oui.

— Ainsi, nous aurons le risque d'une guerre entre l'Arabie, que nous protégeons, et la Pologne, notre meilleure amie. » Montfallcon était très pâle. Il se laissa tomber dans son fauteuil. Il regarda ses deux compagnons. Il se mordilla les lèvres.

« Et la Tatarie bougera, dit Lord Ingleborough. Elle n'attend qu'un relâchement dans la toile que nous avons tissée depuis treize ans.

— La reine devrait se décider pour l'un ou l'autre. Voilà ce qui les arrêterait. Mais lequel choisir ? » Lord Montfallcon se redressa. « Pologne, que notre peuple ne peut respecter, ou Arabic, incapable de nous donner l'héritier dont nous avons besoin ? Lequel ? »

Tom Ffynne se caressa le nez. « Arabie. Il ne manque pas de candidats pour engendrer un héritier à sa place. »

Montfallcon ne cessait de réfléchir. « Continuons dans cette voie, et nous verrons arriver une centaine de prétendants à la paternité des neuf filles de la reinc. Vous le savez, n'est-ce pas, Messieurs ? Vous y avez songé ?

— Pour obtenir la couronne ?

— C'est probable.

— La situation n'est pas si désespérée, dit Tom Ffynne.

— C'est vrai. Mais en treize ans, nous avons instauré l'Âge d'Or. Il faut peu de temps pour parvenir à ce genre de réalisation. Il en faut cependant moins encore à la Terreur pour qu'elle s'abatte, quoi que l'on fasse, sur une nation. Gloriana devrait épouser Arabie. Hassan est citoyen d'Albion, après tout. Il y a des précédents chez les Romains. Et les Grecs.

— Il nous amènera d'autres soucis. Les Sarrasins n'attendent que notre approbation pour déclarer la guerre à la Tatarie. La reine le sait. C'est une des raisons pour lesquelles elle n'envisage pas de se marier avec Hassan. Elle craint de mettre trop de pouvoir entre les mains d'un autre Hern. » La voix de Lord Ingleborough tremblait sous l'effet d'une douleur soudaine.

« Il faudra le soumettre à notre autorité, dit Montfallcon

— Il y aura des Sarrasins à la Cour, qui chercheront à faire tomber la reine sous leur coupe... et nous, par la même occasion, ajouta Tom Ffynne. Je crois que nous serions bien mal lotis, avec Hassan comme consort.

— Il faudra lui faire bien comprendre qu'il n'est *que* consort et non roi.

— En paroles ? dit Lord Ingleborough. Il peut sûrement y avoir accord. Mais dans les faits ? Il ambitionne de se servir de la puissance d'Albion contre l'Empire tatare. Tout le monde le sait. Et à la moindre rumeur de mariage, nous pouvons nous attendre à ce que les Tatares prennent les devants et attaquent l'Arabie les premiers. Il vaut mieux, seuls, soutenir la reine, Perion. Ou lui trouver un mari plus proche de nous et supprimer ainsi la cause de ce duel. Albion a couru des dangers plus grands.

— La guerre anéantirait toute notre œuvre, fit Lord Montfallcon. Comment en sommes-nous arrivés là ? Quelques mois ont suffi pour que nous soyons menacés de l'intérieur comme de l'extérieur. J'étais parvenu à maintenir un équilibre parfait. Comment a-t-il pu se rompre ?

— C'est à cause du meurtre de Lady Mary, dit Lord Ingleborough, et des dissensions qui nous opposent.

— À cause d'un simple meurtre ? Impensable.

— Pologne a peut-être appris que vous aviez combiné son enlèvement, Perion, suggéra Tom Ffynne. Auquel cas...

— Il lui faudrait vérifier. Et il ne reste personne à présent qui soit digne de foi. Le principal ravisseur est mort.

— Vous l'avez fait tuer ? » Lord Ingleborough se contorsionna dans son fauteuil.

« Pas moi. Arabie.

— Pourquoi ? »

Montfallcon haussa les épaules. « Une affaire d'espionnage, qu'il a prise trop à cœur.

— Pour votre compte ?

— Pour le compte d'Albion.

— Nous y voilà ! » s'écria Lord Ingleborough. Il était tout en sueur. « Je vous avais prévenu. Quand on recourt aux méthodes d'autrefois, on aboutit aux résultats d'autrefois. »

Montfallcon secoua la tête. « Cela n'a rien à voir avec le meurtre de Lady Mary, ni avec le cas Perrott. Car il ne faut pas les oublier, les Perrott. S'ils attaquent l'Arabie...

— Ils y gagneront en popularité, dit Tom Ffynne.

— Nous ne serons pas en mesure de les soutenir. » Le Lord Amiral grimaçait en même temps qu'il parlait. « Impossible.

— Et si nous les empêchons d'agir, ajouta Tom Ffynne, la moitié de la noblesse d'Albion se dressera contre nous et le peuple aussi. Nous pourrions connaître une sorte de soulèvement. Peut-être restreint, mais qui sait ? Une chose en amène vite une autre. »

Le visage douloureux de Lord Ingleborough trouvait son pendant chez Montfallcon qui, une fois encore, voyait son grand rêve s'envoler au fil de la discussion. Il se leva. « Il doit y avoir un moyen de sauver tout ce pour quoi nous avons œuvré dans l'ombre, tout le bien que nous avons réalisé !

— Pas par les vieilles méthodes. » Lord Ingleborough attira Patch à lui, comme pour protéger le garçon de la rage de Montfallcon. « Nous avons pris de mauvaises habitudes au service de Hern, même quand nous travaillions contre lui. C'est plus fort que vous, Perion. Vous continuez de recourir aux procédés du secret et de la Terreur, modifiés, peut-être, mais vous y recourez encore. Vous complotez pour des raisons sans grand intérêt...

— Pour protéger notre reine et Albion ! » Montfallcon n'éleva pas la voix, mais son ton s'était durci et n'en était que plus terrible. « Pour protéger l'innocence de la fillette dont nous avons tous trois préservé si longtemps l'existence des atteintes d'un père cruel et capricieux. J'ai investi mon âme dans cette tâche, tout comme vous. Je refuse votre conclusion, Lisuarte, qui voudrait que mes décisions n'aient été en aucune façon judicieuses.

— Ou immorales ? » Ingleborough parlait calmement, les dents serrées. La douleur ne cessait de grandir en lui. Il porta de nouveau la main à son cœur. « J'ai protégé Albion et tout ce qu'elle représente pour nous, on ne peut plus moralement. Le monde n'est pas parfait. J'ai dû utiliser certains procédés... Mais ils n'ont jamais mis la reine en cause. Aucune tache...

— Répandre le sang pour Albion, c'est le répandre au nom de la reine. » Ingleborough soupira et laissa tomber son menton sur sa poitrine.

Tom Ffynne se mit debout. « Cela ne me dit rien qui vaille. Si nous trois, nous nous querellons, alors tout ce que nous avons accompli est bel et bien perdu.

— Je n'ai jamais agi, continuait Lord Montfallcon, que lorsque la reine, et donc le royaume, étaient d'une manière ou d'une autre menacés. Beaucoup de ceux qui sont morts étaient de compagnie plutôt agréable, j'imagine, mais ils étaient fous et ils entraînaient la reine dans une folie du même ordre, souvent indirectement. Elle n'en a jamais rien su. Nous ne pouvions laisser discréditer le royaume.

— J'appréhende votre prochain aveu, gémit Ingleborough : que vous avez fait assassiner la comtesse. Et les autres.

— L'influence de la comtesse sur la reine n'a

jamais été bonne. Ses conseils n'avaient guère de respect pour le Devoir. Et la reine, c'est Albion, et Albion, c'est le Devoir. »

Tom Ffynne s'écria : « Mes amis ! Arrêtons ces chamailleries ! Vous vous repliez chacun à une extrémité d'une balançoire vermoulue. Quand la planche se brisera, vous tomberez tous les deux. Restons au milieu. Souvenez-vous. Notre tâche est de maintenir l'équilibre. Nous avons toujours été d'accord là-dessus. Et vous, Lisuarte, vous souffrez terriblement. Vous devriez rentrer chez vous. Je parlerai à Perion. Il grossit la vérité, comme un poète qui se saoule de ses propres vers, qui ajoute des éléments à son intrigue et peut faire ainsi durer le poème. »

Montfallcon s'assit derrière son bureau. Patch courut quérir les laquais pour qu'ils remportent la litière de son maître. Tom Ffynne resta debout près de la cheminée vide, à écouter le tic-tac et le grincement des rouages de la pendule au-dessus de sa tête.

Lord Ingleborough parti, Sir Thomasin Ffynne baissa les yeux sur l'ami encore présent. « Il ne doit plus se produire de meurtre, Perion. Une mort supplémentaire ruinerait définitivement nos plans.

— Je n'ai tué personne. Pas ceux auxquels Ingleborough faisait allusion, en tout cas.

— Je ne portais pas d'accusation. » Tom Ffynne s'étira. « D'un autre côté, je pourrais assurément adopter le parti de Lisuarte et dire : j'ai fait ma part ; j'abandonne le navire ; notre dernière opération était une idiotie et je ne reprendrai pas la mer ; maintenant, je reste à quai. J'ai simplement demandé qu'il n'y ait plus de morts. Nous devons y veiller. Il faut purifier l'atmosphère, Perion. Il faut ramener la lumière. Rendre la reine heureuse. Par égard pour nous tous. Nous ne pourrons y parvenir par les anciennes méthodes, par le fer.

— De quels autres moyens disposons-nous ? » Montfallcon boudait mais, d'après son attitude, ne niait pas la justesse des paroles de Ffynne. « Quand le fer menace, c'est le fer qui défend.

— L'or défend, lui aussi.

— Payer pour écarter les obstacles ? Ce système n'a jamais rien donné, dans toute l'histoire de l'humanité.

— Chimères. » Sir Tom se riait de lui-même. « Rêves dorés. Voilà de quoi nous vivons, vous et moi, depuis toutes ces années. D'une foi radieuse. »

Montfallcon était d'accord. « La reine répondait à notre attente. Elle nous a redonné notre foi pour quelque temps. Il semblait que tout allait bien à nouveau. Et voilà que la comtesse de Scaith est accusée d'assassinat et que la reine s'en affecte. Depuis, elle ne cesse de se morfondre. Elle ne veut voir personne. Le comte Korzeniowski sollicite une audience pour l'entretenir d'affaires importantes au sujet de Pologne — peut-être désire-t-il qu'elle empêche ce duel, car il aime son Casimir. Oubacha Khan parle ouvertement d'armées tatares qui se concentreraient aux frontières de l'Arabie tout en faisant courir certains bruits, appris de Lady Yashi, sa commère, selon lesquels Lady Lyst et Maître Wheldrake auraient participé au meurtre de Perrott et jeté son corps dans un puits abandonné. Au point que Lyst et Wheldrake craignent désormais pour leur vie, si jamais les Perrott ont vent de la rumeur...

— Vous les croyez innocents ?

— Oui. Ces deux-là n'ont pas la mentalité d'assassins.

— On jase sur la perversité...

— Bien anodine. Je connais les penchants du maître. Tous les jours, il voudrait recevoir un châtiment corporel de la main de la reine, et il fait jouer son rôle par Lady Lyst. Quant à elle, elle n'a de penchant que pour le vin. La reine pourrait mettre un terme aux ragots, mais elle n'en fera rien. Elle n'a pas tenu son sceptre depuis plus d'une semaine. Elle n'a reçu aucun ambassadeur. Elle n'a pas mis le pied dans la salle d'Audience. Elle refuse de m'écouter. Et voilà qu'arrive une délégation d'une cinquantaine de Sarrasins qui veulent lui parler de toute urgence — sûrement pour le même motif que Korzeniowski — et elle les éconduit, elle les insulte presque, et eux font le pied de grue jour après jour dans la deuxième salle d'Audience en tenues guerrières de soie et d'acier gravé (mais sans armes), comme une armée en état de siège.

— La comtesse de Scaith. Si on la retrouvait ?

— Elle est partie pour de bon.

— Vous avez des préjugés contre elle.

— En effet. Mais je sais lire dans les esprits. Elle amollissait la reine.

— La reine croit maintenant à sa trahison ? » Ffynne était perplexe.

« La reine ne me dit rien.

— Elle pense peut-être que vous l'avez trompée, Perion ?

— Peut-être.

— Ingleborough a-t-il l'oreille de Sa Majesté ?

— Il tergiverse.

— Pas aujourd'hui.

— Il lui a présenté quelques banales paroles de réconfort, mais elle l'a renvoyé, lui aussi. Apparemment, elle se demande si la comtesse de Scaith n'a pas été assassinée à son tour. Elle pense que le sang dans la chambre était celui de son amie.

— Et si elle avait raison ?

— Il y aurait eu des traces de lutte.

— Et aucune de la mort de Perrott ? » Une telle théorie laissait Ffynne sceptique.

« Tout ce mystère a été débattu. » Montfallcon se leva avec lenteur. « Elle a eu tout le temps nécessaire pour veiller à ce qu'on n'établisse pas sa culpabilité dans le meurtre de Perrott. Elle n'aurait pas fui à moins de se sentir soupçonnée, n'est-ce pas ?

— Mais était-elle soupçonnée ?

— Oui. Par moi. Je m'en suis toujours méfié.

— Et aucune nouvelle d'elle à Scaith ?

— Non. Aucune. Elle se sera réfugiée à l'étranger. Elle possède des terres un peu partout. Certains disent même que l'empereur de Tatarie est son amant. »

Tom Ffynne s'essuya le visage d'un revers de manche. « La reine a besoin d'un soutien, Perion. Si elle refuse le mien, elle le trouvera ailleurs. Una de Scaith était sa meilleure amie. Peut-être la seule dans sa vie privée.

— La reine n'est pas une personne privée, fit Lord Montfallcon. Elle ne sera pas longue à se rappeler que les amis d'Albion sont ses amis. L'équation est simple. »

Sir Thomasin Ffynne se pinça les lèvres. « Il se pourrait, Monseigneur, que nos équations soient trop simples. À propos, où est le docteur Dee ? Il me semble qu'il aurait été ravi de réconforter Sa Majesté.

— Il est obnubilé par ses expériences. Il met rarement le nez dehors, ces temps-ci.

— On dirait qu'elle s'est d'un coup séparée de nous tous. » Il claudiqua vers la porte. « Quelle explication donner à cela, d'après vous, Perion ? »

Montfallcon leva les yeux. « Comment ? Vous me rendez responsable aussi ? »

Tom Ffynne se retourna et l'observa avec attention. « Vous vous sentez tout de suite accusé. Je n'ai fait que poser une question, dans l'espoir que votre esprit subtil trouverait une réponse.

— Je suis harcelé de tant de questions. » Montfallcon avait honte de lui. « Pardonnez-moi, Tom.

— Eh bien, réfléchissez-y. Après tout, votre mission consiste à maintenir l'unité de la Cour et du royaume. Et la clé de voûte de cette unité, c'est comme toujours Gloriana. Que la clé de voûte cède, et c'est tout l'édifice qui s'écroule, n'est-ce pas ?

— Je n'ai jamais dit autre chose.

— Cependant, nous ne nous soucions pas assez de protéger notre clé de voûte. De la remettre d'aplomb, si elle s'affaisse. » Tom parlait d'un ton amical. « Il faut user de douceur. Dans un sens, en tout cas, elle n'est toujours pas femme. Alors, traitez-la comme une enfant, Perion. »

Mais Lord Montfallcon émit un soupir fatigué. « Toute tendresse a disparu, Tom. Il ne reste plus que le Devoir.

— C'est ainsi que les mariages tournent à l'aigre et au cynisme, il me semble. » Tom Ffynne partait.

« Mais, comme Lisuarte, je ne me suis jamais marié, alors je ne suis peut-être pas très bon juge.

— J'ai été marié de nombreuses fois », fit Montfallcon, la voix grave et douloureuse.

Chapitre XXIII

*Où la reine assiste aux cérémonies
du Jour de l'Avènement
qui voient la consécration de la Chevalerie ;
où elle découvre un nouveau Champion*

Revêtus d'or flamboyant et d'argent miroitant, de jais chatoyant et d'acier étincelant, dans leurs armures à plaques et leurs cottes de mailles, enveloppés dans leurs surcots ondulants de soie précieuse aux teintes vives, bleues et rouges, vertes et jaunes, violettes et marron, telle une marée agitée de plumes aux couleurs de l'arc-en-ciel, les Jouteurs de la reine franchirent dans un fracas métallique les larges portes d'accès à la Grand-Place. En procession ils en effectuèrent le tour, arborant des boucliers fabuleusement ouvragés, des écharpes de samit nouées au bout des lances, des étendards amidonnés et éclatants, montés sur des chevaux accoutrés des mêmes couleurs voyantes et des mêmes armures extravagantes. Au-dessus, depuis les murs et les toits, selon l'antique privilège, le peuple rugissait des quatre côtés à la fois et acclamait ses favoris. Du vieux balcon de l'aile orientale, où son père et son grand-père s'étaient jadis assis, la reine Gloriana saluait de la main ses chevaliers et distribuait des roses qu'elle lançait au hasard. En retour, elle était ovationnée par les cris tonitruants et les vivats exubérants d'une foule que toute cette pompe et la chaleur du plein été portaient au délire. Les lances se levèrent, puis s'abaissèrent ; les boucliers furent exhibés pendant que les hérauts faisaient l'appel des Armoiries. Les chevaliers étaient venus de tout le royaume pour concourir devant la reine. De grands noms étaient présents : Tirante, duc de Lyonesse, des Iles de l'Ouest ; Sir Gandalac de la Vallée de Lune, du Pays du Nord ; Sir Esplandian de Valentie ; Sir Hector du Rannach en Hibernie ; Sir Turquine de Lincoln : tous accompagnés de leurs cavaliers, leurs pages et gentilshommes, leurs hérauts et écuyers. De l'étranger étaient venus Sir Hakan de Tauron, le roi Huron, à l'armure toute décorée de plumes de guerre et de perles ; Sir Herlwin de Wicheetaw ; le roi Desrame de Mauritanie ; l'émir de Saragosse ; le prince Hira de Bom-bai ; le sultan Matroco d'Éthiopie ; le prince Chan de Cathay ; Sir Bulamwe du Bénin. Beaucoup d'entre eux étaient habitués à la foule, car ils participaient tous les ans au tournoi, où ils mesuraient non seulement leur valeur au combat, mais aussi la splendeur de leurs atours, de leurs équipements, de leurs chevaux et de leurs suites ; celles-ci se paraient de costumes incroyables de faunes, de sauvages et de petites divinités. Certains avaient amené des animaux tels que licornes, éléphants et camélopards pour tirer leurs magnifiques chars ; d'autres chevauchaient comme pour une chasse à courre, au milieu de meutes de hyènes dressées ou de singes ; Sir Miles Cockaigne, qui se vantait de ne jamais avoir remporté un seul combat de toute sa vie, s'était entouré de violoneux et de danseurs, tandis que ses cavaliers portaient des saqueboutes en guise d'armes et que lui-même, en surcot à damiers et cottc bigarrée à mailles larges losangées, était arrivé en Arlequin l'Effronté, accueilli par les rires de la reine et du public.

Tous cherchaient à plaire à Gloriana ; cependant, les nobles des châteaux et des grandes maisons d'Albion ne la quittaient pas des yeux, dans l'attente de ses réactions. Ils géraient leurs domaines et dirigeaient leurs métayers en son nom et au nom de la Chevalerie ; ils faisaient respecter ses lois, ils appartenaient à cette génération qui la vénérait et pour qui elle était un symbole de loyauté et un idéal, mais ils savaient combien les vertus de l'Amour pouvaient facilement se métamorphoser en vices du Cynisme. À travers elle, et avec son soutien total, Montfallcon avait remodelé l'esprit d'Albion par le biais subtil du cérémonial et du mythe, fermement convaincu qu'un mensonge doré deviendrait, avec le temps, une vérité d'argent, un mensonge auquel presque tous ne demandaient qu'à croire, pour les mêmes raisons qui le poussaient à le commettre. Les cérémonies de l'Avènement, qui dureraient une semaine entière, donnaient la preuve tangible de leur adhésion à ses principes et de leur engagement. Aussi saluaient-ils la reine et étaient-ils heureux, en combattant amicalement selon les règles tarabiscotées de la chevalerie mais spectaculairement pour divertir le peuple, d'affirmer leur loyauté envers tout ce que représentait Gloriana, de s'affronter non seulement en termes de prouesses physiques mais aussi en fonction d'un rituel d'honneur et d'humilité, de prouver aux yeux de tous leur aspiration vers la spiritualité, vers les vraies valeurs de la Chevalerie.

*

La reine se retira dans la longue tribune, selon la coutume royale, pour s'y asseoir et assister au tournoi à travers la vitre qui la protégeait de la poussière et, jusqu'à un certain point, du bruit. Son attitude était si dégagée que certains de ceux qui ne la connaissaient pas auraient pu la croire insensible, pour avoir si vite oublié ses amis disparus. Beaucoup d'ambassadeurs étrangers avaient déjà pris place, ainsi que les dames d'honneur favorites, leurs compagnons et leurs soupirants, les parents des conseillers privés, les femmes et les enfants des concurrents, et des relations de province de la reine qui avaient profité de l'occasion pour lui rendre visite. Le Conseil privé était lui-même pour une large part présent ; aujourd'hui, il ne suivrait pas la Joute, mais le dernier jour, celui de l'Avènement, il présenterait ses respects à la reine sous la forme d'une Romance, quand elle apparaîtrait en reine Urganda l'Inconnue, mystérieuse et bienfaisante sorcière de légende, amie des héros, protectrice des âmes nobles et braves.

Gloriana tenait son rôle de Gracieuse Souveraine avec une énergie tirée de la colère, peu habituelle chez elle, que lui inspirait l'injustice de sa condition. Montfallcon avait insisté sur sa présence, lui remettant en mémoire les promesses qu'elle lui avait faites avant même son accession au trône, lui rappelant l'héritage d'Albion, sa signification et sa grandeur. Il avait réveillé sa conscience mais non son cœur. Elle avait compris le pourquoi de son insistance et n'avait pas protesté. Ces douze dernières années, elle avait toujours apprécié les cérémonies du Jour de l'Avènement, qui s'achevaient par la mascarade où elle tenait le rôle principal. Hélas, elle n'avait pas Una auprès d'elle, ni Mary, ni ce fou mais charmant Sir Tancred ; elle ne pouvait que ressentir douloureusement leur absence et elle les pleurait intérieurement, tandis qu'elle souriait, qu'elle échangeait des paroles aimables et, de temps à autre, agitait une main joyeuse derrière la vitre.

Elle se sentait trahie, par l'innocente Una, par le rusé Montfallcon, par le Conseil, par ses compagnons et ses amis ; des amis, elle n'en avait plus désormais, il ne lui restait que des sujets, des personnes à charge, des domestiques et des secrets. Pareils sentiments la contraignaient à faire assaut d'esprit. Elle n'était plus elle-même. Elle s'investissait totalement dans le rôle de Gloriana ; peu de membres de son entourage soupçonnaient qu'elle pouvait s'effondrer d'un instant à l'autre et, dans le nombre, encore moins s'en inquiétaient. Elle était comme un splendide vaisseau amiral fendant les flots, toutes voiles dehors pour prendre le vent, pavillon haut, boiseries, cuivres, dorures et peintures étincelant au soleil sous les acclamations d'une foule qui ignorerait que, sous la ligne de flottaison, manquaient ancre et gouvernail.

Le premier tournoi commença, dans l'espace spécialement aménagé sur la grande île artificielle au milieu du lac afin que l'ensemble du public ne perdît rien de la rencontre.

Sir Timon du Pont de Graveny, jeune chevalier de bleu et de blanc vêtu, joutait contre Sir Peregrine du Château de Kilcolman, plus expérimenté, aux couleurs rouge, or et noir. Sir Timon ne tarda pas à vider les étriers, sur quoi Sir Peregrine mit pied à terre, prit deux lances et, aidant son adversaire à se relever, lui en tendit une afin que le combat puisse reprendre jusqu'à ce que l'un des adversaires tombe ou que cinq lances soient rompues. Dans leurs lourdes et excentriques armures, sous leurs heaumes fermés et leurs plaques de métal, les chevaliers évoluaient lentement, posément sur le terrain, et, tels les mimes antiques, portaient leurs coups avec une grâce stylisée. Au-dessus et autour d'eux, la foule gardait le silence, ruisselante de sueur dans la chaleur d'août, consciente de l'inconfort des deux adversaires qui cuisaient à petit feu à mesure que se prolongeait leur affrontement.

Lord Oubacha Khan croisa le regard de Gloriana qui se détournait du spectacle. Il sourit et la salua, et elle lui lança : « Monseigneur et ami, venez donc vous asseoir auprès de moi. Notre dernière conversation remonte à fort longtemps. »

Le grand Tatare, en surcot doré et cotte de mailles argentée, le costume de cérémonie traditionnel de son pays, s'approcha et baisa la main royale.

« Je m'inquiétais, dit-il à voix basse, au sujet de la comtesse de Scaith. »

Gloriana l'attira sur le divan. « Comme nous tous, Monseigneur. » Elle parlait d'un ton léger.

« J'avais grande admiration pour elle. »

Gloriana demeurait sur ses gardes, mais elle était certaine de lire la sincérité dans les yeux noirs de l'Oriental. « Moi aussi, Seigneur Oubacha Khan.

— Le bruit court qu'elle est morte.

— Et aussi qu'elle s'est enfuie. Et même, Monseigneur, qu'elle est partie vivre avec votre propre maître, en Tatarie, dans votre capitale moscovite. »

Oubacha Khan eut l'ombre d'un sourire. « Si seulement c'était vrai, Votre Majesté.

— Vous ne semblez pas la prendre pour une meurtrière.

— Je m'en moque. Si elle est vivante, je la trouverai. »

Gloriana s'étonna d'une telle véhémence, mais elle observa une attitude protocolaire. « L'affaire est du ressort de Lord Rhoone et de Lord Montfallcon. »

Oubacha Khan chuchota, sur le ton du secret : « Mes propres gens la cherchent aussi.

— En Albion ?

— Partout, Votre Majesté.

— Alors, ne manquez pas d'informer Lord Rhoone de tout ce que vous apprendrez, Monseigneur.

— Bien entendu, Votre Majesté. Mais, aussi étrange que cela puisse paraître, nous n'avons encore rien appris. Il n'existe aucune preuve qu'elle ait quitté le palais.

— Ah, vraiment ? » Le sujet lui était si douloureux que Gloriana regarda ailleurs, feignant l'ennui de façon à dissimuler son intérêt et ses véritables sentiments.

« Nous poursuivons les recherches.

— Il est venu à nos oreilles, Monseigneur, commença Gloriana d'une voix un peu trop aiguë pour être naturelle, que les marchands tatares commerçaient avec nos provinces indiennes, en particulier avec les États montagneux de Pathanie et d'Afghanie. En tirent-ils de bons profits ? »

Il prit à son tour un ton officiel pour dire : « À moins de s'enrichir, les marchands périssent, Votre Majesté. Certains réalisent de gros profits, sans nul doute.

— Le commerce entre les nations apporte le savoir, et le savoir la sagesse, Monseigneur. Vos marchands deviennent-ils sages également ? » Elle assumait la fonction que Montfallcon attendait de sa part, ainsi ne pensait-elle pas à Una.

« Le peuple tatare est réputé pour sa sagesse, Votre Majesté.

— La sagesse enseigne que le commerce est facteur de paix et de prospérité, alors que la guerre n'entraîne que misère et cohorte de nouveaux conflits. » Elle suivait le raisonnement dicté par sa conscience, mais il semblait au khan que son attention se portait vers ce qui se passait de l'autre côté de la vitre.

« Il existe une sorte de sagesse, Votre Majesté, relança-t-il d'un ton presque aussi mécanique qu'elle, qui n'est rien d'autre que de la prudence abritée derrière le masque du sophisme. Il en est une autre, toute simple, qui nous dit qu'accorder trop d'importance aux besoins du marchand engendre une nation faible, à la fois moralement et physiquement, et en fait une proie désignée pour ses rivales plus puissantes.

— Nombre de stoïciens de ce pays en tomberaient d'accord, répondit-elle. Mais le monde devrait accepter toutes formes de philosophie, je crois, et il devrait être du devoir du juste de protéger le faible tout en soutenant le fort. » Elle se rendait à peine compte de ce qu'elle disait ; les mots sortaient presque machinalement, par déformation diplomatique. Mais Oubacha Khan, tout en répondant sur le même mode, les trouvait révélateurs.

« Car une apparente faiblesse recèle une force considérable, poursuivait-elle, jetant un autre regard vers le tournoi où deux nouveaux chevaliers s'affrontaient. Bien sûr, le peuple tatare, connu pour son discernement, doit déjà le savoir.

— Une telle opinion peut devenir dangereuse pour qui la professe, répliqua Oubacha Khan. La force risque de décliner sans que l'on s'en aperçoive.

— À moins de garder en mémoire la nécessité de l'entretenir, Monseigneur. »

Elle sourit et se leva pour regarder les chevaliers qui mettaient leurs lances à l'horizontale et s'élançaient l'un vers l'autre au grand galop, capes au vent. Il y eut un craquement, puis une ovation pour les deux adversaires qui avaient semblablement brisé leurs armes mais s'étaient maintenus en selle, et qui regagnaient leurs positions respectives pour en saisir de nouvelles. « Si, par exemple, je m'affaiblissais, en tant qu'ami vous me mettriez en garde, j'en suis convaincue.

— En effet, Votre Majesté. » Oubacha Khan avait trouvé plus d'intérêt à la discussion que la reine. Elle lui avait fait sentir que le rassemblement armé des Tatares le long des frontières de l'Arabie faisait à Albion l'effet d'un signal d'alerte. Il était satisfait, c'était ainsi qu'il comprenait la diplomatie.

« Lord Kansas ! » La reine voyait le long visage bronzé avec un plaisir sincère. « Vous n'êtes donc pas reparti pour vos terres de Virginie ?

— Bientôt, Votre Majesté. Beaucoup de choses me retiennent ici. Et je ne voulais pas manquer la

Joute. » Le noble lord à la voix douce sourit et se pencha pour baiser sa main gantée. Il portait un pourpoint et des chausses bouffantes, dans différents tons de jaune, une courte cape cramoisie, retenue à l'épaule, et un chapeau emplumé à larges bords qu'il retira en s'inclinant.

Elle le taquina. « Vous êtes habillé de façon particulièrement voyante pour un stoïcien, Monseigneur.

— Aujourd'hui, je me suis vêtu pour une reine, répondit-il.

— Vous devenez un parfait courtisan, Monseigneur. » Comme Oubacha Khan prenait poliment congé, elle tapota le divan pour que Lord Kansas vienne s'asseoir auprès d'elle.

Il eut un large sourire et s'exécuta. « En toute franchise, Madame, je me fais l'effet d'une citrouille boursouflée.

L'air sérieux de la reine avait quelque chose de comique. « Vous avez fière allure, Monseigneur. Prenez-vous plaisir au tournoi ?

— Certainement.

— Vous n'y participez pas ?

— Non, Madame. Je ne suis guère versé dans les armes. Et je ne dispose pas d'un nombre suffisant de serviteurs pour m'assister. Pas ici.

— J'ai appris que vous êtes venu avec une suite très réduite.

— C'est mon habitude, Madame, car je ne voyage souvent qu'en compagnie de soldats, comme vous le savez.

— Vous avez des joutes, en Virginie. Je l'ai lu.

— Très raffinées, Votre Majesté.

— Mais en tant que stoïcien, vous en déplorez le faste, n'est-ce pas ?

— J'en accepte la nécessité. Ici, en tout cas. J'accorde, comme la comtesse de Scaith... — visiblement, il regrettait son manque de tact, mais il poursuivit, sans marquer pratiquement de temps d'arrêt — ... ma préférence va à des méthodes plus simples pour maintenir la dignité de l'État. Mais elles viendront en leur temps, je pense. Le courage aura raison du passé.

— Je partageais également cette conviction, dit la reine... J'envie votre vie pastorale en Virginie. Le Kansas est-il paisible, Monseigneur ?

— Quelquefois trop, pour un homme de ma trempe, Madame. Vous connaissez en gros le tempérament virginien, je suppose. Nous aimons la terre. Nous vivons en sécurité. En paix avec les autres nations, et maintenant avec Albion.

— Les rébellions n'ont pas été très importantes.

— Elles n'étaient pas dirigées contre le royaume, seulement contre ses représentants. » Il faisait clairement comprendre qu'il parlait de Hern.

« Oui. » Gloriana se frotta un œil et s'enfouit le menton dans sa collerette. « Mais s'il y avait la guerre ? Les gentilshommes de Virginie s'engageraient-ils à nous soutenir ? »

Lord Kansas fut surpris. « La guerre ? »

Elle posa les doigts sur son avant-bras. « Aucune guerre n'est déclenchée, Monseigneur. Du moins, pas que nous sachions. Je ne faisais que poser une question, émettre une hypothèse.

— La Virginie entrerait en guerre. À contrecœur. Mais elle ne se déroberait pas.

— C'est ce que je pensais.

— L'affaire Perrott, Madame, n'a tout de même pas atteint de telles proportions... ?

— Elle reste sans conséquences, Monseigneur. Sauf que les Perrott sont, à juste titre, furieux depuis le meurtre de leur sœur et la disparition de leur père. Mais ils se calmeront.

— Aucun n'est venu à la joute.

— Vous avez remarqué ? » Elle esquissa un sourire las. « Oui. Ils ne sont pas venus cette année. Les Perrott comme leurs parents. Qui les en blâmerait ? Mais, je puis vous l'assurer, ils reviendront à de meilleurs sentiments.

— Je l'espère, Madame. Sir Amadis : sa femme est une Perrott, non ?

— Rappelée chez elle. Sir Amadis avait permission de la suivre. Mais il a refusé. Ils sont séparés. Cela ne durera pas. Sir Lepsius Lee est parti dans le Kent avec son épouse, en retirant ses domestiques de la Cour.

— Une telle déloyauté ne vous cause aucune peine, Madame ?

— Nous sommes le royaume, Monseigneur, et ne connaissons donc pas les sentiments humains. » Le visage figé, elle s'intéressa à nouveau au tournoi. Elle garda la main posée sur le bras de son voisin. « Vos manières directes de campagnard nous sont une bouffée d'air frais, Lord Kansas, mais elles ne s'accordent pas toujours à la vie de la Cour. »

Il gloussa. « Vous me pardonnerez ?

— Vous nous charmez comme toujours, Monseigneur. »

Lord Montfallcon s'approcha, les yeux plissés. « Lord Kansas ? »

Kansas se leva et salua. « Votre Grâce. » À cet instant, la reine Gloriana comprit ce que son chancelier avait en tête : il voyait dans le noble Virginien un prétendant possible. Approuvait-il pareille idée ? Et Lord Kansas faisait-il sa cour ? se demanda-t-elle. Elle regarda l'un, puis l'autre, et joua de l'éventail.

« Vous appréciez notre Cour, dirait-on, fit Lord Montfallcon.

— Comme j'aime l'ensemble de votre île. » Kansas hésitait. Il semblait ne pas désirer poursuivre la discussion, peut-être par crainte de l'interprétation intuitive de Montfallcon.

Le lord grisonnant, dans ses robes noires, s'approcha lentement de la reine, dans une attitude presque menaçante, et Lord Kansas leva instinctivement la main, comme pour l'arrêter. Puis il la laissa retomber sur le pommeau de sa dague d'apparat. « Madame, fit Lord Montfallcon, à peine conscient de ce geste, l'ambassadeur de Cathay souhaiterait s'entretenir avec vous.

— Faites-le venir, Monseigneur. » Gloriana congédia Lord Kansas d'un sourire et revint à son Devoir.

Et à son devoir elle se consacra tout au long de la semaine, alors que le soleil se faisait de plus en plus ardent, la foule de plus en plus turbulente et les épreuves de chevalerie de plus en plus spectaculaires, où la soie, l'acier et l'eau, la poussière et la bruine se mariaient pour donner à chaque journée une allure de rêve. Elle assista aux banquets et ravit tout le monde. Elle décerna des honneurs, accepta des présents, fit l'éloge de tous. Et chacun de reconnaître que c'était là le plus réussi des festivals d'été, qu'une pareille liesse, une telle perfection étaient inégalables. Pas un chevalier, pas un cavalier, pas un ambassadeur, pas une dame ni un dignitaire ni un marchand qui ne quittât la reine le pas léger et la joie au cœur. Et si Gloriana en vint à compter un peu plus chaque jour sur ses pots de fard pour garder ses couleurs, personne ne critiqua ou même ne remarqua la pâleur qui l'envahissait, si ce n'est le silencieux Sir Thomasin Ffynne ou le cacochyme Ingleborough.

Et Lord Montfallcon, qui se déplaçait d'un invité à l'autre pour appuyer et amplifier l'action bénéfique de la reine, refusait de voir ou d'écouter Tom Ffynne et Lisuarte Ingleborough quand ils lui en parlaient. Il affichait presque de la cordialité envers ses ennemis potentiels et ses nombreuses connaissances, mais gardait plus de distance avec ses amis.

Pendant ce temps, Sir Amadis Cornfield n'assistait qu'aux cérémonies qui exigeaient sa présence, et filait régulièrement vers l'ancienne aile orientale ; le docteur Dee, aimable mais distrait, ne sortait que rarement de sa retraite, après avoir toujours pris soin de verrouiller la porte derrière lui ; et Lord Gorius Ransley, de temps à autre, allait rôder dans les corridors du vieux palais ; quant à Maître Florestan Wallis, il arrivait faible et le souffle court quand on l'appelait pour assumer ses fonctions. Même le loyal Lord Rhoone passait plus de temps qu'à l'ordinaire chez lui, auprès de sa femme et de ses enfants ; mais quoi de plus naturel ?

Et quand la reine remarqua l'absence de Maître Wheldrake et de Lady Lyst, elle sut de quoi ils avaient peur et ne les fit pas chercher. D'ailleurs, Maître Wheldrake mettait la dernière main à son poème du Jour de l'Avènement. Lord Shahryar, retour de Bagdad, transmit les compliments de son maître, Hassan, le Grand Calife, et offrit de riches cadeaux, mais il ne fit aucune allusion à une rumeur courant sur un duel prochain prévu sur le pont d'un navire. Et Lord Montfallcon éprouva beaucoup de difficultés à sourire à l'homme qui lui avait ravi son meilleur adjoint, Quire.

Sir Vivien Rich concourut dans une joute et la gagna, au prix de nombreuses contusions qui l'empêcheraient, se plaignit-il, de monter à cheval pendant un mois et donc de participer à la Chasse de septembre. Sir Orlando Hawes lança un défi à un cousin, Sir Vulturnus, le chevalier nubien de grand renom, et, par un coup de chance, en sortit vainqueur ; après quoi il déambula par toute la Cour en offrant une mine d'ahuri.

Des expéditions furent organisées vers les champs en dehors de la ville, où l'on donna de grandes fêtes nocturnes en plein air, dans une telle ambiance d'ébriété que certains invités se perdirent pour être retrouvés le lendemain dans des fenils, des meules de foin, des haies ou des fossés, ou encore, à deux ou trois reprises, dans les lits douillets de fermières veuves.

L'air d'août était brûlant, mais en même temps apaisant ; et, si les esprits s'échauffaient, ils étaient vite calmés par la bonne humeur générale. Des groupes de courtisans, qui partaient à cheval à l'aube ou au crépuscule, pouvaient assister depuis les collines à la récolte du blé, suivre du regard les chalands richement décorés sur les longs canaux rectilignes qui menaient au fleuve, et contempler la ville avec ses bateaux qui chargeaient et déchargeaient toutes les richesses du monde ; ils avaient sous leurs yeux le spectacle d'une Albion paisible, heureuse et industrieuse, et savaient que le règne de Gloriana était un bienfait. Les fantômes de Lady Mary et des autres s'étaient évanouis. Les Perrott recevaient des nouvelles qui atténuaient leur haine et quelques membres de la famille conseillèrent à leurs parentés d'envisager une réconciliation avec la reine qui avait toujours été leur amie. Des Polonais, des Sarrasins et des Tatares se mêlèrent au peuple d'Albion, se révélant humains et d'honnête compagnie ; Mars se replia derrière l'horizon.

Le Jour de l'Avènement proprement dit arriva ; dans la matinée furent livrés les quatre derniers combats, afin de désigner les deux champions qui, le soir, s'opposeraient encore devant la reine en une ultime joute dont le vainqueur recevrait la couronne de fleurs des mains mêmes de Sa Majesté. Entre-temps devait avoir lieu la Mascarade, avec la participation de la reine et des membres de la Cour qui joueraient des personnages et diraient des vers. On attendait l'événement, clou de la commémoration, dans une joyeuse impatience. Les éloges de Gloriana fleurissaient sur toutes les lèvres ; le scandale était oublié ; la moralité, la vaillance et la piété du royaume restaient assurées, au point que le visage austère de Lord Montfallcon s'éclairait d'une expression presque amène.

*

Dans ses appartements, entourée de ses dames de compagnie, de ses femmes de chambre et de ses pages, Gloriana, le teint pâle, résignée, se laissait maquiller et travestir du magnifique costume scintillant de son rôle : soie damassée et lingerie empesée, velours et brocart, cousus de milliers de pierres précieuses — saphirs, améthystes, turquoises, rubis, perles et, en majorité, diamants. Une haute couronne à pointes coiffait ses cheveux tressés d'où tombait un fin voile de dentelle destiné à lui donner un air mystérieux. Derrière sa tête montait une collerette à armature, si grande qu'elle portait sa taille à sept pieds afin de la faire dominer tous les chevaliers. Corsetée, ligotée, entortillée dans des rubans, lestée de métal et de pierres précieuses, fardée de rouge à joues et de khôl, elle contempla son reflet dans le miroir et, silencieusement, se languit d'Una qui aurait ri avec elle, plaisanté sur son accoutrement mais sans méchanceté, toujours dans le respect aussi bien de ses sentiments personnels que des impératifs de sa vie publique. Sous le maquillage, son regard brillant, esseulé, chagriné, peu à peu se durcit.

Elle était prête.

Aidée par des domestiques, elle monta dans la voiture de Maître Tolcharde pour être conduite sur l'île où Maître Wheldrake déclamait déjà l'histoire de la mascarade.

Voici la grande sorcière Urganda revenue,
Comme à son habitude, de sa Terre Inconnue,
Dans un char, sphère ardente par la mer amenée,
Jusque sur le sol de notre Ile où, chaque année,
Douze preux paladins, chevaliers de renom,
Se sont tous assemblés pour un combat livrer
Et acquérir la gloire en devenant Champion.

La voix de Maître Wheldrake manquait de son habituelle fermeté tandis qu'il nasillait ses vers à une foule respectueuse. Il portait une simple toge, une couronne de lauriers ainsi que des sandales, et il était probablement plus confortablement vêtu que n'importe quel spectateur, aussi bien de la tribune que des pavillons alentour ou des toits et des murs du palais lui-même. Il lisait d'après un rouleau et, au fil de sa lecture, les participants s'engageaient à cheval sur le petit pont d'accès à l'île ; chaque chevalier arborait une couleur dominante et un grand bouclier à l'emblème du personnage qu'il incarnait.

De fières armes portaient tous ces fameux chevaliers :
Le Chevalier au Charme d'Argent, le premier ;
Le deuxième, le Chevalier au Glaive Flamboyant ;
Le troisième était nommé la Main de Diamant ;
Le Roi sans Trône était appelé le quatrième ;
Le cinquième, le Chevalier à la Lance brisée ;
L'Anneau d'Or, le plus jeune, avait nom le sixième.

À l'énoncé de son nom, le chevalier concerné levait sa lance : Sir Amadis Cornfield, en cotte de mailles d'argent ; Lord Vortigern de Glastonbury, en armure écarlate et le bouclier orné d'une épée flamboyante ; Sir Orlando Hawes, tout de vert et de rouge, la main droite serrée dans un gantelet couvert de joyaux, motif qui se répétait sur son écu et son surcot ; Sir Felixmarte d'Hyrcanie, à l'armure de cuivre, dont les armes étaient les morceaux d'une couronne ; Maître Auberon Orme, vêtu de bleu à liseré d'argent, portait l'emblème de la lance brisée, et Maître Perigot Fowler, en armure dorée, celui de l'anneau. En face d'eux, de l'autre côté de l'île (bordée de petits arbres artificiels au-dessus desquels apparaissaient les cavaliers), attendaient les six chevaliers restants, et c'était vers eux, à présent, que Maître Wheldrake pointait le doigt.

Le septième chevalier était Tête de Corbin;
Le huitième était le Fils passé pour défunt;
Le neuvième, Chevalier de la Lune il était;
Le dixième, Prométhée délivré se nommait;
Le Chevalier de la Fosse de Brume le onzième;
Le noble Chevalier à la brillante Croix noire,
Qui avait perdu la vue venait en douzième.

Il s'agissait cette fois de Maître Isador Palfreyman, tout en noir et à l'emblème du corbeau; de Maître Marcilius Gallimari, au plastron dépourvu de signe distinctif; de Sir Sylvanus Spence, frère du jeune Peregrine, en armure jaune pâle frappée d'une lune éclatante; de Lord Gorius Ransley, en rouge feu, pourvu des symboles relatifs à son personnage; de Sir Cirus de Malte, en gris pâle; enfin, de Sir Vivien Rich, en armure blanche immaculée, parsemée de croix noires, le heaume déjà refermé pour évoquer la cécité.

Maître Wheldrake traversa le pont afin de se mettre en retrait, tandis que retentissait une trompette. Les chevaliers n'attendaient que ce signal pour charger, deux par deux, avec des lances volontairement peu solides qui se rompirent aussitôt. Ils descendirent tous de cheval et reprirent le combat à pied, dans le fracas épouvantable de leurs estramaçons.

Ce simulacre de bataille se poursuivit quelque

temps et plusieurs adversaires montraient des signes de fatigue, quand soudain, d'une tente de soie proche de l'aile occidentale, surgit une immense sphère de bronze, se déplaçant sur de formidables roues de cuivre. Décorée de motifs en relief de toutes sortes, elle grondait et gémissait, à la fois tirée et poussée par des nains grotesquement déguisés en dauphins qui semblaient glisser sur le sol. Depuis des ouvertures astucieusement pratiquées dans la sphère, des feux d'artifice fusaient en hurlant ; et tandis que l'engin se faisait bruyamment remorquer vers le pont, Maître Wheldrake reprenait son récit d'une voix qui, par-dessus le vacarme, rappelait les cris d'une mouette.

Et le combat fit rage presque sept jours durant,
Arme contre arme, chacun d'un autre relevant le gant,
Les héros, tous égaux en puissance et adresse,
Du matin jusqu'au soir en décousaient sans cesse ;
Quand au septième jour parvint à leurs oreilles,
Et qui les dérangea dans leurs nobles ébats,
La clameur stridente d'un char de feu sans pareil.

La sphère ébranla le pont quand elle le traversa. Les nains-dauphins la remorquèrent à l'autre bout de l'île, puis ils sautèrent dans le lac et filèrent vers la rive à la nage. Les chevaliers, simulant une grande terreur, tombèrent à genoux, levèrent les mains, lâchèrent leurs armes et gardèrent les yeux fixés sur la sphère à présent silencieuse. Maître Florestan Wallis se remit péniblement sur pied ; il ouvrit, au prix d'efforts, un heaume récalcitrant, agita les bras et lança à la foule :

Quelle puissante magie vient donc mettre en émoi
Et terrifier mes amis chevaliers et moi?

(Les vers étaient de son cru, il refusait de recourir aux services de Maître Weldrake.) Quant à Sir Amadis Cornfield, le Chevalier au Charme d'argent, il s'écria :

C'est le Léviathan dont nos légendes font mention,
Qui apporte sur notre île malheur et destruction!

De l'autre côté du pont, Weldrake ricana et haussa les épaules, afin de bien montrer à la foule — qui n'en avait cure — qu'il n'était pas l'auteur de telles platitudes. Mais on devait pardonner à un ministre de la Couronne, se disait-il, même si le ministre en question était un imbécile asexué et pompeux, un érudit ignorant de tout, doté d'une oreille qui ne savait différencier le chant du rossignol du pet d'un chien de salon...

Weldrake observa de ses yeux fatigués l'engin dont les deux côtés se séparèrent pour découvrir un énorme serpent vert tout en papier mâché, aux écailles scintillantes et à la langue pendante, roulant des yeux et grinçant des dents, l'une des plus belles créations de Maître Tolcharde. Il fut évident, à en juger par les acclamations du public, que c'était la meilleure attraction qu'on lui avait offerte jusque-là. Une vingtaine de jeunes filles en tissu léger passèrent devant Weldrake. Les nymphes enguirlandées étaient des danseuses amenées par Maître Josias Priest qui minaudait à proximité en pressant ces demoiselles.

Elles étaient toutes très jeunes, avaient des formes pas encore bien développées et des allures de garçons, ces attirantes hermaphrodites par l'une des plus belles créatures qu'eût jamais contemplées Weldrake. (*Par Mithras, quel jeune et délicieux tyran elle ferait !*) Suivait un faune aux gros yeux mauvais et lubriques, qui gambadait en soufflant dans un chalumeau pendant que, d'un autre pavillon hors de vue de la foule, une musique s'élevait pour évoquer la voix éthérée du chèvre-pieds.

Le serpent vert sortit de la sphère pour se diriger vers les chevaliers qui se mirent en ligne, levèrent leurs armes et s'apprêtèrent à combattre.

Puis une nouvelle métamorphose s'opéra : le serpent parut se ratatiner et s'effondrer pour se muer en une ravissante gabarre où, sur un trône de corail, siégeait une splendide géante de six pieds et demi, aux cheveux auburn, irradiant la vertu. Magnifique, la tête voilée et ceinte d'une couronne d'argent à pointes, parée de joyaux dont le feu aveuglait tous ceux qui la regardaient, elle leva une baguette sertie de perles et sourit aux héros éblouis, tandis que les jeunes filles dansaient autour d'eux en les couvrant de fleurs et que le faune bondissait et virevoltait, semblant emplir l'air de sa musique argentine. Et les danseuses chantèrent d'une voix douce :

Saluons notre reine de nos flûtes et harpes d'or,
L'Invisible Sage Urganda que tous adorent,
Elle vous prie, gentils sires, la guerre de cesser,
De déposer vos armes et la paix de jurer.

Il n'est plus grande sorcière sur la Terre comme aux cieux
Que la fièvre Souveraine que tout héros courtise,
Reine au cœur toujours pur du Pays Prodigieux !

Et Weldrake jeta un regard de défi à Florestan Wallis qui, en forçant ses effets, croassa :

Mes pairs ! Des reines voici la plus noble de toutes,
À qui tous nous jurons allégeance et amour.
Nous entachons son nom en livrant notre joute !
Adieu, aigle guerrier — douce colombe, bonjour !

Puis la musique reprit et les jeunes filles débitèrent :

Comme l'ignorance humaine forme hideuse peut produire,
Et les divagations les mensonges peuvent grossir,
Vérité et beauté prennent-elles dure apparence,
Afin que ses ennemis n'en aient nulle connaissance,
Car bien que soient flattées les vertus bienveillantes,
Comme dans cette lointaine, noble terre d'Albion,
Le courroux d'Urganda les cœurs noirs épouvante !

Maître Florestan Wallis, comme fasciné, suivait le faune des yeux, si bien qu'il mit un temps avant de se rappeler son intervention suivante :

Madame, comment élire le champion paladin
Pour régner sur les autres et de tous ne faire qu'un,
Pour commander l'esprit comme temps commande espace,
Si ce n'est par le choix des armes et de la grâce ?

Wheldrake se pencha pesamment sur le pont et jeta un coup d'œil vers le pavillon d'où Lord Bramandil Rhoone ne tarderait pas à surgir sur son cheval pour jouer son rôle.

La reine récita (des vers de Wallis, par souci diplomatique) :

Paladins au sang bleu, je vais vous présenter
Le Champion de mon choix : ses pairs sont rareté.
D'aucun château sur terre ne vient notre héros,
Mais son âme est noblesse, le vice n'est pas son lot.
Sa seule arme longtemps fut le bâton du pâtre,
Il eut pour toit le ciel, pour livre le feu dans l'âtre.
Sur la liste des Blasons son nom ne trouverez,
Mais chez le paysan, sur une poutre gravé.
N'avait pour tout domaine que modeste pâture,
Pourtant, vous connaissez tous son nom, je vous jure.
Chevalier Paysan, de tout péché absous,
PALMERIN *il se nomme, mes Seigneurs, à genoux !*

Les chevaliers s'inclinaient déjà, mais Wheldrake, qui regardait en direction de la tente de Lord Rhoone, eut la surprise d'en voir sortir une silhouette courtaude, à pied. Ses vêtements étaient d'un noir décoloré ; elle portait un chapeau noir à larges bords, dont le ruban retenait deux plumes noires de corbeau ; de longues mèches noires lui tombaient sur les épaules ; des sourcils noirs assombrissaient ses yeux luisants, dans un visage au teint pâle, au nez aquilin, aux joues creuses et aux lèvres fines mais sensuelles ; une cape était attachée à son cou par un fermoir d'argent. Dans ses bottes de cuir noir fatigué, l'homme marchait d'un pas vigoureux, tête baissée, les mains invisibles, vers le pont qu'il traversa, toujours suivi des yeux par Wheldrake (qui avait déjà vu cette silhouette quelque part, sans parvenir à se rappeler où). L'inconnu franchit les rangs des chevaliers agenouillés tandis que la première danseuse et le faune s'élançaient pour lui passer des guirlandes autour du cou. Il se présenta : Palmerin, le Chevalier Paysan. Il évalua d'un long regard les courtisans assemblés sur les deux rives et dans les tribunes, à la recherche d'amis et d'ennemis; puis, arrivé devant le trône de corail, il s'agenouilla et baissa la tête.

« Ma reine. »

Derrière le voile, la stupeur se peignit sur le visage de Gloriana; elle se reprit aussitôt, car l'étranger récitait les vers de Lord Rhoone — les vers initialement prévus pour la comtesse de Scaith. Gloriana supposa que Rhoone était malade et qu'il avait envoyé un serviteur pour le remplacer. Elle refusa de tenir compte de l'idée qui dansait follement dans sa tête : qu'un autre champion était mort avant d'avoir pu jouer son rôle.

Madame, bien que de très modeste condition,
Loyalement j'ai servi votre nom, votre nation.

Les yeux sombres, froids et sardoniques scrutaient son voile, comme s'ils voyaient à travers sa chair et fouillaient son âme. Ils la paralysaient. Ils n'étaient pas exempts d'humour et elle en fut séduite. C'était comme si on lui avait envoyé une autre Una. Et jusqu'à la fin de la mascarade, la reine Gloriana se surprit à oublier sa peur, à oublier son devoir, à oublier sa douleur, fascinée par ces yeux étonnants, intelligents et cruels.

Parmi les courtisans qui jouaient les divers rôles de chevaliers et que le nouveau venu étonnait par sa voix assurée et sa désinvolture, certains le connaissaient et ils sourirent comme l'on sourit en retrouvant un ami placé dans une situation invraisemblable. Sir Amadis Cornfield reconnut l'aimable gentilhomme qui lui avait permis d'obtenir les faveurs d'Alys Finch, la fille qui menait la danse aujourd'hui ; Maître Florestan Wallis reconnut le protecteur de son amant, la ravissante Philomène qui jouait le faune dans la troupe de Josias Priest ; et Lord Gorius Ransley reconnut l'intermédiaire complaisant entre lui et Alys Finch, qui lui avait promis une consolation imminente ; Lord Rhoone, qui suivait le spectacle de sa tente et qui était partie prenante dans la farce, reconnaissait l'apothicaire qui avait fourni l'antidote et sauvé la vie de sa femme et de ses enfants ; quant au docteur John Dee, qui s'avançait d'un pas mal assuré, en robe bleue tourbillonnante et chapeau conique pour personnifier Merlin, l'époux d'Urganda, il s'arrêta sur le pont en reconnaissant dans ce « Sir Palmerin » le bienfaiteur, le voyant qui avait pourvu à tous scs désirs.

Mais, debout dans la tribune, le visage déformé par la rage et la consternation, Lord Montfallcon, lui, reconnaissait son oreille, sa bouche, son épée, son instrument ; et maintenant il comprenait à quel point et avec quelle habileté, quelle audace, il avait été abusé et manipulé par le capitaine Quire qui, présentement, offrait le bras à la reine Gloriana en disant des vers écrits ni par Wheldrake ni par Wallis, et qui la menait, docile, contre le cours du spectacle, vers le pont.

Ainsi s'en vont-ils, côte à côte, sur la pelouse,
Le simple berger et la puissante, son épouse.

Ce genre de sentiments et de dénouement enthousiasmait la foule. Le thème de l'union entre noble et roturier faisait toujours recette ; le propos du spectacle, à savoir montrer par tous les moyens qu'Albion formait un tout, s'en trouvait renforcé. Il n'avait pas été prévu que la reine quittât son trône, mais voici que Quire lui faisait effectuer le tour de la cour en brandissant son chapeau ; quant à elle, surprise mais ravie, elle agitait sa baguette, à la joie délirante du peuple et sous les applaudissements de la noblesse. Les jeunes filles et le faune les précédaient toujours en dansant ; les douze paladins, qui s'étaient remis en selle, les suivaient tandis qu'un Merlin hébété, qu'on avait privé de son bout de texte, clopinait dans leur sillage en secouant la tête.

Ce spectacle, malgré sa vulgarité, servait parfaitement ses desseins, Montfallcon devait bien l'admettre, même s'il en tremblait de rage. Quire s'était toujours vanté de comprendre la populace, et il le prouvait.

Mais de voir un tel individu, ce symbole d'ignominie, de perversité, de mensonge et de duperie, son arme secrète employée à la défense du royaume, marcher bras dessus bras dessous avec la jeune femme innocente qu'il avait mise à l'abri des années durant du moindre soupçon d'infamie ou de culpabilité, qu'il avait protégée du cynisme, à qui il avait caché qu'il avait bien fallu mêler le fer à l'or pour lui donner la solidité nécessaire — de voir ce mariage monstrueux du vice et de la vertu, Montfallcon sentait le sang battre à ses tempes. Il avait envie, là, tout de suite, de crier à la garde par la fenêtre pour qu'on traîne Quire jusqu'à l'île, qu'on ressorte le billot et la hache et qu'on décapite l'outrecuidant à l'endroit exact où, depuis cette même fenêtre, Hern avait vu un millier de têtes bien plus innocentes tomber en un seul jour. Le lac avait alors pris la teinte rouge du sang des victimes, parmi lesquelles cinq membres de la proche famille des Montfallcon, qu'il avait laissés périr sans un mot afin que Gloriana puisse vivre et accéder au trône.

Mais en se rappelant ces morts, Montfallcon se rappela aussi qu'il lui fallait se ressaisir. Il respira profondément et s'efforça de sourire. Tout autour de lui, les nobles d'Albion, d'Arabie, de Tatarie, de Pologne, du monde entier applaudissaient le capitaine Quire et la reine qui entamaient un deuxième tour de cour.

À l'extérieur, la foule poussait des vivats, tapait du pied, sifflait, agitait des chapeaux et menaçait de faire s'écrouler le palais.

Montfallcon se déplaça lentement dans la tribune, jeta un regard à la scène, puis ouvrit une porte donnant dans un tunnel. Quelques instants plus tard, debout, seul dans le silence et l'obscurité de la salle du Trône de Hern, il écoutait les battements de son cœur et le sifflement de sa respiration.

« Oh, quels ravages peut faire l'Amour ! »

C'était comme s'il livrait ses pensées au fantôme de Hern, car son ton était presque amical. C'était lui, Montfallcon, qui avait tué le roi, qui l'avait mené à une folie fatale par ses conseils glissés dans le creux de l'oreille, qui l'avait poussé à se passer le nœud coulant autour du cou et à se jeter du haut des remparts pour se balancer le long du mur, les yeux exorbités et sans vie fixés sur cette même cour où Quire narguait les convenances et le châtiment, et portait les festivités d'Été à des sommets d'allégresse.

Chapitre XXIV

Où Lord Montfallcon cherche un moyen de sauver sa cause

« Un comté pour un Perrott, un Perrott pour la reine. » La solution était si simple que les lèvres de Montfallcon en frémirent. « Mais il faudra la décharger de certaines servitudes. Le sérail, les enfants... » Il était à nouveau dans l'ancienne salle du Trône, après deux jours passés dans son lit à reprendre ses esprits et ourdir des machinations. « Quant à Quire, je ne peux pas agir à ma guise. C'est à Ingleborough de parler à la reine, de l'informer, la prévenir... » Il se gratta le nez, qui le démangeait, regarda autour de lui en clignant des yeux dans la lumière poussiéreuse qui tombait des fenêtres au-dessus.

Clip-clop, clip-clop. D'entre les statues simiesques dans la pénombre surgit Tom Ffynne. « Pourquoi ici, Perion ?

— Je pense que c'est plus sûr.

— Que dans votre bureau ?

— Il me semble, oui. »

Ffynne haussa les épaules. « Cette salle rappelle de mauvais souvenirs. »

Des tunnels débouchant dans l'ancienne salle du Trône leur parvint un bruit de pas désordonnés, et des laquais franchirent les portes, véhiculant Lord Ingleborough dans son fauteuil posé sur des bâtons. Au sommet ballottait le visage du Lord Amiral, blême, noué par la goutte, crispé par la douleur. Patch, en bleu et argent, courait à côté de la litière.

Lord Montfallcon, du geste, indiqua un endroit sur le dallage ; les laquais déposèrent leur charge et, sur un autre geste, disparurent. Ne restèrent que les trois hommes, assis dans la lumière sale d'un rayon de soleil : Montfallcon, ses robes soigneusement mises en ordre autour de lui sur la première marche du trône, Tom Ffynne, jambe tendue, sur le billot de pierre, Ingleborough dans son fauteuil. Plus Patch qui, discret, arpentait le pourtour voûté de la salle.

« Ainsi donc, ce Chevalier Berger, ce fils de Tatyrus, partage déjà la couche de la reine ! » Tom Ffynne était admiratif.« Ce n'est tout de même pas une pareille broutille qui vous chiffonne à ce point, Perion, je me trompe ? Il n'est pas le premier manant...

— Non, mais il pourrait bien être le premier meurtrier. » Montfallcon frémit, dans ses efforts pour reprendre sa respiration.

« Vous le soupçonnez ? » La voix d'Ingleborough n'était qu'un murmure. « De quoi ?

— Je le connais. Je sais ce qu'il est. Je connais Quire.

— Du moment qu'il plaît à la reine, reprit Tom Ffynne, bien que surpris par la passion contenue dans les paroles de Montfallcon, quelle importance qu'il soit de basse extraction ? » Il se tut pour observer soudain son ami avec grande attention. « N'est-ce pas ?

— Il lui plaît. Oh oui. C'est son métier. Tromper et flatter. » Montfallcon avait surpris quelques bribes de ce que Quire avait chuchoté à la reine durant cette première nuit ; il avait entendu les réponses de Gloriana et, impuissant, avait eu droit au numéro du capitaine qui la charmait, la rassurait, jouant tout à la fois le rôle du père, du frère et du mari, tirant profit de la lassitude de la jeune femme, de son désarroi, de son apitoiement sur son propre sort pour se faire aimer d'elle. Il s'était montré si prévenant ! Ses caresses avaient la douceur des ailes d'un papillon de nuit (Montfallcon avait entendu la reine l'affirmer). Et au lieu de provoquer chez elle une crise, il l'avait mise sur la voie de la sérénité comme aucun autre amant ne l'avait fait auparavant, lui apportant la paix et un bras protecteur. Montfallcon était devenu fou, cette nuit-là. Il avait passé sa rage sur l'une de ses femmes qui gisait maintenant sur un lit, presque morte.

Il rompit le silence qui avait suivi ses dires pour ajouter :

« Je suis convaincu qu'il est le meurtrier de Lady Mary. Et probablement aussi de Thomas Perrott.

— Mais c'est la première fois qu'il se montre au palais.

— Il était dans les murs, il préparait le terrain avant d'entrer en scène. C'est un grand acteur.

— Les murs apportent la mort. Des créatures s'y terrent. Je l'ai entendu dire. » Tom Ffynne regardait le solide granit des moellons de la salle. « De la vermine à moitié humaine, impossible à déloger, qui se cache dans des cryptes oubliées, très loin là-dessous.

— Toutes les expéditions ont échoué. » Lord Ingleborough parlait très lentement, sa voix n'était guère plus qu'un murmure amplifié par le plafond voûté de la pièce. « Mais ils n'ont jamais constitué une menace sérieuse, pas plus que des rats. Il suffit d'un peu de poison.

— À mon avis, dit Montfallcon, c'est là qu'il se cachait. Il connaît les murs comme bien peu de gens de l'extérieur. Il aurait pu y entrer n'importe quand.

— S'agit-il d'une hypothèse, Perion ? » Tom Ffynne voulait savoir.

« Pas du tout. Quire était mon agent. Il s'est retourné contre moi.

— Vous l'avez mis hors la loi ?

— Il s'y est mis tout seul. Il a des vues sur le trône, je le parierais. La soif de pouvoir lui a fait perdre la tête. L'idée m'était déjà venue qu'il pourrait en arriver là.

— Il pourrait être notre roi, alors ? D'autres roturiers se sont élevés de cette manière, en Albion.

— La dynastie est restée pure depuis mille cinq cents ans, chuinta Lord Ingleborough. En droite ligne des légendaires Oberon et Titania. Eux-mêmes descendants du fabuleux Brutus, le vainqueur de Gogmagog. Elle est du sang d'Elficleos.

— Ne le sommes-nous donc pas tous, maintenant ? » Tom Ffynne souriait.

« Ce n'est pas le sang que je cherche à protéger, leur dit Montfallcon avec impatience. C'est la chair, l'âme, la vie même de notre Gloriana. Si Quire n'était rien de plus qu'un fort en gueule de taverne et s'il pouvait protéger Albion en épousant la reine, je l'anoblirais, j'établirais son haut lignage, le cas échéant, ou je changerais la loi. Mais là n'est pas la question. Ce sont ses intentions que je redoute. Quire a tué le Sarrasin. Il a enlevé le roi de Pologne. Oh, il a fait davantage encore, bien davantage ! Il est à l'origine des événements qui nous ont conduits à la situation actuelle.

— Et vous n'en avez pas parlé à la reine ? » Ingleborough fronçait les sourcils. « Pourquoi ? » Il tendit son cou douloureux pour regarder son page arpenter le dallage un peu plus loin. Le bruit des pas de Patch rappelait des gouttes d'eau tombant lentement sur le sol.

« Quire, lui, sait pourquoi. Cela fait partie de son jeu.

— Parce que révéler son vrai visage vous oblige à révéler aussi vos petits secrets, n'est-ce pas ? » Tom Ffynne pinça les lèvres.

Montfallcon en convint.

Lord Ingleborough soupira. C'était comme si les arcs-boutants de la salle renvoyaient l'écho d'une lointaine tempête. « La timocratie nous menace-t-elle déjà ? Allons-nous dégringoler tous les échelons le temps d'un seul règne ? Oligarchie, puis démocratie et, pour finir, retour à la tyrannie ? En fait, vous devez lever le voile sur vos secrets.

— Et aggraver le mal ? » Montfallcon n'avait que mépris pour un tel raisonnement. « Non, Lisuarte, c'est vous qui parlerez à la reine. Dites-lui que vous avez appris que Quire est un voleur, un assassin, un espion. Dites-lui, si vous voulez, qu'il est probablement le meurtrier de tous ses amis... dont la comtesse de Scaith.

— Je mentirais. » Ingleborough vacilla dans son fauteuil. « Où voulez-vous en venir ?

— Vous ne mentiriez pas ! » Montfallcon se leva et

grimpa péniblement vers le trône du roi fou, ses robes ondulant autour de lui. « Vous répéteriez ce que vous auriez entendu raconter.

— Mais c'est vous qui l'avez tuée. Ne me l'avez-vous pas dit ? Vous-même ?

— C'est inexact.

— Je n'y comprends rien. » Lisuarte Ingleborough s'humecta les lèvres. « Vous voulez me faire jouer les faux témoins à l'encontre d'un homme dont je ne savais rien jusqu'à il y a deux jours ? C'est une manœuvre stupide, Perion. J'ai dit que je ne participerais pas à vos patricotages.

— La situation est grave. » Un nuage de poussière voltigea lorsque Montfallcon se retourna en haut des marches et se laissa lourdement tomber dans le fauteuil asymétrique. « Elle vous croira. Elle se méfie de moi, à présent. Quire n'y est pas étranger. Elle s'imaginerait que je suis tout bonnement jaloux.

— Exposez-lui les faits, alors, proposa Tom Ffynne avec bon sens.

— Les faits la pervertiront, fit Montfallcon, maussade.

— Vous dites que c'est déjà ce que fait Quire... et qu'il risque de la mener jusqu'au bout de l'ignominie. » Sir Thomasin se grattait l'oreille. « À votre avis, que perdrez-vous, Perion ?

— Albion. Cette noblesse que nous avons créée.

— Vous n'avez aucune estime pour la reine. » Lord Ingleborough regarda durement son ami. « Vous pensez que la mettre au courant l'anéantira.

— Un tel savoir l'incitera à voir le vice partout. Elle se moquera de la vertu, ne croira plus à la sincérité. Elle deviendra la réincarnation de Hern et ce sera le règne du cynisme et de la tyrannie. » Le poing de Montfallcon s'abattit sur le bras du trône. « Voulez-vous en revenir là ? Avez-vous le courage de prendre un pareil risque, Monseigneur ? Le résultat serait-il du goût de votre conscience, Monseigneur ? Seriez-vous content d'être celui qui a relâché l'esprit furieux de Hern sur le monde ?

— Gloriana est aussi solide que n'importe lequel d'entre nous, dit Tom Ffynne. Là-dessus, je suis d'accord avec Lisuarte. Vous devriez avoir plus d'estime pour elle. Mettez-la au courant.

— Et ne pas être cru ? Éveiller sa défiance sans fournir de preuves ? Comment puis-je prouver tout ce que j'avance sans lui révéler le moindre de mes agissements en sous-main, commis en son nom ? Je vous conjure d'aller lui parler, Lisuarte. Vous savez qu'elle vous écoutera. »

Les yeux hantés par la douleur étaient baissés. « Si vous le pensez, Perion. Mais vous, jurez-moi que vous êtes étranger aux meurtres du palais.

— Je le jure.

— Et vous me promettez de vous garder de toute envie de meurtre ? Que Quire sera condamné à... disons... l'exil ? »

Montfallcon avait conscience qu'il ne fallait plus d'autres cadavres. À la moindre rumeur d'assassinat, la Cour retomberait dans un état pire que celui qu'elle avait connu avant le tournoi d'été. « Je le jure aussi. Quire ne mourra pas de ma main ni sur mes ordres. Mais il doit être banni.

— Alors, je parlerai à la reine demain. » Inglebo-rough porta une main difforme à son visage. « Je suis plus à l'aise le matin.

— Vous servirez Albion... et la reine, l'assura Montfallcon.

— Je l'espère. » Il grimaça. Le cœur. « Patch ! Va chercher les porteurs, mon garçon, qu'ils m'emmènent. »

Le petit page n'était plus là ; peut-être avait-il anticipé les désirs de son maître.

Tom Ffynne finit par s'impatienter et se mit en quête du page et des laquais. Il dénicha les laquais et les envoya à leur tâche, mais Patch resta introuvable. Ingleborough, quasiment défaillant à force de souffrances, remarqua à peine, alors qu'on le ramenait chez lui, l'absence de son petit giton.

Chapitre XXV

Où Lord Ingleborough reçoit une visite, un avertissement, et connaît l'apaisement

La main crispée sur le bras de son fauteuil, la tête en appui sur le dossier, Lisuarte Ingleborough gisait face à la large porte de ses appartements qui ouvrait sur une petite cour toute simple donnant elle-même sur la grand-place, plus loin. Dans la cour poussaient des soucis et des roses, et une petite fontaine jouait au centre d'un étang. La soirée était douce et le vieux lord suivait les arabesques des insectes dans l'eau vaporisée. Ses valets se tenaient à sa disposition, avec de l'alcool à portée de la main. De temps à autre il réclamait Patch, toujours absent ; son affection pour le jeune garçon le poussait à croire qu'il s'était laissé entraîner au jeu avec des amis, comme cela lui arrivait parfois.

Le portail de la cour s'ouvrit en grinçant, et il imposa un effort à ses yeux dans l'espoir de reconnaître Patch. Mais la silhouette qui s'approcha était un peu plus grande (sans être franchement de haute taille) et vêtue de noir délavé. Il s'agissait du capitaine Quire, le nouveau favori de la reine, l'homme que, le lendemain, Ingleborough avait promis d'accuser. Il se dit que Montfallcon, dans sa rage, avait peut-être mis au courant le capitaine de son intention et qu'il venait maintenant pour se concilier ses bonnes grâces ou pour parlementer. Le vieillard se raidit dans son fauteuil.

Le capitaine Quire avait déjà retiré son couvre-chef, libérant la masse épaisse et noire de ses cheveux qui vinrent encadrer son visage. Sa main droite dissimulée tenait son sombrero sous sa cape, et la gauche, tout aussi camouflée, reposait sur le pommeau invisible de l'épée que la reine, dans son engouement (elle l'avait nommé son Champion), lui avait permis de porter en permanence.

« Monseigneur le Grand Amiral. » Le ton de l'homme était calme, aimable même. Il s'inclina avec civilité. « Vous appréciez ces soirées, Monseigneur ?

— La chaleur me fait du bien aux membres, capitaine Quire. » Ingleborough, toujours le plus sensible des trois survivants, se trouvait incapable de traiter l'étranger avec arrogance, d'autant que la grande quantité d'alcool qu'il s'était octroyé adoucissait davantage encore son caractère déjà affable. « Ils s'engourdissent, vous savez, un peu plus chaque jour. S'ankylosent, comme dit mon médecin. » Ses lèvres se tordirent. « Bientôt, je ne serai que de la pierre et, au moins, je ne souffrirai plus. On me mettra là-bas — mouvement du menton vers la cour — et j'épargnerai au maçon la peine de m'édifier un monument. »

Le capitaine Quire se permit une mine amusée.

« Un peu de vin, Capitaine ? » Ingleborough fit un geste douloureux.

« Merci, Monsieur, je n'y tiens pas.

— Vous n'avez pas l'air d'un buveur. Faites-vous partie de ceux qui tiennent le vin pour un fléau ?

— Je pense seulement qu'il nous fait perdre du temps. Qu'il nous obscurcit l'esprit. Des nations lui doivent leur grandeur, ou leur décadence. Je reconnais son pouvoir. Et le pouvoir n'est pas nécessairement un fléau.

— On m'a dit que vous aviez du goût pour le pouvoir.

— Vous avez entendu parler de moi, Monseigneur ? Vous m'en voyez flatté. Par qui ?

— Lord Montfallcon ; c'est un vieil ami. Il m'a appris que vous aviez travaillé à son service.

— Il a été mon protecteur pendant un temps, oui. » Quire s'appuya au chambranle de la porte, si bien qu'il se trouvait moitié dans l'ombre moitié dans la lumière, de côté par rapport à Ingleborough.

« À l'entendre, j'ai eu l'impression que vous étiez un rude gaillard. » Lord Ingleborough l'étudiait. « Voire un gibier de potence.

— J'ai effectivement cette réputation dans certains milieux, Monseigneur. Comme Lord Montfallcon, d'ailleurs. Et Sir Thomasin Ffynne. Il leur a fallu parfois se montrer impitoyables pour les besoins de la cause.

— Et moi ? »

Quire parut presque surpris. « Vous, Monseigneur ? Vous avez mené une vie exemplaire, tout compte fait. Bizarrement, on vous voit mal en méchant qui cacherait son jeu.

— Oh-oh, Capitaine. Vous êtes venu pour me flatter, en définitive !

— Non, Monseigneur. Et puis Lord Montfallcon

et Sir Thomasin sont en général admirés pour leur habileté. Je ne faisais pas votre éloge.

— Mais j'ai davantage de piété, non ?

— Au moins, vous n'avez pas de sang sur les mains. » Quire parlait doucement, avec désinvolture, comme s'il passait un moment avec un ami malade auquel il rendrait régulièrement visite. « Et il a fallu une âme peu ordinaire pour les garder propres durant le règne du roi Hern.

— On ne m'avait encore jamais dit que j'avais les mains propres. Je suis un pédéraste notoire. Tous mes valets de pied, tous ces jeunes gens ont été mes amants. » Ingleborough se contorsionna dans son fauteuil. Il se tourna pour regarder ses serviteurs tout sourires. Il était piqué au vif. « Les mains propres ! » Cependant, Quire était parvenu à lui plaire. « Oh, oh ! » Il grimaça, traversé par la douleur. « Hippocrate, Hippocrate ! J'ai tant besoin de ton aide ! Encore du vin, Crozier. » Le valet versa de l'alcool d'une cruche dans une coupe d'étain qu'il approcha des lèvres du Lord Amiral. « Merci. »

Il leva un regard aigu sur Quire. « J'ai joué mon rôle dans l'édification de la nouvelle Albion, vous savez. Je suis allé à l'encontre de mes propres convictions une fois ou deux, dans l'intérêt de la reine... pour protéger le royaume. Et je continuerai de le protéger contre n'importe quel ennemi.

— Comme nous tous, je pense. J'ai moi-même servi les intérêts de la reine sans faillir.

— Non ? Vraiment ? »

Le capitaine Quire avança une lèvre et posa un doigt dessus. « Ma foi, Monsieur, disons que j'ai agi dans ce qu'on m'a affirmé être l'intérêt de la reine.

— Vous n'avez pas d'opinion ? C'est ce que vous voulez dire ? Ou êtes-vous sceptique ?

— Je n'ai pas d'opinion.

— Alors, vous êtes amoral.

— Je crois, Monsieur, que c'est probablement ce que je suis. » Quire sourit, ravi, comme si Ingleborough lui avait brusquement ouvert les yeux. « Amoral. Comme tout artiste se doit de l'être, à bien des égards... sauf, bien sûr, dans la défense de son art.

— Vous êtes un artiste, Monsieur ? » Ingleborough fit un geste rapide pour qu'on le ravitaille encore en alcool. « Peintre ? Sculpteur ? Ou dramaturge ? Poète ? Écrivain ?

— Je me rapprocherais plutôt du dernier, je dirais.

— Vous êtes modeste. Il faut m'en dire plus sur votre art. » Ingleborough s'était pris d'une forte sympathie pour Quire, mais son sentiment ne devait pas influer sur son engagement envers Montfallcon.

« Je ne crois pas, Monseigneur.

— Mais si. Mon attention vous est acquise, capitaine Quire. Pourquoi taire votre talent ? Dites-moi ce que vous faites. De la musique, du mime ? Ou de la danse, chez vous, en cachette ? »

Quire éclata de rire. « Non, Monsieur. Mais je vous donnerai un aperçu de mon art, à condition qu'il n'y ait pas de témoin.

— Excellent. Je vais congédier les domestiques. » Il eut un léger mouvement de la tête. Les valets comprirent et laissèrent seuls leur maître et Quire.

« Lord Montfallcon vous a appris que je l'ai aidé dans ses manœuvres politiques, dit Quire comme s'il avait assisté à leur conversation du matin. Il a parlé d'un Sarrasin, du roi de Pologne. J'ai ardemment servi sa cause, Monseigneur. J'ai parcouru tout le globe. Je suis allé au célèbre pays de Panama dont l'ex-ministre de la reine est à présent roi. C'est moi qui l'ai placé sur le trône, pour le compte d'Albion. Et depuis, leurs coutumes sauvages, sanguinaires, insensées, ont disparu au profit d'une justice civilisée. J'ai toujours méprisé les sauvages, Monseigneur, de même que je méprise tous les ignorants qui placent la coutume avant la réflexion. De telles habitudes engendrent l'hypocrisie.

— Inconsciemment, capitaine Quire.

— Bien entendu, Monsieur. Mais la réflexion est préférable.

— Parfaitement, Capitaine. » Lord Ingleborough ménageait son visiteur. « Se prosterner devant un dieu rabaisse la dignité de l'homme, par exemple.

— Tout à fait. Bref, je ne vais pas vous énumérer tous mes faits d'armes, mais ils ont couvert le monde entier.

— Mais vous parliez de votre art. D'une démonstration.

— C'est cela, mon art.

— L'espionnage ?

— Si vous voulez. En partie. La politique, en général.

— Vous avez en fait un but moral. Même général... celui d'apporter la lumière. »

Quire écoutait avec grand intérêt. Il réfléchit à ce que venait de dire Lord Ingleborough. « Un but moral, c'est possible. Oui. Très général.

— Poursuivez. »

L'attitude de Quire se détendit. « Mon art fait appel à des talents multiples. Le monde est mon matériau et je travaille directement dessus, alors que d'autres artistes ne cherchent qu'à l'influencer ou le représenter.

— Un art difficile. Qui doit comporter certains risques auxquels ne s'exposent pas les autres artistes.

— Bien sûr. Ma vie et ma liberté sont constamment en péril. » Quire se fit sérieux. « Constamment, Monseigneur. Quand, demain matin, vous demanderez audience à la reine, à l'instigation de Lord Montfallcon, vous mettrez mes plans et peut-être ma liberté en danger. »

Lord Ingleborough sourit, oubliant presque sa souffrance. « Ainsi, Montfallcon a parlé. Et vous êtes ici pour plaider votre cause.

— Non, Monseigneur.

— Alors, pour user de votre charme afin que je manque à ma parole.

— Je voulais dire, Monseigneur, que Lord Montfallcon ne m'a pas parlé directement et que je ne suis pas ici pour plaider ma cause. J'ai entendu votre conversation. Je vous ai vus réunis, alors j'ai tendu l'oreille. Comme Lord Montfallcon l'a deviné, le palais n'a guère de secrets pour moi.

— Vous écoutiez aux portes, hein ? Bah, j'en ai fait autant autrefois. Avez-vous tué la comtesse de Scaith ?

— Non.

— C'est ce que je pensais.

— Vous croyez que c'est Lord Montfallcon ? » Le ton de Quire restait neutre.

« Ma foi, il n'a jamais été son ami.

— Le bruit court qu'elle a fui le pays.

— Rien ne le prouve. Il est plus probable qu'elle

soit morte. Mais nous nous éloignons du sujet initial, capitaine Quire. » Les forces de Lord Ingleborough l'abandonnaient une fois encore. La lumière du jour ne cessait de décliner. « Bon, je ferais mieux de vous avertir de mes intentions. Il est de mon devoir de respecter la parole que j'ai donnée à Montfallcon et d'informer la reine du danger que vous représentez pour elle. Vous m'avez avoué être un tueur, un espion et pire encore. J'admire votre franchise, toutes les formes de franchise, d'ailleurs : une cruauté franche, une avidité franche, un crime franc. Je la préfère, comme beaucoup d'entre nous, à l'hypocrisie. Et je le dirai à la reine.

— Elle sait déjà ce que je suis, fit Quire d'une petite voix pleine d'une fureur contenue.

— Vous lui avez tout dit ?

— Elle me reconnaît pour l'artiste que je suis. Elle est déçue parce qu'elle préférerait être trompée par moi plutôt que par vous, par Lord Montfallcon, ou par le Grand Calife d'Arabie.

— Je vous comprends. Mais demain matin, je dois faire l'inventaire de vos crimes, ainsi que les qualifie Montfallcon. Je ne crois pas que vous en vouliez personnellement à la reine. Pas pour l'instant. Mais je pense qu'à la longue vous pourriez la corrompre et causer de grands torts au royaume. Vous êtes beaucoup plus intelligent, voyez-vous, que Montfallcon ne me l'a laissé entendre. »

Quire remercia d'un salut de la tête. « Si vous aviez été mon employeur, cette situation ne se serait pas créée entre nous.

— Quels sont vos projets, capitaine Quire ? Que cherchez-vous à réaliser ?

— À développer mes sens et à connaître leurs limites, dit Quire. C'est la réponse que je donne toujours à de telles questions.

— Mais vous devez avoir des projets. Êtes-vous loyal envers Albion ?

— N'importe qui peut se prétendre loyal. Qu'est-ce que la loyauté ? La conviction que ce que l'on fait pour l'autre est ce qu'il y a de mieux ? Eh bien, moi, je ne fais pas ce genre d'interprétation. On m'a dit que ce que je fais est bénéfique à Albion.

— Ainsi, vous servez bien un maître. Qui ?

— J'ai un protecteur, Monseigneur. »

Ingleborough suffoqua sous la douleur qui l'assaillait à nouveau. Quire s'avança pour verser du brandy dans la coupe, qu'il approcha des lèvres convulsées.

« Merci, capitaine Quire. Qui est ce protecteur ?

— Il n'est pas dans mes habitudes de divulguer semblables noms.

— Mais vous avez spontanément parlé de Montfallcon.

— Jamais du temps que j'étais à son service, Monseigneur.

— Et la tâche que vous a assignée ce protecteur ?

— La même, m'a-t-il dit, que Montfallcon : sauver Albion.

— Mais il est en désaccord avec Montfallcon ?

— Par certains côtés.

— Perrott ? Perrott serait-il vivant et vous emploierait-il ? »

Quire secoua la tête. La température se rafraîchissait. Il changea de position. « Vous parlerez donc à la reine ?

— Oui, Capitaine. »

Le capitaine Quire repoussa sa cape, découvrant une dague dans son fourreau.

Lord Ingleborough le regarda dans la pénombre et haussa les épaules. « M'assassiner ? Avec tous ces témoins ?

— Bien sûr que non. Je ne suis pas suffisamment bien établi à la Cour.

— Pourtant, votre geste était calculé.

— J'ai promis de vous donner un aperçu de mon art.

— Parfaitement. »

Quire plongea son regard dans l'obscurité de la cour. « Eh bien, votre mignon est en mon pouvoir.

— Vous avez Patch ! » Lord Ingleborough porta ses mains enflées à son visage. « Ah !

— Je me suis assuré de lui dès que j'ai connu vos intentions. Je me suis amusé avec lui cet après-midi. » Quire jouait avec sa dague. « Il est à moi. Je vous le rendrai si vous promettez le silence à mon sujet.

— Non. » Ingleborough tremblait, sa voix était presque inaudible. « Oh, je refuse.

— Il aura la vie sauve. Si vous parlez, il sera tué.

— Non.

— Vous avez reconnu n'avoir aucune preuve contre moi. La reine vous en demandera. Elle voudra conserver l'ami qu'elle a trouvé en moi. Vous comprenez, Monseigneur.

— Bien sûr. Mais je dois faire mon devoir... d'autant plus, maintenant. Je dois avertir la reine.

— Alors, Patch mourra.

— Épargnez-le. » La voix n'était plus qu'un souffle

ténu. « Je vous en supplie. Faire du mal à Patch ne vous avancera à rien. Je l'aime. »

Le poing ganté du capitaine Quire sortit la fine lame de son fourreau. « Déjà mon petit pique-pudding a piqué le petit pudding du pauvre Patch. Chauffé, puis introduit — et... Enfin, quoi, il mourra à la manière classique et fameuse des pédérastes. »

Lord Ingleborough gémit.

« Promettez le silence, Monseigneur — et celui de Patch, bien entendu —, et votre page vous sera rendu.

— Non.

— Vous vous cramponnez à une parole donnée à regret... et vous condamnez votre chéri à mort, une mort terrifiante et douloureuse. »

Lord Ingleborough pleurait. Un coin de sa bouche se tordit.

Quire se redressa. « Vais-je le chercher, Monseigneur ?

— Ramenez-le, Quire. » Il bredouillait.

« Et... ?

— Ramenez-le, je vous en supplie.

— Vous vous tairez ?

— Non.

— Alors, je dois tenir ma parole, moi aussi. Quoi qu'il arrive, je vous apporterai un souvenir. Un œil ? Ou un petit testicule, bien tendre ?

— S'il vous plaît, épargnez-le.

— Non.

— Je l'aime.

— Raison pour laquelle je me suis emparé de lui. »

Ingleborough se mit à trembler. Sa bouche s'ouvrait et se fermait rapidement. Ses yeux luisaient de fureur, son teint devint cramoisi, puis vira au bleu.

Avec un certain plaisir, le capitaine Quire reconnut les symptômes. « Doucement, Monseigneur. Votre cœur vous lâche. » Il prit le brandy sur la table et le tint légèrement hors de portée de la main qui se tendait. « C'est souvent le cœur qui lâche en premier, chez les gens atteints de votre mal. Un de mes oncles... Non, non, l'alcool ne peut qu'aggraver votre cas. Allez-vous mourir sans sauver Patch ? Patch devra périr, si vous n'êtes plus là pour lui imposer le silence. Dites-moi, Monseigneur. »

Une plainte sortit du fond de la gorge d'Ingleborough. Sa bouche s'ouvrit, s'ouvrit, comme si une corde l'étranglait. Sa langue jaillit. Les yeux lui sortirent de la tête.

Quire appela d'une voix affolée :

« Laquais ! Vite ! Votre maître n'est pas bien ! »

Les jeunes domestiques mirent du temps avant d'arriver, car ils jouaient aux cartes, à plusieurs pièces de là.

Ils trouvèrent Quire qui essayait de verser du brandy dans la bouche de leur maître. Ce fut Crozier qui lui retira la cruche des mains et dit avec tristesse : « C'est trop tard. Monsieur. Il est mort. Je crois qu'il s'en est allé heureux. Vous avez égayé ses derniers instants, Monsieur. Mais peut-être était-ce trop d'émotion pour lui.

— J'ai peur que vous n'ayez raison », convint Quire.

Chapitre XXVI

Où la reine reçoit des courtisans et prend une décision

Son costume, à la fois miroir de son humeur et réponse à la grande chaleur de cette journée, était d'inspiration orientale : soieries et voiles de coton aux couleurs vives, rangs de perles à profusion et bijoux en or sarrasins aux formes rococo. Quire, toujours en noir, lui tenait compagnie, assis sur un divan placé à côté de son fauteuil, près de la fenêtre ouverte de son boudoir. Elle avait préféré se retirer là plutôt que se rendre à la chambre des Audiences : elle lui rappelait trop les pétitionnaires qui occupaient toujours les salles qu'ils avaient envahies, pleins d'espoir après le Jour de l'Avènement. Elle était langoureuse : une impératrice égyptienne. Elle gardait une attitude narquoise, comme pour se moquer de son apparence, mais elle était aimable et souriait à chacun, un peu triste cependant de la perte d'Ingleborough. « Enfin, il fallait s'y attendre, et je suis heureuse qu'il ne soit pas mort sans personne près de lui », avait-elle dit ce matin-là à son amant qui venait de lui redonner cette sérénité dont elle était désormais coutumière ; puis elle s'était aperçue de son désir de mâle et l'avait satisfait. Elle vivait pour lui donner du plaisir. Elle n'avait jamais connu quelqu'un qui se soumît à l'amour avec tant de grâce. Son beau corps rude et trapu lui était source d'inspiration, à l'instar du bon instrument de musique qui inspire le compositeur. Un simple effleurement, et c'était la découverte de notes suaves et pures qui lui apportaient son content de bonheur ; maintenant, elle pouvait sans peine totalement oublier ses sens car il ne faisait aucun effort pour les réveiller, ce dont elle lui était reconnaissante ; c'était une preuve de compréhension et d'amour.

Ses dames de compagnie, vêtues dans le même style qu'elle, leur attitude calquée sur la sienne, finissaient par ressembler aux femmes gloussantes d'un harem indien, au service du maître. Quire les intriguait. Elles étaient aux petits soins pour lui. John Dee entra, en robes blanc et or, et elles se replièrent dans une antichambre. Le docteur avait la mine pâle, l'air gêné, mais le signe de tête qu'il adressa à Quire était plus qu'amical, et il s'inclina très bas devant la reine, avec beaucoup plus de simagrées de courtisan qu'à l'ordinaire. « Votre Majesté, j'ai obéi à Monseigneur Montfallcon, comme vous me l'aviez demandé. D'autres médecins étaient également présents car, vous le savez, il se défie de moi. Nous avons autopsié le corps et senti les viscères. À part du brandy, nous n'avons rien trouvé. Il n'avait absorbé aucune nourriture au cours des dernières vingt-quatre heures. Aucune trace de poison, à en juger d'après la couleur, l'odeur ou l'état des tissus. »

Elle agita un éventail comme pour chasser la scène qu'il venait d'évoquer. « Merci, docteur Dee.

— À mon avis, Madame, Lord Montfallcon est un

obsédé du complot. Il a besoin de traîtres comme un chien a besoin de rats ; il ne vit que pour leur faire la chasse.

— Monseigneur Montfallcon protège le royaume. Il accomplit son devoir comme il l'entend, docteur Dee. » La défense de la reine manquait de conviction.

John Dee fourragea dans sa barbe blanche et ronchonna. « Les rouages de l'esprit de Montfallcon fonctionnent comme ceux d'une pendule sans balancier.

— Lord Ingleborough était son plus vieil ami. Il a du chagrin. Et ce chagrin lui fait chercher un coupable pour incarner le sort qui nous attend tous. » Le ton de la reine devenait aimable. « Son attention se porte donc sur le plus suspect du lot à ses yeux : l'étranger à la Cour. Le nouveau venu. Le capitaine Quire.

— Il comptait découvrir qu'Ingleborough avait été empoisonné, maintenant il est désemparé. » Dee regardait Quire avec sollicitude. « Il est jaloux de vous, Capitaine, et il est prêt à vous mettre sur le dos tous les crimes commis dans le pays. »

Quire haussa les épaules et ses lèvres esquissèrent un sourire désenchanté. « Il croit me connaître. Il me l'a dit.

— C'est impossible, Monsieur, fit Dee, l'air grave, vous n'êtes arrivé chez nous, dans le chariot de Maître Tolcharde, que depuis quelques mois. »

Quire s'étendit sur toute la longueur du divan. « Vous y tenez, Docteur. » Vis-à-vis de Dee, sur ce sujet, il feignait l'amnésie. Mais cela lui convenait, et à la reine aussi, de n'avoir aucun passé en Albion.

Les portes sculptées de roses du boudoir s'ouvrirent et un valet s'y encadra. « Votre Majesté, Sir Thomasin Ffynne demande à être reçu.

— Il est attendu. » Gloriana referma son éventail et tendit la main à Tom Ffynne qui entra en claudiquant et y déposa un baiser. Un grognement pour Dee, un sourire pour Quire, et il prit place, en réponse à un signe de la reine, sur une chaise recouverte de soie blanche.

« Bonjour, Votre Majesté. Messieurs. Alors, Perion Montfallcon en a terminé avec sa macabre besogne ?

— J'en arrive à l'instant. » Le Dr Dee croisa son regard « Oui.

— Et pas de poison ?

— Non. »

Tom Ffynne était satisfait. « Son petit page s'est enfui, vous savez. Patch. Enfui, sûrement quand il a appris la nouvelle ou quand il a vu son maître mort.Il reste introuvable.

— Il finira par revenir, j'en suis sûr, dit le capitaine Quire.

— C'est le chagrin. Patch était très attaché à Lisuarte. Mais le pauvre diable endurait trop de souffrances. La mort était la meilleure solution pour son corps douloureux. Mais il vit toujours là-dedans. » Ffynne se tapa le front. « Le meilleur d'entre nous. Le plus noble des anciens collaborateurs de Hern. Que vont devenir ses domaines, puisqu'il n'a aucun héritier direct ?

— Un neveu dans le Pays de Dale, l'informa Gloriana, qui lui a tenu lieu de régisseur pendant des années.

— Un vrai neveu ou...

— Il existe des documents qui suffiront à prouver

les liens de parenté. » La reine Gloriana sourit. « Dans de telles affaires, tant qu'il n'y a pas contestation, la naissance peut s'accommoder de certaines exigences diplomatiques. Son neveu est le nouveau seigneur.

— Et où se trouve Perion, maintenant ? demanda Tom Ffynne au Dr Dee, pendant que Gloriana et le capitaine Quire en profitaient pour échanger des regards exclusifs entendus, sourds à ce qui les entourait.

— Reparti à son bureau, je suppose. » Le Dr Dee déplaça son chapeau doré sur sa tête blanche. « Je ne suis pas dans les secrets de Montfallcon, Sir Thomasin.

— Oui. C'est maintenant un vieux grincheux. Je me rappelle quand il était plus jeune, du vivant de sa famille, il avait meilleur caractère. Mais, petit à petit, pour le bien d'Albion, son cœur s'est endurci, comme les membres de ce pauvre Lisuarte... et, si cela se trouve, il endure les mêmes tourments. Il ne faut pas le juger trop mal, docteur Dee.

— Je m'en défends bien, Sir Thomasin. C'est plutôt lui qui a mauvaise opinion de moi. Il me prend pour un sorcier qui aurait jeté un sort à la reine.

— Voyons, voyons. » Sir Tom sourit. « Il ne vous considère plus comme un aventurier. Des dangers plus graves le préoccupent en ce moment. Le capitaine Quire, par exemple. » Son regard pénétrant se posa sur Quire qui éclata d'un rire insouciant.

« Que raconte-t-il à mon sujet, Sir Thomasin ?

— Oh, il est intarissable. Que vous êtes à l'origine de tous les troubles qui secouent Albion.

— C'est ce que j'ai appris. Est-il plus explicite ? »

Sir Thomasin sourit. Il savait que Quire connaissait la confiance que Montfallcon lui portait. Il savait aussi que Quire le mettait au défi de révéler ce que Montfallcon lui-même n'osait pas avouer à la reine. Il secoua la tête, plein d'admiration. « Il dit que vous êtes un assassin, un espion, un ravisseur, un voleur, un violeur... La liste est interminable. »

La reine ne put s'empêcher de rire. « D'où tient-il ces renseignements sur vous, Quire ? Êtes-vous un ancien amant et l'avez-vous éconduit ? Allons, allons, brisons-la. Monseigneur Montfallcon est le plus loyal des gentilshommes du royaume et nous n'avons qu'à nous louer de ses services. Je n'admettrai pas que l'on se gausse de lui.

— Je ne crois pas que nous nous gaussons, Madame, dit Sir Thomasin. C'est mon ami. Nous parlons de lui parce que nous nous inquiétons pour sa santé mentale. Il faudrait l'envoyer se reposer dans l'une de ses propriétés, quelque part à la campagne.

— Il s'imaginera qu'on l'exile.

— Je sais. Vous devez lui faire des concessions, autant que vous le pouvez, Votre Majesté. » Tom Ffynne était sérieux. « Je ne voudrais pas qu'il prenne si tôt le même chemin que Lisuarte.

— Ce n'est guère à craindre, non ? » Le capitaine Quire parlait du ton hésitant de celui qui n'est pas très au fait du sujet traité.

« Il use ses forces à courir après des ombres. » Ffynne gratta son front buriné par les intempéries. « Et l'été est toujours une saison propice aux égarements. Sous l'effet du soleil, les humeurs cachées ressortent, ainsi que la transpiration.

— Vous pensez qu'en automne il aura repris ses esprits ? demanda la reine.

— Si on le traite avec ménagement.

— Je lui ai fait beaucoup de concessions dans ma vie, Sir Tom.

— C'est juste, Madame. En retour, il s'est consacré corps et âme à votre bien-être.

— Dans l'intérêt du royaume.

— Et par affection, Votre Majesté.

— Mais il qualifie de « traître » quiconque m'accorde son amitié : la comtesse de Scaith, le docteur Dee, le capitaine Quire. Il est jaloux d'eux. Il ne tenait pas Lady Mary Perrott en haute estime. Dois-je trembler pour la vie de tous ceux que j'aime, Sir Tom ? »

Ffynne était horrifié. « Vous ne le croyez quand même pas capable, Madame, de s'abaisser à de tels actes criminels. S'improviser exécuteur des hautes œuvres...

— Il lui suffit de me faire endosser les crimes, murmura Gloriana. J'ai hérité du crime, c'est un fait. Je l'ai porté en moi durant toute mon enfance, durant mon règne. Mais je refuse qu'on m'en impute de nouveaux, Monsieur. Votre ami, notre chancelier, m'accuse en accusant mes amis. Est-ce le genre de loyauté que vous voudriez me voir lui témoigner ?

— De nombreuses responsabilités pèsent sur ses épaules, Madame, qu'il ne peut partager avec personne. Il soulage les vôtres à bien des égards.

— Quoi ? Dites-moi comment. »

Tom Ffynne se troubla. « Je ne sais pas, Votre Majesté. Je songeais à son action diplomatique en général.

— Il a la diplomatie dans le sang. Il a du goût pour l'intrigue. »

L'amiral ne pouvait le nier. Il jeta à Quire un regard le suppliant clairement d'intervenir, mais le capitaine se leva et contourna le divan pour contempler par la fenêtre les fantastiques parterres de fleurs, les roues des paons bruissantes de milliers d'yeux, les pelouses d'herbe verte et tendre où se prélassaient de lourds iguanes. Il feignait la gêne de celui qui se sent de trop dans la conversation. Tom Ffynne eut un bref accès de colère, sitôt éteint : pourquoi le capitaine devrait-il s'en mêler ? Montfallcon se complaisait déjà à le prendre pour victime : selon Ffynne, il enrageait d'avoir perdu un serviteur qui menaçait maintenant bel et bien de devenir son maître.

Au risque de passer pour un hypocrite, le Dr Dee, les pieds sur terre, proposa néanmoins : « Un sédatif. Si Lord Montfallcon parvenait à dormir... Je connais un philtre, je peux le préparer.

— Vous voyez Lord Montfallcon accepter une de vos potions, innocent mage ? » Gloriana rit, de la tendresse dans les yeux. « Oh, j'en serais fort étonnée !

— Lord Montfallcon... commença Quire, quand la porte s'ouvrit sur le valet qui annonça :

— Lord Montfallcon, Votre Majesté. »

Gloriana hésita. Elle implora du regard Tom Ffynne qui ne lui fut d'aucun secours. Elle céda à sa loyauté de vieille date, à son bon cœur, aux convenances. « Introduisez-le. »

Dignement vêtu de noir, sa chaîne d'or autour du cou, son visage dur plus pâle qu'à l'ordinaire, Lord Montfallcon entra dans la pièce d'un pas ferme et se tint devant eux, telle la Mort venant réclamer son dû. Il les dévisagea tour à tour d'un œil soupçonneux, puis s'inclina devant la reine sans se départir de ses distances. « Le décès d'Ingleborough, semble-t-il, est naturel, dit-il.

— Oui, Monseigneur. » Gloriana pencha la tête vers John Dee. « Nous en avons été avertie.

— Par les temps qui courent, il est plus prudent d'être sûr. » Tom Ffynne se rangeait, timidement, aux côtés de son ami.

« Par les temps qui courent, parfaitement. » Montfallcon fixait Quire au grand déplaisir de la reine. Elle se leva.

« Monseigneur ? dit-elle avec impatience. Monseigneur ?

— J'interromps un entretien privé. » Il ne chercha pas à pénétrer plus avant dans la pièce. Il ne voyait aucun allié en dehors de Ffynne et, apparemment, il ne pouvait guère compter sur lui. « Mais la question est urgente, Votre Majesté.

— Alors, allez-y, mon bon Seigneur, dites-nous de quoi il s'agit. » Tout en parlant, elle tourna la tête vers Quire qui lui rendit son regard.

« Il s'agit de vos obligations publiques, Votre Majesté. Je dois faire les préparatifs. Comme la comtesse de Scaith n'est plus là pour vous servir de secrétaire, je suppose que c'est à moi de la remplacer. À moins que votre... à moins que ce capitaine Quire...

— Le capitaine Quire n'assume aucune fonction officielle, Monseigneur.

— Alors ? Votre Majesté ?

— Quelles sont au juste ces obligations, Lord Montfallcon ?

— Beaucoup de demandes d'entretiens. Des ambassadeurs et autres. En cette période de guerre imminente, il serait judicieux, par votre présence, d'affirmer notre puissance.

— Laissons planer le mystère, Monseigneur. Je pourrais vous faire valoir que si je reste invisible, nous passons pour plus puissants encore.

— Il y a aussi votre Circuit, Votre Majesté. Dans tout le royaume, vos plus fidèles vassaux comptent sur votre venue. Ils doivent être informés du moment de votre arrivée. Comme d'habitude, du Nord au Sud et de l'Est à l'Ouest, toutes les grandes maisons prévoient des festivités. Les Perrott se sont un peu calmés, mais il est important que vous consacriez de votre temps à ces familles qui vous apporteront leur soutien, au cas où ils songeraient de nouveau à comploter et chercheraient des alliés dans les rangs de la noblesse. »

La reine l'avait à peine écouté. Elle lui répondit d'un air détaché : « Nous nous sommes prononcée contre le projet d'un Circuit cette année, Monseigneur. Il nous apparaît que la Joute d'Été a suffi pour convaincre nos amis de notre vitalité et de la protection que nous leur offrons, et nos ennemis de notre force et des appuis dont nous bénéficions.

— La Joute nous a donné un avantage, Madame, c'est certain. Mais il faut le confirmer. Le Circuit est crucial, cette année plus que toute autre. La Cour visiterait le pays et consoliderait les bases du royaume.

— Ont-elles vraiment besoin d'être consolidées ? » Le capitaine Quire eut l'air de regretter son accès d'humeur. « Je voulais simplement dire qu'Albion n'a jamais paru aussi solide. »

Montfallcon lui jeta un regard furieux. « La solidité d'un édifice tient à la vigilance de son propriétaire. Les insectes, la vermine, la pourriture peuvent infester ses murs, miner ses poutres et ses fondations ; vue de l'extérieur, la maison paraît d'une solidité à toute épreuve, jusqu'au jour où elle s'écroule d'un bloc.

— On m'a parlé de marchands tellement inquiets pour l'état de leurs maisons qu'ils vont jusqu'à scier des poutres parfaitement saines pour y trouver des vers, et mettre à jour des fondations irréprochables suspectes de contamination ; et la maison leur tombe sur la tête. » Le capitaine Quire se tut devant le regard de mise en garde que lui adressa la reine. « Mais je suis absolument profane en la matière, Monseigneur. Pardonnez mon intervention.

— Vous me semblez parfaitement averti, « Sir Palmerin » — et Lord Montfallcon laissa transparaître un mépris désenchanté dans sa voix — sur tout ce qui touche à la lutte contre la vermine. Auriez-vous déjà eu à souffrir des assiduités d'un terrier ? Ou été terrier vous-même ?

— Je vous saisis mal, Monseigneur », répondit Quire avec douceur. Mais il s'arrangea pour que la reine s'aperçut qu'on l'avait blessé dans son amour-propre, et elle s'emporta.

« Monseigneur Montfallcon. Vous dépassez la mesure !

— Comment cela, Madame ? fit-il, l'air sombre.

— Faites preuve de courtoisie envers notre invité ! Quel mal vous a-t-il fait, que vous manifestiez un tel dépit ?

— Du mal ? » Montfallcon fronça les sourcils. Il

ouvrit la bouche. Il dit piteusement : « Il... Je connais son espèce.

— C'est quoi, mon espèce, Monseigneur ? » La voix de Quire tremblait de fureur contenue.

« Suffit ! s'exclama brutalement la reine. Vous vous égarez, Monseigneur, et nous en connaissons tous la cause. Si vous alliez vous reposer, pour revenir cet après-midi, nous serions ravie de reprendre la conversation. Et de nous expliquer clairement sur nos raisons, si vous le désirez.

— Vous voulez vous soustraire à votre devoir, est-ce là ce que vous voulez dire, Madame ? Vous devez effectuer votre Circuit !

— Perion ! s'écria Tom Ffynne, qui se leva d'un bond pour s'avancer en claudiquant. Attendez quelques heures...

— Vous devez effectuer votre Circuit, Madame. » Il parlait sur un ton calme qui masquait sa rage. « Le royaume y compte.

— Le royaume n'a rien à redouter.

— Il n'a jamais été autant en péril.

— Comment cela ?

— Vous pouvez m'en croire, Madame.

— Donnez-m'en une preuve, Lord Montfallcon.

— La preuve vous sera bientôt fournie.

— Très bien, Monseigneur, alors nous attendrons de la voir. »

De blême, le visage de Montfallcon vira au cramoisi. « Oh, Madame... » Il soufflait comme un bœuf. « Vous prêtez l'oreille à de mauvais conseils.

— Je prête l'oreille à ma conscience, Milord. Pour une fois.

— Je crois entendre parler Hern. » Il ne lâchait pas

pied, près de la porte. « Je connais ce genre de discours, Madame. »

Il l'avait de nouveau mise en colère. « Vous pouvez disposer, Monseigneur. »

Le doigt grisâtre de Montfallcon se pointa sur Quire. « Cette vermine, Madame, vous transmettra la peste des sophistes ; vous serez cruelle et détestée ; les ténèbres nous envahiront.

— Monseigneur ! Je suis la reine ! »

Tom Ffynne, se déhanchant, prit le bras de Montfallcon. « Perion. Vos paroles frisent la félonie ; au temps de Hern, vous en auriez répondu devant vos juges. Venez. »

Montfallcon ne bougea pas. « Vous êtes de leur bord maintenant, Tom. Vous êtes à leur botte. Vous avez déjà laissé percer votre sympathie pour Quire. Eh bien, Lisuarte aussi avait de la sympathie pour lui, et il est mort. S'enticher de Quire, c'est s'enticher de la ciguë.

— Vous êtes fatigué, Perion. Je vous raccompagne à vos appartements, nous reprendrons la discussion chez vous. »

D'une secousse, Montfallcon se dégagea de la main de Ffynne. « Je suis seul, à présent. Seul pour protéger Albion. Et je la protégerai, contre tout danger, d'où qu'il vienne. On a trop longtemps toléré les débauches clandestines de la Cour. La luxure et son individualisme nous affaiblissent. Hern reviendra, retenez bien ce que je dis.

— C'est ridicule, Monseigneur. » La reine se voulait à nouveau conciliante.

« Alors, mariez-vous, Madame. Mariez-vous et qu'on en finisse ! Pour vous, plus rien ne compte maintenant que les plaisirs auxquels vous vous adonnez dans le privé pour tromper votre ennui. Trouvez un mari — de noble naissance — et épousez-le. Tout risque de guerre sera ainsi écarté. Épousez quelqu'un de fort, qui prendra en charge vos douleurs secrètes, qui partagera le poids des responsabilités du royaume. Ne vous avilissez pas auprès de ces coquins fielleux, mesquins, vulgaires et grossiers qui ne vous feront que du mal et qui n'entendent rien à la chevalerie !

— L'Arabie voudrait me faire épouser le Grand Calife. Vous aimeriez l'avoir comme maître, hein, Monseigneur ? Et il m'aidera sûrement à supporter mes douleurs secrètes, hein, Monseigneur ?

— Encore quelques mois, et tout le monde, les nobles comme le peuple, accueillera la flotte arabe en sauveur. Ne voyez-vous pas vers quel danger nous courons, si vous n'entreprenez pas votre Circuit, si vous ne donnez pas à des prétendants l'occasion de vous faire leur cour en chemin ? J'avais tout prévu, dressé la liste des célibataires les plus en vue ; et si vous deviez accorder la préférence à un Perrott, tant mieux. Si vous n'effectuez pas votre Circuit et si vous vous privez de la possibilité de faire la paix avec les Perrott en leur rendant visite, à eux ou à une famille proche, ils prendront à nouveau les armes pour mener leur guerre personnelle.

— Tous ces préparatifs, Monseigneur, sans m'avoir consultée ! » Elle haussa les épaules. « Partez, Monsieur, allez dresser d'autres plans, puisque tel est votre désir. Mais, je vous prie, ne venez pas me demander mon accord ni ma participation. »

Montfallcon l'entendait à peine ; il respirait lentement, profondément, et son regard mauvais ne quittait pas l'homme qui lui avait ravi le pouvoir. Quire vint se ranger auprès de la reine, à la façon d'un garde, indifférent.

Montfallcon murmura : « Il est capable de tous les crimes. Il est plus dangereux que Hern, car lui n'est ni fou ni vaniteux.

— Sir Thomasin... s'il vous plaît, raccompagnez le chancelier à ses appartements, et qu'il se repose. Vous reviendrez, Monseigneur, quand vous serez dans de meilleures dispositions. Docteur Dee, si vous pouvez nous aider, je vous en prie, faites-le, mais j'ai bien peur... »

Montfallcon regarda Dee puis Ffynne qui l'encadraient.

« Suis-je aux arrêts ?

— Bien sûr que non, Perion, lui dit Ffynne, mais vous êtes à bout de forces. La reine se soucie de votre santé. Le docteur Dee peut vous soigner, si vous le désirez, et vous administrer une potion qui vous fera passer votre amertume.

— Quoi ? Finir empoisonné par ce mage ? »

Sur ces mots qui ne surprirent personne, il se laissa emmener.

Gloriana enlaça son Quire. « Oh, mon amour ! Dire qu'il vous faut endurer toutes ces insultes ! »

Quire joua les magnanimes. « Je ne le blâme pas, Madame. » Il lui caressa le visage alors qu'elle s'allongeait auprès de lui, sur le divan. « Vous avez raison, la mort de son ami l'a mis dans tous ses états.

— Dites-moi que je n'aurai pas à accomplir mon Circuit. Il m'obligerait à rester longtemps séparée de vous. Et je ne pense pas que la cause du royaume s'en trouverait renforcée.

— Vous ne devez pas vous épuiser, Madame, dans un si long voyage. Albion a besoin de vous à la Cour. Qui sait quel mal pourrait germer et croître ici ? Il y a déjà tant de mystères, à ce que j'ai compris. Il se pourrait que la comtesse de Scaith soit encore en vie...

— Oh, Quire, mon chéri, si seulement c'était vrai ! J'aurais alors deux amis fidèles. » Elle le pressa fort contre elle et enfouit sa tête au creux de l'épaule du capitaine qui, le front plissé, le regard étonné, semblait ébranlé par la force de son amour.

Chapitre XXVII

Où de vieilles connaissances se retrouvent et où d'anciennes questions reviennent sur le tapis

Lord Shahryar de Bagdad retira son casque pointu dont la visière d'argent retomba en claquant quand il le posa à côté de son sabre sur la table de l'arrière-salle de la taverne. Le jour allait se lever et il attendait Quire depuis trois bonnes heures; c'était leur troisième rendez-vous depuis la fois où ils avaient conclu leur marché. Près de la fenêtre aux volets clos, Tinkler, le ruffian à la dent saillante, qui arborait ce matin-là un costume de brocart râpé et une fraise chiffonnée, vidait le fond de la bouteille qu'il avait apportée pour eux deux mais que le Sarrasin avait dédaignée. « Il ne va pas tarder, Monseigneur.

— Qu'en savez-vous ? C'est moi qui vous ai indiqué lc lieu du rendez-vous.

— Je connais mon ancien maître, le capitaine.

— C'est votre nouveau maître qui m'importe. » Lord Shahryar paraissait nerveux. « Qu'allez-vous lui raconter, hein ?

— Lord Montfallcon m'a laissé entendre que je reprenais le travail du capitaine Quire. Je me suis donc mis à son service. Maintenant que le capitaine est de retour, eh bien, je sers le même maître que lui. » Mais Tinkler n'était pourtant pas à son aise. « Je ne vous trahirai pas, Monsieur — ce serait trahir le capitaine. » Il se gratta la tête qui le démangeait.

Quire entra en coup de vent, légèrement essoufflé. « Partager l'intimité de la reine crée des servitudes. » Il ferma la porte à la volée et rejeta sa cape en arrière. En plus de son habituel habit noir, il portait à présent une large ceinture rouge nouée sur le côté droit. Ce bout d'étoffe était si incongru qu'on aurait dit le bas de son corps taché de sang. Il posa son sombrero près du casque du Sarrasin. « Vous voici déjà prêt pour la guerre, Monseigneur ?

— Il s'agit d'un habit de cour. Depuis une semaine je fais antichambre pour obtenir une audience de la reine. Accompagné d'une forte délégation envoyée par le calife qui commence à douter, Quire, du succès de notre plan.

— Il a tort. C'est en bonne voie. » Un clin d'œil à Tinkler. « Tu as une allure superbe, Tink. L'or de Montfallcon ?

— Il me paye la totalité de vos gages.

— Il est généreux. Tu devrais continuer à le servir.

— Pas maintenant que vous êtes revenu, Capitaine. » Tinkler se détendit.

Quire s'assit en face de Lord Shahryar et croisa les bras sur la table. « Excusez mon corps fatigué. Mes devoirs m'éreintent. »

Tinkler eut un rire salace. Lord Shahryar affecta la mine dégoûtée de circonstance et dit : « Il me faut des informations plus précises. Notre projet avait l'air de bien s'engager, mais j'ai maintenant l'impression qu'il s'enlise. La mort de la fille a produit les effets escomptés. Votre plan, le jour de l'Avènement, a parfaitement fonctionné. Mais depuis, vous gardez le silence et, en dehors de la mort d'Ingleborough, prévisible mais sans intérêt pour nous (au fait, le page vogue vers l'Arabie, un présent pour le calife), c'est comme si vous nous aviez laissé tomber.

— J'ai une poignée de conseillers privés qui m'épaulent. Des gentilshommes intègres, désormais des chiffes molles abruties par la boisson, qui soutiennent toutes les décisions que je pousse la reine à prendre. » Quire retroussa les lèvres. « Montfallcon est pour ainsi dire exilé, la reine ne l'écoute plus, elle est convaincue qu'il est fou de jalousie. La Cour se divise en deux camps principaux : les partisans des idées de Montfallcon et les partisans de la reine. Il faut s'attendre à d'autres dissensions. Le Circuit est suspendu, le royaume perdra donc confiance. Les Perrott continueront à armer leur flotte et prendront bientôt la mer contre l'Arabie, ce qui vous donnera une bonne raison d'entrer en guerre mais vous laissera aussi la possibilité de temporiser et d'arriver à un arrangement, bien qu'il vous faille peut-être d'abord vaincre les Perrott et ceux qui auront choisi de les suivre. Ils sont un certain nombre, de plus en plus grand, à avoir pris leur parti, en particulier des nobles que la reine a froissés en déclinant leurs invitations. De plus, des éléments d'autres plans se mettent en place. Et vous n'êtes pas satisfait, Monseigneur ? Dans ce cas... » — il fit un geste théâtral en direction de son chapeau — « ... je peux toujours trouver un nouveau protecteur et employer ces avantages d'une autre...

— Vous me devez la vie, capitaine Quire. Et vous avez juré de servir mes intérêts. »

Quire se renversa sur le dossier de sa chaise. « Mais si je ne les sers pas assez bien, Monseigneur, je ne vois pas pourquoi vous persisteriez à m'employer. Existe-t-il un seul homme capable de faire ce que j'ai fait ? De même que Montfallcon a édifié l'Âge d'Or quasiment à lui seul, moi, je le détruis. Parce qu'en toute logique il mérite d'être détruit ; Mythe est synonyme d'Ignorance.

— Combien de temps attendre, alors ? avant que tout soit prêt ?

— Encore un mois. Avant octobre, les nobles se réjouiront du mariage de Gloriana et d'Hassan, si c'est ce dont ils ont besoin pour calmer leurs craintes.

— Et qu'est-ce que je peux faire pour vous, Capitaine ? demanda Tinkler avec empressement, grisé par ce qu'il venait d'entendre. Je pourrais tuer Montfallcon.

— Pour que les soupçons se portent aussitôt sur moi ? Non. Il se détruit tout seul. Je veux que tu continues à travailler pour lui, Tink.

— Comment ? Je ne peux pas !

— C'est le mieux. Tu me fourniras des renseignements utiles.

— Vous ne voulez pas que je revienne avec vous, Capitaine, pour refaire équipe comme avant ?

— Non. Obéis à chacun des ordres de Montfallcon... Seulement, rends-moi compte à chaque fois que tu peux. »

Tinkler haussa les épaules. « Comme vous voulez, capitaine Quire.

— Tu occupes une position clé pour nous.

— Très bien, Capitaine. » Il avait le visage boudeur.

Lord Shahryar ramassa son casque. « Alors, que vais-je annoncer à mon calife ?

— Que j'ai ensorcelé la reine, qu'elle fera tout ce que je lui dirai, que, le moment venu, je lui soufflerai ses décisions qui l'enverront tout droit dans le lit nuptial, auprès de lui, quoique je ne voie pas le profit qu'il en tirera...

— Capitaine Quire ! » Shahryar empoigna brusquement son sabre. « Ne vous livrez pas à des plaisanteries désobligeantes sur mon maître !

— Je ferai les plaisanteries qui me chantent, répondit Quire froidement. Car mes secrets sont consignés, comme toujours. Que je meure, et vos plans seront étalés au grand jour. Si la chose devait se produire, le royaume s'unirait sur-le-champ. Tout notre travail n'aurait servi à rien. Voilà aussi pourquoi Lord Montfallcon hésite à me trahir. Pendant des années, il a entretenu le mythe par le mensonge, l'espionnage, le meurtre, la torture, en réduisant l'opposition au silence. Si la preuve était apportée au pays — et j'ai la possibilité de la produire au moment voulu — que le règne doré de Gloriana est bâti sur le sang, au même titre que celui de son père, alors un millier de nobles se retourneraient contre elle et jetteraient à bas la figure dc proue, dans leur certitude imbécile de détruire le navire.

— Quire, songeriez-vous à échanger ces secrets contre une couronne ? » Lord Shahryar glissa le fourreau de son sabre dans sa ceinture. « J'ai raison ? Vous nous faites tous marcher ?

— Être roi, c'est être infirme, Monseigneur — être limité dans ses mouvements, limité dans ses pouvoirs. Même Hern ne s'en est pas relevé. Au début de son règne, il était, comme sa fille, pétri de nobles idéaux. Mais quand il s'est senti écrasé sous le poids des responsabilités, il s'est laissé aller à s'apitoyer sur son sort. Et donc, il passe pour un cynique. Mais un véritable cynique domine les faibles, aussi bien que la faiblesse qui est en lui. Hern subissait la domination des deux.

— Pas vous ?

— Non, Monseigneur. La liberté est indispensable à l'artiste pour l'exécution de son œuvre. Aucun roi n'est jamais libre.

— J'espère que vous jouez franc-jeu avec moi. » Le Sarrasin s'enveloppa dans son manteau dont il tira la capuche par-dessus son casque. « J'espère aussi que votre lenteur n'est pas due à un quelconque sentiment que vous éprouveriez pour votre nouvelle maîtresse. Elle sera plus heureuse, une fois mariée à notre calife.

— Et il est d'autant plus important que l'union soit vite célébrée, fit Quire, la bouche fendue d'un large sourire. Car vous ne m'avez pas mis tous les éléments en main, n'est-ce pas, Monseigneur ? Vous me faites des petites cachotteries, mais vous craignez que j'en fasse autant.

— Des cachotteries ? Lesquelles ?

— Le duel entre Pologne et Arabie a eu lieu, sur le bateau. Le comte Korzeniowski l'a dit à Lord Rhoone qui me l'a répété à son tour, au cas où, étant maintenant l'intime de la reine, je jugerais nécessaire de la mettre au courant.

— Et alors ?

— Pologne a été sérieusement blessé, et il est

rentré chez lui. Son parlement l'a mis aux arrêts et un nouveau roi a été élu.

— C'est aussi ce que j'ai entendu dire.

— Et ce nouveau roi, qui n'est autre que ce boutefeu de prince Pyat d'Ukraine (connu pour ses penchants bellicistes et appuyé par le parlement), crie vengeance contre l'Arabie.

— C'était un combat loyal et mon maître en est sorti vainqueur.

— Je vous crois. Mais Pyat redoute la trop grande menace que représente l'Arabie si elle reste impunie. Une alliance avec la Tatarie est à craindre.

— Impossible.

— Vous ne parviendrez pas à rassurer suffisamment la Pologne, avec ces grandes escadres de guerre que vous êtes en train d'armer. Vous risquez de vous faire attaquer sur deux fronts.

— Alors, Albion nous portera secours, en accord avec le traité.

— Oui... ce qui n'arrangera en rien la situation d'Albion, et votre calife n'apparaîtra plus comme le Pur Chevalier, le Sauveur de l'empire. En fait, les rôles seraient inversés. Ce duel était idiot.

— C'était une affaire d'honneur.

— L'honneur n'a rien à y voir. L'orgueil, oui.

— L'amour-propre, capitaine Quire. Mais si cette qualité vous est inconnue...

— J'en ai mon content. Ce n'est pas la même chose que l'orgueil. Et l'orgueil pourrait bien ruiner mes plans ainsi que les vôtres, et nous faire tout perdre. C'est pourquoi il vous est nécessaire que je me dépêche de faire aboutir notre entreprise.

— Voyez les choses comme vous voulez. » Lord Shahryar haussa les épaules.

« Et je suppose, Monseigneur, que votre tête aussi est en jeu, non ? »

Les yeux noirs du Sarrasin s'enflammèrent. « Pas plus que la vôtre, capitaine Quire ! »

Un tournoiement de tissu sombre, et il avait quitté l'arrière-salle de la taverne ; restés seuls, Quire et Tinkler s'observèrent à la façon de vieux amis qui, soudain gênés, s'aperçoivent qu'ils n'ont plus rien en commun. Tinkler n'était pas du genre loquace. Soudain, il demanda : « C'est vrai, Capitaine, que vous allez faire tomber Albion ?

— On ne fait pas tomber une nation aussi facilement, Tink. Je me contenterai d'en changer un peu la structure. Gloriana et le calife co-régneront sur un grand empire. Un empire qui s'attirera, bien entendu, des inimitiés et qui aura besoin de s'étendre — à la Pologne, à la Tatarie, au monde entier.

— Alors, c'est la guerre que nous réserve l'avenir.

— J'en ai l'impression, Tink.

— Et nous ferons quoi, Capitaine ? »

Quire s'enfonça le sombrero jusqu'aux yeux et lissa les plumes de corbeau piquées dans la calotte. « Nous aurons tout à gagner, Tink, dans un monde pareil. »

À cette perspective, l'œil de Tinkler se troubla. Il s'éclaircit la gorge. « Tout serait plus simple, en quelque sorte.

— La guerre a pour fonction de simplifier, Tink. La plupart des hommes se réjouissent quand elle se déclare, parce que leur vie est bien trop compliquée. La paix les plonge dans une sorte de confusion que peu d'entre eux ont la force de supporter longtemps ;

les responsabilités se multiplient. La quasi-totalité de la population mondiale est composée de mauviettes, Tink, qui trouvent à la guerre l'occasion de s'épanouir. Oh oui, le faible aime à se battre ! »

Là-dessus il sortit, après avoir lancé un baiser à son compagnon aussi stupéfait qu'inquiet.

Chapitre XXVIII

Où les favoris de la reine s'amusent,
et où Lord Montfallcon met en garde
contre l'impiété et les désastres qu'elle engendre

Depuis une fontaine invisible, de l'eau jaillit brusquement dans un parterre de marrubes blancs ; de surprise, Lady Lyst, déjà vacillante, s'emmêla les jambes dans les plis de sa robe indienne et s'étala les quatre fers en l'air, en poussant un cri et en lâchant son gobelet plein. La reine, sa suite et ses courtisans éclatèrent de rire dans l'éblouissante lumière de cette fin d'août qui baignait les jardins des appartements privés de Gloriana. Des fleurs de toutes variétés, arrangées par couleurs contrastées, s'épanouissaient en massifs géométriques, en cercles, en croissants, en demi-lunes, séparées par les étroites allées gravillonnées et les pelouses fraîches, les haies d'ifs et les buissons ornementaux de cet exemple symétrique et rassurant d'une nature domestiquée. Ernest Wheldrake rangea un petit livre dans sa poche et aida sa maîtresse à se relever. Lui aussi était vêtu à la mode estivale du moment, le style maure à dominante noire et or, ce qui le faisait ressembler à un jeune coq qui serait parvenu à se parer des plumes d'un aigle. Son turban glissa sur son visage tendu par l'effort tandis qu'il se débattait avec Lady Lyst qu'il réussit, après force dérapages, à remettre en position debout. Elle tituba.

« Je suis complètement imbibée, dehors comme dedans ! »

À nouveau les rires fusèrent.

Selon son habitude, le capitaine Quire n'avait pas suivi la mode ; il restait fidèle au noir miteux et au sombrero qui lui abritait le visage du soleil (un corbeau, comparé à la livrée plus excentrique de Wheldrake) ; mais il souriait en compagnie de la reine. Quant à Sir Thomasin Ffynne, il ne pouvait se résoudre à ressembler à quoi que ce soit, et il était vêtu de mauve (il portait le deuil de Lisuarte) ; une boucle d'oreille constituait sa seule concession à l'élégance. Sir Amadis Cornfield évoquait l'opulence, à demi nu sous l'or et les plumes de quelque roi inca. Lord Gorius rivalisait avec lui, vêtu en potentat indien, paré de perles et de bracelets de corail. Ils consacraient bien entendu toute leur attention à la petite Alys Finch ; elle dansait maintenant pour eux et passait sous les jets d'eau des fontaines qui trempaient son sarong et révélaient ses formes de garçonne, réveillant leurs ardeurs. « Ah ! »

Phil Starling, le danseur, affublé de babioles d'or et d'une bande-culotte, peinturluré en conséquence, était allongé sur une pelouse, aux pieds d'un Wallis en mandarin peu crédible et à moitié en pamoison. Maître Oberon Orme, en Tatare ridicule, surgit au pas de course du labyrinthe voisin, talonné par deux dames d'honneur de la reine déguisées en courtisanes birmanes. Il faillit entrer en collision avec le jeune Phil qui, la bouche en cul de poule, observait plus loin Marcilius Gallimari ; l'air d'un Turc resté fluet, Gallimari entourait de ses bras deux jeunes moricaudes dont la vertu n'était protégée que par des tabliers à mailles d'or pâle sur le devant et sur le derrière. Tous nageaient dans l'euphorie, dans l'atmosphère érotique qui, depuis peu, avait envahi la cour personnelle de la reine.

Gloriana pressa Lady Lyst contre elle et lui donna un baiser. « Reposez-vous ici. » Elles s'allongèrent ensemble sur un banc de marbre en se moquant de Quire et de Wheldrake. « Quand cet été se terminera-t-il ? » C'était histoire de parler ; en fait, l'automne n'était guère attendu, voire souhaité. « Nous discutions d'un poste officiel à confier au capitaine Quire. Maintenant que Lord Rhoone est à la campagne avec sa famille, nous avons besoin, temporairement, d'un Maître des Pensionnaires de la Reine. Qu'en dites-vous, Capitaine ? »

Quire secoua la tête. « Je n'ai pas la nature consciencieuse et carrée du bon Lord Bramandil. » Il fit semblant, le front plissé, de peser le pour et le contre. Le départ de la Cour de Lord Rhoone (sur sa suggestion) l'avait grandement soulagé. La présence de ceux qu'il avait connus avant sa situation actuelle le rendait nerveux. Rhoone, éperdu de reconnaissance à la suite du prétendu sauvetage de sa famille, n'avait jamais soupçonné Quire d'être ce même ruffian encapuchonné qu'il avait un jour présenté à Lord Montfallcon ; mais, sous la pression continuelle du chancelier, il pouvait à tout instant additionner deux et deux, et d'ami utile se transformer en ennemi probable. La première victime de l'entreprise avait été Sir Christopher, empoisonné parce qu'il aurait pu se souvenir du visage et du nom de Quire. Il ne restait plus à présent aucun proche du trône au courant de son passé, hormis Montfallcon que tous les jours il discréditait. Il songea un moment à faire allusion au poste de Lord Ingleborough, mais Sir Thomasin l'avait déjà repris. Il regarda Ffynne qui les avait rejoints, une dame d'honneur à son bras, pendant qu'ils discutaient. « La reine pense que je devrais chercher un emploi honnête, Sir Tom. »

Le vieux marin malicieux était aussi subtil. « Je me demande quels sont vos talents, Capitaine. »

Hilarité générale. La reine et Lady Lyst tombèrent à nouveau dans les bras l'une de l'autre. Quire joua la confusion, tout en échangeant avec Ffynne un furtif regard entendu, ironique. « Je n'en ai guère, je le crains. Un petit talent d'acteur, j'imagine. » Ils pensèrent qu'il faisait allusion à sa prestation durant le Tournoi.

Sir Thomasin dit : « Mon ami Montfallcon vous prend pour un espion. Sir Christopher Martin n'a pas encore de remplaçant définitif.

— Oh, Sir Tom ! s'écria la reine. Le capitaine Quire ne va pas s'abaisser à faire la chasse aux voleurs !

— Ministre, alors ? » Lady Lyst cligna des paupières en entendant avec un choc le bredouillis de sa propre voix. Elle retomba dans son hébétude.

Gloriana sentit la tristesse la gagner, et elle réprima son émotion. Quire s'en aperçut vite et changea aussitôt de registre. « Ma vocation est de servir la reine de la façon qu'elle jugera utile. Je la laisse décider de mon sort. »

Elle lui prit la main et le fit s'asseoir entre elle et Lady Lyst. « Il faudra mettre la question à l'étude. Je vous interrogerai, Capitaine, sur vos compétences. »

Sir Orlando Hawes apparut sur la terrasse qui surplombait le jardin. Il était vêtu de teintes sombres classiques, noir et violet, car il s'associait, comme la majorité de la Cour, au deuil de Lord Ingleborough dont les funérailles venaient d'avoir lieu. Avec sa peau d'ébène, il aurait pu passer pour une ombre, mais Quire nota les yeux braqués sur la petite Alys qui dansait en lançant des œillades à ses amants. Sa conduite donnait entière satisfaction à Quire. Elle était sa « chienne courante » ; à son instigation, elle avait pris goût à la trahison, comme d'autres prennent goût à l'or ou au plaisir.

Sir Orlando hésita, apparemment affligé par la vue de cette mascarade privée, et peut-être gêné qu'elle lui rappelât les costumes de ses ancêtres. Puis, lentement, il descendit l'escalier menant au jardin et retira son chapeau emplumé de noir pour s'incliner. « Votre Majesté, Lord Ingleborough est en terre. »

De même que la minute précédente elle avait repoussé sa tristesse, la reine repoussa un sentiment de culpabilité. « Les funérailles se sont-elles bien passées, Sir Orlando ?

— Beaucoup de monde y assistait, Votre Majesté. Lord Ingleborough était estimé.

— Nous l'estimions aussi, affirma-t-elle. Vous avez donné les raisons de notre absence ?

— Mauvaise santé, oui. » Il se redressa et promena les yeux autour de lui.

« J'ai vu trop de misères, ces derniers mois, lui dit-elle. Je me souviendrai d'Ingleborough vivant. »

Sir Orlando regarda Sir Thomasin. « Vous nous avez manqué au banquet, Monsieur.

— J'ai assisté à l'enterrement de Lisuarte. C'était

suffisant. Je ne suis pas amateur de cérémonies publiques, vous le savez bien. »

Sir Orlando désapprouvait. Il avait toujours eu mauvaise opinion de Sir Thomasin. Quant à Quire, il l'ignorait totalement.

« Lord Montfallcon a parlé au nom de la reine, Votre Majesté, poursuivit-il. En tant que son représentant.

— Sir Thomasin m'en a déjà informée.

— Il m'a accompagné jusqu'ici. Ainsi que Lord Kansas. Il m'envoie vous demander...

— Peut-être préférerait-il une entrevue dans la soirée ? suggéra-t-elle.

— Les événements de la journée l'ont épuisé. Il serait préférable, Votre Majesté, que vous le receviez maintenant. » Sir Orlando fit un geste vers la terrasse derrière lui. « Il attend de l'autre côté du portail. »

La reine adressa un regard interrogateur à Quire qui approuva d'un haussement d'épaules. Il ne voulait pas se montrer désobligeant envers Montfallcon. Pas encore.

« Nous allons recevoir ces messieurs », dit Gloriana.

Un nouveau salut, et Sir Orlando repartit vers le portail, pour revenir suivi de Lord Montfallcon et de Lord Kansas, également en vêtements de deuil.

Quire vit la reine prendre conscience, honteuse, de l'indécence de sa tenue. Il lui pressa la main et murmura : « Ils n'hésiteront pas à provoquer votre chute, s'ils le peuvent. Rappelez-vous, n'accordez aucune confiance à quiconque cherche à vous culpabiliser. »

Elle se leva comme si c'était lui qui la dirigeait et alla, le sourire aux lèvres, accueillir les trois gentilshommes. « Messeigneurs. Je vous remercie d'êtres venus si vite. Les obsèques ont eu toute la dignité souhaitée, m'a-t-on dit.

— Oui, Madame. » Montfallcon s'inclina lentement. Lord Kansas l'imita. Le Virginien était embarrassé mais il restait aimable, alors que le chancelier gardait une attitude accusatrice. Quire connut un instant d'angoisse quand il considéra Kansas. « Vous nous pardonnerez de venir troubler vos... » — Montfallcon lança un regard mauvais sur le jardin et ses occupants — « ... vos jeux.

— Bien sûr que nous vous pardonnons, Monseigneur. Nous traversons une période attristante et nous avons besoin de nous divertir. Il n'est pas bon de n'avoir que la mort en tête. Il faut être optimiste, non ? »

De telles paroles ne lui ressemblaient pas, et Montfallcon regarda Quire qu'il soupçonnait d'en être l'auteur.

« Vous joindrez-vous à nous, Monseigneur ? » demanda Quire avec une feinte humilité. Puis, comme s'il refrénait son envie d'être méchant : « Mais je m'oublie. Lord Ingleborough était votre plus cher ami.

— Oui. » Montfallcon transperça Tom Ffynne du regard. « Il ne m'en reste aucun, à présent. Je ne dois plus compter que sur moi-même.

— Vous êtes le plus solide pilier du royaume », le flatta Gloriana en passant un bras sous le sien. Il esquissa le geste de se dégager, mais la courtoisie le lui interdisait, et aussi l'habitude.

Il se laissa entraîner vers le labyrinthe. « Il y a une raison à ma visite, Madame. »

Lord Kansas, le capitaine Quire et Sir Orlando Hawes leur emboîtèrent le pas — trois oiseaux de passage, noirs et mal assortis.

« Et quelle est-elle, Monseigneur ?

— Affaire d'État, Madame. Le Conseil privé doit se réunir dans les plus brefs délais. Nous avons des nouvelles. Vos directives sont attendues.

— Alors, je convoquerai le Conseil pour demain matin. » Elle tenait à montrer qu'elle savait parfois se soumettre au Devoir.

« Aujourd'hui serait préférable, Madame.

— Nous nous consacrons à nos amis pour le moment. »

Ils pénétrèrent dans le labyrinthe. La tête de Montfallcon disparut complètement mais on distinguait encore celle de la reine, jusqu'à ses épaules gainées de soie, qui dépassait au-dessus des haies. Quire suivit, puis Kansas et enfin Hawes.

De sa place, Lady Lyst se prit à rire bêtement. Elle voyait la chevelure auburn de Gloriana, constellée de rubis. Elle voyait la calotte du grand couvre-chef de Sir Orlando et le haut de la tête de Lord Kansas, coiffé de son chapeau à plumes. Wheldrake vint s'asseoir auprès d'elle, désireux de connaître la raison de son hilarité. Elle tendit le doigt. Les deux visages visibles, à différents endroits du labyrinthe, étaient extrêmement graves. Les plumes dansantes des chapeaux ressemblaient à des corneilles affairées parcourant le faîte des haies. Même Wheldrake, occupé à écrire ses vers, se permit quelques sourires.

« Pourquoi sont-ils entrés dans le labyrinthe ? » demanda-t-il.

Lady Lyst ne sut répondre.

Arriva le docteur Dee, qui avait troqué ses vêtements noirs contre des violets clairs, accompagné du thane d'Hermiston, vêtu de la sombre tenue de deuil de son clan. Le docteur ne vit pas ce qu'il y avait de drôle.

« Où est le capitaine Quire ? demanda le thane en portant sa grosse main à sa barbe rousse. Et à quoi rime toute cette idolâtrie ? La piété ne serait-elle plus de mise à la Cour ? Pourquoi tous ces gens sont-ils si dévêtus ? Alors qu'Ingleborough vient à peine d'être conduit à sa dernière demeure. »

Maître Wheldrake expliqua : « C'est le bon plaisir de la reine. Elle se lasse de la compagnie de la mort.

— Le capitaine Quire, fit Lady Lyst avec une hilarité qui en disait long sur son état, il est là-dedans ! »

Le thane et le docteur Dee regardèrent vers le labyrinthe. « Ils sont tous saouls, je pense, dit doucement le thane en manière d'explication et peut-être d'excuse. Je ne m'attendais pourtant pas à cela de la part de notre sage visiteur. » Il parlait de Quire, qu'il tenait pour sa meilleure trouvaille.

Phil Starling se mit à hurler. Ils reportèrent tous leur attention sur le jeune homme.

Maître Wallis l'avait jeté à terre et luttait avec lui d'une étrange façon. Impossible de déterminer s'il s'agissait d'une vraie bagarre ou d'un jeu. Le thane fit un pas dans leur direction, puis s'arrêta quand le duo se mit à rouler sur l'herbe.

« Avec quelle rapidité les mœurs changent, murmura le thane qui revenait tout juste d'un de ses voyages. Et la reine le permet ?

— Elle l'encourage », intervint Lady Lyst, soudain sérieuse. Elle se redressa. « C'est depuis que la comtesse de Scaith a disparu. Nous avons tous beaucoup de peine.

— Où est-elle partie ? voulut savoir le thane.

— Peut-être sur l'une de vos sphères, suggéra Wheldrake. On ne la trouve nulle part. Oubacha Khan la recherche. D'après lui, elle n'a pas quitté le palais.

— Comment cela ?

— Elle serait dans les murs, fit Lady Lyst. Mais où ?

— Montfallcon pense qu'elle a assassiné Perrott, dit le Dr Dee au thane.

— Elle n'a pas assassiné Perrott, fit Lady Lyst.

— Ni personne d'autre, remarqua son amant d'un air entendu.

— Ni personne d'autre. » Lady Lyst frotta ses yeux fatigués. « On nous soupçonne, Wheldrake et moi, de la mort de Perrott. » Elle soupira.

« Montfallcon semble persuadé que Quire vient des murs. » Le Dr Dee était ironique. « Parce qu'il ne veut pas admettre la vérité. Il en discutait aujourd'hui avec Kansas, au banquet. Ils ont l'intention d'y mener une expédition, non pas pour chercher la comtesse, mais pour obtenir des preuves des origines de Quire. »

Le thane gloussa. « Il faudrait aller beaucoup plus loin, pour les trouver.

— Le capitaine Quire a des pouvoirs qui n'appartiennent pas à notre monde, murmura le Dr Dee. C'est un brillant alchimiste.

— Il ne nous en a rien dit. » Lady Lyst était intéressée, ses goûts la portant vers les sciences autant que vers la dive bouteille.

« C'est un homme d'une extrême modestie, renchérit le thane. Il saura conseiller la reine.

— Mais certains le rendent responsable de tout ce laisser-aller, lui dit Wheldrake.

— Inconcevable, fit le thane, catégorique.

— Ou, si c'est le cas, ajouta John Dee tout en notant que Gloriana et Montfallcon, toujours bras dessus bras dessous, ressortaient du labyrinthe, c'est pour de bonnes raisons et pour le bien de la reine. »

Montfallcon paraissait plus calme. Wheldrake vit Tom Ffynne apparaître au détour d'une haie, reconnaître son vieil ami et rebrousser chemin en entraînant une ou deux filles avec lui. Kansas, Hawes et Quire se trouvaient toujours dans le labyrinthe.

« Nous vous verrons donc ce soir, Madame ? s'enquit Montfallcon.

— Ce soir », promit-elle. Elle demanda à Wheldrake : « Où est le capitaine Quire ?

— Là-bas, Madame. » Il lui indiqua du geste. « Il est entré après vous. »

Elle avait l'air de s'alarmer d'une si longue séparation. « Quelqu'un voudrait-il aller le chercher ? »

Le thane se dirigea à grandes enjambées vers les hautes haies. Arrivé à l'entrée du labyrinthe, il s'arrêta net en réprimant un cri devant Phil Starling qui en jaillissait, toujours hilare, poursuivi par Maître Wallis. La sueur coulait sur la peau blême du maître, barbouillée du khôl de Phil ; vu ainsi, il avait l'allure luxurieuse d'un chien de chasse en rut. Le thane fit un nouvel essai et entra. La plume de son bonnet resta visible quelques instants. Hors d'haleine, Phil et Wallis se rapprochaient du petit groupe. Montfallcon se mit en colère. « Maître Wallis ! »

Florestan Wallis fit halte, une main sur le bras soyeux du garçon. Il s'éclaircit la gorge. « Oui, Monseigneur ? » Phil gardait son sourire béat.

« Le Conseil va se réunir.

— J'y serai, Monseigneur. » Wallis retira sa main. Phil faisait effrontément les yeux doux à Montfallcon et lui souriait comme une fille de joie racolant le chaland. C'en était trop pour Gloriana. De nouveau royale, elle les congédia tous deux d'un geste.

« L'impiété ne cesse de s'étendre, siffla Montfallcon à la manière d'un cobra. On comprend que la reine veuille s'occuper des hôtes de son lupanar. Elle se sent responsable de son petit monde. Espérons qu'un jour prochain cette responsabilité lui sera retirée... » Il marqua volontairement une pause avant d'enchaîner : « Mais quand les pensionnaires du sérail seront tirés de leur retraite et exhibés au grand jour afin que chacun puisse les voir, on se demandera si, après tout, il est raisonnable que Sa Majesté garde ses anciennes manies. Ce qui n'était qu'une distraction privée et anodine devient aujourd'hui une passion affichée, insensée et dévorante ! Allons-nous bientôt voir en Albion une cour de pacha, opulente et décadente ? Allons-nous connaître l'Albion de Hern, où nulle jeune fille ni jeune homme n'était à l'abri dcs derniers outrages ?

— Nous nous reverrons, Milord, à la réunion du Conseil, dit Gloriana avec froideur. Où est le capitaine Quire ? Est-il perdu ? »

Personne ne répondit. Lord Montfallcon ne pouvait ou ne voulait partir sans ses amis, et ils erraient toujours dans le labyrinthe avec Quire. La reine aperçut Sir Amadis, la mine piteuse, qui arrivait par la grande allée, et elle l'interpella. « Sir Amadis ! » Il leva la tête, faisant de son mieux pour effacer son expression chagrine. Alys Finch l'avait humilié pour la troisième ou quatrième fois de la journée ; elle avait donné la main à Lord Gorius, alors même qu'elle faisait des avances à deux des domestiques de la reine. Il avait préféré abandonner le terrain, mais il savait qu'il accourrait dès qu'elle le rappellerait. Il était l'esclave inconditionnel de cette nymphe perfide. « Sir Amadis ! » Il rejoignit la reine et son entourage. « Votre Majesté ?

— Nous nous demandions si vous aviez des nouvelles des parents de votre femme ? Avez-vous reçu du courrier ? »

La reine était particulièrement cruelle, pensa-t-il, de lui rappeler son inconstance au moment où toutes ses pensées le portaient si agréablement vers la volage Alys. « Aucun courrier, Madame. »

Sous le regard terrible de Montfallcon, il tritura un bracelet oriental. « Ses frères doivent l'empêcher de communiquer avec la Cour, poursuivit-il, impatient d'échapper à ses deux bourreaux.

— Et vous n'avez pas hâte de les rejoindre ? » Montfallcon ne savait rien de sa toquade ; sa question était donc à cet égard innocente.

« Je sers la reine, Monseigneur. »

Lord Montfallcon grogna. « Comme nous tous, Sir Amadis. Il y a réunion du Conseil privé. Toutes les autres affaires sont suspendues jusqu'à la fin des débats.

— Pourquoi une réunion, Monseigneur ? » Sir Amadis redevenait sérieux.

Lord Montfallcon ne tenait pas à en parler devant

des étrangers au Conseil. Il regarda autour de lui, devant, derrière, de chaque côté, pour bien montrer à son collègue qu'il avait failli à son devoir de réserve.

Sir Amadis aperçut Quire qui sortait au pas de charge du labyrinthe pour venir à sa rescousse. « Voici le capitaine Quire... »

Le visage de la reine s'illumina.

Montfallcon, voyant à quelle vitesse elle changeait de couleur, compara sa rougeur aux nuances artificielles de ces coquelicots que les alchimistes nourrissent de sang et de terreau sélectionné pour qu'ils dégagent un parfum pénétrant et capiteux avant de se flétrir au bout de quelques heures. « Méfiez-vous, Madame », murmura-t-il avant de se souvenir de modérer ses impulsions. Elle l'ignora.

Montfallcon chercha des yeux Kansas et Hawes, mais ils n'étaient toujours pas ressortis du labyrinthe. Ce soir, pensa-t-il, Kansas et lui s'infiltreraient dans les murs, comme convenu, et ils en ramèneraient la preuve dont il avait besoin pour confondre Quire et le disgracier. En attendant, il avait fait appeler Tinkler, l'ancien acolyte du conspirateur. Il s'en servirait contre lui.

Le capitaine Quire les rejoignit et se posta auprès de la reine.

Montfallcon se tourna vers le Dr Dee. « Tous les membres du Conseil sont-ils à présent informés de l'heure de la réunion ?

— Je crois, Monseigneur », fit Dee, plutôt étonné de la courtoisie de Montfallcon. Ces derniers temps, Montfallcon reconnaissait des qualités nouvelles à ses vieux ennemis.

La reine lança : « Mesdames, retournons à mes

appartements. Il faut que je me change. » Toujours flanquée de Quire, elle se dirigea d'un pas de promenade vers la terrasse, tandis que ses dames d'atour se regroupaient pour l'accompagner. En se redressant, les courtisans s'entre-regardèrent comme s'ils se demandaient combien d'entre eux avaient changé au cours des dernières semaines, les « Orientaux » d'un côté, les « endeuillés » de l'autre, telles deux armées étrangères alignées avant la bataille.

Sir Amadis entendit un cri familier en provenance du labyrinthe ; il s'excusa et partit au galop dans un cliquetis de bijoux d'or indiens, comme un chien lancé sur une piste.

*

Dans sa chambre, Gloriana envoya ses dames lui chercher une tenue plus convenable que celle qu'elle portait. Elle se retrouva seule avec Quire. Elle étendit son long corps sur les draps et posa sa tête sur les genoux du capitaine. Il la caressa tendrement, familièrement. Elle soupira. « Oh, Quire. Montfallcon est résolu à briser notre idylle. Il refuse de croire que je me consacrerai entièrement à mon Devoir en temps voulu.

— Qu'y a-t-il de si urgent, demanda-t-il négligemment, pour qu'il décide brusquement de réunir le Conseil ?

— Il craint une guerre.

— Avec l'Arabie ?

— Avec tout le monde. Il a peur que l'empire n'éclate si la tournure des événements ne s'améliore pas. Les Tatares n'attendent qu'un prétexte. Depuis quelque temps, les frontières de Cathay sont l'objet de dissensions. On nous a rapporté que les Afghans cherchent à s'allier aux Tatares dont, croient-ils, les intérêts se rapprochent le plus des leurs. Les Perrott, dans leur soif de se venger sur l'Arabie du meurtre de leur père, risquent fort de déclencher une douzaine de guerres différentes. N'oublions pas la Pologne et l'offensive qu'elle prépare. Que l'occasion se présente et les Tatares déferleront sur les frontières arabes, car ils savent l'Arabie prête à les agresser. Pour Montfallcon, les Perrott sont au centre de toute l'affaire, et il veut m'en faire épouser un.

— Peut-être le faut-il », dit Quire.

Elle s'en émut. « Nous serions séparés !

— Mais en la circonstance notre bonheur passe au second plan.

— Il serait stupide de me sacrifier. Vous me l'avez affirmé vous-même. Quire... vous avez dit que je ne devais concéder ni mon âme ni mon corps au royaume, uniquement ma présence et mon intelligence. » Elle tendit le cou, à la façon d'un petit enfant apeuré, pour regarder son visage mélancolique.

Il la rassura. « Oui. Je pense que Montfallcon se trompe, de toute façon. Rien ne garantit que les Perrott, vu la colère qui les anime, accepteraient une quelconque alliance. Seule la vengeance les intéresse. Par ailleurs, je ne suis pas certain qu'un mariage puisse empêcher la guerre désormais. À moins d'épouser Hassan lui-même.

— Je ne m'en sens pas capable.

— Un mariage avec lui nous laisserait au moins la liberté de nous aimer, lui dit-il avec un doux sourire.

Il ne demanderait pas mieux que de nous encourager, à condition de rester discrets. »

Elle lui posa la main sur les lèvres. Il embrassa ses doigts. Elle caressa sa mâchoire carrée. « Ne soyez pas cynique. Et puis Hassan aurait des exigences. Beaucoup de nobles, je le sais, voient cette union d'un bon œil, car il passe pour fort et viril. Il serait mon maître. »

Quire hocha la tête. « Si vous deviez faire un sacrifice — et j'y suis opposé, vous le savez — alors, il faudrait envisager le mariage avec Hassan ; ce serait la seule décision sage. »

Elle l'attira contre elle. « Taisez-vous. Je vais suffisamment en entendre parler tout à l'heure. Je vous aime, Quire. »

La voix du capitaine avait des accents qu'il n'y avait jamais entendus auparavant quand, essayant d'endiguer la passion de Gloriana, il dit à son tour : « Moi aussi, je vous aime. »

*

Elle était redevenue la reine Gloriana dans toute son officielle splendeur, le globe dans une main, le sceptre dans l'autre. Deux cols diaphanes s'échappaient de son dos, telles les ailes d'une fée, une épaisse collerette empesée lui enserrait le cou, une pièce d'estomac lui comprimait le ventre, et son vertugadin disparaissait sous du brocart multicolore et de la soie brodée. D'énormes perles, comme des larmes, la couvraient par tout le corps, et des diamants rehaussaient ses manches et sa poitrine. Quire retira son sombrero et lui baisa la main. Elle rentrait du Conseil. Il la débarrassa de son sceptre, de son globe, et les tendit à un valet pour qu'il les range dans leur coffret. Il lui apporta un verre de vin qu'elle but à petites gorgées tout en abaissant un regard souriant sur ce nain si courtois. « Vous êtes pâle », dit-il. Il passa derrière elle pour desserrer sa pièce d'estomac qu'il eut du mal à atteindre, à cause de la structure du vertugadin. Il se débattit avec les lacets, et elle éclata de rire avant d'appeler ses dames d'atours.

« La réunion a été plus prolixe que je ne m'y attendais », lui dit-elle.

Il s'assit dans un fauteuil pendant qu'on la déshabillait. Les dames d'honneur étaient tout sourires pour le capitaine. Il avait beaucoup de succès auprès d'elles, car à son contact la reine devenait si féminine, et c'était là tout le bonheur qu'elles lui souhaitaient. « C'est la guerre ? avança-t-il.

— Pas encore. Montfallcon a beaucoup parlé de vous.

— Il persiste à m'accuser ?

— Il est convaincu de trouver des preuves. Saviez-vous que ces appartements sont bâtis sur des constructions bien plus anciennes ? Mais oui, bien sûr, je vous ai raconté l'aventure où m'avait entraînée Una. Une aventure à laquelle je dois bien des cauchemars. Dont vous, mon chéri, m'avez délivrée comme de toutes mes autres peurs.

— Oui. Elle avait condamné l'entrée.

— Eh bien, Montfallcon pense qu'il existe d'autres portes, dans l'ancienne aile, près de la salle du Trône de mon père. Je vous ai parlé de ce qui m'est arrivé... »

Il leva la main pour l'empêcher d'aller plus loin. « Qu'a-t-il dit sur ces entrées ?

— D'après lui, vous viviez dans ces murs depuis des mois, avant d'apparaître au Tournoi. D'après lui, vous êtes l'assassin de tous ceux qui sont morts ou disparus. Il s'est associé à Lord Kansas — un homme de bien et de grand courage — et tous deux ont monté une expédition pour dénicher des témoins qui déposeront contre vous. »

Quire sourit. « Ces meurtres ont-ils donc été commis devant un parterre de rats ?

— J'étais bouleversée, Quire, mon amour. Je veux qu'on oublie ces murs. Je... » Elle hésitait. Elle était en chemise, à présent, et d'un mouvement du pied se débarrassait de ses chaussures. « Ils appartiennent au passé.

— Vous pensez qu'ils trouveront votre père encore vivant ? » Il la laissa venir à lui, blanche et douce, et s'asseoir à ses pieds. Il lui caressa le cou et les épaules tout en congédiant du geste les dames d'atours. La porte se referma. Il se moquait d'elle, mais tendrement.

« Son esprit, fit-elle. Les murs renferment des démons.

— Des démons ? Non ?

— Je vous en ai parlé. Des pauvres diables. Ils me faisaient pitié, mais leur vue m'était insupportable. Ce sont les victimes de mon père. Ils vivent sous terre dans des cachots. Comme la vermine.

— Alors, interdisez à Montfallcon d'y pénétrer.

— J'ai essayé, mais je n'avais aucune raison à lui donner. Je sais aussi que c'est ma faiblesse qui me souffle d'oublier les murs et ce qu'ils recèlent. Je ne peux tout de même pas donner libre cours... Oh, Quire !

— Rappelez-vous, ce n'est pas donner libre cours à ses faiblesses que les accepter. Et quand on les accepte, on doit parfois les laisser parler. C'est naturel, mon doux cœur. Protégez-vous vous-même, ou vous ne pourrez pas protéger le royaume.

— Oui. Vous me l'avez si souvent répété. Je lui ai malgré tout donné l'autorisation. Il me mettait au défi de refuser. Pour prouver ma confiance en vous, il fallait que je le laisse monter cette expédition.

— Combien seront-ils ?

— Montfallcon, Kansas et quelques hommes d'armes appartenant à la Garde de la Cité. Et ils ont un guide, je pense. Je n'en suis pas sûre. Montfallcon n'a pas voulu en dire plus.

— Un habitant des murs ?

— Nous en avons rencontré un, Una et moi. C'est peut-être lui. »

Elle ne pouvait voir son visage, aussi se permit-il un petit sourire désenchanté. « Alors, fit-il, croyez-vous qu'ils produiront une centaine de témoins qui m'auront vu tenter d'empoisonner les Rhoone ?

— Vous avez sauvé les Rhoone. Tout le monde le sait. » Elle lui caressa la jambe. « N'ayez crainte, mon amour. Je ne les laisserai pas vous accuser davantage. Encore maintenant, Montfallcon fait des déclarations que mon père aurait assimilées à de la trahison pure et simple. Mais il se calmera quand il oubliera son infortune. Comme tous ceux qui se sont dressés contre vous.

— J'ai d'autres ennemis ? » Il était joyeux, sans retenue. « J'en suis flatté.

— Et beaucoup d'amis. Le docteur Dee vous respecte et vous défend au Conseil. Sir Thomasin Ffynne, qui en est maintenant membre, vous tient pour un coquin mais au grand cœur. » Elle lui sourit. « C'est aussi mon avis. Et Sir Amadis ne veut pas entendre dire du mal de vous. Pas plus que Lord Gorius, et chacun sait combien ces deux-là se détestent ces temps-ci. Et puis Maître Wallis. Plus quelques autres qui, au moins, restent impartiaux à votre sujet. Dans le Conseil, seul Hawes soutient totalement Montfallcon ; Sir Vivien, lui, aurait tendance à les suivre. Ils ont certains traits de caractère en commun.

— Je suis étonné de l'intérêt qu'on me porte, murmura Quire d'un air rêveur.

— Pourquoi ? Ils sont jaloux. Ils voient un roturier usurper un pouvoir qu'à leur avis seule la noblesse a le droit de détenir

— Pouvoir ? Quel pouvoir ?

— Ils croient que vous me dictez mes décisions, et donc que vous pourriez en arriver à gouverner le royaume. Le cas s'est produit avec des maîtresses de rois, prétendent-ils.

— Qui le prétend ?

— Eh bien, Sir Orlando, essentiellement. Mais il finira par se convaincre de votre probité.

— Ils ont peut-être raison, dit Quire, comme aux prises avec sa conscience. Est-ce que j'interviens dans vos décisions ? J'entends : insidieusement ? Quand je discours sur votre bonne santé, physique et morale, et sur votre vie privée, est-ce que je ne discours pas contre la sécurité du royaume ? »

Elle refusait de l'écouter. « Quire ! Je ne permettrai pas que l'on s'en prenne à vous. Si cela continue, Montfallcon sera démis de ses fonctions. Je vous élèverai progressivement au rang de baron et je vous nommerai à sa place.

— Arioch m'en préserve ! » C'était délibérément qu'il se servait d'expressions démodées qu'inconsciemment la reine associerait à son père, car il savait qu'ainsi elle éprouverait encore plus le besoin de le satisfaire. « Quire n'est pas fait pour assumer une telle responsabilité !

— Il n'est pas dans votre nature de briguer de hautes fonctions, je le sais. Je me tue à le répéter à Montfallcon.

— Il refuse de vous croire.

— Il enrage. Il est incapable de prouver le contraire. »

Quire continuait à la caresser mais il était désormais silencieux. Elle leva les yeux vers lui. Elle s'inquiéta. « Ces accusations vous blessent. Je n'aurais pas dû vous en parler. »

Il soupira. Il laissa sa main retomber sur le bras du fauteuil. Elle se mit debout. « Oh, que je suis cruelle ! Sur ce point, Montfallcon a raison, il m'a souvent mise en garde quand j'étais enfant. J'ai beaucoup de mon père en moi. Je devrais davantage me dominer.

— Non, non, dit Quire qui secoua la tête. Mais je reconnais que cette histoire me préoccupe. En toute innocence j'ai cherché à vous plaire, au tournoi. Une idée idiote, je suppose. Quand je logeais chez Maître Tolcharde, il m'a montré sa machine, le chariot qu'il avait conçu pour vous, et j'ai imaginé cette équipée en lui donnant un tour romanesque. Et puis, un sentiment a grandi : l'amour. Maintenant, je découvre qu'il y a aussi beaucoup de haine autour de moi. Je n'ai pas l'habitude d'être à ce point haï, dit-il, détournant la tête.

— Mon amour balayera toute cette haine, promit-elle. Mon amour est fort. Jamais personne n'a aimé comme je vous aime, Quire chéri ! » Elle l'attira dans ses bras. « Tout sera bientôt terminé », l'assura-t-elle.

Il se détacha d'elle et lui baisa les mains. « Je vais marcher un peu, dit-il. Dans le parc. »

Timidement, elle demanda : « Puis-je vous accompagner ? L'air frais me fera du bien. »

Il secoua la tête. « Laissez-moi me remettre les idées en ordre. Je serai bientôt de retour, plein d'entrain, vous verrez. À nouveau heureux. Et ce bonheur, je le partagerai avec vous. »

Elle n'avait pas envie de le laisser partir, mais elle savait qu'elle ne devait pas céder à une jalousie qui mettrait en péril la merveilleuse sérénité qui l'habitait. Elle devint sérieuse.

« Très bien. Mais revenez-moi vite. »

Un sourire d'approbation, un baiser d'encouragement, et Quire ouvrit les portes, louvoya entre les dames d'honneur guillerettes, descendit les escaliers, passa par des pièces sombres et silencieuses, sortit par les portes-fenêtres et se retrouva dans le jardin. Il s'arrêta un instant sur la terrasse, jeta un coup d'œil à droite et à gauche puis, d'un pas alerte, éclairé par la lune, il traversa les pelouses et pénétra dans le labyrinthe où il avait précédemment convenu de son rendez-vous habituel avec ses principaux atouts, deux pions qu'il avait personnellement formés et qui s'affirmaient désormais experts en trahison.

Chapitre XXIX

Où l'expédition de Montfallcon ramène des murs des nouvelles de mort et une mauvaise surprise pour le capitaine Quire

« Nous n'avons toujours pas de nouvelles de Lord Montfallcon. » La reine parlait d'un ton amusé et désinvolte, assise sur le divan avec un canevas et une aiguille, à côté de Quire qui lisait un livre grec emprunté au Dr Dee. Ce matin-là, l'atmosphère du boudoir était détendue. Quelques dames d'atours tenaient compagnie à la reine ; Tom Ffynne était passé dire que Lord Montfallcon et Lord Kansas avaient pénétré la veille dans les murs en emmenant torches et hommes d'armes ; ils avaient découvert une entrée dans une galerie au-dessus de l'ancienne salle du Trône.

« On s'étonne que son exploration prenne autant d'heures, convint Quire, derrière son livre.

— Vous ne connaissez pas ces tunnels. Il y en a une multitude. Un vrai dédale.

— Ah-ah, fit Quire dans le vague, comme s'il ne l'écoutait pas vraiment. Puis il ajouta : Peut-être devrais-je partir à sa recherche avec quelques-uns de vos gardes ?

— Oh non ! Pourquoi partir à la recherche de l'homme qui vous accuse ? Il y reste plus longtemps qu'il ne faut parce qu'il refuse d'admettre qu'il n'existe pas de preuve contre vous.

— Quand même, dit Quire, qui referma son livre, il serait peut-être judicieux de prendre quelques gardes et d'aller au moins jusqu'à la salle du Trône pour les attendre.

— Vous êtes trop bon. » Gloriana se concentrait sur un point difficile. « Pourquoi vous inquiéter pour eux ?

— Je veux peut-être mettre fin à mon tourment ? suggéra-t-il.

— Pardonnez-moi. » Elle mit de côté son ouvrage. « Maintenant, je comprends. Très bien, prenez quelques gardes si vous le désirez, mais n'entrez pas dans les murs, je vous en prie.

— Vous m'obligez. » Il se leva et l'embrassa. « Merci. » Il pénétra dans la salle des Audiences et promena un instant son regard autour de cette pièce immense, lumineuse et vide, avant d'appeler l'un des gardes. « Prenez six hommes et suivez-moi, au nom de la reine. »

Ils avaient pour consigne de lui obéir. Le garde partit au pas de course rameuter ses compagnons.

Quire forçait sa chance, il le savait, en se permettant un tel luxe, mais il se disait qu'au cas où Montfallcon trouverait le moindre bout de preuve, il serait préférable que la reine ne soit pas présente quand on le lui mettrait sous le nez.

*

Bientôt il se retrouva dans l'obscure salle voûtée de Hern ; les yeux levés, il contemplait les plafonds concaves et se rappelait avec une certaine satisfaction ce qu'il y avait accompli. C'était d'ici qu'il avait primitivement envoyé Alys et Phil vers leur mission séductrice ; ici que Cornfield, Ransley et Wallis étaient venus assouvir leurs passions. Il y avait surpris des conversations. Il y avait enlevé le jeune Patch. Et maintenant, il y revenait à la tête de la garde personnelle de la reine, à la recherche de la galerie qu'il avait lui-même plus d'une fois empruntée, celle que Tallow lui avait montrée : l'entrée des murs. Il regrettait la mort de Tallow, mais elle avait été nécessaire, et il regrettait encore plus sa tentative de fuite, quand il avait rampé pour trouver du secours.

Il sourit tout seul et se demanda comment Montfallcon s'en tirait contre l'armée de vagabonds : cette racaille de charognards isolés qu'il avait organisés en une meute qui régnait sur les tunnels et terrorisait tous les autres occupants. Elle avait terrifié Tallow. Elle l'avait forcé et tué, parce qu'il refusait de se joindre à elle. Quire soupira. Cette partie de son plan avait été la plus simple. Il avait la nostalgie de ces premiers jours où tout était facile.

Au bout d'un moment, un bruit lui parvint d'au-dessus, avant que n'apparaisse la lueur vacillante d'une torche ; instinctivement, il rentra dans l'ombre et vit Montfallcon jaillir par l'ouverture en jurant. Deux des gardes de la Cité le suivaient. Le chancelier s'appuya contre la balustrade de la galerie sans remarquer quiconque au-dessous. Les deux gardes souffraient de blessures légères. Il y avait eu affrontement et poursuite.

« Où est Kansas, Monseigneur ? » demanda douce-

ment Quire depuis sa cachette, sachant que sa voix serait amplifiée par le volume de la salle.

Montfallcon se retourna, toujours appuyé contre la balustrade, et regarda vers le bas. « Canaille ! Kansas est mort, ainsi qu'une demi-douzaine de soldats. Il y a toute une bande d'assassins, là-dedans. Votre bande, hein ?

— Vous vous obstinez à me prêter beaucoup trop de pouvoir, dit Quire. Qu'allez-vous faire ? Y expédier une bande adverse ?

— Peut-être. » Soutenu par les gardes, Montfallcon longea la galerie, descendit des marches invisibles du sol et vint se planter, l'œil haineux, face à son ennemi patte-pelu. « Vous leur avez appris à réfléchir, hein, Quire ? À ces rats.

— J'ai peine à suivre les méandres de votre raisonnement. La reine permettra-t-elle d'autres incursions dans les murs ? Elle préférerait...

— Ne parlez pas aussi familièrement au nom de la reine, coquin ! Pas à moi ! Vous l'avez corrompue. Cet épouvantable sérail...

— Il a toujours existé, Monseigneur. Je ne l'ai pas inventé. Et elle ne l'a guère fréquenté depuis que je la connais.

— C'est le symbole de ses plaisirs privés, de ce qu'elle est devenue. C'est cette part de Hern qu'elle laisse se développer...

— C'est peut-être ce qui lui permet d'échapper à Hern...

— ... et à vous ! Oh, vous, Quire, vous êtes Hern personnifié. Je connais son mode de pensée. Je l'ai longuement pratiqué, pas vrai ? Et aujourd'hui, je le

reconnais, plus insidieux dans la bouche suave de sa fille. Vous êtes l'instrument du Diable, Quire !

— Je vous assure, Monseigneur, je ne représente personne... Je travaille pour mon propre compte. »

Montfallcon lui cracha à la figure. « Vous mourrez ! J'y veillerai. Toute la corruption mourra ! Kansas souhaitait épouser la reine. Le saviez-vous ? Il la courtisait et il aurait gagné ses faveurs, mais il a fallu que vous arriviez ! Je voulais au départ un Perrott comme consort mais, par Xiombarg, je me serais prononcé pour Kansas. Et maintenant, il est mort. Vous l'avez tué !

— Moi ? » Quire affichait un ahurissement comique. « C'est vous deux qui avez voulu pénétrer dans les murs, en dépit de l'avis de la reine, du plus élémentaire bon sens et des mises en garde répétées. Comment puis-je l'avoir tué ? »

L'expression de Quire alors s'assombrit : le visage du soldat à la droite de Montfallcon ne lui était pas inconnu. Il n'était pas sûr. Puis il se souvint : le survivant qui l'avait vu assassiner Ibram le Sarrasin, au soir du Nouvel An ! L'homme était trop surpris, trop ébranlé pour parler ; il flageolait encore, suite à l'échauffourée dans les murs. Mais il était évident que lui aussi le reconnaissait.

Quire se détourna. « Je vais en informer la reine, qu'en dites-vous ? Vous allez vouloir envoyer une autre expédition, n'est-ce pas, Monseigneur ? Et puis encore une autre ?

— Nous trouverons un moyen de les maîtriser, promit Montfallcon, et de vous traîner devant la Justice, capitaine Quire. »

Quire savait que le garde ne tarderait pas à parler

à Montfallcon et que la justice risquait d'être rendue plus tôt que ne l'imaginait le chancelier blême. Il dépêcha l'un des soldats pensionnés du palais pour porter la mauvaise nouvelle à la reine. « Dites-lui que Kansas a trouvé la mort au cours d'un affrontement. Dites-lui qu'il serait bon de sceller les murs pour empêcher cette racaille dont parle Lord Montfallcon de forcer le passage. »

Quire resta dans la même position, le dos tourné à Montfallcon et au groupe de soldats. Il se mordillait le doigt.

Derrière lui, Montfallcon leva son épée, puis la rabaissa. Il avait promis d'éviter toute effusion de sang en public et il n'ignorait pas que, s'il tuait Quire tout de go, la reine le ferait pendre sans hésiter. Il était prêt à donner sa vie pour Albion, mais il ne voulait pas mourir avant d'être assuré de l'avenir du royaume.

Sans rien ajouter, Quire quitta rapidement les lieux ; il renvoya ses gardes vers leurs quartiers avant de s'engager dans l'escalier montant aux appartements du Dr Dee. Il fallait qu'il demande encore un service au docteur. Il lui fallait du poison. Alys Finch enjôlerait le garde et le lui ferait boire. Un rôle facile pour elle, Quire n'en doutait pas, elle avait déjà éliminé Sir Christopher sans aucune difficulté. Seul, Dee posait problème. Mais le capitaine avait un moyen de pression dont il s'était déjà servi avec bonheur, il regrettait seulement d'avoir aujourd'hui à l'employer ouvertement. Auparavant, il avait si bien présenté ses arguments qu'il semblait toujours n'être pour rien dans le marché de dupes qu'il offrait au mage. Il pourrait peut-être encore y parvenir, mais il manquait de temps pour faire assaut de son éloquence retorse coutumière. Il fallait qu'il se procure le poison, qu'il le confie à Alys et qu'il retourne auprès de la reine avant qu'elle ne s'inquiète de son absence. Il ne pouvait en aucun cas se permettre de laisser derrière lui pareil témoin capable de le convaincre de meurtre ; et maintenant que Sir Christopher était mort, Montfallcon aurait le champ libre. Quire serait banalement accusé et banalement jugé pour un crime banal. Tout ce qu'il dirait passerait pour tentative de se soustraire à la sentence.

Il avait conscience que sa situation offrait d'autres aspects plus subtils et que Montfallcon pourrait ne pas utiliser le garde contre lui, mais il était trop près du but pour en courir le risque. Et puis la mort d'un simple homme de troupe passerait inaperçue. Si nécessaire, le corps pourrait même ne jamais être retrouvé.

Il atteignit la porte du Dr Dee et frappa. Des bruits discrets lui parvinrent de l'intérieur. Un judas s'ouvrit. Les yeux injectés de sang du Dr Dee s'y encadrèrent et perdirent une partie de leur méfiance en reconnaissant Quire, le bienfaiteur.

« Entrez, Monsieur ! J'étais précisément en train de la préparer. Mais je crains de devoir augmenter la puissance du philtre. Elle devient difficile à manœuvrer. Regardez ! » Il gloussa et baissa sa chemise. « Elle m'a griffé le cou. Vous pouvez peut-être m'aider, capitaine Quire, comme vous l'avez déjà fait ? »

Quire fit montre de sollicitude. « Bien sûr, Docteur.

— C'est une pure merveille. Je n'ai jamais vu simulacre aussi fidèle à l'original. Mais je vous l'ai déjà souvent dit. Notre science à nous n'est pas en mesure de produire une créature aussi parfaite, quasi humaine. Enfin, vous êtes au courant de mon échec. De l'échec de Maître Tolcharde. Comprenez bien que je ne cherche pas à me plaindre pour un mauvais fonctionnement de rien du tout, mais...

— Je comprends. Elle devient violente. »

Le Dr Dee hocha la tête. « Elle n'est pas soumise, Monsieur. Elle ne l'est plus. Et elle est très forte.

— Je vais faire de mon mieux. En attendant, soyez prudent.

— Oh, elle est si belle ! Irrésistible. Si elle devait me tuer, Monsieur, je mourrais heureux.

— C'est une autre raison qui m'amène, docteur Dee. J'ai besoin d'aide. Les murs sont en effervescence. Un fou a pris la tête d'une bande de malandrins. Il faut l'éliminer.

— L'éliminer ? Par Zeus ! Qui est-ce ? Sommes-nous en danger ?

— Nous avons une chance d'en venir à bout. Mais il me faut encore de ce poison que vous m'avez procuré une fois déjà. Celui qui est si difficile à détecter. »

Dee opina. « Oui. Il m'en reste. Mais quel besoin de tuer un fou avec un poison de ce genre ? S'il faut l'empoisonner, n'importe quel poison ordinaire peut faire l'affaire. J'aurais cru l'épée mieux appropriée, capitaine Quire. Vous savez vous servir de votre épée, Monsieur, j'en suis certain.

— Il me faut ce poison rapidement. »

Dee se faisait tirer l'oreille, les manières de Quire l'inquiétaient. « Je crois... » Il se tut. Il prit peur. « Vous m'aiderez, pour elle ?

— Dès que mon affaire sera réglée.

— Vous le jurez, Capitaine ? » Il était pathétique.

« Je vous ai toujours aidé, Docteur, et je vous ai rarement réclamé des services.

— Vous êtes un éminent philosophe, Monsieur, je le sais. » Puis, hésitant : « Alors, je suppose que votre affaire ne peut être condamnable. » Il s'efforçait de s'en convaincre en se dirigeant vers son armoire. Il tendit une fiole à Quire. « Vous allez bientôt revenir ?

— Comme promis. Et rappelez-vous... soyez prudent, Docteur. » Quire fila sans plus attendre ; il reprenait courage. Puis il se mit en quête de sa « chienne », la petite Alys Finch.

Chapitre XXX

Où la reine et le capitaine Quire s'en vont à la chasse

L'automne portait encore les marques profondes de l'été, si bien que ce mois d'octobre, en cette treizième année du règne de Gloriana, était le plus chaud que l'on eût jamais connu. Nulle brise n'était venue dissiper la menace de guerre, et l'ardeur de Gloriana envers son petit amant ne s'était en rien refroidie. L'euphorie de la Cour grandissait, du moins dans le privé, pendant que des ambassadeurs furieux hantaient couloirs et antichambres et donnaient des signes d'impatience, à l'instar de leurs maîtres qui désespéraient d'obtenir des informations et dépendaient de plus en plus des rumeurs, ragots et fables qui proliféraient depuis l'arrivée de Quire au palais ; les dignitaires, dans l'ensemble, attendaient que la reine les rassure afin de rendre compte à leurs pays respectifs de la permanence de la paix. Mais, sans nouvelles à apporter, ils ne disposaient d'aucun moyen de faire cesser les conversations houleuses mettant en jeu forces navales, armées, canons et cavaleries, et ils n'avaient aucun démenti à opposer à l'autorité de certains discoureurs apparemment bien informés, qui ne réussissaient qu'à masquer la hideuse et grotesque réalité du chaos qu'ils prétendaient dépeindre. On sortait les cartes et on lançait des armadas de carton, avec toutes les simagrées de rigueur, et les hommes sains d'esprit se tournaient désespérément vers Gloriana, dans l'espoir d'un ordre royal et maternel de ranger les jouets avant que les chamailleries ne s'enveniment.

Des nobles d'Albion se mêlaient aux ambassadeurs, dans l'attente d'instructions, de plus en plus désemparés et irascibles, consternés et découragés par la nouvelle attitude d'une souveraine qui accordait si rarement audience et avec un tel désintérêt qu'elle aggravait encore la situation que son silence avait créée. L'empire, fondé sur un mythe, se devait de l'entretenir s'il ne voulait pas se désagréger. Ils étaient nombreux au palais à le sentir déjà s'effriter et à prétendre que le sang impur de Hern avait fini par parler ; on chuchotait sur les monstrueux appétits de la reine, sur son fameux sérail, théâtre permanent d'ébats nocturnes auprès desquels ceux du temps de Hern faisaient figure d'aimables et innocentes galipettes. Mais seuls Montfallcon et quelques-uns de ses partisans imputaient tout ce désordre à Quire. Le capitaine laissait entendre, quand il se montrait, qu'il ne cessait de rappeler son Devoir à Sa Majesté, mais en vain. Il se sentait, affirmait-il, aussi effaré qu'eux, car ils devaient savoir combien il était pénétré de l'Esprit romanesque d'Albion — après tout, c'était cet esprit qui lui avait fait rencontrer Gloriana. Ainsi le prenait-on pour la dupe complaisante de la reine, un exutoire à sa conscience tourmentée ; on se disait que tout le monde aurait peut-être à y gagner si, comme le craignait Montfallcon dans son délire,

Quire prenait l'ascendant sur sa maîtresse, et qu'il ferait un meilleur monarque qu'elle.

La reine avait donné l'ordre de reboucher les murs et elle imaginait des plans pour détruire ce qu'ils contenaient ou, au moins, pour l'enterrer plus profondément. Elle reprochait à Montfallcon la mort de Lord Kansas pour qui elle avait eu beaucoup d'affection ; elle lui reprochait aussi les autres morts : celle du garde qui avait bizarrement succombé à des blessures pourtant sans gravité le lendemain du retour de l'expédition. Montfallcon était en disgrâce. Elle ne le voyait plus du tout. Elle communiquait avec lui au moyen d'intermédiaires tels Sir Orlando Hawes et Sir Vivien Rich, qui ne s'élevaient pas trop ouvertement contre Quire et qui, semblait-il, tendaient progressivement à se ranger à l'opinion qu'en avait Tom Ffynne : « Plus chanceux que rusé, mais qui se prend pour un petit malin. » Tous pouvaient constater son amour pour Gloriana, comme s'il n'avait jamais aimé avant elle.

Pendant ce temps, Oubacha Khan avisait son seigneur que la Tatarie pourrait bientôt réclamer les terres qu'elle estimait lui appartenir de droit ; Lord Shahryar envoyait des rapports optimistes en Arabie ; le comte Korzeniowski suppliait son nouveau roi de retenir ses armées, sans succès. Et les Perrott, dans le Kent, gagnaient des alliés quasiment d'heure en heure. Quire était fier de son œuvre. Il ne restait plus qu'un coup important à jouer. « Pour elle, c'était une foucade, expliqua-t-il à l'ambassadeur sarrasin, mais aujourd'hui la foucade se transforme peu à peu en un sentiment plus profond. Le moment venu, je me retirerai et elle tombera... dans les bras de votre maître. »

La reine, quand elle ne demandait pas conseil à Quire, réclamait des présages à un Dr Dee de plus en plus bizarre mais qui soutenait le point de vue de Quire avec une conviction sans cesse accrue. Sir Tancred s'était jeté du haut de la tour de Bran, et il semblait que la Chevalerie d'Albion était morte avec lui, ce matin-là ; et sur son cadavre avaient éclos les fleurs malsaines, aux couleurs chaudes et sombres, d'une érotomanie introvertie qui, comme c'est souvent le cas, se parait des atours de l'amour. Alys Finch s'était par deux fois donnée à Sir Amadis Cornfield et autant à Lord Gorius Ransley, mais par la suite sa pudeur était revenue au moment crucial et elle les avait laissés en plan, selon ses propres termes, la langue pendante, comme des chiens que leur os ne satisfait plus et qui bavent devant une chair plus appétissante. Tous deux en étaient au stade de lui promettre n'importe quoi pour la posséder à nouveau, malgré les reproches, les accusations et la haine que leur inspirait le tour qu'elle leur avait joué. Phil Starling partageait ce même goût pour la trahison, consolation des imaginations étriquées, et il s'échappait des bras de Maître Wallis à la première occasion pour se glisser dans les lits d'une douzaine de petits courtisans, voire s'introduire dans le propre sérail de la reine où lui étaient révélés des trésors de plaisirs.

Lord Rhoone, de retour de la campagne, avait trouvé la Cour si changée qu'il ne s'y reconnaissait plus du tout. Il n'avait pas vu la reine mais s'était ouvert à Tom Ffynne de son ahurissement. « Ce Quire va-t-il devenir roi ? Qu'arrive-t-il à Albion ? »

Tom Ffynne était d'avis que Quire ferait un excellent consort : il avait les pieds sur terre, possédait une certaine expérience du monde et n'était pas, comme Montfallcon, de cette génération qui craignait tant un retour aux méthodes de Hern qu'elle risquait en fait bel et bien de ramener la terreur à force de se ronger les sangs. Oubacha Khan avait trouvé le petit chat noir et blanc, maintenant complètement guéri, et s'était renseigné sur Élizabeth Moffett. Il s'était découvert un allié inattendu en la personne de Sir Orlando Hawes. Quire avait mis Alys Finch en chasse. Elle s'était retrouvée dans le lit de Sir Orlando mais, confia-t-elle au capitaine, elle avait dû lui concéder davantage qu'aux autres. La dépense en valait la peine, Quire en était convaincu. Oubacha Khan avait rendu visite aux membres de sa suite, tous des guerriers qui logeaient hors des limites du palais. Quire l'avait appris avec un certain amusement. Tinkler lui avait rapporté qu'il s'était rendu dans les murs, envoyé par Montfallcon, pour tenter de parlementer avec la bande qui y sévissait (le chancelier ne savait pas que c'était Tinkler qui la commandait quand elle avait tué Kansas et les autres, un poste que lui avait confié le capitaine). Quire avait donné pour instruction à son affidé de continuer d'obéir à la lettre à Montfallcon et de le servir jusqu'à nouvel ordre. Montfallcon s'était secrètement entretenu avec le comte Korzeniowski ; il lui avait révélé le rôle de Quire (mais passé le sien sous silence) dans l'enlèvement de son roi. Il espérait ainsi que Korzeniowski le répéterait à la reine. Le comte avait préféré quitter la Cour et faire force voile vers la Pologne pour y conseiller de préparer la guerre au plus vite. Montfallcon devenait de plus en plus dément. Quire de plus en plus puissant. La reine était toujours amoureuse.

Ernest Wheldrake avait reçu le titre de Chevalier; la seule distinction décernée de toute la saison.

Quand le vent et la mer, au profond de l'automne,
De vivre se réjouissent et d'exister s'étonnent,
Quand une brise éphémère les arbres vient fléchir,
Qui salue au passage, avant que de s'enfuir,
Le rougeoyant feuillage, qu'encore le fond de l'air
Brille d'un éclat radieux comme au cœur du printemps,
Que les sons et les teintes s'en vont s'affaiblissant,
L'action de grâces de la vie, aux effets si puissants,
Comble de ses bienfaits la terre et l'océan...

déclama le poète, perché sur un monumental étalon dans la cour de l'écurie du palais; ses cheveux roux flamboyaient au-dessus de la tenue aux teintes fauves dont il s'était accoutré. Il battit l'air de ses bras raides quand ses pieds trouvèrent les étriers. Lady Lyst, légèrement de travers sur sa selle, soupira.

« Superbe, Sir Ernest ! » s'écria la reine sans en avoir compris un traître mot. En pourpoint et haut-de-chausses, elle montait son alezan à califourchon. En dehors d'une collerette et de poignets blancs, elle était entièrement vêtue de vert sylvestre. Une courte épée de chasse pendait à sa ceinture et un chapeau pointu coiffait ses boucles auburn. Le capitaine Quire, dans son costume sombre, enfourcha sa jument et sourit à la ronde. On se préparait pour la chasse qu'allait mener Sir Vivien Rich, dont la mine replète reflétait sa joie d'avoir persuadé la reine et ses favoris de se livrer à des activités plus saines qu'à l'ordinaire. « Hourra ! »

Au son des trompes, les chiens déferlèrent, brûlant d'impatience, telle une marée blanche et brune qui enveloppa dans ses remous impétueux les pattes des chevaux. Sir Orlando Hawes, auprès de son ami Sir Vivien Rich, avait passé un habit feuille morte et or tandis qu'Alys Finch, en amazone sur un petit hongre, portait une jupe de velours rouge. Sir Amadis Cornfield ne la quittait pas d'une seconde ; son regard allait de Quire à la jeune fille, dans l'attente d'une réponse qui ne venait pas. Lord Gorius vint se placer de l'autre côté d'Alys. Les deux rivaux étaient l'un et l'autre vêtus dans différentes nuances de vert.

Sir Thomasin Ffynne, depuis son cheval, salua la reine.

« Où se trouve Lord Rhoone ? » Elle comptait sur sa présence.

« Il est reparti à la campagne, tout compte fait », répondit-il.

Elle haussa les épaules et tendit sa coupe, celle du coup de l'étrier, à un valet. Les chiens se mettaient en route et les chasseurs passèrent les portes au petit trot pour prendre la direction de la rase campagne sur laquelle flottait encore un voile de brume. « Il est mieux loin de la Cour, je pense.

— Oui. » Le cheval de Sir Thomasin se mit à ruer au passage des chiens. Le marin n'était pas chasseur. « J'ai vu Lord Montfallcon, ce matin.

— Il ne dort jamais. » C'était le cadet de ses soucis. « Rôdait-il encore dans les couloirs pour débusquer des espions ?

— D'après lui, les Perrott se sont gagné l'estime de la moitié des maisons d'Albion. »

Elle éperonna les flancs de sa monture. « Qu'ils se gagnent donc ce maudit royaume tout entier ! »

La chasse avait commencé.

La reine fut bientôt à une bonne distance en avant de Quire. La cape flottant au vent, le chapeau déformé par la course, il tentait de la rattraper. Maintenant qu'il se trouvait en pleine nature, à traverser les champs meubles, à franchir les haies humides de rosée et à humer avec délices les premières senteurs de l'arrière-saison, Quire sut qu'Octobre serait son mois, celui qui verrait sa plus grande victoire. Toujours à la poursuite de la reine, il pénétra sous les arbres rougeoyants, galopa sur la mousse moelleuse, foula les fleurs automnales et put laisser éclater sa joie, tandis que, loin devant, les chiens donnaient de la voix pour avertir de la présence d'un gibier. « Ne voulez-vous pas être libre à jamais, Madame — un esprit de la forêt ? s'écria-t-il. Robin des Bois et Dame Marianne ? » Et un couplet de chanson traditionnelle lui vint aux lèvres :

Brave Robin descendit à la rivière
Car sa gente dame l'attendait au bord.
« Soyez ma femme, Marianne, j'en serai fier,
Je meurs d'amour pour votre toison d'or. »

Gloriana apprécia mais ne ralentit pas sa course. Elle continuait de filer à bride abattue et il devait redoubler d'efforts pour ne pas la perdre de vue, baissant la tête pour éviter les branches et provoquant des pluies de feuilles jaunes et brunes sur son passage.

La troupe s'enfonçait dans la forêt, accompagnée d'éclats de voix et de taïauts. Tandis que Quire poursuivait la reine, Sir Amadis et Lord Gorius pourchassaient Alys et Sir Orlando qui la suivait de près ; Lady Lyst, quant à elle, ne perdait pas de vue son Wheldrake qui gloussait et poussait de petits cris à chaque fois que les branches lui fouettaient le visage et le corps, et manquaient de le faire tomber de cheval. Seuls, Sir Thomasin et Sir Vivien, semblait-il, participaient vraiment à la chasse.

On quitta la forêt pour déboucher, sous les doux rayons du soleil, dans une vaste clairière vallonnée, tapissée de mousse sombre et de crocus bleus ; on grimpa péniblement jusqu'au sommet de la colline pour voir, par-dessus les cimes des hêtres flamboyants, la meute hurlante aux trousses d'un renard qui fendait l'épaisse fougère comme un saumon fend l'eau. Gloriana accorda un instant de répit à son cheval, permettant à Quire de la rejoindre. Elle avait les joues en feu. « Oh, Quire ! Nous irons à la chasse tous les jours !

— Tous les jours, ma Gloire. »

L'alezan était déjà reparti et piquait vers le pied de la colline, talonné par Quire qui commençait à ressentir certaines courbatures.

Il s'enfonça parmi les hêtres, les oreilles pleines du sifflement des branches, du martèlement des sabots et du halètement de sa propre respiration. Il ne valait pas la reine à cheval, mais il refusait de se laisser distancer. Un peu plus loin, les trompes retentirent. Ils émergèrent des hêtres et s'engagèrent dans les fougères dorées. Une riche saveur de terre pénétra sa bouche, et il se sentit surpris du plaisir qu'elle lui procurait. Il serra étroitement les lèvres, de crainte de renouveler l'expérience. Ils franchirent des clôtures, des barrières, des ruisseaux. La chasse s'était à présent dispersée et suivait les chiens assurés de leur curée.

« Taïaut ! »

Quire se tordit le cou et regarda par-dessus son épaule. Sir Amadis et Lord Gorius traînaient à l'arrière et avaient presque perdu le contact avec le reste de la troupe. À sa droite se trouvaient Alys et Sir Orlando ; en avant de lui, toujours à droite, Sir Vivien et Tom Ffynne ; au loin, droit devant, Gloriana qui lui criait de ne pas se décourager. Le flot des chiens et des chasseurs dévala le versant de la colline dorée en direction du large cours de la Tamise.

« Là-bas ! hurlait Sir Vivien. Là-bas ! On le voit ! » Il se retourna pour appeler la reine ; il vacilla alors curieusement sur sa selle, agrippa la crinière de son cheval, puis bascula maladroitement, avec tout son harnachement, à bas de l'animal au galop.

La reine l'avait dépassé avant d'avoir pu réagir, mais Quire arrêta net sa jument noire et bondit de sa selle pour s'agenouiller auprès du chevalier qui gémissait. « Mes reins. Crénom ! Je crois que je me les suis brisés, Quire.

— Des contusions, c'est tout, le rassura le capitaine. Que s'est-il passé ?

— Sabotage de palefrenier. La sangle a glissé. Je suis tombé. J'aurais dû m'en occuper moi-même. Ces palefreniers de palais ne sont bons qu'à atteler des chevaux de carrosse. Ah ! » Il souffrait énormément.

La reine et Tom Ffynne revenaient au galop. Loin en dessous, les aboiements des chiens redoublèrent de force et de sauvagerie. Sir Orlando Hawes, accompagné d'Alys Finch, abaissa un regard noir sur Quire. « Quoi ? Un autre accident ? Êtes-vous sérieusement blessé, Sir Vivien ?

— Me suis brisé les reins. Mais je suis vivant. » Il transpirait de douleur. « Faudrait aller chercher des valets d'écurie et un bout de claire-voie. » Il leva les yeux vers son ami. « Où en est la chasse, Sir Orlando ? »

Hawes regarda, impassible, vers le pied de la colline. « Oh, à mon avis, notre petit renard ne va pas tarder à se faire prendre. »

Chapitre XXXI

Où Maître Tolcharde présente son chef-d'œuvre et où les rapports entre amants et rivaux atteignent le point de rupture

La reine, qui n'utilisait pratiquement plus les salles de réception, avait accueilli ses invités dans ses cavernes, les pièces en enfilade de son sérail, lourdes de parfum capiteux. Le service était assuré par des garçons et des filles au corps nu et huilé, et par d'étranges créatures de tous genres : nains, géants, hermaphrodites. L'année précédente, la Mascarade d'Automne avait eu Bacchus pour thème ; cette année, elle était plus spécifiquement consacrée aux Bacchanales. Depuis leur divan installé sur une estrade, une reine léthargique et un Quire sardonique contemplaient les invités paresseusement vautrés sur des coussins à même le sol, ivres de vin, de nourriture et de luxure, tout droit sortis d'une Byzance nordique.

D'invisibles exécutants jouaient une musique languide sur laquelle quelques danseurs de Maître Priest, menés par Alys Finch et Phil Starling, gambadaient d'une jambe molle. C'était comme si le monde se perdait dans la débauche et l'irresponsabilité impie. Quelques lampes et torches éclairaient la scène, mais chacun recherchait l'obscurité et les costumes ainsi que le mobilier étaient de teinte sombre.

Sir Ernest Wheldrake, dont le torse nu révélait un dos marqué de zébrures, approcha une coupe de vin des lèvres quasi insensibles de Lady Lyst. Son autre main tenait un livre dans lequel il lut :

Rouge était le fruit de la treille,
Semblable à du sang.
La sublime grappe couleur vermeille
Au charme puissant
Forçait le temps à s'arrêter,
Alors qu'heure après heure, rêveurs,
Tête contre tête, en pamoison,
Nous partagions cette démence,
Ce séjour divin,
Toi le tien, moi le mien,
Et pour l'amour des morts nous nous languissions.

Le front plissé, Lady Lyst ouvrit les yeux, le menton dégoulinant de vin, et fixa avec curiosité le petit bouquet de lis dans sa main droite. Ses paupières retombèrent et elle respira plus profondément.

Sir Ernest allait reprendre sa lecture, quand les deux géants jumeaux, le noir et le blanc, ouvrirent d'une poussée les portes asymétriques de la pièce pour livrer passage à un docteur Dee frénétique, vêtu de sa robe aux symboles magiques, des rouleaux sous le bras, suivi de Maître Tolcharde dans ses plus beaux atours et du thane d'Hermiston en tartan de son clan.

« Tiens donc, s'exclama Phil Starling allongé sur le sol, tout en posant arrogamment sa main sur une hanche inexistante, voici Maître Tolcharde, sa silhouette replète et grassouillette, sa collerette et sa brochette de breloquettes. » Quelques rires fusèrent, mais ni Quire ni la reine ne s'y associèrent. Le docteur Dee regarda Phil de travers, la mine dégoûtée. Maître Wallis voulut le retenir, mais le garçon, tout sourire, se lança dans un tour de salle pour saluer ses quelques amis, entraînant à sa suite le poète qui ouvrait une bouche et des yeux implorants, et qui finit par rebrousser chemin.

Le thane d'Hermiston était pétrifié, comme s'il avait croisé le regard de la Gorgone. « Par Arioch ! Qu'est-ce qui se passe ici ? » Sa grande barbe se hérissait. « Je n'ai jamais rien vu de tel dans tous les mondes que j'ai visités. »

La reine sourit en l'entendant. Elle fit un geste. « Venez auprès de nous, cher Thane. Avez-vous d'autres aventures à nous conter ? D'autres captifs comme le capitaine Quire à nous présenter ? »

Le thane rougit, puis jeta un regard furieux à Quire. « Capitaine, cette femme vous a corrompu ! »

La reine était à nouveau amusée. « Au contraire, Monsieur !

— Quel est ce lieu ?

— Un lieu de plaisirs, dit-elle.

— Madame... » Le Dr Dee avait les traits tirés. Une longue balafre à demi cicatrisée lui barrait une joue. Il avait tenté de la dissimuler sous ses cheveux blancs. « Nous vous avons amené le thane, il désire vous parler.

— Est-ce amusant, cher Thane ? Rappelez-vous, vous êtes à la Fête de l'Automne.

— Amusant ? Non, pas du tout, Madame. J'ai vu le margrave de Simla. Les Tatares sont massés le long des frontières de l'empire et ils se préparent à lancer une offensive. Ils savent que la guerre éclatera au milieu du mois. Il y a un traître ici, qui les informe.

— Quel est ce traître, Monsieur ? demanda-t-elle tranquillement.

— Le margrave l'ignore. »

Le regard de la reine tomba sur Sir Orlando Hawes, assis sur des coussins, mal à l'aise. « Vous voyez fréquemment l'ambassadeur tatare, Sir Orlando. Vous a-t-il dit quoi que ce soit ? »

Il haussa les épaules. « Rien de précis, Madame. Je pense que les Tatares veulent la guerre, comme tout le monde, apparemment. Mais ce genre de propos n'est pas de votre goût, je le sais.

— Vous n'êtes guère explicite, Monsieur.

— Oubacha Khan a laissé entendre que la Tatarie envisageait d'attaquer l'Inde et Cathay dès que les hostilités auront éclaté entre les autres nations. Ils pensent que la tâche sera alors plus facile, a-t-il fait remarquer, car l'ensemble du globe sera à feu et à sang. » Sir Orlando parlait d'un ton détaché, comme quelqu'un qui ne s'attend plus à convaincre son interlocuteur.

« Mais rien n'est certain ?

— Non, Madame. Mais, à n'en pas douter, l'entrée en guerre des Perrott contre l'Arabie tiendra lieu de signal.

— Convoquez les Perrott à la Cour », dit-elle.

Il la regarda, plein d'espoir. « Demain, Madame ?

— La semaine prochaine, rectifia-t-elle.

— Oui, Madame. »

Quire murmura : « Vous devriez peut-être brusquer les événements, en la circonstance. Vous pourriez, disons, les menacer d'être exécutés comme traîtres.

— Il n'y a pas d'exécution en Albion.

— La menace suffira.

— Oui. Sir Orlando ! rappela-t-elle. Faites savoir aux Perrott qu'ils commettent des actes de trahison envers le royaume. Rappelez-leur de quelle peine ce délit était autrefois puni. »

Sir Amadis Cornfield, qui boudait dans son coin, releva la tête. Il se frotta le front, comme pour s'éclaircir les idées.

« Est-ce la seule mesure que vous inspirent mes informations, Madame ? demanda le thane.

— Que pouvons-nous faire d'autre, Monsieur ?

— Ouvrir une enquête ! Le royaume glisse de jour en jour vers le chaos ! »

Pour toute réponse, elle vida d'un trait une grande coupe de vin. « Je ne veux pas de sang inutilement versé, Monsieur, vous le savez bien.

— Grâce à vous, le monde n'a pas connu de conflit majeur depuis treize ans, dit-il. Aujourd'hui, vous allumez vous-même la mèche du canon qui va déclencher la plus grande guerre de tous les temps. J'ai déjà vu de telles guerres mondiales, au cours de mes voyages. J'ai vu des continents entiers dévastés, réduits en cendres. Est-ce le sort qui attend Albion ?

— Bien sûr que non, Monsieur. »

Le thane se renfrogna. « Je ne vais pas rester ici, je préfère chercher une retraite moins déraisonnable. » Il regarda Quire. « Elle vous tient, grand sage, par ses artifices et son esprit retors. »

Quire resta silencieux.

Le thane regarda Dee et Tolcharde, puis à nouveau

Quire, comme s'il s'attendait à les voir le suivre, mais ils ne bougèrent pas. Il sortit du sérail à grandes enjambées, dans un cri de colère rappelant la cornemuse des highlanders. « Cette femme devrait se marier ! Tout rentrerait dans l'ordre ! Pff ! »

Maître Tolcharde attendit avec tact le départ de son ami avant de s'avancer d'un air gauche dans ses beaux habits. « Madame, je vous promets ce spectacle depuis plusieurs mois. » Timidement. « Il est enfin prêt. Si l'orchestre veut bien jouer la musique que je lui ai apportée, vos danseurs feront leur entrée.

— Nous sommes impatiente, Maître Tolcharde. » Elle s'adressait avec reconnaissance à sa tête chauve luisante de sueur.

Un signe vers la galerie, et une musique animée éclata, en contraste flagrant avec celle qui avait commencé la soirée. La reine prit un nouveau verre de vin ; Quire se laissa aller en arrière sur le divan en caressant le bras de Gloriana d'un air absent.

Maître Tolcharde frappa dans ses mains. À l'autre extrémité de la longue pièce, des silhouettes apparurent : des danseurs vêtus de costumes étincelants, si agiles, si élégants qu'auprès d'eux les membres de la troupe de Maître Priest faisaient figure d'impotents. Ils s'approchèrent sans cesser de danser ; ils pirouettaient, bondissaient, se touchaient les mains, et quand ils furent tout près de la piste qui avait été dégagée pour eux, on eut l'impression qu'ils portaient des masques figés sur le visage — des masques de métal aux yeux vides et à la bouche inerte. Il y avait un Arlequin en costume à damier et plusieurs clowns, un Zani, un Pierrot, une Colombine, une Isabelle, le Docteur et le vieux Pantalon. Il y avait Scaramouche, mousquetaire rougeaud, avec son air important et son épée. Ils dansèrent en ligne devant la reine ; puis, dans un même mouvement, ils s'inclinèrent et firent la révérence au moment où la musique s'arrêtait. Leurs costumes étaient entièrement faits de métal. Ainsi que leurs mains et leurs pieds éblouissants de couleur. Et même leurs visages.

« Voici, présenta Maître Tolcharde avec fierté, voici mon Arlequinade mécanique !

— Ils ne sont pas humains, Maître Tolcharde ? » La reine était estomaquée. « Pas du tout ? Ils sont si beaux !

— Rien que du métal, Madame. Ce sont les plus belles créatures jamais conçues. »

(Le docteur Dee échangea un regard avec Quire.)

Les automates reprirent leurs évolutions ; ils jouaient toute une pièce sur l'Amour : amour contrarié, amour gagné, amour menacé, amour vengé. Leurs visages métalliques et rigides restaient inexpressifs, mais les mouvements de leurs corps mécaniques suffisaient à raconter l'histoire. Gloriana et Quire se rapprochèrent l'un de l'autre pour la suivre ensemble. Arlequin se croyait trompé par Colombine car Isabelle, jalouse et voulant Arlequin pour elle seule, avait fait croire que Colombine s'était donnée à Scaramouche. À son tour, par dépit, Arlequin se donnait à Isabelle. Il découvrait son erreur, mais trop tard et, alors qu'il se précipitait vers elle pour lui expliquer, Colombine le tuait de son couteau vengeur. Apprenant alors la vérité, elle s'empoisonnait. Le dernier mouvement du ballet consistait en une lente marche funèbre qui rappelait la danse exécutée plus tôt par la troupe de Maître Priest.

Dans l'ensemble, le public était sous le coup d'une grande émotion, en particulier messires Cornfield, Ransley et Wallis qui, tous trois, se sentaient trahis en amour. Alys Finch aussi pleurait à chaudes larmes et se faisait consoler par Sir Orlando. Le mimodrame avait laissé Quire indifférent mais, devant la satisfaction de la reine, il applaudit à tout rompre. Les créatures mécaniques s'éloignèrent en dansant.

« Il faudra donner d'autres représentations, Monsieur, dit la reine à Maître Tolcharde. Jouent-ils d'autres pièces ? »

Maître Tolcharde s'excusa. « Pas encore, Madame. Uniquement celle-ci. Mais on peut les régler. Pour la comédie comme pour la tragédie. Si vous le permettez, je les ramènerai pour votre prochaine fête.

— La prochaine et les autres, Maître Tolcharde. Nous vous remercions. » Tolcharde n'avait jamais connu pareil bonheur. Aux anges, il prit le chemin de ses automates.

Quire avait eu l'impression de voir danser les morts. Il se mit debout. Il avait besoin de se soulager, dit-il.

Au passage, Sir Amadis l'agrippa par la cape. « Capitaine Quire ? » La voix était implorante. Plus loin, affalé sur des coussins dorés, entouré des attentions de deux geishas, Ransley les regardait d'un œil torve.

« Oui, Sir Amadis ? Que puis-je pour vous ?

— Votre pupille... dont vous avez la garde... la fille...

— Alys n'est pas sous ma responsabilité, Monsieur. Elle ne l'est plus. J'ai protégé sa virginité, mais

maintenant ma protection n'a plus de raison d'être. »
Quire parlait d'un ton ferme. En moraliste.

« Mais vous avez une fois intercédé en ma faveur.

— Je n'aurais pas dû.

— Voudriez-vous encore intercéder pour moi, Capitaine ?

— Je ne peux pas, Sir Amadis. Cette affaire vous concerne. »

Ransley s'était levé et s'approchait en trébuchant. « Faites attention à ce que vous complotez, Amadis. Je ne suis pas sourd. Je ne suis pas sourd. »

Quire voulut s'éloigner des deux rivaux. « Je ne peux rien pour vous. Prenez votre sort en mains, Messieurs. Je ne suis pas un dieu.

— Mais vous en avez les pouvoirs, Quire, fit Lord Gorius. Dans certains domaines, du moins. Par Zeus ! Vous nous avez bien tous embobelinés ! »

Quire marqua un temps. « Comment cela, Monseigneur ? fit-il, le dos tourné.

— Regardez-nous. Ivres, abrutis de luxure, on se croirait à la cour d'un antique tyran romain. Et c'est votre œuvre, Quire.

— Tiens donc. » Quire se retourna. « Alors, je suis sûrement un dieu, comme vous le dites si bien, Monseigneur.

— Quand on procédera à une enquête pour déterminer la cause de la mort de l'honneur d'Albion, à la fin du monde — qui ne saurait tarder, à mon avis —, le verdict sera le meurtre. Et le meurtrier, Monsieur, aura pour nom Quire. »

Le capitaine se gratta la nuque. « La désagrégation du royaume tient au fait qu'on s'est servi d'un mythe pour édifier une imitation de la réalité. Albion s'effondrerait-elle si vite si ses fondations étaient solides ?

— Vous ne niez pas... ?

— Je nie en bloc, Monseigneur.

— Et pour Alys Finch ? » Lord Gorius se faisait tout petit. « Ne voulez-vous pas intercéder ? Ou choisir l'un de nous ?

— Je ne suis pas un dieu, répéta Quire. Je ne suis même pas un roi. Je suis Quire. Réglez votre différend tout seuls. »

Il reprit son chemin, laissant en tête à tête les deux hommes qui se mirent à se parler à l'oreille.

Sir Orlando Hawes entretenait Alys Finch de politique ; en bonne flatteuse, elle reprenait les paroles de son compagnon pour les lui resservir comme l'expression de sa propre pensée. « Je rends Montfallcon responsable. Il s'est accroché bec et ongles à ses convictions. Dans son esprit, la seule façon de maintenir l'unité de l'empire consistait à faire de Gloriana l'égale d'une déesse, et il a tenu la reine dans l'ignorance des agissements auxquels il se livrait pour perpétuer la légende, afin qu'elle y croie elle-même. Il s'y est accroché à en devenir fou. À mon avis, il est en fait la victime de Quire, un sort qu'il ne pensait réservé qu'aux autres. À l'heure actuelle, je rassemble des preuves, mais plus discrètement que ce pauvre chancelier.

— Vous pensez donc que le capitaine Quire est une canaille et qu'il a des vues sur le trône ?

— Il ne m'est pas franchement déplaisant. Il ferait un excellent roi. Si ses motivations n'étaient pas autant en désaccord avec les miennes, je le trouverais supportable. Mais la texture d'Albion se dégrade sous nos yeux. On ne peut laisser la glorieuse tapisserie que Montfallcon a tissée s'effondrer d'un coup pour exposer la réalité qu'elle recouvre... ni les nobles ni le peuple ne l'accepteraient. Il faut relever le rideau, petit à petit, ce qui prendra plusieurs années.

— Il y a déjà des trous dans la tapisserie. Voilà pourquoi autant de nobles prennent parti pour les Perrott. Sous le brocart ils perçoivent la corruption... ou croient la percevoir.

— Il n'y a pas de réelle corruption, ici. Simplement l'euphorie d'une femme frustrée, et qui passera. Mais Quire en a laissé apparaître les excès. Certains voient l'ensemble du tableau — cette petite fête, par exemple — et s'imaginent qu'il n'est qu'un aperçu d'une horreur cachée bien plus grande encore. Le Romanesque exalte l'imagination, il la développe ; mais, mal dirigée, quand elle s'attache à la laideur plutôt qu'à la beauté, l'imagination génère une force terrible.

— Vous partagez le dégoût du capitaine Quire pour la Romance.

— Oui, je le partage. Mais je ne partage pas ses haines, Alys. Et la pire, la plus destructrice de toutes, c'est la haine qu'il se porte à lui-même. Voilà ce qui le lie si étroitement à la reine, mais aucun des deux ne veut l'admettre.

— Vous pensez qu'il aime véritablement la reine ?

— S'il est capable d'un quelconque amour.

— Vous parliez d'Oubacha Khan et de l'expédition que vous avez montée ensemble pour retourner dans les murs, sur les traces de Montfallcon.

— Oui. Oubacha Khan pense que le chat pourrait

nous conduire jusqu'à la comtesse de Scaith. C'est un espoir bien mince, mais l'expédition est secrète et nous emmenons cinquante Tatares armés jusqu'aux dents. Ils viendront facilement à bout de la racaille, j'en suis convaincu. Ce sont les meilleurs guerriers du monde. Oubacha Khan, voyez-vous, aime la comtesse. Il la croit victime d'un complot de Montfallcon ou de Quire — et il veut la retrouver, même à l'état de cadavre.

— Vous avez dragué le puits, Oubacha Khan et vous ?

— Oui, et nous n'en avons retiré qu'un vagabond, probablement un habitant des murs.

— Quand partez-vous ?

— Très bientôt.

— Vous allez prévenir Montfallcon ?

— Non. Il ne manquerait pas de nous trahir — sans le vouloir. Il n'a plus toute sa raison. Il ne l'a plus depuis un certain temps, d'ailleurs, sinon il aurait vite découvert les manœuvres de Quire après le meurtre de Lady Mary. Il préconise maintenant la destruction comme seul remède à nos maux. »

Alys Finch vit son maître, le capitaine, qui s'en revenait, et elle se rembrunit.

Quire fut arrêté par un Wallis en pleurs. « Quire... Capitaine... le garçon me trompe, chuchota-t-il. Parlez-lui. Il me fait endurer mille morts. »

Quire accorda un sourire au pauvre Wallis et lui tapota la tête. « Bien sûr, je n'y manquerai pas. » Il chercha Phil des yeux. L'éphèbe était l'objet des attentions d'une demi-douzaine de dames et de galants du sérail, mais il vit tout de suite Quire et éclata de rire en se moquant des deux hommes. Le capitaine soupira. « Ce jeunot manque de délicatesse. Il ne changera pas.

— Vous devriez lui apprendre la politesse. » Wallis était tendu.

Le geste de Quire ne fut guère encourageant. « Comment ?

— Il est sous votre responsabilité. »

Quire sourit doucement. « Ces jeunes gens ! La reine les rejette, et moi, je les recueille. » Il se sentirait mieux une fois sa tâche terminée.

« Il me fait mourir, dit simplement Wallis.

— Trouvez-en un autre. Ce n'est pas ce qui manque ici. Ils seraient flattés de susciter l'intérêt d'une personne de votre qualité.

— Je l'aime.

— Ah », fit Quire. Il regardait plus loin Sir Amadis et Lord Gorius qui se levaient, sur le point de partir. Il porta la main à ses lèvres. Puis il vit la reine. Elle était complètement ivre et lui faisait des signes. « Je dois m'en aller. Les obligations, Maître Wallis. »

Abandonnant le malheureux ministre, il se fraya un passage entre les coussins et, sur l'injonction de Gloriana, monta sur l'estrade.

« Retirons-nous », dit-elle. Elle avait abusé du vin et s'exprimait avec difficulté.

Quire remarqua que Sir Ernest s'était écroulé sur le corps endormi de Lady Lyst et que le sommeil l'avait pris à son tour. La moitié des invités gisaient dans le même état. Les pensionnaires du sérail se coulaient silencieusement vers leurs quartiers.

Quire laissa Gloriana poser une main sur son épaule pour se redresser. Elle le dominait de toute sa hauteur. Il dut faire appel à plus de force qu'il n'aimait en montrer pour l'aider à descendre les marches.

« Mes enfants », fit-elle.

Quire ne comprenait pas.

« J'ai promis d'aller voir mes filles. » Elle pointa le doigt vers l'autre extrémité de la salle. « Elles sont là-bas. Dans les appartements voisins. Elles n'ont aucun contact, bien sûr, avec...

— Je sais, l'interrompit-il. Mais vous les verrez demain. Vous devez passer la journée avec elles. »

Elle s'en souvenait, ou était disposée à le croire. Elle se laissa conduire par Quire et ils passèrent les deux gardes jumeaux, longèrent le corridor, traversèrent une série de pièces pour arriver enfin à sa chambre toute simple. Elle s'écroula sur son lit, parmi ses bijoux tintinnabulants, et se mit aussitôt à ronfler.

Quire l'avait poussée à boire, et qu'elle dorme pendant plusieurs heures n'était pas pour lui déplaire. Avec une tendresse dont il était maintenant coutumier, il la débarrassa de la plupart de ses colifichets et des vêtements les plus faciles à retirer, étendit sur elle un couvre-lit et quitta la chambre. D'un doigt sur les lèvres il fit comprendre aux domestiques que Sa Majesté avait besoin de repos. Il se dirigea vers la porte principale donnant sur le corridor, et il se préparait à l'ouvrir quand il entendit un murmure de voix de l'autre côté. Puis une phrase : « Allons-nous nous laisser gouverner par une putain et un coupeur de bourses ? » Il entrebâilla légèrement la porte et colla son œil à la fente. « Il faut détruire le mal. C'est la honte d'Albion. Il existe un moyen. »

Le thane d'Hermiston et Lord Montfallcon passaient dans le couloir en discutant à voix basse. Quire n'avait pas prévu cette association. Ils formaient une paire si mal assortie. De toutes façons, se dit-il, il n'avait guère à les redouter. Leurs illusions respectives avaient dû les rapprocher. Il referma la porte et, quand ils furent partis, il suivit un trajet familier qui le mena vers l'aile orientale où il avait un rendez-vous prévu pour plus tard. Il avait toujours pour habitude d'arriver sur les lieux de ses rendez-vous plus tôt qu'on ne l'y attendait. Précaution qui, en d'autres occasions, lui avait permis de rester en vie.

Il atteignit la galerie qui surplombait le parc où, au printemps dernier, Gloriana avait joué le rôle de la reine de Mai. Il marchait d'un pas rapide. Le clair de lune pénétrait par les nombreuses fenêtres, si bien qu'on y voyait presque aussi bien à l'intérieur de la galerie que dans le jardin en dessous. Tout en avançant, il y jeta négligemment un coup d'œil. Aussitôt, il s'arrêta et trouva une zone d'ombre où se dissimuler. Il entendait des bruits bizarres en provenance de l'extérieur, des grincements et des bruissements, un cliquetis, comme si on essayait d'émonder les arbres. Il laissa ses yeux s'accoutumer à l'obscurité, et il s'aperçut alors que les chênes qui entouraient tout le parc, là où les daims trouvaient nourriture et abri, semblaient s'agiter. Il comprit qu'il y avait quelqu'un sur la promenade suspendue. Il l'avait lui-même empruntée une fois ou deux, et il savait qu'elle était solide. Enfin, il entendit des bruits secs, presque réguliers — *clic-clic, clic-clic* —, et deux silhouettes apparurent. Elles se battaient en duel sur la passerelle qui oscillait et gémissait. Ils vacillaient d'un bord et de l'autre, se rattrapaient à la corde du garde-corps, parfois envoyaient toute la structure se balancer à angle droit, mais ils continuaient à se battre en se raccrochant d'une main.

Quire les observa un moment ; il savait qu'il risquait de faire attendre son rendez-vous, mais il voulait connaître l'issue de la rencontre entre les deux combattants dont il avait par ailleurs deviné l'identité. Après tout, il était en partie responsable de ce duel.

Clic-clic, clic-clic. C'était comme si un jardinier détraqué avait choisi cette heure indue pour tailler les arbres. Les bruissements s'accrurent. Les duellistes se déplaçaient dans un frottement de pieds et dansaient le long de la promenade, tantôt visibles, tantôt invisibles.

Puis ce fut le silence, une immobilité totale. Quire vit l'une des silhouettes, debout, s'appuyer lourdement contre la corde, puis la promenade s'infléchit et la silhouette bascula dans le vide.

Quire courut jusqu'à l'escalier pour descendre dans le jardin.

Quand il atteignit le corps, le vainqueur se tenait à côté. Sir Amadis, le souffle court, rengaina son épée.

« Je pense l'avoir tué avant qu'il ne tombe, dit-il. Je l'espère. Pauvre Gorius.

— C'était stupide, dit Quire.

— Vous avez tout vu ? Combien d'autres témoins ?

— Allez savoir. » Quire était certain d'avoir été le seul. « Cette mort va vous valoir la prison. L'exil.

— Je voulais Alys. Comme lui.

— Vous ne l'aurez ni l'un ni l'autre, désormais.

— Je sais.

— Retournez auprès de votre femme », fit Quire

impulsivement. Il devint pensif. « Oui... dans le Kent. Les Perrott vous protégeront.

— Que vais-je leur dire ?

— Que vous êtes une victime. Que vous vous êtes querellé à leur sujet... que Ransley les a traités de félons et qu'il voulait qu'on les pende. Il a tenté de vous tuer. Quelque chose dans le genre. Ils vous feront bon accueil, dans le Kent, vous savez.

— Oui. Ma femme voulait m'avoir auprès d'elle. Je ne pouvais pas. Ma loyauté. Mes appétits coupables.

— Si vous restez loyal envers la reine, alors épargnez-lui un scandale. » Quire était enchanté. Les Perrott se fortifieraient dans leur haine. Leur flotte serait assurée de prendre la mer. « Partez tout de suite. Vous pouvez être dans le Kent au matin. Tout ce qu'il vous faut, c'est un cheval. »

Sir Amadis regarda Quire d'un air indécis. « Il vous tarde d'être débarrassé de moi, Capitaine.

— Vous savez que j'ai toujours cherché votre amitié. Maintenant, je ne cherche qu'à vous éviter la condamnation, c'est tout.

— La solution, c'est le Kent, bien sûr. » Sir Amadis quittait déjà Quire. « Je ferai mon possible pour leur faire entendre raison et pour sauver Albion de la guerre. Si j'y parviens...

— Vous serez plus fort que Quire », fit le capitaine à mi-voix en lui faisant signe de la main.

Il revint sans hâte vers la galerie ; il se félicitait d'être débarrassé de ces deux poids morts et d'avoir toujours la chance de son côté.

Il rencontra Lord Shahryar dans ce qui avait été une buanderie. Des domestiques avaient autrefois peiné ici pour Hern. La sueur et la vapeur s'étaient volatilisées et l'eau s'était écoulée sur les dalles pour disparaître les dieux seuls savaient où. Le plafond voûté était recouvert d'une croûte de savon que les émanations y avaient déposée, et le local empestait la soude. Quire s'adossa à un baquet de bois et sourit à Lord Shahryar qui trouvait le lieu mal choisi pour un rendez-vous.

« Encore quelques jours, pas plus, dit tout doucement Quire, et les Perrott auront pris la mer.

— Notre flotte est déjà en route, mais elle fera escale en Ibérie. En attendant de venir au secours d'Albion. » La voix de Lord Shahryar trahissait l'abattement. « Ce qui arrive est-il bien réel, Quire ?

— Oui, dit Quire. Bien réel. » L'humeur du Sarrasin semblait avoir déteint sur lui.

« Nous ramènerons la gloire dans le royaume. » L'ambassadeur s'échauffait. « Il ne l'avait en fait pas trop perdue. Le peuple réagira favorablement au bel Hassan.

— Oui. Et dans un an, vous occuperez une position encore plus forte que ce qu'aurait pu craindre Montfallcon. »

Shahryar remarqua l'amertume de Quire. « Vous n'allez pas nous mettre des bâtons dans les roues, n'est-ce pas ?

— Maintenant ? Comment le pourrais-je ? L'affaire est trop engagée.

— Qu'allez-vous faire ?

— Trouver un autre protecteur, j'imagine. » Il n'aimait pas le tour que prenait la conversation.

Shahryar éclata de rire. « Allons bon ! Vous voilà amoureux d'elle. L'histoire classique.

— J'ai de l'affection pour la pauvre petite, maintenant qu'elle est au bord de la défaite. J'ai toujours de l'affection pour mes victimes, Monsieur.

— Non ! C'est plus que de l'affection. Vous hésitez. » Lord Shahryar fit quelques pas vers lui. « Je me demande si vous nous trahiriez, si vous le pouviez. Vous en avez les moyens. Sir Thomasin Ffynne se tient prêt à Portsmouth avec une flotte importante, pour intercepter les Perrott. Mais si cette escadre se retournait contre nous...

— N'ayez crainte, Monseigneur. J'ai tenu ma promesse. Je suis connu pour n'avoir qu'une parole.

— Et connu pour masquer la vérité derrière des banalités soigneusement choisies. » Lord Shahryar haussa les épaules. « Enfin, je dois vous faire confiance. Mais je me suis souvent demandé pourquoi vous êtes si rapidement passé du service de Montfallcon au mien.

— Ce jour-là ? C'était le destin. Lord Montfallcon m'avait mis hors de moi, blessé dans ma fierté. Si vous m'aviez capturé un autre jour, les événements auraient suivi un cours différent. J'aurais déjoué tous vos plans, sur ordre du chancelier. Mais je vous ai donné ma parole trop vite, peut-être... et je l'ai tenue.

— Vous avez l'air de le regretter, capitaine Quire. »

Mais Quire en avait terminé avec lui. Avant que Shahryar n'ait eu le temps de comprendre, il reprenait le chemin de la chambre de Gloriana qui allait bientôt se réveiller.

*

Mais elle ne dormait déjà plus quand il arriva. Elle avait le teint pâle et l'esprit embrumé. Sir Orlando Hawes se tenait debout près du lit. Il adressa un signe de tête à Quire qui s'avança.

« Que se passe-t-il ? La reine est malade ? » Quire voulut s'approcher. Il fut surpris quand elle le repoussa du geste, tout entière au billet qu'elle lisait et relisait. « De quoi s'agit-il ? demanda-t-il à Hawes. La guerre est déclarée ? » Il détestait rester dans l'ignorance. Il vivait pour tout savoir. « Que dit ce billet ? »

Gloriana le lui montra. Il était de Wallis.

« Nous avons trouvé Wallis. Dans une des petites chambres qui dépendent du sérail, » expliqua Sir Orlando. Il était triste, mais aussi triomphant. « Il s'est servi d'une page du livre de Sir Ernest, de sa plume et de son encrier. Il s'est poignardé avec une dague. En plein cœur. Proprement, après mûre réflexion. »

Gloriana fondit en larmes. « Oh, Quire ! » Elle l'accusait.

Le billet lui était adressé : *Pour le capitaine Quire.*

Monsieur, dans l'embarras où me plongent vos conseils, j'ai décidé d'en finir pour de bon avec le doute et la souffrance, et de sauter le pas. Vous m'avez rendu service et, partant, mis au supplice, mais la faute m'en incombe. Je crois avoir payé mes dettes envers vous, et je peux donc m'en aller la conscience nette. J'ai trahi la confiance de la reine et je ne peux vous remercier de m'avoir aidé dans cette entreprise. Vous m'avez trompé, vous et votre créature, comme vous en avez trompé tant d'autres qui en sont morts, mais je suis vengé. Je demeure, j'imagine, votre serviteur tant qu'il me reste un souffle de vie.

Florestan Wallis, ministre de la Haute Langue d'Albion. Par cette décision, une fois encore, ami fidèle de la reine.

« Vous êtes perdu, Quire, dit Sir Orlando. Le pauvre diable vous accuse, et il est mort pour prouver sa bonne foi. » Gloriana éclata en sanglots.

Chapitre XXXII

Où les projets du capitaine Quire connaissent d'autres déboires

« Sa mort ne prouve rien, dit Quire. Son sentiment de culpabilité et son désespoir l'avaient rendu fou. Je connais le jeune Phil. C'est l'un des danseurs de Priest et il était le protégé de Wallis. Par jeu, il aguichait tout le monde. Wallis a fait appel à moi et je l'ai aidé comme j'ai pu. Il se considérait donc mon débiteur. Voilà tout ce qu'exprime la lettre. Et aussi sa conviction que son vice lui faisait oublier son devoir. »

Ils étaient assis côte à côte sur le lit, tandis qu'elle relisait le billet. Elle l'ignora. « Sir Orlando avait raison. Il y a infamie quelque part.

— Aux yeux de Wallis, sans plus.

— Il consignait toutes les affaires du royaume. Il aurait pu se faire l'espion des Tatares et vous son agent. Ou l'inverse. Je me souviens de toutes les allusions de Montfallcon au...

— N'importe quel laquais de la Cour serait en mesure d'obtenir des renseignements, dit-il. Je n'ai parlé à aucun Tatare, je le jure. Comment pouvez-vous croire cela ? » Il était blessé : se faire accuser bêtement, par un homme qu'il n'avait pas tué, pour une chose qu'il n'avait pas faite !

« Oh, Quire, j'ai été souvent trahie dans ma vie, mais j'ai toujours gardé ma foi. » Elle posa sur lui un regard désespéré. « Je croyais en la Chevalerie et en Albion, en ma charge et en mon Devoir envers le royaume. Vous m'avez appris l'amour de soi en me disant que c'était pour le bien du pays. Je crois pourtant que vous essayez de me trahir à votre tour, d'une autre façon. Vous me poussez à me trahir moi-même. Qu'y a-t-il de plus cruel ?

— En voilà assez. Vous êtes fatiguée. Et vous êtes encore ivre.

— Non. »

Il se renfrogna. « Vous parlez de problèmes qui n'existent pas. Je vous aime. Il n'y a pas quatre heures, vous affirmiez que notre amour suffisait à supporter toutes les difficultés.

— J'ai tourné le dos à Albion. Je suis devenue cynique. Et tant de gens sont morts.

— Ils étaient morts avant, dit-il. Seulement, vous ne le saviez pas — sauf pour quelques-uns. Combien ont été assassinés dans des circonstances beaucoup plus horribles que Lady Mary ?

— Que dites-vous ? » Elle se retourna, les sourcils froncés. « Que savez-vous ? »

Il fit montre de prudence. « Ce que j'ai entendu dire. Demandez à Montfallcon. » Il risquait sa propre sécurité. Si Montfallcon devinait qu'il avait révélé de tels secrets, il ne serait plus à l'abri.

« Du temps de mon père, vous voulez dire ? »

Il se tint sur la réserve. « Oui. »

C'était comme si elle s'enfermait petit à petit dans une armure. Il en chercha le défaut et hasarda : « Je vous aime. »

Elle secoua la tête et laissa tomber la lettre. « Vous croyez m'aimer. Et je le crois aussi, petit Quire. Mais ceci... » Elle se leva pour arpenter la pièce obscure. « La Cour part à la dérive. Les morts se multiplient. Je croyais, par mon action, que j'allais nous éviter d'autres pertes. Et voilà que le pauvre Wallis a mis fin à ses jours. Et dans notre retraite secrète, dans notre refuge contre la mort et le passé. C'en est trop, Quire.

— Vous avez l'air de m'en rendre responsable.

— C'est ce qu'a fait Wallis.

— Oui. Il avait le cerveau dérangé. Beaucoup voudraient faire de moi un bouc émissaire.

— Le bouc émissaire phénicien portait les péchés de toute la tribu et, en le tuant, on les a libérés. Je ne veux pas qu'on vous tue, mon amour. Je ne veux pas d'un royaume qui a besoin d'un bouc émissaire.

— Croyez-m'en, je vous approuve.

— Je dois veiller à la sauvegarde de l'âme d'Albion. Je dois empêcher ces guerres. Je dois réconcilier les nobles.

— C'est trop tard. » Il sentait son pouvoir sur elle s'affaiblir. Une fois encore, il changea de tactique. « Alors, il faut que je parte ? Le réconfort de Quire ne vous est plus d'aucune utilité.

— J'en ai plus que jamais besoin, dit-elle. Mais il me distrait de mes devoirs.

— Vous me faites si peu confiance qu'une vague lettre suffit à vous dresser contre moi ?

— Je ne sais pas. Je me suis trop voilé la face. Je vous connais, Quire, parce que je vous aime. Mais je n'ai pas de mots pour exprimer ce que je sais de vous. Je suis en plein désarroi.

— Venez vous coucher. Laissez-moi le dissiper, ce désarroi.

— Non. Je veux réfléchir seule. »

Il prit conscience qu'au matin arriverait la nouvelle de la mort de Lord Gorius et de la fuite de Sir Amadis. Il avait peut-être trop tiré sur la corde, car on l'accusait aussi d'avoir blessé Sir Vivien. Allongé sur leur lit, il cogitait. Il devait envisager des mesures urgentes. Il devait regagner la confiance de Gloriana, ne serait-ce que quelques jours, le temps que son grand projet se concrétise. Il devait s'en remettre à elle, d'une façon ou d'une autre. Il devait feindre de l'approuver. Aussi laissa-t-il le silence s'établir, dans l'espoir qu'elle se sentirait le besoin de le meubler. Il la connaissait bien. Et elle finit par dire, de la tristesse dans la voix : « Je ne suis pas digne de mon peuple. Je n'ai aucune intelligence. De mon conseiller le plus avisé j'ai fait un fou furieux. »

Il s'enfermait dans son mutisme.

« J'ai failli à mon devoir. J'ai laissé souffrir, périr mes amis, pendant que d'autres se gobergeaient qui m'étaient indifférents. Je suis infâme et mes sujets se retournent contre moi, car j'ai trahi leur confiance en perdant la mienne. Poussée par la peur et la douleur, j'ai cherché une aide auprès d'Éros... mais Éros ne récompense que les êtres vertueux et de bonne volonté. J'ai agi inconsidérément. »

Il se leva du lit, sans cacher son profond dégoût. « Vous vous apitoyez sur vous-même, ni plus ni moins.

— Quoi ?

— Vous persistez à vous reprocher les crimes et les faiblesses d'autrui. Vous ne ferez jamais la preuve de votre force avec une pareille méthode. Vous avez servi de repoussoir à Montfallcon... maintenant, vous prétendez subir mon influence. Vous devez vous faire votre propre opinion et prendre vos décisions vous-même. C'est pourquoi je vais partir, selon votre désir. »

Elle l'arrêta. « Pardonnez-moi. Je suis désespérée.

— Vous craignez d'infliger à vos ennemis le moindre châtiment qui révélerait la cruauté paternelle qui est en vous. Vous n'êtes pas cruelle... mais il faut une justice plus stricte. Vous n'avez été que le reflet des besoins de votre nation. Vous devez maintenant imposer votre volonté et montrer que vous êtes forte. C'est la seule façon de mettre un terme à toute cette folie. »

Ses sourcils épais, au tracé merveilleux, se froncèrent.

« Vous risqueriez gros en cas de châtiment, lui rappela-t-elle.

— Vraiment ? Alors, je demande à être jugé. Par le jury de votre choix. Ou jugez-moi vous-même. »

Elle était à nouveau au bord des larmes ; il jouait sur son sentiment de culpabilité et lui offrait la crise de nerfs pour échappatoire. Elle s'y refusa. Au contraire, elle retrouva sa dignité. Elle se leva, immense et généreuse, et serra le capitaine étonné contre sa poitrine. « Oh, Quire, Quire...

— Il faut vous reposer. Un jour ou deux. » Sa voix était sourde. « Puis prendre vos décisions.

— Ne me donnez pas de conseils, mon chéri. N'essayez plus de me freiner dans mes aspirations. Vous m'avez appris à oublier mon désespoir. Mais ce même désespoir était l'expression de mon amour pour Albion. Je suis prête à souffrir, si c'est pour servir à nouveau le royaume.

— C'est un lourd fardeau...

— Je déciderai, dans le courant de la semaine, de ce que je dois faire. »

Il était contrarié, même s'il entrevoyait la victoire. Il s'abandonna à sa majestueuse douceur.

*

Au matin arrivèrent les nouvelles que Ransley avait été tué et que Sir Vivien n'avait pas survécu à sa chute. L'humeur inhabituelle et déconcertante de la reine lui fit apprendre leur mort avec une consternation résignée ; elle fit mander Tom Ffynne. Elle voulait discuter avec lui de la disparition de Cornfield du palais, bien que tout le monde sût qu'il était parti à cheval en direction du sud-est, sur la route de Douvres, certainement pour rejoindre sa famille.

Sans pour autant ignorer Quire, Gloriana ne le consultait plus. Elle continuait à lui manifester l'indifférence affectueuse d'une mère pour un enfant charmant mais difficile. Elle lui permit de l'accompagner quand elle revêtit sa robe incrustée de joyaux, coiffa sa couronne et prit son globe ainsi que son sceptre pour s'en retourner à la salle des Audiences qu'elle avait trop longtemps désertée. En traversant les antichambres, elle salua des pétitionnaires qui avaient depuis longtemps perdu tout espoir de se voir accorder un entretien. Elle resta distante, mais elle se montra amicale. Son humanité l'avait pratiquement quittée et il ne restait plus guère chez elle que des dehors de monarque. Quire suivait, saluant de la tête et s'inclinant devant les visages connus. Il affichait une assurance que, pour une fois, il n'éprouvait pas, et il essayait de donner l'impression qu'il avait fini par persuader la reine d'accomplir son devoir.

Elle prit place sur le trône et Quire s'assit dans un fauteuil, au pied de l'estrade ; le fauteuil de la comtesse de Scaith. Lord Montfallcon fut convoqué mais il se fit attendre.

Lord Shahryar fut le premier ambassadeur étranger à être reçu. Il fixa Quire durement mais n'osa rien lui demander, même du regard. Sa haute taille bien prise dans la soie, l'acier et l'or, il gardait une attitude réservée. « Gracieuse Majesté. Mon maître Hassan, Grand Calife d'Arabie, vous envoie ses salutations et me charge de vous faire part de sa profonde affection. Une affection, m'a-t-il demandé de préciser, qui est plus qu'une simple admiration pour la plus belle, la plus aimée, la plus digne des souveraines, qui règne sur l'empire le plus noble et le plus puissant du monde. Il attend l'instant où vous lui adresserez le signe qui lui indiquera que son affection est partagée, afin qu'il puisse accourir à vos côtés et vous assister en cette période historique troublée.

— Une période troublée, Monseigneur ? » Elle paraissait amusée. « Quelle période troublée ?

— Eh bien, Votre Majesté, des bruits circulent. Certains de vos sujets, indisciplinés et mal avisés, vont à l'encontre de vos désirs...

— Une affaire interne sans importance, Monseigneur.

— Certainement, Votre Majesté. » Il n'ajouta rien. Il ne regarda pas Quire une seule fois. Mais le capitaine savait que Shahryar pouvait se croire trahi et qu'en retour, n'ayant rien à perdre, il pouvait lui rendre la pareille.

Les portes de la salle des Audiences s'ouvrirent en grinçant sur des gonds mal huilés. Montfallcon entra. Il portait la robe noire de sa charge et sa chaîne d'or. Il avait le visage blême, les traits tirés, et ses pommettes étaient couperosées comme celles d'un ivrogne ; à l'évidence, il n'avait guère dormi depuis bien des nuits. Ses yeux se déplacèrent dans leurs orbites en allant de la reine à Quire, puis à Shahryar. Une de ses mains était enveloppée dans les lourds plis de sa cape, comme s'il se cramponnait à son propre vêtement pour s'empêcher de tomber, et quand il parla, sa voix était précipitée, éraillée. « Sa Majesté a demandé à me voir ?

— Nous espérons que nous ne vous dérangeons pas, cher Lord Montfallcon. »

Son regard était soupçonneux. « Que faisons-nous ici ?

— Nous tenons audience, Monseigneur. Nous débattons d'importantes affaires d'État. »

Le chancelier tendit le doigt. « Alors, que fait-il en ces lieux ? Cet espion. Sir Orlando m'a parlé du billet.

— Il n'y avait rien dans ce billet. » Le ton de la reine restait léger. « Aucune preuve contre le capitaine Quire.

— Les preuves sont partout, dit Montfallcon. Ne serait-ce que dans votre façon d'agir. » Il dévisagea Lord Shahryar qui feignit l'embarras. Il se tut.

Lord Shahryar aurait aimé rester mais l'étiquette le lui interdisait. Il s'inclina puis se retira, les laissant tous trois dans cette pièce immense, peu à peu envahie par la chaude lumière automnale qui rehaussait encore la beauté des tapisseries, des panneaux et des tentures sur les murs. « Nous vous demandons conseil, Monseigneur, dit doucement la reine.

— Je vous l'ai déjà donné. Je vous ai indiqué quoi faire. Renoncez à Quire. Renoncez à vos secrets. Renoncez à cet épicurisme licencieux !

— Mes protégés ? Mes enfants ?

— Renoncez à tout cela.

— Et renoncerez-vous à vos propres secrets, Monseigneur ? demanda-t-elle.

— Comment ? » Regard furieux à Quire. Le capitaine put, d'un signe de tête, lui faire comprendre qu'il n'avait rien dévoilé.

« Nous avons appris que vous êtes retourné dans les murs. Nous vous les avions interdits, comme à quiconque. Nous avions donné l'ordre de sceller les entrées.

— Les entrées sont nombreuses, je m'en suis aperçu. Peut-être bien des centaines.

— Est-ce vrai, capitaine Quire ? demanda-t-elle.

— Je ne sais pas, Madame, répondit-il innocemment. »

Elle éclata de rire. « Allons donc, Capitaine ! Vous êtes une des canailles des murs. Admettez-le. Tout le démontre, désormais. Je ne vous accuse pas. Peut-être qu'avec l'aide de Lord Montfallcon vous pourriez nous débarrasser de ces créatures qui nous accablent tant et qui sont sûrement responsables de cette vague de morts. C'est l'explication la plus plausible. Je vous propose donc d'informer le royaume de notre décision. Nous devons porter à la connaissance de chacun que nous avons découvert les meurtriers et les criminels qui se cachent dans les fondements mêmes de l'État ; que nos récents troubles sont de leur fait ; qu'ils ont assassiné Lady Mary et d'autres, corrompu certains de nos conseillers (à présent morts ou en fuite) et même tenté d'empoisonner la reine. Et nous affirmerons bien haut que, forts de cette découverte, nous enverrons des expéditions afin d'exterminer toutes les créatures qu'on y découvrira. »

Quire sourit. Elle avait peut-être trouvé l'objectif commun qui rassemblerait rapidement les nobles. La manœuvre était adroite et le laissa admiratif, malgré la menace qu'elle représentait pour ses projets.

« Les murs ? » Montfallcon se frotta les paupières en marmonnant tout seul. « Non... il y a quelque chose à faire... pas besoin d'envoyer qui que ce soit dans les murs. Pas encore.

— Vous dites, Monseigneur ? Je vous entends mal. »

Quire, lui, avait bien entendu ; il était déjà debout. « L'idée est excellente. Allons-nous donc unir nos forces, Monseigneur ? »

Montfallcon prit un air méprisant. « La racaille des murs n'est pas responsable de notre dissolution. Ce sont les vils appétits, les responsables. Le sang impur. Il y a un chancre ici, qu'il faut brûler. Il faut nettoyer le palais de tout le mal qu'il renferme. Tout le mal ! »

Quire pinça les lèvres. « Nous pourrions toutefois commencer par les murs, Monseigneur. » Il s'efforçait de ne pas contrarier Montfallcon. « D'abord la pourriture de l'intérieur, puis celle de l'extérieur, non ? »

Montfallcon ne l'écoutait pas. « Il faut qu'ils meurent tous, dit-il à la reine. » Il fit quelques pas vers le trône. Il tremblait. « Il ne peut y avoir d'ambiguïté.

Pas maintenant. Montrez votre pureté à Albion en détruisant tout ce qui est impur dans le palais !

— Mais, mon bon Lord Montfallcon, dit-elle, c'est ce que nous suggérons.

— Alors, laissez-moi envoyer des hommes qui s'en chargeront.

— Telle est notre volonté. » Elle fronça les sourcils et, du regard, chercha de l'aide auprès de Quire, mais il ne fut d'aucun secours. Il haussa les épaules.

« Bien. » Montfallcon fit demi-tour pour se retirer.

« Monseigneur, le rappela-t-elle, il y a d'autres questions à l'ordre du jour. Les Perrott. Savez-vous quand ils projettent d'appareiller pour l'Arabie ?

— Dans trois jours. » Il sortit.

« Ah. » Elle se tourna vers Quire. « Il faut prévenir Tom Ffynne et la flotte à Portsmouth. Mais qu'allons-nous faire ? Attaquer les Perrott, ou nous rallier à eux ? Si Ffynne les rejoint, nous serons en conflit avec la moitié du monde, voire davantage. S'il les attaque, nous aurons la guerre civile. Et les manœuvres de l'Arabie sont étranges. On parle d'une escadre importante, mais nous ignorons tout de ses intentions. Lord Shahryar nous lance-t-il un ultimatum : guerre ou mariage ?

— C'est possible, reconnut Quire. Si nous devions éviter la guerre...

— Oh-oh ! » Elle le regarda du haut de son trône. Me donner à Hassan ? Vous seriez d'accord, Quire ? »

Il baissa les yeux.

« Vous pouvez aller, lui dit-elle.

— Quoi ?

— Il n'est pas très diplomate de vous garder ici. » Elle exerçait son pouvoir dont il faisait les frais.

« Votre présence a irrité Montfallcon. Elle pourrait en irriter d'autres. Dites-moi, croyez-vous que l'expédition dans les murs nous sauvera ?

— Il en faudrait plusieurs. Menées par un certain nombre de vos nobles, chargés de missions précises. » Il était maussade.

« Vous me trouvez donc habile politique ?

— Je n'en ai jamais douté. » Il ne voulait pas partir. D'un autre côté, il avait besoin de voir Alys et Phil, et de contacter Tinkler, si possible. Il fallait tous les prévenir et les mettre au travail. Il se drapa dans sa dignité, se leva et s'inclina. « Quand Votre Majesté désire-t-elle que je revienne ?

— Je pense que nous vous dispenserons d'apparaître en public aujourd'hui. Nous nous reverrons ce soir. Dans ma chambre. »

Quire répondit sèchement : « Je suis l'amant qu'on cache, alors, c'est cela ? Parce que j'ai des allures de bandit ? »

Elle secoua la tête. « Parce que vous êtes un bandit, rusé petit Quire. C'est votre nature. À présent, je m'en rends compte.

— Vous me punissez ?

— Pourquoi donc ? Je vous aime toujours. »

Déconcerté, Quire s'expatria des salles officielles pour réintégrer les appartements privés. Il s'efforça de remettre de l'ordre dans ses pensées, mais il comprenait mal par quel artifice leurs rôles avaient ainsi pu s'inverser depuis le suicide de Wallis. Par le passé, il ne se serait jamais laissé mettre dans une telle situation. Il lui fallait immédiatement songer à rétablir son autorité. Il passa d'abord par le sérail où il trouva Phil. Il l'emmena et le fustigea pour sa sottise. Puis il l'envoya aussitôt à la recherche d'Alys Finch pour lui dire de le rejoindre dans le labyrinthe. Enfin, il dépêcha un messager en ville, porteur d'un billet, dans l'espoir qu'il dénicherait Tinkler. Il était frustré ; il avait besoin d'agir mais il lui manquait encore certains renseignements. Il alla voir le Dr Dee, qui le reçut de mauvaise grâce en étanchant le sang d'une blessure à son bras. « Elle est de plus en plus violente. Les philtres ne lui font plus d'effet. Il faut m'en procurer un autre au plus tôt. » Le Dr Dee était trop faible pour aller à la salle des Audiences et remplir le rôle d'oreille du capitaine.

Quire songea à s'introduire dans les murs et emprunter des passages familiers d'où il pourrait écouter les conversations, mais le risque était trop grand d'y rencontrer les Tatares ou Montfallcon. Il ne voulait pas se trahir en avouant son intelligence avec la racaille qu'on allait bientôt accuser de tous les crimes. Alors il fulminait.

Il se rendit au labyrinthe mais Alys Finch n'y vint pas. Errait-elle, elle aussi, dans les murs ? Avec Oubacha Khan et Sir Orlando Hawes ? Pour les égarer, comme il lui avait demandé de le faire ? La moitié de la Cour rôdait-elle dans ce territoire dont, il n'y avait pas longtemps encore, il affirmait être le maître ? Impossible de joindre Tinkler. Il ne pouvait faire appel à personne d'autre. Il avait perdu trois conseillers bien utiles en une seule nuit et il se retrouvait brusquement privé d'auxiliaires. Il ne fallait pas compter sur Dee. La reine, désormais affranchie de tout sentiment, ne lui serait d'aucun secours. Ce dernier point était crucial, et il le tourna et retourna dans sa tête. Comment allait-il à nouveau jouer sur les sentiments que Gloriana gardait au fond d'elle-même en quantité inépuisable ?

Il passa la journée à attendre. Il n'en avait jamais connu de plus éprouvante. Il était impuissant. Et quand, enfin, elle le rejoignit au lit, elle lui parla de tous ses efforts pour unir le royaume, pour pacifier le monde, et s'étonna de ne pas l'entendre la féliciter. Elle lui apprit que Montfallcon était parti, probablement dans les murs, et que soudain le vieux lord lui faisait peur. Elle l'informa qu'elle avait fait le geste d'envoyer aux Perrott des messages les suppliant de ne pas prendre la mer. Elle lui raconta un bref entretien qu'elle avait eu avec Oubacha Khan et Sir Orlando Hawes, et l'intérêt de Quire s'éveilla. Mais les deux hommes, semblait-il, n'avaient rien dévoilé de leurs plans à la reine. Elle lui fit l'amour, mais il resta passif et répondit laborieusement à ses élans. Elle le délaissa et s'apprêta à dormir. Il se demanda s'il ne devait pas retourner au labyrinthe, au cas où Alys l'y attendrait. Il regarda Gloriana et la caressa d'un air absent ; peu à peu, sa respiration devenait régulière.

Il était incapable de se remettre les idées en place ; le changement d'attitude imprévu de la reine l'avait complètement désorienté. Il s'aperçut avec étonnement que la distance qu'elle prenait avec lui l'effrayait, et qu'il aurait fait n'importe quoi, payé n'importe quel prix pour la réduire. Pourtant, en son temps, il avait connu pires épreuves ; pourquoi se sentait-il à ce point mortifié aujourd'hui ?

Il prit alors conscience qu'il importait à ses yeux qu'elle ait bonne opinion de lui, ou qu'en tout cas il avait envie de la voir exprimer une quelconque opinion. Cette envie était nouvelle. Il s'assit dans le lit et songeait à la tirer du sommeil quand, à quelques pièces de là, un cri retentit.

Gloriana se réveilla. « Quoi ? »

Quire se démena pour s'extirper du lit et repousser les rideaux. Il s'emmêla les pieds dans sa longue chemise. Il trouva son épée et alla écouter à la porte : un caquetage de voix féminines se rapprochait.

« Une servante, dit-il. Une crise de nerfs. » Il ouvrit la porte. Il y avait de la lumière dans les pièces plus loin — des lampes, des bougies, des torches. Des ombres s'agitaient ; des femmes, partout, comme des poules à la vue d'un renard. Un géant sortit d'une porte en trébuchant. Il tituba entre les rangs des dames d'honneur en chemise de nuit. Il était à demi nu et son sang jaillissait de trois ou quatre blessures pour asperger le corps convulsé de la petite fille qu'il portait dans ses bras. C'était le jumeau albinos, le garde du sérail, et il se mourait. Quire se précipita vers lui. La fillette était une des enfants de Gloriana, peut-être la plus jeune. Gloriana la reprit au géant et dit : « On se bat ? Là-bas ? »

Quire passa en flèche devant le garde au moment où il tombait à genoux puis roulait sur le sol, vidé de son sang. Sa silhouette courtaude, empêtrée dans sa chemise, s'élança à travers les pièces semi-privées, une longue épée ibérique à la main droite. Il déplaça des draperies, à la recherche de la porte menant au sérail, et la trouva entrouverte, enfoncée par le poids de l'albinos ; il se glissa dans l'entrebâillement et gravit les marches quatre à quatre, vers les cris qu'il entendait au-dessus ; il enfila les sombres cavernes incrustées de pierres précieuses, où ses pieds nus s'enfonçaient dans les épais tapis, ralentissant sa course, et il atteignit la porte qu'avaient gardée les deux géants. Le jumeau noir n'était pas à son poste. Quand il poussa le battant et pénétra dans le sérail, ses yeux tombèrent sur son cadavre. « Par Arioch ! »

Une vermine sanguinaire, sortie de sa retraite, grouillait sous les plafonds bas des cavernes et massacrait tout ce qui bougeait. Bientôt Quire entendit de moins en moins de cris.

Il s'agissait de la racaille des murs. Tout le sérail était livré au carnage. Déjà la plupart des pauvres et douces créatures étaient mortes, quelques-unes couraient çà et là ou se cachaient en gémissant : nains, geishas, infirmes et jeunes gens que Gloriana avait protégés dans cette ménagerie de sensualité. Un homme-singe éperdu s'écrasa lourdement contre une fontaine sertie de gemmes et tomba dans le bassin, deux longues piques plantées dans son dos velu. Un petit garçon passa en courant devant Quire en agitant un moignon d'avant-bras. Ailleurs, la boucherie était encore plus monstrueuse : un abattoir infernal.

La bande s'était infiltrée par deux ou trois entrées secrètes que Quire pensait être le seul à connaître. Son regard descendit la longue travée centrale jusqu'aux appartements attribués aux enfants. Il y avait des cadavres, là aussi, petits et grands : les filles et leurs gardes ; huit des neuf enfants de la reine. Quire avait connu les champs de bataille, les combats navals, quantité de massacres, mais jamais aucun d'aussi effroyable. Le spectacle lui inspirait une terreur panique. Il s'avança, s'enfonçant jusqu'aux genoux parmi les corps encore chauds, essayant de parler.

Phil Starling, le corps huilé et fardé, se précipita vers lui dans un tintement de bracelets : « Oh, sauvez-moi, Maître ! Sauvez-moi, Capitaine ! Je ne voulais pas les laisser entrer. Je cherchais Alys ! »

Quire eut un mouvement de recul et s'aperçut que Gloriana était derrière lui. Il haussa les épaules et se ravança. « Phil... dépêche-toi... vite... »

Mais un coupe-jarret décharné avait bondi, qui d'un coup d'épée fendit le garçon sur toute la longueur de la colonne vertébrale, comme un poissonnier de métier le fait d'une sole. Phil s'abattit en avant, le dos ouvert, mort.

Son assassin resta debout au-dessus du corps. Il haletait, hagard, épouvanté par les horreurs qu'il venait de commettre, à l'affût des regards qui pourraient l'accuser. Il portait un chapeau de fourrure posé de guingois sur sa tête, qui s'accordait à son visage tordu d'où émergeait une dent. Son manteau de soie était couvert de sang, de même que ses chausses. Quire le reconnut et s'écria :

« Tink ! »

Tinkler cligna des yeux, brandit son épée et scruta la pénombre. « Capitaine ? »

Quire se ressaisit. « C'est toi qui mène cette bande ?

— En votre nom, Capitaine, répondit Tinkler, par la force de l'habitude. En votre nom. » Il cherchait son souffle, à la façon d'un homme brusquement plongé dans l'eau froide.

« En mon nom ? » La bouche de Quire s'étira en un horrible rictus. « En mon nom, Tink ? » Lentement il s'approcha de son second. Sa voix était blanche. « Tu les as amenés ici, et *en mon nom* ?

— Montfallcon m'a donné des instructions. Il savait que vous m'aviez confié la direction de la bande... ou il l'avait deviné. Je ne sais pas. Mais vous m'aviez dit de lui obéir. Je n'ai pas réussi à vous trouver, Capitaine. C'était trop dangereux de vous chercher. Et puis Montfallcon a dit que c'était un ordre de la reine. Que vous étiez d'accord. Il n'avait pas l'air de mentir. » Son regard passa de Quire à Gloriana. « Il a dit que vous vouliez qu'on détruise le sérail, Votre Majesté. J'ai fait erreur ?

— Erreur ? » Gloriana eut le même sourire que Quire. « Montfallcon... ? Ah, vindicatif et funeste Achille !

— Votre Majesté ? » Tinkler voulut s'incliner, comme le serviteur qui vient de s'acquitter d'une tâche délicate.

Alors, dans un cri à la fois d'agonie et de vengeance, Quire dégaina son épée et la plongea dans le cœur de son homme de main. « Scélérat ! » Il sanglotait. « Ordure ! Sale crétin ! » Il retira la lame et arma le bras pour un nouveau coup.

La reine criait derrière lui. « Arrêtez ! Rappelez-les, si vous le pouvez. Mais plus de morts ! »

Quire retrouva son calme et abaissa son arme au-dessus du corps de Tinkler agité de soubresauts. Il se racla la gorge et lança d'une voix claire et puissante : « Suffit, les gars ! » Il savait qu'il se trahissait, qu'il fournissait à la reine la preuve formelle de sa connivence avec la pègre des murs. « Approchez ! C'est votre capitaine. C'est Quire. »

Lentement, par deux ou trois, les ruffians, épuisés, se présentèrent à lui, presque impatients, à son commandement, de déposer les armes luisantes à ses pieds.

Il se retourna et dit à Gloriana : « Je n'y suis pour rien. C'est Montfallcon, le responsable.

— Je sais, fit-elle. »

Et elle partit alerter les soldats du palais.

*

Alors qu'on emmenait la troupe d'assassins, la reine et Quire s'accroupissaient parmi les enfants morts, à la recherche d'un signe de vie. En vain. Quire s'était attendu à se faire arrêter en même temps que ses hommes, mais Gloriana n'avait rien ordonné de tel ; c'était tout juste si elle manifestait une quelconque émotion en regardant les visages des fillettes qu'elle avait mises au monde. « Voilà à quoi pensait Montfallcon en me demandant la permission de détruire “tout ce qui était impur”, voilà pourquoi il s'opposait à toute expédition dans les murs. Il s'est servi de votre bande contre moi. Contre nous deux, dans un sens. » Elle soupira. « Il m'a demandé la permission et je la lui ai donnée. Vous vous rappelez que je la lui ai donnée, Quire ? »

Il ne lui répondit pas.

« C'était ma première véritable tentative d'autonomie politique. Je me croyais enfin à la tête du royaume. Vous souvenez-vous, Quire ? Je vous ai congédié après cette démonstration de pouvoir. »

Il hocha la tête.

« Je lui ai donné la permission de tuer mes enfants. Ma première décision.

— Non. » Il lui tendit la main. Mais il la laissa

retomber. C'était inutile. Il songea alors à prendre la fuite, certain qu'elle se retournerait bientôt contre lui, qu'elle comprendrait la responsabilité qu'il portait, car la bande et le meneur étaient ses créatures.

« A-t-on trouvé Montfallcon ? » demanda-t-elle.

Il secoua la tête. « Enfui dans les murs, apparemment. Ou peut-être quelque part dans l'aile orientale.

— Pauvre Montfallcon. Voilà où je l'ai entraîné. »

Quire vit deux des plus vieilles dames de compagnie s'avancer pour soutenir leur maîtresse. Il se releva et se tritura le menton. Il se demandait où diriger ses pas. Il pouvait se rendre en ville dans l'espoir d'embarquer sur un navire ; ou retourner dans les murs, au moins pour quelque temps ; et peut-être y débusquer Montfallcon et le tuer. La reine crierait vengeance d'ici peu. Pour l'instant, elle pleurait. Elle ne tarderait pas à chercher un bouc émissaire. Les dames d'honneur qui s'approchaient furent repoussées. Elle tourna la tête et leva son visage douloureux pour regarder Quire dans les yeux. « Quire ? »

Il attendit sa condamnation. « Oui.

— Vous allez désormais véritablement occuper le poste de Montfallcon. Vous serez mon conseiller. Mon chancelier. Je ne peux plus prendre d'autre décision. Je n'en prendrai plus. »

Quire ouvrit la bouche, puis la referma. Il se mordit la lèvre inférieure. Il tombait des nues. « Je suis très honoré, Madame. » Il en avait rêvé sans jamais y croire, surtout aujourd'hui. D'un seul coup, tout Albion lui appartenait.

Il l'aida à se relever. Elle s'appuya sur lui et s'inquiéta : « Pouvez-vous arrêter la guerre, Quire ? Existe-t-il un moyen ? »

Il hésita.

« Quire ? »

Il se domina et dit : « Il en existe peut-être un. J'en ai déjà parlé. Il nous obligerait, l'un et l'autre, à un grand sacrifice.

— Je ferai ce sacrifice, dit-elle. Il le faut.

— Plus tard », fit-il.

Son succès le désorientait. Il avait l'impression d'une défaite. Dans la matinée, il informerait Lord Shahryar ; le Grand Calife remonterait la Tamise pour venir au secours de Gloriana et d'Albion, pour écraser les Perrott. Pourtant, il ne ressentait que de la déception, de la peur, même ; et il n'arrivait toujours pas à définir la source de cette émotion inhabituelle. Alors qu'il la raccompagnait à sa chambre, il lui demanda d'une voix faible et intriguée : « Pourquoi me faire confiance maintenant ? Vous avez la preuve que je suis un menteur et un traître. »

Elle lui répondit, glaciale : « Je vous fais confiance pour accomplir le travail de Montfallcon. Qui d'autre que vous en serait capable ? »

Le capitaine Quire fut parcouru d'un frisson et, finalement, partit en quête d'un autre endroit où dormir.

*

Le lendemain matin, la reine tint officiellement audience pour la seconde fois. Elle s'entretint avec d'autres ambassadeurs, recueillit d'autres informations et consultait Quire, debout auprès du trône dans son habit noir défraîchi, dès qu'ils se retrouvaient seuls. Lentement mais sans grand plaisir, il la manœuvrait, la menait vers une décision, sans clairement livrer la solution à laquelle il avait déjà fait allusion. On convoqua le Dr Dee mais il fit savoir qu'il était souffrant et ne pouvait venir pour l'heure. Et on ne put trouver ni Oubacha Khan ni Sir Orlando Hawes.

« Eh bien, dit-elle après avoir vu tout le monde : Maître Palfreyman, qui avait préconisé la guerre à outrance contre tous les ennemis à la fois ; les nobles, qui l'avaient suppliée d'informer les Perrott qu'on avait mis la main sur les assassins de leur père. Elle avait écouté toutes les voix, toutes les opinions. Eh bien, que me faut-il faire, Chancelier Quire ? »

Quire hésitait, mais non par goût du drame. Il découvrait qu'il avait des difficultés à parler, pour d'autres raisons, plus mystérieuses. Enfin, il se jeta à l'eau : « Une seule décision pourrait éviter la guerre au monde et à Albion. » Il avait la voix épaisse. Il se passa la langue sur ses longues lèvres.

« Dépêchons », fit-elle. Il la regarda dans les yeux. Elle fixait le vide, au-dessus de sa tête. « Je ne veux pas réfléchir plus longtemps. Je sais que votre opinion est déjà faite.

— Vous devez épouser Hassan al-Giafar.

— La noblesse sera ravie.

— Le peuple aussi. »

Une ombre fugitive de tristesse passa sur le large visage de Gloriana. L'espace d'une seconde, Quire en vit un autre, plus petit, qui le regardait d'un air implorant. Il se détourna. Elle reprit son attitude compassée. « Il faut envoyer quérir Lord Shahryar.

— Je le convoquerai moi-même », dit Quire. Il était soulagé, pour l'instant du moins, que tout soit terminé. Il était libéré de ses obligations envers Shahryar. Il avait tenu toutes ses promesses. Et il ne ressentait plus qu'une extrême fatigue, une inexplicable mélancolie. À pas lourds, il se dirigea vers les portes de la salle des Audiences.

Au moment où il faisait signe aux valets de les ouvrir, il devina de l'agitation de l'autre côté. Il s'arrêta et écouta. Puis il sourit. Peu à peu, une étrange allégresse l'envahissait. Il reconnaissait au moins l'une des voix. Elles exigeaient d'être admises.

« Pourquoi hésitez-vous ? » lui lança-t-elle à travers la salle vide.

Il revint à reculons vers le trône.

Elle lui cria : « Quire ! Que se passe-t-il ? »

Il se mit à rire. « Vous êtes débarrassée de moi, je crois. » Calmement, longuement, il regarda la reine dans les yeux. Elle cachait mal son étonnement. Qu'est-ce qui le rendait heureux ? « Et il ne reste plus de prétexte pour faire la guerre. J'aurais dû tuer ce vieillard. Mais j'ai l'esprit trop tortueux. Je lui ai laissé la vie sauve. Je suis à nouveau trahi par les méandres de mon cerveau !

— Assez de devinettes ! ordonna-t-elle. Qui est là, dehors ? »

Lentement, les battants s'ouvrirent sous une poussée extérieure. Un groupe apparut : Oubacha Khan, en armure tatare, qui tendit son cimeterre dans son fourreau à l'un des gardes pensionnés de la reine ; Sir Orlando Hawes, poussiéreux et menaçant, en casque et plastron ; Alys Finch, un petit chat noir et blanc dans les bras, qui adressa un sourire de triomphe à Quire ; la comtesse de Scaith, en costume masculin, crasseuse et hagarde ; et Sir Thomas Perrott, déguenillé, hirsute, les yeux rouges, en chemise de toile à sac.

« Una ! » Mais tous regardaient Quire. Aucun ne regardait la reine qui venait pourtant de crier le nom de son amie.

Quire rendit son sourire à la fille qui avait libéré ces deux mêmes prisonniers qu'elle avait préalablement trahis pour lui. « Ton goût pour la trahison est encore plus développé que je ne pensais, jeune Alys. Ainsi l'élève cherche-t-elle à surpasser le maître.

— On chasse le gros gibier, Capitaine. » Elle éclata d'un rire joyeux sous son nez. Aucun des deux n'en voulait à l'autre.

Derrière lui, la reine se levait. « Una ! »

Quire était presque gai. « Albion est sauvée ! Albion est sauvée ! Et les infâmes projets de l'Arabie tombent à l'eau ! » Il continuait de reculer en dansant, cherchant un moyen de s'échapper.

Le groupe s'avança dans la salle des Audiences, menaçant.

« Una ! »

La comtesse de Scaith hésita, puis fit une révérence à la reine. « Votre Majesté. Alys Finch est ici pour témoigner contre son maître.

— Vous n'allez pas croire la parole de cette péronnelle, tout de même ? s'écria Quire d'un ton moqueur en rejetant sa cape en arrière pour dégager son épée. Il portait toujours la ceinture rouge, témoignage de la passion qui l'habitait. « L'un de vous a-t-il une preuve ? » L'épée jaillit du fourreau. « M'avez-vous vu ? »

Il savait que non. Il avait toujours pris soin de rester en capuche. Mais il savait aussi qu'il était perdu.

« Sir Thomas ! » La reine rayonnait ; elle reconnaissait enfin le vieux Perrott. Elle se tourna vers Sir Orlando. « Un messager, tout de suite, dans le Kent. Et un autre à Portsmouth.

— C'est fait, Votre Majesté », fit Hawes. Il s'avança vers Quire qui avait atteint la porte donnant accès à ses bureaux, précédemment ceux de Montfallcon. « Nous sommes à l'abri d'une guerre. Mais il faut maintenant nous mettre à l'abri de Quire. Une bonne fois pour toutes.

— Hourra ! hurla Quire, qui retira son sombrero de sa ceinture et en secoua les plumes avant de s'en coiffer. La vertu triomphe et le pauvre Quire est dénoncé, destitué, disgracié. »

Le baiser qu'il envoya à une Gloriana stupéfaite paraissait sincère. Il passa derrière la tenture. La porte claqua. Sir Orlando Hawes et Oubacha Khan se précipitèrent en réclamant de l'aide. Quire l'avait verrouillée.

Quand ils pénétrèrent enfin dans les appartements, ils ne virent qu'un petit feu qui brûlait dans l'âtre et de la poussière qui voletait dans la lumière d'automne, comme si Quire, tel un esprit malin, s'était fait exorciser.

Chapitre XXXIII

Où la reine Gloriana et Una, comtesse de Scaith, évoquent le passé

« Je ne me sens pas coupable, dit tristement Gloriana, et j'ai l'impression que je ne devrais pas. Mais je n'éprouve plus de sentiments, de sentiments forts. Le sérail devenait un musée des illusions perdues. Mes enfants... » Elle soupira. « J'ai été inconsciente, Una. »

La comtesse de Scaith, dans son encombrant costume de voyage, prit la main de son amie. Elles étaient seules dans le boudoir. Gloriana portait des couleurs sombres s'accordant aux teintes de l'automne finissant. Dehors, il bruinait.

La reine répondit à la pression de main de son amie. « Mais vous êtes remise, n'est-ce pas, Una ?

— En vérité, répondit la comtesse, je souffre un peu du même genre de dilemme que vous, car je sais que j'aurais dû éprouver une terreur folle. Mais il y avait un côté réconfortant dans mon emprisonnement. Il me déchargeait de toute responsabilité. Et Sir Thomas Perrott, une fois admis que j'étais une amie, s'est révélé un compagnon agréable. Nous avons beaucoup parlé. Nous étions enterrés si profondément et il nous aurait été si difficile de nous échapper que nous avons pu discuter d'une foule de sujets. À plus d'un titre c'étaient des vacances. Pour quelqu'un d'un naturel fataliste, en tout cas.

— Mais vous ne voulez pas rester à la Cour ?

— Je reviendrai peut-être. Mais pas dans l'immédiat. J'ai besoin de respirer l'air de Scaith.

— Et vous emmenez Oubacha Khan avec vous ?

— C'est mon invité. » Una sourit. « Il m'a dit qu'il était célibataire. Un vœu.

— Ah-ah. Un vœu. » Elle devint songeuse.

« Vous vous languissez toujours de Quire ?

— C'est un traître.

— Perrott n'est pas de cet avis. Il continue de soutenir qu'il a été la victime de Lord Montfallcon. »

Gloriana haussa les épaules. « De toutes façons, ils sont tous les deux partis, à présent.

— Je ne lui garde pas rancune, fit Una. Parce que vous l'aimez tant, Gloriana.

— Je n'aime rien du tout.

— Vous aimez Albion.

— Je m'aime, moi. Ce qui revient au même. » Son ton n'était pas amer. C'était pire : il était désespéré.

Una hésita. « Je vais rester. Si vous pensez... »

Gloriana secoua la tête. « Partez à Scaith avec votre Tatare. » Elle alla, telle une barque mortuaire, se mettre devant la fenêtre, empêchant la lumière de pénétrer dans la pièce. « Vous avez risqué votre vie pour le royaume. Je ne veux pas que vous risquiez votre âme pour son symbole.

— Oh, Gloriana ! »

Les deux amies s'étreignirent. Una pleurait, mais les yeux froids de la reine étaient secs de toute larme.

Chapitre XXXIV

Où l'on évoque encore le passé
et où de vieux ennemis règlent leurs comptes

La guerre écartée et la flotte arabe dispersée avant même sa rencontre avec Tom Ffynne et les Perrott, Albion retrouvait son optimisme en même temps que sa Chevalerie. La reine projetait d'effectuer son Circuit du royaume ; elle regrettait seulement que la comtesse de Scaith ne pût l'accompagner. Sir Orlando Hawes proposa le mariage à Alys Finch qui accepta. Il avait découvert la part d'innocence qui était en elle, maintenant qu'elle ne subissait plus l'influence de Quire. Sir Amadis Cornfield et sa femme furent invités et vinrent au palais ; ils eurent droit à des remontrances de pure forme, car l'intention de la reine était d'offrir à ce nouvel et sage Sir Amadis le poste de chancelier, qui s'assortissait d'un titre de comte. Mais il lui demanda la permission de repartir dans le Kent. Il avait perdu le goût de la politique. Et Gloriana se retrouva seule comme elle ne l'avait encore jamais été. Toutes les nuits elle soupirait après sa canaille d'amant ; les tunnels et les caves vides de son palais secret, le sérail déserté résonnaient de ses cris et de ses sanglots ; pourtant, elle ne prononçait jamais son nom, même dans l'obscurité de son lit clos.

L'automne s'était graduellement rafraîchi mais la saison restait anormalement douce. La Tatarie retira ses troupes des frontières étrangères. Casimir fut réélu roi de Pologne. Dame Yashi Akuya, privée de l'espoir de conquérir Oubacha Khan, retourna en Nipponie. La princesse Sophie, sœur de Rudolf de Bohème, admit Hassan-al-Giafar pour prétendant officiel ; Lord Shahryar fut rappelé en Arabie afin d'y être exécuté, et parut désolé de voir sa peine commuée. Les dernières feuilles tombèrent des arbres et s'amoncelèrent sur les allées. Sir Orlando Hawes fut nommé chancelier, à la tête du Conseil privé, et l'amiral Ffynne devint, avec lui, le premier conseiller de la reine. Maître Gallimari et Maître Tolcharde donnèrent une nouvelle représentation publique de l'Arlequinade mécanique dans la cour principale, à laquelle assistèrent à la fois la reine, la noblesse et le peuple. Sir Ernest Wheldrake demanda, en vers larmoyants, la main de Lady Lyst qui la lui accorda, ivre de joie et de vin. Le thane d'Hermiston, qui avait sans le savoir favorisé l'ultime vengeance de Montfallcon, disparut dans la sphère vrombissante de Maître Tolcharde et ne revint jamais. Le docteur Dee ne sortait plus de ses appartements et refusait toute visite, même celle de la reine. Ses expériences, affirmait-il, étaient d'une importance capitale et ne pouvaient tomber sous les yeux des non-initiés. On se prêtait à ses caprices, mais on le tenait désormais pour complètement fou.

Des hypothèses circulaient sur le sort de Montfallcon que beaucoup soupçonnaient de s'être suicidé, et de Quire qui, à l'évidence, s'était échappé par la porte des Araignées pour retourner dans le monde souterrain avant de fuir à l'étranger. La reine ne voulait parler ni de l'un ni de l'autre. La comtesse de Scaith, comme elle l'avait promis, ne dit rien sur Quire et refusa de l'incriminer. Sir Thomas Perrott persistait à croire dur comme fer que Montfallcon était la crapule qui l'avait séquestré. Sir Orlando Hawes gardait le silence sur le sujet pour deux raisons : son tact naturel et la nécessité de préserver la réputation de son épouse. Josias Priest émigra en Mauritanie.

La Cour retrouvait sa gaieté d'antan et Gloriana la présidait avec grâce et dignité ; mais elle ne riait que par pure politesse et sur les sourires qu'il lui arrivait d'accorder flottait une ombre désenchantée. Elle était toujours autant aimée, mais il semblait que la passion qui l'avait poussée à rechercher l'assouvissement était désormais éteinte. Elle était devenue une déesse, telle une statue de chair, le symbole indéfectible et noble du royaume. Elle prenait plaisir à se promener le soir dans ses jardins, sans escorte, et elle passait beaucoup de temps à parcourir en tous sens son labyrinthe qu'elle connaissait maintenant par cœur. Elle y était chez elle. Parfois, depuis leurs fenêtres, les domestiques voyaient au clair de lune sa tête et ses épaules, privés de corps, se déplacer, comme par lévitation, au-dessus des haies d'ifs.

Le temps s'écoulait lentement pour Gloriana, heure après heure, dans la solitude, et elle ne prenait pas d'amant. Elle consacrait ses moments de liberté à Sir Ernest et Lady Mary Wheldrake, et à son enfant survivant, Duessa, dont le fils, un jour, hériterait du royaume. Elle inculqua à sa fille une modération qu'elle n'avait jamais pratiquée elle-même, afin d'harmoniser l'élan romanesque et le bon sens réaliste.

Une nuit, alors qu'elle se déshabillait pour se

mettre au lit, un domestique du palais vint lui apporter un message. Elle déchiffra l'écriture tremblée. Le message était du Docteur Dee. Il désirait la voir seule, disait-il, il se mourait et voulait soulager sa conscience. Elle fronça les sourcils et faillit demander à des domestiques de l'accompagner au moins sur une partie du trajet mais, si effectivement il se mourait, elle n'avait pas de temps à perdre. Elle passa une grande et lourde robe de brocart par-dessus sa chemise, enfila ses pieds nus dans des chaussons, se munit d'une bougie et prit la direction de l'aile orientale pour gagner les appartements du mage. Son chemin l'obligeait à traverser l'ancienne salle du Trône, glaciale, encore connue sous le nom de Salle de Hern, où elle avait toujours refusé de pénétrer. Elle avait horreur de ce lieu et de tous les souvenirs qui s'y rattachaient. Elle frissonna. Elle n'y était jamais revenue depuis la mort de son père. Partageant les goûts de sa génération, elle détestait le style lancéolé ou « sarrasin » de l'architecture, qu'elle trouvait barbare et inhumain. C'était comme si elle s'aventurait une fois encore dans les murs, et seule son inquiétude pour son vieil ami la retenait de faire demi-tour. En dehors d'un unique rayon de lune qui tombait sur le billot et formait une mare de lumière sur le sol de mosaïques, l'obscurité régnait dans la salle dominée par les gigantesques statues anthropoïdes et le plafond voûté. Elle fit halte. Maintenant que la racaille des tunnels avait été déportée vers les nouveaux territoires orientaux de l'empire, elle n'avait plus rien à craindre que de vagues souvenirs. Pourtant, alors qu'elle traversait la salle et passait près de l'estrade qu'occupait le sinistre trône, elle crut entendre un bruit tout proche ; elle leva sa bougie et la lumière jaune éclaira les marches.

Elle avait vu trop de sang depuis le printemps, surtout au cours de la terrible nuit dans le sérail. Elle reconnut le visage grimaçant et ravagé du mage ; sa bouche édentée s'ouvrait et se refermait ; ses paupières se soudèrent pour protéger ses yeux de la lumière. Il avait du sang dans la barbe, du sang sur sa chemise de nuit déchirée, du sang sur les mains et les jambes.

« Dee. » Elle gravit l'estrade et posa la bougie sur une marche, afin de prendre la tête du docteur sur ses genoux. « Qu'avez-vous ? Une attaque ? » Elle remarqua alors les minuscules blessures dont il était couvert. Il avait été mordu, comme par toute une bande de rats. « Pouvez-vous vous lever ? » Il a dû faire des expériences sur des animaux, pensa-t-elle. Les animaux s'étaient échappés et l'avaient assailli durant la nuit.

Il murmura : « Je venais vous voir. Je ne peux plus la maîtriser. Et Quire qui est parti... J'ai eu peur qu'elle vous tue aussi.

— Qu'est-ce qui vous a fait cela ? Je dois avertir le palais.

— Vous... Elle, c'est vous... »

Gloriana voulut le déplacer pour voir si elle pourrait le porter. Mais il était encore lourd pour un vieillard. À présent, il délirait et elle n'avait pas la force de le soulever. Elle sourit, tout en essayant au moins de le remettre debout. « Moi ? Mais je suis la seule à être moi, docteur Dee. Venez. »

Il se mit sur son séant, un bras autour des épaules de la jeune femme. Il ouvrit les yeux et elle identifia le regard d'un amant qui connaissait intimement son visage. Elle prit peur. Il poursuivit : « Elle était vous. Mais elle est devenue folle. Au début, elle était docile. Quire l'avait conçue pour moi. Faite de chair. On aurait juré de la chair. C'était un génie. J'ai tenté la même expérience — avec du métal — mais j'ai échoué, comme a échoué Maître Tolcharde. Puis Quire a disparu. Sans doute qu'il n'avait plus besoin de mes potions, de mes poisons...

— Quire a fait quoi ?

— Il l'a faite, elle. Le simulacre. J'avais honte. Je voulais tout avouer. Mais j'étais allé trop loin. Elle a su me consoler, pendant si longtemps, Votre Majesté. Je ne pouvais pas vous posséder mais elle, c'était presque vous.

— Presque ? » Elle se rappelait la passion du mage. « Oh, cher docteur Dee, qu'avez-vous fait et comment Quire a-t-il causé votre perte ?

— Elle était folle. Elle m'a agressé. Je l'ai assommée. J'avais épuisé les philtres que Quire m'avait donnés pour elle, et j'avais peur de me lancer dans des essais, mais je l'ai fait quand même. Elle était déjà instable. Maintenant, elle veut me tuer. Elle dit que je me suis servi d'elle. Pourtant, elle a été conçue dans ce but. C'est comme si elle s'était réveillée... qu'elle était devenue vraiment vivante...

— Où est-elle ? » Gloriana préféra l'arrêter dans son délire.

« Elle m'a suivi jusqu'ici. Elle est là-bas. » Il fit un mouvement de la tête. Elle leva sa bougie et vit une ombre noire sur le mur, derrière les statues anthropoïdes. Il se mit à trembler.

« Venez, dit-elle. Levez-vous.

— Je ne peux pas. Vous feriez mieux de partir tout de suite, Votre Majesté. Je vous ai fait ma confession. Ne me jugez pas trop mal. Mon cœur aura été loyal et, jusqu'au bout, toujours à votre service, vous le savez. Les poisons. Je regrette pour les poisons. Je me suis laissé convaincre par Quire. »

Il se produisit un grand bruit, comme si quelque chose de lourd et métallique se traînait sur les dalles de mosaïques, mais l'ombre n'avait pas bougé du mur.

Gloriana essayait en vain d'en découvrir l'origine quand soudain, dans le rayon de lune qui éclairait le billot de pierre de sinistre mémoire, apparut un vieil homme revêtu d'une antique armure de fer, une gigantesque épée noire à deux mains sur l'épaule. Ses yeux rouges brûlaient de rage contenue. Son visage blême était amaigri, sa barbe grise clairsemée et ses joues creusées. C'était Lord Montfallcon, revêtu de la tenue guerrière de sa jeunesse.

« Il a inventé pour moi le plus parfait des simulacres, continuait Dee, à peine conscient de la présence du nouvel arrivant. Une créature sans âme. Mais je la vénérais... j'en faisais ce que je voulais... et sans honte, ou presque...

— Un simulacre ! » La voix profonde et glaciale de Montfallcon retentit dans la salle ; l'ex-chancelier se tourna pour regarder l'ombre qui, en l'entendant, s'était mise à bouger. « Vieux fou ! C'est une vraie femme. »

La respiration de Dee se fit plus rapide, plus courte. « Non, non, Montfallcon. Il n'existe pas de jumelle. Il n'y en a jamais eu, sinon j'en aurais entendu parler. Et tout le monde a assisté à la naissance, pas vrai ? Ah... » — il sourit — « À moins... qu'elle vienne d'un autre monde, comme je l'ai une fois rêvé ? C'est là que Quire l'a trouvée ?

— Il n'y a pas d'autre monde. » Montfallcon fit quelques pas, dans un bruit de ferraille, et s'appuya contre le billot. « Imbécile ! C'est la mère !

— Flana ? » La voix de Dee s'affaiblit. « Flana est morte en couches.

— Non. J'ai été témoin de son viol, et témoin des conséquences, neuf mois plus tard. Elle avait treize ans quand elle a été enceinte de la reine. Nous avions tous obligation d'être présents aux deux événements. Hern était fier de lui. Après tout, c'était la première fois qu'il parvenait à pénétrer une femme. Flana était ma fille et, je ne sais comment, elle avait réussi à le séduire. Flana ? »

L'ombre gémit.

Gloriana se releva. Elle n'avait pas envie d'en entendre davantage. Et ils la terrifiaient tous, à présent. Montfallcon poursuivait d'une voix lasse : « C'est sur cette pierre qu'il a violé ma fille, sur cette pierre qu'il a violé ma petite-fille. Deux fois dans sa vie il aura été capable d'une telle ignominie. J'ai été témoin des deux. Le sang a toujours été impur, d'un côté comme de l'autre. Je le sais, maintenant. Je faisais tout pour l'oublier. Je voulais hisser Gloriana au sommet. Mais le sang était impur. À présent, tout est fini. Et je ne suis plus rien, tout le monde me hait parce que j'aimais Albion. L'histoire retiendra de votre serviteur le plus loyal qu'il était un scélérat, Votre Majesté. »

L'ombre se redressa en marmonnant toute seule.

Gloriana était pétrifiée. Sa bouche devenait sèche et ses yeux refusaient de se fermer.

Montfallcon fit un geste vers la Folle. « Viens, Flana. Viens voir ton père et ta fille. »

Flana pénétra dans la lumière avec une grâce particulière. Elle avait l'air jeune, comme il arrive parfois aux fous, malgré un visage ravagé et des cheveux du même auburn de sa fille, teints au petit bonheur.

« La voici, fit Lord Montfallcon. Elle s'est enfuie dans les murs après ta naissance, Gloriana, et elle y est restée jusqu'à ce que Quire l'attrape et la drogue pour en faire cadeau à Dee en échange de ses secrets et de ses philtres. J'aurais pu le savoir, mais je refusais qu'on explore les murs, pour les mêmes raisons que toi. J'ai effacé Flana de mon esprit. Elle t'aimait. Peut-être t'aime-t-elle toujours. Aimes-tu ta petite fille, Flana ?

— Non répondit la Folle d'une voix terrible et empâtée. Elle a été mauvaise. Elle a chassé son seul vrai prétendant.

— Elle a vu Hern te violer. Elle regardait depuis sa cachette dans les murs, dit Montfallcon. Il attendait que tu aies exactement le même âge, et il t'a violée le jour de ton anniversaire. Tu te souviens, Gloriana ?

— Et la Cour suivait le spectacle. Une cour lubrique. » Elle ajouta : « Oui, je me souviens. Mère... »

La Folle courut vers Montfallcon qui lui prit le bras. « À genoux ! » ordonna-t-il.

Ce n'était plus qu'une femme docile en sa présence. Elle regarda son père dans les yeux. Les yeux de son héros.

Elle sourit et s'agenouilla.

Sa tête reposait sur le billot et Montfallcon avait déjà levé son épée quand Gloriana cria. « Non ! »

Mais la grande épée retomba. La tête rousse vola, séparée des épaules. Dee gémit et mourut à son tour.

« Votre propre chair, fit Gloriana. Pourquoi ? » Elle abandonna Dee et remonta les marches en rampant, une à une, pour s'éloigner des cadavres.

« De la chair corrompue », expliqua Montfallcon d'une voix uniforme ; il remit l'épée sur son épaule et contempla sa victime. « Elle aurait dû mourir en même temps que mes autres filles. Mais elle a accepté la proposition de Hern. Pour avoir la vie sauve. Ensuite, je n'ai pas pu l'arrêter. Quand tu es née, j'ai espéré que tu finirais par racheter tout ce qui s'est passé ici. Mais tu n'as pas été longue à la suivre dans le chemin de la corruption. Puis est venu le tour de ma femme et de mes garçons. Je ne voulais pas qu'il me prenne mes garçons, tu comprends, ni ma femme. Il n'avait pas beaucoup d'imagination, ton père, comme la plupart des monstres. J'en ai enduré, à subir le pouvoir d'une bête demeurée ! Mais j'étais patient. Je dressais mes plans, je voyais de plus en plus grand. Je voulais que tu sois la créature d'or qui aurait justifié toutes mes souffrances. Toi et Albion. Et au bout de presque treize ans, il me semblait que mon travail et mes sacrifices n'avaient pas été vains, qu'ensemble nous avions ouvert l'Ère de la Vertu. Et puis toi aussi, tu t'es donnée à un monstre. Alors, maintenant je vais te tuer et j'en aurai fini. »

Elle s'y attendait. Il était inutile de le supplier. Elle grimpa l'escalier à quatre pattes, marche après marche, de plus en plus vite ; il la suivait dans un grincement d'armure, les yeux fixés sur sa gorge. Elle atteignit le trône et s'y retrouva assise avant même de s'en apercevoir. Il s'arrêta. « Bientôt, tout pourra recommencer, dit-il. Quand il ne restera plus la moindre goutte de sang impur. »

Elle se mit à craindre pour son enfant qui avait survécu.

« Viens », lui dit-il, et il fit un geste vers le billot. « Tu vas mourir là où tu es née. Tu n'aurais jamais dû exister. Tu es un cauchemar. »

Un râle s'échappa de la gorge royale ; elle ne se lamentait pas sur son propre sort, mais sur l'âme de Montfallcon et sur la vie de l'arrière-petite-fille qu'il croyait morte, tuée par sa meute d'assassins.

« De péché en péché, disait-il. J'aurais dû m'y opposer alors. Il y en a eu trop et trop longtemps, et Albion a failli courir à la ruine. Viens.

— Non. »

Il avança sa main protégée du gantelet grisâtre et lui prit le poignet, presque avec douceur. « Viens. »

Sa grande force avait quitté Gloriana. Elle se résignait. Elle se leva lentement, obéissante. À ses pieds, la bougie se mit à couler.

Elle atteignit le cercle de lumière du rayon de lune. Montfallcon repoussa du billot le corps décapité de sa fille. Gloriana, défaillante, tomba à genoux. Dans le sang.

De la galerie, une voix calme et amusée lui lança : « Ah-ah, ma Gloire, je vois que vous avez retrouvé votre vieil ami. »

Montfallcon grogna et la força à baisser la tête vers le granit.

« Me voici », dit Quire. Il parlait sur le ton de la

conversation, comme s'il discutait avec Gloriana. « Il me cherche depuis des semaines. Nous nous sommes bien amusés, Monty et moi, dans les murs.

— Ah ! » Elle se libéra et rampa vers l'estrade.

Montfallcon trébucha sur le corps de Flana, retrouva son aplomb et, lentement, leva son estramaçon en se dirigeant vers la reine.

Quire vola alors au bas de l'escalier, sa rapière dans sa main courtaude, cape noire au vent. Il avait repoussé son sombrero en arrière et sa chevelure épaisse dansait autour de son visage étroit. Il se précipita sur Montfallcon comme un terrier sur un ours et se mit en travers de son chemin, un grand sourire aux lèvres. « Me voici, Monty. »

L'estramaçon s'abattit en sifflant et vint percuter de tout son poids la garde de Quire. Quire tomba et Montfallcon poussa un cri de joie sauvage. Le capitaine se récupéra de sa main libre et tenta d'atteindre son poignard, dans le fourreau sur sa hanche, mais il avait glissé hors de portée, autour de sa taille. Il choisit donc de se baisser et de se relever derrière son adversaire ; Montfallcon se retourna aussitôt pour porter un coup de taille qui aurait dû sectionner Quire en deux au niveau des cuisses. Mais le capitaine avait bondi en arrière, et il riposta à la seule partie du corps du vieux lord laissée sans protection : le visage blême. La pointe de l'épée toucha la joue, juste sous l'œil, mais Montfallcon la repoussa de son canon d'avant-bras. L'estramaçon s'éleva une fois encore.

Gloriana leur cria : « Non ! » Une autre tuerie lui était insupportable. Elle aimait mieux mourir.

Quire sourit quand sa fine lame pénétra dans l'œil droit de Montfallcon et lui transperça le crâne.

La chute fracassante du vieux lord résonna interminablement dans la tête de Gloriana. Elle se boucha les oreilles. Elle ferma les yeux. Elle pleurait.

Dans l'obscurité, Quire s'approcha d'elle et à nouveau elle remonta à reculons vers le trône ; elle avait autant peur de lui que de son grand-père.

Quire s'arrêta. « Je vous ai sauvée, ma Gloire.

— Peu importe, fit-elle.

— Comment ? Plus de gratitude ? Pas d'amour ?

— Rien, dit-elle. Vos leçons m'ont profité. Vous m'avez appris à n'aimer que moi. »

Il était heureux de sa victoire sur Montfallcon. Il s'avança, arborant son habituel air avantageux. « Mais je suis un héros, aujourd'hui, pas un bandit. J'ai sûrement mérité une petite faveur ? Un baiser au moins, ma Gloire. Pour votre Quire qui vous aime tendrement et vous aimera toujours.

— Vous êtes un menteur ! Vous êtes incapable d'aimer. Vous êtes une créature vouée à la haine. Vous savez feindre n'importe quelle émotion. Mais vous n'en ressentez guère. »

Il considéra ce qu'elle venait de dire. « Tout à fait vrai, admit-il. Autrefois. » Il lui répéta : « Mais je vous aime. » Il rengaina son épée. « Je m'en vais. Mais remerciez-moi d'abord.

— Depuis combien de temps étiez-vous là ? Depuis combien de temps regardiez-vous ? Attendiez-vous que le drame soit à son comble pour entrer en scène ? N'auriez-vous pu sauver cette pauvre femme, ma mère, dont vous vous êtes si odieusement servi ?

— Dee la trouvait agréable, et elle, grâce à ce que je lui donnais pour calmer son esprit, elle se plaisait avec Dee. Ils ont été heureux quelques mois. Plus heureux qu'ils ne l'avaient jamais été. Et elle a tué le docteur Dee, ne l'oubliez pas.

— Vous auriez pu la sauver. »

Il haussa les épaules. « Pourquoi ?

— Vous êtes donc toujours aussi cruel, Quire.

— Je suis toujours un homme pratique. Je le sais. Ce sont les autres qui m'ont fait cette réputation. Mon nom est Capitaine Arturus Quire. Je suis un érudit et un soldat de bonne famille.

— Et le coquin le plus puissant et le plus malfaisant d'Albion. » Elle se moquait de lui. « Vous n'obtiendrez pas de baiser de moi, Quire. Vous êtes un déserteur ! Vous avez fui. Vous m'avez retiré votre soutien.

— Quoi ? Avec tous ces témoins qui m'accusaient ? J'ai agi avec sagesse, c'est sûr. » Quire fit un autre pas en avant.

Elle sourit. « Personne ne vous accuse, maintenant. Quelle ironie ! Vos victimes vous pardonnent ou refusent de vous rendre responsable de leurs malheurs ! » Elle recula.

Il s'arrêta. Il mit les mains sur les hanches. « Je ne vois aucune raison de jouer au héros. J'ai toujours entendu dire que lorsqu'on sauvait une femme de la mort, on recevait une faveur. » Son ton devint sérieux. « Je vous veux, ma Gloire.

— Vous ne pouvez m'avoir, capitaine Quire. Je suis la reine d'Albion. Je ne suis pas mortelle. Par ailleurs, vous m'avez appris à haïr. Avant vous, j'ignorais ce sentiment. »

Il commençait à perdre son calme. « Je vous ai attendue. J'ai été patient. Je vous ai appris la force.

Et vous m'avez appris l'amour. Donnez vos conditions. Je les accepte. Je vous aime, ma Gloire.

— La patience n'a d'autre récompense qu'elle-même, dit-elle, toujours effrayée. Je me donnais à tous ceux que leurs reins élançaient parce que je savais ce qu'ils enduraient. J'ai connu la même souffrance, Quire. Puis vous l'avez apaisée et j'ai tout oublié dans vos bras. Maintenant, je souffre à nouveau, mais je n'ai aucune attirance ni pour vous ni pour personne. Je préfère souffrir que satisfaire les appétits d'un autre, parce que c'est constamment la même chose, une fois ces appétits satisfaits, je me retrouve seule... à souffrir quand même.

— L'amour va toujours de pair avec la culpabilité », dit-il négligemment. Il ressortit son épée. Il eut un geste vers elle. « Venez, ma Gloire. » Ses yeux fulminaient.

« Vous me menacez, à présent. De la mort dont vous venez de me sauver, exploit dont vous êtes si fier. Très bien, capitaine Quire. Pour vous, je retourne au billot. » Elle entreprit de descendre les marches.

Il gronda et lâcha son épée pour la saisir à deux mains. « Gloriana !

— Capitaine Quire. » Il la sentait de marbre sous sa poigne.

Il laissa retomber ses bras.

Elle passa auprès de lui, longea les corridors lugubres et glacés et déboucha dans le parc. Il y flottait encore les odeurs d'un automne agréable.

Elle traversa les espaces verts et franchit la porte donnant sur ses jardins privés. Elle laissa derrière elle le labyrinthe, les fontaines silencieuses et les fleurs défraîchies. Elle entra dans sa chambre.

Il ne l'avait pas suivi.

Elle se souvint de ses craintes au sujet de sa fille ; elle se rendit dans ses anciens appartements secrets et se dirigea vers l'entrée de son sérail.

Peu après, elle s'engageait sur un tapis moelleux et s'enfonçait dans des ténèbres apaisantes. Plus personne ne vivait ici, à présent. Il lui revint alors en mémoire que sa fille avait été envoyée dans le Sussex. Elle fit demi-tour et s'arrêta. Brusquement, un flot d'images sanglantes lui venaient à l'esprit. « Oh ! »

Dans l'obscurité totale du sérail, elle se laissa choir sur ses coussins et se mit à pleurer. « Quire ! »

Il lui répondit de nulle part. « Ma Gloire. »

Une illusion. Elle leva les yeux. De l'autre côté du passage voûté, dans la cave suivante, une bougie brûlait. La flamme se rapprocha pour révéler la face torturée du capitaine qui semblait flotter dans les airs.

Gloriana se leva et lui offrit à nouveau un visage de pierre.

Il soupira et posa la bougie sur un support de l'un des piliers d'arc-boutant. « Je vous aime. Vous serez mienne. C'est mon droit, ma Gloire.

— Vous n'avez aucun droit. Vous êtes un meurtrier, un espion, un imposteur.

— Vous me haïssez ?

— Je vous connais. Vous êtes égoïste. Vous n'avez pas de cœur.

— Suffit, dit-il. Je ne voulais pas en arriver là. J'ai renié mes convictions. Mais vous m'avez appris à croire en l'amour, à l'accepter. N'accepterez-vous pas le mien ?

— J'aime Albion. Rien d'autre qu'Albion. Et Gloriana est Albion.

— Alors me faudra-t-il violer Albion ? » Il dégaina son épée et en menaça la gorge de la reine. Elle s'appuya contre la pointe, le mettant au défi de la tuer.

« Vous n'y êtes pas arrivé la première fois », lui rappela-t-elle.

Ses yeux fulgurèrent. Il saisit un pan de sa robe et l'arracha d'un coup. Il arracha la chemise en dessous. Il arracha un a un ses vêtements jusqu'au dernier, mais elle ne bougea pas et se contenta de le dévisager avec haine. Il lui empoigna les seins et les fesses, prit possession de son sexe et de sa bouche. Elle ne bougeait toujours pas, vacillant juste un peu pour se retenir de tomber.

Il la culbuta sur les coussins. Il lui écarta les jambes. Il se défit sauvagement de ses chausses pour exhiber ce qu'elle avait déjà maintes fois contemplé. Elle était au bord des larmes mais elle refusait de pleurer. Il la pénétra. Par-dessus l'épaule de Quire, elle aperçut le couteau, dans le fourreau à sa ceinture. Elle tendit le bras et sa main se referma sur la garde. Elle le dégagea de sa gaine, profitant de ce qu'il grognait, jurait, embrassait et s'agitait. Elle leva l'arme et porta son regard vers la lumière de la bougie, plus loin ; une soudaine image de pierre tachée de sang, blessante, dure et noire lui apparut, comme souvent dans ses rêves. L'image s'évanouit. Rien d'autre ne comptait qu'elle-même. Elle se mit alors à trembler, croyant que tout le palais chancelait et que le toit allait s'effondrer. Son souffle s'accéléra. De petits glapissements surpris et enfantins sortirent de sa gorge. Son corps fut parcouru de picotements de chaleur. Étonnée, elle l'embrassa. « Quire ! »

Elle s'anima avec véhémence et s'abandonna tout entière au plaisir, comme si elle se dédommageait de tous les échecs qu'elle avait subis, et elle poussa un cri perçant, trémulant, qui se répercuta sur le plafond, dans le palais, voire dans tout Albion, quand la jouissance la submergea.

Et la dague qu'elle n'avait pas lâchée s'abattit avec une force terrible, transperça la soie des coussins et se brisa net sur la pierre du sérail.

Quire bondit en arrière, indifférent à son coït interrompu ; l'innocence s'était soudain peinte sur son visage ; il semblait que d'un coup son âme s'était purifiée de tous ses péchés. Il éclata d'un rire tonitruant qui couvrit l'écho mourant du cri de la reine. « Ah ! Gloriana ! »

Transportée d'un bonheur sans nom, elle éclata en sanglots.

« Oh, Quire. La rédemption ! Pour nous deux ! »

Chapitre XXXV

Où Albion inaugure une ère nouvelle :
le véritable Âge d'Or de la modération,
qui verra Romance et Raison
réaliser enfin l'équilibre parfait

La douceur de l'automne cédera enfin la place au froid de l'hiver, la lune de la Romance épousera le soleil de la Raison, et Gloriana, reine d'Albion, s'unira au prince Arthur de Valentie, ce qui donnera lieu à de grandes festivités dans tout l'empire.

Car Sir Thomasin Ffynne, le Grand Amiral de la reine, révélera que le capitaine Arturus Quire est en fait son pupille — le dernier neveu survivant de Lord Montfallcon dont la famille avait été exterminée par le roi Hern. L'histoire de l'éducation roturière du capitaine Quire, de son apparition à la Cour pour participer à un spectacle où il a réussi à gagner l'attention et plus tard l'amour de la reine sera sur toutes les lèvres, ainsi que tout ce qui s'en est suivi : comment ses ennemis en ont conçu de la jalousie, comment le pauvre Lord Montfallcon, ignorant les véritables origines du capitaine, a comploté contre lui et contre d'autres, dont Sir Thomas Perrott, puis s'est donné la mort après avoir compris qu'il avait cherché à faire périr son propre parent. On se répétera aussi comment Quire, presque à lui seul, a sauvé le royaume et réconcilié la reine, les factions rivales, Albion et le monde entier.

La Chevalerie connaîtra à nouveau de beaux jours, mais elle sera davantage ancrée dans la réalité, sous la houlette du prince Arthur qui en atténuera l'aspect romanesque (peut-être se dira-t-il que sa propre histoire l'est suffisamment). La notion d'honneur apparaîtra à beaucoup plus singulière et en même temps plus banale que par le passé.

Ils se marieront en novembre, à temps pour entreprendre un Circuit du royaume qui durera jusque après les fêtes de Noël. En leur absence, on dégagera les murs et les anciennes parties du grand palais, on amènera la lumière dans chaque recoin, on relogera les vagabonds encore présents dans des hôtelleries confortables spécialement aménagées à leur intention, et l'on ouvrira la majorité des salles jusque-là secrètes à l'agrément des habitants de Londres.

Le prince Arthur et la reine Gloriana effectueront la première étape de leur Circuit sur la Nef de l'État, l'ancienne Nef dorée des ancêtres de la reine ; ils descendront le fleuve jusqu'à la mer où ils seront reçus par Sir Amadis Cornfield et les Perrott, ses parents, dont les terres jouxtent le grand estuaire. Ils appareilleront du quai de Charing Cross dans leur haute galère dorée, puis longeront les berges bordées d'ormes dénudés. Des chevaliers les escorteront depuis chaque rive, montés sur des chevaux alezans et noirs dont les sabots disparaîtront dans le tapis fauve des feuilles mortes. Ils porteront des armures d'or rouge et d'argent, des surcots aux teintes automnales, et sur leurs lances dressées flotteront les armes prestigieuses de la Chevalerie d'Albion. Et la reine regardera en aval, par-delà les murs de Londres, vers les collines jaunes et vert sombre, puis elle se tournera vers son époux vêtu de velours noir, le front ceint d'un encombrante couronne d'or et de rubis couleur de nuit, elle le serrera dans ses bras et lui dira : « Oh, mon amour ! Vous voici devenu un petit roi bien solennel ! »

Derrière eux se dressera le palais dont les dômes et les toits miroitants semblent portés par des flots majestueux d'où émergent tours et minarets, pareils aux mâts et aux coques de navires en perdition.

DU MÊME AUTEUR

Aux Éditions Denoël

LÉGENDES DE LA FIN DES TEMPS

LA FIN DE TOUS LES CHANTS

LES TERRES CREUSES

UNE CHALEUR VENUE D'AILLEURS

Aux Éditions l'Atalante

GLORIANA OU LA REINE INASSOUVIE (Folio Science-Fiction n° 28)

LES AVENTURES DE JERRY CORNELIUS

LES LIVRES DE CORUM (en 6 tomes)

LE CHALAND D'OR

LES RIVES DU CRÉPUSCULE

LE CHIEN DE GUERRE ET LA DOULEUR DU MONDE

LA CITÉ DES ÉTOILES D'AUTOMNE

Aux Éditions Pocket

LE NAVIRE DES GLACES

CONTES DU LOUP BLANC (en 2 tomes)

LE NOMADE DU TEMPS (en 3 tomes)

LA QUÊTE D'ÉRÉKOSË (en 3 tomes)

LA LÉGENDE DE HAWKMOON (en 7 tomes)

LE CYCLE D'ELRIC (en 9 tomes)

Chez d'autres éditeurs

SOUVENIRS DE LA TROISIÈME GUERRE MONDIALE

VOICI L'HOMME

Composition Bussière
et impression Bussière Camedan Imprimeries
à Saint-Amand (Cher), le 14 septembre 2000.
Dépôt légal : septembre 2000.
Numéro d'imprimeur : 1861-003428/1.

ISBN 2-07-041582-3./Imprimé en France.

97219